북 오브 도어즈

THE BOOK OF DOORS

북 오브 도어즈

개러스 브라운 지음 | 심연희 옮김

문학수첩

그간 쌓았던 추억과 앞으로 올 모험에 감사하며
나의 아내 메이에게 이 책을 바칩니다.
(NMINOO! VWDDR!)

차 례

〈제 1 부〉

출입구

9

〈제 2 부〉

기억

155

〈제 3 부〉

과거의 메아리

313

〈제 4 부〉

잊힌 공간 안의 춤

377

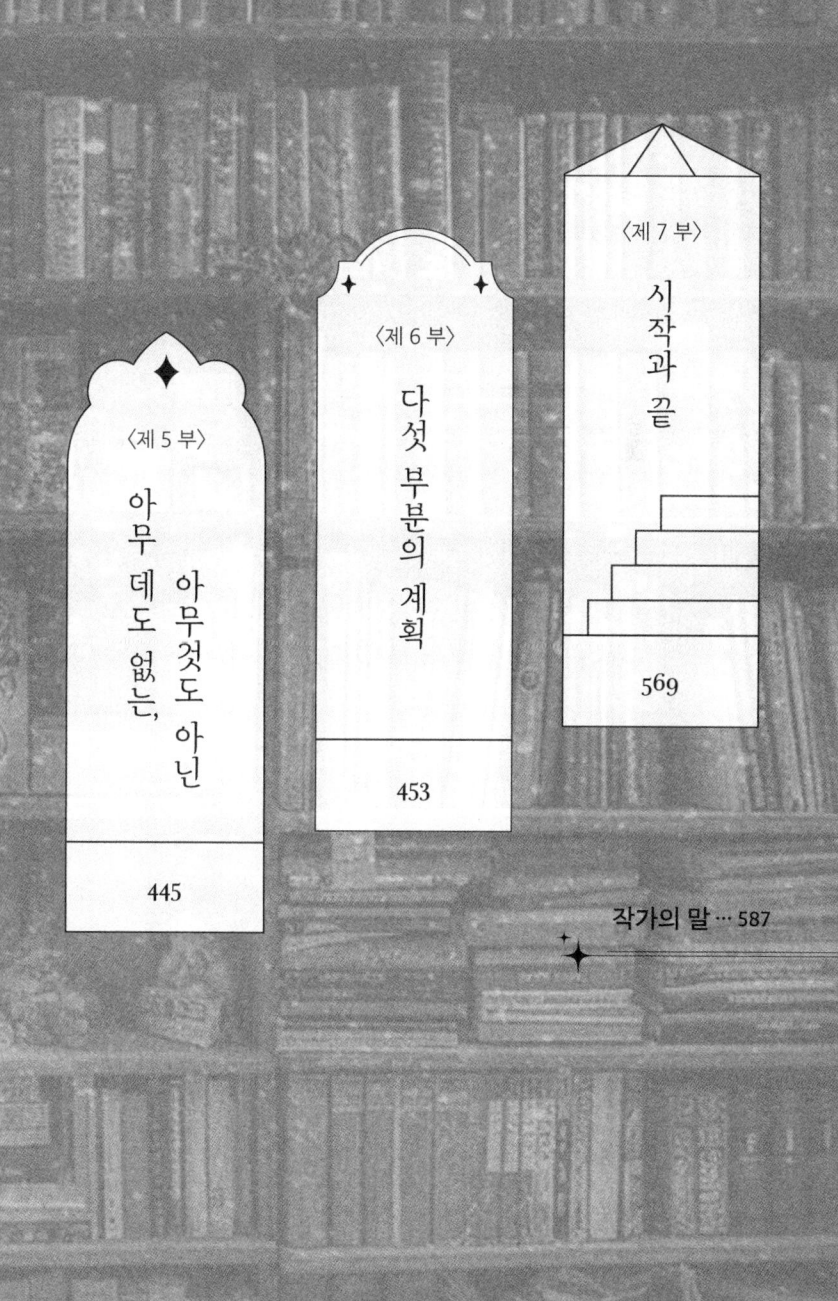

〈제 5 부〉

아무 데도 없는, 아무것도 아닌

445

〈제 6 부〉

다섯 부분의 계획

453

〈제 7 부〉

시작과 끝

569

작가의 말 … 587

제 · 1 · 부

출입구

웨버 씨의 조용한 죽음

　존 웨버는 죽기 몇 분 전까지 뉴욕 어퍼 이스트사이드에 있는 서점인 켈너북스에서 《몬테크리스토 백작》을 읽고 있었다. 그는 즐겨 앉던 중앙 탁자에 자리를 잡고, 의자 등받이에 코트를 곱게 접어 걸고서 책을 탁자에 올려두었다. 그리고 잠시 커피를 홀짝이고는 부드러운 가죽 책갈피를 읽던 페이지에 꽂아두고 책장을 덮었다.

　"잘 지내셨어요, 웨버 씨?"

　캐시가 책을 한 아름 들고서 지나가며 물었다. 늦은 시각이었고 남아있는 손님은 웨버 씨뿐이었다.

　"아, 나이 들고 피곤한 데다 몸도 시들어 가고 있죠. 그것 말고는 그럭저럭 괜찮게 지내요."

　웨버 씨는 캐시가 인사를 건넬 때마다 언제나 이렇게 답하고는 했다. 웨버 씨는 서점의 단골이었다. 캐시가 언제나 일부러 말을 붙여보는 손님 중 하나이기도 했다. 그는 부드러운 말씨에 늘 값비싸 보이는 옷을 단정하게 차려입은 신사였다. 손이나 목의 주름살을 보면 나이가 엿보였지만, 매끈한 얼굴 피부나 숱 많은 백발 덕에 제 나이보다 젊게 보였다. 웨버 씨가 외로운 사람이라는 걸 캐시는 알고 있었다. 하지만 그는 자신의 외로움을 남에게 해결해 달라고 강요하는 법 없이 태연하게 받아들였다.

"《몬테크리스토 백작》을 읽고 있었지요."

그는 이렇게 말하며 책 쪽으로 고갯짓했다. 책갈피가 캐시 쪽으로 쑥 나온 모양이 꼭 뱀의 혀 같았다.

"예전에 읽긴 했지만, 나이가 들고 보니 좋아하는 책을 다시 읽는 게 편하더라고요. 마치 오랜 친구와 같이 있는 기분이랄까."

그는 자조하듯 웃음을 작게 터트렸다. 본인도 우스운 행동이라는 걸 알고 있노라 캐시에게 알려주는 신호였다.

"이 책 읽어봤어요?"

"네, 열 살 때 읽었던 것 같아요."

캐시가 팔에 낀 책 더미를 추켜올리며 말했다. 그러자 비 오던 어느 가을날의 주말이 떠올랐다. 수없이 많은 책에 그랬던 것처럼, 어린 캐시는 《몬테크리스토 백작》에 흠뻑 빠졌더랬다.

웨버 씨는 미소를 지으며 중얼거렸다.

"열 살 때라니, 난 전혀 기억이 나지 않네요. 마치 태어날 때부터 정장을 입은 중년이었던 것 같아서. 그때 이 책을 읽으면서 어떤 생각이 들었어요?"

"물론 명작이죠. 아무렴요. 하지만 중간쯤은, 그러니까 그 로마 부분은 너무 길었어요. 저는 언제나 마지막의 복수 장면이 나오기를 기다렸어요."

웨버 씨는 고개를 끄덕였다.

"백작은 기다린 만큼의 재미를 확실히 선사하죠."

"으음, 맞아요."

캐시는 고개를 끄덕였다.

잠시 정적이 흘렀다. 스피커에서 흘러나오는 나긋한 재즈 음악이

고요한 순간을 채우며 울려 퍼졌다.

"로마에 가본 적이 있어요?"

웨버 씨는 손이 차가운 듯 맞잡아 문지르며 물었다. 캐시는 웨버 씨가 은퇴한 피아니스트이자 작곡가라는 걸 알고 있었다. 그의 길고 섬세한 손가락은 한때 건반 위를 가볍게 노닐었을 것이다.

"네, 로마에 가봤어요. 물론 기억은 잘 나지 않지만요."

몇 해 전에 일주일간 유럽 여행을 했기 때문에 로마는 잘 기억하고 있지만, 그녀는 웨버 씨에게 말할 기회를 주고 싶었다. 그는 잘 살아온 인생의 이야기를 한껏 지닌 인물이었으며, 들려줄 만한 인생사가 웬만한 이들보다 많은 사람이었다.

웨버 씨는 의자에 편안히 기대앉아 입을 열었다.

"난 로마를 사랑했지요. 여행을 많이도 했는데, 이제껏 여행한 곳 중에서 가장 좋아하는 곳이죠. 여기저기 걸어 다니면서 이곳이 500년 전에는 어땠을까 상상할 수 있거든요."

"으음, 그렇군요."

캐시는 중얼거리면서 웨버 씨를 바라보았다. 눈빛으로 추억 속을 더듬고 있는 그는 옛 기억에 행복해 보였다.

그는 문득 어떤 추억에 사로잡혀 말했다.

"트레비 분수 근처에 있는 작은 호텔에 묵은 적이 있어요. 그 호텔에선 매일 아침 방으로 커피를 가져다줬거든. 내가 좋든 싫든 상관없이, 아침 일곱 시 정각에요. 빠르게 노크 소리가 나고 할머니가 성큼성큼 들어와서 협탁에 커피를 쾅 내려놓고는 다시 성큼성큼 나갔어요. 내가 호텔에서 맞은 첫 아침엔 방 한가운데에 알몸으로 서 있었거든요. 무슨 옷을 입을까 고민하고 있었는데, 갑자기 할머니가 커피를 들고서 불쑥 들어왔던 거예요. 그러더니 나를 위아래로 쓱 훑어보고는 아무런 감흥이 없는 모습으로 다시 저벅저벅 걸어 나갔어요. 그분은 나의…… 모든 걸 봤죠."

그는 옛 추억에 웃었다.

"세상에."

캐시도 그와 함께 웃었다.

웨버 씨는 캐시가 웃는 모습을 찬찬히 바라보면서 무언가 알아챘다.

"내가 이 이야기를 전에도 한 적 있죠?"

"아뇨. 없는 것 같은데요."

그녀는 거짓말을 했다.

"캐시, 날 너무 봐주네요. 이제 난 자기 이야기로 젊은이들을 지루하게 만드는 늙은이가 되어버렸어."

"좋은 이야기는 두 번 들어도 여전히 좋은 법이잖아요."

그녀의 말에 웨버 씨는 고개를 저었다. 스스로가 짜증 난다는 듯한 모습이었다.

"아직도 여행을 많이 다니시나요, 웨버 씨?"

캐시는 그가 짜증스러운 마음을 잊게 만들려고 다른 화제로 질문을 던졌다.

"아, 이젠 아무 데도 가지 않아요. 너무 늙고 쇠약해져서요. 과연 내가 장거리 비행을 견디고 살아남을 수 있을지도 모르겠네요."

그는 두 손을 모아 배 위에 올리고서 탁자를 가만히 바라보았다. 여행 생각에 푹 잠긴 얼굴이었다.

"그런 말씀 마세요."

캐시의 말에 그는 미소를 지으며 대답했다.

"아뇨. 현실이 그런걸요."

웨버 씨는 이제 진지한 눈빛으로 그녀를 보았다.

"현실을 받아들이는 것이야말로 중요해요. 인생이란 점점 더 빠르게 달리는 기차와 같거든. 그러니 빨리 깨달을수록 좋은 법이고. 나는 종착역을 향해 질주하고 있어요. 잘 알고 있죠. 하지만 캐시같이 젊은 분들은 할 수 있을 때 저 밖으로 나가서 넓은 세상을 봐야 합니다. 이렇게 사방이 둘러싸인 곳 너머로 볼만한 게 훨씬 더 많이 있다고. 세상을 그냥 지나치지 말아요."

"전 이미 많은 걸 봤어요, 웨버 씨. 그 점은 걱정하지 마세요."

캐시는 자신이 대화 주제가 되자 불편한 마음이 들었다. 그녀는 팔에 가득 낀 책을 향해 고갯짓하며 덧붙였다.

"이 책을 뒤에 두고 와야겠어요. 이러다 제 팔이 떨어질 것 같네요."

그녀는 영업이 끝난 커피 판매대 옆을 지나, 창문도 없이 상자와 직원 사물함이 들어찬 뒷방으로 들어갔다. 그리고 어수선한 책상 위에 책을 턱 쌓았다. 내일 켈너 부인이 서점 문을 열면 알아서 처리할 것들이 있다.

그런데 캐시가 다시 밖으로 나가자, 웨버 씨가 진지한 표정으로 말했다.

"캐시, 나는 인생을 이러저러하게 살아야 한다고 훈계하려던 게 아니었어요. 혹시 나 때문에 언짢아진 건 아니었으면 좋겠는데."

캐시는 정말로 어리둥절해진 채 물었다.

"언짢다고요? 말도 안 되는 말씀이에요. 다시 생각해 봐도 그렇지 않아요."

"음, 내가 하고팠던 말은 사실 이거죠. 내가 서점을 그만두고 켈너 부인을 떠나라는 식으로 말했다는 걸 부인에게 털어놓진 말아요."

캐시는 싱긋 웃으며 말했다.

"제가 그렇게 말했다가는 웨버 씨는 평생 출입금지 당하실걸요. 걱정 마세요. 전 아무 말도 하지 않을 테니까요. 그리고 지금은 어디든 갈 마음이 없어요."

캐시는 탁자에 놓인 머그잔과 접시를 치우면서 서점을 둘러보았다. 6년 전 뉴욕에 처음 왔을 때부터 지금껏 일해온 이곳은 책이 가득 꽂힌 서가와 탁자, 언제나 부드럽게 흘러나오는 배경 음악과 높다란 천장에 달린 조명에서 비롯된 밝고 아늑한 분위기 등 서점이 깃추어야 할 모든 게 다 있었다. 서가 사이와 구석마다 편안한 의자가 놓였고, 벽에 걸린 이질적인 예술 작품들이 묘하게 조화를 이루었다. 페인트는 칠한 지 10년이 넘었고 책꽂이는 아마도 1960년대에 사서 지금껏 쓴 것 같지만, 낡았다기보다는 적당히 예스러운 느낌을 주었다. 문을 열고 들어서자마자 친숙함이 훅 느껴지는 편안한 공간이 이 서점이었다.

그녀는 웨버 씨의 커피 잔을 고갯짓으로 가리키며 물었다.

"마감하기 전에 마지막으로 커피 한 잔 더 하실래요?"

그는 고개를 저었다.

"이미 많이 마셨어요. 여기서 더 마셨다가는 엘리베이터처럼 밤새 올라갔다 내려갔다 하며 오줌 누러 가야 할걸."

캐시는 얼굴을 찌푸렸다. 반쯤은 재밌고, 반쯤은 혐오스럽다는 표정이었다. 웨버 씨는 미안한 기색 없이 덧붙였다.

"늙은이의 삶이 어떤지 잠깐 엿볼 기회를 받은 거라 생각하세요. 이런 기회를 주는 건 항상 즐겁죠. 자, 몇 분만 기다려 주면 나도 있는 힘을 끌어모아 앞에서 물러나 드리지."

"원하시는 만큼 천천히 하세요. 하루를 끝마칠 무렵에 함께하는 사람이 있다는 건 좋은 일이니까요."

"그렇죠."

웨버 씨는 맞장구치며 탁자를 가만히 내려다보았다. 한 손을 책 표지에 얹은 채였다.

"그래, 정말 그러네."

그는 다시 말하며 고개를 들고서 캐시에게 살짝 수줍은 미소를 지었다. 캐시는 옆을 지나가며 노인의 어깨를 도닥였다. 서점 앞쪽의 커다란 창문은 밤거리로 은은한 빛을 쏟았다. 그 모습은 마치 도시의 어두운 공간에서 타오르는 벽난로 같았다. 캐시는 의자에 다소곳이 앉아서 내리기 시작하는 눈을 바라보았다. 희뿌연 빛 사이로 먼지 같은 눈송이가 흩날렸다.

"예쁘다."

그녀는 즐거운 기분으로 중얼거렸다.

그렇게 점점 커지는 눈발을 한동안 지켜보았다. 건너편 길가의 불 켜진 창문과 꺼진 창문이 어우러진 모습이 마치 십자말풀이 흑백 칸 같았다. 시나가던 사람들은 후드를 쓰고서 몰아지는 눈발을 피해 고개를 숙였고, 켈너북스 바로 맞은편에 있는 자그마한 초밥집 손님들은 젓가락을 손에 든 채로 걱정스레 바깥 날씨를 바라보았다.

"폭풍우 치는 밤에는 따뜻한 방에서 무릎 위에 책을 올려놓고 읽는 게 제일인데."

캐시는 혼잣말을 하고서는 슬픈 미소를 지었다. 이건 그리운 이가 자신에게 해주었던 말이었으니까.

벽에 걸린 시계를 슬쩍 보니 이제 문을 닫을 시간이었다. 웨버 씨는 누가 자신의 이름을 불렀다는 양 고개를 옆으로 어색하게 기울이고서 앉아있었다. 캐시는 이맛살을 찌푸렸다. 어쩐지 불편한 느낌이 속 깊은 곳을 슬쩍 건드리는 것만 같았다.

"웨버 씨?"

그녀는 자리에서 일어서며 말을 걸었다. 그녀를 엄습한 불편한 기운과는 상관없이 계속해서 재즈 음악이 흘러나왔고, 캐시는 서둘러 가게를 가로질러 그에게 다가갔다. 웨버 씨의 어깨에 손을 얹었지만, 아무런 반응이 나오지 않았다. 그의 얼굴은 굳어있었고, 감지 않은 두 눈에는 생기가 없었으며 입술은 살짝 벌어진 채였다.

"웨버 씨?"

이래봤자 소용없다는 걸 알면서도 그녀는 다시 불러보았다.

캐시는 죽음이 어떤 모습인지 알고 있었다. 오래전 처음으로 죽음을 보았을 때, 죽음은 자신을 키워준 유일한 가족이었던 사람을 앗아갔다. 그런데 또다시 죽음이 찾아왔다. 이번에는 자신이 눈에 정신이 팔렸던 틈을 타서, 잘 알지 못했지만 좋은 분이었던 사람을 데려갔다.

"아, 웨버 씨."

속에서 차오르는 슬픔을 느끼며 그녀는 다시금 중얼거렸다.

먼저 도착한 건 응급 구조대였다. 그들은 가게로 시끌벅적하게 들이닥쳐서 옷과 머리에 묻은 눈을 털었다. 그 활기찬 움직임을 봐서는 마치 웨버 씨를 구할 기회가 있을 것만 같았지만, 그들은 노인을 보자마자 모든 급박한 기색을 싹 누그러뜨렸다.

"세상을 떠났어요."

구조대원 중 하나가 캐시에게 말했다. 그들 셋은 마치 파티에 온 낯선 사람들처럼 어색한 침묵을 지키며 섰다. 유리처럼 반질반질하게 빛나는 웨버 씨의 눈은 어딘가 먼 곳을 응시하듯 초점이 없었다.

이어서 경찰이 왔다. 젊은 남자와 나이 든 남자였다. 구급대원들이 웨버 씨를 의자에서 일으켜 들것에 묶는 동안, 두 경찰은 캐시에게 질문을 시작했다.

캐시는 구조대원들에게 설명했다.

"이분은 일주일에 두세 번씩 저녁 시간에 오셨어요. 커피 판매가 끝나기 직전에요. 음료를 한 잔 드시고는 제가 가게를 닫을 때까지 저기 앉아서 책을 읽으셨어요."

젊은 경찰은 지루하다는 표정으로 허리에 손을 얹은 채 구급대원들이 일하는 모습을 바라보며 말했다.

"외로운 분이었나 보네요."

"책을 좋아하셨어요. 가끔씩 둘 다 읽었던 책이나 그분이 읽고 있는 책 이야기를 하곤 했어요. 그, 고전문학을 좋아하셨어요."

캐시가 말하자, 젊은 경찰은 그녀를 보았다. 캐시는 입에서 말이 계속 흘러나오는 와중에도 자신이 말을 더듬고 있다는 걸 깨달았다. 그래서 어떻게든 마음을 진정하려고 팔짱을 꼈다. 이 경찰 때문에 어쩐지 자꾸만 자신의 지금 모습이 당혹스러워지고, 스스로의 행동을 죄다 심하게 의식하게 되었다.

"그렇군요."

경찰은 직업 특유의 무심한 태도로 그녀를 바라보며 말했다.

"그분이 선생님과 이야기하는 걸 좋아하셨나 봅니다."

나이 든 경찰이 말하자, 캐시는 친절하게 대하려는 경찰의 의도를 알아보았다. 경찰은 웨버 씨의 지갑을 차근차근 뒤지며 주소나 친지에 대한 정보를 찾아보고 있었다. 왜인지 캐시에게는 그게 남의 속옷 서랍을 뒤지는 것만큼이나 터무니없는 행동처럼 보였다.

"할아버지에겐 예쁜 아가씨만큼 기대감을 주는 게 또 없죠."

젊은 경찰이 입가에 느물거리는 미소를 띠며 말했다. 그러나 나이 든 경찰은 웨버 씨의 지갑에서 눈을 떼지 않으면서도 그 말에 가당찮다는 듯 고개를 저었다.

"그런 게 아니에요. 웨버 씨는 좋은 분이셨어요. 이상한 사람인 듯 말하지 마세요."

캐시는 짜증이 배어 날카로운 말을 내뱉었다.

젊은 경찰관은 미안해하는 양 고개를 끄덕였지만, 뭔가 다른 뜻이 있는 눈빛을 숨기지도 않고서 나이 든 경찰관 쪽을 흘끔 바라보았다. 그러더니 구급대원이 나가도록 문을 잡아주려고 다가갔다.

나이 든 경찰관은 웨버 씨의 운전면허증을 꺼내며 말했다.

"여기 있군요. 94번가 이스트 300번지 아파트 4호라. 좋은 동네군."

그는 지갑에 운전면허증을 다시 넣은 다음 닫고서 캐시에게 말했다.

"더 필요한 정보가 있으면 다시 연락드리겠습니다. 하지만 뭐라도 생각나는 게 있으시다면 전화하세요."

그는 전화번호가 적힌 뉴욕 경찰 명함을 내밀었다.

"예를 들면 어떤 거죠?"

캐시가 묻자, 경찰은 느른하게 어깨를 으쓱였다.

"그냥 우리가 알아야 할 거라면 뭐든지요."

캐시는 그게 괜찮은 대답이라는 듯 고개를 끄덕였지만, 실은 아니었다.

"이분 가족은요?"

"그건 우리가 알아서 하겠습니다."

나이 든 경찰이 대답하자, 문 옆에서 대기하던 젊은 경찰이 끼어들었다.

"가족이 있다면 말이죠."

이만 떠나고 싶어 하는 젊은 경찰의 의도가 캐시에게 보였다. 이곳은 그에게 지루했다. 그 사실에 캐시는 젊은 경찰이 싫어졌다. 웨버 씨는 이보다 더 좋은 대접을 받아 마땅한 분이다. 모든 사람이 이보다는 더 좋은 대접을 받아야 한다.

"아가씨, 괜찮습니까?"

나이 든 경찰이 캐시에게 물었다. 어딜 봐도 그는 피곤해 보였지만 그래도 여전히 임무를 수행 중이었고, 같이 온 젊은 경찰보다는 더 잘하고 있었다.

캐시는 짜증이 나서 얼굴을 찌푸리며 대답했다.

"네, 그럼요."

경찰은 잠시 캐시를 바라보더니, 최선을 다해 어떻게든 위로 비슷한 것을 하려 했다.

"저기요, 가끔 그냥 죽은 사람도 있는 겁니다. 사는 게 그래요."

캐시는 고개를 끄덕였다. 그렇다. 가끔은 그냥 죽는 사람도 있다.

가게 앞에 선 캐시는 사람들이 떠나는 모습을 지켜봤다. 우선 구급차가 먼저 출발했고, 그다음으로 경찰차가 떠났다. 창문에 비친 자신의 모습이 마치 유령 같았다. 중고 매장에서 산 낡은 모직 크루넥 스웨터와 무릎이 닳은 청바지 차림의 키 크고 어정쩡한 여자 유령 말이다.

"안녕히 가세요, 웨버 씨."

그녀는 스웨터 소매를 무심코 팔꿈치까지 끌어올리며 말했다.

속으로는 슬퍼하지 말자고 되뇌었다. '웨버 씨는 연세가 많았잖아. 평화롭고도 빠르게, 또 머무르면 즐거운 공간에서 세상을 떠나셨잖아.' 하지만 슬픔은 고집스럽게도 생각의 저 뒷부분에 달라붙어서 나지막한 베이스 음처럼 끊임없이 울려대었다.

그녀는 전화기를 들고 켈너 부인의 집 번호를 눌렀다.

캐시가 방금 일어난 일을 설명하자 켈너 부인이 말했다.

"죽었어?"

그 말은 짧고도 날카로운 폭음을 울리며 발사된 총알 같았다.

캐시가 잠시 기다리자, 길고 피곤한 한숨 소리가 들려왔다.

"불쌍한 웨버 씨."

켈너 부인이 고개를 젓는 소리가 들리는 것 같았다.

"하지만 이렇게 돌아가셔서 다행이기도 해. 웨버 씨도 분명 그렇게 생각했을 거야. 캐시, 넌 괜찮니?"

그 질문에 캐시는 놀랐다. 누군가 자신이 괜찮은지 물을 때마다 그녀는 이처럼 놀라곤 했다. 그래서 대수롭지 않게 거짓말을 했다.

"아, 괜찮아요. 그냥 엄청나게 놀랐을 뿐이에요."

"으음, 그래, 뭐. 이런 일은 우리 모두에게 언젠가 닥칠 일이지. 웨버 씨는 오래 살다 잘 가셨어. 슬프지만 우울할 이유는 없다고. 알겠니?"

"네."

캐시는 켈너 부인의 힘차고도 상냥한 조언을 듣자 마음이 한결 놓였다.

"그럼 가게 문 닫고 집에 가. 밖에 눈보라가 몰아치잖니. 네가 저체온증에 걸리는 걸 바라진 않아. 이건 부탁이 아니라 명령이니 어서 가."

캐시는 켈너 부인에게 인사를 한 다음 다시 가게 정리에 들어갔다. 켈너 부부는 웨버 씨에 대해 얼마나 잘 알까 궁금했다. 부부는 서점에 정기적으로 오는 사람들을 대부분 아는 듯했다. 하지만 켈너 씨는 몇 년 전 치매에 걸려 기억을 잃었기 때문에 더는 아는 게 없었다. 캐시는 머릿속으로 켈너 씨가 마지막으로 가게에 온 게 언제인지 애써 기억을 떠올렸다. 분명히 몇 년은 되었을 거다. 이제 켈너 부인은 남편 이야기를 하는 적이 드물었다.

그러다 커피 탁자 주위를 쓸던 도중, 탁자 위로 반쯤 빈 커피 잔 옆에 여전히 놓인 웨버 씨의 《몬테크리스토 백작》이 보였다. 그 책을 보자 배를 세차게 맞은 기분이 들었다. 웨버 씨가 본인이 가장 아끼는 걸 빼앗겼다는 생각이 들어서였다. 그런데 책 옆으로 또 한 권의 책이 있었다. 그건 갈색 가죽 표지가 달린 자그마한 책이었는데, 마치 페인트칠한 문이 색이 바래고 갈라진 것처럼 보였다. 하지만 캐시는 아까 그 책을 본 적이 없었다. 웨버 씨가 왔을 때는 물론이고, 구조대원과 경찰이 내내 돌아다녔을 때도 거기 없었던 책이었다. 혹시 못 보고 지나쳤던 걸까?

그녀는 빗자루를 어깨에 걸치고는 책을 집었다. 그 책은 묘하게 가벼운 것이 마치 있어야 할 실체가 없는 것만 같았다. 책을 펼치자, 가죽을 댄 책등이 기분 좋게 바스락댔다. 책장은 두껍고 거칠었으며 캐시가 알아볼 수 없는 언어로 된 글이 진한 잉크로 온통 쓰여 있었다. 책을 넘기며 훑어보자 스케치와 낙서가 눈에 들어왔다. 어떤 건 글 주위에 점점이 그려져 있었고, 또 어떤 그림은 아예 한 면을 다 차지하기도 했다. 이건 누군가 오랫동안 생각을 차곡차곡 써놓은 일기장 같은 걸로 보였지만, 그만큼 무질서했다. 글은 일정한 방향으로 쓰여있지 않았다. 위아래를 오르내리며 적혀있기도 했고, 중간이 잘렸거나 그림 주위로 둥글게 이어지기도 했다.

그런데 책의 첫 장을 열자 캐시의 눈에 손 글씨 몇 줄이 보였다. 다른 페이지의 글과 같은 필체지만 영어로 된 문장이었다.

이건 문의 책이다.
손에 들고 있으면 어느 문이든 모든 문이 된다.

그 아래에는 다른 글이 적혀있었다. 딱 봐도 서체가 달랐다. 그게 자신에게 쓴 글이라는 걸 알아본 캐시는 숨을 헉 몰아쉬었다.

캐시, 이 책을 드립니다. 친절하게 대해준 보답으로 선물하는 겁니다.

이 책이 데려다주는 곳으로 가 그곳에서 만나는 친구들과 함께 재미있게 보내길 바랍니다.

존 웨버

캐시는 눈살을 찌푸렸다가 이내 선물에 놀라고 감동했다. 다시 책장을 넘기다가 3분의 1쯤 되는 부분에서 어떤 페이지가 나왔다. 한 면 전체에 출입구가 스케치된 부분이었다. 출입구는 검은 잉크로 그린 단순한 그림으로, 문이 활짝 열린 가운데 그 너머로 어둠에 잠긴 방 같은 공간과 멀리 있는 벽에 난 창문이 보였다. 창밖으로는 햇살이 환히 비치는 짙푸른 하늘과 싱그러운 초록색 수풀 가운데 피어난 온갖 색깔의 봄꽃이 보였다. 생생하고 찬란한 색채로 그려진 창밖의 풍경을 제외하면 모두 다 검은색 스케치였다.

캐시는 책을 덮고서 갈라진 가죽 표지를 쓰다듬었다.

그녀가 웨버 씨를 그렇게 친절하게 대했던가? 그러면 오늘 밤 웨버 씨는 그녀에게 책을 주려고 했던 걸까? 어쩌면 돌아가시기 직전에, 그녀가 넋 놓고 눈을 보고 있었을 때 주머니에서 책을 꺼낸 걸까?

그녀는 경찰에 전화를 해서 이 책이 있다고 말해야 할지 잠시 고민했다. 책은 두 권 있는데. 그러다 젊은 경찰이 눈을 흘기는 광경이 대번에 떠올랐다. '그분이 어떤 미친 사람이 쓴 일기를 줬다, 이겁니까?'

"멍청한 짓이야."

그녀는 혼잣말로 중얼거렸다. 웨버 씨는 이걸 그녀가 갖길 바랐다. 그러니 가게 문을 닫는 시각에 종종 같이 있어준 친절한 분에게 받은 기념품으로 가져도 될 것이다. 그리고 《몬테크리스토 백작》도. 캐시는 이걸 어딘가 좋은 곳으로 보낼 수 있는지 알아봐야겠다고 생각했다.

잠시 후, 그녀는 낡은 회색 코트에 암적색 목도리와 방울 털모자로 몸을 감싼 다음 서점을 나섰다. 날카로운 바람결이 몸으로 파고들었지만, 머릿속으론 이상한 책에 적힌 내용을 생각하느라 주변을 알아차리지 못했다. 몇 걸음도 가지 못하고서 가로등 아래에 멈춰 선 캐시는 주머니에서 책을 꺼냈다. 사실은 그때, 길 건너편의 어둑한 출입구 안에서 누군가 이쪽을 보고 있었지만 캐시는 전혀 알지 못했다.

다시 책 페이지를 넘겨보았다. 더 많은 글과 아무렇게나 그은 듯한 선이 보였다. 마치 책을 낱장으로 떼어다 서로 다른 순서로 배치하면 무언가 웅장하고도 비밀스러운 형태가 나타날 것만 같았다. 책 한가운데에는 두 페이지에 걸쳐 수백 개도 넘는 출입구가 깔끔한 모습으로 줄지어 그려져 있었다. 각 출입구의 모양과 크기, 특징은 뉴욕 거리의 출입구만큼이나 다양했다. 기묘했지만 아름다우며 뭐가 뭔지 알 수 없는 그림은 보는 이의 마음을 끌었다. 캐시는 페이지를 넘기면서 이토록 오랜 시간 동안 낙서를 한 사람은 과연 누구인지 알아보고 싶었다. 마치 보물 같은 이 책의 수수께끼 같은 모습에 캐시는 마음을 온통 빼앗겼다.

그녀는 책에 떨어진 눈송이를 털어내고 다시 주머니에 넣은 다음, 눈 내려 온통 고요해진 거리를 지나 세 블록 떨어진 지하철 쪽으로 향했다. 머릿속에는 검은 잉크로 이루어진 그림들과 이상한 말들에 대한 생각이 가득했다.

건너편 출입구에 서서 그녀를 지켜보던 인물은 뒤를 따라가지 않았다.

가장 좋아하는 게임

집에 도착한 캐시는 웨버 씨의 《몬테크리스토 백작》을 들고 침대 끝에 있는 책꽂이로 갔다. 문고본을 꽂아두는 자리에 마침 공간이 있었다.

이 책꽂이는 그녀의 삶을 그리는 지도나 다름없었다. 어릴 적 열심히 읽었던 책과 유럽을 여행하는 동안 사거나 주웠던 책, 뉴욕에 살면서 읽고 소중히 간직한 책까지 소장본이 다양했다. 이 중에는 할아버지 소유였던 낡은 《몬테크리스토 백작》 문고본도 있었다. 캐시는 머틀크리크에 있는 할아버지의 작업실을 떠올렸다. 어린 시절에는 할아버지가 일하는 동안 구석에 있던 빈백 소파에 푹 파묻혀 그 책을 읽었다. 비가 퍼붓는 동안 공기 중에 자욱했던 나무와 기름 냄새가 떠올랐다. 책꽂이에서 예전의 책을 꺼내 책장을 넘기자 아주 희미한 그때의 잔향을 포착할 수 있었다. 책이 불러일으키는 추억과 감정에, 어린 시절의 만족스러움과 편안함을 다시금 느끼자 가슴이 뭉클해졌다.

책을 다시 꽂아놓은 캐시는 낡은 스웨터를 벗어 빨래 더미에 던졌다. 그리고 문 뒤쪽에 붙은 거울에 비친 자기 모습을 보면서 냉정하게 스스로의 몸을 평가해 보았다. 거울을 볼 때나 사진에 찍힌 모습을 볼 때면 언제나 좀 실망스러웠다. 스스로가 너무 크고 말라 보여서였다.

골반은 너무 좁고 가슴은 너무 납작했으며, 눈은 크고 둥근 게 꼭 놀란 사슴 같았다. 화장은 하는 법을 배운 적이 없어서 평생 하지 않았고, 금발 머리는 아무리 빗질을 해봐도 언제나 사방으로 휘날리기만 했다.

"집에 왔네?"

거실에서 이지의 말이 들려왔다.

"응."

캐시는 대답하고서 방문을 열어 거울에 비친 자기 모습을 닫아버리고는 밖으로 슬렁슬렁 나가서 이지를 찾았다. 이지는 커다란 티셔츠에 파자마 바지로 잘 준비를 마친 차림으로 소파에 앉아서 다리를 꼬고 있었다.

"일은 잘됐어? 집에서 잠옷 차림으로 있는 걸 보니 좋았나 보네."

캐시가 묻자, 이지는 피곤한 기색으로 눈을 흘겼다.

"몇 군데 갔었어. 마지막으로 갔던 술집에서 남자 몇 명이 우리랑 놀고 싶어 하더라. 한 덩치 큰 남자가 매력 발산을 하려고 기를 쓰더라고. 아주 끔찍하게 생긴 놈이었어. 근육이 우락부락한 데다 일자 눈썹이었거든. 같이 타임스 스퀘어에 가서 야경을 보자고 하던데."

"이야."

캐시가 헛웃음을 짓자 이지도 고개를 끄덕였다.

"너도 웃기다고 생각하지? 세상에 누가 타임스 스퀘어에 가고 싶어 한다고? 타임스 스퀘어 좋아하는 건 관광객이랑 테러리스트뿐이잖아."

캐시는 미소를 지었다. 친구의 목소리를 들으니 좋았고, 또 어른거리던 슬픔에서 잠시 벗어날 수 있어서 좋았다. 텅 빈 지하철을 타고 눈 덮인 거리를 지나 집까지 오는 길은 길고도 외로웠다.

캐시가 소파에 앉자 이지는 이야기를 계속했다.

"그래서 내가 그랬지. 타임스 스퀘어를 좋아하는 사람은 관광객과

테러리스트뿐이라고. 그랬더니 내가 뭔가 역겨운 말을 했다는 듯이 기분 상한 티를 막 내는 거야."

이지는 얼굴을 찡그리며 목소리를 낮추어 남자를 흉내 냈다.

"'그 말 너무 불쾌한데요. 테러리스트는 사람을 죽이잖아요.' 하는 거 있지."

"거참 특이한 사람이네."

캐시는 씩 웃으며 대꾸했다.

"그래서 분위기를 망쳤어. 그걸로 끝이었지. 다행이었어."

이지는 여전히 눈발이 날리는 창문 쪽으로 고갯짓했다.

이지는 블루밍데일스 백화점의 보석 코너에서 근무했고, 2주에 한 번씩 퇴근 후에 동료들과 술을 마시곤 했다. 그녀의 세상에는 값비싼 제품과 부자와 눈을 휘둥그레 뜬 관광객들이 가득했다. 캐시는 이해할 수도 없고 관심도 없는 세상이었지만, 이지는 자신의 직업을 무척 좋아했다. 한때 그녀는 배우가 되려는 마음이 있었다. 그래서 10대 때 브로드웨이에서 노래하고 연기하겠다는 꿈을 품고 플로리다에서 뉴욕으로 이사를 왔다. 둘이 처음 만났을 때 이지는 켈너북스에서 일하면서 오디션을 보고 작은 극장에서 연기를 했다. 하지만 몇 년이 되도록 이렇다 할 성과가 없자, 결국 꿈을 포기했다.

어느 날 저녁, 이지는 캐시와 함께 라이브러리 호텔의 루프톱 바에서 술을 마시면서 이런 말을 했었다.

"제일 나쁜 게 뭔지 알아? 서른 살이 되어서 간 오디션장에서 예쁘고 젊은 여자들이 같은 자리에 있는 걸 보는 거야. 지금 내가 나보다 나이 든 여자들을 보는 눈빛으로 걔들도 나를 본다는 걸 깨달으면 기분이 어떻겠어. 세상에는 아름다운 여자가 끝없이 나와, 캐시. 언제나 새롭고 젊은 여자가 나타나지. 그리고 난 외모보다 다른 점이 더 돋보일 만큼 좋은 배우는 아니야."

캐시와 이지는 켈너북스에서 만나자마자 바로 친구가 되었고, 1년 넘도록 같이 일했다. 서로의 관심사는 무척 달랐지만, 어찌어찌 둘은 항상 사이좋게 지냈다. 갑자기 불쑥 나타나서 인생을 바꿔버리는 식의 자연스럽고도 편안한 우정이었다. 캐시가 셋집을 구하기 시작하자, 이지는 돈을 아끼기 위해 같이 살 집을 구하자고 제안했다. 그 후로 두 사람은 로어 맨해튼에 있는 방을 구했다. 엘리베이터 없는 건물 3층에 있는 방 두 개짜리 아파트였다. 리틀 이태리 끝자락에 있는 그 건물의 아래층에는 치즈케이크 가게와 세탁소가 있었다. 집은 겨울에는 춥고 여름에는 더웠으며 집주인이 공간을 여럿으로 조각내는 바람에 방의 모양도 크기도 제각각인 데다 가구도 자리에 딱 들어맞지 않았다. 하지만 두 사람에겐 그럭저럭 괜찮았기에, 이지가 서점을 그만두고 블루밍데일스에서 일하게 된 후에도 둘은 계속 같이 살았다. 이지는 낮에 일하지만, 캐시는 야간 근무와 주말 근무를 선호했다. 그래서 두 사람은 며칠씩 서로를 보지 못할 때가 많았으나, 그렇다 해서 서로의 존재가 걸리적거린다거나 생활 방식이 달라서 우정에 금이 가는 일은 없었다. 사나흘에 한 번씩 서로를 마주치면, 이지는 그간 있었던 일을 죄다 간략하게 이야기해 주었고, 캐시는 그 말을 잘 들었다. 그러다 이지가 의식의 흐름대로 쏟아내던 말이 마침내 그치면, 그녀는 모성애 가득한 표정으로 캐시를 바라보며 "그래서 넌 어떻게 지냈어, 캐시? 너는 그간 무슨 일이 있었니?"라고 묻곤 했다.

이지는 지금도 바로 그 표정으로 캐시를 보고 있었다. 머리 뒤로 헝클어진 곱슬머리를 묶어 올린 이지는 날렵한 턱선에 커다란 갈색 눈망울을 지닌 아름다운 여자였다. 백화점에서 판매대 뒤에 서주기를 바라는 여자, 연기를 할 수 있었다면 영화배우가 되었을지도 모르는 여자였다. 캐시는 그녀에 비해 자신이 평범하다는 생각이 들었지만, 이지는 캐시에게 그런 느낌을 줄 만한 행동을 한 적이 없었다. 이것만 봐도 이지가 어떤 사람인지 드러났다.

"나에게는 그간 무슨 일이 있었는지 물으려고 했지?"

캐시가 선수를 쳤다.

"그래. 너는 그간 무슨 일이 있었니?"

"아무 일도 없었어. 별일 없었지."

캐시의 말에 이지는 꼬았던 다리를 펴고는 벌떡 일어나 주방 조리대를 어슬렁거렸다.

"아, 왜 이래. 내가 머그잔에 와인을 가득 따라줄 테니까 아무 일도 없었다는 게 무슨 일인지 말해봐."

이지는 문 뒤에 무드 등을 켜서 벽에 은은한 빛을 비추었다.

"웨버 씨가 오늘 돌아가셨어."

캐시는 이렇게 말하며 눈을 내리깔았다가 자신이 받은 책을 여전히 들고 있다는 걸 깨달았다. 방의 책꽂이에 두고 올 생각이었는데.

"어머, 그거 너무 끔찍하다. 그런데 웨버 씨가 누구야?"

이지의 말에 캐시가 대답했다.

"그냥 할아버지야. 가끔 서점에 오시던 분. 와서 커피 마시고 책 읽다 가셨지."

"어우, 너무 춥다. 날씨가 진짜 왜 이래?"

이지는 투덜거리면서 복도 문을 닫고서는 소파로 돌아와 캐시에게 머그잔을 주었다. 두 사람은 집에 있을 때 와인글라스를 쓰는 일이 없었다.

"그분은 그냥 외로우셨던 것 같아. 서점을 좋아하셨고."

이지는 와인을 머그잔에 따르며 물었다.

"그래서 어쩌다 그렇게 됐는데? 헛디뎌 넘어졌어? 우리 마이클 삼촌이 넘어져서 죽었거든. 넘어졌다가 골반이 부러졌는데 일어나질 못했어. 그래서 거실 바닥에서 죽었어."

이지는 어깨를 으쓱였다.

"아니, 그런 게 아니야."

캐시는 술 생각이 없는데도 와인이 담긴 머그잔을 들며 덧붙였다.

"그분은 그냥 돌아가셨어. 의자에 앉아서. 마치 때가 된 것처럼."

이지는 고개를 끄덕였지만, 실망한 기색이었다. 캐시는 곰곰이 생각하며 말했다.

"경찰이 그러더라고. 가끔 그냥 죽는 사람도 있다고."

이지는 소파에 몸을 더 편하게 기대고서 다리를 꼬았다. 캐시는 와인을 한 모금 마셨고, 그렇게 둘은 조용히 함께 시간을 흘려보냈다.

"눈 좀 봐."

이지가 창밖을 멍하니 바라보며 중얼거렸다. 눈보라 때문에 길 건너편 건물이 거의 보이지 않았다. 바람은 잦아든 것 같았지만 눈발은 이제 더욱 굵고 부드러워져서 하늘에서 느릿하지만 쉴 새 없이 흩날렸다.

"정말 예쁘다."

캐시가 말했다.

"근데 그건 뭐야?"

이지는 캐시가 무릎에 올려놓은 책을 가리켰다. 캐시는 그걸 이지에게 건네주면서 선물을 받은 이야기를 했다.

"가죽이네."

이지는 책을 살펴보더니, 겉표지를 열고서 손가락으로 아무렇게나 책장을 넘겼다.

"이야. 뭔가 미친 사람이 글자를 막 토해놓은 것 같네. 이게 무슨 가치가 있으려나?"

"가치는 없을걸. 그래도 이건 내게 준 선물이야."

캐시가 말했다. 이지가 이걸 보고 먼저 떠올린 생각이 금전적 가치라는 게 짜증이 났다. 그게 중요한 게 아닌데.

"웨버 씨가 너한테 반했나 보다."

이지는 장난스레 웃으며 책을 돌려주었다. 캐시는 그 말에 발끈했다.

"그만해. 그런 거 아니야. 그분은 좋은 사람이었어. 이건 좋은 뜻으로 주신 거야."

이지는 와인을 홀짝였다. 그녀의 눈은 살짝 게슴츠레해졌다.

"알았어. 쓸데없는 생각은 그만하자. 자, 뭔가 기분 좋은 걸 생각해보자고."

캐시는 테이블에 머그잔을 놓으며 말했다.

"기분 좋은 게 뭐가 있을까? 이건 못 마시겠어. 이러다 잠들 거야."

"그냥 아무거나. 별것 아니라도 좋아. 뭐가 있을까…… 가장 좋았던 날이 언제였는지 말해봐."

"뭐?"

캐시는 미소를 지었다. '가장 좋아하는 것 말하기' 게임은 기억하고 있었다. 두 사람은 서점에서 일하면서 조용하고 달리 할 일이 없을 때 종종 그 게임을 하곤 했다. 둘 중 하나가 상대방에게 가장 좋아하는 게 뭔지 물어보면 대답해 주는 게임이었다. 가장 좋아하는 음식이나 명절, 아니면 별로였던 데이트 상대 중에서 그나마 가장 좋았던 게 누군지 묻고 답하는 식이었다.

"네가 가장 좋았던 날 말이야. 살면서 가장 최고의 날이 언제였어?"

이지가 다시 묻자, 캐시는 웨버 씨의 책을 무릎에 소중하게 올린 채 창 너머 눈 덮인 세상을 응시했다.

문득 이지가 캐시의 상념을 깨며 끼어들었다.

"그럼 내가 '가장 안 좋던 날'을 말해줄게. 바로 그레이하운드(현재는 사라진 미국의 시외버스 회사. 주로 저소득층이 이용했으며 그레이하운드 버스터미널은 우범지대인 경우가 많다―옮긴이)를 탔던 날이었어."

캐시는 몇 년 전에 이지의 사촌을 보러 둘이 같이 플로리다로 갔던 여행을 기억하고서는 못마땅한 소리를 흘리며 미소를 지었다. 둘은 그레이하운드 버스를 타고 마이애미까지 근 24시간 동안을 함께하며 어마어마한 공포와 웃음 터지는 상황을 번갈아 견뎌야 했다.

"버스에서 자리를 뜬 적도 없는데 화장실에 갔다 온 냄새를 풍겼던 남자 기억 나?"

"아, 말도 꺼내지 마."

이지는 토할 것처럼 입을 가린 채 대꾸했다.

캐시는 생각을 놀려 좋았던 시절을 떠올렸다. 지금보다 훨씬 어렸을 적, 그녀가 성장기를 보냈던 집에서 할아버지와 단둘이, 또는 책과 함께 보냈던 시절. 하지만 그런 날은 이야기하지 않을 것이다. 그 추억은 너무나 소중하니까. 대신 그녀는 할아버지가 돌아가신 후 뉴욕으로 오기 전 떠났던 여행을 떠올렸다. 한편으로는 슬픔을 달래려고, 또 한편으로는 앞으로 뭘 할지 찾아보려고 캐시는 혼자 유럽 여행을 갔었다. 그리고 1년 동안 이 도시 저 도시를 돌아다니며 주로 혼자서 배낭여행을 했었다. 물론 중간에 파리에서 잘생긴 독일 남자애를 만나기도 했고, 런던에서는 젊은 일본인 부부를 사귀기도 했다. 로마에서 만난 중년의 레즈비언 커플은 캐시를 보호가 필요한 순진한 소녀라고 판단하고 몇 주 동안 동행해 주기도 했다. 캐시는 그들과 계속 연락하기로 약속했지만, 이제껏 한 번도 연락하지 못했다. 캐시의 인생에 아주 잠깐 등장하는 이들이었다. 비록 캐시에겐 이제 잊힌 존재였지만, 그래도 그 사람들과 유럽의 햇살 가득한 따스한 날씨는 가장 행복했던 추억 중 하나가 되었다.

"베네치아에 갔던 때가 기억나."

캐시의 말에 이지가 대꾸했다.

"오오, 베네치아 좋지."

이지는 외국에 가본 적은 없었지만, 종종 자기 조상이 살았던 이탈리아로 돌아가면 어떨지 이야기하곤 했다. 마치 실제로는 절대로 일어날 일 없는 꿈에 대해 사람들이 말하듯이 말이다.

"그때 어떤 호스텔에서 묵었는데, 방을 혼자 썼어. 처음에는 그 방에 아무도 없었거든. 어린 자녀가 있는 중년 부부가 운영하던 곳이었는데, 참 친절한 분들이었어. 지금은 이름이 기억나지 않는데……."

캐시는 잠시 기억을 더듬어 보았지만, 떠오르는 건 아무것도 없었다.

"어쨌든 날 딸처럼 대해주셨어."

이지는 고개를 옆으로 돌려 소파 등받이에 기대면서 이야기를 들었다. 캐시는 계속 말을 이어갔다.

"내가 묵은 호스텔이 있던 거리는 좁은 자갈길이었어. 건물은 죄다 노랗거나 주황색이었고, 커다란 나무문이랑 덧창 달린 작은 창문이 있었지. 거기 다시 가본다 해도 호스텔이 어디였는지는 찾을 수 없을 거야. 호스텔 건너편에 빵집이 있었고, 날이 너무 따뜻해서 창문을 열어놓고 자곤 했어."

"음, 따뜻하면 좋지."

이지는 졸린 목소리로 대꾸했다. 캐시는 그때의 기억을 떠올리며 한숨을 쉬었다.

"아침에 일어날 때쯤엔 빵과 페이스트리 굽는 냄새에 잠에서 깨곤 했어. 세상에서 제일 좋은 냄새였다고. 그곳 주민들이 만나서 웃고 떠드는 소리가 들렸어. 골목 끝에 있는 카페는 이른 아침부터 테이블이랑 의자를 내놓느라 딜컹덜컹 시끄러웠어. 주민들은 출근길에 카푸치노를 마시려고 카페에 들어갔고."

"이탈리아 가고 싶다."

이지의 말을 들으며 캐시는 이야기를 계속했다.

"매일 난 침대에서 벌떡 일어나서 아래층으로 달려갔어. 그 건물에는 커다랗고 낡은 나무문이 있었어. 그 문을 열면 바로 빵집이 나왔는데, 보통은 사람들이 줄을 쭉 서서 원하는 걸 사 갔지."

"나 빵 좋아해. 근데 못 먹어. 먹으면 바로 엉덩이 살로 가거든. 그래도 좋아해."

이지가 중얼거렸지만 캐시는 잠시 혼자만의 상념에 깊이 잠겨 그 말을 흘려 넘겼다. 그리고 손에 든 책을 고갯짓으로 가리키며 말했다.

"이제 이걸 지워야겠다. 그리고 커피든 뭐든 만들어 마셔야지, 안 그랬다간 너보다 일찍 자겠어."

"나 안 졸려. 근데 거짓말이야."

이지는 졸린 티가 역력한 목소리로 말했다.

캐시는 미소를 지으며 소파에서 몸을 일으켰다.

다시 베네치아를 떠올리자 골목 끝에 있던 카페에서 마셨던 커피와 아침으로 먹었던 바삭한 빵이 덩달아 기억났다. 그리고 복도로 통하는 문에 손을 뻗자, 이상하게도 전율이 느껴지면서 온 세상이 자신의 몸 안에서 확 오그라들었다가 풀어지는 느낌이 들었다.

그렇게 문을 연 순간, 그녀의 눈앞으로 자갈이 깔린 자그마한 길이 나타났다. 여행지로 기억하던 조용하고 어두우며 빗물에 반짝이는 베네치아의 거리였다.

베네치아

캐시의 머릿속이 확 뒤집혔다. '지금 내가 뭘 보고 있는 걸까.' 이어서 믿을 수 없는 광경에 입이 벌어졌다.

아파트 복도가 나와야 할 곳에는 다른 세상이 펼쳐져 있었다. 시원한 공기와 습기, 살짝 눅눅하지만 신선한 향취는 다른 지역이 분명했다. 어둡기는 마찬가지였으나, 눈이 한가득 내리는 뉴욕의 밤거리라기보다는 빛에 가까운 어둠이었다.

그녀의 눈앞에는 베네치아에서 갔던 빵집에서 불빛이 나오고 있었다. 그 불빛은 이슬비 내리는 밤거리에 난 밝은 구멍 같았다. 창문 안으로 어떤 남자가 움직이는 모습이 보였다. 빗줄기로 얼룩진 창문 너머로 보이는 인영은 흐릿했다. 하지만 캐시는 이게 그림이 아니라는 걸 깨달았다. '정말로 움직이는 진짜 사람이야!'

"맙소사."

캐시가 어안이 벙벙해진 채 말하자, 여전히 이해할 수 있는 세상 쪽에 있는 이지가 물었다.

"나갈 거야, 아니면 도로 들어올 거야? 문 닫아줘. 어디서 나는지 모를 소리가 올라오잖아."

"이지, 이리 와봐."

캐시가 아스라한 목소리로 불렀다.

베네치아의 빵집 유리창 너머로 보이는 남자는 이제 짙은 색 외투를 벗고서 가게 뒤쪽 출입구로 가서 외투를 걸었다.

"이리 와봐, 이지."

캐시는 목이 꽉 막힌 소리로 다시 친구를 불렀다.

"뭔데 그래? 오, 제길, 혹시 또 쥐 나왔어?"

이지의 물음에 캐시는 대답하지 않았다. 다만 억지로 눈을 질끈 감고서 셋을 센 다음 다시 떴다. 눈앞에 보이는 거리는 그대로였다. 빗줄기도, 자갈길도, 빵집에 있는 남자까지도. 저 위로 보이는 하늘이 아주 캄캄하지 않은 걸 보니, 날이 밝아오고 있었다. 이어서 머릿속 깊은 곳에서 초연한 목소리가 들렸다. '당연하지. 이탈리아는 뉴욕보다 여섯 시간 빠르니까. 지금은 새벽이라고.'

이윽고 이지가 그녀 옆에 와서 섰다. 캐시가 고개를 돌리자 휘둥그레진 이지의 눈이 보였다. 자신도 아직 믿기가 힘든 이 말도 안 되는 광경을 이지도 보고 있다는 뜻이었다.

이지는 고저 없는 목소리로 물었다.

"나 혹시 뇌졸중인가? 캐시, 나 지금 맛이 간 거야?"

"말도 안 돼. 너무 놀라워."

캐시가 느릿하게 말했다. 이지의 질문에 대한 대답은 아니었다.

"이게 대체 무슨 지랄이지?"

이지는 이해할 수 없다는 듯 숨을 헐떡이며 물었다. 캐시는 이내 외쳤다.

"여긴 베네치아야! 내가 너한테 방금 말했던 곳이 여기야!"

"베네치아가 왜 우리 아파트에 있어? 나 오줌 마려워! 화장실은 어디 갔어?"

이지의 목소리에는 히스테리의 기미가 엿보였다. 캐시는 문손잡이를 놓고서 앞으로 손을 뻗었다. 이지가 그녀를 붙잡았다.

"너 뭐 하는 거야?"

"응?"

캐시는 대답 대신 물었다. 이지가 캐시를 놓아주었고, 둘은 함께 캐시가 문지방 너머로 손을 뻗는 모습을 지켜보았다. 간질간질한 산들바람과 작은 입맞춤 같은 빗방울이 느껴졌다. 캐시는 손가락을 꼼지락대다가 이내 손을 뒤집어 손바닥을 하늘로 향했다. 그리고 믿을 수 없다는 기분과 즐거운 마음에 키득키득 웃으며 다시 손을 물렸다. 캐시와 이지는 손을 자세히 살펴보았다.

"빗방울 맞아. 바람도 느껴졌어."

캐시는 피부에 맺힌 물방울을 빤히 바라보며 말했다. 그리고 다시 문을 바라보며 미소를 지었다.

믿을 수가 없었다. 문 너머로 대양 저편 다른 나라의 도시가 보이다니. 캐시는 마치 맛있는 음식을 음미하는 것처럼 머릿속으로 그 광경을 천천히 곱씹었다.

"그래서 이게 뭐야?"

이지가 묻자, 캐시가 대답했다.

"내 손은 베네치아에 갔다 왔어. 몸이 뉴욕에 있는데 손이 베네치아에 있었다니까?"

이지는 어안이 벙벙한 표정이 되었다.

"어떻게 이럴 수가 있지?"

캐시는 혼잣말로 중얼거렸다.

둘은 말없이 문 너머를 응시했다. 고개를 돌리려야 돌릴 수가 없었다. 길 건너편 빵집에는 이제 사람이 둘이었다. 빗줄기로 얼룩진 창문 너머로 그들의 형상은 목탄으로 낙서한 듯 흐릿했다.

"이제 어떡할 거야?"

이지가 묻는 소리를 들은 캐시는 생각했다. '이지가 목소리를 떠는 건 처음 듣네. 언제나 자신만만하고, 그 자신감을 확연히 내보이는 사람인데.'

캐시는 중얼거렸다.

"난 가고 싶어."

"간다고? 어딜?"

"베네치아에."

캐시는 앞을 가리키며 말했다. 어떻게 가고 싶지 않을 수가 있겠는가? 저 멀리 떨어진 곳, 정말 좋아했던 곳이 바로 앞에 떡하니 있는데.

이지는 숨을 헉 들이켰다.

"베네치아엔 못 가! 난 지금 잠옷에 양말 차림이라고. 그리고 넌…… 네가 지금 입은 게 뭔지는 모르겠지만, 어쨌든 너도 신발 안 신었잖아."

"저게 진짜인지 확인해 보고 싶어."

캐시는 이지의 반발을 듣는 둥 마는 둥 했다. 눈앞의 광경은 진짜 같았다. 느낌도 진짜 같았다.

"네 손도 넣어봐, 이지."

이지는 문 너머의 세상을 조심스럽게 바라보았다. 캐시는 애원했다.

"제발 해봐. 이게 나만 그런 게 아니라는 걸 알고 싶어서 그래. 내가 헛것을 보는 게 아니라는 걸 알고 싶어."

이지는 성호를 그었다. 그녀가 이런 행동을 하는 걸 본 건 몇 년 전에 길에서 보행자가 차에 치였을 때 딱 한 번뿐이었다. 이윽고 이지는 손을 뻗었다. 손가락이 문지방을 넘는 순간, 이지는 고통이 느껴지리라 예상하듯 눈을 질끈 감았다. 그러더니 앞에 있어서는 안 될 거리로 손이 뻗어 나갔고, 불안한 심정이 된 캐시는 한 손으로 입을 막았다. 이 기적이, 이 불가능한 현상이 진짜이기를 바랐다. 이런 일이 실제로 있을 수 있다고 받아들이고 싶었다. 이지는 믿을 수 없다는 듯 웃더니 말했다.

"추워. 공기가 느껴져."

"그래."

캐시는 기분 좋게 말했다. 이지에게도 느껴진다는 사실이 기뻤다. 이게 진짜라는 거니까.

"비는 느꼈어?"

"응. 비도 느꼈어."

그녀는 아까 캐시가 했던 것처럼 손가락을 꼼지락거리더니 이내 아파트 쪽으로 손을 물리고 살펴보면서 고개를 저었다. 캐시는 문밖으로 나가보고 싶었다. 베네치아에 가고 싶었다. 눈에 보이는 게 무섭지 않았다. 두려워할 것도 없었다. 그저 놀라움과 즐거움만이 있었다. 하지만 캐시의 생각을 읽은 것처럼, 이지가 끼어들었다.

"그러지 마. 이러다 돌아오지 못하면 어쩌려고? 양말 차림으로 베네치아에 갔다가 거기 잡혀서 못 돌아오면 어떡하려고 그래?"

캐시는 주저했다. 이지의 경고가 한껏 즐거웠던 마음에 제동을 걸었다.

"내가 사진 찍을게!"

이지가 이렇게 말하고는 잠옷 주머니에서 휴대폰을 꺼내어 문과 그 너머의 거리를 찍었다. 그리고 한 발짝 물러서서 문 앞에 있는 캐시의 모습을 몇 장 더 찍었다.

"웃어!"

이지의 말에 캐시는 정신없이 웃었다. 그녀는 문 너머로 나가고 싶었다. 바라는 건 그뿐이었다.

"잠깐만. 내가 영상 촬영을 할게. 손을 흔들어 봐. 시작한다."

캐시는 빈손을 들어 문을 가리켰다.

"베네치아 같아 보여. 원래는 우리 집 복도 자리인데."

이어서 살짝 미친 듯한 웃음이 터져 나왔다.

"진짜 말도 안 돼!"

"손을 다시 넣어봐."

이지의 지시에 캐시는 문 쪽으로 몸을 기울이고 손을 쑥 뻗은 다음 한 걸음 다가가 고개를 디밀었다.

"캐시!"

이지가 놀라 소리치는 소리가 들리더니, 이내 다시 자신을 잡아당기는 이지의 손길이 느껴졌다.

"이거 진짜로 진짜야. 믿을 수가 없네."

"이만하면 됐어. 이젠 슬슬 무서워진다."

캐시가 무어라 대답하기도 전에, 이지는 문을 잡더니 밀어서 탁 닫았다. 문틀 안으로 문이 흔들리는 모습을 두 사람은 조용히 바라보았다. 이윽고 고개를 돌린 이지는 캐시의 눈을 바라보면서 말없이 물었다. 캐시는 고개를 끄덕였고, 이지는 다시 문을 열었다. 하지만 나타난 곳은 복도와 화장실, 방문이 보이는 어색하고도 좁은 현관 공간이었다. 아파트 현관 쪽으로 둘의 코트와 신발이 보였다. 캐시는 꺼질 듯이 숨을 쉬었다. 안도감과 실망이 연이어 온몸에 밀려들었다.

이지가 곧바로 휴대폰을 확인했다. 캐시는 그 옆에 붙어 머리를 맞대었다. 둘은 이지가 찍은 사진과 캐시가 문 옆에 서있다가 몸을 안으로 숙이는, 아니 밖으로 내미는 장면이 찍힌 영상을 보았다. 그러나 이내 이지가 소리를 꽥 지르는 걸 마지막으로 영상이 끝났다.

"어떻게 이럴 수가 있지?"

이지가 궁금한 목소리로 말했다. 캐시는 현관에 서서 허리에 손을 얹었다가 그제야 자신이 웨버 씨가 준 책을 계속 들고 있었다는 걸 깨달았다. 현관 자리에서 기적처럼 나타난 베네치아를 보는 동안, 내내 웨버 씨의 책을 손에 쥐고 있었다. 게다가 서점에서 처음 책을 집었을 때보다 지금은 책이 더 따뜻하고 무거워졌다는 걸 알아차렸다.

"이 책 때문이야."

그녀는 다시 책을 샅샅이 살펴보았다. 그냥 무거워진 수준이 아니라 더 단단해진 느낌이었다. 마치 책 표지 사이에 무언가 더 많은 게 생긴 것 같았다.

"뭐?"

이지가 투덜대었다.

"이 책 때문이라고."

캐시는 다시 말하고는 잠시 후 자리에 앉아서 아까 마시지 않은 머그잔을 들고 와인을 단번에 비웠다.

"책 때문이라니, 그게 무슨 소리야?"

이지가 묻자, 캐시는 책 앞장을 넘기며 웨버 씨가 자신에게 남긴 글 위에 적힌 내용을 읽었다.

"문의 책이야. '어느 문이든 모든 문이 된다'라고 적혀있어. 나는 예전에 머물렀던 거리의 문을 생각하고 있었어. 이 책을 든 채로 문을 생각했더니 느껴지는 게……."

캐시는 말하다 말고 부르르 떨었다. 이지가 물었다.

"뭘 느꼈는데?"

"이상한 느낌이 있었어. 그러다 문을 열었더니 베네치아가 나타났어. 내가 생각하던 바로 그 베네치아 말이야."

캐시는 속에서 무언가 놀라운 깨달음을 느꼈다. 그건 더없이 아름다운 최고의 해돋이 같은 느낌이었다. '설마……'

이지는 완전히 몰입한 채 캐시를 빤히 바라보았다가, 이내 입을 열었다.

"너 미쳤니? 이 책이 그랬다고 생각하는 거야?"

캐시는 어깨를 으쓱었다. 그 표정은 어서 더 말해보라고 북돋는 것만 같았다.

"네가 책을 참 좋아한다는 건 알지만, 그럼, 뭐 마법서 같은 게 너를 다른 세상으로 이동시켜 준다는 거야?"

"문의 책이라니까."

캐시는 자신의 말소리를 가만히 음미했다. 그리고 책을 다시 펴서 훑어보다가 어떤 페이지에서 손가락이 멈췄다. 아까 봤던 페이지, 바로 어두운 방 안에 꽃과 햇살이 비치는 창문이 난 문을 그린 스케치였다. 그런데 이번에는 창문이 없었다. 지금은 그려진 문 사이로 거리와 자갈길, 빵집의 창문이 보였다. 조금 전까지 캐시가 보던 거리의 모습이었다. 믿을 수가 없어서 입이 다물어지지 않았다. 그녀는 페이지를 다시 넘겨 아까 봤던 창문 그림을 찾으려 했지만, 그 그림은 없었다.

"책이 변했네."

방금 알아낸 사실에 신이 난 캐시는 중얼거렸다. 또 하나 알아낸 불가사의한 일에 흥분하고 말았다. 이 책이 어쩐지 살아서 자신에게 말을 거는 느낌이었다. 캐시는 자신이 점점 히스테릭해지는 것만 같았다.

"이 그림 좀 봐! 이전과 달라졌어! 이제는 아까 봤던 거리처럼 보여!"

이지는 책을 받아 들고 자세히 들여다보았다.

"그 거리 맞지?"

캐시는 자신이 본 걸 이지도 확실히 봤다고 해주길 바라며 물었다.

"그런 것 같아."

이지는 조심스럽게 말했다. 아무리 봐도 불가능한 걸 인정하고 싶지 않다는 기색이었다.

"아, 왜 이래. 아까 그 거리가 확실하잖아. 하지만 아까와는 달라졌어. 변했다고."

캐시는 책을 다시 가져와 보았다. 머릿속이 잠시 빙글빙글 돌더니, 온몸이 덜덜 떨렸다.

"이거 마법일까?"

"마법서라니."

이지는 회의적으로 눈썹 한쪽을 치켜떴다.

"왜 그런 게 없다고 생각해? 방금 너도 봤잖아."

캐시의 말에 이지는 복도 문을 닫고서 가리켰다.

"이 책이 정말 마법서라고 확신한다면, 다시 해봐. 어서 뭔가 다른 걸 나타나게 해보라고."

캐시는 가만히 생각했다. 자신도 사실은 이지가 말하는 대로 하고 싶었다.

이 문을 열면 다시 다른 곳이 나오게 하고 싶었다.

이 기묘하고도 놀라운 책을 써보고 싶었다.

놀랄 일이 없다시피 한 세상에서 놀라움을 자아내는 책이 너무나 탐스럽게 캐시를 자극했다.

"그러면 코트를 입자. 그리고 먼저 넌 화장실에 다녀와."

한밤중에 떠나는 신비한 맨해튼 관광

"어디 가고 싶어?"

캐시가 뱃속이 울렁이는 느낌으로 문 앞에 서서 물었다. 이지는 이미 화장실에 갔다 온 다음 잠옷을 갈아입은 참이었다. 이제 두 사람은 코트를 걸치고 신발까지 신었다. 캐시는 문의 책을 손에 들고 있었다.

이지는 어깨를 으쓱이며 말했다.

"이탈리아는 말고. 우리가 다시 문 안으로 들어올 수 없다 해도 걸어서 집에 올 만한 곳으로 가자."

"좋아."

캐시는 고개를 끄덕이고서 서점을 생각했다. 그곳이야말로 자신이 가장 좋아하는 곳이자 편안한 장소였다. 하지만 이지는 더 좋은 생각을 해냈다.

"나 생각났어. 라이브러리 호텔의 루프톱 바 어때. 거기 기억나?"

캐시도 물론 기억하고 있었다. 라이브러리 호텔은 이지가 아직 켈너북스에서 일할 당시에 둘이 퇴근하고 술 마시러 갈 때 가장 좋아하는 장소였다. 거기선 바깥 자리에 앉아서 사방을 빙 두른 미드타운 맨해튼의 고층 빌딩을 보며 비싼 칵테일을 마시고 부유층 젊은이들이 사교 모임을 갖는 광경을 볼 수 있었기 때문에 이지가 무척 좋아했다.

캐시는 맨해튼의 온갖 창문을 바라볼 수 있어서 역시 그곳의 전망을 좋아했다.

"그래. 좋은 생각이야."

캐시의 말에 이지가 다시 제안했다.

"너도 한 군데 골라! 내가 고른 곳 다음으로 네가 고른 곳에 가자!"

캐시는 그 생각이 마음에 들어서 미소를 지었다.

"뭐, 그러면 우리 한밤중에 신비한 맨해튼 관광을 떠나는 건가?"

"오, 좋다!"

이지는 눈을 빛내며 소리쳤다. 캐시는 다시 방문을 마주 보며 말했다.

"좋아. 라이브러리 호텔 바."

그녀는 문의 책을 손에 쥔 채로 잠시 조용히 서서 호텔 바와 루프톱 테라스로 이어지는 문을 떠올리고는 단호하게 고개를 끄덕인 다음 앞으로 손을 뻗어 문을 열었다. 하지만 나타난 건 아파트 현관이었다.

"제길."

"왜 이러지? 뭐가 잘못됐나?"

이지가 물었다.

"난들 알겠어?!"

"음, 그러면 아까는 어떻게 했어? 그걸 다시 해봐. 하지만 베네치아로 가진 말고."

캐시는 이지의 눈을 마주 보았다. 이지는 소리쳤다.

"이건 더 쉬울 거 아니야. 몇 킬로미터 안 되는 거리니까! 하지만 베네치아는 바다를 건너 있다고!"

"네가 해볼래?"

캐시가 문의 책을 내밀며 제안했다.

"어어, 아니."

이지는 뒷걸음질을 쳤다.

캐시는 한숨을 쉬고서 다시 문을 바라보았다. 그리고 문을 닫은 다음 숨을 차분하게 골랐다. 엄청나게 가슴이 뛰고 있었다. 아까는 어떻게 했는지 차근차근 떠올려 보았다.

베네치아를 생각했었다. 거리와 빵집을 떠올렸고. 문도. 아까 분명히 기억났었다. 아니, 그냥 기억난 게 아니라 베네치아의 그 문을 눈앞에 생생히 그려보았었다. 그러자 묘한 느낌이 들면서…….

그녀는 눈을 감고서 호텔의 루프톱 테라스 문을 떠올렸다. 잡으면 차가웠던 유리문은 바깥쪽이 지저분했다. 그 문에 손을 내미는 장면을 그려보면서 문손잡이로 손을 뻗었다.

그러자 다시 느낌이 왔다. 전기가 통하는 듯 묘한 압력이 온몸에 스치면서 머릿속 어딘가 초연한 부분이 소리쳤다. '됐다!'

"이것 봐!"

이지가 숨을 헉 몰아쉬었다.

캐시는 눈을 뜨고서 앞을 내려다보았다. 손에 든 책이 다시 무거워졌는데, 지금은 뭔가 다른 일이 일어난다는 게 보였다. 책 둘레로 은은한 빛이, 오라가 어른거렸다. 그것은 뭔가 만질 수 없는 그림자 같으면서도 무지개처럼 아주 영롱하고 화려한 빛깔을 뿜냈다. 캐시가 손을 앞뒤로 움직이자, 무지갯빛 오라도 책을 따라 공기 중을 느릿하게 유영하듯 움직였다.

"빛나네!"

이지의 말에 캐시는 눈을 들어 문을 보았다. 그리고 손잡이를 잡고 당겼다.

하지만 문은 꿈쩍도 하지 않았다.

"어라?"

놀라서 중얼거리자, 이지가 물었다.

"왜 그래? 이번엔 또 뭐야?"

"문이 안 열려."

캐시는 책을 바라보았다. 아직도 그 묘하고 영롱한 오라를 빛내고 있었다. 여전히 묵직하고 단단하게 느껴지기도 했다. 그렇다면 뭔가 됐다는 소리인데.

그녀는 문을 다시 바라보고서 두세 번 잡아당겼다.

"안 열릴 것 같은데."

투덜대던 것도 잠시, 이지가 말했다.

"루프톱 바 문은 바깥으로 미는 거 아니었어?"

그 말이 옳다는 걸 캐시는 단번에 알아챘다. 문, 그러니까 이 집의 문은 안쪽으로 당겨 여는 것이었고 베네치아의 문도 그랬다. 하지만 라이브러리 호텔 바에서 바깥 루프톱 테라스로 나가는 것이라면, 문은 밀어야 했다.

"말도 안 돼."

캐시는 너무나 놀라서 중얼거렸다. 어느새 집 문은 변해있었고, 평소라면 열릴 리 없는 방향으로 움직였다. 캐시가 문을 밀자, 바깥으로 나가는 문이 휙 열리면서 차가운 공기가 마치 사람을 만나 신난 강아지처럼 확 밀려들었다.

아래를 내려다보자, 책에 서렸던 오라는 바람에 날려 사라지고 있었다. 손안에 느껴지는 책의 무게도 가벼워져 갔다.

그녀는 이지와 눈을 마주쳤다.

"가자!"

이지의 말에 두 사람은 아이처럼 까르르 웃으며 라이브러리 호텔의 루프톱 테라스로 달려 나갔다.

이지는 캐시를 루프톱 끝에 있는 벤치로 데리고 가서는 눈보라를 막으려고 테이블 위의 파라솔을 폈다. 테라스 저편에 혼자 앉아서 술을 마시고 있는 어떤 남자를 제외하면 눈 내리는 옥상에 있는 건 그들뿐이었다.

"술을 주문할 수 있을지 모르겠네."

이지는 창 안쪽의 바를 들여다보며 중얼거렸다. 그곳엔 피아니스트가 있었고, 피아노 연주 소리가 밤하늘로 흘러나와 눈과 함께 뒤섞여 몰아쳤다.

"이거 정말 믿을 수가 없네."

캐시는 놀라운 마음으로 고개를 저었다. 어떻게 도시를 순간이동한 건지. 손에 든 책을 내려다본 캐시는 문득 깨달았다. 평범한 갈색 수첩 모양인 이 책을 어느새 너무나 좋아하게 되었다는 걸. 이 책은 그녀의 삶에 들어와서 기적을 이루고 있었다.

"주워서 죽을 것 같지만 상관없어! 우리는 라이브러리 호텔에 왔다!"

이지가 눈보라에 대고 소리치고 마구 웃었다. 캐시도 소리쳤다.

"그래! 이리 와!"

그녀는 눈을 막아주는 파라솔 아래에 앉은 이지를 잡아끌어 함께 눈발 속에 몸을 맡겼다. 그리고 테라스 끝에 있는 난간에 기대어 깎아지른 절벽 같은 건물 아래의 매디슨가를 바라보았다. 저 아래는 마치 북극 같았다. 눈이 빠르게 쌓여갔고, 가로등과 차량의 헤드라이트는 눈보라에 모두 흐릿해졌다. 모험심 강한 사람 몇몇만이 후드를 뒤집어쓰고 고개를 푹 숙인 채 눈발을 헤쳐가며 터벅터벅 걷고 있었다. 캐시와 이지 뒤에 있는 바에서는 피아니스트가 느릿한 곡 연주를 끝내고서 이제는 캐시도 어렴풋이 아는 재즈 오케스트라의 명곡을 편곡 버전으로 빠르게 연주하기 시작했다.

"내 손을 잡아."

이지가 씩 웃으며 말했다.

"뭐라고?"

캐시는 눈발 사이로 눈을 가느다랗게 뜨고 친구를 바라보며 물었다. 이지가 말했다.

"나랑 춤추자고, 캐시!"

"너 취했구나!"

"맞아!"

이지는 캐시를 가까이 끌어당겼고, 그렇게 1분쯤 둘은 바에서 흘러나오는 음악에 맞추어 춤을 추었다. 눈송이와 피아노 음이 차가운 밤하늘에서 빙글빙글 도는 가운데 단둘이서 추는 춤이었다.

"정말 미친 것 같아."

캐시는 이지와 함께 다시 파라솔 아래 자리에 털썩 앉으며 얼굴에서 눈을 닦아냈다.

"아직도 꿈을 꾸는 것 같아. 우리 방금 하늘 아래에서 춤춘 거야?"

"어떤 미친 애가 나를 잡아서 폭스트롯을 같이 추더라고."

캐시가 고개를 끄덕였다. 이지는 미소를 지으며 눈 내리는 하늘을 바라보았다. 그리고 고개를 절레절레 저었다. 그들 뒤로 피아니스트는 빠른 곡을 마저 치고는 다시금 뉴욕의 깊은 밤 바에서 흘러나올 만한 느릿한 곡을 연주하기 시작했다. 잠시 후, 이지가 물었다.

"이 능력으로 뭘 할 수 있을 것 같아? 원한다면 어디든 갈 수 있다면 말이야."

캐시는 가만히 생각해 보았다.

"출근할 때 지하철을 탈 필요가 없겠지? 그냥 방에서 서점으로 바로 가면 되잖아."

캐시는 그 생각에 미소를 띠었다.

"가끔은 출근길 자체도 꽤 좋아. 춥지만 않으면."

"추우면 최악이지."

이지는 고개를 끄덕이고서는 어깨 너머로 바를 바라보며 덧붙였다.

"진짜 술 한잔 하고 싶다."

캐시의 머릿속은 온갖 가능성을 떠올리고 있었다.

"다시는 공중화장실을 이용할 필요가 없겠네."

"오 세상에, 정말 그러네! 그러면 얼마나 좋을까? 다시는 어디서 오줌 눠야 하나 헤맬 필요 없잖아."

이지가 소리치는 말에 캐시가 덧붙였다.

"그냥 우리 집 화장실로 바로 가면 되겠지. 가고 싶을 때마다."

"하지만 막상 집 화장실에 왔는데 내가 앉아있으면? 내가 변기를 쓰고 있는데 네가 턱 들어오면 어떡해?"

"어우, 그만해. 어차피 넌 항상 화장실 문을 열어놓고 볼일 보잖아. 전에 다 봤어."

"있지, 네가 이 책을 갖게 되어서 다행이야. 그러니까, 너보다 안 착한 사람한테 가지 않아서 다행이라고. 네가 좋은 사람이 아니었다고 해봐. 그 책으로 무슨 짓을 할지 누가 알겠어."

이지는 벤치에 앉은 캐시에게 딱 붙어 몸을 녹이며 말했다.

캐시는 그런 생각을 하고 싶지는 않은 마음에 대답하지 않았다. 그저 이 책의 가능성을 이것저것 떠올리며 신나게 즐기고 싶을 뿐이지, 걱정에 잠기고 싶지 않았다.

"웬 미친놈이 아무 여자 방에나 들락거린다고 생각해 봐. 그것도 전 세계 어디든."

이지의 말에 캐시는 대답했다.

"그러게."

"네가 다른 나라에 가서 범죄를 저지르고 돌아와도 아무도 모른다는 거 아냐. 게다가 다들 널 범인이라고 생각하더라도, 너한텐 네가 전혀 다른 장소에 있었다는 확실한 알리바이가 있을 테고."

캐시가 말없이 고개를 끄덕였고, 이지는 계속 말했다.

"아니면 도둑이 이 책을 가졌다고 생각해 봐. 그래서 어느 금고나 열 수 있다고 말이야. 금고를 딸 필요조차 없잖아. 은행에 들어갈 필요가 아예 없다니까. 그냥 금고를 열고 안에 든 걸 꺼내면 되는 거야. 보석상도 마찬가지고. 그렇다면 이 세상에 안전한 데가 아무 데도 없는 거야."

캐시는 눈살을 찌푸리며 대답했다.

"알았어. 그러니 일어날 수 있는 온갖 끔찍한 일을 줄줄 읊어대는 것 좀 그만할래? 이건 정말 놀라운 책이잖아, 이지. 그러니까…… 너무나 멋진 일이 일어난 거라고. 마법서의 힘으로 내가 원하는 곳은 어디든 갈 수 있다니! 그러니까 나의 행복을 망치지 말아줘!"

이지는 미안한 기색으로 두 손을 들었다.

두 사람은 잠시 말없이 앉아있었다. 하지만 캐시는 자꾸만 이 책을 다시 사용하고 싶은 마음이 커져만 갔다. 다른 곳도 갈 수 있는지 알아보고 싶었다.

"우리 그럼 다른 데 가볼까?"

"좋아. 좀 따뜻한 데로 가자."

이지가 말했다. 그들은 다시 바의 문으로 돌아갔다. 혼자서 술을 마시던 남자는 여전히 루프톱에 있었다. 그는 두 사람을 슬쩍 보았다. 처음에는 캐시를 보던 남자의 눈길이 이지 쪽으로 옮겨 가더니, 이내 주변 빌딩으로 넘어갔다. 이윽고 캐시는 아파트에서 했던 것처럼 다시 책을 사용했다. 책이 묵직해지면서 손 주위로 무지갯빛이 확 퍼졌다. 이번에는 아까보다 더 쉽게 되는 것 같았다. 문을 통과하자 그 안은 다른 곳이었다.

두 사람이 간 곳은 뉴욕 공립도서관의 열람실이었다. 캐시가 참 행복하게 시간을 보냈던 도서관 내부는 높다란 창문 밖을 눈보라가 때려대는 가운데 어둡고 조용했다. 둘은 킥킥 웃는 유령처럼 살금살금 어두운 열람실을 돌아다녔다. 이러다 혹시 경보가 울리거나 경비원에게 들키면 어쩌나 캐시는 무척 겁이 났다. 열람실 바로 옆문을 통해 그다음으로 간 곳이 캐시가 뉴욕에서 좋아하는 장소 중 하나인 유니언 스퀘어 남쪽의 스트랜드 서점이었다. 문을 연이어 통과할 때마다 이제는 이 동화 같은 환상이 끝나고 다시 지루한 현실로 돌아가게 되는 건 아닐지 캐시는 걱정했지만, 매번 그 생각이 틀렸다는 게 밝혀졌다. 이 세상은 갑자기 온갖 가능성으로 가득한 경이로운 곳이 되었다.

"나 배고파."

스트랜드 서점 안에서 이지가 말했다.

"그럼 벤스 델리 갈래?"

캐시는 둘의 집에서 몇 블록 떨어진 곳에 있는 24시간 음식점 이름을 댔다. 그곳은 두 사람의 단골집이었다. 지금 사는 아파트에 이사 왔던 날 집주인을 만나려고 두 시간을 기다렸던 곳이자, 이제는 둘이 음식을 포장해다 먹는 곳이었다.

"벤스 델리 좋지."

이지가 고개를 끄덕이자, 캐시는 서점 뒤에 있는 문을 열고서 이곳에서 1.6킬로미터 떨어진 벤스 델리에 들어갔다. 그리고 가게 안쪽에 자리를 잡은 후 이지는 팬케이크와 베이컨을 콜라와 함께 먹고, 캐시는 커피를 홀짝이며 아직도 두근대는 마음을 애써 가라앉혔다.

이지는 슬프게 한탄했다.

"나 좀 봐. 나 쓰레기야. 지금 한밤중인데 내 몸에 못 할 짓을 하고 있네."

"네 몸에 무슨 나쁜 짓을 했다고 그래. 아니라는 거 알면서."

"내가 이런 식으로 먹다가는 나쁜 짓이 되어버린다고. 너 우리 고모들 못 봤어? 다들 몸집이 어마어마해. 내 유전자가 그렇다고, 캐시."

"그러면 왜 먹는 건데?"

이지는 어깨를 으쓱였다.

"입이 심심해서. 그리고 나 취했잖아."

그녀는 포크를 접시 위에 탁 내려놓고 옆으로 치우더니 물었다.

"그래서 그 책은 어떻게 할 거야?"

"무슨 소리야?"

캐시의 물음에 이지는 눈살을 찌푸렸다.

"그러니까, 그 책을 그냥 갖고 있으면서 계속 이렇게 쓸 수는 없잖아?"

캐시는 이해가 가지 않아 되물었다.

"왜 못 써? 나한테 준 건데. 이제 내 거라고."

"넌 진짜 아무것도 모르는구나, 캐시. 이거 위험할 수 있단 말이야."

이지의 말에 캐시는 한숨을 쉬었다. 이런 경고를 받고 싶지 않았고, 무슨 소리인지 이해가 가서 싫었다. 그녀가 잠시 생각에 잠긴 동안 이지는 콜라를 마저 비웠다. 결국 캐시는 고개를 끄덕였다.

"좀 더 알아볼 수는 있겠지. 이 책이랑, 웨버 씨에 대해서."

"어떻게 알아보려고? 그분은 죽었잖아."

이지의 물음에 캐시가 대답했다.

"켈너 부인에게 물어볼게. 그분이라면 웨버 씨에 대해 알 수도 있어. 단골손님이었으니까."

이지는 고개를 끄덕였다.

"뭔가 더 알아낼 때까지는 그거 갖고 놀지 마. 그 책이 무슨 짓을 할지 모르잖아."

"우리가 밤새 갖고 놀았는데도 말이지?"

캐시의 말에 이지는 진지한 얼굴로 말했다.

"그래. 그래도. 내가 너라면 안 해."

"이제 집에 갈까? 나 피곤해."

캐시는 화제를 돌리며 물었다.

팔짱을 끼고 눈 덮인 거리를 걸어 아파트로 돌아온 둘은 함께 캐시의 침대에 앉았다. 둘 다 잠이 오지 않았지만 어쨌든 몸을 따뜻하게 덥혀야 했기 때문이었다. 둘은 문의 책과 말도 안 되는 멋진 마법과 과연 이게 무슨 의미가 있을지에 대해 이야기를 나누었다. 캐시는 어둑한 방 안에서 친한 친구와 함께 누워 멋진 일에 대한 이야기를 해서 참 행복하단 생각이 들었다. 밤은 추웠지만, 마음만은 따스했다.

그러다 이지가 일어나 본인 방으로 가자 캐시는 혼자가 되었다. 그녀는 베개 밑에 둔 문의 책을 꺼내 손에 쥐고서 엄지로 표지를 쓸어보았다. 다시 책장을 넘기면서 그 안에 빽빽하게 쓴 글씨와 섬세한 그림을 보면 여전히 놀랍기만 했다. 이게 무슨 언어인지 알아보려 했지만, 많은 부분이 모르는 문자로 되어있었다. 그러다 책 앞부분으로 돌아가서 웨버 씨가 쓴 글을 찾아보았다가 캐시는 너무 놀라 입이 벌어졌다. 웨버 씨의 글이 사라졌던 것이다. 이제 책의 첫 페이지에는 이책이 무엇인지 설명하는 문장 몇 줄만이 남았다. 웨버 씨가 남긴 글은 잉크는 물론 움푹 팬 글씨의 흔적조차 없이 싹 사라졌다.

캐시는 믿을 수가 없었다. 이것 역시 기적이자 마법의 일부라 봐야겠지만, 웨버 씨가 쓴 글이 사라져서 좀 마음이 아팠다. 그러나 상념에 잠겼던 것도 잠시, 이 책의 능력을, 바로 웨버 씨가 자신에게 준 선물을 다시금 생각했다. 이건 웨버 씨가 그녀에게 준 거였다.

"이건 진짜야."

그녀는 다짐하듯 조용히 내뱉었다.

그러나 한 번 더 직접 증명해야 했다. 이지가 하지 말라고 했지만, 그래도 다시 이 책을 사용해 보고 싶다는 마음을 알고 있었다. '누가 이런 마법을 거부하겠어? 누가 마다하겠냐고?'

캐시는 침대에서 일어나 방문으로 살금살금 다가갔다. 그리고 몇 년 전 유럽에서 보냈던 휴가를 떠올렸다. 인생 최고의 시기였던 그 몇 달을. 이 책의 힘이라면 그런 행복을 다시금 느낄 수 있을 것이다.

그녀는 눈을 감고서 여행하며 봤던 문을 또 하나 기억해 보려 애쓰다가 런던에서 묵었던 호스텔을 떠올렸다. 이윽고 짙은 색 목재로 만든, 높다랗고 좁은 창문이 달린 문이 기억났다. 문이 열릴 때마다 항상 끼익 소리가 났다. 이윽고 손에 든 책이 묵직해졌고, 눈을 뜨자 책이 무지갯빛 후광 속에 존재하듯 같은 광채가 다시 보였다.

"아름다워."

중얼거리는 그녀의 얼굴 위로 빛이 어른거렸다.

캐시는 한 손에는 문의 책을 들고, 다른 한 손을 방문으로 뻗었다. 그리고 문을 열자, 방문은 이제껏 전혀 낸 적 없는 끼익 소리를 내었다. 얼굴에 어른거리던 무지갯빛 후광이 사라져 갔지만, 대신 기쁜 미소가 얼굴에 피어올랐다.

문 끄트머리를 살짝 엿보자 너무나 생생하게 기억나는 런던의 거리가 보였다. 회색빛 아침과 빗줄기와 보도 옆으로 주차된 차들이 있었다. 그녀는 자신의 방에서 아주 편안하게 서서 바다 건너 외국 도시를 바라보고 있었다.

"이야."

캐시는 키득키득 웃었다. 이토록 기분 좋았던 적이 또 언제였던지. 기억나진 않았지만 어쨌든 지금은 기분이 너무 좋았다.

그러다 문을 닫은 그녀는 고개를 절레절레 저었다. 방금 했던 일을 후회해서가 아니라, 방금 이걸 했다는 게 믿을 수가 없어서였다.

침대로 돌아온 캐시는 두 손으로 책을 쥐고서 그게 마치 사랑하는 연인의 얼굴인 듯 바라보았다.

그녀는 마법을 쓸 수 있었다.

이전에 넘었던 문이라면, 그게 이 세상 어디 있든 돌아갈 수 있었다.

눈 속의 드러먼드 폭스

드러먼드 폭스는 유령들과 함께 눈을 맞았다.

그는 워싱턴 스퀘어 파크 끝에 서서 10년 전을 떠올렸다. 자신의 세상이 변해버린 오래전 그날을.

그는 자신이 왜 여기에 왔는지 알 수 없었다. 정말 어리석은, 심지어 위험하기까지 한 결정이었다. 하지만 잃어버린 친구들을 기억하기 위해서 이곳에 돌아와야겠다고 느꼈다.

드러먼드는 얼굴에 눈보라를 맞으며 북쪽에 있는 분수대를 향해 걸었다. 오래전 그날의 기억과 감정이 머릿속에 어지러이 엉망으로 뒤섞였다. 웃음과 포옹과 오랫동안 이어진 발걸음. 이어 닥친 비명과 빛과 피와 어둠. 맨해튼에서 벌어진 광기의 순간은 더 위험한 때가 오고 있음을 알리는 신호였다. 또한 드러먼드에게는 방랑 생활의 시작이었다. 그리고 그림자의 집이 탄생한 이유였다. 이 모든 것이 10년 전 그때로부터 비롯되었다.

그는 워싱턴 스퀘어 아치에 다다라 눈을 피할 곳에 들어갔다. 몸이 차가워졌고 입고 있는 낡은 코트는 눈보라를 거의 막지 못했지만 그래도 아직 떠나고 싶지는 않았다. 그는 한참을 미동 없이 서서 바람이 싸늘하게 몸을 얼리든 말든 공원을 바라보았다. 그러다 문득 여기에 자신 말고 누가 또 있다는 걸 깨달았다.

분수대 너머로 어떤 형상이 나타났다. 드러먼드의 심장이 더욱 빨리 뛰기 시작했다. 그 형상은 점점 더 커지면서 가까이 다가오더니, 이내 어떤 남자의 모습이 되어 눈보라 속에서 나와 자신 위로 드리워진 아치의 옆자리로 들어왔다.

"폭스 씨, 이런 데서 만나다니 참으로 운이 좋군. 당신이 돌아와서 놀라야 할지 실망해야 할지 모르겠는데."

휴고 바버리 박사가 말을 건넸다. 그러면서 미소를 지었는데, 드러먼드가 보기에 그건 먹잇감을 발견한 포식자의 만족스러운 표정 같았다.

두 사람은 몇 미터도 떨어지지 않은 채로 섰다. 바버리가 마음만 먹는다면 손을 뻗어 드러먼드를 건드릴 수도 있었다. 드러먼드는 애써 두려운 기색을 비치지 않으려 했다.

"휴고."

그는 감정을 드러내지 않는 목소리로 말했다. 그리고 겁먹은 티를 내지 않으려 시선을 눈보라로 돌렸지만, 두 손은 슬며시 주머니 속에 넣어 준비 태세를 갖추었다.

바버리는 둥글둥글하고 육중한 체격이었다. 커다란 머리에는 머리카락이 없었고 짙은 눈동자 위로는 두꺼운 테의 안경을 썼다. 긴 외투 안에는 바지와 재킷에 조끼까지 갖추어 입었는데, 배를 덮은 조끼가 팽팽하게 늘어나 있었다. 머리에 쓴 커다란 중절모는 얼굴로 떨어지는 눈발을 막아주었다. 그는 마치 집으로 왕진을 온 의사처럼 구식 가죽 가방을 들고 있었다.

"지난 10년간 사람들이 당신을 찾아다녔어. 당신이 어디 있는지 알아내려고 시간과 노력을 많이 들였지."

바버리의 말에 드러먼드는 아무런 대답이 없었다.

"그런데 드디어 내가 만나다니, 참 운이 좋아."

바버리는 남아프리카공화국 사람이었다. 오랫동안 온 세상을 돌아다닌 탓에 억양이 많이 부드러워졌지만, 모음을 짧게 발음하는 묘한 억양은 여전했다.

"내 영혼에서부터 구역질이 나는군. 당신 같은 사람이 아직도 살아 있다니. 훨씬 더 좋은 사람들은 아무 이유도 없이 여기서 죽었는데."

드러먼드의 말에 바버리는 흥미롭다는 듯 고개를 갸웃거리며 듣다가 이내 씩 웃었다.

"오, 이런. 하지만 기분 나쁘게 받아들이지는 않도록 하지. 그래도 말이야, 10년 전 그 사건은 나와 아무런 상관이 없잖은가. 난 여기 있지도 않았다고. 내가 기억하기로, 그때 난 세상에 있지도 않은 걸로 밝혀진 망할 놈의 책을 추적하려고 태국에 가 있었거든. 태국에 가 본 적 있나? 욕이 나올 정도로 덥다고. 난 거기가 싫어. 음식마다 죄다 레몬그라스 범벅이고. 먹을 때마다 약품과 비누 맛이 나질 않나."

"원하는 게 뭐지?"

드러먼드는 이 남자가 지긋지긋했다. 가식적으로 쾌활한 척하는 모습이 지긋지긋했다.

바버리는 메뉴판을 찬찬히 들여다보는 사람처럼 생각에 잠겨 콧노래를 부르다 대답했다.

"당신 책을 가져야겠어. 그 전에 먼저 당신을 죽여야 하나 말아야 하나 고민 중이고."

드러먼드는 혼자서 고개를 끄덕였다.

"언제나 책 때문이지?"

바버리는 어깨를 으쓱였다.

"그럼 달리 뭐 때문이겠나?"

드러먼드는 아무 말 없이 눈보라를 바라보았다. 눈보라는 두 사람과 이 세상을 가르는 커튼 같았다. 눈 속에 둘러싸인 그 순간은 환한 장소에서 안전하게 있는 사람들이 너무나도 멀리 존재하는 것만 같았다.

"뭘 갖고 있으신가, 사서님? 그 오랜 세월 동안 안전하게 당신을 지켜준 게 뭐지?"

바버리는 드러먼드에게 한 발짝 다가가며 물었다. 그의 눈빛이 마침내 굶주린 영혼의 기색을 드러냈다.

"난 더는 사서가 아니야. 도서관은 없어. 사라졌어."

드러먼드가 대답했다. 이 사실을 인정하는 것조차 고통스러웠지만, 그의 얼굴은 아무런 내색이 없었다.

바버리는 아무렇게나 뺨을 긁적이며 대답했다.

"그 이야기는 이미 들었는데. 사라졌다는 거. 하지만 잊힌 건 아니잖아? 많은 사람이 여진히 폭스 도서관을 찾고 있다고."

"많은 사람? 그런 이들도 많이 남은 건 아니라고 생각하는데. 그 여자가 살려둔 사람이 많지 않을 테니까. 내 생각이 틀렸나?"

드러먼드가 미심쩍게 묻자, 바버리가 대답했다.

"아, 그 정도로 줄어든 건 아니야."

그는 모자를 벗더니 대머리를 손으로 문지르며 말을 이었다.

"내가 여기 있잖은가. 다른 사람들도 아직 있어. 전보다는 줄어든 게 사실이지. 그 여자가 사람을 하나씩 골라내서 책을 뺏어 가고 있으니까. 하지만 다윈의 법칙이란 게 있잖아? 적자생존. 머지않아 그 여자가 나도 찾아내겠지만, 어쨌든 괜찮아. 그 여자가 얼마나 솜씨가 좋은지 두고 봐야지."

"그 여자는 당신도 찾아낼 거야. 아무도 안전하지 않아. 그건 확실해. 내가 직접 만나봤으니까."

드러먼드의 말에 바버리는 잠시 그를 바라보았다. 이런 진지한 평가를 곰곰이 생각해 보는 듯했던 것도 잠시, 그는 이내 반박했다.

"그래도 안전한 사람들이 있는걸. 올바른 종류의 책을 가진 사람들이지. 그중에서도 가장 강력한 책이 있고."

"그게 당신이란 말인가, 휴고? 요새 강력한 책을 갖고 다니나 보지?"

드러먼드가 물었지만, 바버리는 그의 질문을 무시하고 다른 말을 했다.

"뉴욕에 오다니 바보 같군. 위험한 짓이라는 걸 알았을 텐데."

"핫도그가 너무 먹고 싶어서."

드러먼드가 중얼거리자, 바버리는 짧게 웃었다. 그들이 선 아치 위로 웃음이 메아리쳐 퍼졌다.

"피곤하군. 날 죽이든 내버려 두든 어서 결정하지? 부탁이야. 어느 쪽이든 좋지만, 빠르면 빠를수록 좋다는 거 알면서."

드러먼드의 말에 바버리가 제안했다.

"그냥 나한테 당신 책을 넘기는 건 어떨까? 귀찮은 일 없게. 살려주지. 그리고 당신을 봤다고 아무에게도 말하지 않을게."

"지금 책을 몇 권 갖고 있지, 휴고?"

드러먼드가 물었다. 자신이 갖고 다니는 책은 세 권이었다. 두 권은 한쪽 주머니에, 한 권은 다른 쪽 주머니에 있었다. 조금 전 그는 주머니에 슬그머니 손을 넣자마자 곧바로 책을 꽉 쥐면서 안도했다. 책은 제자리에 잘 있었다. 오른쪽 주머니에 한 권만 넣은 책은 그림자의 책이었다. 그 책은 완전히 펼쳐서 책등 쪽으로 표지를 겹쳐놓았다. 드러먼드는 오랫동안 이런 식으로 책을 갖고 다니는 데 익숙했다. 그래서 책장 귀퉁이를 찢으면 언제든 그림자 속에 숨을 수 있었다. 머릿속으로 그림자의 책에 쓰인 문구가 들려왔다. 그건 마치 행운을 비는 주문 같았다. '책장은 그림자다. 책장을 들고 있으면 그림자가 될 수 있다.'

"책이 몇 권 있는지가 뭐가 중요할까? 그 책으로 뭘 하느냐가 중요하지."

바버리의 대답에 드러먼드가 물었다.

"고통의 책이지? 당신은 그걸 언제나 제일 좋아했잖아?"

"내가 고통의 책을 사용하기를 바라진 않을 텐데, 드러먼드. 난 이 책을 아주 잘 쓴다고. 좋아하는 책이야."

바버리의 말에는 동정심이 깃들다시피 했다. 마치 정말로 드러먼드의 건강이 걱정된다는 듯한 말투였다.

두 사람은 서로를 가만히 바라보았다. 드러먼드는 온몸의 근육이 긴장할 정도로 두려웠지만 전혀 내색하지 않았다. 이윽고 바버리가 미소를 지었다.

"자, 도서관 사서께서 나타나셨다니. 강철 같은 근성을 가지신 분일 줄이야. 친구들을 죽게 내버려두고 도망쳤던 때랑 똑같군."

이제 드러먼드도 고개를 돌려 휘몰아치는 눈보라 너머를 바라보았다.

"그 여자에게 당신이 어디 있는지 알려주면 나에게 뭘 해주려나?"

드러먼드는 다시 바버리의 눈을 마주 보며 그가 던진 위협이 정말일지 가늠했다. 그러자 바버리는 내키지 않는다는 듯 느릿하게 말했다.

"아니. 그냥 당신을 죽이고 내가 직접 책을 가져갈까 싶어."

그러면서 탄환을 쏘듯 팔을 불쑥 내밀며 달려들었지만, 그 팔이 목표한 곳에 도착한 건 드러먼드의 자취가 벌써 사라진 후였다.

"일단 나를 잡은 다음에 책을 가져가든가 말든가 하시지."

드러먼드는 한 발짝 물러서며 말했다. 그리고 주머니 속으로는 그림자의 책 한 페이지를 조금 찢어 손에 꼭 쥐었다. 곧바로 종잇조각이 손바닥 안에서 묵직해지는 느낌이 들더니, 무게가 점점 늘어나면서 그의 몸은 눈보라 속으로 사라졌다. 그는 이제 무형의 보이지 않는 그림자가 되었다.

휴고 바버리는 눈을 가늘게 뜨고 눈보라 속을 바라보았다. 입술은 짜증스러운 기색으로 일자가 되어 굳게 다물렸다. 이내 그는 크게 소리쳤다.

"여기 있다는 거 알아. 방금 모습을 드러냈잖나. 네놈을 찾아낼 거야, 사서. 반드시 찾아낼 거라고."

드러먼드는 아무 말도 하지 않았다. 바버리가 기다리는 동안에도, 추위가 뼛속까지 스몄는데도 고집스레 움직이지 않았다. 먼저 인내심이 다한 건 몸집이 큰 바버리였다. 몇 분이 지나자 그는 나직하게 투덜대더니 돌아서서 자리를 떴다. 눈보라 사이로 그의 거대한 몸집은 곧바로 휙 사라졌다.

드러먼드는 한참을 더 기다렸다. 그러다 휴고가 떠난 게 확실해지자, 그는 그림자 속에 몸을 숨긴 채로 공원에서 나가 북쪽으로 방향을 잡고 걷다가 다시 거리에 다다랐다. 거리에 도착해 손바닥을 펴자, 무지갯빛 오라가 어른거리는 검은 종잇조각이 보였다. 그러다 종잇조각이 점점 가벼워지며 오라가 사라지고, 종이는 바람결에 날아가 버렸다.

그는 눈밭에 발자국을 남기며 눈보라를 뚫고 5번가를 걸어 미드타운으로 향했다.

그날 밤 드러먼드는 미드타운에 있는 라이브러리 호텔에 묵었다. 이토록 눈에 확 드러나는 곳에 묵으면 위험하다는 걸 알았지만 상관없었다. 기억을 떠올리려 워싱턴 스퀘어 파크에 왔건만, 지금은 그저 술을 마시고 잠들어 모든 걸 잊고 싶었다.

방값을 치른 다음 욕실 거울 앞에 선 그는 거울에 비친 초췌한 흑발 남자의 퀭한 눈을 무시한 채로 세수했다. 그리고 루프톱 바에 혼자 올라가 위스키를 주문하고 자리를 찾아보았다. 그러나 바에 가득한 사람들을 보자 잘못 왔다는 생각만 들 뿐이었다. 죄다 부자이거나 부자인 척하는 사람들이 자신감을 과하게 내보이며 경솔하리만큼 무심하게 자신의 부를 드러내다니. 그래서 그는 혼자 바의 테라스로 나갔다. 구석진 곳의 파라솔 자리를 찾아 술을 홀짝홀짝 마셨다. 머리 위로 탁 트인 하늘과 더불어 사방을 둘러싼 미드타운의 콘크리트 빌딩 창문이 가득했다. 눈발은 여전히 굵어서, 크고 부드러운 눈송이가 온 세상을 새하얗고도 흐릿하게 덮었다.

드러먼드는 위스키를 조금씩 마시다가 잔을 들어 10년도 전에 떠나간 친구들을 위해 말없이 건배했다. 홍콩에서 자신을 보러 올 때마다 언제든 요리를 해주던 릴리를 위하여. 자신의 부족한 역사 지식과 바보 같은 질문이 귀찮았어도 참아주었던 야스민을 위하여. 유럽에서 정기적으로 전화를 걸어 드러먼드가 잘 지내는지 확인해서 일주일에 한 번은 사람과 대화라는 걸 하게 해준 바그너를 위하여. 드러먼드는 여전히 친구들이 그리웠다. 그들의 기억을 유령처럼 간직하며 오랫동안 방황하는 동안 언제나 함께했다.

그는 점점 나이 들고 지쳐갔다. 언제까지 이렇게 떠돌아다니며 살 수 있을까. 하지만 어떻게 멈출 수 있을지, 이젠 어디로 가야 할지 알 수 없었다. 그는 10년 동안 스스로를 보호하기 위해 지녔던 책들, 바로 몸을 숨긴 채로 다닐 수 있게 해준 그림자의 책과 필요할 때마다 사람들이 자신을 잊게 해주는 기억의 책, 그리고 운이 좋게 해주는 행운의 책을 사용해서 이곳저곳을 떠돌았다. 이 책들은 10년 동안 드러먼드를 도와주었고, 그는 자신이 간직한 생각 때문에 힘들었던 것 말고는 별문제 없이 살았다. 외로운 건 상관없었다. 평생을 고독하게 살아왔으니. 하지만 끊임없이 자리를 옮겨야 하는 생활이 점차 피곤해졌다. 무엇보다도 집이 그리웠다.

그런데 이제 휴고 바버리가 그를 본 것이다. 자신은 행운의 책을 갖고 다니건만, 어떻게 이런 일이 있을 수 있을까. 이건 행운과는 정반대의 상황인 것처럼 보이는데. 하지만 드러먼드는 행운이란 쭉 뻗은 곧은길이 아니라는 걸 오랜 세월을 거치며 알게 되었다. 행운은 우회로와 숨은 출구가 있는 구부러진 길이었다. 어쩌면 바버리를 봐야 하는 일이 과연 불운했을 뿐이었는지는 아직 확실하게 결론 내릴 일이 아닐 수도 있었다.

드러먼드는 위스키를 홀짝이다 깨달았다. 지금 머릿속이 기분 좋게 흐릿해졌다는 것을. 그는 안으로 들어가서 술을 한 잔 더 주문하고는 루프톱 테라스의 앉았던 자리로 돌아왔다.

이윽고 그는 바버리를 떠올렸다. 그는 신사처럼 차려입은 괴물로, 이제껏 봤던 인간 중에서도 최악이었다. 차라리 휴고 바버리의 손에 죽는 게 나았을지도 모른다는 생각이 들었다. 대학살이 일어난 지 10년 후에 같은 자리에서 죽는다는 건 어찌 보면 시적인 일이었을 텐데. 어쩌면 고단한 삶과 그 여자에 대한 두려움에서 벗어나 마침내 안식을 찾을 수 있었을 텐데.

그 순간, 눈보라의 소음을 뚫고서 웃음소리가 들려와 그는 상념에서 벗어났다. 소리 나는 쪽을 바라보자 여자 두 명이 테라스로 통하는 바의 문을 열고 비틀거리며 나오고 있었다. 그들은 둘 다 눈을 가늘게 뜨고 손을 뻗어 눈을 맞았다. 그리고 드러먼드 쪽을 보다가 고개를 돌려 반대편 끝자리에 앉았다.

드러먼드는 다른 곳으로 시선을 돌렸지만, 심장이 갑자기 빠르게 뛰었다. 마치 한밤중에 악몽을 꾸고서 퍼뜩 깬 기분이었다.

무언가를 보았으니까. 어둠 속에서 불꽃처럼 폭발하는 불빛을 보았으니까.

이건 있을 수가 없는 일이라고 그는 스스로를 향해 말했다. 하필이면 하고많은 밤 중 오늘 밤에, 이곳에서 일어나다니.

하지만 그는 행운의 책을 갖고 있었다. 운 좋은 사람들에게는 이런 일이 일어나는 법이다.

그는 뭔가 일을 시작하기 전에 확인을 해봐야 한다는 걸 알기에 기다렸다. 그는 술에 취해 눈보라 속에서 춤을 추다가 다시 자리에 앉아 몇 분간 이야기를 나누는 여자들을 바라보았다. 이윽고 그들은 다시 일어서서 바의 문으로 다가갔다.

드러먼드는 여자들을 찬찬히 바라보며 그들의 모습을 뇌리에 새겼다. 키가 큰 금발 여자, 그리고 그보다 작은 검은 머리 여자. 그들과 하나씩 눈을 마주치고서는 이내 관심이 없어졌다는 듯 다시 고개를 돌렸다.

두 사람이 바의 문을 열고 들어섰을 때, 그는 보았다. 두 여자의 얼굴에 언뜻 비친 무지갯빛 광채는 그도 아주 잘 알고 있는 색이었다. 드러먼드는 고개를 길게 빼고서 바 안을 바라보았지만, 유리 벽 너머로 보이는 여자들의 모습은 없었다.

"제길."

그는 중얼거렸다. 저 여자들은 문의 책을 가지고 있었다. 그가 아는 한 방금 본 것은 불가능한 일이었다.

"문의 책이라니."

드러먼드는 다시 중얼거렸다. 자기 가족을 비롯하여 수많은 책 사냥꾼이 백 년도 넘도록 찾아다니던 책이었다. 과연 그게 있는지조차 많은 이들이 의심하던 책이었다. 그런데 운 좋게도 그가 우연히 발견한 것이다.

그는 두 여자를 찾아야 했다.

저들은 상상도 하지 못할 정도로 어마어마한 위험에 처해있었으니까.

사막의 환상

바다와 사막 사이에 있는 호화 주택의 창가에 선 얄마 룬드는 가만히 어둠을 응시했다. 밤이 되자 창밖으로는 아무것도 보이지 않았지만, 전날 아침에 도착했을 때는 천장부터 바닥까지 이어진 통창으로 숨이 막힐 듯 멋진 태평양의 전경이 보였다. 하지만 지금 룬드의 눈앞에는 유리에 비친 자기 모습밖에 보이지 않았다.

이 집은 웅장하고 현대적인 단층 건물로, 널찍한 방과 넓은 복도, 수많은 사암과 대리석으로 이루어진 고급 호텔의 미니멀리즘적 특징이 수없이 보였다. 이곳은 1번 국도에서 사유 도로를 타고 안토파가스타(칠레 북부의 항구 도시— 옮긴이) 북쪽으로 가면 있는 절벽 위에 자리 잡은 건물로, 도시 반대편 조망이라서 이 집에 들어서면 마치 이 세상에 혼자 있는 듯한 느낌이 있었다.

"앉아, 룬드. 방에 들어왔는데 네가 거기 서있으면 좋아할 사람 아무도 없어."

룬드의 뒤편으로 방 한가운데에 있는 소파에 앉은 아자키가 조용히 말했다.

키가 206센티미터인 룬드는 단연 거인이었다. 너무나 덩치가 큰 사람이라 눈에 항상 띄었고, 본인은 그럴 의도가 없더라도 위협적으로 보였다. 그는 아자키의 말뜻을 알아듣고는 창문에서 멀리 떨어진 소파에 가서 앉았다.

"저기 오시네. 말은 내가 할게."

아자키가 넥타이를 매만지며 말했다.

룬드는 한쪽 눈썹을 치켜떴다. 그 표정은 마치 '언제는 내가 말했어?'라는 뜻을 담고 있는 것 같았다.

복도로 통하는 문이 열리더니 파체오 씨가 휠체어를 타고 들어왔다. 그 뒤로 엘레나가 휠체어를 밀고 있었다. 연약한 모습의 할머니는 주름이 가득했지만, 눈망울에 생기를 가득 담고서 아자키를 보더니 얼굴을 환하게 빛냈다. 파체오 씨는 오랫동안 다발성 경화증을 앓고 있었고, 영어를 거의 못하다시피 했다. 할머니의 비서인 엘레나가 통역도 맡았다. 엘레나는 할머니의 휠체어를 잘 놓은 다음 소파의 끝에 앉아 파체오 씨의 말을 통역하기 시작했다.

"코 씨, 존스 씨, 두 분의 조사 진행 상황을 파체오 씨가 무척 듣고 싶어 하십니다."

엘레나는 아자키가 사용하는 가명으로 그를 불렀다.

아자키는 정중하게 고개를 숙이며 그가 현재 행세하는 일본인 학자인 척했다. 그의 혈통은 일본이었지만, 사실은 캘리포니아에서 태어난 미국인이었다. 아자키는 키가 작고 단정한 남자로, 칠흑같이 검은 머리카락에 대칭을 이룬 얼굴을 지닌 미남이라서 언제나 좋은 인상을 주었다.

"보내주신 환대와 더불어 가족 도서관을 이용할 수 있게 해주셔서 파체오 씨에게 대단히 감사드린다고 전해주십시오."

엘레나가 아자키의 말을 통역하는 동안 룬드는 파체오 씨를 슬쩍 보았고, 할머니의 관심이 점점 커지는 모습을 알아챘다.

아자키는 계속 말했다.

"하지만 대단히 유감스럽게도 학문적으로 특별히 흥미롭거나 역사적으로 가치가 있는 책은 찾아낼 수 없었다고 파체오 씨에게 전해주십시오."

그들은 이틀 동안 파체오 도서관에 특별한 책이 있는지 샅샅이 찾아보았지만, 아무것도 발견하지 못했다. 룬드는 다시 할머니를 슬쩍 바라보았다. 이번에는 그 얼굴에 실망이 가득했다.

"심려를 끼쳐드려서 대단히 죄송합니다. 파체오 씨께서 가족 도서관에 무언가 흥미로운 것이 있으리라고 기대하셨다는 걸 알고 있습니다."

한두 달 전, 아자키는 산티아고에서 일주일을 보내며 그곳 학자와 같이 술을 마시다가 파체오 도서관에 대해 들었다. 그는 파체오 가문의 역사를 조사했고, 원래 그 도서관은 백여 년 전에 스페인에서 가져온 책을 시작으로 생겨났으나 그 후 파체오 가문이 해운업으로 부유해지면서 오랜 세월에 걸쳐 도서관의 규모를 키웠다는 사실을 알게 되었다. 아자키는 파체오 가문에 편지를 보내 자신들이 역사적으로 가치 있는 도서를 찾아 남미를 여행하는 학자들이라고 소개했고, 그것만으로도 충분히 가문에 접근할 수 있었다. 그리고 아자키의 매력으로 노부인의 환심을 얻어 도서관 출입을 허가받았다.

"노부인은 얼마 못 살 거야. 그분은 자녀도 없고 결혼한 적도 없지. 그래서 뭔가 남길 만한 유산을 원하고 있어. 나는 그분에게 그 가능성을 주려는 거고."

파체오 저택으로 차를 타고 가던 첫날, 룬드가 묻지도 않았건만 아자키가 말했다.

이제 파체오 씨는 천천히 고개를 끄덕이며 아자키가 전한 말을 받아들였다. 잠시 침묵하던 그녀는 이내 몇 마디 말을 엘레나에게 건 넸다.

"시간을 들여 조사해 주셔서 고맙다고 파체오 씨가 말씀하셨습니다. 물론 실망도 하셨지만, 그래도 여러분의 노력에 감사한다고 하십니다."

아자키는 고개를 끄덕였다. 그가 바로 이곳을 떠나고 싶이 한다는 기색이 룬드에게는 보였다. 이곳에는 특별한 책이 없었다. 그저 슬픔과 삶의 마지막 시간만이 있을 뿐이었다.

"고맙습니다."

아자키는 다시 고개를 끄덕이며 말했다.

이제 방 안은 고요해졌고, 파체오 씨는 아래로 눈을 내리깔고 있었다. 아자키는 마치 지시를 기다리는 하인처럼 두 손을 모으고 공손한 자세로 서있었다. 엘레나는 파체오 씨를 지켜보았고, 룬드는 그런 엘레나를 지켜보았다.

"아, 파체오 씨."

순간, 엘레나가 벌떡 일어나며 말했다.

노부인은 조용히 울고 있었다. 말하자면 품위 있는 울음이랄까. 그녀의 주름진 얼굴 위로 눈물이 방울방울 흘러내렸다.

"정말 유감스럽다는 말씀을 다시 드리고 싶습니다."

아자키가 애써 입을 열었고, 엘레나는 정중하게 미소를 지었다. 하지만 그 순간 그녀는 아자키를 거슬리는 존재로 느낄 뿐이라는 걸 룬드는 알아보았다.

파체오 씨는 눈물을 흘리면서도 미소를 지으며 몇 마디 말을 건넸다. 그 말은 통역이 필요 없었다.

"사과하실 필요 없으십니다."

아자키는 눈을 살짝 내리깔며 대답했다.

엘레나가 노부인을 챙기는 동안, 아자키는 눈길을 휙 돌려 거실 공간을 둘러보았다. 전날에도 이곳에 왔었지만, 몇 분 정도만 머무르다가 저택의 동쪽에 있는 도서관으로 안내를 받았었다. 룬드는 아자키가 눈에 힘을 주고 뒤쪽 벽에 쭉 걸린 커다란 사진을 바라보는 모습을 보았다. 그로서는 알 수 없는 건물의 흑백 사진이었다. 마치 판타지 영화에나 나올 법할 탑과 아치형 창문이 있는 건물이 보였다.

"사그라다 파밀리아로군요, 바르셀로나에 있는."

아자키가 사진을 가리키며 말하자, 엘레나는 고개를 들더니 대꾸했다.

"맞아요."

아자키는 벽으로 다가가 사진을 유심히 살펴보았다.

"똑같은 성당 사진이 참 많네요."

엘레나는 파체오 씨에게 휴지를 건네주었다. 노부인은 힘없는 손길로 뺨을 닦으며 아자키를 바라보았다. 엘레나는 서글픈 미소를 지으며 대답했다.

"파체오 씨는 항상 언젠가 스페인에 가보고 싶어 하셨어요. 가족이 원래 살았던 곳이죠. 파체오 씨의 아버지께서는 언제나 사그라다 파밀리아 이야기를 해주셨다고 해요. 그래서 파체오 씨는 그 성당을 정말 보고 싶어 하셨죠. 하지만 안타깝게도 병환과 고령으로 이제는 불가능해졌어요."

아자키는 말없이 좀 더 사진을 바라보더니, 마침내 입을 열었다.

"저는 성당을 직접 본 적이 있습니다. 바르셀로나에 갔었죠. 그래서 사그라다 파밀리아를 봤습니다."

엘레나는 공손하게 미소를 지었지만, 그 속내는 여실히 드러났다.

'그거 좋으셨겠네요. 그럼 이만 가주시겠어요?'

아자키는 휠체어에 앉은 파체오 씨를 잠시 바라보았다. 룬드는 아자키가 속으로 갈등하는 모습을 지켜보았다. 친절한 마음씨와 두려움이 서로 싸워대며 결정을 좀처럼 내리지 못했다.

"엘레나, 파체오 씨에게 실망감을 안겨드려서 마음이 좋지 않습니다. 부인께서는 매우 편찮으시다는 것도 압니다. 그래서 실망을 조금이나마 덜어드릴 수 있다면, 제가 선물을 드리고 싶습니다."

엘레나는 놀란 채로 눈썹을 치켜떴다.

"파체오 씨에게 사그라다 파밀리아에 가볼 기회를 드리고 싶습니다."

그들은 무리 지어 저택을 나섰다. 파체오 씨가 맨 앞에 가고, 그 뒤에서 엘레나가 휠체어를 밀었으며, 아자키와 룬드는 그다음이었다. 저택 부지에 깔린 판석 길에서 나와 해안을 따라 황량한 모래 풍경 쪽으로 다가갔다. 왼편에는 어둠 속에서 태평양의 파도가 굉음을 내었고, 공기는 소금기와 물보라로 텁텁했다.

"이쯤이면 되겠습니다."

앞에 보이는 어둠 속으로 광활한 주황빛과 갈색의 모래밭이 펼쳐져 있었다. 불빛이라고는 파체오 씨의 저택 주변을 비추는 스포트라이트가 전부였다. 아자키는 잠시 고개를 숙이고는 주머니에 손을 넣어 환상의 책을 잡았다. 그리고 눈을 감았다. 룬드는 아자키가 머릿속으로 원하는 것을 상상하며 그려보고 있다는 걸 알았다. 만약 아자키가 주머니에서 책을 꺼냈더라면, 그가 작업하는 동안 환상의 책을 뿌옇게 둘러싼 부드러운 오색 불빛이 너울대며 이 밤을 밝혔을 것이다. 파체오 씨와 엘레나는 궁금한 눈빛으로 아자키를 바라보았지만, 룬드는 황량한 평지로 눈길을 돌리며 거대한 바다의 소리를 들을 뿐이었다.

잠시 후, 무언가 움직임이 일어났다. 어둠 속에서 소용돌이치는 먼지와 모래였다. 이어서 그 움직임이 점점 뚜렷해지더니 소용돌이가 확고한 형체를 이루면서 사방으로 퍼져나가기 시작했다. 아무것도 없던 곳에서 생겨난 무언가는 이내 거대한 건물이 되었다. 어둠을 뚫고서 마치 물레처럼 보이는 탑들이 모인 이들의 머리 위로 뻗어나갔다. 거대한 건물의 모습은 그들 쪽으로 빠르게 뻗어오다가 손에 닿을 만한 거리에서 부르르 떨며 불쑥 멈춰 섰다.

파체오 씨는 가냘프게 소리를 지르며 얼굴을 두 손으로 가렸다. 엘레나는 거대한 건물의 환영에 뒤로 움찔 물러섰다. 아자키는 계속 눈을 감고 있었다. 그러면서 대성당의 표면이 더욱 세밀해졌다. 마치 조각가가 예술 작품에서 불필요한 부분을 깎아내는 것 같았다.

"사그라다 파밀리아입니다."

아자키의 말에 엘레나는 숨을 헉 몰아쉬며 입을 떡 벌렸다. 그리고 옆으로 몇 걸음 걸어 이 건물이 그저 평면적인 그림이 아닌 입체적인 형태라는 걸 확인했다.

아자키가 살짝 땀을 흘리는 모습이 룬드의 눈에 보였다. 이 성당의 환영을 만드느라 부담을 받는 모양이었다.

"불을 좀 밝힐까요?"

아자키가 이렇게 말하고 잠시 후, 대성당의 환영 위로 색색의 빛줄기가 띠를 이루어 허공을 채웠다. 그 모습은 마치 온갖 색채의 북극광이 뒤섞여 어른대는 것만 같았다. 아자키가 책을 사용할 때마다 이런 색이 책에서 나온다는 걸 룬드는 전에 본 적이 있었다.

엘레나는 룬드가 알아듣지 못할 말을 무어라 하더니 이내 노부인을 보았다. 파체오 씨는 눈빛을 환하게 빛내며 휠체어에서 일어서고 있었다. 그녀의 얼굴 위로 하늘에 드리워진 빛이 온갖 색채를 일렁였다. 파체오 씨는 다급하게 손을 휘저으며 엘레나를 향해 뻗었다. 엘레나는 급히 달려가 노인의 연약한 몸을 부축했다.

두 여자는 함께 비틀비틀 대성당의 입구로 들어갔다.

아자키는 주머니에 손을 넣은 채로, 자신이 만든 환상 속을 탐험하는 두 여자를 지켜보았다.

룬드는 그 옆에 서서 가만히 지켜보며 기다렸다.

잠시 후, 안토파가스타로 돌아가는 차 안에서 아자키는 조수석 창문으로 바깥의 어둠을 가만히 바라보았다.

"좀 바보 같았나?"

그는 룬드가 대답하지 않으리라는 걸 알면서도 질문을 던지며 말을 이었다.

"난 사람들을 그릇된 쪽으로 끌고 가는 게 지겨워서 그래. 꿈이나 희망을 주는 게 그렇지. 우리가 뭔가를 찾아냈다면 그리 나쁘진 않았을 텐데. 그만한 가치는 있으니까."

룬드는 아자키가 바보 같다고 생각하지 않았지만, 굳이 말을 하지는 않았다. 그저 계속 운전했을 뿐이다. 그게 룬드의 일이었다. 운전하고, 경호하고, 기다리면서 무슨 일이 일어나는지 보고 시키는 일을 하는 것. 그게 아자키와 함께하는 룬드의 삶이었다. 전 세계를 여행하고, 좋은 호텔에 묵으며 아자키가 하고 싶어 하는 게 뭔지 잠자코 기다리며 알아보는 것. 이런 나날이 근 아홉 달 동안 계속되었다. 룬드가 샌프란시스코의 어떤 술집에서 술에 취한 무리 가운데 있던 아자키를 구해냈을 때부터였다. 룬드는 그곳의 경비를 맡으면서 가끔 바텐더로 일했다. 지난 15년간 미국 남부를 느릿느릿 옮겨 다니다 보니 거쳐 왔던 곳을 이으면 기다란 호가 되었고, 그러면서 이런저런 직업을 전전하다 가장 최근에 시작한 일이 바로 경비와 바텐더였다. 그전에는 일용직 노동자, 수영장 공사 인부, 정원사를 하다가 종종 경비를 맡았고, 한번은 경호원으로 일한 적도 있었으며 바텐더는 몇 번인지 기억도 하지 못할 정도로 많이 했던 일이었다. 다들 단순하고 어렵지 않은 일이었으며 룬드와 같은 몸집과 체격, 분위기라면 쉽게 할 만한 직업이었다. 어린 시절을 보냈던 캐나다 북동부의 작은 마을을 어른이 되자 떠난 후, 그는 한곳에 머무르다 지겨워지고 불안해지면 금방 다른 곳으로 떠났다. 음식과 잠자리만 있다면 크게 바라는 게 없었고, 그런 단순한 삶이 좋았다.

그러다 샌프란시스코의 어떤 술집에서 술에 취한 아자키를 보았다. 그는 자기네들이 돈을 잃을 거라 생각하지 못했던 남자 셋을 주머니까지 싹싹 털었다. 무엇보다 그들은 '술에 취한 왜소한 일본 놈'에게 돈을 잃을 생각이 없었다. 유쾌한 농담으로 시작했던 도박판 자리에 불쾌한 기색이 돌다가 결국은 노골적인 폭력의 분위기까지 번지는 상황을 지켜보던 룬드는 아자키가 흠씬 맞기 직전에 끼어들었다. 룬드는 그들을 막아섰고, 남자들은 그런 룬드의 행동을 마음에 들어 하지 않았기에 결국 룬드가 대신 그들을 흠씬 때려주었다. 그리고 룬드가 싸움판을 정리하자, 아자키는 그에게 혹시 일자리를 원하느냐고 물어보았다.

"내가 마침 경호원이 없어졌거든요."

이렇게 말한 아자키는 웃음을 짧게 터뜨리더니 말을 이어갔다.

"술집에서 싸움판에 휘말리기 딱 좋은 타이밍이었네요. 보수는 넉넉하게 드리죠. 나랑 같이 여행하면서 경호를 해주기만 하면 됩니다."

룬드가 그와 함께 떠난 이유는 샌프란시스코가 지루해졌기 때문만은 아니었다. 그보다는 그때 카드 게임에서 아자키가 본인 카드를 확인하고는 그걸 더 좋은 패로 바꾸는 모습을 보았기 때문이었다. 그의 손에서 하트가 스페이드로 변하고, 10 이하의 숫자 카드가 왕족이 그려진 카드로 변했다. 그걸 본 룬드는 매우 놀라며 신기함을 느꼈고, 이 남자에게 관심이 생겼다.

그들은 근 두 달을 함께 다녔다. 샌프란시스코에서 서부 해안을 따라 쭉 올라갔다가 미시시피강을 따라 시카고로 건너갔다. 아자키는 같이 있기 편한 사람이었다. 그는 요구 사항이 많지 않고 말도 가끔만 했다. 그러다 시간이 좀 지나자, 룬드에게 본인 인생 이야기를 하기 시작했다. 그는 일본계 미국인 3세로 가족의 기대를 저버린 자식이라 했다.

"가족들은 내가 이성애자로 살면서 결혼하고 의사 아니면 엔지니어가 되기를 바랐어. 이런 가정에선 흔히 나타나는 모습이잖아? 그런데 알고 보니 난 게이였고, 독신에다 예술가가 되어버렸지 뭐야. 난 뭔가 창의적인 일을 하고 싶었어. 우리 증조할아버지처럼 말이야."

아자키의 증조할아버지는 20세기 중반에 유명한 카드 마술사였다. 아자키는 어릴 때부터 증조할아버지에 대해서 모든 걸 조사했고, 대학에 입학해서는 겉으로는 의학을 공부하는 것처럼 굴었지만 사실은 음악과 미술과 더불어 마술을 독학했다. 그는 희귀한 마술 서적을 조사하던 중에 환상의 책을 발견했다. 룬드가 이 사실을 알게 된 건, 어느 날 밤 멤피스에서 죽치고 앉아 술을 마시다 마침내 아자키가 책의 진실을 털어놓았기 때문이었다. 아자키는 술을 마시면 이것저것 털어놓곤 했다.

"이거야."

그는 룬드에게 자그맣고 까만 책을 보여주며 말했다. 책 표지에는 값비싼 포커 카드의 뒷면처럼 섬세한 금장 무늬가 새겨져 있었다. 아자키는 졸린 목소리로 말했다.

"이건 나의 전부야. 마법서라 이거야, 내 친구 알마 룬드. 그리고 세상에는 마법서가 많이 있어. 정말이야. 내가 봤거든. 나처럼 책을 가진 친구들이 있었어."

아자키는 잠시 슬픈 기색을 보이다가 이내 얼굴을 환하게 밝혔다. 그는 룬드에게 책을 건네주며 안을 펴보라고 했다. 룬드는 책장을 넘기며 선으로 그린 낙서와 사람과 장소와 사물을 그린 스케치를 보았다.

"그림이네."

룬드가 말하자 아자키는 고개를 끄덕였다.

"이건 책이 만들어 낸 환상이야. 내가 무언가를 나타나게 하면, 이 책에서 그 그림을 찾아볼 수 있어. 이 책이 뭘 할 수 있는지 보여줄게! 난 그냥 책을 들고서 보고 싶은 걸 상상하면 돼. 그럼 원하는 건 뭐든지 보여줄 수 있어."

룬드가 지켜보는 가운데, 아자키는 책을 쥐었다. 그러자 책 가장자리에서 뿌연 색채가 환하게 나타나 일렁이고 소용돌이쳤다. 룬드는 저도 모르게 입을 벌렸다. 진짜 놀라운 게 뭔지 느낀 건 생전 처음이었다.

"봐."

아자키는 룬드의 빈 접시를 가리켰다. 어느새 접시에는 음식이 다시 놓여있었다. 룬드는 손을 뻗어 음식을 만져보았다. 진짜 같은 느낌이었다. 보기에도 그랬다.

"냄새도 나는데."

그가 말하자 아자키가 대답했다.

"이건 다 환상이야."

룬드는 아자키가 자랑스럽게 미소 짓는 얼굴을 보았다. 이윽고 아자키가 긴장을 탁 풀고 책을 테이블 위에 올려놓자, 누가 스위치를 끈 것처럼 뿌연 빛이 사라지고 룬드의 접시는 다시 비어버렸다.

"이젠 이걸 봐."

아자키는 책을 펼치며 말했다. 그리고 책장을 넘겨서 무언가를 찾더니, 책을 돌려 룬드에게 보여주었다. 방금까지 그가 보고 만지고 냄새 맡았던 음식 접시를 얼기설기 그려놓은 스케치였다.

"지랄 맞도록 놀랍지?"

아자키가 말했다. 룬드는 그저 고개를 끄덕였다. 그 말이 맞았으니까. 지랄 맞도록 놀라웠다.

왜 아자키가 자신에게 비밀을 말했는지는 알 수 없었다. 아마도 아자키는 룬드가 어떤 면으로는 좀 모자란다고 본 게 아닐까 싶었다. 그런 시선은 드물지 않았다. 사람들은 먼저 룬드의 덩치를 의식했다. 그러다 같이 좀 시간을 보내다 보면 그가 말이 별로 없다는 걸 알아차리고는 멍청하다는 결론을 내렸다. 그런 식으로 평가절하 당하는 데 룬드는 만족했다. 그리고 자신이 아자키를 마음에 들어 하고 함께 있어서 편한 건 사실이었지만, 그렇다고 아자키가 자신을 좀 둔한 사람으로 여긴다는 점을 고쳐줄 마음은 없었다.

안토파가스타 항구 끝자락에 있는 호텔로 돌아온 다음, 아자키는 술을 마시러 바에 혼자 가겠다고 말했다. 룬드는 말뜻을 알아차리고는 곧장 최상층 스위트룸으로 갔다. 그리고 미니바에서 맥주를 꺼내 한동안 창가에 서있었다. 룬드의 앞으로 항구가 보였고, 경치가 마음에 들었다. 무언가 움직이는 것을, 일하는 사람을 보는 게 좋았다.

룬드는 맥주를 조금씩 마시면서 아자키를 생각했다. 그 모든 모습

아래에는 부드러운 남자, 상냥한 남자가 존재했다. 룬드는 그게 단점이라 여기지 않았다. 자신이 아자키와 이토록 오랫동안 함께 여행해왔던 데는 그 이유가 컸다.

아자키는 룬드의 예상보다 일찍 돌아왔다. 한 시간이 조금 지난 참이었다. 그는 미니바에서 맥주를 꺼내 룬드에게 다가와 소파에 앉았다.

"이제 우리 미국에 돌아가야 할 것 같아. 뉴욕에 가야겠어."

아자키의 말에 룬드는 그를 바라보았다. 아자키의 눈빛이 어딘가 아스라했다. 그는 슬플 때나 술을 마실 때, 아니면 슬퍼서 술을 마실 때 가끔 이런 표정을 했다.

"그래."

룬드가 대답했다. 자신은 상관없었다. 뉴욕에는 단 한 번, 지금보다 훨씬 어렸을 때 가본 적이 있었다. 돌아가는 길은 즐거울 것 같았다.

맥주를 몇 병 더 마신 후, 그들은 각자 다른 구석에 있는 소파에서 선잠이 들었다. 그 와중에 룬드가 말했다.

"그거 해봐."

아자키는 짐짓 연극 조로 한숨을 쉬었지만, 룬드는 아자키가 본인의 기술을 뽐내기 좋아한다는 걸 알고 있었다.

"알았어."

아자키는 대답하고서 환상의 책을 꺼내 손에 쥐고 잠깐 눈을 감았다. 책은 갖가지 빛깔로 빛났고, 이어서 비슷한 색깔이 방 전체를 가득 채우며 천장에서부터 쏟아져 내리는 무지갯빛 불꽃의 폭포를 이루었다. 룬드는 소파에 편히 누워서 그 환상을 즐겁게 감상하며 어느새 천천히 잠이 들기 시작했다.

"즐기라고. 내일은 또 새로운 모험이 시작될 테니."

룬드는 대답 대신으로 맥주병을 들어 보이고는 다시금 빛줄기를 바라보았다.

그는 다음 날에도 뭔가 찾아낼 거라고는 생각하지 않았다. 아자키와 함께 다닌 지난 아홉 달 동안 둘은 아무것도 찾아내지 못했다. 하지만 그는 기꺼이 그 여행에 동참했고, 마법서라는 숨겨진 세상에 대해 모든 걸 기꺼이 배웠다.

웨버 씨의 아파트와 이지의 조사

다음 날 아침, 잠을 거의 자지 못하고 잔뜩 흥분한 채로 밤을 지새운 캐시는 문의 책을 가지고 답을 찾아 나섰다.

처음 갈 곳은 이스트 94번가에 있는 웨버 씨의 집이었다. 그곳은 4층짜리 붉은 벽돌 건물로, 전면에 지그재그 모양으로 쭉 내려오도록 설치된 검은색 화재용 비상구에 눈이 수북하게 쌓여있었다. 건물 입구는 잠겨있었다. 캐시는 문을 열어보려 했지만, 문은 단단히 잠긴 채로 덜컹거릴 뿐이었다. 그녀는 잠시 생각해 보다가 주머니에 있던 문의 책을 잡고서는 이 문을 머릿속으로 그려보며 저 뒤 복도로 들어가는 상상을 했다. 그러나 문은 완강히 닫혀있을 뿐이었다.

"뭐지?"

그녀는 허공에 대고 물었다. 중얼거린 말과 함께 나온 숨결이 허공에 흩날렸다.

이 거리에 자신만 있는 게 확실한지 주위를 슬쩍 둘러본 다음, 그녀는 책을 주머니에서 꺼냈다. 그리고 문의 책이 무지갯빛 아지랑이로 둘러싸이는 모습을 확인하며 다시 문손잡이를 당겼다. 하지만 웨버 씨의 아파트 정문은 꿈쩍도 하지 않았다.

"왜 안 되지?"

그녀는 잠시 미동 없이 서서 이 수수께끼 같은 상황을 생각해 보았다. 전날 밤 문을 통과했던 여정은 모두 잠겨있지 않은 문에서 시작했다. 아파트 문, 호텔 루프톱 테라스 문이 그랬다. 지금 생각나는 차이점이라고는 웨버 씨의 아파트 정문이 잠겨있다는 것뿐이었다. 문의 책을 사용하지 않는다면 들어갈 수 없는 문이었다. 그렇다면 책을 사용했을 때는 어떤 식으로 들어가게 되는 걸까?

"이건 잠긴 문을 열 수는 없어."

그녀는 혼잣말했다. 문의 책은 어떤 문을 다른 문으로 바꿀 수는 있었지만, 첫 번째 문이 열려있는 경우에만 가능했다. 그녀는 이렇게 내린 결론이 확실하다고 생각하며 "흠" 하고 숨을 내뱉었다. 그게 맞는 듯했다. 잠긴 문으로 들어가려면 잠기지 않은 문을 통해서 가야 했다. 그렇다면 이제 이 가설을 시험해 봐야 했다.

캐시는 2번가로 돌아가서 거리 저쪽부터 이쪽까지 쭉 돌아보며 혼자 기분 좋게 휘파람을 불었다. 그러다 시티은행을 찾아냈다. 은행이 있는 건물에는 비계가 덮여있었고, 그곳 출입구 위로 차양이 달렸다. 시티은행 안은 현금지급기 다섯 대가 갖춰진 네모난 공간이었고, 직원은 없었다.

"딱 좋네."

캐시는 중얼거리며 한 손으로는 주머니에 든 문의 책을 잡고서 다른 손을 은행 문으로 뻗었다. 그리고 머릿속으로는 조금 전 들어가려 했던 웨버 씨의 건물 문과 그 촉감을 떠올렸다. 차가운 금속의 느낌과 잠겨서 덜컹거리던 소리를 떠올리자, 아니 느끼자, 주머니에 든 책이 변해가며 점점 단단해지는 느낌이 들었다. 아래로 슬쩍 시선을 돌려 주머니 속을 바라보자, 마치 동굴 속에서 터지는 불꽃처럼 확 튀는 빛이 보였다. 이윽고 시티은행 문을 열고서 안으로 들어가자 슬며시 미소가 지어졌다. 그곳은 은행이 아니라 남쪽으로 한 블록 떨어진 웨버 씨의 아파트 건물 복도였다. 사방이 갑자기 조용해지면서 콧속으로 따스한 나무 향이 스몄다.

"좋았어."

그녀가 중얼거리는 동안 등 뒤로 쾅 닫히는 문이 2번가와 건물 안쪽을 차단했다. 안도감이 확 밀려드는 통에 이제껏 걱정했다는 게 실감이 났다. 거리 쪽으로 난 문이 잠겨있어서, 혹시나 이제는 마법이 통하지 않는 것은 아닌지 내심 걱정이 들었던 것이다.

그녀는 주머니에서 문의 책을 꺼내서 책장을 넘기다 문이 그려진 그림을 찾았다. 예전에는 꽃이 만발한 들판 그림이 있었다가 그다음에는 베네치아 거리가 있었던 페이지에는 이제 캐시가 들어와 있는 복도 그림이 보였다. 그림 안에 그려진 자기 모습을 빤히 바라보던 캐시는 어느새 눈길을 들어 주변을 비교하고 있었다.

"믿을 수가 없네."

그녀는 미소를 지은 채로 중얼거렸다.

계단을 살금살금 올라 최상층으로 가자 웨버 씨의 집 문이 나왔다. 최상층에 하나밖에 없는 집의 문은 잠겨있었다. 재빨리 노크하자, 벽과 타일 바닥 위로 튕기는 고무공처럼 소리가 튀었다. 기다려 보았지만, 집 안에는 아무도 없었다.

캐시는 웨버 씨의 아파트에 들어갈 방법을 궁리했다. 문을 보았고 또 열고 싶은 문을 '경험'까지 했으니, 이제는 안으로 들어가도록 문을 열면 됐다.

뭘 해야 하는지는 금방 알 수 있었다. 그녀는 아까 건물 문에 했던 것처럼 다시금 문을 찬찬히 보며 손을 뻗어 손잡이를 잡아보았다. 그런 다음 아래층으로 되돌아가 거리로 나가서 모퉁이를 돌아 시티은행으로 돌아왔다. 똑같은 길을 도로 가야 해서 살짝 짜증이 났지만, 뭔가 꿍꿍이속이 있는 신비한 일을 한다는 생각이 들어 기분이 좋기도 했다. 이건 그녀만의 비밀 모험이었다.

몇 분 후, 그녀는 두 번째로 시티은행의 문을 열고 웨버 씨의 잠긴 문 너머에 있는 어두운 현관으로 들어갔다. 그러다 참지 못하고 다시금 책 속의 그림을 찾아보았다. 페이지의 그림은 또 바뀌어서 지금은 어둑어둑한 웨버 씨의 아파트 실내를 보여주었다.

"정말 신비해."

그녀는 천천히 고개를 저었다. 전날 책을 처음 사용했을 때만큼이나 짜릿했다. 아니, 그보다 훨씬 더했다. 지금은 이 책이 무엇을 할 수 있는지 시험하는 중이었으니까. 바로 불가능을 탐구하고 있었다. 그녀는 이 책과의 관계를 발전시켜 가는 중이었다.

캐시는 복도를 따라 걷다가 커다란 거실 공간으로 들어갔다. 그곳에는 거리로 난 커다란 창이 두 개 있었다. 회색빛이 아른거리는 아침의 햇살이 거실 안으로 쭉 뻗었다. 벽을 빙 둘러 놓은 책꽂이에는 단정하게 배열된 책이 가득했다. 창가에 놓인 팔걸이 소파 앞에는 발 받침대가 있었고, 거실 한가운데에 놓인 2인용 소파는 나무로 짠 가구 위에 놓인 작고 네모난 텔레비전을 향한 채였다. 주방은 오른쪽이었다. 집 안에서는 전체적으로 나무와 가죽, 책과 커피 내음이 났다.

캐시는 책꽂이를 쭉 둘러보았다. 거기에는 디킨스와 뒤마, 하디와 헤밍웨이의 작품을 비롯하여 희곡과 문학 이론서, 악보 등이 있었다. 한쪽 서가에는 환상문학과 과학소설, 공포물과 화려한 표지의 문고판 현대 작품들이 가득했다. 하지만 문의 책 같은 마법서는 보이지 않았다.

거실 반대편을 보자 또 다른 짧은 복도가 나왔다. 그곳에는 문 세개가 쭉 나 있었다. 욕실 문으로 보이는 하나는 무시하고서, 복도 오른

편의 어둑한 방을 들여다보았다. 벽에 딱 붙은 싱글 침대와 한쪽 구석에 있는 낡은 수납장이 보였다. 자그마한 창문 밖으로 뒤뜰이 내려다보였다. 옷장 안에 있는 건 나이 든 남자의 옷이 아니라 젊은 여자의 옷들이었다. 한때 웨버 씨에게 여자 친구가 있었던 걸까? 아니면 친척의 것일지도 몰랐다. 여기에도 창턱을 따라 가지런히 세워진 책들이 보였다. 문고본 책들을 비롯해 고전이며 현대 작품들이 다양하게 있었다. 캐시는 책등을 손가락으로 쓸어보며 고개를 끄덕였다. 이렇게 책을 모아둔 이의 취향에 감탄해서였다.

복도 끝에 있는 커다란 침실은 다른 방보다 훨씬 컸다. 멀리 있는 벽 쪽으로 커다란 더블 침대가 놓였고, 이곳에 난 창문 하나가 거실에 있는 창문 두 개를 합친 것만 했다. 왼편에 있는 붙박이장에는 옷이 가득했고 바닥에는 신발이 깔끔하게 정리되어 있었다. 이것은 웨버 씨의 옷들이었다. 캐시의 눈에 익은 목도리와 재킷이 보였고, 소지품에서는 웨버 씨가 쓰던 세면용품 향기가 희미하게 났다. 잘 알지도 못하는 분이었건만, 이분이 세상을 떠났다는 슬픔이 갑자기 확 밀려 들어와 캐시는 애써 감정을 밀어냈다.

그녀는 옷장 문을 닫고 창문으로 다가갔다. 그리고 눈 덮인 거리를 비틀비틀 달리는 택배 트럭을 바라보며 생각했다. '지금 내가 뭘 하는 거지. 이 아파트에는 눈여겨볼 만한 게 하나도 없는데.'

그녀는 왜 여기 왔을까?

정말로 뭔가를 이룰 마음에서였을까? 아니면 그저 문의 책을 갖고 놀고 싶어서 구실을 찾았던 걸까?

그녀는 거실로 다시 돌아갔다. 그곳은 책과 햇살이 가득한 편안한 공간이었다. 이곳에선 분명히 웨버 씨도 기분 좋게 지냈을 거라고, 캐시는 그렇게 생각했다.

"왜 저에게 이 책을 주셨나요, 웨버 씨? 그리고 이 책은 어디서 나섰나요? 책에 얽힌 비밀은 뭔가요?"

그녀는 방에 대고 물었다. 한동안 기다렸건만, 아무도 대답해 주는 이는 없었다.

"얘, 좀 어떠니?"

서점에 도착한 캐시를 보자 켈너 부인이 물었다. 캐시는 추운 점심나절에 웨버 씨의 아파트에서 여기까지 걸어왔다. 찬 공기를 마시며 인도 위에 그대로 남아 얼어붙은 눈을 밟다가 가끔 휘청이거나 미끄러졌고, 바람을 한껏 맞은 얼굴은 건조했다.

"괜찮아요."

캐시의 말에 켈너 부인은 알았다는 듯 고개를 끄덕였다.

"괜찮다니 좋구나, 얘."

켈너 부인은 언제나 누구든 '얘'라고 불렀다. 나이를 크게 상관하지 않고 그렇게 했다. 그녀 역시 나이를 종잡을 수 없는 사람이었고, 캐시가 보기에는 이분을 처음 만났던 6년 전부터 지금껏 전혀 나이를 먹지 않은 듯했다. 키가 작고 다부진 모습에 언제나 단정한 차림새인 켈너 부인은 어떤 위기가 닥치더라도 이런 일쯤은 30분에 한 번씩은 일어나곤 한다는 식으로 내리깔아 볼 수 있는 여성이었다.

캐시는 이곳 직원이 되기 전부터 이곳의 고객이었다. 유럽에서 돌아와 아직 호스텔에 숙박했던 처음 몇 달 동안, 캐시는 뉴욕에 있는 서점을 쭉 방문했었다. 켈너북스는 그중에서 캐시가 가장 좋아하는 곳이었다. 가기도 쉽고, 관광객이나 미드타운의 분주한 사람들이 없는 곳이었으며, 좋은 책들을 많이 들여놓을 만큼은 컸지만 그렇다고 비인간적이고 영혼 없어 보일 정도로 크지는 않아서였다. 캐시는 결국 주중 낮의 대부분을 그곳에서 보내면서 직원들과 친해졌고, 급기야는 서가에 잘못 꽂혀있는 책을 발견해서 맞는 자리에 꽂아놓기까지 했다. 이러기를 몇 달 하자, 켈너 부인은 캐시를 따로 불러서 일자리를 주었다.

"넌 여기 올 만큼 왔으니까, 월급을 받는 게 좋겠다."

하지만 캐시도 몇 주 후 이지에게 들어 알게 된 사실을 말하자면, 켈너 씨는 알츠하이머병 진단을 받아 벌써 상태가 급속히 악화할 조짐을 보이고 있었다. 이지는 그날 근무를 마치고 함께 가게를 정리하면서 캐시에게 말해주었다.

"켈너 씨는 조만간 서점 일을 전혀 할 수 없게 될 거야. 그리고 켈너 부인은 남편을 돌보느라 서점 일을 덜 하시게 되겠지. 그래서 일손이 많이 필요해. 게다가 넌 인상이 정직하니까."

"거짓말의 명수는 다들 인상이 정직하긴 하지."

캐시가 농담처럼 말했다.

아니나 다를까, 서점에서 켈너 씨의 존재감은 서서히 사라졌다. 그는 작고 다부진 아내와는 달리 키가 크고 호리호리한 사람으로, 덥수룩한 머리에 상냥한 몸가짐을 지닌 분이었다. 하지만 캐시가 켈너 씨를 알아갈 무렵부터 그는 서점에 발걸음을 끊게 되었다. 그리고 지난 몇 년간 켈너 부인은 남편 이야기를 입에 올리는 일이 거의 없었고, 캐시 역시 켈너 씨가 잘 지내는지 편하게 물었던 적이 없었다.

켈너 부인이 캐시에게 명령하듯 말했다.

"가서 커피 좀 마셔. 얼굴이 피곤해 보이잖니."

부인의 가벼운 꾸지람은 보통 친절함을 표현하는 그녀만의 방식이었다.

캐시는 외투와 문의 책이 든 가방을 뒷방에 넣고서는 커피 판매대에 갔다. 서점은 한산해서 노트북을 끼고 커피 테이블에 자리 잡은 학생이 몇 있었고 단골손님 두어 명이 서가를 둘러보는 중이었다. 캐시는 커피가 식는 몇 분 동안 디온과 수다를 떨면서 어젯밤 있었던 일을 최대한 무감하게 설명했다.

"웨버 씨 참 안됐네."

디온은 고개를 저으며 혀를 찼다.

"어제 네가 그분 커피 드렸지? 마감하기 전에?"

캐시가 묻자, 디온은 판매대에 기댄 채 말했다.

"맞아."

"그럼 혹시…… 봤어?"

캐시는 왜인지는 모르지만 망설였다.

"뭘 봤냐는 거야?"

"혹시 그분이 갖고 다니던 갈색 책 봤어? 자그마한 수첩처럼 생긴 책인데."

그러자 디온은 웃었다.

"자기야, 내 근무 시간이 끝날 때는 말이지, 지금 내가 커피 내주는 손님이 남자인지 여자인지 빌어먹을 외계인인지 알아만 봐도 장한 거야. 주문을 받으면 기계처럼 커피나 내줬다고. 손님들이 무슨 책을 들고 다니는지는 눈에 안 들어와."

"그렇지."

캐시가 대답했다.

"자기야, 괜찮아?"

"그냥 좀 피곤해서 그래. 커피 마셔야겠어."

캐시는 커피 잔을 들어 보이며 대답했다. 그리고 다시 서점 앞의 계산대로 가서 의자에 앉고서는, 애써 아무렇지 않은 목소리로 물었다.

"켈너 부인."

"응, 왜?"

"웨버 씨를 알고 지내셨나요?"

"그게 무슨 소리니? 알고 지냈냐니? 알기야 알지. 우리 서점에 와서 책을 사신 분이니까. 이걸 물어본 거 맞니?"

켈너 부인과의 대화는 종종 이런 식이었다. 부인은 받은 질문에 대답하기 전에 질문한 이가 멍청하다는 걸 꼭 짚고 넘어가는 사람이었다. 물론 악의는 전혀 없고, 그저 말하는 방식이 그랬다.

"아뇨. 제 말은요, 웨버 씨에 대해서 아는 게 있으시냐는 거였어요."

"연세가 많고 제대로 먹지 않는다는 거야 알지. 그 나이 남자가 그토록 마르다니. 넘어지면 뼈가 부러질 것 같았어. 옳지 않은 일이지."

"웨버 씨는 언제나 여기 오셨었나요?"

"언제나 오셨었냐니, 과거형 문장이 참 이상하구나, 얘."

캐시는 부인을 바라보았다. 몇 년 전이었다면 감히 이 노부인에게 대놓고 던질 수 없었을 눈빛이었다. 켈너 부인은 한숨을 쉬고서는 서점 쪽으로 눈길을 돌렸다.

"웨버 씨는 좋은 손님이었어."

부인의 말이 칭찬이라는 걸 캐시는 알았다.

"내 기억으로는 처음부터 이 서점에 오셨던 분이었어. 그토록 마르지 않았을 때의 모습도 기억나. 아직 은퇴하기 전의 모습 말이야. 키가 크고 튼튼하니 잘생긴 남자였단다."

부인은 슬며시 미소를 짓더니 컴퓨터로 도로 눈길을 돌리며 말을 이었다.

"그분은 항상 혼자였어. 여길 누군가와 같이 왔던 기억이 전혀 나지 않아. 혹시 게이가 아닐까, 생각하기도 했었지. 하지만 그런 이야기를 손님과 하지는 않잖니? 어쨌든 그분은 좋은 손님이었다고. 아, 이 책 재고가 없네."

부인은 잠시 말을 멈추고는 상념에 잠겼다가 이내 덧붙였다.

"어떤 여자랑 온 적도 한 번은 있었지. 어떤 젊은 여자랑 집으로 가더라고. 웨버 씨에 비하면 한참 어린 여자였어. 아마도 노숙자였지 싶어. 그래서 웨버 씨가 도와주고 싶었던 거라고 여겼지."

캐시는 좀 더 이야기를 들으려고 기다렸다. 켈너 부인은 고개를 저으며 대답했다.

"아니면 노숙자가 아니었을 수도 있어. 이 일을 하도 오래 해왔더니 기억이 뒤죽박죽 섞이는구나."

켈너 부인은 다시 업무로 돌아갔다. 캐시도 일을 하려 했지만, 머릿속에는 문의 책 속 수많은 신비한 페이지들이 끊임없이 떠올랐다. 마음 같아서는 책을 펴고 앉아서 그 속을 샅샅이 살펴보고 싶었다.

늦은 오후, 서점에 이지가 나타났다. 그녀는 문을 덜컹거리며 들어와서는 발에 묻은 눈을 바닥에 흩뿌렸다. 머리카락은 찬 공기에 축축하게 젖어있었고, 두 뺨은 우스울 정도로 새빨갰다.

"우리 이지 왔니? 얼굴이 꼭 인형 같구나. 저 분홍빛 뺨 좀 봐."

캐시는 켈너 부인이 계산대 너머로 이지를 껴안는 모습을 바라보았다.

"얼어 죽을 것 같아요. 지금 얼굴이 딱 그래요!"

이지가 투덜거렸다.

켈너 부인은 한 발 뒤로 물러나 이지를 잡고서는, 몇 년 만에 손주를 만난 할머니처럼 위아래로 훑어보았다.

"언제쯤이면 그 비싼 액세서리나 파는 일을 그만둘 거니? 여기로 돌아와서 세상을 더 좋게 만드는 책을 팔아야지."

"죄송해요, 켈너 부인. 하지만 비싼 액세서리나 파는 쪽이 돈을 많이 준다고요. 저한테 월급 맞춰주실 수 있다면야 당장 여기로 돌아오죠."

"아, 결국 돈이로구나. 젊은 사람들은 돈만 따지지. 인생에는 돈보다 더 중요한 게 있단다, 얘."

켈너 부인은 책 더미를 들더니 뒷방으로 휘적휘적 사라졌다.

"어퍼 이스트사이드에 있는 수백만 달러짜리 아파트에 살면 저런 말을 하기가 쉽겠지!"

이지는 계산대에 기대어 캐시에게 투덜거렸다.

"부인은 네가 그리워서 그러시는 거야. 그런데 여긴 왜 왔어? 오늘 일하는 날 아니었어?"

"방금 끝났어. 지금 몇 시인 줄 알아? 아니, 됐어. 나 너랑 이야기하고 싶어서."

"무슨 이야기?"

"그……."

이지는 주위를 둘러보더니 목소리를 낮추어 말을 이었다.

"그, 순간이동 책 말이야."

캐시는 그만 미소를 지을 뻔했다.

"여기서는 말 못 해."

이어서 어떤 여자가 유아차에 꼬마를 태워서 계산대로 다가왔다. 여자아이가 앞에 커다란 그림책을 잡은 모습이 꼭 운전대를 쥔 것 같았다.

"10분만 기다려. 일찍 일을 마칠게. 나가서 걸으면서 이야기하자."

두 사람은 서로 팔짱을 끼고 걸었다. 가까이 딱 붙어서 온기와 안

정감을 얻기 위해서였다. 캐시가 어깨에 걸친 가방에는 문의 책이 들어있었다. 거리는 사람들로 복작복작했고 소음과 매연이 가득했으며 사람들은 모두 따스하게 껴입고서 허공에 입김을 모락모락 뿜어댔다. 태양은 금방이라도 눈을 뿌릴 듯 위협적인 먹구름에 완전히 가려진 지경이었다. 두 사람은 잠시 말없이 걸었다. 어느새 캐시는 이렇게 이지와 함께 팔짱을 끼고 걸었던 수많은 순간을 떠올리고 있었다. 둘이 친구가 된 지 얼마 안 되었을 무렵 같이 오고 갔던 출퇴근길이나, 둘이 놀러 나갔던 밤 등이었다. 그때 이지가 데이트할 상대를 찾는 동안 캐시는 집에 가서 책이나 실컷 읽고 싶어 죽을 것만 같았었는데. 그건 두 사람이 함께 공유한 역사였고, 캐시는 마치 둘이 자매인 것처럼 서로를 처음부터 알아왔던 것만 같은 느낌이 들었다.

"무슨 이야기를 하고 싶었어?"

캐시가 묻자, 이지는 고개를 끄덕이면서 저 앞으로 우뚝 솟은 빌딩 숲을 바라보았다.

"어젯밤에 잠을 못 잤어. 그러니까, 내가 방에 갔을 때는 자긴 했을 거야. 몇 시간은."

"그렇구나."

"하지만 그건 마치 무슨 일이 있어서 아침에 일찍 일어나야 하는 마음으로 자는 것 같았어. 계속 뒤척이고서……."

이지는 고개를 저으며 말을 이었다.

"난 우리가 찍은 영상을 계속 봤다고. 그러니까, 그……."

"그렇구나."

캐시는 다시 똑같이 대답했다. 그들은 건널목 앞에서 신호가 바뀌기를 기다렸다가 인파와 함께 길을 건넜다. 두 무리의 보행자들은 마치 전쟁터에서 맞닥뜨린 양측의 군대처럼 서로 만났다가 다시 갈라져서 반대 방향으로 움직였다.

"출근하고 나서도 계속 그 생각만 났어. 그래서 온종일 구글에 검색했지."

"블루밍데일스 백화점에서 아주 바쁘게 일했구나. 구글에 뭐라고 쳤는데?"

캐시의 말에 이지는 눈을 흘겼다.

"미네소타 날씨가 어떤지 쳤다, 왜(미국 중서부에 있는 미네소타주는 사계절이 뚜렷한 대륙성 기후로 미국에서 가장 다양한 날씨를 볼 수 있는 곳으로 알려짐─옮긴이)! 넌 어떻게 생각하는데, 캐시? 네 순간이동 책 말이야. 나 그거 검색해 봤다고."

캐시는 입술을 깨물었다. 이지가 자신과 한마디 상의도 하지 않고 먼저 뭔가를 했다는 생각에 마음이 불편했다.

"넌 뭘 찾아냈는데?"

"아무것도 못 찾아. 나 무슨 박사과정생처럼 몇 시간 동안 인터넷을 뒤졌다니까. 사이트란 사이트는 다 들어가서 게시판을 죄다 읽었어. 블로그 포스팅이랑 브이로그랑 오만가지 걸 다 봤다고. 그런데도 아무것도 못 찾아냈어. 순간이동에 관한 책도 문의 책이라는 말도 전혀 나오지 않았어. 하나도 없었다고."

"흠."

캐시는 이렇게만 대답했다. 이 말에 실망감이 든다니, 내심 놀라워하며 그녀는 물었다.

"그럼 아무것도 못 찾았으면서 여긴 왜 왔어?"

이지는 캐시를 믿을 수 없다는 듯 흘겨보며 물었다.

"정말 모르겠어? 인터넷에는 네 책에 대한 게 아무것도 없었다니까."

"그래, 네가 방금 말했잖아."

그러자 이지는 캐시가 한심하다는 듯이 말했다.

"캐시, 구글엔 뭐든지 다 있어. 말 그대로 뭐든지 다 있다고. 네 신발 사이즈랑 켈너 부인의 연말정산 내역까지도 찾으면 나올 거라고. 그런데 이 책은 없다니까? 이건 보통 책이 아니잖아. 사람들이 당연히 알고 있을 만한 물건이라고. 그런데 어떻게 아무것도 안 나올 수가 있어?"

캐시는 이 점을 생각해 보았다. 뭔가 뱃속으로 묵직하게 가라앉는 느낌이 마음에 들지 않았다. 이 느낌을 거부하고, 무시했다.

"아, 무슨 말이야, 이지. 아무것도 못 찾아서 걱정된다는 거야? 넌 뭘 찾아냈다 해도 역시 걱정했을 것 같은데."

"이건 꼭 누가 지켜보다가 이런 것이 언급되면 죄다 삭제하는 것 같다고. 뭔가 이상해."

이지는 목소리를 낮추고 다급하게 말했다. 캐시는 이 상황이 우습지 않았지만, 억지웃음을 지었다.

"너, 생각이 좀 과하다!"

"그러는 너는 생각이 너무 없어!"

이지가 쏘아붙였다. 캐시는 놀라서 이지를 바라보았다. 이지가 이토록 진지한 모습을 보인 건 이번이 처음이었다.

"네가 항상 백일몽에 빠진 듯 살면서 아무것도 중요하지 않고 아무것도 널 해코지할 수 없다는 것처럼 돌아다닌다는 거 아는데, 하지만 이건 정말 소름 끼치는 일이라고! 경찰에 가서 웨버 씨를 조사해 보라고 해야 해."

캐시는 죄책감 어린 표정을 지었다. 그러자 이지는 곧바로 그 얼굴 뜻을 알아보고선 실망했다는 목소리를 내었다.

"캐시."

"나 그분 아파트에 가긴 했거든. 오늘 아침에."

"캐시, 누가 봤으면 어쩌려고! 게다가 어떻게 거기에……. 아."

이지가 입을 다물자, 캐시는 맞다는 뜻으로 고개를 끄덕였다.

"이런 식으로 네가 그 책을 쓰는 게 맞는지 모르겠다. 아직 잘 알지도 못하는 책이잖아. 위험할 수 있다고."

이지의 말에 캐시는 눈을 가늘게 뜨고서 불어오는 바람 쪽으로 얼굴을 돌렸다.

"난 아무것도 못 찾았어. 거긴 그냥 노인이 살았던 아파트였다고. 물론 그분 서랍 같은 걸 뒤진 건 아니야. 하지만 집에는 아무것도 없다는 느낌이 오더라."

이지는 고개를 저으며 발치로 눈을 내리깔고 계속 들었다. 딱 봐도 기분이 안 좋다는 기색이었다.

"가자. 돌아가는 게 좋겠어."

캐시가 말했다. 이윽고 걷던 블록의 끝에 다다른 두 사람은 다시 방향을 돌려 걷기 시작했다. 그런데 돌아서던 순간, 무언가 캐시의 눈에 들어왔다. 어디선가 본 듯한 얼굴의 인영이었다. 거리 건너편에서 어떤 남자가 그들 쪽을 지켜보고 있었다. 짙은 색 머리카락이 드리운 초췌한 얼굴의 남자는 어두운색 정장 차림이었다. 바로 전날 밤, 라이브러리 호텔의 테라스에 앉아있던 사람이었다. 캐시는 걸으면서 그와 눈을 계속 마주 보고는 고개를 빼고 그의 모습을 놓치지 않으려 했다.

"왜 그래?"

이지의 물음에 캐시는 미소를 지으며 거짓말을 했다.

"아니, 아무것도 아니야."

다시 그쪽을 바라보자, 남자의 모습은 지나가는 차들에 가려져 보이지 않았다.

캐시는 갑자기 불안해졌지만, 왜 그런지는 알 수 없었다.

"우리 너무 오래 있었던 것 같아. 그러니 책을 써서 돌아가자."

이지는 불편한 기색으로 얼굴을 구겼다.

"캐시……."

"부탁이야, 이지. 그냥 날 믿어줘."

그녀의 말투에서 무언가를 느낀 이지는 더는 뭐라 하지 않았다. 그들은 이어진 거리를 따라 내려가다가 커다란 식료품점을 발견했다. 잠시 후 둘은 2번가에서 멀리 떨어진 켈너북스 안으로 들어갔고, 그렇게 이쪽을 지켜보던 남자와 멀리 떨어지게 되었다.

책을 모으는 사람들

로티 무어는 뉴올리언스의 프렌치쿼터에 있는 타운하우스에 살고 있는 여성이었다. '서적상'이라는 이름으로 잘 알려진 그녀는 오래전부터 기다리고 있던 소식을 받았다. 바로 문의 책에 대한 정보였다.

그녀는 주의 깊게 이메일을 읽었다. 맥박이 점점 빨라지는 걸 느끼는 가운데 다시금 메일을 읽은 다음 머릿속에 세부 사항을 단단히 기억해 두었다. 그리고 책상에서 일어서서 발코니로 나갔다. 집 앞에 자라는 사이프러스 나무 그늘 아래로 철제 난간에 몸을 기댄 채, 그녀는 저 멀리 세인트루이스 대성당의 첨탑 쪽으로 이어진 올리언스가를 내려다보았다. 오늘 날씨는 평년 이맘때쯤에 비해 더운 편이었지만 심하게 눅눅하지는 않았다. 바람이 기분 좋게 불어와 온몸을 스치고 지나가는 걸 느끼며 그녀는 잠시 이런저런 사안을 생각했다. 그러다 휴대전화를 들어 책 사냥꾼인 아자키에게 전화했다. 누구에게 도움을 청해야 할지 오랫동안 고민한 결과, 연락하기로 마음먹은 사람이 바로 아자키였다.

"서적상님이시군요."

전화를 받은 아자키가 말했다.

"통화를 수락해 주어 고마워요."

로티는 그에게 인사했다. 그녀는 아자키가 자기를 그다지 좋아하지 않음을 알고 있었다. 몇 년 전 아자키는 딱 한 번 그녀와 연락하여 책을 팔았을 뿐이었으니까. 책을 판 것도 그럴 수밖에 없어서였다. 오픈마켓에서 기꺼이 특별한 책을 팔고 싶어서라기보다는 살아남기 위해서 어쩔 수 없이 한 일이었다.

"왜 전화했습니까?"

"당신이 도와줄 일이 있어요. 지금 어디시죠?"

아자키는 곧바로 대답하지 않았다.

"남미쯤에 있다고 해두죠."

"당신이 행동거지를 조심한다는 건 이해해요. 하지만 우리의 대화는 엄격히 비밀에 부쳐질 겁니다."

"남미에 있습니다."

아자키가 다시 말했다. 그는 조심성 있는 사람이었다. 로티는 그 점을 타박하지 않았다.

"솔직하게 말할게요, 아자키 씨. 난 믿을 만한 사람이 필요해요. 조심성 많은 사람이요."

"무슨 일 때문이죠?"

"뉴욕에서 특별한 책이 나타났다는 정보를 들었어요."

"말씀하시죠."

아자키의 목소리는 거리와 차량의 소음 때문에 잠시 잘 들리지 않았다.

"내가 지금부터 말하려는 내용을 어떻게 알았는지는 밝힐 수가 없어요. 하지만 문의 책이 나타난 것 같아요."

"문의 책이라. 그게 확실합니까?"

"그렇다고 봐요."

아자키는 잠시 말이 없다가 대꾸했다.

"재밌네요."

"난 그걸 회수해 올 믿음직한 사람이 필요해요."

"그걸 당신이 팔 수 있도록 가져다줄 사람요?"

아자키의 말에 로티가 대답했다.

"물론이에요. 얻게 될 수익을 생각해 봐요. 내 몫을 떼고서 당신이 받을 돈만 해도 평생 도망치며 숨어 지낼 만한 액수일 거예요. 그걸 당신도 바라지 않나요?"

아자키는 대답하지 않았다. 그는 겁먹었고, 절박한 상황이었다. 로티는 그 점을 알고 거래를 요구하고 있었다.

"그 책이 나쁜 이들의 손에 들어가기라도 한다면……."

그녀는 아자키의 말뜻을 알아들었다. 누굴 말하는지 말이다. 하지만 그녀는 아무런 대꾸를 하지 않았다.

"알고 있는 걸 말씀하시죠."

마침내 아자키가 입을 열자, 로티는 자세한 사항을 말해주었다.

"내가 당신에게 도와달라 부탁하는 것이니, 뉴욕행 비행기표를 사 주겠어요. 어느 공항에서 출발하는지 알려준다면요."

"그러실 필요 없습니다. 비행기표 두 장쯤이야 내가 살 수 있으니까요."

"두 장이라고요?"

"나와 경호원 몫이죠. 새로 사람을 고용했거든요. 덩치 큰 남자로요. 손재주가 아주 좋은 사람입니다. 그런데 이 일을 아는 사람이 또 있습니까?"

"아마 있을 거예요. 모른다고 하더라도 곧 누군가 알게 될 거고요. 다들 상어 떼처럼 달려들겠죠."

"그렇겠죠."

아자키도 맞장구쳤다. 이어서 로티가 말했다.

"하나 더 부탁할 게 있어요. 좀 더 특이한 부탁이에요. 그래서 당신에게 연락한 거예요. 그 책을 가진 여자가 둘인데, 그중 하나가 이저 벨라 카타네오라는 사람이에요."

"그 여자가 왜요?"

"혹시 그 여자가 혼자 있는 걸 발견하거든, 나한테 데리고 와주었으면 해요."

"뭐라고요?"

"그 여자를 나한테 데리고 와달라고요."

"왜요?"

"내가 보호해 줘야 해서요."

"무엇에게서 보호한다는 겁니까?"

"그건 당신이 알 바 아니에요. 그렇게 해주겠어요? 책을 되찾은 다음 그 여자를 나한테 데리고 와주겠어요?"

아자키는 잠시 생각에 잠겼다. 로티의 귀에는 바람 소리와 지나가는 차 소리만이 들릴 뿐이었다. 그러다 마침내 그가 말했다.

"뉴욕으로 가겠습니다. 도착하면 연락드리죠."

그는 전화를 끊었다.

로티는 휴대폰을 옆으로 치우고는 다시 난간에 기댔다. 지금 걱정하는 건 문의 책이 아니었다. 그건 어떻게든 자신에게 오리라는 걸 알고 있었으니까. 그러면 마지막으로 책을 판 다음 이 판에서 완전히 손을 떼는 것이다. 아자키는 그런 점에서 그저 보험에 불과했다. 자신이 아자키에게 정말로 바라는 것은 그 여자를 데려오는 것이었다. 그게 가장 중요한 일이었으니. 로티는 약속을 했고, 약속을 언제나 지키는 사람이었다.

그날 아침, 한때는 사서였지만 지금은 그저 방랑자일 뿐인 드러먼드 폭스는 어젯밤 본 여자들을 떠올리며 잠에서 깼다. 어서 그 여자들을 찾아야 했다. 앞으로 어떤 운명이 닥칠지 모르겠지만 그 운명에서 구해줘야 했다. 그는 다급한 기분을 느끼며 샤워하고 옷을 입은 다음 곁탁자에 있던 책 세 권을 집었다. 금빛 표지에 책장도 금빛인 행운의 책, 그림자의 책과 기억의 책이었다. 그는 그림자의 책을 만지작거리다가 표지를 펼치고서 첫 장에 깔끔한 서체로 적힌 문구를 바라보았다. 오랜 세월 동안 천 번은 보았던 바로 그 페이지였다.

이것은 기억의 책이다.
이 책을 공유하면 기억을 공유하게 된다.
이 책을 주면 기억을 주게 된다.
이 책을 뺏으면 기억을 뺏게 된다.

드러먼드는 종종 자신의 기억을 누군가가 가져가 주는 상상을 했다. 그러면 특별한 책들과 함께 그 여자와 폭스 도서관을 싹 잊고 새로운 삶을 시작할 수 있지 않을까. 언제나 그 생각은 유혹적이었지만, 또 언제나 드러먼드는 그 생각에 저항했다. 지금도 사실은 저항 중이다. 이제는 목적이 있기 때문이다. 문의 책을 가지고 있는 여자들을 찾아야 했다.

그는 기억의 책을 다른 두 권의 책이 든 주머니에 넣었다. 책이 허리춤에서 조금 불룩하게 나와 보였지만, 그 정도는 염려할 필요 없었다. 평소 그 책들은 너무 가볍고 실체가 느껴지지 않을 정도라서 책이 있는 줄도 잊어버리기가 십상이었다. 아침 공기가 차가운 거리로 나오자 스치는 바람에 뺨이 빨개졌다. 그는 눈 덮인 도시를 정처 없이 돌아다니며 높은 빌딩 사이의 그늘진 기다란 거리를 걸었다. 널찍한 길과 좁은 길을 계속 걷다가 노점에서 핫도그를 하나 사서 먹고 콜라로 입가심했다. 그리고 자신의 운을 믿으며 조금 더 걸었다.

그러다 점심때쯤 두 여자를 보게 되었다. 어퍼 이스트사이드의 건널목 앞에서 신호가 바뀌기를 기다리고 있다가, 건너편 모퉁이에 선 두 여자를 본 것이다. 금발 여자는 거리 너머로 눈길을 슬쩍 던지다 그를 보더니 심각한 표정으로 시선을 마주쳤다. 두 사람은 서로를 잠시 응시했지만, 드러먼드가 눈 쌓인 아스팔트에서 미끄러지고 휘청이고 넘어져 가며 길을 건넜을 때 두 여자는 이미 블록 끝에 다다라 있었다. 잠시 후 그가 블록 끝에 도착했을 때는 둘의 자취는 온데간데없었다. 그들이 들어갈 만한 유일한 장소는 거리에 있는 첫 번째 문인 식료품점이었다. 드러먼드는 가게에 들어갔지만, 그곳에는 계산대 뒤에 서있는 할머니 말고는 아무도 없었다.

다시 거리로 나와 선 그는 가쁜 숨을 몰아쉬면서 사방을 둘러보며 혹시나 못 보고 지나친 것이 있는지 확인했다. 하지만 그곳에는 아파트 건물 출입문 외에는 두 여자가 들어갈 만한 곳이 없었다. 그들이 이 거리에 살지 않는다면 사라졌다는 게 불가능해 보였다.

하지만 드러먼드는 불가능한 일이라 생각하지 않았다. 다른 이유가 있을 거라는 생각이 들었고, 그래서 전날 밤보다 제 생각에 더욱 확신이 들었다.

믿을 수 없었지만, 보이는 바에 따르면 이건 문의 책이 일으킨 일이었다.

휴고 바버리 박사는 아침 내내 어슬렁거리는 드러먼드 폭스와 한 블록 떨어진 거리를 유지하고 있었다. 휴고는 책 사냥꾼이 되기 전부터도 사냥꾼이었는지라 전날 저녁에 워싱턴 스퀘어에서 라이브러리 호텔까지 눈 내리는 거리를 배회하던 폭스의 자취를 쉽사리 발견할 수 있었다. 바버리 역시 같은 호텔에 방을 잡았고, 컨시어지에 상당한 금액의 뇌물을 주어 드러먼드가 호텔을 떠날 때마다 알려달라고 부탁해 놓았기 때문이었다. 바버리는 아침 내내 그를 따라다니며 대체 무슨 일을 꾸미는 것인지 궁금해했다.

바버리는 드러먼드 폭스가 책을 갖고 있으리라는 걸 알았다. 아무런 도움도 받지 않으면서 10년 동안 들키지 않고 살아남은 사람은 아무도 없었다. 더욱이 그를 찾고 있는 사람들이 누군지를 생각하면 더더욱 그랬다.

바버리가 가진 책은 단 두 권뿐이었지만, 두 권의 책으로도 지금까지의 삶에서 그는 즐거움과 부유함을 충분히 누리고도 남았다. 게다가 그 책들은 강력하기도 했다. 그래서 이제껏 혼자 지냈어도 이 강력한 책들 때문에 괜찮았다. 하지만 언젠가, 근시일 내로 사람들이 자신을 찾아내리라는 것도 알았다. 예를 들어, 나이지리아 출신의 오코로라는 개자식 같은 놈들 말이다. 아니면 그 여자가 직접 올 수도 있었다. 이건 누가 가장 많은 책을 모아서 가장 많은 힘을 얻는가 보는 군비 경쟁이었다. 휴고는 자기 능력을 믿어 의심치 않았다. 자신이 다른 이들에게서 공포를 자아낸다는 사실을 알고 있었으니까. 하지만 그래도 할 수 있는 한 더 많은 책을 소유하는 게 현명한 방법임도 역시 알았다. 사서가 10년 동안 추적을 피하려고 사용했던 책 같은 걸 가져야겠지. 그런 책은 정말 유용할 터였다.

바버리는 길 건너편에 있는 드러먼드 폭스를 바라보았다. 그는 방금 뭔가 중요한 걸 잃어버린 듯한 당황한 표정을 지었다.

　그러더니 폭스는 다시 걷기 시작했다. 어퍼 이스트사이드에서 미드타운이 있는 남쪽으로 가는 모양이었다.

　휴고는 개의치 않았다. 걷는 걸 좋아했으니. 걸으면 건강 관리도 되니까.

　비슷한 시기의 런던은 한낮이 아니라 초저녁이었다. 매리언 그레이스는 코번트 가든에 있는 복작복작한 이탈리안 레스토랑에서 동생을 기다리고 있었다. 그녀는 5년이 넘도록 동생을 만난 적이 없었고, 사실을 말하자면 이제는 누군가를 만나는 일조차 드물었다. 그런데 동생이 급히 만나자는 이메일을 보낸 것이다. 매리언은 도클랜즈에 있는 아파트에서 나와 코번트 가든으로 향했다. 가는 내내 마음이 초조하고 불안했던지라, 레스토랑에 와서 뒤편 구석 자리로 안내받고 나서야 마음이 조금 놓였다.

　"예약하실 때 조용한 자리를 요청하셨습니다. 여기가 괜찮으실까요?"

　웨이터의 말에 매리언은 고맙다며 미소를 지었다. 자신이 지닌 두려움을 동생이 배려해 주었다는 걸 알 수 있었다. 그녀는 자리에 앉아서 기다렸다. 웨이터는 빵 바구니와 함께 음료를 가져다주었고, 매리언은 동생이 메시지를 보냈을까 궁금한 마음에 잠시 휴대폰에 정신을 팔았다. 그러다 다시 고개를 들자, 그 여자가 보였다. 여자는 테이블 맞은편에 앉아 아름다운 얼굴과 새카만 눈으로 이쪽을 바라보고 있었다.

　매리언은 숨을 헉 몰아쉬었다. 그 여자는 무표정하게 상대를 응시했다.

　매리언은 도와달라는 듯한 기색으로 레스토랑을 돌아보았지만, 아무도 이 여자가 누군지 아는 이는 없었다. 남들이 보기에 여자는 여름용 꽃무늬 원피스를 입은 매력적인 사람일 뿐이었으니까.

"당신."

매리언은 떨리는 목소리로 입을 열었다.

여자는 아무 말 없이 눈을 마주쳤다.

"난 여기 동생을 만나러 왔어."

매리언의 말에 여자는 계속 눈을 마주 보더니, 천천히 고개를 저었다.

"당신! 내 동생은······?"

"당신 동생은 죽었어."

여자가 짧게 대답했다. 그 목소리는 나직해서 말소리는 속삭임과 다름없었다. 매리언은 당황한 표정으로 시선을 돌렸다.

매리언은 속으로 생각했다. '도망칠까? 하지만 어떻게?' 자신은 5년을 숨어 살았던 노인일 뿐이었다. 게다가 이 여자가 무슨 책을 갖고 있을 줄 알고?

"원하는 게 뭐지? 나한테 원하는 게 있나?"

매리언은 이제 떨리는 목소리로 물었다.

여자는 지나가는 웨이터를 잡았다. 웨이터는 허리를 숙여 여자가 귓가에 무어라 말하는 소리를 듣더니, 이내 몸을 까딱하고는 급히 사라졌다.

"난 아무것도 몰라. 제발 부탁이야. 5년 동안 은둔하듯 숨어 살았어. 난 아무에게도 이야기하지 않고 살았다고."

매리언이 말하는 동안 여자는 빵 바구니를 살펴보고 있었다. 그리고 하얀 롤빵을 들어 냄새를 맡았다.

"내 동생에게 무슨 짓을 했어?"

매리언은 이렇게 물었지만, 사실을 알고 싶지는 않았다.

여자는 매리언과 눈을 마주치더니 롤빵 한가운데를 천천히 찢었다. 이윽고 여자의 입가가 뒤틀리며 미소가 번졌다.

"내 책은 나한테 없어."

매리언의 말에 빵 한 조각을 입에 넣었던 여자의 눈빛이 흔들리더니 이내 다시 제자리로 돌아왔다. 다시 나타난 웨이터는 샴페인 한 잔을 테이블에 내려놓았다. 여자는 빵을 씹으며 말없이 매리언을 바라보았다.

"나한테는 책이 없어. 책을 소장하고 싶지 않았어. 당신이 와서 그 책을 찾기를 바라지 않았으니까."

매리언이 고집스레 말하자, 여자는 샴페인을 조금 마시더니 실망한 기색을 내비쳤다. 술이 기대했던 맛이 아니었다는 듯, 그녀는 잔 속의 술을 가만히 바라보다가 입술을 툭 쳤다.

"내게 책이 있었다 해도 당신은 그걸 원하지 않았을 거야. 기쁨의 책을 갖고 뭘 하려고?"

이렇게 말하는 매리언의 입매가 아래로 처졌다. 품고 있던 증오심이 마침내 두려움을 이긴 순간이었다.

"기쁨의 책이야말로 당신이 가장 갖고 싶지 않을 책인데."

여자는 빵을 계속 먹었다.

매리언은 그녀를 바라보며 기다렸다.

무언가를.

바로 공포를.

마침내 매리언은 입을 열었다.

"난 그걸 드러먼드에게 보냈어. 10년 전에. 안전하게 보관하려고 말이야. 알겠어? 당신이 이 세상에 저지른 짓이 바로 그거야. 당신 때문에 난 기쁨의 책을 숨겼어. 당신 수중에 들어가는 것보다 숨기는 게 나으니까."

매리언은 저도 모르게 글썽여진 눈물에 깜짝 놀랐다. 이건 두려워서 나온 눈물일까. 아니면 동생의 죽음을 두고 나온 눈물일까. 그도 아니라면 이 여자가 만들어 낸 세상에 대한 눈물일까. 알 수 없었다.

그녀는 손으로 눈을 닦으며 말했다.

"당신이 한 짓이 그거야. 부끄럽지도 않아?"

"폭스 도서관은 어디 있지?"

여자가 물었다. 목소리가 어찌나 나직하던지 매리언은 그녀의 말을 들으려고 몸을 숙여야 했다.

"폭스 도서관이 어디 있는지는 몰라."

매리언은 이렇게 말하다 문득 겁에 질렸다.

"내가 어떻게 알겠어? 누가 알려준다 해도 알고 싶지 않을 거야! 당신이 쫓아오리라는 걸 아는데 누가 그걸 알고 싶어 하겠어. 안 그래?"

여자는 롤빵을 가만히 바라보았지만, 치켜뜬 눈썹에는 의문이 서린 것 같았다. '사람들이 그렇게 말한다 이거지?'

매리언은 계속 말했다.

"드러먼드 폭스만이 알아. 폭스 도서관을 찾고 싶다면, 그를 먼저 찾아야지. 난 당신이 왜 나한테 물어보는 건지도 모르겠어!"

여자는 아무런 말이 없었다. 매리언은 가만히 생각했다. 참 아름다운 여자라고. 이토록 아름다운 겉껍데기가 이토록 대단한 어둠을 싸고 있다니.

"당신은 드러먼드 폭스를 절대로 찾을 수 없을 거야."

매리언이 말했다. 벗어버린 코트처럼 공포가 어깨에서 주르르 흘러 내려가는 느낌이 들었다. 그녀는 자신에게 닥친 죽음을 알고 있었다. 이 얼마나 믿을 수 없으리만큼 홀가분한 기분인가. 매리언은 속으로 미소를 지었고, 여자는 먹지 않은 빵을 테이블에 도로 내렸다.

"그 오랜 세월 동안 폭스를 찾지 못했구나. 앞으로도 찾지 못하겠지?"

여자는 멍하고 아름다운 표정으로 매리언을 바라보았다. 매리언은 두 손을 꼭 쥐고서 기쁨의 순간을 만끽하며 말했다.

"아, 이거야말로 지금껏 들어온 소식 중 최고네. 그래! 넌 폭스를 찾지 못할 테고, 그러면 영영 폭스 도서관도 못 찾겠지?"

매리언은 이제 정말로 웃음이 나왔다. 긴장이 풀리면서 주변의 공기가 살짝 느슨해진 것만 같았다.

매리언은 여자를 바라보며 생각했다. 여자가 얼마나 공허한 존재인지, 얼마나 인간적 면모가 없는지를. 이 여자는 초상화 속 인물 같았다. 아름답지만 생명력이 없었다.

이윽고 여자는 한 손을 뻗어 매리언의 팔에 얹더니, 입매를 확 움직여 악랄하게 비웃음을 지었다. 잠시 후 매리언은 순간적으로 어마어마한 고통을 느꼈다. 마치 커다란 손이 심장을 잡아 꽉 쥐어짜는 느낌이었다.

그녀는 숨을 헐떡이며 테이블로 쿵 쓰러졌다. 식기와 잔이 덜컹거렸다. 곧바로 숨을 거둔 매리언의 눈앞으로 금속 물병에 비친 일그러진 자신의 얼굴과 비명을 지르는 어떤 할머니의 얼굴이 보였다.

여자는 코번트 가든에서 템스강의 제방 쪽으로 걸어갔다. 속으로는 조용히 분노를 삭이며 분주하고 활동적인 주변 세상을 증오하고 있었다.

이제껏 해온 모든 노력이 허사로 돌아갔다는 데 여자는 분개했다. 기쁨의 책을 수중에 넣지 못하다니. 대서양 횡단 비행을 억지로 참으며 여기에 왔건만. 이제는 다시 집으로 돌아가는 비행시간을 견딜 일만 남았다.

여자는 웨스트민스터 다리 위로 올라갔다. 환하게 불을 켜놓은 웨스트민스터 사원은 어둑해지는 저녁놀 사이로 황금처럼 빛났다. 다리 위에는 바삐 길을 오가는 사람들이 가득했다. 다들 걸으며 이야기를 나누고 웃으며 서로를 스치고 지나갔다. 여자는 물고기 떼를 통과하며 유영하는 상어처럼 무표정한 모습으로 그 사이를 헤쳐 나갔다.

여자는 고통을 일으키고 싶었다. 누군가에게 아픔을 주고 싶었다. 사실 이런 마음이야 항상 있었지만, 오늘따라 실망이 커서 그런지 유독 충동이 심했다. 그 늙은 여자를 레스토랑에서 죽인 것만으로는 부족했다. 필요했으니 즉각적으로 죽였고, 그래서 만족스럽지 못했다. 여자는 좀 더 실질적인 고통을 가함으로써 자신을 달래야 할 필요성을 느꼈다. 이 세상이 고통으로 울부짖으며 노래하는 소리를 듣고 싶었다.

날이 어두워지고 밤이 다가오자, 여자는 다리를 건넜다. 여자의 곁을 지나가는 사람들은 어둠 속에서 주위를 둘러보았다. 이 사람들 속에 뭔가가 움직이고 있다는 느낌을 어떻게든 받은 것처럼, 갑자기 마음이 불편해졌지만 그 이유가 뭔지 정확히는 알 수 없는 것처럼.

이윽고 여자는 자신 쪽으로 다가오는 젊은 어머니를 보았다. 어머니는 여덟아홉 살쯤 되어 보이는 딸과 손을 잡고 있었다. 사뿐사뿐 명랑하게 걸어오는 소녀는 예쁜 크림색 코트와 하얀 타이츠 차림이었다. 귀마개를 쓴 머리 아래로 두 뺨이 템스강에서 몰아치는 싸늘한 바람을 맞아 붉게 달아올랐다. 소녀는 국회의사당과 하늘을 찌를 듯이 우뚝 솟은 시계탑을 보면서 미소를 지었다. 밝고 건강하고 생기 넘치는 아이였고, 어머니는 자신이 낳은 아이를 보면서 너무나 행복한 모습으로 만족스러워하며 으쓱이는 것 같았다. 여자는 그 모습이 죄다 싫었다.

모녀가 가까이 다가오자, 여자는 앞으로 움직이며 가방 속에서 절망의 책을 꺼냈다. 그리고 교회에 가는 여성이 성경책을 꽉 쥐듯 가슴에 꼭 쥐었다. 책의 힘이, 절망의 기운이 주변 공기에서 꿈틀대는 느낌이 들었다. 책에 생기를 주자 책 가장자리에서 어둠이 배어 나왔지만 아무도 이쪽을 보지 않았다.

소녀가 옆으로 지나가자, 여자는 손을 뻗어 아이의 부드러운 분홍빛 뺨을 손가락으로 쓰다듬었다. 그 짧은 접촉이 이루어진 순간, 절망은 마치 물병에 담긴 물처럼 여자에게서 쏟아져 아이에게로 스며들었다. 고통이 자신을 관통하여 생기 넘치는 어린 몸으로 들어가자, 여자는 전율을 느꼈다.

곧바로 고통스러운 울부짖음이 들려왔다. 여자는 그 소리를 들으며 뒤를 살짝 돌아보았다. 어머니는 염려하는 기색으로 쪼그려 앉아 딸을 두 손으로 잡고서 걱정스레 미간을 찌푸렸다.

공허함이 차오른 아이는 울었다. 여자는 소녀의 눈망울을 보며 생각했다. 이제 웨스트민스터 사원 뒤로 펼쳐진 밤하늘만큼이나 어두워 보인다고.

아이의 얼굴이 일그러지며 벌게졌고, 뺨 위로 눈물이 흐르는 가운데 아이는 갑자기 느낀 공포에 비명을 질렀다. 그 소리는 여자가 아이에게 준 노래를 부르는 것만 같았다. 아이는 고개를 돌려 여자를 바라보았다. 마치 자신의 고통이 여자한테서 왔다는 걸 아는 것처럼. 어쩔 줄 몰라 하는 어머니의 품에 안긴 채, 아이는 울면서도 여자를 바라보았다. 다리 위를 지나는 사람들은 모녀를 슬쩍 바라보며 그들을 피해 갔다.

이어서 여자도 뒤를 돌아 아이를 바라보며 미소를 지었다. 그 미소는 이렇게 말했다. '그래, 애야. 내가 그랬어. 내가 너에게 준 선물이야.'

여자는 알고 있었다. 저 아이는 다시는 미소 지을 일이 없게 되리라. 다시는 행복이나 기쁨을 알지 못하게 되리라. 성인이 되기 전에 죽을 수도 있었다. 여자가 아이에게 넘겨준 괴로움이 너무나도 파괴적이었으니.

이제 여자는 만족했다. 자신 역시 한때는, 변화가 닥치기 전에는 순진무구하고 행복한 소녀였다. 왜 소녀가 행복하게 미소 지어야 하나? 여자가 들으라고 온 세상에 대고 고통을 노래할 수도 있는데?

여자는 계속 갈 길을 갔다. 절망에 찬 아이의 비명이 뒤편 하늘로 날아오르며 기쁘고도 무시무시한 노래가 되어주었다.

여행의 밤

그날 저녁, 캐시는 홀로 서점에 앉아있었다. 계산대에 앉아 무릎 위에 문의 책을 올려놓고서 천천히 책장을 넘기는 그녀의 눈길이 낙서와 그림을 쭉 훑었다. 그건 대부분 별 뜻 없는 이미지였지만, 그래도 캐시는 그림과 낙서를 계속 바라보았다. 문들은 열려있기도 하고 닫혀있기도 했고, 복도도 보였다. 사람의 얼굴도 있었다. 남자와 여자, 아이와 어른의 얼굴이었다. 문득 이 사람들이 누군지 궁금했다. '나 말고 전에 이 책을 소유했던 사람들일까? 그럼 내 얼굴도 언젠가는 이 책에 그려질까? 이 사람들은 다 어떻게 됐지?'

이제야 처음으로 캐시는 속으로 묻게 되었다. 책을 사용하는 게 위험할 수 있다는 이지의 말이 옳은 게 아닐까. 하지만 머릿속은 결국 전날 밤과 웨버 씨와 마지막으로 나누었던 대화 내용을 떠올렸다. 웨버 씨는 그녀에게 나가서 세상을 보라고 말했다. 그러면서 여행 이야기를 들려주었다.

그건 분명히 웨버 씨가 문의 책을 주려는 마음을 먹어서였을까?

분명히 그게 전하려던 말이었을까?

캐시는 책을 옆으로 치우고 마감 청소를 했다. 머그잔과 접시를 커피 테이블에서 치우면서 오래전 할아버지와 같이 저녁을 먹던 기억이 났다. 함께 식탁에 앉아서 스튜를 먹으며, 할아버지는 자신의 꿈이 여행을 다니는 것이었노라 고백했었다.

할아버지는 스튜를 캐시에게 떠주며 말했다.

"그냥 차를 타고 마을 하나만 지나가도 참 신난단다. 달리는 길을 따라 어디든 갈 수 있지. 계속 그렇게 가면 되는 거야. 비행기를 타고 아예 다른 나라로 간다고 생각해 봐. 하늘 위로 높이 올라가서 온 세상을 저 아래에 두고 지나간다고 말이야."

할아버지는 한 번도 여행을 해본 적이 없었다. 그분의 삶은 일과 청구서와 책임감과 캐시를 키우는 일로 가득했다. 캐시는 할아버지에게 여행이란 '언젠가'라는 아득한 시기의 일로 마음에 품고 있는 그 무엇이었을 것이라 확신했지만, 그 '언젠가'라는 건 할아버지에게 결국 오지 않았다.

이런 이유도 있지만, 이 책을 계속 쓸 수밖에 없는 가장 큰 이유가 뭔지도 알고 있었다. 바로 자신이 이 책을 쓰고 싶었으니까. 불가능한 일이 현실이 되는 마법이 있는데 외면할 수는 없었으니까.

그날 밤, 캐시는 서점 문을 잠그고는 뒷방으로 통하는 문을 사용하여 8년 전에 갔던 유럽으로 순간이동을 했다. 맨 처음으로 향한 곳은 전날 저녁 아파트에서 보았던 베네치아의 거리였다. 그녀는 문을 통해 자갈길에 들어섰다. 때는 쌀쌀하고 건조한 밤이었고, 캐시는 잠시 그 자리에 서서 눈빛을 빛내며 앞에 보이는 거리의 모습에 감탄했다. 그리고 쪼그려 앉아 한 손으로 발을 디딘 바닥을 만져보았다. 이게 진짜라는 걸 다시금 확인하고 싶어서였다. 방금 나온 문은 여전히 열려있어서, 켈너북스의 내부가 보였다. 그 광경에 가슴이 흥분으로 두근두근 뛰었다.

"진짜야. 다 진짜라고."

그녀는 문을 닫으며 좁은 틈 사이로 사라져 가는 뉴욕의 모습을 마치 꺼져가는 냉장고 불빛을 잡으려는 사람처럼 바라보았다. 그러고는 그 자리에 서서 베네치아의 공기를 들이마셨다. 지금은 동트기 몇 시간 전이라서 거리는 어둡고 조용했다. 문득 눈물이 차올랐다. 기쁨의 눈물, 놀라움의 눈물이었다.

그녀는 오른쪽으로 돌아서서 잠시 걸었다. 주변으로 발소리가 메아리쳤다. 거리의 끝에 다다르자 좁은 수로가 보였다. 수로는 툭툭 튀어나온 모퉁이를 구불구불 돌더니, 보행자 다리 아래를 지나 높다란 건물 사이의 틈으로 사라졌다. 수로의 물은 까만 유리처럼 한 점 흔들림 없이 고요했다. 수로 반대편에는 자그마한 광장이 있었는데, 캐시의 기억으로는 '캄포(campo, 이탈리아어로 광장이라는 뜻 — 옮긴이)'라고 부르는 곳이었다. 광장 한가운데에는 오래된 돌우물이 있었다. 낮이 되면 광장 주변의 레스토랑들이 테이블과 의자를 설치해 두었고, 한낮이면 해가 바로 머리 위에 떠서 온 세상이 밝고 따스해졌다. 캐시는 그 캄포에 앉아 값싼 와인을 마시며 책을 읽는 행복한 시간을 보낸 적이 많았다. 지금은 광장이 텅 비었고, 주변 건물은 마치 묘지에 모인 조문객처럼 말이 없었다.

수로에서 돌아선 캐시는 행복한 눈물을 닦으며 왔던 길을 되돌아갔다. 지금 지나는 빵집에서는 곧 제빵사들이 밀가루 반죽을 만들고 오븐에 불을 지필 것이다. 모퉁이에 있는 작은 카페를 지나 왼쪽으로 꺾으면 건물 사이로 통행로가 나왔다. 위로 지그재그 모양의 하늘이 보이는 길을 걸으면 마치 갈라진 지층 사이를 움직이는 기분이었다. 캐시는 베네치아에 처음 왔을 때부터 이런 숨겨진 길과 그 길이 보여 주는 놀라운 광경을 즐겁게 탐험했다. 길을 따라가다 보면 예상치 못하게 운하가 나와서 걸음을 멈추고 되돌아가야 할 때도 있었고, 무너져 가는 붉은 벽돌 건물로 둘러싸인 아주 작은 광장이 나오기도 했고, 한낮의 햇살을 막으려고 덧창을 친 창문과 나이 든 이탈리아 여자들이 짙은 색 두툼한 옷차림을 하고서 문가에 서서 손짓을 해대며 큰 소리로 말하는 모습이 보이기도 했다. 캐시의 기억에는 낮 동안에 본 도시의 모습이 있었다. 하지만 지금 걷고 있는 길은 완전히 다른 공간이었다. 좁은 통행로는 으스스한 것이 폐소공포가 느껴질 지경이었다. 캐시는 갑자기 낯선 사람들이 통로 끝에서 불쑥 나타나 퇴로를 막아버릴 거라는 생각으로 지레 겁에 질렸다.

그러다 길고 널따란 광장에 나오자 이제껏 했던 장난스러운 상상을 떨쳐버리게 되었다. 광장의 가장자리를 두른 건물들은 대부분 조용했지만, 불 켜진 곳도 두어 군데 있었다. 덧창을 친 뒤로 늦은 밤의 생활감을 보여주는 곳들이었다. 캐시의 눈에 비친 건물들은 아름다웠다. 울퉁불퉁한 벽돌과 금이 간 노랑과 주황 석회 벽은 허름했지만, 다른 시간과 장소인 이곳은 역사와 이야기와 이 멋진 도시에 살았고 또 살고 있는 모든 사람을 떠올리게 했다.

동남쪽으로 향하면서 길과 광장을 정처 없이 지나자 카날 그란데와 리알토 다리가 나왔다. 다리 위에 있는 기념품점은 문을 닫아 조용했지만, 이곳에는 이 시각에도 사람이 더러 있었다. 술에 취한 젊은 관광객들은 다리 끝을 서성이며 킥킥 웃고 속살거렸다. 어떤 남자는 삼각대에 얹은 카메라를 어깨에 메고서 일출을 찍을 최적의 장소를 찾고 있었다. 너무 일찍 나온 건지 아니면 너무 늦게 온 건지 모를 젊은 아시아 남자 두어 명이 커다란 여행 가방 위에 침울하게 앉아있었다. 캐시는 기념품점 뒤쪽과 난간 사이에 자리를 잡고서 널찍한 운하를 내려다보았다. 이곳은 바람을 막아줄 건물이 없는 터라 추웠고,

운하의 물결과 더불어 불어오는 싸늘한 바람이 온몸을 스쳤다. 하지만 캐시는 상관없었다. 그저 잠시 서서 베네치아의 밤 풍경에 흠뻑 빠져들 뿐이었다. 카날 그란데의 물이 조용하고 잔잔하게 흐르는 가운데 근처에 밧줄로 묶여 잠든 배들이 서로 부딪치는 소리가 희미하게 들려왔다. 맑은 하늘 위로 별이 점점이 박혔고, 초승달 그림자가 검은 물결 위로 우윳빛 선을 그었다.

캐시는 홀로 영원히 이곳에 머무르고 싶었다. 그래서 이 잠든 아름다운 도시를 만끽하고 싶었다. 하지만 추워서 몸이 떨리기 시작했고, 아시아 남자 둘이 여행 가방을 터덜터덜 끄는 소리를 듣고 몽상에서 깨어났다. 그녀는 거리를 계속 걸으며 앞서 걷는 남자들이 피곤함에 젖은 목소리로 늘어놓는 수다를 따라갔다. 그러다 선 곳은 어느새 산마르코 광장 한 모퉁이였다. 붉은빛 도는 주황색 종탑은 마치 네모난 연필을 세워놓은 것처럼 보였다. 아시아 남자 둘은 캐시 앞으로 보이는 광장 저편으로 가방을 끌고 가고 있었다.

캐시는 왼편으로 향해 광장의 동쪽에 웅크려 앉은 듯한 산마르코 성당 앞으로 다가갔다. 통마늘 모양의 돔과 뾰족한 십자가가 하늘을 찌를 듯이 솟아있었고, 입구 위쪽의 화려한 금빛 모자이크가 달빛에 반짝였다. 그녀는 대성당 바로 뒤편에 있는 카날 그란데의 가장자리에 다다라 일렬로 묶인 곤돌라를 바라보았다. 배들은 아침이 되어 관광객이 북적이기를 기다리고 있었다. 캐시는 그 자리에서 돌아서서 두 손을 양옆으로 쭉 뻗고 고개를 뒤로 젖혀 하늘의 별을 바라보며 웃었다.

"나 베네치아에 왔다!"

밤하늘에 목소리가 울려 퍼지는 것도 아랑곳하지 않은 채, 말처럼 광장을 마구 질주하며 캐시는 외쳤다.

"나 베네치아에 왔어."

그녀는 조금 나지막한 목소리로 다시 말했다. 그리고 다시금 차오르는 눈물을 느끼고는 손으로 닦은 다음 광장을 가로질러 되돌아갔다. 낮이 되면 이곳이 얼마나 붐비는지 기억이 났다. 유람선에서 쏟아져 내리는 관광객 무리, 이리저리 분주히 몸을 놀리는 웨이터들과 비둘기들. 캐시는 혼자 이곳에서 조용히 있게 되어 다행이었지만, 벌써 어디 다른 곳에 가고 싶어서, 다른 무언가를 맛보고 싶은 마음으로 다급해졌다.

그녀는 광장 한편으로 난 통로로 들어가서 몇 분간 걷다가 찾던 것을 발견했다. 움푹 들어간 작은 광장에 자리 잡은 조그마한 호텔로, 로비로 통하는 출입구 위에 불이 켜있었다. 그녀는 문의 책을 꺼내어 한 손에 쥐고서, 부드럽게 얼굴을 감싸는 무지갯빛을 느끼며 다른 문을 떠올렸다. 다른 오래된 도시에 있는 문이었다. 그리고 호텔 문을 열자, 프라하의 골목길이 나왔다.

그녀는 자갈길을 밟아나갔다. 베네치아의 것보다 더 덩어리가 크고 둥그런 자갈이었다. 그렇게 몇 년 전에 묵었던 유스호스텔의 출입구를 돌아보았다.

이제는 유스호스텔 안에 베네치아의 거리가 생생하게 담긴 것 같았다. 캐시는 그 생각에 키득키득 웃으며 문을 닫았다.

그녀는 프라하의 구시가 광장을 향해 걸었다. 그곳에선 자갈이 깔린 널찍한 공간을 사이에 두고서 우아하고 예스러운 건물이 서로 마주 보고 있었다. 그 모습은 마치 댄스 플로어를 빙 둘러선 관객 같아서, 캐시는 기쁨을 가슴에 한가득 채운 채로 그곳을 경쾌하게 지났다. 그러자 캐시의 발걸음에 깜짝 놀란 비둘기 떼가 날개를 치며 공중으로 우수수 흩어지는 모습이 꼭 저 하늘에 겁에 질린 날갯짓을 문신으로 새긴 듯했다.

그녀는 구시가를 쭉 걸었다. 그곳 거리는 베네치아처럼 좁고 구불구불했지만, 이곳의 건물들은 더 낮았고, 다닥다닥 붙은 정도도 덜했다. 그래서 하늘이 더 많이 보였고, 벽들도 예전처럼 가깝게 느껴지지 않았다. 캐시는 몇 년 전에 방문했던 어둑어둑한 카페와 초콜릿 가게를 지나 널찍한 블타바강 위를 가로지르는 카를교 위로 올라갔다. 베네치아와 마찬가지로, 이곳도 강가가 더 추웠다. 강바람이 어찌나 강하던지 캐시는 외투를 입고서도 몸을 파르르 떨었다. 하지만 그녀는 추위 따윈 아랑곳하지 않은 채, 오래된 가로등과 주철 동상 사이의 벽에 몸을 기댔다. 언덕 꼭대기에 프라하성이 보였다. 프라하성은 언덕배기에 낮고 길게 늘어선 건축물로, 어둠 속에서 환한 조명을 켠 채로 빛났다. 그리고 또 다른 다리가 성 앞에서 강 위로 쭉 뻗어있었다. 그 뒤로 강이 구부러져 보이지 않는 곳에는 초록색 언덕이 솟아있었다. 이곳의 하늘은 베네치아보다 구름이 더 많아서 별빛을 가렸다.

캐시는 눈길을 돌려 왔던 길을 바라보았다. 다리 끝으로 고딕 양식의 탑이 보였다. 캐시의 눈에는 그 탑이 여전히 사람의 얼굴처럼 보였다. 아치형 문과 창문이 화난 남자의 얼굴을 이루었고, 높다란 지붕은 머리에 쓴 모자 같았다. 캐시는 그렇게 생각하며 미소를 짓고는 발을 동동 굴러 온기를 모았다.

곧 탑 너머로 해가 뜰 것이다. 몇 년 전에 이 도시에 왔을 때, 미국인 관광객 세 명과 아침 일찍 일어나 일출을 보러 온 적이 있기에 알고 있었다. 그날 아침에 캐시는 추위를 막으려 목도리와 외투로 몸을 감싸고 하얀 입김을 불면서 졸린 눈으로 인적 드문 거리를 걸어갔다. 그때를 떠올린 캐시는 슬며시 미소를 지었다. 일행과 함께 다리 한가운데에 모여 서서 수다를 떨며 태양이 온 세상을 밝게 비출 때까지 기다렸던 그때. 해돋이는 정말 장관이었고, 그 광경은 캐시의 기억에 깊숙이 새겨졌다.

화창하고 푸른 하늘로 태양이 완전히 뜰 때까지 기다렸다가 그들은 커피와 빵을 먹으러 가서 또 이런저런 이야기를 나누었다. 그때 관광객들과 캐시 사이에는 상대에게 아무것도 요구하지 않는 편안하고 자연스러운 우정이 있었다. 그땐 참 행복했었다. 전에도 없었고 앞으로도 없을 행복하고 자유로운 순간이었다.

"하지만 지금은 또 달라졌어."

그녀는 자갈길에서 눈을 들어 강을 따라 남쪽을 바라보며 혼잣말했다. 문의 책을 가진 지금 그녀는 자유로워졌다. 마치 동화 속 마법의 양탄자를 가진 것처럼, 언제 어디서든 원하는 곳으로 갈 수 있으니까. 그 누가 이런 삶을 살 수 있겠는가.

캐시는 계속 걸었다. 강 건너편으로 가서 카를교를 지나 프라하성으로 올라가는 언덕의 자갈길을 밟았다. 이 도시의 건물들은 파스텔색조의 분홍색과 흰색으로 칠하고 화려하게 장식한 게 꼭 웨딩 케이크 같았다. 언덕을 계속 올라가자 길이 넓어지면서 차들이 줄지어 다녔고, 저 멀리 대성당의 탑이 있는 거대한 광장이 펼쳐졌다. 버스 한 대가 낮은 소리를 내며 지나갔다. 버스 안에 탄 피곤한 낯빛의 사람 두엇이 캐시를 가만히 바라보았다. 이어서 차가 몇 대 더 지나갔다. 광장을 지나는 사람들은 더 많이 보였다. 그들은 추위를 막으려 몸을 감싼 차림으로 언덕을 내려가 구시가로 향하고 있었다. 도시에 생기가 돌기 시작했다.

시계를 확인해 보았다. 뉴욕은 지금 밤 11시가 조금 넘었지만, 프라하는 새벽 5시가 넘은 시각이었다. 그렇다면 두 시간 넘게 걸어 다닌 것이다. 꼬르륵 소리가 나면서 배가 고프다는 게 인식이 되었다.

이윽고 유럽 여행 중에서 가장 맛있게 먹었던 아침 식사가 떠오르자 캐시는 미소를 지었다. 하지만 그건 프라하가 아니라 다른 나라의 도시에 있던 식당의 기억이었다.

그녀는 다른 골목길에 들어서서 호텔을 찾아내었다. 그리고 문의 책을 들고서 어두운 아침에 오색 빛깔을 뿜으며 문을 열고 들어가 파리에서 몇 주 머무르는 동안 묵었던 파리 북역 근처 저렴한 호텔 밖을 나섰다.

순식간에 세상이 더 습하고 더 춥고 더 북적였다. 안개인지 이슬비인지 모를 것이 얇은 커튼처럼 허공에 드리워져 사방이 흐릿하고 뿌옇게 보였다. 이곳도 여전히 어두웠지만, 카페 몇 군데와 호텔은 문을 열어서 회색 이슬비 속에서도 네온사인이 환하게 빛났다. 조명을 켠 버스가 터덜터덜 지나갔고, 계기판 불을 밝힌 자동차에선 운전대 앞에 앉은 사람의 얼굴이 으스스하게 드러났다. 캐시는 몇 년 전 걸었던 길을 되짚으며 북쪽으로 가서 북역 정문 바로 맞은편에 있는 카페로 향했다. 거기서 따뜻한 크루아상과 블랙커피를 마시며 파리 시민들이 오가는 모습을 보는 게 참 좋았다. 특히 출퇴근 시간에 그랬다.

카페에 다다른 캐시는 차양 아래 바깥 테이블에 앉았다. 그리고 걸음마다 휘파람을 부는 것 같은 유쾌한 할아버지 웨이터에게 커피와 크루아상을 주문했다. 의자에 편안히 앉자 다리의 통증과 뺨에 닿는 냉기도 기분 좋게 느껴졌다. 커피를 마시고 빵을 먹는 동안 거리는 점점 더 복작복작해지고 시끄러워졌다. 카페 앞에 놓인 테이블에는 이제 다른 사람들도 앉기 시작했다. 공기 중으로 담배 연기와 대화 소리, 어떤 여자의 무릎에 앉은 작은 강아지가 짖는 소리가 퍼졌다.

캐시는 이 모든 게 좋았다. 이 세상 다른 곳에서 벌어지는 평범한 일상을 보는 것이, 사람들의 일하는 모습과 소리와 냄새가 좋았다. 그러다 접시에서 마지막 크루아상 조각을 집어 들었을 때 깨달았다. 자신의 눈앞에서 펼쳐지는 다양한 삶의 모습들을 보는 것이 좋다는 사실을. 매일 가는 곳마다 마주치게 되는 다른 이의 삶을, 저마다 가진 이야기의 중심에 놓인 백만 명이나 되는 타인의 인생을 좋아했다. 캐시는 기꺼이 그들 모두에게 닿고 싶었다.

그녀는 커피를 마저 마시면서 주머니에서 문의 책을 꺼내 다시 책장을 넘겼다. 그러다 전에는 발견하지 못했던 스케치와 해석할 수 없는 문구에 눈길이 멎었다. 매번 책을 펼칠 때마다 전에는 보지 못했던 페이지가 나오는 것 같았다. 아니, 어쩌면 이 책은 마치 캐시가 방문하는 장소처럼 항상 다른 모습으로 변하는지도 몰랐다.

식사를 마친 캐시는 신용카드로 아침 식사를 결제하고는 차양에서 나와 부슬비가 내리는 상쾌한 아침의 거리로 나섰다. 날이 점점 밝아 오자 그녀는 다시 호텔로 발걸음을 돌렸다. 우울한 겨울의 햇살은 그림자를 완전히 쫓아내지는 못할 것이었다. 그녀는 밀려드는 인파를 헤치고 걸으며 밀치고 또 부딪혔지만 오랜만에 그 어느 때보다도 더욱 행복하고 만족스러웠다. 이윽고 호텔 문 앞에 다다르자, 캐시는 주머니에서 문의 책을 꺼내 펼쳤다. 그리고 바다 건너 몇 시간이나 시차가 나는 뉴욕의 아파트, 자신의 방문을 열었다. 뒤에 있는 파리의 거리에서 어떤 젊은 커플이 이쪽을 슬쩍 보았다. 아마도 문틈 사이로 드러난 말도 안 되는 광경을 언뜻 보았을지도 모른다. 하지만 캐시는 그들이 무어라 반응할 틈도 없이, 방금 본 것을 확신할 수 있기 전에 문을 닫았다. 몇 분 후에 완전히 지친 채로 침대에 털썩 누운 캐시는 잠이 들면서도 마치 어린아이가 포근한 인형을 쥔 것처럼 가슴께에 문의 책을 품고 있었다.

다음 날 오후, 피곤한 몸으로 캐시가 출근하자, 켈너 부인은 그녀를 쓱 훑어보고 말했다.

"독감이라도 걸렸니? 초주검이 됐네."

캐시는 졸린 기색으로 미소를 지었다.

"괜찮아요. 어제 책을 보느라 늦게까지 잠을 안 자서 그래요."

가능성과 잠재력

베네치아와 프라하, 파리까지 이어지는 여행 끝에 저녁 근무를 마치고 퇴근한 캐시는 다시 여행할 준비를 갖췄다. 8년 전에 방문했던 곳에 한 번 더 갈 계획이었다. 외투를 스르르 벗고 여행길에 먹을 샌드위치를 만들려고 주방에 들어갔는데, 냉장고에 손을 뻗던 순간, 문에 붙은 엽서 한 장이 보였다. 너무 오랫동안 거기 붙어있었던지라 이젠 눈에 들어오지도 않던 것이었다. 바로 7년 전, 이지의 부모님이 이집트로 여행을 갔을 때 보냈던 엽서로, 정원 끝에 교회가 보이는 사진이었다. 교회의 앞쪽에 열린 문이 보여서, 캐시는 잠시 그 사진을 가만히 살펴보았다. 한 손은 여전히 냉장고 문손잡이를 잡은 채였고, 머릿속은 차분했다.

그러다 갑자기 뱃속에서 불꽃이 터지는 듯 어떤 가능성이 확 느껴졌다. 머릿속에 한 가지 질문이 떠올랐다. '혹시……?'

캐시는 이집트에 가본 적이 없었다. 당연히 엽서 속 사진에 보이는 문을 드나든 적도 없었다. 하지만 그럴 수 있지 않을까? 그녀는 어째서 문의 책으로 전에 가본 적 있었던 문이나 현실에서 만질 수 있는 문으로만 어딘가에 갈 수 있다고 생각한 걸까?

"어느 문이든 모든 문이 된다고 했지."

그녀는 조용히 중얼거렸다.

샌드위치를 만들어야 한다는 생각은 까맣게 잊고서, 그녀는 냉장고에서 엽서를 떼어냈다. 그리고 침실로 들어가 문을 닫았다. 문의 책은 여전히 주머니 속에 있었다. 그걸 꺼내 한 손에 들고, 다른 손에는 엽서를 든 채, 캐시는 저 멀리 있는 곳의 문 사진을 바라보았다.

"자, 해보자."

그녀는 눈을 감고서 카이로에 있는 문을 생생하게 그려보려고, 느껴보려고 노력하며 중얼거렸다.

잠시 후, 몇 번의 실패 끝에 문을 열고 캐시는 어둑하고 따스한 공기가 느껴지는 야자수 안뜰에 들어섰다. 왼쪽으로 보이는 안뜰의 끝에는 공중교회(The Hanging Church of Cairo, 콥트 정교회 회당으로 이집트에서 가장 오래된 교회다 — 옮긴이)의 쌍둥이 탑이 똑같은 모양의 십자가를 달고 하늘 높이 서있었다. 저 멀리 들려오는 도시의 소음은 뉴욕과는 달랐다. 카이로의 하늘 아래로 발을 내디딘 캐시는 낡은 나무문을 나서며 뒤를 돌아보았다. 그러자 자신의 자그마한 침실 속 전등의 부드러운 불빛과 블라인드 내린 창문 옆의 침대가 보였다.

"와, 이럴 수가."

그녀는 놀라운 기색으로 작게 탄성을 내뱉었다.

문의 책은 전날 생각했던 것보다 훨씬 더 좋은 것이었다. 이제 캐시는 온 세상 어디든 갈 수 있었다. 어느 도시든, 어느 거리든, 문이 있는 곳이라면 그녀는 어디든 순식간에 여행할 수 있게 되었다.

캐시의 손에는 여전히 엽서가 들려있었다. 그녀는 엽서를 내려다보고는 다시 주변을 둘러보며 믿을 수 없는 마음으로 키득키득 웃었다.

너무나 압도적이었다. 신이 나서 파르르 떨리는 가슴으로 이 사실을 애써 받아들이면서도, 캐시는 한편으로 어째서 웨버 씨가 이걸 자신에게 선물했는지 고민이 되기도 했다. 그녀가 정말 이런 기적의 선물을 받을 만한 일을 했었나?

하지만 그녀는 이런 질문을 떨쳐버렸다. 우울해지고 싶지는 않았다.

"내가 카이로에 왔는데 뭐가 또 중요하겠어!"

그녀는 자신을 꾸짖었다.

자신이 발을 디딘 적도 없는 대륙에 온 것이다. 그녀는 고요하고도 소박한 아름다움을 지닌 교회를 바라보며 새로운 곳에서 하게 된 경험을 오롯이 만끽했다.

그날 밤, 캐시는 몇 시간 동안이나 한 번도 가본 적 없는 온 세상의 문 사진을 찾아 그곳에 가보고 무엇이 가능한지 시험해 보았다. 미국 전역의 낯선 도시들을 방문하고, 도쿄의 높다란 전망대 문과 베이징의 도서관 문과 리우데자네이루의 호텔 로비로 들어갔다가 다시 문을 찾아서 자신의 방으로 돌아왔다. 그렇게 문의 책으로 실험을 해보며 무엇이 가능한지, 또 이 기적 같은 일의 한계는 어디까지인지 알아보았다. 하지만 한계는 없었다.

그녀는 어디든 갈 수 있었다.

다음 날 저녁, 캐시가 일을 마치고 느지막이 돌아온 집에서는 이지가 기다리고 있었다.

이지는 소파에 앉아 캐시를 가만히 바라보며 물었다.

"오늘 어땠어?"

"다 괜찮았어."

캐시는 가볍게 말하며 외투를 쓱 벗어서 소파 끝에 던졌다. 그리고 주방 조리대에 가방을 놓고는 오는 길에 산 샌드위치와 과일을 꺼냈다. 빨리 식사하고 여행을 떠날 계획이었다.

"너 피곤한 것 같은데. 잠을 좀 자야 하지 않을까."

이지가 소파에서 일어서며 말했다.

캐시는 고개를 끄덕이고는 사과를 한 입 베어 물고서 가방을 들어 외투를 놓은 소파 끝에 던졌다.

"먹은 게 과일밖에 없어서 그런가 봐."

이지는 그러냐는 듯 미소를 지었다.

"왜 그러는데?"

캐시가 묻는 목소리에는 의도치 않게 호전적인 기색이 섞였다.

이지는 한숨을 쉬고서는 잠시 시선을 외면했다.

"말해봐. 괜찮아."

캐시는 조금 누그러진 목소리로 물었다.

"와서 앉아봐."

그들은 소파의 양끝에 각각 앉아 서로를 마주 보았다. 이지가 잠시 뜸을 들이는 모습이 꼭 하고픈 말을 조심스레 고르는 것 같았다.

"너 아직도 그 책 사용하고 있지?"

이지의 물음에 캐시는 대답하지 않았다. 비난 어린 물음에 긍정도 부정도 하지 않았다.

"그러면 안전하지 않다고."

이지의 말에 캐시는 항변했다.

"그걸 어떻게 알아."

그러자 이지는 말을 주르르 뱉기 시작했다.

"넌 그 책이 뭔지, 어디서 온 건지, 아니면 그 책이 뭘 하는지 하나도 모르잖아! 그저 그 책이 허락하는 대로 모험을 하는 것만 넌 보고 있어. 그 대가가 뭔지는 모르면서!"

"무슨 대가?"

"이런 일에는 언제나 대가가 따른다고!"

"그런 건 없어! 대가는 없다고. 이건 마법이라고!"

캐시가 버럭 소리를 질렀다. 갑자기 기운이 쭉 빠졌다.

"난 무서워. 그리고 네가 전혀 무서워하지 않는다는 점도 무서워."

이지는 나직한 목소리로 솔직하게 말했다.

캐시는 잠시 이지의 말을 생각해 보았다. 이지의 말이 비합리적인 건 아닌지 여러 모로 애써 따져보았다. 이지가 언짢아하는 게 싫었지만, 문의 책을 포기하는 건 생각도 할 수 없는 일이었다. 이건 인생에서 한 번도 경험하지 못했던 너무나 크고 중요한 사건이다. 불가능과 흥분, 신비와 놀라움의 장난감이 아닌가. 이지가 어째서 그 점을 보지 못하는지 이해할 수가 없었다.

캐시는 다시 사과를 한 입 먹으면서 생각했다. 어떡하면 이지가 이런 점도 봐주려나. 어떡하면 이해해 줄까.

"내가 너한테 뭐 좀 보여줄까?"

그녀가 묻자, 이지는 함정을 간파한 듯 눈을 가늘게 떴다.

"너 또 나를 데리고 문을 통과해서 다른 곳으로 가려고 그러지?"

캐시는 반쯤 먹던 사과를 커피 테이블에 내려두고는 청바지에 손을 문질러 닦고서 이지에게 내밀었다.

"그냥 같이 가주면 안 돼? 딱 한 번만? 부탁이야."

이지는 잠시 캐시와 눈빛을 마주하고는 체념하듯 고개를 끄덕였다.

"알았어. 하지만 네 손은 안 잡을래. 사과즙 묻어서 끈적하니까."

캐시는 이지를 데리고 문을 통과하여 커다란 원형 방으로 들어갔다. 그곳은 사방이 바닥부터 천장까지 이어진 통창으로 둘러싸여 있었다. 사람들이 이리저리 바삐 움직였고, 가벼운 대화 소리가 들려왔지만 공간 자체는 붐비지 않았다.

"여기가 어디야?"

이지는 방 안에 있는 사람들의 얼굴을 찬찬히 살펴보며 물었다.

"이리 와."

캐시는 손을 휘저어 친구를 재촉했다.

통창 벽으로 다가가자 안개 낀 푸른 하늘 아래로 사방에 건물과 거리가 끝도 없이 펼쳐진 풍경이 드러났다. 저 멀리 지평선에는 거대한 형상이 우뚝 솟아있었는데, 완벽히 대칭을 이룬 세모꼴 위로 하얀 모자가 얹혀있는 듯한 모습이었다.

"우아! 여기가 어디야?"

이지는 눈앞의 풍경을 바라보며 감탄했다. 캐시는 아래로 펼쳐진 거리를 계속 바라보며 말했다.

"도쿄야. 정확히 말하면 도쿄 도청의 전망대지. 그리고……."

캐시는 검지로 유리창을 톡톡 두드려 지평선에 솟은 형상을 가리키며 말을 이었다.

"저건 후지산이야. 저 산보다 더 산다운 산을 본 적이 있니?"

이지는 미소를 지었다.

"난 세상에서 뉴욕이 제일가는 도시라고 생각했는데……. 이걸 보니까……."

이지는 고개를 천천히 저으며 덧붙였다.

"여긴 뉴욕의 열 배는 되는 것 같네."

"그래."

캐시도 맞장구쳤다. 이지는 잠시 말없이 경치를 감상하다가 친구를 바라보며 말했다.

"하지만 비행기표를 사서 올 수도 있잖아, 캐시. 도쿄는 책이 있든 없든 상관없이 존재하는 곳이니까."

캐시는 후지산을 가만히 바라보며 대답했다.

"사실 도쿄가 중요한 건 아니야."

"무슨 소리인지 모르겠어. 그러면 뭐가 중요한데?"

이지가 투덜댔다. 두 사람은 말없이 서서 일본인 노부부가 느릿느릿 옆을 지나가기를 기다렸다. 그러다 캐시가 대답했다.

"너 우리 할아버지 돌아가신 거 알지?"

"당연히 알지. 폐암으로 돌아가셨다며."

이지의 말에 캐시는 고개를 끄덕였다.

"하지만 자세한 건 모르잖아. 안 그래? 폐암으로 돌아가셨다는 말밖에 하지 않았으니까. 이렇게 말하면 사람들은 고개를 끄덕이면서 알겠다는 표정을 지어. 그렇게만 말하고 나도 상대방도 넘어가지. 난 자세한 내용을 말한 적은 없어. 왜냐하면 너무 힘드니까. 그리고 내가 일단 입을 열면, 멈추지 못하고 계속 말하게 될까 봐 무섭거든. 말을 꺼내면 끝도 없이 슬퍼지기만 할 테니까……."

캐시는 풍경에서 눈길을 돌리고는 이지의 얼굴에 드러난 염려를 보았다. 입이 바짝 말라 말이 달라붙었다. 이지는 캐시의 팔에 손을 얹었고, 캐시는 설명을 시작했다.

"나를 기른 건 할아버지셨어. 어머니는 약물중독자라서 날 할아버지에게 보냈지. 그리고 과다 복용으로 죽었어. 그 후에 내가 아직 아기였을 때 할아버지는 할머니를 떠나보냈고."

"세상에."

"아니, 그건 괜찮았어. 나는 어머니도 할머니도 전혀 기억에 없거든. 난 어린 시절에 행복했어. 할아버지는 나에게 최고의 아빠가 되어주셨어. 최고의 부모셨지. 온 세상에 할아버지와 나 둘뿐이었어. 할아버지 덕분에 나는 책을 사랑하게 되었어. 어렸을 적에 나한테 책을 읽어주셨고, 나중에는 내가 혼자서 책을 읽게 됐지. 할아버지는 목수여서, 우리 집 옆에는 작업장이 있었어. 그곳 구석에는 커다란 빈백이 있어서, 나는 학교가 끝나거나 주말이 되면 할아버지가 일하는 동안 거기 앉아서 책을 읽었지. 우리는 돈이 많지 않았지만 그래도 괜찮았어."

이지는 캐시가 쭉 늘어놓는 추억의 요점이 뭔지 이해가 가지 않는다는 듯이 얼굴을 살짝 찌푸리면서 고개를 끄덕였다.

"그런데 내가 열여덟 살 때 할아버지가 암에 걸렸어. 그런 일은 보통 갑자기 닥치잖아. 증상이 나타났을 때는 이미 때가 늦었더라고. 나는 할아버지가 돌아가실 때까지 몇 달을 옆에 있었어, 이지. 암에 걸린 사람은 단번에 죽지 않아. 몇 주, 몇 달에 걸쳐서 길고 느릿하게 죽어가. 그러면서 사람은 모든 걸 빼앗기게 돼. 정말…… 사람 사는 게 아니야."

"어떻게 손쓸 방법은 없었어?"

이지가 묻자 캐시는 슬픈 미소를 지었다.

"우리는 좋은 보험이 없었어. 할아버지는 모든 돈을 집에 투자했거든. 그리고 정말 아팠을 때도 할아버지는 약값을 충당하려고 집을 담보 잡기를 바라지 않았어. 그 집은 나를 위한 것이라고 하면서. 할아버지는 본인이 죽는다는 걸 알고 있다고, 그건 바꿀 수 없는 일이라고 말씀하셨어. 나는 의사에게 혹시 우리가 제대로 된 보험을 갖고 있었더라면 할아버지를 살릴 수 있었을지 물어본 적이 있어. 의사는 아니었을 거라고 대답했지만, 그 말을 정말 믿을 수 있는 건진 모르겠더라."

평소에는 꼭꼭 숨겨두던 이런 나쁜 기억이 떠오르자, 캐시의 눈시울이 어느새 뜨거워졌다. 그녀는 풍경에서 눈길을 거두고는 창가를 따라 걸으며 방 안을 바라보았다. 다른 관광객들은 신나서 눈을 휘둥그레 떴고, 직원들은 저마다 할 일을 하고 있었다. 이지는 그녀 옆에서 함께 걸었다.

"할아버지는 마지막에 무척 고통스러워하셨어. 침실에 누워서 괴로운 나날을 보내셨어. 어두운 방 안에서 땀을 흘리고 각혈했어."

캐시는 마치 몸에서 물기를 털어내는 강아지처럼 나쁜 기억을 털어내려는 듯 부르르 몸을 떨었다.

"그거 알아? 할아버지는 살면서 아무것도 하실 수 없었어. 딸을 길렀고, 아내가 죽었어. 이어서 딸도 죽었지. 그다음엔 나를 길러야 했어. 그러면서도 내내 할아버지는 계속 일하면서 나에게 행복한 어린 시절을 주셨지. 할아버지는 언제나 여행을 떠나고 싶어 하셨지만, 살던 주를 한 번이라도 떠난 적이 있는지는 모르겠어. 적어도 나랑 같이 사셨을 적엔 없었어. 그런데 할아버지가 결국 얻게 된 게 뭐야? 예순도 되지 않아 끔찍하고 고통스럽게 다가온 죽음이었다고. 그건 너무하잖아."

캐시는 고개를 저었고, 이지는 친구의 말에 동의했다.

"그래."

"이 세상은 끔찍하고 비정해. 난 정말…… 싫어. 하지만 책이야말로 내가 항상 갈 수 있는 곳이었어. 어렸을 때도, 할아버지가 돌아가셨을 때도. 나는 현실보다 책 속 세상이 좋아."

"무슨 마음인지 알겠어. 인생은 정말 짜증 나지."

이지가 대답했다. 캐시는 주머니에서 문의 책을 꺼내 눈앞에 들고서 말했다.

"그런데 이제 이게 생긴 거야. 이 책을 왜 나한테 줬는지는 모르겠지만, 생겼다고. 그리고 웨버 씨는 좋은 분이었어. 책을 좋아하시는 분이었지. 그래서 난 이 책이 나쁜 거라고 생각하고 싶지 않아. 할아버지가 살지 못했던 삶을 내가 살 수 있도록 받은 거라고 생각해야 해. 난 할아버지를 위해서 그렇게 할 수 있어."

이지는 곰곰이 생각하더니 다시 말했다.

"무슨 마음인지 알겠어."

그들은 창가에 서서 태양을 바라보았다.

"그러면 이제 집에 가면 안 될까?"

이지가 묻자 캐시가 대답했다.

"그래. 우리는 언제든 원할 때 돌아갈 수 있어. 책이 있으니까."

"그래."

이지는 살짝 가라앉은 목소리로 말했다.

"나 배고파. 벤스 델리 갈래?"

"좋지."

이지는 고개를 끄덕였다. 그들은 전망대 끝에 있는 여자 화장실 문을 통해 뉴욕에 있는 벤스 델리로 들어섰다. 그리고 계산대 뒤에 선 익숙한 사람들에게 고개를 끄덕여 인사하고는 가게를 둘러본 다음 뒤편 테이블에 자리를 잡았다. 자정이 지난 시간이라 델리는 한산했고, 손님은 한 명뿐이었다. 이내 캐시는 그 손님이 며칠 전 호텔 루프톱 테라스에서, 그리고 이지와 함께 걷던 거리에서 마주쳤던 사람이라는 걸 알아봤다. 눈을 들어 그들 쪽을 본 남자의 얼굴에 뭔가 깨달음이 스쳤다. 캐시는 숨이 턱 막혔다. 남자는 재빨리 일어서더니 두 사람 쪽으로 다가왔다. 마치 중요하게 할 말이 있다는 기색이었다.

"저 사람이 나를 미행했어."

캐시의 말에 이지가 고개를 홱 들어 친구를 보다가 이내 남자를 보았다. 그러자 남자가 말했다.

"아닙니다. 난 당신을 미행하지 않았어요. 여기 있는 줄도 몰랐다고요. 그냥 운이 좋았던 거예요. 하지만 당신이 여기 있어서 다행입니다. 내 이름은 드러먼드 폭스입니다. 그리고 당신은 지금 대단히 위험해요."

벤스 델리의 낯선 사람

"죄송하지만 누구시죠?"

이지의 말투를 들은 캐시는 친구가 즉각 방어 태세에 돌입하여 자신을 보호하려는 걸 알아챘다.

남자는 의자를 빼더니 돌아서 그들의 테이블 끝에 앉았다.

"아, 이젠 허락도 없이 막 앉기까지 하시겠다는 거예요?"

이지의 말에 그가 대답했다.

"제발 제 말을 들어주세요."

이지가 무어라 대답하기도 전에 델리의 종업원이 왔다. 젊은 남자 종업원은 턱을 휙 치켜들며 주문하라는 신호를 보냈다.

"커피 주세요. 그리고 초콜릿칩 쿠키도요."

캐시의 말에 이지는 친구를 슬쩍 쳐다보았다. 테이블에 앉은 남자를 쫓아내지 않았다는 사실에 놀란 듯했다.

"저는 콜라랑 그릴드치즈 샌드위치 주세요. 피클 넣어서요."

이지가 주문을 하자 종업원은 자리를 떴다. 이윽고 캐시가 말했다.

"음식이 나오기 전까지 당신이 누구고 왜 날 따라왔는지 말해봐요."

"말했잖습니까. 난 당신을 따라온 게 아니라고요."

캐시의 눈에 남자는 피곤해 보였다. 초췌한 얼굴에 눈 밑은 검었다.

그는 전에 봤던 것과 똑같이 검은 정장과 흰색 셔츠 차림이었다. 옷만 보면 은행원이나 변호사 같았지만, 직장에서 해고된 다음에 옷매무새 따윈 전혀 신경 쓰지 않은 것처럼 차림새가 구겨지고 흐트러졌다. 그는 캐시나 이지보다 나이가 많아 40대쯤으로 보였다. 짧은 갈색 머리카락은 끝이 희끗희끗했다. 얼굴처럼 몸도 말랐지만, 운전석이나 책상에 앉아있는 시간보다는 걸어 다니는 시간이 더 많은 듯한 활동성이 몸에 드러났다. 캐시가 관찰한 바에 따르면, 그다지 뛰어나게 잘생긴 남자는 아니었다. 얼굴이 각지고 날카로웠으니까. 하지만 짙은 눈망울은 흥미로워서 계속 바라보고 싶게 만드는 뭔가가 있었다.

"당신이 지금 얼마나 위험한 상황인지 모르시는 것 같아서요."

그의 말투는 사과 같기도 했다. 캐시와 이지는 서로 슬쩍 눈빛을 교환했다.

"위험하다고요?"

캐시는 살짝 뒤로 물러나면서 물었다. 그러자 남자는 그녀를 달래듯 손을 들며 말했다.

"아니, 내가 위험한 사람이라는 게 아니라요, 다른 사람들이 있다는 겁니다."

"왜 우리가 위험한 상황이라는 거죠?"

이지가 대뜸 묻자, 그는 한숨을 쉬었다. 무척 피곤한 모습으로 그가 대답했다.

"책 때문이에요."

그때 종업원이 와서 이지와 캐시의 앞에 음료를 놓았다.

"여기 위스키는 없죠?"

드러먼드가 묻자, 종업원은 고개를 저었다.

"없을 거라 생각했어."

드러먼드는 혼잣말로 중얼거렸다. 종업원이 계산대로 돌아가자 캐시가 물었다.

"무슨 책이요?"

드러먼드는 알겠다는 듯 고개를 끄덕였다.

"그래요. 조심하는 게 맞죠. 하지만 난 당신이 책을 갖고 있다는 걸 압니다. 아주 특별한 능력이 있어서 신기한 것들을 할 수 있는 책을요."

캐시는 그를 최대한 오랫동안 바라보다가 이내 이지 쪽으로 슬쩍 눈길을 돌렸다. 그러자 남자는 그걸 긍정의 표시로 받아들이고는 고개를 끄덕였다. 이윽고 그는 불안한 눈빛으로 거리 쪽의 문을 바라보았다.

"당신 뭐예요? 뜬금없이 위스키를 찾는걸 보니 아일랜드 사람인가?"

이지의 질문에 남자는 미소를 지었다. 그러자 얼굴이 한결 나아 보이는 것이, 마치 기분이 좋아졌을 때만 잘생긴 용모가 확 드러나는 남자인 것 같았다.

"아뇨. 전 아일랜드 출신이 아닙니다. 저기요, 미안하지만 지금은 여러분이 진지하게 받아주셔야 한다고요."

그는 두 사람을 번갈아 바라보며 말을 이었다.

"내가 도와줄 수 있어요. 보호해 줄 수 있습니다. 하지만 먼저 날 믿어야 해요."

"드러머인데 폭스라니, 무슨 이름이 그래요?"

이지가 물었다. 캐시는 친구가 아무 말도 하지 않으려고 시간을 끈다는 걸 알아챘다. 캐시는 남자가 방금 받은 질문을 생각해 보는 모습을 지켜보았다. 그녀는 이 남자가 무섭지는 않았다. 구겨진 옷을 입고 짙은 눈동자를 지닌 이 남자는 웃으니까 잘생겨 보이기까지 했다. 그가 누군지는 모르겠지만, 무섭지는 않다는 걸 캐시는 깨달았다.

"드러먼드입니다. 드러머인데가 아니라 드러먼드요. 난 아일랜드가 아니라 스코틀랜드 출신입니다. 드러먼드는 스코틀랜드식 이름이죠."

이지는 이름을 제대로 발음해 보았다.

"드러먼드라."

"그럼 지금 자기소개 하는 시간인…… 거죠?"

남자의 말에 캐시와 이지는 다시금 눈빛을 주고받으며 대답할 것인지 말없이 논의했다. 그러다 결국 캐시가 입을 열었다.

"난 캐시라고 해요."

"만나서 참 반갑습니다, 캐시."

드러먼드는 고개를 살짝 끄덕이며 말했다.

"난 이저벨라요. 줄여서 이지라고 불러요."

이지도 대답을 하긴 했지만, 캐시가 자기소개를 하는 바람에 마지못해 자기도 이름을 말한 것뿐이었다.

"이지, 만나서 반갑습니다. 자, 난 당신이 가진 책을 봤어요. 라이브러리 호텔의 루프톱 테라스에서 어울리지 않는 옷차림을 하고 손에 책을 쥐고 있는 걸 봤다고요. 당신이 책을 사용하는 것도 봤죠. 온갖 색깔의 빛도요. 그리고 며칠 전에는 거리에서 당신들을 봤는데 홀연히 사라지더군요. 그래서 당신이 뭘 가졌는지 알 것 같아요."

"그렇군요."

캐시는 조심스럽게 대답했다. 이제는 이지가 물었다.

"이걸 전부 어떻게 알았죠?"

"나도 이런 종류의 책들에 경험이 좀 있거든요."

그는 고개를 홱 돌려 무언가를 찾는 듯 눈길을 이리저리 빠르게 움직이며 거리를 바라보았다.

"책들이라고요?"

캐시는 남자가 '책들'이라고 말한 데 주목했다. 가슴이 철렁 내려앉았다.

"네, 책은 여러 개가 있죠. 설마 당신 책이 유일하리라고 생각한 건 아니죠?"

드러먼드는 그녀를 바라보며 말했다. 그러고는 다시 미소를 지었는데 이번에는 진심으로 따스한 기색이 보였다.

"그런 생각은 안 해봤어요."

캐시가 대답하자 이지는 고개를 절레절레 저었다.

"책은 많이 있습니다. 그리고 그 책들을 원하는 사람도 많이 있죠. 그걸 손에 넣으려면 뭐든지 하려는 사람들입니다."

이지는 캐시에게 나지막하게 말했다.

"말했지. 그건 안전하지 않다고."

드러먼드는 주변 테이블을 가리키며 말했다.

"이곳은 참…… 좋네요. 하지만 자리를 옮겨서 이야기해야겠습니다. 사람들이 당신을 찾아낼 수 없는 곳으로요. 잠시면 됩니다. 당신이 알아야 할 걸 이야기해 주려고 하거든요. 여기는 안전하지 않아요."

두 사람은 말없이 드러먼드를 바라보았다. 모두 미동도 없었다. 그의 검은 눈동자를 마주한 캐시는 애원하는 기색을 알아챘지만, 선뜻 대답하지는 못했다.

"날 믿지 않는군요."

그가 말하자 이지가 대답했다.

"그렇게 생각해요?"

"우린 방금 만난 사이잖아요."

캐시가 좀 더 풀어 말하자, 드러먼드는 잠시 이것저것 생각하는 듯하다가 이내 대답했다.

"알겠습니다. 내가 아까도 말했지만, 조심하는 건 좋아요. 하지만 본인을 위해서라도 날 믿어야 합니다. 신뢰의 표시로 보여드릴 게 있습니다. 나도 책이 있어요."

드러먼드는 수첩 크기의 자그마한 책 한 권을 꺼냈다. 책 표지와 책장 가장자리는 금종이를 켜켜이 쌓은 것처럼 황금색이었다. 그는 조심스럽게 책을 들고서 말했다.

"이건 내 책입니다. 행운의 책이죠. 이걸 갖고 있으면 언제나 운이 좋아요. 그래서 당신을 찾은 겁니다. 우리 둘 다 운이 좋아서요."

캐시와 이지는 그 책을 바라보았다. 행운의 책은 문의 책보다 훨씬 더 아름다웠다. 캐시는 묻고 싶었다. 행운의 책을 가져다가 열고서 그 안에 무어라 쓰여 있는지, 어떤 그림이 그려져 있는지 보고 싶었다. 그 책으로 무엇을 할 수 있는지, 책은 어디서 났는지, 이 책도 공중에 멋진 색의 오라를 뿜어대는지 알고 싶었다. 그리고 스코틀랜드 억양을 지닌 검은 눈망울의 신비한 이 남자에 대해서 좀 더 알고 싶었다. 하지만 캐시가 무어라 말하거나 행동을 하기도 전에, 거리로 난 가게 저편 문이 열렸다. 세 사람이 일제히 그 방향을 돌아보는 동안 어떤 남자가 들어왔다. 그는 키가 큰 민머리 남자로 둥근 테의 안경을 쓰고 손에는 가죽 가방을 들었다. 긴 레인코트 아래로 스리피스 정장이 보였다.

"제길."

드러먼드는 중얼거리면서 주머니에 행운의 책을 넣었다.

"그건 내가 가져가지."

민머리 남자는 가슴으로부터 울려 나오는 목소리로 말하며 그들을 향해 걸어왔다.

드러먼드는 천천히 자리에서 일어나서는 의자를 뒤로 밀고서 새로

온 이에게 몇 걸음 다가갔다.

"날 미행했군, 휴고."

"당연히 미행했지. 내가 말했잖은가. 그러면 이제 자네 책을 받아 가고 싶군."

그는 가방을 발치에 내려두고는 한 손을 외투 주머니에 넣고 말했다.

"저 사람은 누구죠?"

이지가 묻자, 휴고라는 남자는 그녀에게 눈길을 돌리더니 고개를 작게 끄덕이며 말했다.

"휴고 바버리 박사라고 합니다. 만나 뵙게 되어 반갑습니다. 드러먼드, 자네 친구분들인가?"

"이분들은 아무 상관 없는 사람이야. 길을 잃어서 질문을 하고 있었을 뿐이야. 난 이 근처 출신이 아니잖아?"

그 남자는 대답이 재미있다는 듯이 미소를 지었다.

"자네가 주머니에 방금 넣은 책을 내게 주게. 그리고 다른 책들도. 그러면 이분들을 죽이지 않겠네."

캐시는 속이 울렁거렸다. 이지는 숨을 헉 몰아쉬면서 큰 충격에 빠져 캐시를 바라보았다.

그때였다. 종업원이 이지가 주문한 음식을 들고 바버리 뒤로 다가오며 그의 옆을 지나가려 했다.

"저기요. 잠시만요, 아저씨."

"꺼져."

바버리는 고개를 돌리지도 않고 대답했다.

"이봐요!"

종업원은 버럭 소리를 지르며 항의했다. 하지만 그가 마음속에 든 생각을 다 말하기도 전에 바버리는 예상치 못하게 뜨거운 걸 만졌다는 듯이 팔을 휙 들어 올렸고, 종업원은 트럭에 치인 것처럼 뒤편으로 휙 날아가 바닥에 우당탕 나뒹굴었다. 손에 들었던 이지의 음식은 구석으로 날아갔다. 종업원이 바닥에 떨어지자, 바버리는 주머니에 넣었던 손을 뺐다. 캐시는 그가 손에 잡은 책을 보았다. 바버리가 손을 움직이자, 보라색과 붉은색이 허공에 잔상을 그리며 따라왔다.

"저것 봐! 저 사람도 하고 있어!"

이지가 말했다. 소란을 눈치챈 계산대 뒤의 직원들은 급히 동료를 도우러 왔지만, 그들이 가까이 오기도 전에 바버리 박사는 짜증스러운 표정을 지으며 책을 잡지 않은 손을 다시 휘둘렀다. 그러자 종업원 둘이 위로 솟구쳐 천장에 부딪혔다. 잠시 후 바닥으로 떨어진 그들 위로 천장 타일과 먼지가 우수수 쏟아졌다. 바버리 박사가 손에 든 책에서 흘러나오는 무지갯빛이 마치 리본처럼 공중에 나부꼈다. 그는 아무렇지 않게 문을 닫더니 '영업 중' 팻말을 '영업 종료'로 바꿨다. 그걸 본 캐시와 이지는 자리에서 벌떡 일어섰다. 거리에는 사람들이 오고 갔지만, 아무도 가게 안에서 일어나는 일에 관심을 두지 않았다.

드러먼드는 고개를 돌려 어깨 너머로 캐시에게 말했다.

"당신이 가진 책이 내가 생각한 그 책이라면, 지금 책을 쓸 때입니다. 부탁이에요. 당신 목숨이 위험해요."

그는 눈빛으로 캐시에게 움직이라 애원했지만, 그녀는 망설였다. 가슴이 두근거리는 가운데, 눈길을 휙 돌리자 이쪽으로 걸어오는 민머리 남자가 보였다. 그가 손을 옆으로 뻗어 허공에 휘두르자 테이블 하나가 날아가 벽에 부딪혔고, 다른 손에서는 무지갯빛이 사납게 일렁였다.

"네놈 책을 내놔!"

소리치는 민머리 남자의 얼굴은 분노로 일그러졌다. 그의 목소리를 들은 캐시는 움찔했다.

그가 다시 손을 휘두르자 다른 테이블과 의자도 거친 바다에 뜬 배 속의 집기처럼 일제히 미끄러지면서 오른편 벽에 부딪혔다.

"이젠 갈 곳이 없겠지."

휴고가 말했다. 그가 손목을 휘두르자 이지의 음식을 갖고 왔던 종업원이 1미터 높이로 휙 떴다가 다시 바닥에 쾅 떨어지며 신음을 흘렸다. 휴고는 아무렇지도 않게 종업원의 머리를 걷어찼다. 발끝에 뭔가 퍽 으스러지는 젖은 소리가 들렸지만, 아래를 내려다보지도 않았다.

"세상에!"

이지가 소리치자 드러먼드가 다시 말했다.

"도망칠 때입니다. 제발요!"

"어디로 가려는 건가, 드러먼드?"

휴고가 물었다.

캐시는 떨리는 손을 뻗어 이지를 잡고 재촉했다.

"어서 가자."

그들은 손을 꼭 잡고서 가게 뒤편의 화장실로 뛰어갔다.

"나한테 책을 주면 보내준다니까. 백 퍼센트 약속할 수는 없지만."

휴고가 말하자, 이지가 공포에 질려 숨을 몰아쉬었다.

"저 사람이 죽인 거야? 쟤를 죽인 거 맞아?"

캐시는 대답하지 않았다. 그녀는 주머니에 손을 넣고서 문의 책을 꼭 쥐었다. 그리고 목적지를 여기서 멀리 떨어진 곳으로 정해 집중하여 생각하자, 팔과 뱃속 깊이 익숙한 감각이 느껴지면서 손에 잡은 문의 책이 변하는 느낌을 받았다. 이윽고 그녀가 화장실 문을 열자 밤거리가 보이면서 얼굴에 시원한 공기가 닿았다.

"어서 가자."

그녀는 다시 말하며 이지를 문으로 끌어당겼다.

드러먼드는 그들 쪽으로 얼른 달려왔다. 그는 찌푸린 얼굴로 타일 바닥을 내딛으며 놀라우리만큼 빠른 속도로 마른 몸을 움직였다.

"닫아!"

드러먼드가 이쪽으로 돌진하는 걸 본 이지가 명령했다. 민머리 남자는 아직 가게 저 뒤편에 있었다.

"기다려요!"

드러먼드가 애원했다.

캐시는 어쩔 줄 몰라 머뭇거렸고, 겁에 질린 드러먼드는 눈을 휘둥그레 뜨고 얼굴이 창백했다. 캐시는 그를 두고 갈 수 없었다.

"저 남자가 오기 전에 닫아, 캐시!"

이지가 다시 말했다.

드러먼드는 문에 뛰어들어 그들 앞의 바닥으로 쓰러졌다. 가게에 있는 민머리 남자의 얼굴에 놀라운 표정이 스쳤다. 그들이 그저 화장실로 도망친 게 아닐지도 모른다는 걸 그가 깨달은 순간, 캐시는 문을 쾅 닫았다.

드러먼드는 천천히 일어나 몸의 먼지를 털었다. 한숨을 크게 내쉬는 그의 온몸으로 안도감이 퍼졌고, 팔은 살짝 떨리고 있었다. 그는 자기 몸을 보며 얼굴을 찌푸리고서 두 사람을 바라보더니, 캐시에게 솔직하게 말했다.

"당신이 날 두고 가는 줄 알았어요. 고마워요."

"그래요."

잠시 후, 캐시가 대답했다.

"이제 당신들이 위험하다는 걸 믿나요?"

드러먼드의 질문에 캐시는 고개를 끄덕였다.

"믿어요."

캐시는 솔직하게 말했다. 갑자기 온몸이 떨려오면서 충격이 속을
휩쓸었다. 이대로 무릎을 꺾어 주저앉고 싶기도 했고, 토하고 싶기도
했다. 사실 둘 다 하고 싶었다.

"그래요, 우린 위험하네요."

여자

여자는 런던에서 비행기를 타고서 밤새도록 날아 애틀랜타에 도착했다. 너무 많은 사람과 함께 여덟 시간이나 비행기 안에 갇혀있었다. 비행기에서 탈출하듯 내려 서둘러 공항을 나선 여자는 사방에서 느껴지는 반응에 신경을 곤두세우며 며칠 전 여행을 시작할 때 주차해 둔 차에 올랐다.

집으로 가는 길은 짧았다. 애틀랜타에서 조지아를 거쳐 북쪽으로 두 시간만 가면 되었다. 여자는 운전을 싫어하지 않았다. 사실은 운전하는 걸 즐기기도 했다. 뭔가를 즐긴다고 굳이 말해야 한다면 말이다. 다른 사람과 엮이지 않고 할 수 있는 일이었기 때문이다. 타인을 대해야 할 필요가 없는 것을 여자는 선호했다. 아주 드물게, 이를테면 해외여행처럼 타인과 함께 있을 수밖에 없는 상황에서는 겉으로나마 평범한 태도를 가장할 수 있었다. 하지만 그러면 심하게 지치는지라 꼭 필요한 경우가 아니라면 이토록 참을 일을 만들지 않았다.

런던 여행은 실망스러웠다. 그 고생을 하며 여행을 갔건만 거의 얻은 게 없이 돌아와야 했다니 짜증이 났다. 그나마 긍정적인 건 책 사냥꾼이 하나 더 죽었다는 것이었다. 그리고 그녀, 매리언이 한때 기쁨의 책을 갖고 있었다는 사실도 알아냈다. 그런데 지금은 폭스 도서관에 있다는 것도. 특별한 책이 또 한 권 더 손 닿지 않는 곳에 봉인되었다니.

기쁨의 책을 구했다 해도 그 책을 어떻게 해야 할지는 몰랐을 것이다. 모든 책을 다 갖고 싶었으니까 소장 목록에는 넣었으리라. 하지만 기쁨의 책이 크게 쓸모가 있을 것 같지는 않았다. 그 책이 기쁨을 주는 것만큼이나 기쁨을 없애준다면 또 모를까. 그랬다면 재미있었을 텐데.

여자는 운전을 하면서 혹시 그럴 수는 없을까 생각해 보았다.

여자의 집은 주의 북쪽, 아카콰밸리 끝의 깊은 숲속에 있었다. 집은 1990년대 후반에 지어진 대형 통나무집으로, 위층에 방 세 개가 있고 아래층에는 커다란 주방과 거실, 다용도실이 있었다. 집 둘레를 빙 두른 아늑한 베란다는 날씨 좋은 저녁이면 부모님이 즐겨 앉았다. 여자의 어머니와 아버지는 모두 세상을 떠났고, 집에 딸린 8만 제곱미터의 토지에 있는 숲속 어딘가에 묻혀있었다. 여자는 부모를 애도하지 않았다. 사실 거의 생각도 하지 않았다.

집은 대부분 방치되어 낡고 무너진 모습이 겉보기로는 폐가나 다름없었다. 큰길에서 갈라진 진입로는 관리가 되지 않아 잡초가 무성하게 자랐지만 여자는 신경 쓰지 않았다. 이래야 집이 숨겨진 비밀 장소와 다름없어지기 때문이었다.

여자는 차를 세우고 시동을 끈 다음 늦은 아침의 탁하고 습한 공기가 깔린 밖으로 나왔다. 그리고 계단을 올라 집으로 가서는 문을 열고 안으로 들어갔다. 여자는 언제나 자신의 방이었던 가장 작은 방 하나만을 혼자서 썼다. 지붕 아래 만들어져 벽이 비스듬하고 천장에 채광창을 둔 방은 스파르타식으로 깔끔해서 누가 봤다면 비어있다고 생각했을 정도였다. 여자가 어렸을 때는 이 방에도 소녀의 삶을 이리저리 보여주는 물건들이 많았다. 하지만 여자는 이제 그런 소녀가 아니었다. 그 소녀는 사라지고, 그때의 소지품은 오래전에 대부분 버려졌다.

여자는 창문을 열고서 흔들리는 나무의 움직임이 집 안에 느껴지게 했다. 밤이 되면 칠흑같이 어두워지는 오두막 주변이 어렸을 적에는 참 무섭기도 했다. 특히 해가 진 후에는 광활하고 비인간적인 전원 지역의 공허함이 너무나 싫어서 혼자서는 집 밖에 절대로 나가지 않았다. 소녀였을 적에는 언제나 더 밝고 활기찬 곳에, 사람이 더 많고 웃음이 들리는 곳에서 살고 싶었다. 하지만 지금은 상황이 이보다 더 달라질 수 없을 정도로 바뀌었다. 여자는 혼자 있는 게 좋았고, 숲속 밤의 어둠과 고독을 음미했다. 타인 때문에 신경이 곤두설 만큼 짜증 나는 일을 겪는 것이 싫었고, 소음과 활동과 냄새가 싫었다.

여자는 비행기를 타고 오는 동안 입었던 옷을 벗었다. 그녀는 옷들이 좋았고, 자기 몸에 걸쳐진 옷이 어떻게 보이는지를 즐겼고, 다양한 의상을 입어보며 자신을 꾸미는 게 좋았다. 마치 자기 몸이 본인의 것이 아니라 갖고 노는 장난감인 것처럼 여겼다. 어떻게 보자면 이게 맞는 말이라는 걸 여자도 알았다. 이 몸은 레이철 벨로즈의 것이었고, 현재의 여자는 더는 레이철 벨로즈라고 볼 수 없었기 때문이다.

여자는 샤워를 통해 타인의 냄새를 씻어낸 다음 소박한 잠옷으로 갈아입었다. 그리고 가방에서 속도의 책, 안개의 책, 파괴의 책, 절망의 책을 꺼냈다. 이 책들은 여자가 가장 좋아하는 것이자 가장 많이 사용하는 책이었다. 일단은 사용하기 쉬워서였다. 이 책들은 그냥 가지고 있기만 하면 되었고 다른 행동을 할 필요가 전혀 없었다. 다른 책들은 뭔가 특별한 행동을 해야 하거나 이 책의 힘을 써보고 싶은 대상에게 주어야 한다는 제약이 있었다. 여자는 그런 제약을 받지 않는 편을 선호했고, 대개의 상황에서는 자신이 가장 좋아하는 책만 있어도 된다는 걸 알고 있었다.

여자는 계단을 내려가 지하실로 향했다. 이곳은 오두막의 속에 해당하는 곳으로, 보일러와 각종 배관, 오래된 목재와 공구 등이 있었다. 벽에는 여자의 아버지가 지녔던 총기 보관함이 여전히 걸려있었고, 안에는 무기와 탄환이 그대로였다. 아버지는 언제나 사냥을 좋아했다. 하지만 죽기 며칠 전에는 그다지 사냥을 즐기지는 못했다. 여자가 그의 권총으로 아버지를 직접 사냥했기 때문이었다. 여자는 그 총을 소유주인 아버지에게 쓰는 게 즐거웠고, 그 후로 몇 년 동안은 다른 이들에게 즐겨 쓰기도 했다. 총기는 재미있는 장난감이었다. 그러다 나중에 여자는 책의 존재를 알게 되었다.

지하실은 땅을 판 다음 콘크리트를 부어 바닥을 만든 곳이었다. 조명이라곤 전선에 매달린 전구 하나뿐이었다. 여자가 줄을 당겨 불을 켜자 전구가 부드럽게 움직이면서 바닥 위로 빛이 이리저리 미끄러지듯 움직였다. 지하실 한구석에는 매트리스가 벽면에 세워져 있었다. 여자는 예전에 사람들을 여기 가두고 실험하면서 매트리스를 사용했다. 최근 몇 년간은 절망의 책을 여러 방법으로 실험해 왔다. 그 책은 언제나 흥미를 자극했다. 절망을 무기로 쓴다는 개념이 대단히 재미있었고, 어느 정도 여자의 마음을 움직였기 때문이었다. 런던의 소녀에게 이 책을 썼던 기억을 떠올리자 속에서 짜릿한 느낌이 들며 어마어마한 만족감이 느껴졌다. 그 소녀에게 너무나 크고 견디기 힘든 불행을 안겨주었으니.

지하실 반대편 구석에는 바닥에 시멘트를 부어 고정한 낡은 철제 금고가 있었다. 그건 어머니가 살아있을 적에 쓰던 금고였다. 여자의 어머니는 수의사라서 금고 속에 특정 약품을 보관했다. 여자는 왜 금고를 사용하는지 이유를 몰랐지만 이제 더는 신경 쓰지 않았다. 안에 든 약은 오래전에 버렸고 이제 금고에는 여자의 소지품들만 들어있었다. 바로 몇 년에 걸쳐 사냥해 모은 책들이었다.

여자는 금고를 연 다음 가방에서 세 권의 책을 꺼내 그와 형제가 되는 세 권의 책과 나란히 놓았다. 여자가 소유한 총 일곱 권의 책 중 여섯 권이었다. 절망의 책은 따로 빼두었다. 런던에서 돌아오는 비행기 안에서 이 책으로 해볼 만한 실험이 생각났기 때문이었다. 앞으로 며칠간 그 작업을 해볼 마음이었다.

여자는 금고를 닫고서 방으로 돌아와 절망의 책을 침대 옆자리에 둔 채로 몇 시간 동안이나 잤다. 죽은 듯 꿈도 꾸지 않는 잠이었다.

런던에서 돌아온 다음 날, 여자는 앞으로 사냥할 다른 책을 찾기 시작했다. 여자가 하는 일이 바로 그것이었다. 존재하기에, 책을 찾는 것. 아무리 책을 찾고 또 찾아도 만족할 수 없는 갈망이, 더 많은 책을 얻어야만 채울 수 있는 구멍이 여자의 내부에 있었다. 가끔 필요할 때면 음식을 먹고 잠을 잤지만 그뿐이었다. 특히 먹어야 한다는 게 참 거추장스러운 일이었다.

여자는 책 사냥꾼과 수집가들에게 알려진 다양한 비밀 게시판을 뒤지는 것으로 조사를 시작했다. 책이 점점 희귀해진다는 걸 알기에 사냥은 더욱 재미있어졌다. 세상에 나온 책이 적으면 적을수록, 여자가 가진 소유가 많아지는 것이니까.

가끔, 아주 드물게 여자는 상념에 잠길 때가 있었다. 자신이 지금 뭘 하고 있는지, 자신은 누구인지, 모든 책을 다 모으면 뭘 하게 되는지. 책을 찾아 수집하려는 끈질긴 욕구와 동력이야말로 여자의 전부였다. 하지만 책을 다 모으고 나면, 그걸로 뭘 하게 될까?

여자는 이런 식의 질문을 생각하는 걸 좋아하지 않았다. 자신이 가장 취약하다고 느낄 때가 바로 이 순간이었기 때문이다. 마음속 깊은 곳에서 자신을 지켜보고 있는 과거의 자신인 어린 소녀가 느껴지는 때가 바로 그 순간이었다. 소녀는 여자를 보며 절망했다. 여자가 저지른 모든 짓을 보며 비명을 지르고 고함을 쳤다. 소녀는 창문 없는 방에 갇힌 죄수처럼 벽을 쾅쾅 두드리고 발길질하고 밀어댔다. 하지만 이런 조용한 순간에만, 여자가 스스로에게 질문을 던지는 순간에만 소녀의 소리가 들렸다.

그러니 생각하지 않는 편이 낫다는 건 알고 있었다. 임무에만 전념하는 것이 나았다.

이 세상에 더 많은 책이 있으니, 그 책의 많은 주인들을 찾아내어 없애버려야 했다.

그리고 폭스 도서관이 있었다.

여자는 오래전에 사서를 본 적이 한 번 있었다. 하지만 그땐 어렸던 데다 사람을 죽이고 책을 사용한다는 즐거움에 정신이 팔렸었다. 그래서 사서는 여자가 그를 덮치기도 전에 허공으로 사라져 자취를 감췄다. 그날은 열심히 노력하여 책 세 권을 얻었으니 좋은 밤이었지만, 사서가 자신의 손아귀에서 탈출했다고 생각할 때마다 여전히 실망스러웠다. 그날 밤 이후로 자신이 가는 곳마다, 그래서 모든 책 사냥꾼을 만날 때마다, 그들을 심문하고 고문할 때마다 여자는 같은 질문을 던졌다. '드러먼드 폭스는 어디 있지? 폭스 도서관은 어디 있지?'

그는 전리품이 되리라. 폭스 도서관이 어디 있는지는 모르겠지만, 그는 도서관을 출입하는 열쇠가 되어주리라.

"드러먼드 폭스."

여자는 말을 좀처럼 하지 않았다. 사실 거의 안 하다시피 했다. 말이라는 것은 다른 사람과 의사소통하는 기능인데, 그런 데는 관심이 없었다. 하지만 지금 여자는 그자의 이름을 입에 올렸다. 마치 자신에게 하는 약속처럼 말이다.

"드러먼드 폭스."

그날 밤, 조사를 마치고 절망의 책으로 몇 가지 작업을 마친 후 여자는 지하실 금고에서 파괴의 책을 꺼내어 어둠에 싸인 숲으로 걸어나갔다. 달빛과 기억에 의지하여 길을 따라 찾아간 곳은 아버지를 죽여 묻은 장소였다. 그때 여자는 열여섯 살로, 레이철 벨로즈에서 현재의 모습으로 변한 지 몇 년밖에 되지 않았던 시절이었다. 어머니는 아버지가 죽은 후 일곱 달을 살았는데, 그건 여자가 사람이 얼마나 오래 살아남을 수 있는지 실험했기 때문이었다. 여자는 어머니가 견딘 것이 참 인상적이라 느꼈다. 손가락과 발가락, 팔과 다리, 눈까지 잃어갔는데도 말이다. 여자는 아버지보다 어머니에게 고통을 주는 걸 더 좋아했다. 타인에게 고통을 주는 감각이 아주 좋았다. 그러면 살아있다는 느낌을 받았으니까. 어머니를 고문하면서 여자는 자신의 존재목적을 알아가게 되었다. 세상에 고통을 주고, 다른 생명체를 고통스럽게 하는 것이었다.

여자가 혀와 입술을 제거하기 전에 어머니가 마지막으로 남긴 말은 이랬다. '우리가 뭘 어쨌기에 넌 이런 짓을 하는 거니?' 이건 기진 맥진하고 패배한 끝에 나온 물음이었고, 진짜로 답을 들으려 한 질문이 아니었으며, 여자는 거기에 아무런 대답을 하지 않았다. 여자의 부모는 딸이 지금과 같은 모습이 되는 데 아무런 일조를 하지 않았다. 그저 뉴욕으로 휴가를 떠났다가 우연히 시간과 장소를 잘못 고르는 바람에 같이 갔던 딸이 변하게 된 것이다.

여자는 어머니를 아버지 옆에 묻어주었다. 그건 어쩌면 그 옛날의 소녀였던 여자의 잔재가 한 행동일지도 모른다. 죽어서도 두 사람이 서로의 동지가 되어줄 거라고 생각한 것처럼.

숲 여기저기에 흩어져 있는 열일곱 구의 시체는 누군가와 같이 묻히는 복을 받지는 못했다. 그들은 영영 비참한 모습으로 홀로 지내고 있었다. 하지만 여자는 그들을 기억했다. 그들이 어떻게 고통받았는지, 그들이 고통스레 냈던 소리는 어떤지 한 사람 한 사람 다 기억하고 있었다. 여자는 그들을 자주 떠올렸다. 이미 죽인 그들을, 또 앞으로 자신이 고통을 가하게 될 사람들과 자신이 주게 될 고통을 생각했다.

부모님의 무덤 옆 어두운 곳에 말없이 선 여자는 피부에 스치는 공기를 느꼈다. 나뭇잎이 바스락거리는 소리가 들렸다. 다른 계절이었다면 이 숲에는 곤충이 윙윙대는 소리가 가득 울리며 활기찼겠지만, 지금은 겨울이라 모든 생물이 숨어서 동면 중이었다. 여자는 마치 혼자 있는 느낌이었다. 하지만 저기 어딘가에는 여전히 생명체가 있다는 걸 알고 있었다. 모든 생물이 잠든 것은 아니었으니.

여자는 눈을 감고서 파괴의 책을 쥐고는 자신의 느낌을 둥그런 원형으로 세상에 뻗었다. 여자의 머릿속은 꿈틀거리며 나아가는 손가락처럼 곤충들과 해충을, 나무에 앉아 몸을 따스하게 하려고 깃털을 부풀린 새들을 찾아내었다. 여자는 이 모든 것들을 머릿속에 담았고, 여자의 얼굴 아래에서 파괴의 책이 얼굴에 빛을 뿜으며 어둠을 밝혔다.

이윽고 여자가 비웃음을 짓던 순간, 분노와 욕구가 분출했다. 파괴의 책이 한 번 고동치더니 여자를 중심으로 성난 빛이 폭발하듯 퍼졌다. 마치 연못의 잔물결처럼 퍼진 빛에 닿은 생명체는 순식간에 죄다 죽었다. 덤불 속 곤충도, 거미줄을 치던 거미도, 여자와 책 때문에 모든 생물이 일제히 삶을 멈추고 파괴되었다.

비명은 없었다. 고통스러운 외침은 들리지 않았다. 하지만 여자는 그 모든 고통을, 순식간에 닥친 삶의 부재를, 모든 생명체가 더는 존재하지 않게 되었음을 알아버린 공포의 순간을 느꼈다.

어둠을 뚫고 나간 빛이 사라지면서 파괴의 책이 잠잠해지자, 훌륭한 식사를 마치고 배부른 만찬의 손님처럼 여자는 기분 좋게 콧노래를 부르며 어둠을 향해 눈을 떴다.

이전에도 여자는 파괴의 책을 이런 식으로 사용한 적이 있었다. 숲이 이보다 더 활기찼던 가을날이었다. 그때는 훨씬 더 즐거웠다. 그때는 포유류들이 비명을 지르고 울부짖으며 고통스레 새된 소리를 지르다가 몸을 떨며 숨을 거두는 소리가 들렸다. 하지만 지금은 추운 겨울이라 포유류의 수가 적었다.

가끔 여자는 이 책을 마을이나 도시에 가서 써보면 어떨지 생각하곤 했다. 그저 곤충과 동물만 있는 이런 곳이 아니라. 비명이 어떻게 들릴지 생각해 보았지만, 너무 순식간에 빠르게 끝나버리지는 않을지 궁금하기도 했다. 그렇다면 앞으로 닥칠 일을 사람들에게 어떻게 알릴 수 있을까. 그러면 그들 사이로 움직이면서 공포를 느낄 수 있을 텐데.

여자는 책을 찾지 않을 때면 이런 생각을 하며 보냈다. 바로 이 세상이 고통에 차서 자신에게 노래를 불러줄 방법을 상상하면서.

돌아선 여자는 들고 있는 책이 반려동물인 것처럼 쓰다듬으면서 죽어버린 고요한 어둠을 뚫고 집으로 돌아갔다.

여자의 주위로는 아무런 움직임이 없었다.

제 · 2 · 부

기억

그림자 집

시간과 단절된 집에서, 어디에도 존재하지 않는 집에서 폭스 도서관은 누군가 찾아주기만을 기다리고 있었다.

빅토리아풍 별장인 이 집은 한때 스코틀랜드 하일랜드 북동쪽의 호숫가에 자리 잡고 있었다. 처음에는 사람이 거주하는 집이었고 다음으로는 호텔로 쓰였던 저택은 20세기 초 에드먼드 폭스 경이 구입하여 그의 소유가 되었다.

"내 책을 보관할 장소가 필요하오."

폭스 경은 부동산 중개업자에게 이렇게 말했다.

"집이 아주 큽니다."

중개업자는 에드먼드 경과 함께 호수를 등지고 서서 저택을 바라보며 감탄했다. 그러자 에드먼드 경이 대답했다.

"난 책이 아주, 아주 많다오."

그 집은 묘한 곳이었지만 나름의 매력이 있었다. 좁은 계단과 이상한 구석들이 가득했으며 높다란 창문으로 빛이 들어와 집에서 장엄한 일몰을 감상할 수 있었다. 천장은 높았고 마룻바닥은 고르지 못했으며 벽난로는 용이 입을 쩍 벌린 것처럼 거대했다. 거기다 에드먼드 경이 이사를 오면서 책까지 갖추게 되었다.

에드먼드 경의 말년에는 집 안 모든 방에 책이 줄지어 꽂혀있었다. 창문과 문, 전등 스위치와 가구 같은 덜 중요한 부분만 남기고는 죄다 책이 차지했다. 커다란 책장이 벽을 따라 쭉 늘어섰고 문 위 선반과 편안한 소파 옆 탁자까지 사방에 책이 있었다. 하지만 에드먼드 폭스 경이 거의 평생토록 열정을 쏟았던 건 이런 평범한 책이 아니었다. 그의 관심사는 다른 곳, 바로 특별한 책을 모으는 일에 있었다.

19세기 후반 영국 상류 계급에서 태어나 자란 에드먼드 폭스는 그저 태어났으니 살아가는 지루한 삶에서 벗어나기를 간절히 바랐다. 그는 성인이 되자 마음먹은 대로 탐험가로 살기 시작했다. 20세기 초남유럽과 북아프리카에서 모험을 하는 동안, 그는 특별한 책 이야기를 듣게 되었다. 소유한 이를 원하는 곳으로 데려다준다는 신비한 책 이야기였다. 어떤 이들은 그 책이 고대 이집트의 유물이라고 했고, 또 어떤 이들은 마법과 악마 숭배의 산물이라고 했다. 현대적이고 과학적이라면 뭐든 싫어하고 은밀한 고대의 지식 같은 것이라면 뭐든지 좋아했던 폭스 경은 대단히 적극적으로 그 책을 찾아다니기 시작했다. 그는 단서를 찾아 유럽과 북미 전역을 돌며 막다른 곳까지도 구석구석 찾아다녔고, 허황된 이야기와 소문에도 가족의 재산을 아낌없이 썼다. 그리고 그 책을 봤다고 주장하는 이들과 그 책을 써봤다고 말한 이들을 찾아냈지만, 대부분은 거짓말쟁이였다. 하지만 그렇지 않은 이들도 있었다. 그들은 신화와 신비한 이야기 뒤에 숨겨진 진실에 대한 충분한 암시 또는 작은 단서를 주었다.
40대 초반에 폭스 경은 가문의 재산을 상당 부분 투자해 이 놀라운 책을 찾기 위한 비밀 단체를 설립했다. 바로 폭스 도서관이라는 조직이었다. 이 책의 존재를 굳게 믿은 에드먼드 폭스는 연역적인 사고로 아주 비약적인 결론을 내렸다. 바로 이런 책 같은 마법 도구가 분명히 또 있을 거라는, 이성적인 세상에 숨겨진 경이로운 것들이 존재할 거라는 결론이었다.

폭스 도서관의 회원들이 소수 모였던 첫 회합에서 폭스 경은 다음과 같은 유명한 선언을 했다.

"사람이 어떤 개를 봤다면, 이 세상에 그 개 말고도 또 다른 개가 있다고 생각하는 건 당연한 일 아닌가. 세상 어딘가에는 다른 동물도 분명히 존재한다는 논리가 가능하지. 이 책도 마찬가지라네. 이런 책이 하나 존재한다는 걸 알았으니, 다른 책도 반드시 존재할 걸세. 그러니 우리는 그것들을 찾는 데 전념하세. 모든 인류를 위해 이 놀라운 책들을 보존하게 될 폭스 도서관은 내 평생, 또 그 이후에도 계속 이어질 것이네!"

폭스의 친구들과 협력자들은 환호하며 테이블을 두드렸다. 물론 그들 중 다수는 폭스가 미쳤다고 여겼다. 그래도 그는 술과 친구들을 좋아하는 사람이라는 게 그들의 생각이었다. 어쨌든 폭스 도서관은 에드먼드 폭스의 여생 동안 마법서를 찾기 위해 노력했다.

책을 모으는 곳이라는 의미가 아닌 회원 단체로서의 폭스 도서관은 설립자이자 후원자인 폭스 경의 사망 직후 조직이 위축되어 사라졌을 수도 있었다. 하지만 놀라운 발전이 있었으니, 바로 도서관이 찾아왔던 책을 정말 찾았다는 점이었다. 에드먼드 폭스가 처음으로 관심을 두게 된 전설의 책은 아니었지만, 그만큼 아리송하고 놀라운 능력을 갖춘 책이었다.

1920년대 중반 에드먼드 폭스가 과도한 음주에서 비롯된 간부전으로 결국 세상을 떠나기 몇 달 전, 도서관의 가장 끈질긴 조사관 중 하나가 마침내 특별한 책이 존재한다는 사실을 밝혀내었다. 다른 특별한 책들과 마찬가지로 그 책 역시 주머니에 딱 들어갈 만한 크기의 얇은 수첩이라 언뜻 보면 그냥 지나칠 만큼 별 특징이 없는 모습이었다. 가죽 표지는 빛으로 잘 비춰 봐야 진회색과 검은색으로 그러데이션 처리가 되었다는 게 보였고, 책장들 가장자리도 검은 잉크를 뿌린 것처럼 비슷한 색이었다. 폭스 도서관 조사관이 처음 이 책을 발견했을 때의 소유주는 전직 영국 군인이자 유럽 대륙을 누비며 보석 절도범으로 승승장구해 온 사람이었다. 그 전직 군인 도둑은 몇 년 전 영국의 전원 지방 어딘가에 있는 저택의 방치된 서재에서 이 책을 발견했다고 고백했다. 그리고 몇 년 동안 그 책을 갖고 다니며 절도 행각을 벌였지만, 한 번도 잡힌 적이 없었고, 제아무리 대담하게 가택 침입을 저질렀다 해도 들키지 않았다고 했다.

비스케이만(프랑스 서해안의 만 ─ 옮긴이)이 내려다보이는 프랑스 레스토랑에서 술을 몇 잔 마시며, 그는 폭스 도서관 조사관에게 말했다.

"처음에는 믿지 않았죠. 이걸 보시죠. 여기 뭐라고 쓰여 있는지요."

그는 이제 나이가 많이 들었고, 절도를 그만둔 지도 꽤 된 참이었다. 폭스 도서관 조사관이 몇 줄의 문구를 읽는 동안 전직 군인이었던 도둑은 이야기를 이어갔다.

"그림자의 책이라고 적혀있죠. 책장을 찢어서 손에 쥐고 있으면 그림자 속으로 들어가서 아무도 나를 볼 수 없다고요!"

조사관은 고개를 끄덕이고는 물었다.

"이 책에는 또 뭐라고 적혀있습니까?"

도둑은 어깨를 으쓱이면서 페이지를 몇 장 넘겨 보여주었다. 거기엔 빽빽하게 그려진 낙서와 잉크 얼룩이 보였다. 조사관이 보기에는 방금 본 문구들이 움직였거나 일렁인 듯했다.

도둑은 조사관의 상념을 끊으며 말했다.

"말이 안 되는 문장들이 적혀있죠. 책장에 있는 내용은 중요한 게 아니에요. 책이 하는 일이 중요하지! 봐요. 내가 책장을 조금 찢어서 손에 쥐고 있으면 책이 빛나기 시작한다고요!"

"빛난다고요?"

조사관은 의심스러운 기색으로 말했다. 도둑은 고개를 끄덕였다.

"불꽃처럼 빛나죠! 오색 빛 자그마한 구름처럼요. 내가 찢은 책장을 손에 들고 있는 동안에는 아무도 나를 볼 수 없다고요! 내가 그 조각을 손에서 놓아서 버려야 내 모습이 돌아오죠. 그리고 신기한 게 또 뭔지 아십니까? 내가 다시 보이게 되면, 책에는 찢어진 흔적이 전혀 없어요. 마치 저절로 원상복구가 되는 것처럼요!"

폭스 도서관 조사관은 그 남자의 말을 믿을 수가 없었지만, 폭스 도서관의 자금으로 책값을 냈다. 금액은 도둑이었던 남자가 여생 동안 돈을 펑펑 쓰고도 남을 만큼이었다. 도서관에 돌아온 조사관은 다른 도서관 회원들과 함께 책을 실험해 보았다. 책장을 조사해 보자, 그 위의 글과 그림들은 초점이 돌아왔다 다시 흐릿해지기를 반복하는 것처럼 나타났다가 사라졌다. 그들은 책의 성질을 연구하면서, 책이 보기보다 상당히 가볍게 느껴진다는 사실에 주목했다. 그리고 책장을 일부 찢어보는 실험을 하면서, 전 주인의 말대로 책이 실제로 원상복구가 되도록 해보았다. 며칠 동안 여러 사람이 반복해서 실험한 결과, 어떤 회원의 모습이 사라졌다가 곧바로 다시 나타났다. 그가 손을 펼치자 종잇조각이 허공에서 산산이 흩어졌다.

"이거 신기하네요!"

그가 소리치자, 같이 있던 다른 이들도 마찬가지로 신기하다고 생각했다. 하지만 충격도 잠시, 이내 다들 흥분했고, 그 책은 폭스 도서관의 장서 001호가 되었다.

그게 모든 것의 시초였다. 그림자의 책은 에드먼드 폭스의 집착을 증명해 주었고, 폭스 도서관이 존재해야 할 목적을 정당화했다. 에드먼드 폭스는 자신을 의심했던 자들이 틀렸음을 안 채로 세상을 떠났고, 어마어마한 액수의 전 재산을 도서관에 유언으로 증여하면서 도서관의 관리 운영은 그의 막내 여동생의 자식들에게 맡겼다.

　20세기 중에 수십 년이 넘도록 폭스 도서관은 스코틀랜드 영지에 있는 에드먼드 폭스의 별장을 거점으로 삼고 특별한 책을 찾아 조사하며 계속 사업을 이어갔다. 그들은 오랫동안 총 열일곱 권에 달하는 상당수의 장서를 보관하게 되었으며, 그림자의 책은 그 조사 과정에서 동반자가 되어주었다. 필요할 때마다 그 책은 책을 사용할 수 있는 조사관 한두 명의 도구로 쓰였다. 모든 책은 그림자의 책과 비슷한 특징을 갖고 있었다. 비슷한 크기와 비슷한 양의 빽빽한 글자들, 읽을 수 없는 언어와 알쏭달쏭 난해한 스케치와 낙서들, 그리고 설명할 수 없을 만큼 가벼운 책 무게가 그랬다. 어떤 책에는 이 책이 무엇이고 어떤 능력이 있는지 설명하는 메모가 앞장에 적혀있었지만, 또 어떤 책에는 그런 말이 없었다. 그래서 몇몇 책의 목적과 능력은 지금도 알려지지 않은 채로 남아있었다. 아마도 그 신비한 비밀을 풀어줄 적합한 독자가 나타나기를 기다리고 있는 듯했다. 상당수의 책은 마치 살아서 주변 환경에 반응하듯 내용이 변화하고 진화했다. 적합한 독자가 나타나서 이 책의 풍부한 내용으로 보답하기를 바란다는 듯해 보였다. 도서관에서는 이런 사항을 다 기록했다.

　더없이 암울했던 제2차 세계대전 시기가 닥치자, 폭스 도서관은 조직의 활동과 소장품을 세상에 드러내지 않는 편이 낫다고 판단하고는 의도적으로 활동을 알리지 않았다. 하지만 특별한 책을 소장한 도서관은 폭스의 별장에 숨겨진 채로 존재했다.

21세기가 시작될 때는 에드먼드 폭스의 조카이자 유일한 후손인 드러먼드 폭스가 사서가 되었다. 그는 특별한 장서를 관리하고 더 많은 책을 찾기 위해 계속 노력했다. 스코틀랜드 서부 해안에 자리 잡은 폭스 도서관에서 조용한 삶을 보내는 것은 그에게 딱 맞았다. 그는 특별한 책이든 일반적인 책이든 가리지 않고 책이라면 다 좋아했고, 몇 주씩 혼자 특별한 책을 읽고 연구하면서 그 특성을 이해해 보며 보냈다.

가끔 그는 밖으로 나가는 모험을 하기도 했다. 그래서 역시 특별한 책을 갖고 세계 각처에서 온 다양한 사람들과 친구가 되었다. 이들은 드러먼드와 관심사가 같기도 했지만, 또 이 특별한 책을 그릇된 용도로 쓸지 모르는 자로부터 안전하게 지켜야 한다는 생각도 공유했다. 이 특별한 책들은 연구하고 알아가야 하는 도서관의 장서였지만, 막상 사용된 적은 드물었다.

그런데 세상이 변해서 훨씬 더 위험해졌다. 어느 날 난데없이 위협이 닥쳤고, 드러먼드의 친구들이 워싱턴 스퀘어 파크에서 살육을 당하며 책들을 다 빼앗겼다. 그는 이제 폭스 도서관이 더는 안전하게 존재할 수 없음을 알았다.

드러먼드는 그림자의 책으로부터 도움을 받아 도망쳐서 스코틀랜드로 돌아왔다. 그리고 폭스 도서관에 몸을 숨겼다. 거기서도 극심한 공포에 쫓길 수 있다는 걸 안 드러먼드는 전에는 한 번도 없었던 방식으로 그림자의 책을 사용했다. 폭스 도서관이 있는 집 전체를 현실에서 내보내 그림자 속으로 들어가도록, 그래서 그 누구의 손도 닿을 수 없는 곳으로 만든 것이다. 그 집은 이제 아무 데도 없는 집, 누군가 방문하여 다시 도서관에 들어가 책장을 펼쳐 읽어주기를 바라는 집이 되었다.

지금도 그 집은 존재했다. 책과 가구를 갖추고, 창문과 문이 달린 집이었다. 하지만 이제는 그림자 속에서 머물며 영영 닿을 수 없는 곳이 되었다.

물론, 누군가 완전히 다른 장소에서 내부의 문을 열 수는 있었다.

문의 책을 가진 이가 있다면 말이다.

리옹의 커피

그들은 거리에 서서 숨을 고르며 주변을 돌아보았다.

널찍한 강 옆을 따라 커다란 나무들이 쭉 늘어서서 물 위로 굽어있는 모습이 마치 무용수들의 자태 같았다. 나뭇가지는 앙상했지만 낙엽은 연석 가장자리를 따라 주황빛과 갈색 물결처럼 쌓여있었다. 날은 어두웠지만 동이 트는 중이라 멀리서부터 밤하늘이 밝아오고 있었다. 캐시는 강 저편에 늘어선 주황과 노랑, 크림색 좁다란 건물들을 알아보았다.

드러먼드는 문을 통해 굴러들었을 때 근육이 놀랐다는 듯 등을 뒤로 쭉 젖히며 물었다.

"여기가 어딥니까?"

"리옹이요. 몇 년 전에 여기 왔었어요."

캐시는 큰 충격 가운데서도 아직 완전히 마비되지 않은 머릿속 어딘가에서 말을 끄집어내어 입으로 뱉었다.

"난 프랑스가 언제나 좋았죠."

드러먼드는 혼잣말하듯 대답했다. 마치 행복한 옛 시절의 추억에 푹 빠진 듯했다. 그러다 캐시와 이지를 바라보며 말했다.

"여기는 페이스트리가 끝내줘요. 가시죠. 먹을 걸 파는 데를 찾아야 해요. 뭘 좀 먹어야 하니까요."

"아직 날이 이른데요. 연 데를 못 찾을 거예요."

캐시가 말했지만, 드러먼드는 고집을 부렸다.

"그래도 찾아보죠."

이지는 두 사람을 번갈아 바라보더니 외쳤다.

"그 남자가 사람을 막 던졌잖아! 어떻게 그럴 수가 있지?"

그때, 자전거를 탄 사람이 쌩하니 지나갔다. 뒤편에서 바람을 몰고 온 그는 시끄러운 미국인들을 향해 눈살을 휙 찌푸렸다.

"어서 가죠."

드러먼드는 그들을 재촉하더니, 대답을 기다리지 않고 걷기 시작했다. 이지는 고개를 돌려 캐시를 빤히 바라보았다.

"캐시, 이건 말도 안 되는 상황이야! 저 남자는……!"

캐시는 고개를 끄덕이며 이지를 달래려 했지만, 말을 잇는 게 너무나 힘에 겨웠다. 그래서 그녀는 드러먼드를 따라가기 시작했다. 이지는 언짢은 기색으로 눈을 흘겼지만 역시 그 뒤를 따랐다.

그들은 몇 분간 말없이 강변을 따라 걸었다. 가로등 불빛이 쏟아지며 노란 웅덩이를 이룬 듯한 바닥을 계속 지나며 걷는 동안 겨울날의 날카로운 칼바람이 뼛속을 헤집는 것 같았다. 도시가 깨어나는 신호가 보이면서 오가는 사람이 드문드문 나타났고 전조등을 밝힌 자동차 옆을 지나갔지만, 그들은 한참을 걸어서야 뭘 좀 마실 곳을 찾게 되었다. 그곳은 방금 오늘 영업을 시작한 자그마한 카페로, 따스한 불빛이 보이는 문을 열어두고 어떤 여자가 테이블과 탁자를 인도 위로 내놓고 있었다. 테이블과 가구의 다리가 마구 얽히는 모습이 어색한 춤사위 같았고 이리저리 부딪치며 바닥을 긁는 소리는 음악 소리 같았다.

"여기가 괜찮겠네요."

드러먼드가 결론을 내렸다. 그가 설치된 테이블 중 하나를 가리키자 가게를 열던 여자는 고개를 상냥하게 끄덕이면서 카페로 들어갔다.

드러먼드는 의자 두 개를 빼더니 웨이터인 양 캐시와 이지에게 앉으라 손짓했다. 그러고서 자신은 테이블 맞은편에 앉아서 강 쪽으로 고개를 돌리고는 마치 개처럼 공기 중의 냄새를 맡았다. 캐시는 자신이 덜덜 떨고 있다는 걸 깨달았다. 심한 충격과 더불어 아드레날린이 온몸을 스쳐 갔다. 그녀는 손을 바라보며 제발 이 손이 그만 떨리기를 바랐다.

카페에서 여자가 다시 나타나 마치 초인종처럼 낭랑한 목소리로 노래하듯 인사했다.

"봉주르!"

"커피 드시겠어요?"

드러먼드가 묻자, 캐시와 이지 모두 고개를 끄덕였다.

"커피 세 잔 드려요?"

여자는 관광객을 많이 대해본 능숙한 태도로 영어를 사용했다. 드러먼드는 눈을 가늘게 뜨고서 물었다.

"여기 위스키는 없죠?"

여자는 그에게 비뚜름한 미소를 짓고는 뾰족한 눈초리로 시계를 보았다.

"농, 무슈(Non, monsieur. 없습니다, 선생님)."

드러먼드는 다시 물었다.

"그러면 크루아상은 있죠? 우린 뭘 좀 먹어야 해서요."

"위(Oui. 있어요)."

여자는 고개를 끄덕이고는 드러먼드 때문에 재미있다는 듯 미소

띤 얼굴로 다시 카페에 돌아갔다.

캐시는 이 모든 일이 그저 저 먼 곳에서 일어나는 양 멍하니 지켜보았다. 온 세상이 아스라하게 느껴졌고, 머릿속은 마비된 것 같았다. 민머리 남자가 종업원의 머리를 발로 차고 마법을 부려 가구를 던져대는 모습이 생생히 떠오르면서 그 기억마다 속이 울렁거렸다.

이지는 캐시에게 손을 내밀어 팔을 꼭 잡았다. 친구가 지금 심정이 어떤지 감지한 모양이었다. 두 사람은 서로를 바라보며 방금 겪은 끔찍한 경험을 뒤로하고 어떻게든 위안을 찾으려 했다.

"그 남자는 누구였어요?"

캐시가 드러먼드에게 물었다. 그녀의 목소리는 온몸을 뒤흔드는 충격이 전혀 느껴지지 않을 만큼 자연스러웠다.

"휴고 바버리라고 합니다. 끔찍한 인간이죠. 여러분이 그런 경험을 하게 되어 미안합니다. 그자가 거기 나타나지 않기를 바랐는데 말이죠."

드러먼드는 한숨을 쉬었다. 공기 중에 후회의 입김이 퍼졌다.

캐시는 고개를 끄덕이면서 그의 사과를 받았다가, 저도 모르게 드러먼드의 검은 눈망울을 가만히 바라보고 있다는 걸 깨달았다. 그의 차분함에 캐시의 마음이 덩달아 진정이 되었다.

"그 휴고 바버리가 뭐 하는 사람인데요? 어떻게 그런 짓을 저지르고도 빠져나갈 수 있다는 거예요?"

이지의 물음에 드러먼드는 강 건너 먼 곳으로 눈길을 돌렸다.

"그자는 책 사냥꾼입니다."

"책 사냥꾼이요? 그게 뭐죠?"

캐시가 묻자 드러먼드는 눈을 가늘게 뜨고 바라보았다.

"이름을 들으면 딱 감이 오지 않나요? 책을 얻으려고 쫓아다니는 사람이죠."

"그자는 종업원 남자애 머리를 발로 찼다고요. 너무 끔찍해요. 그럴 필요까진 없었잖아요!"

이지의 말에 캐시의 머릿속이 다시 그 장면을 떠올렸다. 그녀는 움찔하고 눈을 감고서 애써 그 광경을 밀어냈다. '나 때문에 그 남자애가 죽었을까? 내가 이지를 다른 데로 데려갔더라면 그 애는 지금도 살아있지 않았을까?' 죄책감이 쓴 물이 되어 목에서 확 치밀어 올랐다. 캐시는 애써 그걸 삼켰다.

"그럴 필요까지는 없었죠. 하지만 그자는 원래 그런 인간입니다. 그 불쌍한 애는 휴고 바버리의 수많은 희생자 중 하나가 된 거죠."

그들은 말없이 앉아 방금 일어난 일을 저마다 떠올렸다. 이윽고 드러먼드가 캐시를 보며 물었다.

"그 책을 언제부터 갖고 있었습니까? 여기로 오는 문을 빨리 여시던데요. 그것도 쉽게."

캐시는 천천히 고개를 저었다. 그 질문에 대답하고 싶지 않았다. 방금 일어난 끔찍한 일은 없었다는 듯이, 평범한 사람들이 쉽사리 이야기하는 것처럼 말을 꺼내고 싶지 않았다.

카페 주인은 한 손으로 커피 쟁반을 들고서 나타났다. 그리고 커피를 내려놓으며 말했다.

"자, 커피 세 잔입니다. 그리고 크루아상 세 개요."

"당신 마음이 어떤지 압니다."

주인이 다시 카페로 들어가자 드러먼드가 캐시에게 말했다. 캐시는 의혹을 가득 담은 눈으로 그를 바라보았지만, 눈이 마주치자마자 의심은 싹 사라졌다. 그는 고개를 끄덕이고 말을 이었다.

"끔찍한 일이었죠. 압니다. 그런 일에 무감한 인간인 것처럼 보이고 싶은 마음은 없었습니다."

그는 크루아상 하나를 캐시에게, 다른 하나는 이지에게 밀어주며 말했다.

"두 분 다 뭘 좀 먹어야 합니다."

캐시는 의심스러운 기색으로 크루아상을 바라보았다. 입에는 아직도 죄책감과 공포가 한가득 감돌고 있었다. 뭘 먹을 수 있을 것 같지 않았다.

드러먼드는 나직한 목소리로 권유했다.

"먹으면 도움이 될 겁니다. 내 말을 믿으세요. 지금 여러분은 쇼크 상태거든요. 몸에서 아드레날린이 뿜어져 나오고 있습니다. 그래서 음식을 먹어야 해요. 에너지가 필요합니다. 먹으면 회복에 도움이 됩니다."

이지는 벌써 빵을 먹고 있었다. 그녀는 권유를 받지 않아도 음식이 나오면 마다하지 않는 사람이었다. 드러먼드도 빵을 먹기 시작했고, 입가에 부스러기를 묻힌 채로 씹으면서 캐시를 바라보았다. 결국 캐시도 지고 말았다. 그녀는 크루아상을 들어 한 입 물었다. 뜨겁고 버터가 진하게 느껴지는 바삭바삭한 빵은 맛있었다.

"맛있네."

이지가 우물거리며 말하자, 드러먼드는 이지가 마음에 들어 하는 모습에 기분 좋다는 티를 역력히 내며 고개를 끄덕였다.

"그렇죠? 나는 프랑스에서 먹는 크루아상이 참 좋더라고요."

카페 앞 인도 위로 따스한 불빛이 어른거리는 자리에 앉아 세 사람은 잠깐 정다운 침묵 속에서 속을 채웠다. 드러먼드는 커피를 한 모금 마신 후 의자에 편안하게 몸을 기대어 잠깐 눈을 감더니 말했다.

"이런 상황에서 여러분을 만나게 되어 유감이에요. 내가 바라던 건 이런 게 아니었는데. 하지만 오히려 잘된 일일지도요."

캐시는 한쪽 눈썹을 치켜뜨며 물었다.

"잘되었다고요? 방금 일어난 일에 좋은 점은 하나도 없는 것 같은데요."

"아니, 그런 말이 아닙니다."

드러먼드는 눈을 뜨며 말했다. 의사소통이 제대로 되지 않아 짜증이 난다는 듯 혼자서 고개를 절레절레 젓던 그는 덧붙여 말했다.

"내 말은요, 지금이 얼마나 위험한지 여러분이 알게 되어서 다행이란 뜻입니다. 위협을 심각하게 받아들여야 한다는 걸 이제 아시니까요."

이지는 이제껏 오고 간 대화를 듣지 못했다는 듯 중얼거렸다.

"나 결국 그릴드치즈 샌드위치를 못 받았네. 그 남자가 오는 바람에."

캐시는 크루아상 부스러기를 집어 들며 기분이 어느새 조금 나아졌다는 걸 깨달았다. 가슴이 더는 심하게 뛰지 않았고, 입에 감돌았던 쓰디쓴 죄책감은 사라졌다. 그녀는 다시 물었다.

"너무 지독하고 끔찍했어요. 그 남자는 왜 그런 짓까지 해야 했죠?"

"그렇게 행동하는 사람이 어떻게 이 세상에 있는 거죠?"

이지는 멍하니 주변 풍경을 바라보며 물었다.

그들은 모두 잠시 침묵했다. 캐시는 숨을 돌리고는 주변을 느긋하게 둘러보았다. 밤이 바뀌어 날이 밝아오면서 저 멀리서부터 하늘이 서서히 짙은 푸른색이 되어갔다. 사방에서 도시가 깨어나는 소리가 들렸다. 주변에서는 배달 트럭이 지나가고 사람들이 대화를 나누었으며 카페 안에서는 컵과 접시가 서로 부딪쳐 댔다. 이 모든 게 터무니없게만 느껴졌다. 불과 10분 전만 해도 죽을 고비를 넘기고 도망쳤는데, 지금은 바다 건너편 나라에서 커피와 크루아상을 맛있게 들고 있다니. 캐시는 생각했다. '문의 책의 목적은 이래야 하지 않을까. 여행

하면서 놀랍고 즐거운 일을 누리는 것이어야지. 사나운 자들이 가구를 던져대는 상황을 견디는 게 아니라.'

이윽고 드러먼드가 말했다.

"여러분을 돕고 싶습니다. 하지만 벅찬 일이라는 것도 알아요. 방금 그런 일이 일어났으니까. 어떻게 하면 날 믿어주겠습니까? 어떡하면 내 도움을 받겠습니까?"

캐시는 그 질문을 곰곰이 생각했다. 지금은 싸늘한 아침 시간이었지만 낡은 롱코트에 모직 목도리를 두르고 의자에 앉아있으니 따스하고 편안했다. 뱃속으로 들어가는 커피와 입술에 느껴지는 크루아상의 맛도 좋았다. 방금 그런 일이 있었는데 어떻게 이토록 편안한 걸까. 속으로 가만히 생각해 봐도 답은 없었다.

"먼저 몇 가지 물어볼 테니 대답해 주세요."

"뭘 물어보실 겁니까? 뭘 알고 싶으시죠?"

드러먼드가 묻자 캐시는 대답했다.

"그 책들요. 책에 대해 말해줘요. 그게 뭐죠?"

"말 그대로 책입니다."

드러먼드는 어깨를 슬쩍 으쓱이며 대답했다. 그리고 커피를 한 모금 마시고는 잇새로 숨을 들이쉬며 덧붙였다.

"그 책들이 대체 뭔지, 어디서 생긴 건지는 모릅니다. 하지만 사람들은 백 년 전부터 그 책들의 존재를 알고 있었을 겁니다. 처음에는 신화와 신비한 이야기였겠지요. 특이하고 놀라운 일을 해낼 수 있는 이들에 대한 이야기가 돌다가, 결국 사람들은 그게 책이 한 일이라는 걸 알게 되었죠. 일단 한 권의 책이 발견되고, 나중에 다른 것들도 이어서 나왔고요. 지난 세기에 걸쳐 사람들은 이런 책들이 존재하고, 또 그 책들이 뭔가를 해낸다는 걸 알게 되었습니다."

"그래서 그 책들이 대체 뭐라는 거예요? '말 그대로 책이다'라는 말은 하지 말아요."

이지가 다그쳐 말했다.

"그 책들은……."

드러먼드는 잠시 생각에 잠겨서 적절한 말을 애써 찾아보다가 눈을 홉뜨며 대답했다.

"마법입니다. 황당무계하게 들리시겠지만요."

그러더니 부끄럽다는 듯 미소를 지으며 눈을 반짝였다. 그 순간, 캐시는 그가 잘생겼다고 생각했다.

"마법이라."

캐시의 말에 드러먼드가 대답했다.

"난 그 말이 마음에 들지 않아요. 온갖 종류의 나쁜 행동이 떠오르거든요. 하지만 그보다 더 잘 표현할 말이 없네요. 각각의 책은 소유자에게 능력과 힘을 주죠. 나름대로 이런저런 이름을 붙이고 싶은 게 있겠지만, 뭐든 상관없어요."

"그러면 책이 몇 권이나 있죠?"

캐시가 묻자, 드러먼드는 어깨를 으쓱였다.

"누가 알겠습니까? 이미 발견된 책도 있지만 아마 그렇지 않은 책도 있겠죠. 책들에 대한 이런저런 이야기와 소문이 있습니다. 어떤 이야기들은 완전히 공상 수준이지만, 그중 일부는 진실에 기반한 것이겠지요. 문의 책이 바로 그 예입니다. 그건 언제나 입에 오르는 책이지만, 지금까지 그 누구도 문의 책이 있다는 걸 입증하지 못했죠."

캐시는 그 말을 찬찬히 새기며 고개를 끄덕였다. 문득 주머니 속에 든 책의 무게가 실감이 났다.

"이 책은 어디서 났습니까?"

드러먼드가 묻자, 이지가 받아쳤다.

"이봐요, 우리 질문에 답을 먼저 해요."

"책 사냥꾼과 델리에 있던 남자 이야기를 해줘요."

캐시는 그의 질문을 무시하며 말했다. 그러자 드러먼드가 대답했다.

"뭐라고 해야 하려나요. 그 책들은 아주 특별한 물건이죠. 어느 면으로 보나 그렇습니다. 책에 대해 아는 사람들은 많은 값을 치르고라도 그 책을 가지려 합니다. 책은 어마어마한 가격에 팔리죠. 아니면 유혈 사태를 통해 주인이 바뀌는 일도 있습니다. 어떤 이들은 나쁜 부류라서, 그릇된 목적으로 책을 얻고 싶어 하기도 합니다."

그러자 이지가 물었다.

"아까 책에 대해 아는 사람들이 있다고 했죠? 그러면 소수의 사람만 알고 있다는 건가요? 왜 더 많이 알려지지 않은 거죠? 이건 돌아버릴 정도로 놀라운 거잖아요. 마법이 진짜 있는데 아무도 그걸 모른다고요?"

"지금 물어본 질문에 답이 있네요. 이건 무시무시할 정도로 놀라운 물건이 맞죠. 마법이고요. 그래서 이걸 아는 사람들은 비밀에 부치고 싶어 합니다. 이건 힘이니까요. 그 힘을 자신들만 간직하기 위해서 지식을 다 차단하고 있는 거라고요."

드러먼드의 말에 이지는 캐시에게 알 만하다는 눈초리를 던지며 말했다.

"내가 말했지, 검색이 안 되는 것도 당연해. 정보를 전부 차단하고 있다고."

"뭘 검색했는데요?"

드러먼드가 고개를 옆으로 비딱하게 숙이며 묻자, 이지가 대답했다.

"그 책을 구글에 검색해 봤어요. 문의 책이라고요. 그런데 뭐가 나왔게요? 결과가 아무것도 없더라고요. 힌트도 전혀 없었어요."

드러먼드는 잠시 생각에 잠긴 듯 입을 꾹 다물었다.

"왜 그러시죠?"

캐시는 그의 표정에 드러난 근심을 눈치채고서 물었다. 하지만 그는 주저할 뿐 대답을 하지 않았다. 그 순간, 캐시는 드러먼드가 자신들을 보호하려고 대답하지 않는다고 여겼다. 그는 걱정을 끼칠 진실을 드러낼지 말지 고민하고 있었다.

"왜 그러는데요?"

캐시가 다그쳐 묻자, 드러먼드가 대답했다.

"이젠 사람들이 알게 되었기 때문입니다. 사람들은 이제 당신들을 찾아나설 거라고요. 검색 기록을 추적할 겁니다. 책들의 정보를 다 차단하고 있으니까요. 하지만 누군가가 알고 있다는 징후가 보이는지 다들 주시하고 있지요. '문의 책'이라고 구글에 검색하면 전 세계에 일제히 신호가 떴을 거예요."

캐시가 이지를 슬쩍 바라보자, 이지의 얼굴에 드리워진 충격이 보였다.

"인터넷 검색을 했다고 날 추적할 수 있단 말인가요?"

드러먼드는 고개를 끄덕였다.

"그래요. 유감스럽게도요. 그들은 당신을 찾아낼 방법이 여러 가지 있죠. 공권력이 당신을 추적할 수 있다면 그들도 당연히 할 수 있습니다. 그럴 동기가 있고, 돈이 많으니까요."

이지는 캐시를 바라보았다.

"정말 미안해, 캐시. 내가 잘못했어. 다 내 잘못이야."

캐시는 손을 내밀어 이지의 팔에 얹었다.

"걱정하지 마."

"'그들'이라는 게 누구죠? 계속 그들이라고 말하네요?"

이지의 물음에 드러먼드가 대답했다.

"다양한 집단이 있습니다. 책 사냥꾼과 수집가들이죠. 각국 정부도 있고요."

"정부가 이 책을 안다고요?"

이지가 또 묻자, 드러먼드는 고개를 끄덕였다.

"아는 나라가 있죠. 몇몇 정부의 사람들입니다. 하지만 대부분 개인 입니다."

"어떤 사람들이죠? 내가 굳이 물어야 할 필요가 있는지는 모르겠 지만."

"테러리스트와 군벌, 미술품 수집가들이죠. 그중 어떤 자들은 몹시 나쁜 놈들이지만, 착한 사람도 있습니다. 이 책은 무기 내지는 권력이 나 다름없어서, 항상 안 좋은 사람들의 손에 넘어가죠. 그러니 그자들 은 당신의 책을 갖고 싶어 할 겁니다, 캐시. 이 책은 백 년 넘도록 사 람들이 애써 찾아다니던 책입니다. 어마어마한 가치가 있어요. 사람 들이 문의 책으로 뭘 할 수 있을지 생각해 보시죠."

그는 앞에 놓인 접시 위 크루아상 부스러기를 바라보았다. 마치 하 나 더 먹고 싶어 하는 표정이었다.

"책을 기꺼이 그릇된 용도로 사용하려는 사람은 언제나 있어요."

"가게에서 봤던 그 남자처럼요?"

이지가 묻자 드러먼드는 고개를 끄덕였다.

"그자는 여러분을 찾고 있던 게 아니었어요. 인터넷 검색을 했다고 여러분을 찾아온 게 아니죠. 그건 정말 미안합니다. 그자가 거기 온 건 내 잘못이에요. 날 미행하고 있었거든요."

"그 남자는 어떻게 그런 짓을 할 수 있는 거죠? 사람을 막 던지는 거요.”

이지의 물음에 드러먼드가 대답했다.

“책을 갖고 있어서 그렇습니다. 분명히 여러 권 있겠지만, 확실한 건 ‘통제의 책’을 갖고 있다는 겁니다. 그자가 손에 들고 있던 책이 그 거였거든요. 그 책이 있으면 물체를 조종해서 움직이고 던져버릴 수 있습니다. 휴고 바버리는 안타깝게도 그 책을 아주 능숙하게 사용하 고요.”

“책을 능숙하게 사용한다니, 그건 무슨 소리죠? 그럼 능숙하게 사 용하지 못하는 사람도 있다는 거예요?”

이지가 묻자 드러먼드는 고개를 끄덕였다.

“원칙적으로는 누구나 책을 사용할 수 있습니다. 하지만 책 사용을 어려워하는 사람이 있어요. 사람에 따라서는 특정 책을 아주 쉽게 사 용할 수 있지만, 또 다른 책은 그렇지 못한 사람이 있고요. 휴고 바버 리처럼 책 다루기에 타고나서 책 대부분을 거의 곧바로 사용할 수 있 는 사람도 있죠.”

“왜 그렇게 다를까요?”

캐시의 물음에 드러먼드는 어깨를 으쓱였다.

“누가 알겠습니까? 사람 중에는 절대음감을 가진 사람이 있죠. 왜 그런 걸까요? 왜 어떤 사람은 그림을 잘 그리는데, 어떤 사람은 못 그 리는 걸까요? 사람은 누구나 악기를 연주할 수는 있지만, 모두가 콘 서트를 여는 피아니스트가 될 수 있는 건 아니죠. 사람이 다 그렇잖아 요? 하지만 중요한 건 이겁니다. 휴고는 이제 당신이 문의 책을 가졌다 는 걸 알았으니 틀림없이 당신을 쫓아올 겁니다. 그리고 그자가 가는 곳에는 다른 사람들도 뒤따라오겠죠. 당신의 목숨이 위험해졌어요.”

캐시는 천천히 고개를 끄덕였다. 책임감과 더불어 자신의 행동이

초래할 영향이 마치 무더운 날의 두꺼운 이불처럼 온몸에 덮이는 느낌이었다. 그 아래에서 빠져나가고 싶기만 했다.

"하지만 그러는 당신은 누군데요? 다른 사람 이야기는 잔뜩 해줬으면서. 우리는 정작 당신이 누군지 몰라요."

드러먼드는 고개를 끄덕였다.

"그래요, 압니다. 내 이야기는 말하자면 길어서요. 지금은 그럴 시간이 없습니다. 그냥 나를 믿어주세요. 나는 여러분이 본 그자와는 다릅니다."

"음, 모호하기만 하지 전혀 만족스러운 대답이 아니네요."

이지는 이렇게 말하며 팔짱을 끼고 등을 기대앉았다. 드러먼드는 그 말에 동의한다는 듯 고개를 끄덕였지만, 더는 아무런 정보를 주지 않았다. 그저 캐시 쪽을 슬쩍 바라보더니 이어서 물었다.

"내가 좀 볼 수 있을까요? 당신 책이요."

캐시는 아무 말도 하지 않았다. 어떻게 대답해야 할지, 이 위험을 감당해도 맞는 건지 알 수 없었다.

"훔치지 않을게요. 진짜로요."

이지는 못 믿겠다는 웃음을 짧게 흘렸다.

캐시는 드러먼드와 눈을 마주쳐 지그시 바라보며 그의 의도가 뭔지 알아보려 했다. 그런 다음 주머니에서 책을 꺼냈고, 이지는 그 모습을 지켜보았다. 캐시는 책을 테이블에 올려놓고 그에게 내밀었다.

"내가 책을 받았을 땐 앞에 메모가 적혀있었어요. 나에게 주신 분이 적어놓은 말이었어요."

캐시는 책을 살펴보는 드러먼드에게 말했다. 그는 눈살을 찌푸리며 책을 보면서 고개를 끄덕였다.

"안에 쓰인 내용은 오래지 않아 변합니다. 시간이 지난 후엔 사라지죠. 책 자체에 원래 있었던 글 말고는요."

"왜 그렇죠?"

"누가 알겠습니까?"

드러먼드는 이렇게 대답하고는 문의 책을 바라보며 의아한 기색으로 눈을 가늘게 뜨고 물었다.

"누가 당신에게 이 책을 줬다고요?"

캐시는 고개를 끄덕였다.

"누가요?"

"그냥 어떤 남자분이요. 나는 서점에서 일하거든요. 그분이 나에게 선물로 주셨어요."

"어떤 사람인데요?"

"그건 중요하지 않아요. 그분은 돌아가셨으니까요."

드러먼드는 캐시를 슬쩍 바라보며 말없이 질문했지만, 캐시는 대답하시 않았다. 그는 다시 책 쪽으로 눈길을 돌려 잠시 조용히 책을 들여다보았다. 고개를 살짝 저어대는 모습이 마치 믿을 수 없거나 이해할 수 없는 무언가를 본 것 같았다.

이윽고 드러먼드는 책을 덮어 테이블에 놓고는 캐시 쪽으로 밀었다. 하지만 그의 눈길은 책에서 떠나지 않았다. 캐시가 외투 주머니 속에 책을 넣을 때까지도 그의 눈빛은 계속 책을 향했다.

그때, 이지가 물었다.

"그러면 이제 우린 어쩌죠? 위험한 인간들이 우릴 찾아올 텐데 어떻게 집에 가요? 난 직장이 있어요. 갚아야 할 청구서도 올 거고. 평생 프랑스에서 살 수는 없다고요."

드러먼드는 아무 말 없이 생각에 잠긴 채 테이블을 손가락으로 두드렸다가 마침내 입을 열었다.

"내가 도와주겠습니다. 여러분이 날 믿어준다면 모든 걸 바로잡을 수 있어요. 내가 다 제대로 해결할 수 있다는 겁니다. 하지만 그 대가로 당신이 도와줘야겠습니다. 내가 하려는 일을 허락해 주시죠."

"그게 뭔데요?"

캐시가 묻자, 그가 대답했다.

"나는 문의 책을 없애야겠습니다."

기억의 책

"뭐라고요?"

캐시가 대뜸 되물었다.

"우리가 당신에게 책을 팔게요. 얼마 줄 수 있어요?"

이지가 던진 질문에 캐시는 친구를 째려보고는 계속 말했다.

"당신은 내 책을 없애지 못해요. 그리고 난 팔지도 않을 거예요."

드러먼드는 가만히 고개를 끄덕였다.

"나도 당신이 그냥 동의할 거라고 생각하진 않았습니다. 충격적인 요구이긴 하죠. 이해합니다. 그 책은 당신에게 소중한 것이니까요."

"이건 선물받은 거예요. 친한 분이 준 거라고요."

캐시의 말에 드러먼드는 다시 말했다.

"압니다. 모든 책은 소중하죠. 정말입니다. 진심으로 그렇게 생각한다고요. 특히 이런 책은 더욱 소중한 법이고요. 하지만 당신은 이 책이 얼마나 위험한지 잘 모르고 있어요. 당신과 이지에게만 위험한 게 아니란 말입니다. 모든 사람이 다 위험해져요."

"책은 어떻게 없앨 수 있죠?"

이지는 캐시를 아랑곳하지 않고 물었다. 드러먼드는 대답했다.

"태울 겁니다. 책들은 아주 쉽게 타죠. 특히 오래된 책일수록요."

"당신은 내 책을 없애지 못해요."

캐시는 나직한 목소리로 대답했다. 그녀는 이제 다시 손을 떨고 있었다. 크루아상을 먹어 차분해졌던 효과는 이제 사라진 듯했다.

드러먼드는 캐시의 감정이 얼마나 격한지 판단하려는 듯 그녀와 잠시 눈을 마주치더니, 이렇게 말했다.

"다른 책들도 있습니다. 그걸로 뭔가 할 수도 있지 않을까요? 그 책 중 하나와 당신 책을 바꾼다든가."

그때, 이지가 농담처럼 말했다.

"그러면 우리 소원을 이루어 줄 수 있나요, 폭스 씨? 나를 돈 많고 유명한 사람으로 만들어 줄 수 있어요? 영화배우로 만들어 줄래요?"

"영화배우가 되고 싶어요?"

드러먼드는 그런 것이라면 가능하니 생각해 보겠다는 양 물었다.

"뭐라고요? 진심이에요?"

이지는 너무 놀라 물었다.

"캐시에게 달려있죠. 캐시, 당신의 꿈은 뭐죠?"

캐시는 두 번 생각해 볼 필요도 없다는 듯 곧바로 대답했다.

"난 할아버지와 다시 이야기를 해보고 싶어요."

드러먼드가 이해되지 않는다는 듯 고개를 갸웃거려서, 캐시는 다시 말했다.

"할아버지는 돌아가셨어요. 몇 년 전에요. 하지만 당신이 죽은 사람을 되살릴 수는 없잖아요?"

그때, 이지가 끼어들었다.

"난 행복해지고 싶어요. 알아요, 유치한 소원이죠. 5년 전의 나에게 물었다면 영화배우가 되고 싶다고 했겠죠. 하지만 지금은 그저 행복했으면 좋겠어요. 사랑하는 사람과 아이를 낳아서 어딘가 좋은 곳에서 살고 싶네요. 맙소사, 내가 무슨 말을 한 거야. 나 진짜 지루한 인간이 되어가네."

"요란한 꿈이야 젊은이들이 꾸는 법이니까요. 삶과 현실에 얽매이지 않을 때니까."

드러먼드는 작은 목소리로 대답했다. 그 말은 마치 자신에게 하는 말 같았다.

캐시와 이지는 눈빛을 주고받았다. 잠시 후, 젊은 커플이 나타나서 그들 옆 테이블 의자를 빼어 앉았다. 캐시와 이지는 그들과 공손한 미소를 주고받았고, 카페에서 주인 여자가 나타나 특유의 낭랑한 목소리로 "봉주르!" 하고 인사했다.

"있죠, 우리 꿈은 신경 쓸 것 없어요. 가게에 있던 남자는 어떡하죠? 일단 그것부터 도와줘야 해요. 그런 다음에 그 책이 왜 그토록 위험한지 말을 해보자고요."

캐시의 말에 드러먼드는 고개를 끄덕였다.

"그렇다면 알겠습니다. 먼저, 우리는 뉴욕으로 돌아가야 합니다. 두 분에게 도움이 될 만한 일을 몇 가지 해야 하는데, 일단은 뉴욕에 있어야 해요. 그럼 가실까요?"

캐시는 고개를 끄덕였다.

"좋아요."

"그럼 내가 이거 계산하고 오겠습니다."

드러먼드는 커피를 가리키며 말하고는 자리에서 일어서서 자그마한 카페로 들어갔다.

"어때?"

둘만 있게 되자마자 캐시가 물었다. 이지는 어깨를 으쓱였다.

"모르겠어, 캐시. 나는 그냥 다시 평범한 삶으로 돌아가고 싶어. 벤스 델리의 그 남자 때문에 무서웠다고."

"그래."

캐시는 고개를 끄덕였다. 머릿속에서 그 민머리 남자가 종업원을 걷어차는 모습이 어쩔 수 없이 떠오르자 다시금 뱃속이 움찔했다.

"넌 저 남자 믿어?"

캐시가 드러먼드가 들어간 카페 쪽으로 비스듬히 고갯짓하며 묻자, 이지가 대답했다.

"안 믿는 건 아니야. 친절한 사람 같아. 게다가 이제껏 미심쩍은 행동도 하지 않았고. 하지만 캐시, 알잖아? 저 사람은 앞으로 만날 사람 중에서 겨우 한 명일 뿐이야. 바버리 박사라는 사람도 있었지. 앞으론 더 많은 사람이 나타날 거라고. 네가 갖고 다니는 그 책을 차지하려고 사람들은 끔찍한 짓을 할 거야. 내가 말했지, 그 책 때문에 좋은 일은 없을 거라고."

캐시는 고개를 끄덕이더니 이렇게 말했다.

"하지만 구글에다 그걸 검색해서 온 세상에 알린 건 너잖아?"

생각 없이 말을 뱉자마자 캐시는 곧바로 후회했다. 이지는 마치 따귀를 맞은 것처럼 멍하니 캐시를 바라보았다. 캐시는 손을 뻗어 이지에게 얹고서 사과하려 했지만 이지는 몸을 물렸고, 마침 드러먼드가 카페에서 다시 나왔는지라 그 순간은 흐지부지 흘러가고 말았다.

"가시죠."

자갈 깔린 골목 안에는 잠기지 않은 문이 하나 있었다. 그 문은 좁은 통로로 이어지는 것처럼 보였다. 캐시는 문의 책을 사용하여 그 문을 열고서 뉴욕에 있는 자신의 방으로 한밤중에 돌아왔다. 세 사람 모두 리옹의 문을 열고 좁은 방에 들어와 이리저리 돌아다니다가, 캐시가 문을 닫자 아파트 안은 갑자기 고요해졌다. 캐시는 평범하게 문을 다시 열고는 두 사람을 거실로 데려갔다. 지난 몇 시간 동안 온갖 일을 다 겪고서 다시 안전하고 편안한 아파트로 돌아와 있자니 기분이 묘했다.

캐시는 주방 불을 켜며 물었다.

"자, 이제 어쩌죠? 계획이 뭐예요?"

드러먼드는 고개를 끄덕이더니, 무언가를 찾으려는 듯 재킷을 더듬기 시작했다. 그러고는 외투 안에서 책을 한 권 꺼내며 말했다.

"두 가지 일을 해야 합니다. 먼저, 여러분에게 내가 가진 두 번째 책을 보여드릴게요. 그다음에는 문의 책이 정확히 어떤 능력을 갖고 있는지 알려주겠습니다."

"두 번째 책이 뭔데요?"

캐시가 묻자, 드러먼드는 이지에게 책을 건네주며 말했다.

"이걸 좀 들어주시죠."

이지는 두 손으로 책을 받아 들고서 바라보았다. 마치 대본을 읽듯이 불안한 기색으로 눈을 내리깐 채였다. 책 표지는 비구름처럼 연한 회색이었다.

"나의 두 번째 책입니다. 기억의 책이죠."

그는 캐시에게 말했다.

"이 책은 무슨 능력이 있나요?"

캐시의 물음에 드러먼드가 설명했다.

"다양한 일을 할 수 있죠. 무언가를 잊게 할 수도 있고, 기억하게 할 수도 있습니다."

"예를 들자면, 물건을 잃어버렸다가 다시 찾으려고 할 때 도움이 된다는 건가요?"

캐시가 말하자 드러먼드는 미소를 지었다.

"그보다는 좀 더 하죠. 나는 이걸 치매 환자에게 사용한 적이 있습니다. 할머니의 기억을 되돌려서 몇 시간 동안 가족과 만나게 해줬죠."

"우아."

캐시의 감탄에 드러먼드는 고개를 끄덕였다.

"내가 한 일 중 가장 잘한 일이었어요. 다들 잠깐 무척 행복해했죠."

그는 행복한 기억에 푹 빠져있는 것처럼 잠시 멍한 표정을 지었다. 캐시는 그걸 보며 생각했다. '이지 말이 맞네. 드러먼드 폭스는 착한 남자 같아.'

그런데 드러먼드의 미소가 살짝 흐려지더니, 설명이 이어졌다.

"정말 좋았죠. 하지만 결국에는 기억의 책을 할머니에게서 돌려받아야 했어요. 할머니는 이제 어떻게 될 건지 알게 되었고요. 그때 심정은…… 정말 참혹했어요. 그때 이후로는 다시는 그런 식으로 남을 돕지 않았습니다."

캐시는 잠시 생각했다. 켈너 씨가 다시 한 번 자신의 옛 모습을 되찾을 수 있다면 어땠을까. 그런데 다시 치매 상태로 되돌아간다는 걸 안다면 어떻게 될까.

"정말 끔찍하네요."

캐시가 중얼거리자, 드러먼드는 고개를 끄덕였다.

"그렇죠. 끔찍하죠. 그래서 이 책은 오랫동안 사람들의 기억을 잊게 하는 데 더 많이 쓰였습니다."

"왜 기억을 잊고 싶어 해요?"

캐시의 물음에 드러먼드는 어깨를 으쓱였다.

"생각해 보세요. 끔찍한 트라우마가 있다면, 나한테 뭔가 끔찍한 일이 생겼다면 영영 잊는 편이 낫지 않을까요?"

캐시는 몇몇 끔찍한 일들을 떠올릴 수 있었지만, 그렇다고 그 일을 잊고 싶어 하리라는 생각은 들지 않았다. 그 역시 자신의 일부이기 때문이었다.

"아니면 나 아닌 사람들이 특정한 일을 잊어버리게 하고 싶을 때 쓸 수도 있습니다. 범죄나 첩보 활동 같은 분야에선 전략적으로 아주 유용하죠. 불륜을 저지른 다음에 불륜 상대가 그 사실을 잊어버리게 만들고 싶은 사람에게도 쓸모가 있고요. 일상적인 시시한 일부터 악의적인 일까지 다양하게 쓸 수 있죠."

드러먼드가 덧붙인 설명에도 캐시는 고개를 저었다.

"하지만 그게 바버리 박사와 우리 일에 무슨 도움이 된다는 거죠?"

드러먼드는 한숨을 쉬더니 순순히 말했다.

"도움은 안 되죠. 하지만 이지에겐 좋을 수 있어요."

그는 이지를 바라보았고, 캐시도 그의 눈길이 닿는 곳을 보았다. 이지는 손에 든 책을 계속 보고 있었는데, 책이 발산하는 진한 빨강과 파랑의 소용돌이가 그녀의 얼굴을 어른어른 비추는 광경이 캐시의 눈에 들어왔다.

"기분이 묘해."

이지의 말에 드러먼드가 조용히 대답했다.

"그래요. 그럴 겁니다."

"지금 이지한테 무슨 짓을 한 거죠?"

캐시가 퍼뜩 놀라 물었다. 그러고는 이지에게 가까이 다가가 팔에 손을 얹었다.

이지는 고개를 들었다. 그 행동 하나가 대단한 효과를 자아내는 것만 같았다. 이지는 이내 드러먼드를 빤히 바라보며 물었다.

"이게 지금 뭐 하는 거죠?"

"당신은 아무 문제 없을 겁니다."

드러먼드는 부드러운 목소리로 말했다. 이지는 그의 시선에 사로잡힌 듯이 그를 바라보고 있었다.

"당신이 아무런 해도 입지 않을 거라고 약속할게요. 당신을 보호하기 위해서 이러는 겁니다. 지금 들고 있는 책은 기억의 책입니다. 당신이 잊을 수 있도록 준 거죠."

"뭘 잊는데요?"

캐시가 다그쳐 물었다. 머릿속이 핑핑 돌았다. 몸속에 공포가 확 끼쳐왔다.

"지금 이지에게 최선은 문의 책에 대한 기억을 전부 잊는 겁니다."

캐시는 이지가 쥔 책을 내려다보았다. 책이 만들어 내는 온갖 색이 연기처럼 책 주위를 휘감으며 소용돌이쳤다.

"책이 무거운 느낌이야. 무겁고 따뜻하게 느껴져."

이지의 목소리가 어린아이의 것처럼 들렸다. 그녀는 고개를 돌려 캐시를 바라보더니 말했다.

"기분이 이상해."

"당신은 괜찮습니다, 이지. 당신을 보호하려고 그러는 겁니다."

드러먼드의 말에 이지가 애원하듯 물었다.

"이제 어떻게 되는데요?"

"당신이 그 책을 놓으면 문의 책에 대한 기억을 잊어버리게 됩니다. 지난 며칠간 있었던 일을 다 잊는 거죠. 머릿속에서 문의 책에 관한 내용은 흐릿하게 숨겨집니다."

드러먼드의 설명에 캐시는 그의 어깨를 확 밀치며 소리쳤다.

"이럴 수는 없어. 당신이 무슨 권리로 이래! 당장 그만둬!"

"이미 시작된 일이에요. 정말 미안합니다만, 난 이지를 보호해야 해요."

드러먼드의 말에 이지는 이제 캐시에게 애원했다.

"난 잊고 싶지 않다고! 저 사람이 내 기억을 바꾸는 거 싫어!"

드러먼드는 다시 말했다.

"벌써 일어난 일이에요. 바버리 박사 같은 사람이 계속 나타날 겁니다. 그보다 더 나쁜 사람도 올 거라고요. 당신을 보호할 유일한 방법은 당신이 아무것도 모르게 되는 겁니다."

"하지만 그자는 우리를 다 같이 봤잖아요. 이지가 안다는 걸 그자도 안다고요."

캐시는 드러먼드가 이해되지 않았다. 이지가 그녀에게 얼마나 중요한 사람인데, 왜 이 남자는 그걸 몰라본단 말인가.

"그래요. 하지만 바버리 박사는 당신들과 함께 있는 나도 봤죠. 그리고 나한테 훨씬 관심이 많거든요. 그가 뒤쫓는 건 이지가 아니라 나일 겁니다. 그리고 바버리 박사가 이지를 찾아낸다고 해도, 아무런 할 말이 없다는 걸 쉽게 알아차리겠죠. 내가 무슨 일을 했는지 알아낼 테니까요."

이지는 울음이 터지기 직전이었지만 애써 눈물을 삼키며 손마디가 하얗게 되도록 책을 단단히 쥐었다.

"내가 이 책을 놓지 않는다면 어떡할 건데요?"

그녀가 묻자, 드러먼드는 예전에도 비슷한 질문에 대답한 적이 있는 사람처럼 확신 어린 어조로 말했다.

"놓게 될 겁니다. 그럴 수밖에 없어요. 결국에는요. 평생 책을 쥐고 살 수는 없잖습니까. 게다가 그 책이 당신의 기억을 점점 더 가져갈수록 점점 무겁고 뜨겁게 느껴질 거예요. 그걸 평생 쥐고 있을 순 없습니다. 그러니 놓는 게 최선이에요."

캐시는 이지를 바라보았다. 친구의 표정에 어린 상처를 보고 싶지 않았다. 새로이 펼쳐진 이 험한 세상에서 어떻게 자기 없이 캐시가 살아갈 수 있을지 고민하는 이지의 얼굴을 보자 머릿속이 세차게 돌았다. 그녀는 드러먼드에게 애원했다.

"이러지 말아요. 제발요, 드러먼드."

눈물이 차오르는 느낌이었다. 이 남자 앞에서 나약한 모습을 보이고 싶지 않았지만, 눈물은 멈추지 않았다.

"울지 마, 캐시. 네가 울면 나도 운다고……."

이렇게 말하는 이지 본인도 눈물이 그렁그렁했다.

드러먼드는 캐시를 보며 눈살을 찌푸렸다. 이런 반응은 예상하지 못했다는 듯이 놀라기도 하고 후회스럽기도 한 표정이었다. 그는 캐시가 왜 이토록 화가 났는지 모르겠다는 기색으로 말했다.

"하지만 이래야 이지를 보호할 수 있다고요. 이러면 안전할 겁니다, 캐시."

캐시는 소리치고 싶었다. '그럼 나는?' 하지만 이렇게 말하면 너무나 이기적인 소리로 들릴 것이다.

그녀는 이지를 꼭 안았다.

"이지가 책을 놓으면 어떻게 되죠?"

캐시의 물음에 드러먼드는 이지를 보며 말했다.

"아무 일도 일어나지 않습니다. 이지, 당신은 잠들었다가 내일 아침에는 아무렇지 않게 깨어날 겁니다. 다른 날과 다를 것 없어요. 그러고는 잠시 이 도시를 떠나고 싶은 충동이 들 겁니다. 가족을 보러 갈 수도 있고요."

이지의 어깨가 위아래로 들썩였다. 이제껏 일어난 일과 앞으로 일어날 일이 어쩔 수 없다는 현실과 씨름하고 있었다. 그녀는 흐느끼며 말했다.

"난 가족이 싫다고."

"구글에 검색해 봤다고 네 탓 해서 미안해."

캐시는 뺨 위로 눈물을 흘리며 말했다. 이지는 마구 울었다.

"지금 그런 말을 해봤자 무슨 소용이야? 난 어차피 다 잊어버릴 텐데."

"그래서 지금 말하는 거야. 넌 전부 잊어버릴 테니까. 하지만 네가 잊기 전에 말해주고 싶었어. 네 탓 하지 않아. 내가 마음에도 없는 말을 했어."

이지는 멍하니 고개를 끄덕였다. 캐시가 한 말을 애써 새겨보고 싶긴 해도 지금 벌어지는 큰일에 비하면 그건 별일이 아니라는 듯한 모습이었다. 그녀는 드러먼드에게 물었다.

"이거 나중에 되돌릴 수 있어요? 내가 지금 잊어버려도 나중에 다시 기억할 수 있어요?"

드러먼드는 어깨를 으쓱였다.

"솔직히 잘 모르겠습니다, 이지. 하지만 이걸 모두 다시 기억하고 싶어질까요? 기억하지 않는 편이 낫지 않겠습니까? 기억하면 위험해질 일을 왜 기억하고 싶어 합니까?"

"내가 도와줄게. 기억하게 해줄게. 안전해지면."

캐시가 이지에게 말했다. 하지만 그게 정말 가능할지 아닐지는 알 수 없었다.

두 사람은 서로를 가만히 바라보았다. 드러먼드는 책으로 손을 뻗었다.

"내가 도와줄게요."

"안 돼요!"

캐시는 사납게 쏘아붙이면서 이지를 보호하듯 그 앞에 섰다. 드러먼드의 얼굴이 일그러지더니, 캐시에게 말했다.

"이건 멈출 수가 없어요, 캐시. 미안합니다."

그는 캐시를 옆으로 부드럽게 밀치고는 책에 손을 뻗으며 말했다.

"당신은 아무런 문제 없을 겁니다, 이지. 약속해요."

이지는 드러먼드를 바라보며 말했다.

"난 당신이 진짜 싫어."

드러먼드는 나직하게 대답했다.

"그거 좋네요. 그래서 당신이 안전해진다면 기꺼이 받아들이죠."

이윽고 책을 잡았던 이지의 손힘이 풀리면서 드러먼드는 뒤로 물러섰다. 이지는 치매 환자처럼 멍하고 어리둥절한 표정으로 캐시를 잠시 바라보다가 무릎을 스르르 굽히며 주저앉아 소파 끝과 현관으로 이어지는 문 사이로 아무렇게나 쓰러졌다.

"이제 끝났습니다."

드러먼드는 이지를 내려다보며 말했다.

캐시는 그에게 두어 걸음 다가가 얼굴을 세차게 쳤다.

"당신이 뭔데 이런 짓을 해!"

소리치는 그녀의 두 뺨 위로 눈물이 줄줄 흘렀다.

드러먼드는 캐시가 때린 얼굴을 문지르며 고통스러운 표정을 지었다. 그리고 말없이 서서 바닥을 멍하니 바라보는 모습이 마치 누군가의 사적인 순간에 불쑥 들어왔다가 어색함에 못 견뎌 어디 다른 곳으로 가고 싶어 하는 사람 같았다.

"당신이 뭔데."

캐시는 이제 나지막한 목소리로 다시 말했다. 그리고 잠든 이지의 얼굴을 바라보자 가슴이 괴롭게 오그라들었다.

"같이 얘를 방으로 옮겨요."

그녀가 드러먼드에게 명령했다.

이지를 침대로 옮긴 다음 드러먼드는 방을 나갔다. 캐시는 이지를 잠옷으로 갈아입힌 후 이불을 덮어주었다. 이지는 방금 벌어진 일에 전혀 개의치 않는다는 듯 평온한 얼굴이었다.

캐시가 다시 밖으로 나왔을 때 드러먼드는 주방을 이리저리 거닐며 기다리고 있었다. 그리고 그녀가 무어라 말하기도 전에 먼저 입을 열었다.

"나도 이러는 게 싫었습니다. 여러분을 이런 식으로 잘못 이끌어 가고 싶지 않았다고요. 하지만 사람들을 보호하려면 하고 싶지 않아도 할 수밖에 없을 때가 있어요. 사람들을 보호하려고 나도 너무 무서워하는 일을 해야 할 때가 있다고요. 내가 살아야 하는 삶이 이렇죠."

그는 화가 난 듯했다. 자신이 저지른 일 때문에 스스로에게 화가 났고, 이해해 주지 못하는 캐시에게 화가 난 기색이었다. 그는 잠시 초조하게 이리저리 걸어 다녔다. 캐시는 그를 바라보았다. 아직 용서되지는 않았지만, 분노의 열기는 점차 옅어지고 있었다.

"이지는 안전할까요?"

그녀의 물음에 드러먼드는 대답했다.

"그래요."

"내가 왜 당신을 믿어야 하죠?"

캐시가 또 묻자, 그는 심하게 짜증 어린 한숨을 쉬면서도 인정했다.

"모르겠어요. 이지를 안전하게 지킬 수 있는 가장 좋은 방법은 우리가 가지고 다니는 책을 다른 데다 갖다 두는 거니까요."

캐시는 그 말에 고개를 끄덕였다.

"난 좀 쉬어야겠어요. 완전히 지쳤어요."

그러자 드러먼드는 무언가를 생각하는 표정으로 잠시 캐시를 가만히 바라보았다.

"왜 그래요?"

"당신이 날 믿지 못한다는 건 압니다. 하지만 우리가 갈 만한 곳이 있어요. 당신이 데리고 가준다면요. 이 모든 일이 왜 이토록 중요한지 보여줄 수 있는 곳이죠. 거기서 내 이야기를 들려줄 수도 있을 테고요."

"거기가 어딘데요?"

그녀의 물음에 그가 대답했다.

"내 도서관이요. 문 사진을 보여줄 테니, 거기 데리고 가주겠습니까?"

그림자 속 폭스 도서관

사방은 실체가 없이 그저 회색이었다. 캐시는 자신이 공중에 떠있다고 생각했다.

문을 여는 데는 시간이 좀 들었다. 피곤하고 스트레스를 받아서 그런가 싶었지만, 드러먼드는 그 문을 여는 건 원래 힘들다며, 그러니 계속 해봐야 한다고 말했다.

"그건 그림자 속에 있으니까요."

그의 말대로 캐시는 한 손으로는 문의 책을 쥔 채 다시 해보았다. 드러먼드는 휴대폰을 들어서 그녀에게 구석에 있는 웅장한 나무문 사진을 보여주었다. 이윽고 캐시는 문의 촉감을 느꼈다. 머릿속으로 무언가를 잡았는데, 연약한 것이라 너무 세게 잡으면 흩어질 것 같은 기분이었다. 그녀는 잠시 기다렸다가 다시금 슬며시 문을 잡아당겼다. 그러자 캐시의 방문이 열리면서 그 너머로 단조로운 색상의 방이 드러났다. 마치 흑백 텔레비전에 나오는 영화를 보는 것만 같았다.

"우리는 이제 그림자로 들어갈 겁니다. 말을 할 수는 없을 겁니다만, 무서워지지는 마세요. 곧 모든 게 괜찮아질 겁니다."

드러먼드는 이렇게 말하고서 그녀보다 먼저 방 안으로 들어갔다. 캐시는 아주 잠시 주저했지만, 이내 그 뒤를 따랐다.

그곳은 회색빛에 조용한 공간으로, 캐시는 걸을 때마다 마치 수영하는 기분이었다. 문을 닫은 캐시는 팔이 움직일 때마다 그림자 속에 이는 파동을 바라보았다. 이윽고 뒤를 돌아보자 드러먼드의 형상 같은 것이 자신을 기다리고 있었다.

그 형상이 몸을 돌리자 캐시는 그 뒤를 따랐다. 죽으면 이런 기분이려나 싶었다. 살아있는 자들의 공간에 출몰하는 기분이 이럴까. 문득 궁금해졌다.

그들은 널찍한 공간에서 나와 좀 더 작은 곳으로 둥둥 뜨듯 다가갔다. 그들 뒤로 높은 공간이, 일종의 빛이 어렴풋이 느껴졌지만 드러먼드의 형체는 반대쪽으로 움직였다. 그곳에는 더 짙은 어둠이 있었다. 이윽고 빛이 한 줄기 나타나더니 하얀빛이 점점 넓어지면서 캐시의 눈에 그곳에 선 드러먼드가 보였다. 그의 뒤로는 바깥이었다. 하지만 여전히 그림자 안이긴 마찬가지였다. 드러먼드는 건물의 정문을 열어놓았다.

문득 드러먼드였던 형상이 압축되었다. 알고 보니 그는 허리를 굽혀 무언가를 집어 드는 중이었다. 다시 허리를 편 그는 쓰레기를 던지는 듯한 몸짓을 했다. 그러자 잠시 후, 탁자 위로 액체가 쏟아지듯 색과 형태가 세상에 퍼졌다. 빛이 그림자를 쫓아내자 캐시는 얼굴에 한 줄기 산들바람과 신선한 공기의 내음을 느꼈다. 갑자기 드러먼드의 모습이 불쑥 나타났고, 거대한 아치문 앞에 선 그의 뒤로 나뭇잎과 가지가 산들바람에 흔들리는 초록색 나무들이 펼쳐졌다.

"폭스 도서관에 오신 걸 환영합니다."

그는 이렇게 말하며 돌아서서 환한 낮의 빛으로 걸어 나갔다.

캐시는 집에서 나간 드러먼드를 따라갔다. 자갈길 위를 밟는 소리가 자박자박 났다. 그녀는 몇 걸음 걷다가 뒤를 돌아 집의 정면을 바라보았다. 그녀의 옆으로는 드러먼드가 서서 두 손을 주머니에 꽂은 채 뭔지 알아볼 수 없는 표정으로 도서관을 올려다보고 있었다.

도서관은 붉은 사암으로 지은 저택으로, 어두운색 지붕 타일과 철제 구조물, 새빨갛게 칠해진 홈통으로 이루어져 있었다. 방금 그들이 나왔던 문은 커다란 탑의 아랫부분에 난 아치형 통로였는데, 탑 높다란 곳에 달린 창문을 보고 캐시는 등대를 떠올렸다. 탑의 양편으로 각각 뻗은 벽은 반대쪽 모퉁이까지 쭉 이어졌고, 1층의 커다란 돌출창 안으로 책장과 목재 패널이 언뜻 보였다. 위층에 있는 지붕창과 지붕의 선이 이어진 모습은 마치 산봉우리와 골짜기가 뒤섞인 것처럼 보였다.

집 뒤편으로 보이는 먼 산자락을 따라 초록색 소나무들이 시원한 아침 바람을 맞아 은은히 반짝였다. 머리 위 하늘은 회색이었지만 밝았으며, 낮게 뜬 구름이 쉬지 않고 움직이는 모습은 꼭 바람의 바다를 항해하는 듯했다. 사방의 모든 것이 움직이고 있는 가운데 홀로 굳건히 미동도 없는 도서관은 마치 지구의 중심까지 뿌리박힌 돌처럼 단단히 고정된 것 같았다. '그래도 이곳은 어쩐지 반가이 맞아주는 분위기네. 건물의 비율이며 크기며, 따스한 빛깔의 붉은 사암 표면까지도 말이야.' 캐시는 속으로 생각했다.

"아름답네요."

캐시의 말에 드러먼드는 행복과 슬픔이 뒤섞인 미소를 지으며 대답했다.

"그렇죠. 아름답죠."

캐시는 그 자리에서 뒤돌아섰다. 오른편으로 보이는 자갈 해자 너머로 매끈하게 뻗은 아스팔트 길은 잘 가꿔진 잔디밭을 가로질러 밀리 보이는 숲으로 이어져 사라졌다. 줄지어 선 나무는 그들이 선 곳 바로 뒤편으로 굽이쳐 도서관과 부지를 커튼처럼 가렸다. 잔디밭 저 멀리, 그림자 속에 선 사슴 한 마리가 전혀 움직임 없이 이쪽을 바라보는 모습이 문득 캐시의 눈에 들어왔다.

"사슴이 있네요."

그녀가 중얼거리자 드러먼드는 그녀를 슬쩍 바라보더니, 캐시의 시선이 닿는 곳으로 시선을 돌렸다.

"그러네요. 이 언덕에는 사슴이 많아요. 원래는 사냥터였거든요."

캐시는 사슴을 계속 바라보았다. 사슴은 귀를 쫑긋 움직이더니 고개를 돌려 시야에서 쏜살같이 사라져 숲으로 들어갔다.

드러먼드는 캐시가 묻지도 않았는데 설명을 시작했다.

"우리는 주도로에서 약 10킬로미터 정도 떨어져 있어요. 여기부터 거기까지 다 폭스 도서관 땅이죠. 언덕 전체랑 산들까지 다요. 이곳은 사유 도로라서 아무도 올 수 없습니다."

"산을 갖고 있다고요?"

캐시는 눈을 가늘게 뜨고 그를 바라보며 물었다. 그가 씩 웃자, 캐시는 그 표정이 마음에 들었다.

"사실 산은 몇 개 더 있습니다. 별로 드문 일은 아니에요."

캐시는 동의할 수 없다는 기색으로 눈썹을 치켜떴다.

"그런데 여기가 어디죠?"

"스코틀랜드 북서부입니다. 하일랜드죠."

캐시는 고개를 끄덕이고서 숨을 깊이 들이마셨다. 깨끗하고 시원한 공기가 가슴을 가득 채우는 느낌이었다. 머리 위로 새 한 마리가 날카롭게 울면서 정적을 깨뜨렸다.

"그럼 우린 뉴욕보다 다섯 시간 앞서 있는 거네요? 그런데 어떻게 여기는 이토록 환하죠? 지금쯤 밤이어야 하는 것 아닌가요?"

캐시의 말에 드러먼드가 대답했다.

"그림자 안에서는 시간이 다르게 흐릅니다. 실제보다 좀 늦죠. 그림자에서 나오는 데 시간이 좀 걸렸어요."

그는 주위를 둘러보며 공기의 냄새를 맡더니 덧붙였다.

"지금은 이른 아침이네요. 가시죠. 추우니 들어가는 게 좋겠습니다. 한번 둘러본 다음에 도서관에 데려다드리겠습니다."

캐시는 몇 분간 드러먼드를 따라 집을 돌아다니며, 그가 문을 열고 방을 이리저리 거닐며 애정 깃든 손길로 가구를 만져보는 모습을 지켜보았다. 그는 모든 게 다 제대로 있다는 사실에 만족한 것처럼 혼자 고개를 끄덕였다. 식당과 거실, 묵직한 회색 덮개를 씌워놓은 테이블이 있는 당구장이 있었고, 집 한쪽에는 낡은 주방도 보였는데 대형 레인지와 온갖 종류의 냄비와 프라이팬이 놓인 선반이 머리 위로 설치되어 있었다. 주방 말고는 모든 공간에 책장과 책 선반이 있었다. 방은 다들 넓고 천장이 높았으며 어두운색 목재로 벽을 둘러놓았다. 높다란 창을 통해 빛줄기가 어둠을 가르고 대각선으로 비쳐들면서 드러먼드와 캐시가 공기를 휘저을 때마다 티끌 같은 먼지가 춤추듯 빙글빙글 부유하는 모습을 보여주었다. 방 안에는 침묵과 추억이 가득했고, 오래된 책의 달콤한 내음과 더불어 다시금 타오르기를 기다리며 잘 관리된 벽난로에서 나는 알싸한 향이 느껴졌다. 이곳은 나무와 종이, 돌과 유리로 이루어진 공간으로 디지털 기기는 물론이고 평면 텔레비전이나 LED 같은 건 전혀 없었다. 마치 다른 시대에서 태어나 내내 현대적인 손길의 간섭을 전혀 받지 않고 존재한 집 같았다.

드러먼드의 집은 여러 가지 면에서 켈너북스가 연상되는 곳이었다. 이곳도 서점처럼 책으로 가득한 집으로, 텅 빈 책꽂이는 보이지 않았고, 외따로 떨어져 다른 책과 같이 꽂히기를 기다리는 책도 없었다. 아니, 이곳은 서점 이상이었다. 따스한 구석과 조용한 공간이 가득했고, 듣기 좋게 삐걱대는 마룻바닥과 보이지 않는 틈새로 들어오는 외풍이 있었다. 공간은 은은한 조명과 차분하고 따스한 색상이 주를 이루었고, 간혹 창밖으로 보이는 바깥의 나무들이 짙은 녹색으로 반짝이는 모습만이 보일 뿐이었다. 편안함과 고요함을 바라는 이들, 조용히 생각에 잠길 곳을 찾은 이들을 환영하는 집이랄까. 격식 있는 분위기가 감돌았지만, 그렇다고 경직되어 있지는 않았다. 마치 말쑥하게 차려입은 할아버지가 나이에 어울리지 않게 장난기 어린 농담을 건네는 느낌이었다.

드러먼드와 함께 1층을 돌아보며 조용히 걷는 동안, 캐시는 빠르게 결론을 내렸다. '이 도서관이 참 마음에 드네. 여기에 있고 싶어.' 기회만 된다면야 이곳에서 행복하게 살고 싶은 마음이었다. 두 사람이 현관으로 돌아와 거대한 계단 아래를 서성이게 되자 드러먼드가 말했다.

"여기가 그리웠어요."

"왜 그리웠는지 알 것 같아요."

캐시가 대답했다. 그들이 마주한 계단 한가운데에는 높다란 스테인드글라스 창문이 현관에 빛을 뿌려대고 있었다. 그래서 짙은 색 원목과 묵직한 책장이 한가득 둘러싼 공간인데도 통풍이 잘되고 탁 트인 느낌이었다.

"가시죠. 도서관을 보여드리겠습니다."

이렇게 말한 드러먼드는 계단을 오르기 시작했고, 캐시는 그 뒤를 따라갔다. 그렇게 계단을 오르며 캐시가 물었다.

"그 그림자는 뭐였죠? 우리가 도착했을 때는 물속에 있는 것 같았잖아요. 모든 게 다 회색이었고요."

"도서관은 그림자 속에 있습니다. 내가 숨겼어요."

"왜요? 어떻게 그럴 수가 있죠?"

"왜 그랬는지는 곧 알게 되실 겁니다. 약속해요. 당신도 알아야 하니까요. 어떻게 그럴 수가 있는가는…… 내가 그림자의 책을 사용해서 그렇습니다."

첫 번째 층계참에 도착했을 때 그는 주머니에서 책을 꺼내 그녀에게 주었다. 그리고는 몸을 돌려 계속해서 위층을 향해 올라갔다. 책은 진회색이었고 캐시가 책장을 열자 첫 번째 페이지에 쓰인 문구가 보였다.

"'책장은 그림자다. 책장을 들고 있으면 그림자가 될 수 있다.'"

캐시는 문구를 소리 내어 읽고는 페이지를 넘겨보았다. 책 위에 회색 잉크처럼 보이는 얼룩과 단어와 그림이 계속 움직이며 변하는 모습이 보였다. 군데군데 사라졌다가 다시 나타나기도 했다. 그녀는 계단을 오르며 잠시 책 속을 바라보면서 살아있는 듯한 책의 모습에 크게 놀랐다.

"이건 어떻게 사용하는 거죠?"

캐시는 다시 그에게 책을 건네주며 물었다.

"페이지를 찢어서 손에 들고 있으면 됩니다. 그 조각을 손에 쥐고 있는 동안은 그림자 속에 있게 됩니다. 도서관을 숨길 때는, 한 페이지를 통째로 찢어서 그걸 현관문 안에 넣어놨습니다. 그러면 집이 그림자 안에 숨게 되죠. 아무도 집에 올 수가 없게 되는 거고요. 문의 책이 있다면 모를까."

캐시는 그 점을 생각해 보았다.

"당신에겐 그림자의 책이 있으니 여기 올 수 있지 않나요?"

하지만 드러먼드는 고개를 저었다.

"아뇨. 난 여기 돌아올 수 없었습니다. 지금에서야 왔죠."

그는 한숨을 쉬고는 주위를 둘러보았다. 그의 표정에 잠시 서글픈 기색이 보이는 것 같았다.

"여기 10년 만에 오네요."

"10년이라고요? 그럼 10년 동안 여기에 못 왔다는 말인가요?"

심한 충격을 받은 캐시가 묻자, 드러먼드는 고개를 끄덕였다.

"책들을 안전하게 지키려면 그만한 대가를 치러야 했습니다."

캐시는 그를 다시 보게 되었다. 이지에게 한 짓 때문에 잠시나마 밉긴 했지만, 지금 보니 이 남자도 대가를 치렀던 것이다. 자기 집에, 그것도 이렇게 특별한 집에 올 수가 없었다니 마음이 어땠을지 상상할 수조차 없었다. 지금껏 삶이 얼마나 힘들었을까.

계단 꼭대기에 다다르자 두꺼운 카펫이 깔린 기다란 층이 보이면서 복도를 따라 묵직한 나무문이 몇 개 보였다. 문 사이사이 벽면에는 비싸 보이는 벽지가 발라져 있었다. 옅은 크림색 바탕에 보라색 꽃무늬가 곱게 그려진 벽지였다. 그리고 좀 더 작은 두 번째 계단이 또 위층으로 이어졌는데, 둥글게 구부러지며 시야에서 사라졌다.

"여기에 있습니다."

드러먼드는 이렇게 대답하고서 바닥을 가로질러 계단 꼭대기 바로 맞은편에 있는 문을 열었다. 그러자 집의 앞면에 자리 잡은 커다랗고 밝은 방이 나타났다. 높다란 돌출창 너머로 집 앞의 숲과 그 너머의 산이 보였다. 집의 한쪽 끝은 도로 저 멀리 서쪽을 바라보고 있었는데, 복도로 난 출입문에 선 캐시의 눈에도 회청색의 길고 잔잔한 물이 보였다.

"저건 뭐죠?"

그녀가 묻자, 드러먼드가 대답했다.

"뭐가요? 아, 저건 아일다호입니다."

호수는 사방이 산으로 둘러싸여 있었다. 숲 위편으로는 갈색과 초록색과 앙상한 나뭇가지가 보였으며, 차가운 아침 공기 속에서 언덕 중턱에 안개가 폭신폭신한 직선을 그리며 서려있었다. 캐시는 전에 이토록 아름다운 광경을 본 적이 있었는지 가만히 생각했다.

방의 벽은 바닥부터 천장까지 죄다 책장이었다. 바닥 한가운데에는 커다란 직사각형 러그를 깔고 그 위로 안락의자와 협탁, 낮은 탁자 등의 가구를 놓았는데, 그곳들 역시 책이 쌓여있었다. 방 가장자리에는 커다란 주철 벽난로가 입을 쩍 벌린 채였고, 옆으로 위스키 병과 잔이 쌓인 테이블이 놓였다.

"여기가 제 서재입니다."

드러먼드는 방 안을 눈으로 훑으며 차분한 목소리로 말했다.

그는 문 옆의 책장으로 다가가 다정한 손길로 가볍게 책을 쓸었다. 다음으로는 벽난로 옆 테이블로 가서 위스키를 한 잔 따랐다. 술을 한 모금 들이켠 그는 만족스러운 한숨을 내쉬었다.

"위스키는 여전히 괜찮네. 고맙게도. 아니었으면 울 뻔했어."

캐시는 천천히 반대편 책장 앞을 거닐면서 책등에 쓰인 제목을 읽었다. 그리고 호기심 어린 손가락으로 여기저기서 책을 한 권씩 뽑아보았다. 오래된 책들이었다. 분명 고서 같았다. 펼쳐보면 빽빽하고 자그마한 글씨가 나타나면서 달콤한 향이 훅 끼치는 그런 책들이었다.

그녀는 커다란 돌출창으로 다가가 가만히 서서 경치를 감상했다.

"아름답네요."

이렇게 말하며 돌아선 캐시는 방 안을 손으로 가리켰다.

"그리고 이 방은…… 이 공간은…… 딱이에요. 완벽하다고요. 누구나 원할 만한 그런 서재의 모습을 모두 갖추고 있어요."

드러먼드는 잠시 캐시의 말을 생각했다. 그러더니 동의한다는 기색으로 고개를 끄덕였다.

"여긴 저의 집이죠."

그는 솔직하게 말하더니 미소를 지었지만, 표정은 슬펐다. 캐시가 보기엔 그의 눈에 눈물이 비친 것도 같았다.

"난 예전에 언제나 여기 있었어요. 친구들이 오면, 여기에 앉아서 즐겁게 책을 읽었죠. 아니면 밤늦게까지 술을 마시고 이야기를 했어요. 음악과 음식을 갖추어 놓고 벽난로에 불도 피웠죠. 그렇게 웃었어요. 참 많이 웃었죠. 폭스 도서관 모임이야말로 내가 가장 좋아하던 시간이었습니다."

그 모든 추억이 이젠 다 헛소리고 불가능한 것이라는 듯, 그는 고개를 젓고는 손등으로 눈을 문질렀다.

"여기는 행복한 곳인 것 같아요. 적어도 나한테는 그래 보여요. 안전하고 행복한 곳으로요."

캐시는 반대편 벽에 놓인 책장을 눈으로 훑어보며 가만히 말했다.

드러먼드는 고개를 끄덕이며 캐시의 발언을 칭찬으로 받았다. 그리고 자신이 마실 위스키를 한 잔 더 따랐다.

캐시는 근처 책장을 살펴보며 물었다.

"여기에 특별한 책이 있는 건가요?"

"여기에 있긴 한데, 이 방에는 없습니다."

드러먼드는 이렇게 대답하고는 캐시에게 다가가 위스키가 든 잔을 건네주었다.

"드시죠."

"나는 위스키 별로 안 좋아해요."

캐시는 미심쩍은 눈초리로 잔을 들여다보며 고백했다.

"난 무척 좋아합니다. 내가 세상에서 제일 좋아하는 게 세 가지 있거든요. 위스키, 케이크랑 페이스트리, 그리고 책이죠."

드러먼드의 말에 캐시는 마음과는 달리 피식 웃고 말았다.

"케이크나 페이스트리를 좋아해요?"

드러먼드는 엄숙하게 고개를 끄덕였다.

"좋아한다고 거리낌 없이 말할 수 있죠. 좋은 책과 케이크 한 조각보다 더 좋은 게 세상에 어디 있겠습니까?"

"그건 그렇네요."

캐시는 여전히 위스키 잔을 들여다보며 말했다.

"술을 좋아할 필요는 없어요. 하지만 마셔는 봐요. 리옹의 크루아상처럼 몸에 좋을 겁니다."

그녀는 잠시 어떡할지 생각한 다음 호박색 액체를 마셨다. 술이 목구멍을 사납게 지나가서 기침이 났다.

"불을 삼킨 것 같아요."

그녀는 투덜대면서 드러먼드에게 잔을 돌려주었다.

"그렇죠."

그는 캐시가 술을 칭찬했다는 듯 씩 웃더니, 잔을 창턱에 놓았다. 두 사람은 잠시 어색한 침묵에 잠겨 서있었다.

"이지 일은 정말로, 진심으로 미안합니다."

그의 검은 눈망울이 캐시를 바라보았다. 그녀는 고개를 끄덕이며 말했다.

"알았어요."

"다른 특별한 책들도 보고 싶어요?"

이윽고 드러먼드가 물었다. 그는 마치 새로운 장난감을 자랑하고 싶은 소년처럼 신나 보였다. 캐시는 고개를 끄덕였다.

"보고 싶어요."

"좋아요."

드러먼드는 창문가의 벽으로 다가가 책장 옆으로 손을 뻗었다. 무언가 달칵 소리가 나더니 책장이 숨은 경첩을 따라 빙그르르 돌면서 자그마한 문이 드러났다. 그 안으로는 탑 안으로 올라가는 구불구불한 돌계단이 있었다.

그는 두 눈썹을 위아래로 실룩이며 손짓하고 미소를 지었다.

"숨겨진 탑 꼭대기에 있는 비밀의 방이야말로 특별한 책을 보관하기에 제격인 곳 아니겠습니까?"

계단 꼭대기에 있는 자그마한 나무문이 열리자, 양편에 창문이 있는 원형 방이 나왔다. 동쪽과 서쪽으로 난 창문으로는 각각 길과 호수가 보였다. 캐시는 깨달았다. 아까 밖에서 올려다봤던 탑 꼭대기가 여기였다는 것을.

방 한가운데에 깔린 사각형 깔개 위에는 커다란 책상 하나에 네 면을 따라 각각 의자가 놓여있었다. 책상 위에는 온갖 서류와 펜이 가득했다. 방의 원형 벽을 보자 핀을 꽂아놓은 지도, 드러먼드와 사람들이 아래층 서재의 탁자에 행복한 얼굴로 둘러앉아 있는 사진 등 다양한 것들이 붙어있었다. 화려한 액자 안에는 집을 그린 유화가 보였고, 압화를 넣은 자그마한 액자 세 개가 일렬로 달렸다. 머리 위 서까래에는 전구가 다양한 높이로 줄에 걸려있었다. 이 집의 다른 공간이 가지런하고 질서 있게 정돈된 모습이었다면, 이 비밀의 방은 어수선하지만 편안한 느낌이었다. 이 공간은 숨겨진 계단의 아래층 서재보다 더욱 생동감 있어 보였다.

캐시는 이 모든 광경을 눈에 한껏 담았지만, 그녀의 눈길은 창문, 지도, 액자 사이로 벽에 아무렇게나 달린 작은 나무 수납장들에 끌렸다. 수납장 앞마다 희미한 금빛 로마 숫자가 스텐실로 표시되어 있었다. 수납장은 모두 스무 개였는데, 배열된 모습과 숫자가 꼭 묘하게 생긴 어드벤트 캘린더 같다고 생각했다.

"여기가 비밀 도서관입니다."

드러먼드가 두 팔을 벌리며 테이블 주위를 걸었다.

"저게 책들인가요?"

캐시가 수납장을 가리키며 묻자, 드러먼드는 고개를 끄덕였다. 창턱에 기대어 앉은 드러먼드 곁으로 쌍안경 세트가 놓여있었다. 드러먼드는 쌍안경을 집고서 숲으로 난 아스팔트 진입로 쪽을 바라보았다. 무엇을 찾고 있는 걸까. 캐시는 궁금해졌다.

"책이 스무 권 있나요?"

그녀는 수납장들을 번갈아 바라보며 물었다.

"아뇨. 전부 다 책이 든 건 아닙니다."

드러먼드는 쌍안경을 내려놓으며 말했다. 그러더니 주머니에 손을 넣고 열쇠고리를 꺼내어 확인한 다음, 벽에 가장 가까이 걸린 수납장인 17번 장으로 다가갔다. 수납장 자물쇠를 풀어 문을 열자, 캐시의 눈에 얇은 황동 철사로 걸어놓은 작은 선반이 보였다. 선반에 놓인 틀 안에 책 한 권이 세워져 있었다. 드러먼드는 책을 들어 방 가운데 있는 테이블로 다가갔다. 그리고 책을 내려놓은 다음, 방 반대편에 있는 12번 수납장으로 갔다. 그리고 문을 열어 책을 꺼내 다시 탁자에 놓았다. 두 책 모두 모양과 크기가 문의 책과 똑같았다. 드러먼드는 고개를 들어 캐시에게 이리로 와보라는 눈빛을 보냈다.

그녀는 테이블로 다가가 책 두 권을 바라보았다.

"이게 뭐죠?"

그녀의 질문에 드러먼드가 대답했다.

"표본입니다. 폭스 도서관에 있는 책 중 두 권이죠."

캐시는 첫 번째 책을 들었다. 가볍고 무게가 느껴지지 않는 것이, 꼭 문의 책처럼 거의 무게가 없다시피 했다. 표지는 밝은색으로 이루어진 모자이크로, 마치 꽃잎이나 종이 꽃가루가 뒤덮인 바닥 같았다.

"이 책은 무슨 능력이 있죠?"

"이건 기쁨의 책입니다."

드러먼드는 다시 창문으로 돌아가며 말했다. 그리고 팔짱을 끼고서 벽에 기대서서 말을 이었다.

"이 책은 진정한 기쁨을 느끼게 해줍니다. 마음속에서 의심과 불행과 고통을 모두 없애주죠."

"이야."

그녀는 감탄하고서는 잠시 페이지를 훑어보았다. 온갖 색깔의 스케치와 문구가 보였다. 드러먼드는 캐시가 손에 든 책을 바라보며 말했다.

"런던에 있는 친구가 내게 보낸 겁니다. 안전하게 보관해 달라고요."

캐시는 고개를 끄덕이고는 테이블 위에 기쁨의 책을 다시 놓고서는 두 번째 책을 들어 올리며 물었다.

"그럼 이건요?"

그 책의 표지는 화사한 빨간색과 주황색이 사나운 색조로 칠해져 있었다.

"불꽃의 책입니다."

드러먼드는 이렇게 말하고는 어깨를 으쓱이며 덧붙였다.

"무슨 능력이 있는지는 보면 딱 나오죠."

캐시가 책장을 넘기자 문의 책에 있는 것과 비슷한 문구와 스케치가 보였지만, 이 책의 내용은 진한 빨강 잉크로 휘갈겨 쓴 것이었고, 책장은 거의 갈색이나 다름없었다. 나무의 색 같기도 했다.

"이런 책을 몇 권이나 갖고 있어요? 스무 권이 아니라면 몇 권이 있죠?"

캐시의 물음에 드러먼드가 대답했다.

"열일곱 권이요."

"열일곱 권이요?"

캐시는 놀라서 눈썹을 확 치켜뜨며 숨을 몰아쉬었다. 드러먼드는 이어서 설명했다.

"폭스 도서관은 이 세상에서 가장 큰 규모로 특별한 책을 모은 곳입니다. 내가 아는 한은 가장 큽니다."

"그럼 다른 책들은 어떤 능력이 있나요?"

캐시는 숫자가 찍힌 다른 수납장들을 휙 둘러보며 물었다. 온갖 신비하고 놀라운 일이 일어날 거라고 생각하니 마음이 무척 들떴다. 하지만 드러먼드는 어깨를 으쓱이기만 했다.

"다양한 능력이 있죠. 내가 능력을 알 수 없는 책도 있습니다. 그 책들은 이제껏 비밀을 드러내지 않았거든요. 특별한 책이라는 건 분명히 압니다. 무게나 안에 쓰인 글을 보면 다른 특별한 책들과 똑같은 특징이 있으니까. 하지만 그 책들은 제 능력을 드러내 보여주기에 적합한 사람을 기다리고 있는 것 같습니다. 그리고 이미 능력이 드러난 책들은…… 음, 많은 걸 할 수 있죠. 그러나 그게 중요한 게 아닙니다."

"그럼 중요한 게 뭔데요?"

"중요한 건 내가 그 책들을 보호해야 한다는 거죠. 그래서 당신에게 책을 보여준 겁니다. 이게 잘못된 자들의 손에 들어가면 무슨 일이 벌어질지 상상해 보시죠. 이 책에는 너무나 큰 힘이 들어있습니다. 그래서 책들은 참 중요하죠. 누군가 이걸 가져다가 무기나 도구처럼 사용한다고 생각만 해도 참을 수가 없습니다."

그는 방금 맛이 끔찍한 음식을 먹은 것처럼 얼굴을 찌푸렸다.

캐시는 손에 든 책을 내려다보고는 기쁨의 책 옆자리에 다시 돌려놓았다. 드러먼드는 한결 부드러워진 어조로 말했다.

"이 책들은 정말 중요해요, 캐시. 내 친구들은요, 그러니까 나 같은 사람들은 책의 신비함을 사랑하죠. 이 책이 세상과 창조에 대해, 역사에 대해 우리에게 전해주는 걸 참 좋아합니다."

"역사요?"

"이 책들은요, 적어도 몇 권은 분명히 수백 년 전부터 존재해 왔습니다, 캐시. 내 친구 중 몇몇은 이 책의 존재가 인류 역사의 신비를 설명해 준다고 굳게 믿고 있었죠. 왜 어느 사회는 발전했는데, 비슷한 이점을 지닌 다른 사회는 발전하지 못했을까, 라는 물음에 대한 답이 바로 이 책이라고요. 어째서 인류 역사 초기에 이집트는 그토록 번성한 걸까? 중국은 어떻게 그토록 중요한 발명품을 많이 만들어 냈을까? 왜 칭기즈칸은 지구상의 수많은 영토를 정복할 수 있었을까? 그 모든 일들을 설명해 준다는 겁니다. 심지어 종교 인물과 그들이 행한 기적까지도요. 특별한 책의 존재를 알게 되면 인류 역사의 커다란 사건과 당연히 연관 지을 수밖에 없죠."

캐시는 이해하며 고개를 끄덕였다. 역사에 대해서는 잘 몰랐지만, 드러먼드의 말에는 일리가 있었다.

드러먼드는 다시 테이블로 다가와 두 권의 책을 들어 올렸다. 그리고 책을 한 권씩 원래 있던 수납장에 넣고서 도로 문을 잠갔다.

"그래서 이 책들이 중요합니다. 이것들은 세계 역사의 일부였죠. 연구하고 보호받아야 합니다. 바보들이나 깡패들이나 사이코패스들이 사용하게 두는 게 아니라요."

그는 열쇠고리를 다시 주머니 속에 넣었다.

"나는 이 책들을 보호할 책임이 있습니다, 캐시. 내가 이 삶을 선택한 건 아닐지라도, 그 책임은 진지하게 받아들이고 있죠. 그래서 난 이 집을 그림자 속에 넣은 겁니다. 위협을 받고 있으니까요. 책을 안전하게 지키기 위해서, 문의 책을 없애야 하는 겁니다."

그의 말에 캐시는 속으로 화들짝 놀랐다.

"무슨 위협이요?"

드러먼드는 고개를 끄덕였다.

"지금 당장 위험하다는 건 아니고요. 당신은 지금 많이 지쳤죠. 당신이 괜찮더라도 나는 정말로 지쳤습니다. 게다가 집에 10년 만에 왔고요. 그러니 잠시 쉬고 싶네요."

캐시는 아무 말도 하지 않았다. 귀로 듣고는 있었지만, 머릿속으로는 주변에 있는 수납장에 보관된 특별한 책 생각만 들 뿐이었다. 저 책들이 펼치는 기적들이 어떨지 궁금하기만 했다.

드러먼드는 생각에 잠긴 캐시를 다시 현실로 끌어냈다.

"가시죠. 방이 있습니다. 침대도 준비돼 있어요. 몇 시간 주무실 수 있습니다."

그는 캐시를 데리고 계단을 내려와 서재로 간 다음, 비밀의 책장 문을 다시 닫아 탑을 봉인했다.

"자도 안전할까요? 이 집이 그림자 속에 숨겨져 있다고는 했지만……."

캐시가 묻자 그는 손을 내저었다.

"몇 시간쯤은 괜찮을 겁니다. 위험은 아주 멀리 떨어져 있으니까요. 잠시라도 여기 머무는 게 좋을 겁니다."

그녀는 고개를 끄덕였다. 비밀의 탑이 있는 방과 특별한 책을 보았던 설렘이 있었지만, 또 드러먼드의 집이 참 편안하고 손님을 반겨주는 곳이라지만, 그래서 이곳에 있으면서 속속들이 경험하며 즐기고 싶었지만, 그래도 드러먼드의 말이 옳았다. 그녀는 완전히 지쳐있었다. 캐시는 다시 돌아서서 커다란 돌출창 너머로 낮의 정경을 바라보았다. 순간, 구름이 갈라지면서 그 사이로 햇살이 비집고 나와 언덕을 밝게 비추었다. 하지만 그것도 잠시, 햇빛은 이내 사라졌다.

"자, 나는 자러 갈게요. 그런 다음에는요?"

캐시가 물었다. 마음속 한구석으로는 솔직히 알고 싶지 않았다. 그냥 침대에 올라가서 이불 속에 숨고만 싶었다.

드러먼드는 현관으로 향하는 문으로 다가가며 말했다.

"말했잖습니까. 난 문의 책을 없애고 싶다고요. 하지만 당신은 그러길 바라지 않죠. 그러니 당신이 결국 책을 없애게 되기 전까지는 내가 당신과 책을 안전하게 지켜야 합니다. 당신에게 딱 붙어있을 거라고요. 내일 내가 왜 그 책이 없어져야 하는지 보여주겠습니다. 그런 다음에는 당신 마음이 바뀌어 내 의견에 동의하기를 바라죠."

캐시는 느낀 바를 그대로 드러내는 표정을 지었다. 드러먼드는 계속 말했다.

"날 믿지 않는다는 건 잘 알겠습니다. 내가 이지에게 한 짓을 생각하면 그럴 만하죠."

"그래요. 그럴 만하죠."

캐시는 고개를 끄덕였다.

"그러니 내가 두 가지 일을 해보겠습니다. 먼저, 당신에게 문의 책이 가진 능력을 보여줄게요. 그러면 이 책이 그토록 위험한 이유를 알게 될 겁니다. 그런 다음엔 우리가 처한 위협이 뭔지 알려주겠습니다. 왜 이 공간을 그림자 속에 숨겨야 했는지 말이죠. 하지만 지금은 가서 좀 주무시죠."

그는 복도 쪽 문을 열고서는 따라오라 손짓했다. 캐시는 편안한 서재에서 나가는 게 속상해서 발을 질질 끌며 그 뒤를 따랐다. 그리고 그와 같이 가며 물었다.

"문의 책이 가진 능력을 보여준다니, 그게 무슨 말이죠? 난 방금 당신을 뉴욕에 있는 내 아파트에서 스코틀랜드에 있는 당신 집으로 데리고 왔잖아요. 이 책 사용법은 안다고요."

드러먼드는 계단 꼭대기에 있는 로비의 문을 하나 열고서 그 안을 잠시 들여다보다 도로 닫았다.

"이건 아니네."

잠시 중얼거린 그는 캐시를 보며 말했다.

"당신이 책을 쓰는 건 겉핥기일 뿐입니다."

"뭐라고요? 어째서 내가 한 게 겉핥기라는 거죠?"

드러먼드는 복도를 좀 더 걸어 다음 문을 열더니 중얼거렸다.

"여기가 괜찮겠군."

드러먼드를 따라 들어간 곳은 커다란 정방형 방이었다. 직사각형 창문 밖으로는 아까 본 풍경이 다른 각도로 보였다. 여기서 보니 아까의 언덕이 더 가까운 것 같기도 했고, 아니면 아예 다른 언덕인 것도 같았다. 다른 벽에는 커다란 침대가 보였다. 기둥이 네 개 달린 침대에는 여름날의 하늘 색과 같은 파란 리넨이 덮여있었다. 벽에는 책장이 쭉 늘어서 있고, 침대 발치에는 소파가 놓였다. 그 옆에는 협탁을 두고 앞에는 발걸이 의자도 있었다. 소파 옆쪽 벽에는 자그마한 벽난로가 들어앉았는데, 난로 위에는 장작도 가지런히 쌓여있었다. 캐시는 방을 보며 겨울날의 포근한 분위기를 상상할 수 있었다. 비바람이 창문을 때려대어도 탁탁 소리 내며 불이 타오르는 벽난로와 작은 탁자에 놓인 책 더미와 따스한 음료가 떠올랐다.

"화장실은 저쪽입니다."

드러먼드는 반대편 벽 침대 옆에 난 문을 가리키며 말했다. 캐시는 그를 마주 보았다.

"아름다운 방이네요. 그런데 어째서 내가 한 게 겉핥기라는 거예요?"

드러먼드는 고개를 저으며 대답했다.

"먼저 좀 주무시죠. 일어나면 말해줄게요."

캐시는 점점 짜증이 났다.

"아뇨. 말해요. 알고 싶으니까요."

그는 잠시 머뭇거렸지만, 자신이 대답하기 전까지는 캐시가 자지 않으리라는 걸 알아챘다.

"당신이 가진 건 슈퍼컴퓨터입니다. 그런데 지금 스페이스 인베이더 게임만 하는 셈이라고요."

"그게 무슨 소리죠?"

"'손에 들고 있으면 어느 문이든 모든 문이 된다.' 책 앞장에 그렇게 쓰여있잖아요."

"그래요. 알아요."

캐시가 대답했지만, 드러먼드는 천천히 고개를 저었다.

"아뇨. 당신은 모르는 것 같습니다. 문이란 건 현재에만 존재하는 게 아니잖아요? 문은 모든 시대에 걸쳐서 다 있었어요. 인류 역사를 통틀어 말이죠."

캐시는 그 말을 잠시 생각해 보았다가 드디어 이해하게 된 순간, 마치 지구상의 거대한 협곡 위에서 예상치 못하게 발을 헛디딘 사람처럼 머릿속이 휘청이고 말았다.

캐시의 머릿속이 빠르게 도는 가운데 드러먼드는 계속 설명했다.

"당신의 책을 갖고 싶어 하는 사람들은 그저 전 세계를 여행하려는 마음으로 가지려는 게 아닙니다. 돈만 있으면 누구든 전용 제트기를 타고 열두 시간 안에 이 세상 어디든 갈 수 있다고요. 당신은 할아버지와 다시 대화해 보는 게 꿈이라고 했었죠. 나는 그분을 다시 살려낼 수는 없지만, 내가 굳이 그렇게 해줄 필요도 없어요. 문의 책만 있으면 되니까요."

캐시는 덜덜 떨면서 눈을 깜빡였다. 드러먼드는 계속 말했다.

"당신은 과거로 가는 문을 열 수 있습니다. 그래서 사람들이 당신의 책을 갖고 싶어 하는 거예요. 시간 여행을 할 수 있다는 뜻이니까요."

드러먼드가 말했다.

6번 수납장의 책과 폭스 도서관에서 벌어진 토론

주방에 혼자 들어간 드러먼드 폭스는 냉동실에서 아이스크림을 찾아냈다. 그는 아이스크림이 살짝 녹도록 조리대 위에 올려둔 다음 차를 한 잔 끓였다. 자신의 집인 폭스 도서관에 10년 만에 온 것이다. 친구들이 살해당하는 걸 보고서 겁먹고 도망쳐 와서는, 도서관을 숨기고 다시는 오지 못했으니까.

드러먼드는 조리대 앞에 앉아 머리 위에 달린 조명의 둥근 불빛을 받으며 아이스크림 통을 열었다. 물론 아이스크림은 반쯤 먹다 남긴 것이었다. 드러먼드의 집에는 아이스크림이 오래 남는 적이 한 번도 없었으니까. 그래도 남은 게 충분히 있어서 그는 기뻤다. 아이스크림을 한 숟갈 가득 떠서 입에 넣고 녹여 먹었다.

"그림자 아이스크림이로군."

그는 혼잣말하며 살짝 미소를 지었다. 물론 아이스크림에선 그림자 맛이 아니라 여름날과 같은 각종 나무 열매와 설탕 맛이 났다. 그리고 이걸 마지막으로 먹었을 때만큼 신선했다. 그림자 속에서는 사물이 상하거나 부패하거나 먼지 묻는 일이 없었다.

드러먼드는 계속 아이스크림을 먹으며 애써 아무 생각도 하지 않으려 했다. 그저 이 맛을 즐기며 체내에 도는 설탕의 각성 효과를 누리고 싶었다. 먹는 것이야말로 언제나 드러먼드의 즐거움이었고, 그 덕분에 끊임없이 떠도는 삶을 살면서도 지난 10년을 버틸 수 있었다. 더없이 어둡고 막막했던 순간이면 그는 레스토랑이나 식당을 찾아 들어가 편안한 삶을 사는 사람들의 행복한 소음을 들으며 느긋하게 식사했다. 그 순간은 드러먼드에게 마치 폭풍우 치는 바다 한가운데 있는 고요한 섬 같은 안식처였다.

그는 천천히 아이스크림을 먹으며 맛을 느낀 다음 통을 다시 냉동실에 넣었다. 그리고 머그잔을 들고서 조명을 끈 다음 서재로 가서 비밀 계단을 열고 탑으로 올라갔다. 탁자 위에 머그잔을 내려놓고서는 잠시 창가에 서서 낯익은 풍경을 바라보았다. 집에 돌아오니 좋았다. 비록 진짜로 안전한 곳은 아니었지만 그래도 안전하고 편안한 느낌이 드는 곳으로 10년 만에 돌아온 것 아닌가. 그는 어떻게든 편안함을 느껴보려고 애를 썼다.

드러먼드는 벽에 달린 수납장 중 하나, 바로 6번 수납장으로 가서 문을 열었다. 그는 안에 있는 책을 꺼내 테이블로 가져와 머그잔 옆에 놓았다. 표지에 손을 얹고 가만히 쓰다듬은 다음 책을 펼쳐보자, 언제나 그렇듯 페이지에는 빽빽한 글자와 스케치가 가득했지만 첫 페이지에는 아무 글도 쓰여있지 않았다. 이 책은 분명히 특별한 책이었다. 그래서 도서관에서 오랫동안 소장하고 있었다. 하지만 아무도 이 책을 읽지 못했고, 이 책에 어떤 능력이 있는지 알지 못했다. 책의 첫 페이지에 설명이 나타나 주지 않았기에, 폭스 도서관 회원들은 설명을 읽을 수가 없었다.

드러먼드는 책상 모서리에 놓인 또 다른 가죽 장정 책에 손을 뻗었다. 그건 도서관이 소장한 특별한 책 목록 장부였다. 그는 관련 부분을 찾아 6번 수납장에 있었던 책이 언제 폭스 도서관으로 입수되었는지 정확히 재확인했다.

"1933년 4월 3일. 이집트 아스완에서 발굴된 것으로 확인."

그는 고개를 끄덕였다. 그의 기억은 틀리지 않았다. 이 책은 근 백년 동안이나 폭스 도서관에, 바로 6번 수납장에 안전하게 보관되어 있었다. 이 책이 도서관에서 반출된 적은 없었다. 있었다면 장부에 기록이 남았을 것이다. 실제로도 첫 페이지가 아직 백지라는 것은 도서관이 설립된 역사 이래로 아무도 이 책을 읽지 못했다는 뜻이었다.

하지만 드러먼드는 이 신비한 현상에 당황하여 고개를 저었다.

그의 앞에 놓인 책이 낯익었기 때문이었다. 이건 캐시가 리옹에서 보여주었던 책, 그러니까 그녀가 소지한 책과 똑같았다.

이건 문의 책이었다. 드러먼드는 확신했다.

드러먼드는 차를 한 모금 마시고 입술을 툭툭 쳐서 닦았다. 단것을 먹은 후에 마시는 차는 언제나 더 맛있었다. 사방에서 집의 소음이 들려왔다. 낡은 목재가 끼익 내는 소리, 틈새로 바람이 가늘게 새어드는 소리, 그리고 저 아래층 어디에선가 캐시가 깨어있는 소리였다. 그녀는 조금 전 자신이 했던 말을, 바로 문의 책을 통해 시간 여행을 할 수 있다는 말을 떠올리며 잠들지 못하고 있을 터였다.

"시간 여행이라."

드러먼드는 책을 다시 쓰다듬으며 혼잣말했다.

시간 여행이라면 설명이 가능했다. 만약 문의 책으로 시간을 여행할 수 있다면, 같은 책의 서로 다른 버전이 동시대의 같은 장소에 있는 것이 가능했다.

캐시가 지닌 책의 첫 페이지에 글자가 있다는 사실로 보아 그 책은 시기상 나중에 나온 버전이라고 드러먼드는 판단했다. 지금 앞쪽 테이블에 놓인 책은 이전 버전이었다.

그는 눈을 가늘게 뜨고서 문제를 차근차근 풀어보았다.

그러니까 미래의 어느 시점에서는, 대체 어떻게 한 건지는 몰라도 누군가 폭스 도서관에서 문의 책을 가지고 나가서 뉴욕에 있는 과거의 캐시에게 주었다는 것인데.

대체 어떻게?

그건 또 언제라는 것인가?

그리고 왜?

드러먼드는 알 수 없었지만, 걱정이 되었다.

원래는 캐시에게서 문의 책을 훔칠 계획이었다. 바버리가 나타난 후에, 그는 캐시와 이지를 안전한 곳으로 데려다 놓고 책을 빼앗으려 했었다. 캐시가 리옹에서 책을 보게 해주었을 때만 해도 그 계획은 거의 성공했었다. 하지만 그는 그 책이 폭스 도서관에 있는 책이라는 걸 알아보았다. 캐시에게 다시 책을 돌려준 것도, 자신의 생각이 정말인지 확인해 보고 싶었기 때문이었다. 그러려면 캐시가 자신을 도서관에 데려다주어야 했다.

"그렇게 내가 집에 다시 오게 된 거지."

드러먼드는 자신의 숨은 동기를 인정하고 고개를 끄덕였다.

그렇게 그는 집에 왔다. 도서관은 두고 갔을 때와 변함없이 안전했고, 문의 책이라고 확신했던 책은 손 닿은 흔적 없이 수납장에 그대로 있었다. 이걸 안심해야 할까, 아니면 걱정해야 할까. 그는 자리에서 일어나 6번 수납장에 책을 다시 넣었다.

답을 알아낼 때까지는 캐시 옆에 있어야겠다고 그는 마음먹었다. 캐시가 어떻게 이 책을 얻게 되었는지 알아내야 했다.

그러다 드러먼드는 퍼뜩 놀랐다. 캐시와 함께 있어야 한다는 생각이 싫지 않았으니까. 오히려 그 반대였다. 굳이 따져보자면, 조금 기운이 났다.

"어째서?"

그는 조용한 방 안에 물음을 던졌다.

표면적으로야 대답은 쉽게 나왔다. 캐시와 이지랑 함께 있으면서 즐거웠기 때문이었다. 그 가게에 있었던 순간에, 그러니까 휴고 바버리를 만난 후 리옹에서 커피와 크루아상을 들면서 보냈던 그 몇 분 동안에 드러먼드는 행복했다. 그래서 예상보다 훨씬 더 많은 말을 했고, 그들이 묻는 말에 터놓고 대답하지 않는 게 현명했을 사안에도 좀 더 솔직하게 대답했다.

"외로워서 그랬지."

그는 스스로에게 인정했다.

친구들이 그리웠다. 책 이야기를 할 수 있었던 때가 그리웠다. 혼자라는 데 지쳤다.

드러먼드는 이 진실을 받아들이면서 혼자 고개를 끄덕였다. 그리고 테이블로 돌아와 차를 마셨다.

드러먼드는 그 여자가 무서웠다. 친구들이 죽었던 10년 전 뉴욕의 그날 밤 악몽은 여전히 그를 괴롭혔다. 그 여자가 문의 책을 손에 넣어 폭스 도서관에 들어가면 무슨 짓을 하게 될까. 대체 그 책들을 가지고 무엇을 하려는 걸까. 그는 두려웠다. 하지만 캐시가 무방비한 상태로 위험에 직면하도록 놔둘 수는 없었다. 게다가 캐시가 어떻게 그 책을 손에 넣었는지도 알아내야 했다.

"시간 여행의 속임수로군."

그는 혼자 미소를 지었다. 이 말은 예전에 폭스 도서관 모임 때 쓰던 말이었다.

드러먼드는 창가에 서서 폭스 도서관에서 친구들과 함께 시간 여행을 주제로 토론하던 밤을 떠올렸다.

"자, 여기엔 네 가지 범주가 있어."

바그너는 학교 선생님처럼 한 손에 분필을 쥐고서 낡은 칠판 앞에 서서 말했다. 드러먼드는 소파에 앉아 위스키 잔을 손에 들고 그쪽을 바라보았다. 릴리는 저녁 식사를 마친 후 창가에 기대어 어두운 밤을 배경으로 눈을 감고 꾸벅꾸벅 졸고 있었고, 야스민은 드러먼드의 반대편에 앉아서 벽난로의 온기에 뺨을 빨갛게 물들인 채 쇼트브레드를 야금야금 먹고 있었다. 바깥은 밤이 되어 바람이 세차게 몰아치고 어두운 가운데 유리창엔 빗방울이 부딪쳐 댔지만, 방 안은 벽난로가 활활 타올라 공기가 따스했다. 이곳은 편안히 머물기 좋은 곳이었다.

"네 가지 범주라. 다시 쭉 말해봐."

드러먼드의 말에 바그너는 고개를 끄덕였다. 그는 칠판의 왼편을 분필로 가리키며 말했다.

"일단 물리 세계의 외부 현실에 영향을 주는 책이 있어. 다음으로 인간의 내적 상태에 영향을 주는 책이 있지. 기쁨의 책, 절망의 책, 고통의 책, 기억의 책이 그거야."

"그렇구나. 감정과 느낌에 말이지."

야스민이 대답하자, 바그너는 그 말을 생각하며 잠시 머뭇거리다 말했다.

"감정과 느낌이라."

그는 두 단어를 목록의 맨 아래에 적었다. 그것 역시 또 다른 범주가 될 가능성이 있다는 듯했다.

"다음으로 우리가 대략 초능력 책이라고 부를 수 있는 것들이 있지.

초인적인 힘을 발휘하게 해주는 책들 말이야."

"혹시 릴리 자는 거야?"

드러먼드가 방 건너편에 있는 릴리를 빤히 바라보며 물었다. 바그너는 잠깐 고개를 돌리더니 말했다.

"어. 자네. 기름진 음식을 너무 많이 먹었으니까. 소화할 게 많겠지."

"다 들리거든?"

릴리는 눈을 뜨지도 않고 졸린 목소리로 대꾸했다.

"속도의 책, 얼굴의 책, 그림자의 책이 있지."

야스민은 입가에 묻은 쇼트브레드 부스러기를 털어내며 말했다. 그러자 드러먼드가 덧붙였다.

"통제의 책도 있고."

"휴고 바버리의 책 말이구나."

릴리가 창가에서 말했다. 그녀의 입에서 나온 휴고의 이름은 마치 욕설 같았다.

"악마 새끼."

야스민은 고개를 끄덕이고 말했다. 바그너는 계속 설명을 이어갔다.

"그리고 네 번째 범주는, 바로 우주의 법칙에 영향을 주는 것 같은 책들이지."

드러먼드는 자리에서 일어나 기지개를 켠 다음 칠판으로 몇 걸음 다가가며 말했다.

"빛의 책, 행운의 책이 있지."

"빛의 책은 초능력이라고도 볼 수 있어."

야스민의 말에 바그너는 고개를 끄덕이면서 토론을 이끌어 갔다.

"하나 이상의 범주에 들어갈 만한 책이 몇 권 있긴 하지. 하지만 난 물리학자야. 빛은 우주의 기본 속성이라서 여기에 넣고 싶다고. 알겠지?"

그는 야스민에게 미소를 지으며 계속 설명했다.

"하지만 이것도 우리가 만들어 낸 것일 뿐이라, 범주를 나눈다는 게 몽땅 부질없는 짓일 수도 있어."

"계속 말해 봐. 우주의 법칙을 다루는 책에는 또 뭐가 있을까?"

드러먼드는 바그너를 북돋아 주었다. 이런 식으로 책을 나눠보는 게 무슨 가치가 있을지는 몰랐지만, 어쨌든 재미있었다.

불이 타오르는 소리와 창문에 부딪히는 빗방울 소리로만 가득 찬 고요함 속에서 그들은 잠시 질문의 답을 생각해 보았다.

"우리가 책을 전부 아는 것도 아니잖아."

릴리가 눈을 뜨며 말했다. 그러고는 힘겨운 소리를 내며 창가에서 몸을 일으켜 방 건너편에 있는 야스민 옆자리로 옮겨 가 앉으며 말을 이었다.

"아직 찾아야 할 책이 많이 있어. 중력의 책이나 시간의 책을 찾아낼 수도 있잖아."

"문의 책이 있지."

드러먼드의 말에 야스민과 릴리는 그에게 미소를 지었다. 폭스 도서관이 생기게 된 것은 모두 신비한 문의 책 이야기 때문이었다.

"정말로 시간 여행이 가능한 문의 책이 존재한다면, 그래서 손에 들고 있으면 어느 문이든 모든 문이 된다면 말이지."

바그너의 말에 야스민은 적당한 말을 떠올리려 하면서 대꾸했다.

"거기에 딱 어울리는 영어 표현이 있잖아. 뭐더라……. 그래, 시간 여행은 속임수다."

드러먼드는 그녀를 보며 씩 웃었다. 야스민은 억양이 있는 영어를 구사하는지라 '속임수'라는 말이 좀 우습게 들렸다.

"그 책이 진짜 있다면야 그렇겠지."

릴리도 거들었다. 드러먼드는 릴리가 문의 책이 진짜 존재한다고는 생각하지 않는다는 걸 알고 있었다. 몇 년 전 홍콩에 처음 가서 릴리를 만났을 때 그녀는 "아무리 신비한 이야기라도 그렇지 너무 심해. 내가 보기엔 꾸며낸 이야기 같아"라고 말했었다. 그때 드러먼드는 문의 책을 찾을 수 있을지도 모른다는 생각으로 홍콩을 방문했었다.

"정말로 시간 여행을 할 수 있다면 뭘 할 수 있을까. 역사를 바꿀 수도 있고, 세계적인 사건을 변하게 할 수도 있지. 어쩌면 그 책은 세상에 드러나지 않는 게 더 좋을 수도 있어."

야스민이 곰곰이 생각한 걸 말하자, 바그너는 탁자에서 커피 머그잔을 들고서 그 말에 반박했다.

"아니야. 내 생각은 달라."

바그너는 술을 마시지 않는데, 드러먼드는 왜 그러고 사는지 전혀 알 수가 없었다. 바그너는 오로지 커피와 물 외에 다른 건 마시지 않고 사는 것 같았다.

"뭐가 다르다는 거야?"

드러먼드가 물었다.

"시간 여행을 통해 역사를 바꿀 수 있다는 건 아니라고. 나는 물리학자야. 우주의 법칙을 알고 있지. 난 시간 여행이 그런 식으로 이루어진다고 생각하지 않거든. 여전히 원인과 결과가 있는 거라니까."

"오, 우리 바그너, 그럼 어떤 식으로 이루어지는지 말해봐. 자, 칠판은 치워놓고 시간 여행 이야기를 해보라고."

릴리의 말에 바그너는 칠판 옆에 있는 통에 분필을 넣고서는 자리에 앉았다.

"먼저 말해둘 게 있는데, 이건 다 추측에 불과해. 시간 여행을 진짜로 해보기 전에는 아무도 그것에 대해 정확히 말할 수 없지. 하지만 내가 보기에 시간은 고정된 것 같다고. 과거란 바꿀 수 없는 것이지."

"왜?"

드러먼드가 묻자, 바그너는 다리를 꼬고서 팔꿈치를 팔걸이에 기댔다. 그리고 손을 들어 올린 모습이 마치 자기 말을 강조하는 것처럼 보였다.

"봐, 시간 여행에는 두 가지 개념이 있어. 하나는 개방형 시간 여행 모델이고, 다른 하나는 폐쇄형 모델이지. 개방형 모델에서는 과거를 여행하며 사건을 변화시키면 그 결과로 현재도 변화하게 된다는 거야. 과학 소설에서 흔히 나오는 장면이지. 과거로 돌아가서 무언가를 하면, 역사가 바뀌는 식으로."

야스민은 고개를 끄덕이며 말했다.

"그런데 넌 그걸 안 믿는다는 거고."

바그너는 고개를 끄덕였다.

"그래. 믿지 않아. 왜냐하면 과거는 과거로 남은 거니까. 이미 일어난 일은 돌이킬 수 없어. 과거로 돌아가서 거기에 영향을 일으킨다 해도, 그것까지도 역시 우리가 경험한 현재를 구성하는 일부야. 과거에 끼친 그 영향까지도 모두 다 합쳐서 지금 이 모습의 현재가 된 것이라고. 과거로 돌아갔을 때의 현재는, 바로 과거로 돌아갔기 때문에 그 현재가 된 거야."

"이해하기 진짜 힘드네. 나 기름진 음식을 많이 먹어서 소화하느라 에너지를 너무 많이 썼어."

릴리가 졸린 목소리로 중얼거렸다.

"그러니까 사건을 바꿀 수는 없다는 거로군. 시간의 책이나 문의 책이 있다 해도, 과거의 사건을 바꾸려 해봤자 현재에선 아무것도 바뀌지 않는다는 말인가?"

드러먼드의 물음에 바그너는 고개를 끄덕였다.

"맞아. 이미 일어난 일이니까. 과거에 가서 내가 뭔가 하더라도, 그건 사실 내가 뭘 하기 전부터 이미 일어난 일이라는 거지."

세 사람은 말없이 이 점을 생각했고, 바그너는 평온하게 커피를 마셨다.

드러먼드의 머릿속은 바그너가 설명해 준 개념을 이해하느라 힘겹게 노력했다. 그는 한창 머리가 빨리 돌아갈 때도 바그너보다 세 발짝은 뒤처진 기분이었지만, 지금은 쏜살같이 앞서가는 바그너를 따라가기 위해 허겁지겁 달리다 자꾸 넘어지는 느낌이었다.

"하지만 이건 그저 이론일 뿐이야. 진실은 시간 여행이라는 게 진짜 가능하다는 걸 밝혀내고 나서야 알 수 있지."

릴리는 이제 눈이 흐리멍덩해졌고, 야스민은 접시 위의 쇼트브레드를 더 먹어도 좋을지 아닐지 고민하는 듯 바라보고 있었다. 드러먼드는 저도 모르게 여전히 바그너의 말을 이해해 보려고 애를 썼다.

"책에 과학을 이용해 볼 생각은 해봤어?"

릴리의 말에 바그너는 재미있다는 듯 되물었다.

"책에 과학을 이용한다라?"

릴리는 손을 내저으며 대답했다.

"알면서 뭘. 실험실에 가져가서 책을 사용할 때 무슨 일이 벌어지는지 검사해 보는 거 말이야."

바그너는 잠시 질문을 생각하더니 대답했다.

"아니, 그런 생각은 안 해봤어. 어쩌면 릴리 말대로 책에 과학을 이용해 볼 생각을 해봐야 할지도."

그는 드러먼드를 바라보며 물었다.

"혹시 내가 도서관 책을 한두 권 빌려 가면 어떨까. 실험을 좀 해보게."

드러먼드는 고개를 끄덕였다. 이건 흥미로운 생각이었다. 자신이 아는 한, 그 누구도 이 책이 과연 무엇이며 어떻게 작동하는 건지 실험해 본 사람은 없었으니까.

"혹시 포포프 부부 소식을 들은 적 있어?"

야스민은 벌써 다른 주제를 제시하며 물었다. 그러자 릴리는 갑자기 초점이 돌아온 눈으로 물었다.

"포포프 부부? 상트페테르부르크에 사는, 절망의 책을 가진 포포프네 말이야?"

야스민은 고개를 끄덕였다.

"연락책을 통해서 그 사람들이 실종되었다는 이야기를 전해 들었어. 몇 달 동안 그 사람들을 본 적도 소식을 들은 적도 없대."

"그게 사실이 아니었으면 좋겠는데. 절망의 책은 그릇된 자들의 손에 들어가면 아주 위험하니까."

드러먼드의 말에 바그너도 커피 잔을 들어 올리며 고개를 끄덕였다.

"그러게."

"나도 그래서 물었던 거야."

야스민이 말했다. 릴리는 고개를 저으며 덧붙였다.

"우리가 이 책들을 모두 사서 어딘가 안전한 데 보관해야겠어. 다른 사람이 더 많은 책을 가지면 대체 어떻게 될지를 생각하면 잠이 안 온다니까."

"휴고 바버리 같은 사람이 가지면 어떡해."

야스민이 생각에 잠겨 말하자, 드러먼드가 대답했다.

"나 사실, 들은 이야기가 있어. 미국에 있는 친구가 알려줬는데, 모든 책을 다 수집하려는 여자가 있다고 해."

드러먼드 폭스는 폭스 도서관의 탑 창가에 서있었다. 바로 아래층에서 캐시가 자게 두고, 본인은 한 손에 찻잔을 쥔 채로 그가 친구들과 함께했던 옛 시절을 생각하자 슬픔이 차올라 죽을 것만 같았다. 좀 더 조심했더라면, 소문과 이런저런 이야기에 귀를 기울였더라면 얼마나 좋았을까. 그들은 순진했고, 최악의 상황은 일어나지 않을 거라고 너무 쉽게 생각했다.

그래서 지금 친구들은 죽고 자신만 홀로 남았다. 이제는 앞으로 뭘 해야 할지 생각해야 했다.

그는 차를 들고 밤의 정경을 내려다보며 그 답을 찾아보았다.

매트의 올 아메리칸 버거(2012)

드러먼드가 캐시에게 문의 책이 가진 능력을 알려준 지 몇 시간 후, 캐시와 드러먼드는 10여 년 전의 오리건주 머틀크리크에 있는 '매트의 올 아메리칸 버거'라는 가게로 들어섰다. 드러먼드는 또다시 고향을 떠나게 되어 겪는 슬픔을 애써 감추려 했지만 마음처럼 잘 되지는 않았다. 두 사람은 전날 왔던 문을 통해 다시 밖으로 나갔고, 이번에 캐시가 간 곳은 과거였다. 바로 자신의 과거 말이다.

그들은 잠시 식당 문가에 섰다. 캐시는 어릴 때부터 쭉 알고 지냈던 장소를 떠올렸고, 이어서 종업원 하나가 인사를 건넨 후 둘을 창가 쪽 부스석에 앉혀주었다.

"여기가 어디죠?"

드러먼드는 진녹색 나무와 잔뜩 흐린 하늘을 바라보며 물었다.

"오리건이에요."

그녀의 목소리는 본인에게도 아스라하게 들렸다. 그녀는 지금 현실을 받아들이려고 싸우고 있었다. 자신이 앞으로 할 일을 두고 싸우는 거였다.

"여기는 머틀크리크라는 마을이에요. 내가 자란 곳이죠. 우린 언제나 이곳에 식사하러 왔었어요."

식당의 인테리어는 현재 손님들이 태어나지도 않았을 1950년대의 이상향을 연상시켰다. 네온 불빛과 크롬, 빨간 비닐을 씌운 부스와 체커보드 무늬 바닥이 그랬다. 벽에 걸린 사진에는 바비큐나 캠프파이어를 하는 젊은이들의 낙천적인 얼굴이 가득했다.

"여기가 진짜 있는 곳이라고요? 정말 아이러니한 곳이 아닐 수 없잖아요?"

드러먼드가 묻자, 캐시가 대답했다.

"사람들은 여기에 인테리어를 감상하러 오는 게 아니거든요. 이곳 음식이 맛있어서 온다고요."

계산대 뒤의 텔레비전에서는 스포츠 채널과 뉴스 채널이 흘러나왔다. 이곳의 손님들에게는 최신 뉴스겠지만 캐시에게는 오래전 역사가 된 일이었다. 그녀는 잠시 최면에 걸린 듯 텔레비전을 보면서 젊은 버락 오바마 대통령이 연설하는 모습과 그 뒤로 줄지어 선 수많은 사람의 얼굴을 지켜보았다. 그러다 테이블 끝에 있는 홀더에서 메뉴판을 꺼냈다.

"커피 드릴까요?"

근처 테이블에 있던 종업원이 그들에게 다가와 물었다. 종업원은 피곤해 보이는 중년 여성으로, 손님과 대화를 나누기보다는 주문만 받고 싶어 하는 기색이 역력했다. 캐시는 어렴풋이 그녀가 기억났다.

"커피 드릴까요?"

종업원이 다시 묻자, 캐시는 자신이 그녀를 빤히 바라보고만 있었다는 걸 그제야 깨달았다.

"네, 커피 주세요. 드러먼드, 뭐 마실래요?"

"혹시 위스키 있습니까?"

그가 묻자 종업원은 지친 표정만 지었다. 드러먼드는 다시 말했다.

"그럼 차는 있습니까?"

"커피랑 차 드릴게요."

그녀는 이렇게 말하고 돌아서서 자리를 떴다.

"브렉퍼스트 티로 주세요. 우유 넣어서요. 차는 끓는 물로 타주세요. 그냥 따뜻한 물 말고요."

드러먼드는 종업원의 뒤에다 대고 소리쳤고, 그녀는 걸음을 늦추지 않은 채로 뒤를 슬쩍 돌아보았다.

주변 테이블에는 사람이 얼마 없었지만, 곧 점심시간이 되면 여기가 붐빈다는 걸 캐시는 알고 있었다. 자신의 할아버지 같은 사람이 잔뜩 오는 곳이었으니.

캐시는 눈길을 돌려 바깥세상을 보았다. 식당을 오가는 길이 너무나 익숙했다. 어린 시절 수천 번도 더 다닌 길이었으니까. 동쪽으로 몇 킬로미터만 가면 캐시가 자란 집이 있었다. 잠시 생각에 잠겨 바깥을 바라보며 기억을 떠올린 순간, 유리창에 굵고 둥그런 빗방울이 부딪치기 시작했다. 이 비는 오후 내내 내리리라는 걸 캐시는 알고 있었다. 오늘을 기억하고 있었기 때문이다.

그러다 요란한 소리가 나서 캐시는 다시 식당의 현실로 돌아왔다. 누군가 컵을 떨어뜨린 소리였다. 그러다 맞은편에 앉은 드러먼드가 얼굴을 찌푸리며 메뉴판을 보는 모습이 눈에 들어왔다.

"얼굴이 왜 그래요?"

드러먼드는 메뉴판을 가리키며 대답했다.

"지난 10년간 이 나라를 돌아다니고 나니까, 이런 데 음식이 정말 지겨워서요. 아니, 정말이지, 빵 두 조각 사이에 고기를 넣은 것 말고는 먹을 게 정녕 없단 말입니까? 햄버거에…… 핫도그에…… 샌드위치에……. 프랑스는 요리를 정말 잘하거든요. 지난 10년간 프랑스에 있었더라면 참 좋았을 텐데 말이죠."

그는 생각에 잠겨 창밖을 멍하니 바라보았다.

캐시는 그를 잠시 지켜보았다. 지금 저 말을 듣고 그녀는 짜증이 난 건지 아니면 재밌는 건지 아리송했다. 캐시는 다시 물었다.

"내가 할아버지한테 말을 걸면 어떻게 되나요?"

스코틀랜드의 호화로운 방에 누워서 드러먼드가 알려준 내용을 생각한 캐시의 머릿속에서는 그날 오후부터 밤까지 계속해서 그 질문이 맴돌았다.

"내가 역사를 바꾸게 될까요? 아니면…… 뭔지 몰라도 뭔가 나쁜 일이 벌어지나요?"

"우리, 그러니까 나와 내 친구들도 예전에 그 주제로 이야기를 한 적이 있었습니다. 도서관에서요. 시간 여행에 관한 토론이 기억나네요."

드러먼드는 이렇게 대답하고는 고개를 저으며 덧붙였다.

"솔직히 말하자면, 난 모릅니다. 난 대학 전공이 문학이었지 고급 물리학이 아니었거든요. 형이상학파 시인들이 시간 여행에 대해서 별말이 없었다는 게 아쉽네요."

그는 미소를 지었다. 캐시는 이렇게 초조한 가운데서도 저도 모르게 그에게 미소를 짓고 있었다. '드러먼드가 행복하면 나도 기분이 좋아지는구나.' 그녀는 깨닫게 되었다.

"하지만 내 친구인 바그너는 물리학자였어요. 바그너는 시간 여행을 한다 해서 역사를 바꿀 수 있는 건 아니라고 굳게 믿었죠. 우리가 지금 여기서 무언가를 하면, 우리가 아는 미래가 만들어집니다. 우리가 존재하는 미래가요. 그건 우리 현실을 바꾸지 않습니다. 왜냐하면 이미 일어난 일이니까요."

드러먼드의 말에 캐시는 얼굴을 찌푸렸다.

"그러면…… 내가 여기서 할아버지와 대화한다 해도 그게 사실은 항상 일어났던 일이었다는 뜻인가요? 그럼 나는 언제나 이 시간엔 여기 와서 할아버지와 이야기했다는 말이에요?"

드러먼드는 고개를 끄덕였다.

"그렇다고 생각합니다. 바그너가 말한 게 그거였겠죠."

"당신은 그걸 믿어요?"

캐시가 묻자, 드러먼드는 슬쩍 어깨를 으쓱였다.

"내가 그 개념을 정말로 제대로 이해했는지는 모릅니다. 그러니 믿는다고 말할 수도 없죠. 하지만 바그너는 아주 똑똑한 사람이었고, 대부분의 사람보다 더 많은 걸 잘 알고 있었어요."

그는 잠시 테이블을 바라보았다. 캐시는 그가 친구 생각을 하고 있다고 여겼다.

둘 사이에 침묵이 흐르는 가운데 종업원이 다가와 앞에 음료를 놓았다. 캐시는 먹을 생각이 없었지만, 통밀 토스트와 스크램블드에그를 주문했다. 드러먼드는 레드벨벳 케이크를 한 조각 시켰다.

"지금이 정확히 언제입니까?"

종업원이 떠나자 드러먼드가 물었다.

"내 기억이 정확하다면 10년 전이에요. 2012년 8월 22일, 여름방학 끝 무렵이에요."

과거로 이어진 문을 열고 들어가는 건 캐시에게 어려운 일이 아니었다. 사실, 그림자 속에 있는 폭스 도서관 문을 여는 것보다 쉬웠다. 혹시 이 가게가 오랫동안 잘 알던 곳이라 그랬을까. 이곳은 캐시에게 참 익숙한 문이었으니까.

"왜 하필 오늘이었죠?"

드러먼드의 물음에 그녀는 대답했다.

"난 오늘을 똑똑히 기억하고 있거든요. 지금 난 며칠 동안 여기 없어요. 친구랑 친구 부모님과 함께 캠핑하러 가서요."

그녀는 창문을 가리켰다. 빗줄기로 얼룩진 유리 너머로 먹구름이 보였다.

"오늘부터 사흘 내내 폭우가 쏟아져요. 캠핑을 갔는데 이런 날씨를 만난다면 잊을 수가 없죠. 모든 게 쫄딱 젖었어요. 정말 비참했죠. 난 그 후로 캠핑을 한 적이 전혀 없어요."

하지만 드러먼드는 계속 물었다.

"그건 제대로 된 대답이 아니잖아요. 왜 하필 오늘이냐고요."

"난 지금 여기 없으니까요. 그러니 과거의 나와 마주칠 일도 없겠죠? 그리고 날 아는 이곳 사람들이 우리 둘을 동시에 보는 일도 없고요."

드러먼드는 그녀의 생각에 수긍하며 고개를 끄덕였다.

"당신이 또 다른 당신을 만난다면 어떻게 될지 나도 모르겠습니다."

그는 잠깐 그 생각에 정신이 팔린 듯했다. 캐시는 낮게 말했다.

"그보다 더 나쁜 일이 뭐가 있겠어요. 누가 가장 겁먹을지도 알 수 없네요. 중고용품점에서 산 헌 옷을 입고 있는 지금의 나를 본 어린 나일지, 아니면 예전 모습을 생생하게 떠올리게 될 지금의 나일지……."

"예전이 왜요?"

"그냥요."

그녀는 잠시 후 이렇게 대답했다.

두 사람은 음식이 도착할 때까지 말이 없었다. 그리고 음식을 먹을 때도 역시 말이 없었다. 캐시는 앞에 놓인 스크램블드에그를 먹는 둥 마는 둥 했다. 그동안 식당은 점점 사람이 많아졌다. 폭우를 뚫고 사람들이 삼삼오오 들어와 시끄럽게 떠들며 웃어대었다. 10대 소녀들은 깔깔대며 소곤거렸고, 어린 소년 하나는 망연자실한 얼굴로 흠뻑 젖은 만화책을 들고 들어왔다. 여기저기 사방에서는 식기가 쨍그랑대고 머그잔과 유리잔이 식탁 위에 탁 소리를 내며 놓였다. 몇 분 후, 캐시는 지난 10년의 세월이 아예 없었던 것처럼, 그래서 앞길이 창창한 채로 그 옛날의 단골 식당에 돌아와 있는 것처럼 멍하니 정신을 놓고서 상상에 빠졌다.

"어떻게 그 책을 얻었는지 말해줘요."

드러먼드의 말에 캐시는 마지못해 상상에서 빠져나왔다. 그녀는 드러먼드가 레드벨벳 케이크를 조각내서 입에 넣는 모습을 지켜보았다.

"맛있어요?"

그녀의 물음에 드러먼드는 솔직히 말했다.

"나쁘지 않네요. 계속 먹게 될 것 같아요. 그런데 그 책 말인데요, 그걸 준 사람이 누구죠?"

이 남자는 왜 이토록 책의 출처를 궁금해하는 걸까. 캐시는 무슨 말을 해야 하나 잠시 고민했다. 그런데 그 순간, 식당 문이 열렸다. 고개를 돌린 캐시의 눈에 할아버지가 보였다. 폭풍우를 뚫고 들어와 손으로 머리를 털고 몸을 흔들어 물기를 떨구어 내며, 할아버지는 미소 띤 얼굴로 종업원에게 인사했다. 그 미소를 본 순간 캐시의 목이 턱 막히며 쓴물이 치밀었다.

이윽고 할아버지는 종업원의 뒤쪽을 가로질러 구석에 있는 테이블에 다가가 앉았다.

할아버지였다.

8년 전에 돌아가신 할아버지가, 지금은 놀라우리만큼 생기 넘치고 건강한 모습으로 살아있었다.

불편한 기분의 이지

다음 날 아침, 캐시와 드러먼드가 도서관에서 나와 캐시의 과거로 여행을 떠났을 즈음이었다. 잠에서 깬 이지는 곧바로 뭔가 이상함을 느꼈다.

침대에서 힘겹게 일어나 방 한가운데 서서 이 불안한 마음이 어째서일지 애써 생각해 보았다. 마치 어젯밤 꾼 악몽이 아직도 가시지 않은 것처럼 미처 떨쳐내지 못한 간밤의 공포가 느껴졌다. 하지만 대체 무슨 꿈을 꾼 건지는 전혀 기억나지 않았다.

이 불쾌한 기분이 사라지기를 바라는 마음으로 샤워를 했지만, 씻어도 기분은 전혀 나아지지 않았다. 어젯밤에 술을 마셨던가? 기억을 애써 떠올려 봐도 전날 밤 일이 기억나지 않았다. 혹시 누가 술에 약을 넣어서 기억을 못 하는 걸까? 이 이질감은 약물의 후유증일까?

출근하려고 옷을 입는 동안에도 속으로는 애써 인정하지 않으면서 어디 멍든 데나 찰과상같이 무슨 일이 생겼는지 알려주는 흔적이 없나 조심스럽게 몸을 확인했다. 하지만 보이는 것이나 몸에 느껴지는 것으로만 따지자면 신체는 멀쩡했다. 뭐가 잘못되었는지는 몰라도 이건 형체가 없는 쪽의 문제였다.

그만 출근하러 나가려는데, 캐시의 방문이 열린 게 보였다.

"캐시?"

이지는 문을 들여다보며 친구를 불렀다. 하지만 캐시의 침대는 잠을 자지 않은 것처럼 깔끔하게 정리되어 있었다. 거실에도 역시 캐시는 없었다. 이지는 정상적이지 않은 상황이 또 나타나 눈살을 찌푸렸다. 캐시가 밤새 집에 없었다는 것 역시 기억이 나지 않았다. 덜컥 걱정이 들었다.

캐시에게 전화를 해보았지만 받지 않았다. 그녀는 처음으로 이런 생각까지 했다. 혹시 캐시에게 무슨 일이 생겨서 이상한 기분이 드는 건지도 모른다고. 어쩌면 누군가 캐시를 공격했거나 납치했다든가. 어쩌면 그녀가 묘한 느낌을 갖는 이유는 잠결에 그런 소리를 들어서가 아닐까?

이지는 어찌할 바를 몰랐다. 그저 히스테리를 부리는 걸까, 아니면 정말 무언가가 잘못된 걸까. 알 수가 없었다. 경찰에 신고할까 생각해보았지만, 막상 경찰에게 뭐라고 말해야 할지도 알 수 없었다.

"느낌이 안 좋은데, 룸메이트랑 연락이 닿지 않아요."

이지는 혼잣말을 하다가 이내 얼굴을 찡그렸다. 경찰은 분명 그녀를 바보인 듯 볼 것이다. 얼마나 감정적으로 구는 여자냐며 그녀를 두고 농담을 해댈 게 뻔했다.

그녀는 다시 캐시에게 전화를 해서 이번에는 음성 사서함을 남겼다.

"캐시, 나한테 전화 좀 해줄래? 걱정이 드는데 너랑 연락이 안 돼."

그렇게 전화를 끊자마자 문에서 노크 소리가 들렸다. 경쾌하게 또독 똑똑 들려온 소리였다. 문을 열어보니 남자 둘이 서있었다. 이제껏 본 조합 중 가장 이상한 2인조였다. 둘 중 이지와 가까이 선 쪽은 아시아계 남자로, 키가 작고 다부진 몸집에 날렵한 턱선 위로 보이는 머리 모양이 단정했다. 잘생겼네, 하고 이지는 생각했다. 그의 뒤로는

180센티미터가 훌쩍 넘는 거인이 있었다. 그는 만화 속 슈퍼히어로처럼 어깨가 떡 벌어진 백인으로, 곱슬곱슬한 갈색 머리카락에 차분하지만 조심성 깃든 눈빛을 지녔다. 두 남자 모두 검은 정장과 레인코트 차림이었지만, 거인 남자는 넥타이가 느슨했고 정장 매무새도 다소 흐트러져 있었다.

"카타네오 씨 맞으시죠?"

아시아계 남자는 미소를 지으며 물었다. 이지가 대답했다.

"맞아요."

"혹시 잠시 이야기할 수 있을까요?"

이지는 그들이 경찰이라고 생각했다.

"혹시 캐시 이야기인가요?"

아시아계 남자는 뒤에 선 거인을 흘끔 보더니 다시 이지를 바라보았다. 그리고 고통스러운 표정으로 대답했다.

"안타깝게도 그렇습니다."

이지는 머리를 두 손으로 부여잡으며 중얼거렸다.

"맙소사, 무슨 일이죠? 캐시는 괜찮은가요? 제발 죽었다고 하진 말아주세요. 그런 말은 차마 듣고 싶지……."

남자는 한 손을 들어 이지를 달랬다.

"혹시 저희가 들어가도 되는지……."

그는 말문을 열면서 이지 뒤편의 집 안을 고갯짓으로 가리켰다.

"맙소사."

이지는 다시 말하며 돌아서서 안으로 들어갔다. 두 남자는 그녀를 따라 거실로 들어섰다. 사람이 셋이나 되는 데다 특히 문 바로 앞에 선 채 주머니에 손을 찔러 넣은 거인 남자 때문에 공간이 비좁게 느껴졌다.

"카타네오 씨, 저는 아자키라고 합니다. 그리고 뒤에 서있는 커다란 사람의 이름은 룬드입니다. 그는 말이 별로 없어요."

아시아계 남자의 말에 이지가 대답했다.

"당신들 이름이 뭔지는 관심 없고요, 캐시는 어떻게 됐죠?"

"먼저 몇 가지 간단한 질문을 해도 되겠습니까?"

아자키가 물었다. 이지는 그림자가 움직인다는 걸 눈치챘다. 알고 보니 커다란 남자가 문에서 멀어지고 있었다. 그는 이지와 아자키 사이를 파고들어 지나친 다음 창가로 가서 낮의 광경을 내다보았다. 이지는 초조하게 되물었다.

"무슨 질문이요?"

"마지막으로 캐시를 본 게 언제입니까? 최근에 캐시가 새로운 친구나 낯선 사람을 만났다는 말을 한 적이 있습니까?"

이지는 속마음과는 달리 확신 어린 어조로 대답했다.

"어젯밤이요. 전 어젯밤에 캐시를 봤어요. 그런데 오늘 아침에 일어나 보니 캐시가 없더라고요. 그래서…….

"그래서요?"

아자키가 어서 말해보라는 듯이 물었다.

"그런데 지금 제 말을 메모하셔야 하는 거 아니에요?"

이지가 묻자, 아자키는 관자놀이를 톡톡 치며 대답했다.

"머리로 다 기억하고 있습니다. 걱정하지 마세요, 카타네오 씨. 이건 정식 조사가 아니니까요. 그래서 하시려던 말씀이 뭐였습니까?"

"그래서 일어나자마자 뭔가 이상하다는 느낌이 들었지만요, 원인이 뭔지는 모르겠어요."

"캐시가 이 아침에 집에 없는 게 드문 일입니까?"

아자키가 묻자, 이지가 대답했다.

"드물어요. 캐시는 보통 오후랑 밤에 일하거든요. 걔는 야행성이라서요. 아침에 늦게 일어나고 새벽이 되어서야 잠들죠. 그러니 지금쯤은 자고 있어야 한다고요."

"알겠습니다."

아자키는 이렇게 말하고서 같이 온 남자를 슬쩍 바라보았지만, 거인 같은 남자는 아무런 반응이 없었다. 아자키는 계속 물었다.

"그럼 다른 질문을 드리겠습니다, 카타네오 씨. 혹시 캐시가 집에 처음 보는 책을 가져온 적은 없습니까? 아니면 뭔가 흥미로운 걸 찾았다는 이야기를 하진 않았습니까?"

이지는 몹시 어리둥절한 기색으로 물었다.

"책이라고요? 대체 나한테 책 같은 걸 왜 물어보시죠?"

"그냥 대답해 주시면 좋겠습니다."

아자키가 계속 물었다. 이지는 잠깐 생각에 잠겼다가 말했다.

"모르겠어요. 캐시는 서점에서 일해서 항상 책을 읽거든요. 그래서 언제나 새 책이 있어요. 하지만 우리는 책 이야기를 하진 않아요."

"캐시가 서점에서 일한다고요?"

아자키는 흥미롭다는 듯 물었다. 그러자 이지가 말했다.

"잠깐만요. 여러분은 저한테 캐시 소식을 전해주러 여기 온 줄 알았는데요. 캐시가 병원에 있거나 죽은 거라고 생각했는데, 아닌가요?"

"아, 우리는 모릅니다."

아자키의 대답에 이지는 잠시 움찔했다. 무언가 연결 고리가 생기면서 추론이 되었다.

"당신들, 경찰이 아니로군요."

이지는 순간 정신이 확 들어 말했다. 아자키는 눈살을 찌푸렸다.

"아, 아뇨. 우린 경찰이 맞습니다. 죄송합니다."

그는 미안하다는 듯 미소를 지으면서 양손을 주머니에 넣고 뭔가 찾는 듯하더니, 한 손에서 배지를 꺼내 그녀에게 내밀었다. 이지는 고개를 숙여 배지를 보았다.

"아자키 형사."

"그렇습니다."

그는 배지를 다시 넣었다.

"캐시에 대해서는 왜 물으시죠?"

이지는 창가에 선 커다란 남자를 슬쩍 바라보았다. 그는 이지를 바라보고 있었지만, 두드러지게 위협적인 표정은 아니었다.

"우리는 캐시를 꼭 찾고 싶습니다. 우린 캐시가 최근에 입수한 귀중품 때문에 지금 아주 위험한 상황이라고 판단합니다. 혹시 캐시가 뭔가 귀중품을 소지하고 있지 않았습니까?"

아자키의 설명에 이지는 고개를 저었다.

"귀중품이요? 캐시가요? 뭔가 잘못 아신 것 같은데요. 캐시가 가진 것이라고는 책이랑 이상한 패션 감각뿐이에요."

그 말에 거인 남자가 짧게 웃었다. 허공으로 "하!" 하는 외마디 소리가 울려 퍼져서 이지가 그쪽을 슬쩍 바라보자 그의 얼굴에서 미소가 사라지고 있었다. 아자키는 대화가 방해를 받아 짜증스레 한숨을 쉬었다.

"캐시가 위험하다고 하셨어요? 무슨 위험이 있는데요?"

이지의 물음에 아자키는 걱정스러운 목소리로 설명했다.

"우리가 보기엔 카타네오 씨도 어느 정도는 위험한 것 같습니다"

이지는 그 말에 충격을 받아 저도 모르게 가슴에 손을 대었다.

"제가 왜 위험해요? 전 아무 짓도 안 했어요. 저한테 뭔가 숨기는 거 있죠? 캐시 어디 있어요?"

"우리도 정말 모릅니다."

아자키가 동정 어린 기색으로 말했다. 그는 무언가 해결책을 찾아내려는 듯 이지를 잠시 빤히 바라보다 덧붙였다.

"당신이 우리와 함께 경찰서로 같이 가시는 게 좋을 수도 있습니다. 몇 시간만이라도요. 우리가 캐시를 찾을 때까지요."

"경찰서요? 저를 체포하시려는 건가요?"

"아뇨. 전혀 아닙니다. 당신을 보호하려는 것뿐입니다. 걱정을 끼쳐 드린 채로 두고 가고 싶지 않아서 그렇습니다."

"싫은데요. 난데없이 함부로 나타나서 내가 위험하다고 하는 게 말이 되냐고요."

이지가 말하는 순간, 현관문에서 다시금 노크 소리가 들렸다. 이번에는 아자키의 경쾌했던 노크 소리와는 달리 커다란 쿵 소리였다. 아자키는 소리 난 쪽을 바라보더니 혼자 고개를 끄덕였다. 그러고는 이지에게 미소를 지었다.

"잠깐만요. 부탁이에요."

그는 잠시 망설이다가 가까이 몸을 숙이고서 낮은 목소리로 말했다.

"다 괜찮을 겁니다, 이지. 용기를 내보세요."

이 묘한 말이 무슨 뜻일지 이지가 생각해 보는 동안, 아자키는 고개를 홱 젖혀 거인 남자에게 신호를 했고, 두 사람은 거실에서 나와 현관으로 향했다. 이지는 창가를 서성이며 거리를 바라보면서, 대체 아침부터 이게 무슨 날벼락인지 애써 이해해 보려고 했다.

그런데 현관 쪽에서 아파트 문이 열리는 소리가 들렸다. 이어서 숨을 헉 들이켜는 소리와 놀란 비명이 들려왔다. 턱 소리가 둔탁하게 두 번 들렸고, 이어서 더 큰 쿵 소리가 또 두 번 이어졌다. 사람들이 바닥에 쓰러지는 소리에 이지는 온몸이 얼어붙었다.

이윽고 아파트 문이 쾅 닫히면서 잠시 후 세 번째 남자가 현관에 나타났다. 그는 한 손에 권총 같은 걸 들고 있었는데, 총구에 기다란 튜브를 꽂은 총이었다. 다른 손에는 가방을 들고 있었다. 남자는 키가 컸고 민머리 아래로 동그란 안경을 쓰고 있었다. 어쩐지 이지는 그를 보자마자 긴장하고 말았다.

"안녕, 또 만났군요."

그는 마치 오랜 친구를 만난 것처럼 미소를 지었다. 그리고 이 아파트에 이사 올 마음이 있는 사람처럼 방 안을 둘러보며 덧붙였다.

"이야. 정말 빌어먹게 끔찍한 집이네요. 이런 데서 살 수밖에 없을 만큼 벌이가 시원찮은가 봐요?"

이지는 무어라 말하고 싶었다. 이게 무슨 일인지 알 만한 질문이라든가, 아니면 도와달라는 비명이라도 내지르고 싶었다. 하지만 꼼짝없이 얼어붙고 말았다. 그저 남자가 들고 있던 권총을 허리에 찬 권총집에 넣어 그 총구가 허벅지 쪽으로 향하게 꽂고서 코트로 가리는 모습을 지켜볼 뿐이었다.

"당신과 나는 이제 잠시 대화를 나눠야겠네요."

그는 이지에게 다가가며 말했다. 그리고 그녀의 어깨에 한 손을 얹으며 소파에 앉으라 부드럽게 권유했다. 그 와중에 코를 거칠게 강타하는 남자의 향수 냄새가 났다. 향이 너무 독하거나 향수를 너무 많이 뿌린 모양이었다.

"그리고 아는 걸 전부 나한테 말해줘요."

"뭘 말해요? 당신 누구예요? 그 형사들에게 무슨 짓을 했어요?"

이지가 묻자, 그는 이지를 잠시 바라보았다. 남자의 이마가 살짝 일그러지는 걸 본 이지는 그가 어떤 결론을 내렸다는 걸 눈치챘다.

"아, 그렇군. 당신은 아무것도 모르는군요."

그가 이지 앞에 쪼그려 앉자 무릎에서 뚝 소리가 났다. 그는 이지와 눈을 마주하며 말했다.

"우리가 당신 기억을 되살릴 수 있는지 봐야겠군요."

그가 미소를 짓자, 이지는 뼛속까지 오싹해졌다. 그는 이지의 표정에서 생각을 읽었다는 듯이 덧붙였다.

"아, 걱정하지 말아요. 좋을 테니까. 아주 좋을 거라고."

캐시와 조(2012)

"저분이에요."

캐시는 드러먼드에게 말하는 동안에도 할아버지를 계속 바라보았다.

"가서 말을 걸어봐요. 그걸 바랐잖아요."

드러먼드의 말에 캐시는 그에게로 고개를 돌렸다. 이거야말로 그녀가 늘 바라던 게 아니던가. 캐시의 할아버지 조셉 앤드루스는 메뉴판을 빤히 들여다보았다. 마치 이번에는 언제나 주문하던 것 말고 다른 걸 고르겠다는 듯이.

"어서 가봐요."

드러먼드의 말에는 다급함이 서려있었다.

할아버지가 종업원에게 주문하는 모습을 바라보며 캐시는 한 번 더 살짝 망설였다. 할아버지가 무엇을 주문할지는 알고 있었다. 치즈버거에 가정식 감자튀김과 블랙커피겠지. 매트의 햄버거 가게에서 할아버지는 언제나 그걸 주문했으니까. 종업원이 자리를 뜨자 할아버지는 다시 혼자가 되었다. 그러더니 주머니를 뒤져 휴대폰을 꺼냈다. 좁은 직사각형 모양의 낡은 노키아 폰이었다. 아주 조그만 화면이 달린 휴대폰은 윗부분을 위로 밀면 작은 키패드가 나타났다. 캐시는 할아버지가 휴대폰을 처음 사서 집에 온 날 자신이 얼마나 황홀해했는지 똑똑히 기억하고 있었다. 그걸 구입했을 때는 이미 구식 모델이었는데도 말이다. 캐시가 보기에 그 휴대폰은 너무나 미래의 물건 같았다. 지금 그 휴대폰을 다시 보니 그때의 기억이 되살아나면서 마치 탄산음료 병을 흔든 것처럼 속에서 흥분이 끓어올랐다. 할아버지는 휴대폰을 테이블 옆쪽에 올려놓았다. 그리고 다른 주머니에서 스티븐 킹의 낡은 문고본 소설을 꺼내어 등을 기대고 읽기 시작했다.

캐시는 일어서서 그쪽으로 다가갔다. 뱃속이 마치 세탁기처럼 빙글빙글 도는 기분이었다. 이윽고 그녀가 아무 말 없이 할아버지의 맞은편에 앉자, 소설을 보다 말고 고개를 든 할아버지의 얼굴 위로 온갖 표정이 순서대로 스쳐 갔다. 캐시를 알아보며 확 번뜩였던 얼굴이 이내 어리둥절해지더니, 걱정 어린 눈동자가 빠르게 휘둥그레졌다. 이어서 할아버지는 눈을 단 한 번 깜빡인 채로 이쪽을 지그시 쳐다보면서 캐시의 얼굴을 위아래로 쭉 훑으며 낯선 얼굴에서 무언가 낯익은 부분을 찾았다.

이윽고 종업원이 커피를 두고 갔지만, 캐시의 할아버지는 음료가 온 줄도 몰랐다.

"안녕, 할아버지."

캐시는 애써 미소를 지으며 울지 않으려 했다.

할아버지는 머뭇대며 속삭였다.

"캐시니?"

그녀는 고개를 끄덕였다.

"그런데 너, 모습이……."

"나이 들어 보이지. 맞아. 난 나이 든 캐시야."

할아버지는 천천히 고개를 저으며 테이블에 책을 내려놓고는 앞으로 당겨 앉아 찬찬히 그녀를 바라보았다.

할아버지는 잘생겼구나. 캐시는 이제야 그게 보였다. 전에는 한 번도 인식하지 못했던 점이었다. 할아버지는 일과 인생에 지친 사람이었지만 잘생긴 남자였다. 각진 턱선과 숱 많은 머리카락과 주름이 진 눈꼬리 옆으로 보이는 짙푸른 눈동자, 오랜 세월의 육체노동으로 단련된 강인한 팔과 넓은 가슴을 지닌 분이었다. 거친 손에는 굳은살이 박이고 나사못에 연결된 볼트처럼 손마디는 아주 굵었지만, 그 손은 온갖 섬세하고 정교한 작업을 해내었다. 기술자의 손이 그렇듯이 말이다.

캐시는 외투에서 왼쪽 팔을 빼내며 말했다.

"나 여섯 살 때 넘어져서 쇄골 옆 피부가 찢어진 적 있었잖아."

할아버지는 입을 살짝 벌린 채 무표정한 얼굴로 캐시를 가만히 바라보았다. 그녀는 스웨터와 티셔츠를 당겨서 브래지어 끈 바로 옆으로 아직도 선명한 흉터를 보여주었다. 동그라미에 부채꼴로 펼쳐진 꼬리 모양으로 난 상처였는데, 캐시는 그걸 볼 때마다 항상 혜성 같다고 생각했다.

캐시는 할아버지가 흉터를 찬찬히 살펴보도록 기다려 주었다. 이윽고 할아버지의 눈빛이 그녀와 마주치더니, 고개를 한 번 끄덕였다. 캐시는 다시 팔을 외투 안으로 넣었다.

그때, 종업원이 와서 음식을 내려놓으며 말했다.

"치즈버거와 감자튀김 나왔습니다. 아가씨는 뭐 줄까요?"

"저는 괜찮아요."

캐시는 할아버지와 계속 시선을 마주하며 대답했다. 종업원이 다시 자리를 뜨고, 할아버지는 잠시 후에야 여기가 어딘지 기억하는 것 같았다. 앞에 놓인 음식을 바라보더니, 손을 뻗어 커피 잔을 들었지만 그걸 마시지는 않았다.

"넌 지금 제시카네랑 같이 캠핑하러 갔을 텐데."

할아버지의 말에 캐시는 고개를 끄덕였다.

"맞아. 지금 시간대의 나는 캠핑하러 갔지. 더 어린 나 말이야."

할아버지는 캐시의 대답을 가만히 생각해 보더니 눈살을 찌푸리며 커피를 조금 마셨다.

"이게 어떻게 된 거니?"

"아무리 설명해도 미친 소리밖에 안 될 것 같아서 어떡할지 모르겠어."

캐시는 지금 말해야 할 것들을 어떻게 풀어내야 할지 씨름 중이었다. 죄다 불가능하면서도 하나같이 중요한 것들이었다. 할아버지는 아무리 보고 또 봐도 모자란다는 듯, 원하는 만큼을 눈에 다 담을 수가 없다는 듯 캐시를 바라보았다.

"그냥 말해봐."

할아버지의 이 한마디로 캐시는 할아버지가 어떤 분이었는지, 또 자신이 그 모습을 얼마나 사랑했는지 떠올리게 되었다. 언제나 잘 들어주고 받아주는 분이었다. 절대로 섣부른 판단을 내리지 않는 분이었다.

"난 미래에서 왔어."

캐시는 이렇게 말해놓고 살짝 민망함을 느꼈지만 계속 말을 이었다.

"어떻게 온 건지, 왜 온 건지는 중요하지 않아. 하지만 난 할아버지를 보러 왔어."

할아버지는 캐시를 바라보며 대답했다.

"그랬구나."

"할아버지, 버거 안 먹을 거야?"

"안 먹어. 지금은."

"알았어."

주위에서 식기를 달그락거리는 소리와 수다 소리가 들려오는 가운데, 두 사람은 잠시 말없이 앉아 서로를 바라보았다.

"할아버지는 나 믿어? 내 말을 믿어?"

캐시의 질문에 할아버지는 말을 골라가며 천천히 입을 열었다.

"네가 내 손녀라는 건 믿는다. 그리고 내가 어제 아침에 잘 다녀오라고 인사한 손녀 캐시보다 나이가 많다는 것도 믿어. 넌 어른이 다 됐구나. 그건 알겠다."

캐시는 고개를 끄덕였다. 속에서 마구 흘러넘치는 감정이 모든 메마른 것들을 집어삼키며 폭포수처럼 굉음을 울려댔지만, 그녀의 얼굴은 아무것도 드러내지 않았다.

"그래서?"

캐시의 짧은 물음에 할아버지는 대답했다.

"네가 한 말은 그 어떤 설명보다 좋은 것이었어. 이보다 더 좋은 설명이 어디 있겠니. 내가 환상을 보는 거라면, 네가 진짜가 아니라면 또 모르겠다만."

캐시는 손을 내밀어 할아버지의 손에 얹었다.

"나 느껴져?"

할아버지는 고개를 끄덕였다.

"나 여기 있어."

마치 자신이 종이로 만들어진 것처럼, 캐시는 속에서부터 무너져 내리는 느낌이었다. 할아버지가 여기에, 생생히 살아계시기 때문이었다. 그 때문에 온몸이 중심을 향해 부서져 들어가서, 이제껏 10년 넘도록 둘레에 쌓아온 방벽과 방어막이 다 허물어지고 말았다. 아무리 안 그러려고 애를 써도 눈물이 계속 차올랐다.

"왜 그러니, 캐시디?"

할아버지가 묻자, 그녀는 훌쩍이며 대답했다.

"이제는 캐시디라고 불러주는 사람이 아무도 없어."

할아버지는 이제 묘한 눈길로 캐시를 바라보았다. 살짝 가느다래진 눈매가 마치 복잡한 목공 작업을 가늠해 보는 것 같았다.

"왜 여기 왔니? 여기까지 오기 쉽지 않았을 것 같은데, 왜 여기 온 거야? 미래에는 햄버거 판매가 금지되기라도 했어?"

캐시는 짧게 웃음을 터뜨렸다. 즐거움이 배인 찰나의 웃음이었다. 소맷자락으로 눈물을 닦는 내내 할아버지가 자신을 어떻게 바라보고 있는지 계속 의식했다.

"아니야. 미래에도 햄버거는 먹을 수 있어. 난 그냥…… 그냥 할아버지를 다시 보고 싶었어."

할아버지는 천천히 고개를 끄덕이고는 다시 커피를 내려다보았다. 그리고 머그잔을 들고서 한 모금 마셨다.

"그렇다면 미래에는 나를 볼 수 없는 모양이지."

캐시는 할아버지와 눈을 마주치며 그 말뜻을 이해하고는 그저 고개를 끄덕였다. 할아버지도 캐시의 반응과 그 의미를 모두 받아들이면서 고개를 끄덕였다. 이제 그 눈빛은 캐시에게서 멀어져 갔다.

"그렇구나."

잠시 후 다시 캐시를 바라본 할아버지는 푸른 눈동자로 손녀의 얼굴과 옷차림을 쭉 훑었다. 그러자 무슨 생각을 하는지 캐시는 거의 알 수 있었다. '넌 지금 몇 살이지? 내가 얼마나 남았지?'

"말해주고 싶은 게 있었어. 아, 세상에. 난 이 순간을 정말 오랫동안 기다렸어. 할아버지를 다시 보면 무어라 말할까 생각하면서. 내가 말하지 못했던 걸 전부 말해주고 싶었어."

할아버지는 두 손을 벌리며 말했다.

"나 여기 있잖니, 캐시디. 그냥 말해봐."

잠시 후, 다시금 차오르는 눈물을 느끼며 캐시는 입을 열었다. 목구멍이 불타오르는 것만 같았다.

"나, 할아버지에게 고맙다고 말하고 싶었어. 나한테 정말 많은 걸 줘서, 모든 걸 줘서. 할아버지는 세상 그 어떤 아빠보다도 나에게 최고의 아빠가 돼주었어. 최고의 부모였어. 그런데 이 말을 한 번도 한 적이 없어서 미안해."

할아버지는 입술을 살짝 다물었다. 가감 없이 드러난 캐시의 감정을 마주하기가 어색하다는 듯 눈길도 피한 채로 중얼거릴 뿐이었다.

"네 마음 안다, 캐시디. 다 알고 있어."

"있지, 나 여행했어! 유럽을 다!"

순간, 갑자기 새로운 주제에 사로잡힌 캐시가 소리쳤다. 할아버지의 눈이 흥미롭게 빛났다. 마치 수면 위에 비친 햇살 같았다.

"그래, 어디 어디 갔다 왔니?"

"유럽을 다 갔어! 프랑스랑 이탈리아랑 영국에 갔었어. 그래서 온갖 박물관과 예술 작품과 오래된 건축물을 봤어."

캐시는 열정이 피어오르는 목소리로 소리쳤다. 할아버지는 천천히 고개를 젓더니, 속삭임이나 다름없는 목소리로 말했다.

"넌 아름다운 여자가 되었구나."

"할아버지."

캐시는 이제 불편한 마음으로 속삭였다.

"네가 아름다운 여자로 클 거라는 걸 언제나 난 알고 있었단다. 넌 네 할머니를 똑 닮았어. 눈을 보니 네 엄마도 좀 보이는구나."

캐시는 아무 말도 하지 않았다. 지금 이 순간을 할아버지가 만끽해야 한다는 걸, 자신의 미래를 보고 있다는 걸 깨달아서였다.

"난 서점에서 일해."

"음, 그건 놀랍지는 않구나. 넌 책을 좋아했으니까."

"할아버지 덕분이야. 매일 밤 일이 끝나면 잘 때까지 책을 한 권 읽는 거."

"그래."

할아버지는 고개를 끄덕였다. 캐시는 할아버지를 바라보며 그간 잊고 있었던 얼굴 생김새를, 이를테면 눈가의 주름과 머리카락 색 같은 것을 떠올렸다. 하지만 캐시의 눈길을 받은 할아버지가 점점 불편해하는 기색이 보였다. 할아버지는 식어가고 있는 앞의 음식 쪽으로 눈을 내리깔았다.

"어서 식사해. 정말 미안해. 내가 할아버지 점심시간을 방해했네."

캐시의 말에 할아버지는 무슨 소리냐는 눈빛을 보냈지만, 이내 햄버거를 들고서 한 입 베어 물고 씹기 시작했다. 그러면서도 계속해서 손녀를 바라보았다.

"할 말이 있어."

생각을 거치지 않고 튀어나온 말이었다. 하지만 이 대화의 가장 중요한 부분도 바로 이 말이라는 걸 알고는 있었다. 그녀가 할아버지에게 병 이야기를 해준다면, 어쩌면 돌아가시지 않을지도 몰랐다. 다만 어떻게 이 주제를 꺼낼지 몰라서 캐시는 망설였다.

할아버지는 햄버거를 씹으면서 눈살을 찌푸렸다. 캐시는 슬쩍 뒤를 돌아 부스석에 앉은 드러먼드를 바라보았다. 그는 무표정하게 이쪽을 지켜보고 있었다. '드러먼드가 말해선 안 된다고 하지는 않았잖아. 안 좋은 일이 일어날 거란 말도 없었고. 오히려 나를 격려해 줬잖아.'

"저 사람은 누구니?"

할아버지는 눈길을 알아채고서 물었다.

"아무도 아니야."

"혹시 남자 친구니?"

캐시는 너무 놀라서 소리쳤다.

"맙소사, 아니야! 내 말 믿어줘."

"알았다."

할아버지는 씩 웃으면서 미안하다는 듯 어깨를 으쓱이며 덧붙였다.

"그런데 난 사람들이 잘생겼다고 말하는 기준이 뭔지 통 모르겠더라."

캐시는 할아버지의 팔에 손을 얹고서 테이블 앞으로 몸을 기울였다.

"앞으로 무슨 일이 벌어지는지 말해줄게."

"무슨 일이 어디에 일어난다는 거니?"

"할아버지한테."

그녀가 입을 열었지만, 할아버지는 곧바로 말문을 막았다.

"하지 마."

할아버지는 손을 단호하게 옆으로 내저으며 말했다.

"하지만……."

할아버지의 목소리는 단호했다.

"하지 마라, 캐시디. 난 네가 어디서 왔는지, 뭘 알고 있는지 모른다. 내가 지금 뇌종양 같은 게 걸려서 실은 여기 앉아 환상을 보며 혼잣말을 중얼거리고 있는 건지도 모르지. 하지만 미래에 대해 알면 안 된다는 사실은 알고 있다. 네가 말하고 싶어 하는 건, 그러니까 네가 말하고 싶어 한다고 생각하는 건 말이다, 아무도 알아서는 안 되는 거야."

"하지만 어쩌면……."

"안 된다."

할아버지가 엄하게 대답한 순간, 그녀는 다시 여덟 살 때로 돌아간 기분이 들었다. 자신이 새로 산 벽지에 온통 색연필로 그림을 그려놓은 모습을 할아버지가 발견했을 때로. 어린 캐시는 벽지 색이 마음에 들지 않아서 그걸 바꾸려고 했었다. 그때, 할아버지가 그토록 심하게 화를 내는 걸 처음 봤었다. 당시에는 이해하지 못했었지만, 할아버지는 캐시의 방을 예쁘게 꾸며주기 위해 돈을 참 많이 썼었다. 그리고 손녀가 벽지를 망쳐서 화가 난 게 아니라 그 벽지를 마음에 들어 하지 않아서 상처받았다.

"난 그냥……."

입을 열었지만, 하고픈 말도 그 어떤 이유도 모두 설득력 없게만 느껴졌다. 눈물이 뺨 위로 흐르더니, 커다란 방울이 되어 무릎으로 툭 떨어지는 느낌이 났다.

"너무 힘들었어. 할아버지도, 나도. 그 후엔……."

캐시는 손바닥으로 뺨을 닦고서 시선을 돌렸다.

"난 매일 할아버지가 보고 싶어. 항상 그래. 할아버지는 내 인생의 전부였는데, 세상을 떠나버렸어."

이제 격한 감정이 폭포처럼 어지러이 넘쳐 흘러나왔다.

"지금도 정말 힘들어. 낫지 않을 상처라서, 나는 홀로 살아가면서 책만 읽고 그 세계 안에 빠져서 살고 있어. 내가 할아버지에게 앞으로 일어날 일을 말해준다면, 그러면 상황이 전부 달라질 수도 있잖아. 그러면 난 지금도 집에서 살면서 할아버지가 일하는 동안 작업실에서 책을 읽고 있을지도 몰라."

캐시를 걱정스럽게 바라보는 할아버지의 눈빛에는 실망감도 서려 있었다. 캐시는 자신의 말이 얼마나 한심하게 들리는지 알아챘다.

"캐시디, 네가 지금 말한 거, 그게 인생이란다. 또 다른 길 같은 건 없어. 넌 그 현실을 살아가야 해."

캐시는 좌절감으로 이맛살을 찌푸렸다. 할아버지는 아무것도 몰랐다.

"행복이란 너한테 당연한 권리로 주어지는 게 아니다, 캐시디. 날 보렴. 내 인생을 보라고. 아내도 딸도 먼저 떠나보내고, 내 머리 둘 곳 지키며 먹고살려고 매일 일해야 한다. 그런데 쉽지도 않아. 배고플 때도 있었고, 공과금을 제대로 내지 못할 때도 있었다. 행복이란 가만히 앉아서 기다린다고 찾아오는 게 아니야. 이 모든 것에도 불구하고 네가 선택해서 추구해야 하는 거라고. 때가 되면 저절로 주어지는 게 아니란 말이다. 그리고 네가 지금 한 말 있잖느냐? 집이 그립고, 내가 보고 싶다는 거. 그건 나이가 들어서 그러는 거야. 넌 내가 네 할머니를 안 보고 싶었던 것 같으냐? 보고 싶지. 매일, 숨 쉴 때마다, 우리가 같이 살았을지도 모르는 매 삶의 순간마다 보고 싶다. 하지만 넌 그 마음을 놓아주어야 해. 아니면 거기에 잡아먹히고 말 거다. 옛일은 흘러가게 둬."

"그러고 싶지 않아."

캐시는 눈물을 흘리며 말했다.

"그러고 싶은 사람이 누가 있겠니. 하지만 그래야 해."

이제는 할아버지가 손을 뻗어 캐시를 잡아주었다. 손녀의 손을 덮은 그의 손은 거대하고 묵직한 껍데기 같았다.

"네가 나한테 하고픈 말을 다 한다고 해도, 그래서 미래가 바뀌더라도, 넌 그래도 살아야 할 거다, 캐시디. 언제까지나 인생에서 넘어지고 상처받는 고비마다 숨어버릴 순 없어. 네가 책 속으로 도피하기를 좋아하는 건 안다. 그건 어쩌면 내 잘못이겠지. 네가 옆에 있는 게 언제나 좋았으니까."

할아버지는 나직하게 한숨을 쉬고서 덧붙였다.

"어쩌면 이제 널 내보내서 친구를 사귀게 해야겠구나."

"안 돼."

캐시는 얼른 말했다. 그것이야말로 정말이지 원하지 않는 일이었다.

"넌 현실에서 도피하고 있어. 그건 사는 게 아니다. 너도 알잖니."

할아버지의 말에 그녀는 고개를 끄덕였다. 하지만 들려오는 말이 다 싫었다.

"그럼 이제 어떡할 거니?"

잠시 후, 할아버지가 물었다.

"모르겠어."

캐시는 솔직하게 대답했다. 마음이 허탈했다. 할아버지를 만나러 오면서 뭘 찾으려 했었나? 상황이 나아졌나? 아니면 더 나빠졌나?

"이젠 가야겠지."

그녀의 대답을 듣자 할아버지는 생각에 잠겼다.

"이거 말이다…… 한 번 이상 할 수 있는 거니?"

"모르겠어. 난 아는 게 많지 않아. 미안해. 정말 설명하기가 힘들어. 하지만…… 난 다시 오고 싶어. 할아버지만 괜찮다면, 다시 와서 보고 싶어."

캐시의 솔직한 대답에 할아버지는 미소를 지었다. 그 순간의 미소란 마치 악몽의 밤 끝에 처음으로 비쳐 든 새벽빛 같았다.

"내가 왜 싫어하겠니? 언제든 오고 싶을 때 다시 와."

"할아버지를 보게 돼서 좋다."

캐시가 말했다. 두 사람은 어색하게 서로를 응시했다. 그러다 캐시가 물었다.

"한번 안아봐도 돼?"

할아버지는 그 질문에 놀란 듯했다.

"안 돼?"

"당연히 되지, 캐시다. 되고말고."

두 사람은 동시에 일어서서 테이블을 돌아 나와 서로를 포옹했다. 처음에는 어색했지만, 점차 자연스럽고 더욱 다정해졌다.

"보고 싶어."

캐시는 할아버지의 어깨에 대고 말했다.

"그래."

할아버지는 손녀의 귓가에 대답했다.

이윽고 두 사람은 떨어져 섰고, 할아버지는 한 발짝 물러서서 캐시를 쭉 훑어보며 입술에 살짝 미소를 띠었다.

"정말 믿을 수가 없구나."

그건 캐시가 아니라 본인에게 하는 말에 가까웠다.

이제 할아버지는 그녀를 놓아주었지만, 대화는 아직 끝나지 않았다.

"미래는 어떠니?"

이렇게 묻는 할아버지의 한쪽 입가에는 미소가 걸려있었다. 캐시는 어떻게 대답해야 할지 몰라 어깨를 으쓱였다.

"지금이랑 크게 다르진 않아. 그냥…… 할아버지가 없을 뿐이야."

그러자 할아버지의 미소가 흐려졌다. 캐시는 할아버지에게 상처를 준 것 같아 미안한 마음으로 사과했다. 그리고 정말 원치 않았지만, 결국 말하고 말았다.

"미안해. 이젠 가야겠어."

"나도 가야겠구나."

할아버지는 갑자기 딴 데 정신을 판 듯 말했다. 그리고 테이블 위를 힐끗 보고선 휴대폰과 스티븐 킹 소설을 집어 들었다. 지폐를 몇 장 빼어 먹다 만 햄버거 옆에다 둔 다음, 할아버지는 조금 길게 캐시와 시선을 마주하며 말했다.

"행복해야 한다, 캐시디. 부탁이다. 나를 위해서 그래주겠니?"

할아버지는 그녀의 어깨를 살짝 잡았고, 캐시는 고개를 끄덕였다.

"언젠가 또 볼 날이 있겠지."

이렇게 말한 할아버지는 자리를 벗어나 문을 열고 빗속으로 나갔다. 캐시는 창문으로 걸어가 할아버지가 서둘러 폭우 속을 달려가서 트럭에 타는 모습을 지켜보았다. 운전석에 앉은 할아버지는 잠시 아무런 움직임 없이 앞을 바라보았다. 그 모습은 마치 충격을 받은 사람 같았다. 하지만 그것도 잠시, 고개를 한 번 젓고는 시동을 걸고 후진해서 주차장을 빠져나갔다. 핸들을 돌려 진입로로 들어가자, 트럭의 후미등에서 나오는 밝은 불꽃이 잿빛 사이로 점점 사라져 갔다.

할아버지가 떠나버리자, 격한 감정이 캐시를 엄습했다. 문을 홱 열고 밖으로 달려 나간 그녀는 주차장에 서서 쏟아지는 비를 하염없이 맞았다. 머리로 쏟아진 빗줄기가 아래로 흘러 등을 타고 내려갔다. 고개를 들자 묵직한 먹빛 하늘이 낮고 답답하게 드리워져 있었다.

"뭐 하는 겁니까? 비가 퍼붓잖아요."

드러먼드가 식당에서 나와 눈을 가늘게 뜨고 빗속을 내다보며 말했다.

캐시는 그의 질문을 무시했다. 그리고 어디로 가는지, 왜 가는지도 모르는 채 주차장을 가로질러 숲을 향해 걸어갔지만 얼마 가지도 못한 채로 멈춰 섰다. 무릎을 털썩 꿇자 웅덩이를 이룬 빗물이 튀어올라 청바지를 적셨다. 그녀는 회색 하늘을 향해 비명을 지르고 고함을 퍼부었다. 할아버지를 다시 잃어 미칠 것 같은 망가진 마음을 모두 쏟아내야만 했다. 그녀 위로 억수같이 쏟아지는 비는 마치 함께 울어주는 온 세상의 눈물 같았다.

이지가 잊어버린 것

소파에 앉은 이지는 창문으로 걸어간 남자가 저 아래 거리를 바라보는 모습을 지켜보았다. 그녀는 문밖 복도를 슬쩍 보았다.

"도망칠 수 없을 겁니다."

남자는 이지를 보지도 않고 말했다.

그녀는 도망칠 생각이 없었다. 그저 두 형사에게 무슨 일이 벌어졌는지 보려던 것뿐이었다.

"당신이 그들을 죽였나요?"

이지는 자신이 입으로 낸 말이 너무나 차분하게 들려와 되레 놀랐다.

"그래요. 두 사람 다 머리를 쏴서 죽였습니다."

그는 이지를 마주 보며 말했다.

그의 대답에 이지는 잠시 머리가 어질해졌다. 알겠다고 받아들이기에는 너무 어마어마한 대답이었다.

"나는 휴고 바버리 박사입니다. 우린 어젯밤에 만났었죠."

하지만 이지는 어젯밤의 기억도, 이 남자를 만난 기억도 전혀 없었다.

"당신은 무슨 박사인데요?"

그녀의 질문은 궁금해서가 아니었다. 다만 계속 남자에게 말을 시키려는 것이었다.

"아, 나는 진짜 박사는 아닙니다. 그러니까, 대학에 가긴 갔었죠. 의대예요. 하지만 너무 지루해서 그만두었습니다. 그냥 스스로를 박사라고 부르고 다니는 것뿐이죠. 그래도 난 사람을 사람답게 하는 게 무언지에 대해선 항상 관심이 있습니다. 그건 우리 안에 든 시뻘건 액체 가운데 숨겨져 있는 무언가라고 생각해 왔거든요."

그가 자신의 배를 두드리며 하는 말을 들으며 이지는 그의 억양을 알아챘다. 특이한 억양이었다. 말은 원어민처럼 하지만, 모음 발음이 틀렸다.

"캐시 이야기를 하려는 건가요?"

이지가 묻자, 남자는 방금 한 질문이 궁금하다는 듯 살짝 고개를 들었다.

"내 룸메이트 말이에요."

이지의 말에 남자가 되물었다.

"룸메이트가 어쨌는데요?"

"그 앤 여기 없어요. 걔가 어디 있는지 난 몰라요."

이지가 말했다. 왜 이 남자한테 이런 걸 이야기하는지는 자신도 알 수가 없었다.

"난 문의 책이 어디 있는지 알고 싶습니다."

"뭐라고요?"

남자는 천천히 이지 쪽으로 다가오면서 반복해서 말했다.

"문의 책이 어디에 있는지 알고 싶습니다."

그는 소파에 앉은 이지 앞에 서서 우뚝 솟은 탑처럼 그녀를 내려다보았다.

"무슨 말씀인지 모르겠는데요."

이지가 대답했다. 불 위에 올린 냄비처럼 공포가 부글부글 끓어오르기 시작했다. 어떻게든 차분함을 유지하려 했지만, 이 남자가 누구고 뭘 하려는지 알 수가 없었다.

"부탁이에요. 제발 죽이지 마세요."

그녀는 이렇게 애원하면서도 자신의 목소리가 너무나 한심하게 들려오는 게 싫었다.

"나도 당신을 죽이고 싶지 않습니다. 아, 물론 죽이면 재미있을 수도 있겠지만, 그건 나에게 이득이 아닐 거라서요. 당신은 나에게 쓸모 있는 자산입니다. 당신 룸메이트를 찾아내면, 그쪽에선 당신이 살아 있기를 바라겠고, 그러면 나한테 유리하겠죠. 당신이 죽는다면 그런 패를 잃어버리는 거잖습니까."

이지는 그의 말을 하나하나 새겨들으며 애써 희망을 잡았다. 심장이 권투 선수처럼 갈비뼈를 마구 두드려 댔다. 마음속 어딘가에서는 중요한 오디션 전에 느꼈던 초조함이 떠올랐다. 그때 자신은 그 초조함을 아주 잘 억눌렀었다. 그리고 누구에게도 속마음을 내색하지 않았다. 지금이야말로 그 기술을 쓸 때라는 생각이 들었다. 속마음이 어떤지 전혀 드러내지 말아야 했다.

그때, 남자가 덧붙였다.

"하지만 당신의 신체가 멀쩡하지 않을 수는 있겠죠. 멀쩡하든 말든 나한테 별로 중요한 게 아니라서요. 손가락이 하나 없어지거나, 사지가 하나 떨어져 나가거나, 눈이 한쪽 사라지거나 해도 상관없으니까……. 그러니 내 기분을 거스르지 않는 게 당신에게 좋을 겁니다."

그는 하나씩 말하면서 그녀의 신체 부위를 대충 손으로 가리켰다.

그의 말에 이지는 토하고 싶었다. 속이 갑자기 꽉 오그라들었다. 하지만 이지는 무릎에 손깍지를 끼고서 말했다.

"난 아무것도 몰라요. 정말이에요."

남자는 천천히 고개를 끄덕였다.

"당신 말을 믿습니다. 내가 관심 있는 건 당신이 잊어버린 것이니까요."

이지는 애써 미소를 지어 보이며 말했다.

"이해가 안 되네요. 나도 돕고 싶다고요. 죽고 싶지 않으니까요. 하지만 내가 모르는 걸 말할 수는 없잖아요."

남자는 한숨을 쉬었다. 살짝 짜증이 난 그의 모습은 가게에 갔다가 사려는 물건이 동난 걸 알아차린 사람 같았다.

"당신이 잊어버린 걸 알아야겠는데, 기억이 나지 않는다니 내가 도와주겠습니다."

"기억이 나지 않는 걸 어떻게 기억한다는 거죠? 기억이 안 난다니까요!"

그녀는 이제 겁에 질려 물었다. 그러자 남자는 가방을 바닥에 내려놓고서 열었다. 그리고 그 안에 손을 넣어 작은 수첩을 하나 꺼냈다. 표지는 선명한 보라색과 초록색의 날카로운 도형이 그려져 있었는데, 마치 편두통을 시각화한 것 같았다.

"이걸 쓰면 도움이 될 겁니다."

그의 말에 이지가 물었다.

"이게 뭔데요?"

"받아요."

그는 책을 쥐고 이지에게 내밀었다.

그녀는 책을 보다가 고개를 들어 남자의 무표정한 얼굴을 보고서는 다시 책을 바라보았다. 그리고 이번에는 조심스럽게 물었다.

"이게 뭔데요?"

"이걸 두 손으로 잡아요."

남자의 느릿한 지시는 마치 바보에게 간단한 사항을 이해하게 하려는 것처럼 들렸다. 그리고 외투를 젖히고는 권총집 안에 꽂은 권총을 보여주며 덧붙였다.

"잡지 않으면 당신 관절에다 총알을 박아주겠어."

이지는 책을 잡았다. 그걸 잡은 순간 손가락 관절이 뻣뻣해지더니 경련이 수그러들지 않았다. 뻣뻣한 느낌이 계속 이어지는 와중에 손가락이 갈리며 낮게 삐걱대는 소리가 들렸다.

"아악!"

이지는 소리를 지르며 책을 내려다보았다. 지금 보이는 게 이해가 되지 않았다. 책이, 아니 책 주위의 공기가 펄떡펄떡 뛰면서 두 손 사이로 진한 붉은색과 초록색과 보라색이 뿜어져 나오는 것 같았다. 그걸 보자 저 넓고 깊은 바닷속에 사는 괴생명체 같다는 생각이 떠올랐다. 하지만 그런 생각도 잠시, 이제는 책이 점점 무겁고 뜨거워지는 것 같았고, 눈앞에 보이는 색채에 맞추어 몸속에서 고통이 펄떡펄떡 뛰었다.

"이건 고통의 책입니다. 당신은 내 허락 없이는 책을 놓을 수가 없죠. 지금 손에 느껴지는 고통은 계속 퍼져서 온몸의 모든 부위에 닿을 겁니다."

남자가 말하는 동안, 이지는 정말로 팔뚝을 긁는 듯 천천히 타고 올라가는 고통을 깨달았다. 마치 혈관을 녹슨 못으로 긁어대는 느낌이었다.

"아악!"

그녀는 다시 비명을 지르며 책에서 멀어지려 몸을 움찔대었다. 마치 덫에 걸린 짐승이 된 기분이었고, 눈에서는 눈물이 솟아 나왔다.

"그만해요!"

그녀는 애원했다. 이제 책의 색깔은 더욱 빠르게 뛰는 듯했다.

남자는 이지의 고통 따위엔 전혀 관심이 없다는 어조로 말했다.

"일단 고통이 온몸에 퍼지면 점점 더 심해져서 고통 말고는 아무것도 남지 않게 될 겁니다. 당신은 그저 고통 덩어리가 되는 거죠. 그러면 심장이 멈춥니다."

이지의 어깨는 이제 뾰족한 가시가 박힌 공처럼 느껴졌다. 버석버석해서 바스러질 듯한 어깨가 관절 안에서 회전했다. 손에 쥔 책은 너무 뜨겁고 무거운 데다 이상한 색들이 허공에 비명을 지르며 얼굴 위로 현란하게 너울거렸다.

"고통의 책을 오래 쥘 수 있는 사람은 아무도 없습니다."

남자의 목소리가 이지의 귓가에 고통스럽게 들려왔다. 그는 이지 앞에 웅크려 앉아서 지금 일어나는 일이 흥미롭다는 듯 그녀의 얼굴을 지켜보았다.

고통은 이제 이지의 목덜미에 다다랐고, 그녀는 비명을 질렀다. 고통스러운 울부짖음은 심한 충격을 받은 머릿속에 아스라하게 들릴 뿐이었다. 남자가 무어라 말한다는 건 알겠는데, 무슨 말인지는 알아들을 수가 없었다. 고통이 손가락처럼 가슴과 등에 꾸물꾸물 퍼져가는 느낌이 뜨거운 부지깽이로 피부를 지지는 것만 같았다. 이지는 소파에 앉은 채 온몸을 흔들었다. 방광이 풀려 그만 오줌을 쌌지만 알아채지도 못했다. 고통의 심한 공격 이래로 온 세상이 후퇴하고만 있었다.

이지의 고통스러운 세상 속에서 남자의 말은 그저 뜻 모를 외국어처럼 들릴 뿐이었다.

"당신의 기억 일부는 봉인되어 있습니다. 하지만 이 고통이 봉인된 문을 열고 당신의 생각을 재시작해 줄 겁니다. 난 그 이론이 맞을 거라고 생각해요. 당신은 기억하게 될 겁니다. 아니면 이 고통을 견뎌야 할 테니."

그녀는 소리 없이 비명을 질렀다. 입과 눈을 있는 대로 벌렸는데도 지금 자신을 휘어잡은 고통에 아무런 목소리를 낼 수가 없었다. 고통은 다른 쪽 팔과 엉덩이까지 뻗어갔고, 목이 마구 갈라졌다. 이제는 끝도 희망도 보이지 않았다. 의식적인 생각이 불가능했다. 그저 황폐해졌을 뿐이었다.

그러다 고통이 멈췄다. 순식간에 사라진 고통에 이지는 오줌을 싼 소파에 누워서 눈을 깜빡여 댔다. 생각을 더듬더듬 이어가는 동안 온몸이 너무나 찬란하게도 고통에서 해방되었다. 그 순간 이지는 더없이 행복했고, 그 어느 때보다도 기쁨이 가득했다.

"뭐 기억나는 거라도?"

남자의 목소리가 충격처럼 들려와 이지는 환희에서 확 벗어나고 말았다. 그는 이지의 옆에 웅크려 앉은 채 안경알 너머로 그녀를 찬찬히 살폈다. 책은 지금 그의 손에 있었다. 이지는 몸을 일으켜 최대한 그 책에서 멀리 떨어졌다.

"기억나는 게 있습니까? 고통이 당신의 별것 아닌 머리에서 뭘 좀 떠오르게 했나요?"

남자가 대뜸 묻는 가운데 이지는 어떻게든 도망치려 했다. 일단 벌떡 일어났지만, 제대로 생각을 하지 못하고 창가로 달려갔다가 거기 다다라서야 아무 데도 갈 수 없다는 걸 깨달았다. 홱 돌아서자 남자가 바로 뒤에 있었다. 안전하게 피하기에는 너무 위압적이었고 가까웠다. 하지만 어떻게든 해야 했다. 그렇지 않으면 저 고통을 다시……

"기억이 나냐고, 이 여자야!"

남자가 다시 물었다. 이제는 화난 목소리였다.

이지의 눈은 세상의 종말이나 다름없는 무시무시한 보라색과 초록색 표지의 책을 빤히 바라보기만 했다. 제대로 생각을 할 수가 없었다. 눈에는 오로지 책만 보였고, 기억이라고는 그저 고통뿐이었다.

남자는 점점 목소리를 높이며 다그쳤다.

"뭐 기억나는 거 없어? 아니면 작은 머리통을 다시 흔들어 줘야 하나?"

"싫어!"

이지는 소리치면서 왼쪽으로 휙 몸을 날려 남자에게서 벗어나려 했다. 하지만 그는 이미 움직임을 예상하고 그쪽을 막아섰다. 그녀는 경로를 다시 잡고서 방향을 반대편으로 틀었지만, 그가 거기도 또 막아서서 이제는 오갈 수가 없었다. 비명을 지르고 싶었다. 울고 싶었다. 하지만 이젠 꼼짝없이 갇혔다.

"어이!"

누군가의 목소리가 이지의 의식을 확 파고들었다. 바버리는 깜짝 놀라서 몸을 돌렸지만, 곧바로 허공을 날아오는 거대한 주먹에 맞고 말았다. 바버리가 미처 알아차리기도 전에 그의 발이 공중에 붕 뜨더니 머리가 옆으로 꺾이면서 텔레비전에 쾅 부딪혔다. 그는 얼굴을 바닥으로 향한 채 팔을 늘어뜨리며 생기 없는 덩어리처럼 털썩 떨어졌다.

이지의 눈앞으로 거인 남자가 보였다. 아까 일본인과 같이 온 사람이었다. 그의 관자놀이에 난 상처에서 피가 흘러내리고 있었다. 거인 남자는 가쁜 숨을 몰아쉬며 잠시 이지를 바라보더니, 바버리 박사를 슬쩍 보았다. 그가 움직이는지 아닌지 기다려 보는 모양이었다. 하지만 바버리 박사는 미동도 없었다. 거인 남자는 손을 들어 올려 자기 얼굴을 만졌다. 그리고 살짝 얼굴을 찌푸리더니 손가락에 묻은 피를 바라보았다.

"당신은 위험한 상황입니다."

거인 남자의 낮은 목소리는 부드럽고 매끄러웠다. 그 목소리는 마치 이지를 따스하게 안아주는 것 같았다.

"우리는 경찰이 아닙니다. 아까는 거짓말이었습니다. 하지만 당신은 이곳에 있으면 위험합니다. 다른 사람들이 또 올 겁니다."

그는 바닥에 있는 남자를 가리키며 덧붙였다.

"이자가 죽지 않았다면, 당신을 계속 찾아올 겁니다."

"난 이게 무슨 일인지 정말 모르겠어요!"

이지가 울부짖자, 거인 남자는 그 말을 받아들이며 고개를 끄덕했다.

"지금 가야겠습니다. 나랑 같이 있던 남자는 죽었습니다."

이지는 이게 다 무슨 일인지 이해했다는 듯이 고개를 끄덕였다.

거인 남자는 잠시 망설이는 듯하다가 이내 말을 이었다.

"당신이 나와 같이 간다면, 지켜주겠습니다. 당신을 안전하게 지켜 줄 사람에게로 데려다 주겠습니다."

이지는 눈을 깜빡였다. 지금 한 말을 듣기는 했지만 정말로 다 이해가 되지는 않았다. 그녀의 시선이 바닥에 있는 형상으로 향했다. 바로 민머리 남자가 맞았을 때 주방 쪽으로 미끄러져 간 보라색과 초록색의 책이었다.

"알았어요."

그녀는 아무 생각 없이 말했다. 지금은 그저 위험으로부터 보호받고 싶은 마음뿐이었다.

거인 남자는 고개를 끄덕이고는 한숨을 쉬었다. 그건 짜증스럽다기보다는 피곤한 기색이었다.

"가서 씻고 옷을 갈아입으십시오. 그런 다음 다시는 여기 오지 않을 마음으로 가방을 챙기세요. 빨리. 또 누가 나타나서 우리를 죽이기 전에요."

브라이언트 파크의 옛 친구들(2012)

두 사람은 나무 아래에 말없이 앉았다. 쏟아지는 빗줄기 너머로 버거 가게 창문에 달린 네온사인이 흐릿하게 보였다.

"제길."

드러먼드의 탄식에 캐시는 그를 바라보았다. 아직도 뺨은 눈물에 젖었고, 온몸은 흐느끼느라 완전히 기진맥진한 채였다.

"왜 그래요?"

"우리 돈도 안 내고 나왔네요."

드러먼드의 말을 들은 캐시는 잠시 놀라서 그를 바라보았다. 믿을 수 없다는 기분과 재밌다는 기분이 뒤섞인 감정이 들었다.

"정말 그래서예요?"

"뭐가요?"

그의 질문에 캐시는 고개를 저었다.

"점심 값 몇 달러 때문에 걱정하는 거예요? 나랑 이지는 당신이 위험한 사람일까 봐 얼마나 무서웠는데."

"난 도둑이 아니라고요."

"그럼 지금이라도 돌아가서 돈 내고 와요."

캐시가 손등으로 뺨을 닦으며 말했다.

"그런데 미래에서 온 내 신용카드가 통할 것 같지 않네요. 주문 전에 미리 생각했어야 했는데."

드러먼드가 시무룩하게 답하고는 캐시를 곁눈질로 바라보며 물었다.

"기분은 좀 어때요?"

그녀는 드러먼드가 걱정하며 던진 질문에 마음이 훈훈해졌다.

"괜찮아요. 사실, 괜찮지는 않아요. 하지만 괜찮아지겠죠. 아까는 정말 최악의 경험이었지만…… 최고의 경험이기도 했거든요. 인생을 바꿔놓은 사건이었어요."

그녀는 식당 쪽을 가리키며 고개를 젓더니 덧붙였다.

"할아버지랑 말해봤잖아요. 내가 원한다면 이제 언제든 할아버지랑 이야기할 수 있게 됐어요. 몇 번이든 원한다면요."

"당신이 책을 갖고 있다면 말이죠."

드러먼드의 목소리가 나직하게 울렸다. 캐시는 애원하기 시작했다.

"어떻게 그 책을 없앨 생각을 다 해요? 도서관에 있는 다른 책을 보호할 다른 방법이 분명히 있을 거예요. 다른 책을 보호하려고 이 책을 없애겠다니, 그건 말이 안 되잖아요!"

드러먼드는 눈을 가늘게 뜨고 빗속을 멍하니 바라보며 한동안 생각에 잠겼다가, 그녀에게 물었다.

"내가 뭐 하나 보여줘도 될까요? 그 책으로 어디 좀 같이 가줄래요?"

"왜요?"

"내가 문의 책이 지닌 능력이 뭔지 보여주겠다고 했잖아요. 그래서 그렇게 했고요. 그리고 왜 도서관을 숨겨야 하는지 보여주겠다고도 했죠. 위협이 뭔지 말이에요. 당신만 좋다면 그걸 보여주고 싶어서요."

그녀는 잠시 드러먼드를 마주 본 다음, 고개를 끄덕였다.

그들이 도착한 때는 캐시가 할아버지를 만난 해와 같은 해였지만 그보다는 몇 달 전 여름이었다. 더운 뉴욕에 온 캐시와 드러먼드는 뉴욕 공립도서관 뒤편을 마주 보는 브라이언트 파크의 나무 그늘 밑 탁자에 앉았다. 오리건주에서 비를 맞은 후에 더운 곳에 오니 옷을 말리기 좋았다. 캐시는 이 열기를 기분 좋게 느꼈다. 추운 날에 따스한 침대에 들어온 기분이었다.

지금은 점심시간이라 인근 빌딩 직장인들이 커피를 마시거나 샌드위치를 먹고 잔디밭에서 햇볕을 쬐고 있었다. 캐시가 익숙하게 아는 광경이지만, 모습은 10년 전이었다. 사람들이 입은 옷도, 지나가는 교통수단의 모습도 달랐다. 포스터와 광고는 이미 오래전에 방영된 TV 프로그램과 영화를 보여주고 있었다.

"우린 여기 왜 온 거죠?"

캐시의 질문에 드러먼드는 약간 정신을 딴 데다 둔 사람처럼 대답했다.

"친구들을 다시 보고 싶어서요."

그는 슬픈 미소 비슷한 걸 지으며 덧붙였다.

"당신은 할아버지를 봤잖아요. 나도 내 친구들을 보고 싶어요."

그들은 말없이 앉아있었다. 캐시가 보기에 지금 드러먼드는 말할 기분이 아닌 것 같았다. 그래서 캐시는 조용히 앉아 할아버지와의 만남을 다시 떠올리는 것으로 만족했다. 벌써 그 만남은 실제 일어난 적은 없던 꿈같이 흐릿한 일처럼 느껴지기 시작했다. 지금 할아버지는 뭘 하고 있을까. 손녀의 다 큰 모습과 만난 걸 어떻게 받아들이고 있을까. 그리고 식당에서 그녀를 만났던 그날 이후, 할아버지는 어린 캐시와 어떻게 지내왔던 걸까. 혹시 전과 다르게 보았을까? 앞으로 어른이 될 손녀를 알고 났으니 다르게 말을 걸었을까? 그녀는 그때 자신이 좀 더 세심한 10대였다면 좋았을 거라고 생각했다. 그렇다면 뭔가 다른 점을 알아챘을지도 모르니까.

"저기 있네요."

드러먼드는 42번가 쪽 공원 입구를 머릿짓으로 가리키며 말했다. 캐시의 시야로 여자 두 명이 햇살 아래 놓인 탁자로 다가와 함께 앉는 모습이 들어왔다. 하나는 아시아계 여자로 키가 작고 체격이 건장했으며 새빨간 여름 원피스와 하얀 운동화 차림이었다. 그녀는 같이 온 친구의 말을 열심히 듣고 있었다. 두 번째 여자는 키가 크고 연갈색 피부에 하얗고 짧은 머리 모양을 하고 있었다. 하늘색 정장에 블라우스를 받쳐 입고 목에는 다양한 색으로 이루어진 스카프를 맸으며 얼굴에는 두꺼운 뿔테를 썼다. 말을 하면서 계속 웃는 모습이 무언가 재미있는 이야기를 하는 듯했다.

"저 사람들은 누구죠?"

캐시의 물음에 드러먼드가 대답했다.

"릴리와 야스민입니다. 릴리는 홍콩에서 삽니다. 아니, 살았었죠. 홍콩 사람이었어요."

그는 자신의 말실수를 자책하듯 얼굴을 찡그리며 설명을 이어갔다.

"릴리는 홍콩 섬에서 작은 고급 호텔을 운영했습니다. 야스민은 이집트인이고요. 역사학자였죠."

"그러면 저분들은 누군가요? 책 사냥꾼인가요?"

"아뇨. 책 사냥꾼은 아닙니다. 책 사냥꾼은 돈을 벌기 위해서나 자신의 목적을 위한 수단으로 책을 찾아다니는 사람들을 말합니다. 하지만 릴리와 야스민은요, 나랑 같은 사람이었죠. 책에 관심이 있지만, 또한 경계하기도 하는 사람이요."

"어떻게 경계를 하는데요?"

"우리는 책을 조심스럽게 다룹니다. 다른 귀중품처럼 말이죠. 릴리는 책이 두 권 있었어요. 야스민은 세 권 있었고요. 그리고 저기 있는 저 남자는……."

드러먼드는 공원 반대편을 가리켰다. 거기엔 키가 크고 빼빼 마른 남자가 이리로 다가오고 있었다. 갸름한 얼굴 위로 삐죽삐죽한 검은 머리카락이 보였다.

"저 사람은 바그너입니다. 독일 사람이죠. 전에 말한 적 있었죠. 바그너는 물리학자입니다."

"저분도 죽은 거죠?"

캐시의 질문에 드러먼드는 그녀를 쏘아보았다.

"맞아요. 바그너도 죽었습니다."

캐시는 방금 한 말을 후회하며 사과했다.

"미안해요. 그런 뜻으로 한 말이 아니었어요. 당신의 마음을 아프게 하려던 건 아니었어요."

드러먼드는 애써 미소를 지었다. 그 미소는 진심을 보여주었다.

"알아요."

바그너는 목 부분을 풀어놓은 얇은 여름용 셔츠와 연두색 코듀로이 바지 차림이었다. 그는 한쪽 어깨에 배낭을 걸치고 있었다. 드러먼드는 계속 말했다.

"바그너도 책이 두 권 있었어요."

바그너가 여자들 자리에 합석했다. 서로 미소를 짓고 포옹하며 웃는 모습에서 이들이 친구라는 게 보였다. 그들 사이에는 진정한 다정함이 있었다.

드러먼드는 그들을 바라보며 말했다.

"바그너는 가문의 책을 물려받았죠. 나처럼요. 그래서 내가 저들을 알게 된 겁니다. 그들은 나에게 책에 관해 질문했고, 난 그들에게 폭스 도서관에 있는 책 이야기를 해줬죠. 그러다 보니 결국엔 생각이 같은 사람들끼리 소모임을 만들게 된 겁니다. 적어도 1년에 한 번은 다 같이 모여서 특별한 책의 세상과 최근에 발견한 것들에 대해 이야기를 했죠. 온갖 것들이 다 나왔어요."

"뭐, 그럼 마술대회 같은 거였겠네요?"

캐시가 히죽 웃자, 드러먼드는 곁눈질하며 그 농담을 인정하고 고개를 끄덕였다.

"그런 셈이죠. 우리는 몇 시간이고 책 이야기를 하며 이론을 세웠어요. 책에 어떤 능력이 있는지에 대해서요."

"시간 여행 이야기 같은 거 말이죠?"

캐시의 말에 드러먼드는 고개를 끄덕였다.

"맞아요. 우리는 문의 책이 어디서 생겼는지, 그 마법의 힘은 어디서 비롯되었는지 오랫동안 토론하곤 했죠."

드러먼드의 이야기를 들으며 캐시는 모인 사람들을 바라보았다. 바그너라는 남자는 야스민의 이야기를 듣고 있다가, 잠시 후 릴리와 함께 웃음을 터뜨렸다. 뭐가 그리 정곡을 찔렀는지 그들은 서로를 슬쩍 바라보았다. 그들은 행복했고, 오랜만에 만난 옛 친구들처럼 즐겁게 그간의 소식을 나누었다.

"여기서부터 조금 불편해지겠네요. 불편하고 이상하겠죠."

드러먼드가 중얼거렸다.

공원 저 끝, 공립도서관 뒤편에서 캐시는 드러먼드를 보았다. 지금보다 젊은 드러먼드가 탁자 쪽으로 슬렁슬렁 걸어오고 있었다. 그는 지금 옆에 있는 사람보다 덜 수척해 보였다. 몸이 더 강인하고 단단해 보였달까. 머리카락도 희끗희끗한 기색 없는 갈색이었다. 잘생긴 사람이라고 캐시는 생각했다. 지금의 드러먼드는 웃을 때만 잘생겨 보이는데 말이다. 10년간 무슨 일이 있었는지 모르겠지만, 그 세월 동안 타고난 미모가 다 가려진 것 같았다.

"저기 내가 오네요. 맙소사. 내가 저렇게 걸었다고?"

그가 중얼거리는 말에 캐시가 대답했다.

"멋있는데요."

그러자 드러먼드가 어리둥절한 시선을 그녀에게 던져서, 캐시는 다시 말했다.

"나랑은 다르잖아요. 난 항상 휘청이고 서투른 모습인걸요."

"당신도 멋있어요."

그는 멍하니 중얼거렸고, 캐시는 부끄러운 듯 양 뺨이 붉어졌다. 하지만 드러먼드는 자신의 과거에서 벌어진 일에 정신이 팔려서 그녀 쪽을 바라보지 않았다.

테이블에 있던 세 사람은 젊은 드러먼드가 다가오는 모습을 보았다. 그들은 의자를 뒤로 밀고 일어나 포옹과 정다운 말로 드러먼드를 반기고는 다시 앉았다. 그리고 다 같이 웃고 미소를 지으며 잡담을 나누었다.

"이 모습을 다시 보고 싶었어요. 현실에서요. 기억 속에 남아있긴 하지만, 언제나 현실이 더 좋죠. 우리가 행복했던 모습을 다시 보고 싶었어요."

드러먼드가 중얼거리자 캐시는 고개를 끄덕였다.

"알아요."

몇 분이 지난 후 네 친구는 일어서서 잠시 공원 끝까지 걸으며 캐시와 드러먼드가 앉은 곳으로 다가오기 시작했다. 캐시와 드러먼드는 그들이 곁을 지날 때 살짝 고개를 숙였지만, 다들 대화에 열중하느라 아무도 그들 쪽을 바라보지 않았다.

그들은 남동쪽 출구를 통해 공원에서 나갔다. 드러먼드는 그 뒤를 눈으로 좇으며 말했다.

"그날 오후는 참 근사했죠. 우리는 잠시 산책을 하면서 서로 어떻게 지냈는지 이런저런 이야기를 나눴어요. 바그너는 네덜란드에 있는 대학으로 자리를 옮긴다고 이야기했고, 릴리는 중국과 홍콩의 정치에 대해 말하면서 앞으로 어떻게 될지 그랬죠. 야스민은 은퇴한다고 했습니다. 그리고 야스민의 딸 이야기도요. 딸 하나가 곧 결혼할 거라고 했을 거예요. 그런 식으로 평범한 대화를 했습니다."

"좋았겠네요."

캐시의 말에 드러먼드는 동의했다.

"좋았죠. 정말 좋아서 그리워요. 친구들이 보고 싶습니다."

"나도 할아버지가 보고 싶어요."

캐시가 대답했다. 두 사람은 잠시 마주 보면서 같은 상실감을 공유한다는 점에서 위안을 느꼈다. 이윽고 드러먼드는 고개를 돌려 친구들을 바라보았다.

"우리는 소호에 있는 레스토랑에 저녁을 먹으러 갔습니다. 뒤편에 별실이 있는 곳이었죠. 우리는 식사를 하면서 각자 알게 된 책에 관해 이야기를 나누었습니다. 그리고 책 사냥꾼과 서적상에 대한 소문 이야기도 했고……"

"서적상이요?"

드러먼드는 서적상이 방해물이 되는 것처럼 손을 내저었다.

"로티라는 사람인데요. 뉴올리언스 아래쪽에 살죠. 로티는 책을 찾아다니는 자들을 위해서 책을 팔아 돈을 법니다. 일종의 중개인이죠. 로티는 책으로 경매를 엽니다. 그걸로 큰돈을 벌고요. 오랫동안 이어진 골칫거리였습니다. 그건 아주 귀중한 유물을 암시장에서 거래하는 거나 마찬가지니까요. 고고학자에게 물어본다면 이런 자들을 향해 아주 강경한 태도를 취할 겁니다. 우리 역시 그 사람을 두고 욕을 했죠."

캐시는 이제 이야기의 끝이 다가온다고 느끼며 기다렸다.

"우리가 레스토랑에서 나섰을 땐 밤이 깊었습니다. 다 같이 호텔이 있는 북쪽으로 갔죠. 다음 날 다시 만나서 앞으로 뭘 할지, 어디로 갈지 논의할 예정이었습니다. 그런데……. 그렇게 우리는 워싱턴 스퀘어 파크로 갔습니다. 사방은 조용했고, 그날은 묘하게 추워졌어요. 지금 같지 않았죠."

드러먼드는 머리 위의 푸른 하늘을 가리켰다.

"갑자기 안개가 내려앉았던 기억이 납니다. 정말 괴상한 날씨였죠. 그러다 어떤 여자가 공원 저편에 나타났습니다."

"어떤 여자였는데요?"

캐시의 물음에 드러먼드는 솔직하게 답했다.

"그 여자 이름은 모릅니다. 난 그냥 '그 여자'라고 부르죠. 그날이 그 여자를 처음 본 날이었어요. 그 여자가 누군지도 모릅니다. 하지만 그 여자는 우리가 누군지 알고 있었고, 그날 자신을 우리에게 똑똑히 알려주었습니다."

"어떻게요?"

캐시가 물었지만 드러먼드는 대답하지 않았다. 질문을 못 들은 건지, 아니면 더는 말하고 싶지 않은 건지는 알 수 없었다.

"어떻게 알려줬는데요?"

그녀는 한 손을 드러먼드의 팔에 얹고서 관심을 끌며 다시 물었다. 드러먼드는 진지한 표정으로 말했다.

"그들은 그날 모두 죽었습니다. 바그너와 릴리, 야스민 셋 다. 그 여자가 죽였죠. 나는 거기서 살아남은 유일한 사람입니다. 그 이후로 그 여자는 날 추적하고 있습니다."

캐시의 눈이 충격으로 휘둥그레졌다.

"왜요?"

"그 여자가 폭스 도서관을 원하기 때문입니다. 그래서 나는 도서관을 그림자 속에 숨긴 겁니다. 그날 이후로, 내가 그 여자를 처음 본 날 이후로요. 정말······."

그는 알맞은 단어를 찾아내느라 고심하는 것처럼 보였다가, 이내 말했다.

"너무 충격적이었어요."

"무슨······."

캐시는 더 알고 싶었지만 동시에 더는 알고 싶지 않은 마음으로 머뭇거리다 물었다.

"무슨 짓을 했나요?"

드러먼드는 어두워진 눈빛으로 말했다.

"원한다면 보여줄 수는 있습니다. 내가 왜 10년을 도망쳐 다녔는지 정말로 알고 싶다면, 왜 폭스 도서관이 그림자 속에 있는지, 왜 우리가 그 여자 때문에 문의 책을 없애야 하는지 알고 싶다면 보여주겠습니다."

"어떻게요?"

드러먼드는 주머니에서 책을 한 권 꺼내서 그녀에게 내밀며 말했다.

"이건 기억의 책입니다, 캐시. 그날의 내 기억을 보여줄 수 있어요."

캐시는 그가 내민 책을 오랫동안 응시했다. 그러자 온 세상이 점차 배경이 되어 사라지는 느낌이 들었다. 캐시는 알 수 있었다. 보기를 바라고 있었다. 왜 그들이 여기 왔는지 알려주고 싶어 했다. 기억을 보면 끔찍하리라는 건 알았지만, 마음 한구석에서는 드러먼드의 짐을 나눠 들고 그가 더는 혼자가 아니게 도와주고 싶었다.

그녀는 손을 뻗어 책을 잡았다. 그러다 브라이언트 파크가 사라지고, 캐시는 이제 제삼자의 시야로 세상을 바라보게 되었다.

이지와 룬드

"기억은 나는데, 사실 안 난다고도 봐야 해요."

이지는 아파트 문 앞에 선 캐시와 그 너머로 보이는 베네치아의 거리 영상을 보았다. 어제와 그제 동안의 동선을 확인하려고 휴대폰을 보다가 찾아낸 영상이었다.

"이건 꿈 같아요. 뭔지 알죠? 기억은 나는데, 진짜 같지는 않달까?"

그녀는 고개를 저으며 다시 자신의 목소리가 담긴 영상이 끝날 때까지 지켜보았다. 그리고 재생 버튼을 눌러서 또 보기 시작했다. 마치 최면에 걸린 것 같았다.

"어떻게 이럴 수가 있죠? 이건 과학인가요? 아니면 마법인가요?"

질문해도 답에 오지 않자, 이지는 고개를 들었다. 룬드는 테이블 맞은편에서 치킨 누들 수프 그릇을 앞에 두고서 숟가락을 입에 가져가고 있었다. 다른 손에는 롤빵 반쪽을 들었는데, 빵이 참 작디작아 보였다.

"나한테 기억이 다시 돌아올까요? 내가 다 기억하게 될까요?"

이지가 물었다. 룬드는 수프를 삼키고는 눈을 슬쩍 들어 이지와 마주쳤지만, 이내 그릇으로 고개를 숙이고는 말했다.

"모르죠."

"그러니까, 대부분 기억나는 것도 같거든요. 그 남자가 한 짓이, 그 고통이 전부 뭐였든……."

이지는 부르르 몸을 훑고 지나는 전율이 그치기를 기다렸다가 말을 이었다.

"그래서 뭔가 풀려났어요. 이제는 무슨 일이 있었는지 기억나요. 하지만 그걸 경험한 기억은 나지 않아요. 이게 말이 되나요?"

그녀는 유리창에 비친 자기 모습을 응시했다. 스스로도 지금 아무렇게나 떠들어 대고 있다는 건 알았다. 저 밖은 늦은 오후라 차와 사람으로 거리가 북적대었다. 그들은 미드타운 어딘가에 있는 식당에 왔다. 블록 모퉁이에 있는 크고 널찍한 식당은 룬드가 골랐다.

식당에 들어온 지 두 시간째 그들은 같은 자리에 앉아있었다. 룬드는 이제껏 치즈버거와 감자튀김, 오믈렛에 이어 치킨 누들 수프까지 벌써 3인분을 다 먹은 참이었다. 이지는 배가 고프지 않았다. 현재는 외상 후 스트레스가 너무 심한 상황이라 뭘 먹을 수가 없었다. 그래도 그릴드치즈 샌드위치와 커피를 주문하긴 했다. 음식이 나올 때쯤에는 기억이 벌써 돌아오기 시작했다. 그녀는 억지로 기억을 떠올리려 하지 않고 그냥 자연스럽게 돌아오게 놔두었다. 이게 정상적인 상태로 돌아오는 과정이라고, 종일 이런 일을 겪었던 때보다 더 나답게 돌아오는 중이라고 느껴졌다. 그러면서 아까 있었던 일로부터, 그 끔찍한 고통과 자신을 고문했던 민머리 남자로부터 서서히 거리를 두기가 한결 쉬워졌다.

"당신은 말수가 적은 편인가 봐요?"

이지는 거인 남자가 아파트에서 나온 후로 거의 말을 하지 않았던 걸 떠올리며 물었다.

룬드는 그릇을 들고 수프를 마저 후루룩 마시고는 대답했다.

"그래요."

입가를 냅킨으로 닦은 그는 들고 있던 롤빵 반쪽을 입에 넣고 씹으면서 이지를 무표정하게 바라보았다.

"당신은 소처럼 생겼어요."

이지가 말했다. 말속에 비하의 기색은 전혀 없었다.

그는 음식을 씹으면서 미소를 지었다.

"그런데 우리 뭘 기다리고 있는 거예요?"

문득 초조해진 이지가 물었다.

"당신이 기다려야 하는 건 없습니다. 가고 싶으면 가도 괜찮습니다. 억지로 같이 기다려 달라고 할 생각은 없습니다."

룬드의 말에 이지는 다시 물었다.

"알았어요. 그럼 당신은 뭘 기다리고 있는 건데요?"

"연락입니다."

룬드의 대답에 이지는 뭔가 부연 설명이 있기를 기다렸지만 그런 건 없었다. 그녀는 졌다는 기분으로 부스석 등받이에 털썩 기댔다.

"캐시는 괜찮을까요?"

그녀의 물음에 룬드는 어깨를 으쓱이기만 했다.

"모르겠습니다."

그는 지나가는 차량과 거리 너머의 빌딩이 보이는 바깥세상을 바라보았다. 그는 기다리는 것만으로도 만족한 듯했다.

이지는 다시금 휴대폰을 확인했다. 아무런 문자도, 전화도 없었다.

"캐시한테서 아무런 연락이 없네요. 개답지 않아요. 그 남자가 캐시를 잡았으면 어떡하죠?"

"만약 그자가 당신 친구를 잡았다면, 당신을 잡으러 오지 않았을 겁니다."

룬드의 말을 들은 이지는 고마운 마음으로 안심했다.

"그렇죠. 당신 말이 맞아요. 캐시에게 아무 일도 없었으면 좋겠어요."

두 사람은 또 한동안 말없이 앉아있었다. 그러다 이지가 잊고 있던 또 다른 순간을 기억해 냈다. 바로 벤스 델리에서 함께 있던 캐시와 어떤 남자였다.

"어떤 남자가 있었어요. 캐시랑 나랑……."

불쑥 나온 이지의 말에 룬드는 흥미로운 눈빛으로 그녀를 지켜보았다.

"내 생각엔…… 그 사람이 내가 기억을 잊게 만든 것 같아요."

룬드는 잠자코 기다렸다. 이지는 힘겹게 기억을 떠올리면서 중얼거렸다.

"이름이 특이했는데."

그러다 마침내 안도하며 말했다.

"드러먼드. 그 남자는 나를 보호하려는 거라고 했어요."

이지가 말하는 동안에도 더 많은 기억이 돌아왔다. 캐시가 한 말, 기억을 되찾을 수 있게 도와주겠다는 말이 떠올랐다. 그러자 캐시를 향한 사랑이 따스한 물결처럼 온몸을 덮어왔다.

"캐시는 무사해요. 그 남자랑 같이 있으니까."

결론을 내리자 갑자기 기분이 확 밝아졌다. 이지는 캐시가 안전할 거라는 사실을 알고서 세상을 대하는 기분이 한결 좋아진 채로 커피를 마셨다. 그리고 곰곰이 생각에 잠겼다.

"그럼 난 이제 어쩌죠? 아파트로 돌아갈 수는 없는데. 하지만 난 오늘 근무해야 하고……. 아, 맙소사, 근무. 나 잘리겠네."

그녀는 두 손에 머리를 파묻었다. 모든 게 제정신이 아닌 것만 같았다. 지루한 일상으로 돌아가고 싶은 마음이 간절해졌다.

"당신은 이제 일 걱정은 하지 않아도 될 것 같습니다."

룬드의 말에 그녀는 되물었다.

"뭐라고요? 왜요?"

"당신은 부자가 될 겁니다."

"뭐라고요?"

룬드는 직접 대답하지 않고, 자신의 휴대폰을 꺼내 다시 확인했다. 그리고 고개를 끄덕인 다음 무어라 문자를 치고서 다시 주머니에 휴대폰을 넣었다.

"우리는 지금 서적상을 기다리는 중입니다."

그는 이러면 모든 설명이 다 된다는 듯 말을 꺼냈다.

"나와 함께 있던 남자, 아자키는 이 마법 책을 파는 사람과 연락을 했습니다. 내가 그의 휴대폰을 갖고 있습니다."

룬드는 손가락으로 휴대폰을 잡고 흔들었다.

"나는 서적상에게 말했습니다. 우리가 책을 갖고 있으니 만나고 싶다고요. 나는 서적상의 답장을 기다리고 있었습니다."

"지금 무슨 말을 하는 건지 하나도 모르겠어요."

이지가 소리쳤다. 룬드는 다른 쪽 주머니에서 책을 한 권 꺼냈다. 보랏빛과 초록빛 표지를 보자 이지는 움찔 놀랐다. 뱃속이 뒤집히는 기분에 그녀는 시선을 돌렸다.

"우리에겐 이 책이 있습니다. 그자가 떨어뜨린 바닥에 그대로 있었습니다. 그래서 당신이 짐을 싸는 동안 내가 가져왔습니다. 아자키가 찾던 책은 아니지만, 서적상은 그래도 관심을 보일 겁니다. 우리는 이 책을 서적상에게 팔 거고, 그러면 부자가 됩니다."

이지는 그의 설명을 애써 이해해 보려 했다.

"잠깐만요, 뭐라고요? 이해가 안 돼요. 내가 왜 부자가 되는데요?"

"이 책. 이 책들은 아주 귀중한 겁니다. 사람들은 이런 책을 사려고 돈을 많이 냅니다. 그러니까, 말도 안 되게 어마어마한 돈을 내지요. 왜 아자키가 그 책을 찾을 거라 생각합니까? 책이 단 한 권만 있어도 평생 먹고살 돈이 생깁니다. 그래서 우리가 책을 찾아다니는 겁니다."

룬드는 책을 바라보며 잠시 생각에 잠겼다.

"그자는 분명히 다른 책도 갖고 있을 겁니다. 그런 사람들은 주머니에 몇 권씩 책을 넣고 다닙니다. 그자의 주머니를 더 뒤져봤어야 했을지도 모르지요. 하지만 욕심이 과하면 사람이 죽어 나가는 법입니다."

"당신 친구는 안타깝게 되었네요."

이지는 아까 봤던 일본계 남자를 떠올렸다. 그러다 아파트를 나오면서 그의 시체를 건너 지나온 후로는 전혀 생각하지 않았다는 게 떠올라 덧붙였다.

"세상에, 그 사람 아직도 내 아파트에 쓰러져 있는 거잖아요. 내가 죽였다고 생각하면 어떡하죠?"

"아자키는 내 친구가 아니었습니다. 엄밀히 따지자면요. 하지만 좋은 사람이었습니다. 친절했고요."

룬드의 말에 이지는 책 쪽으로 고갯짓하며 물었다.

"그것 좀 치워줄래요? 보기만 해도 역겨워요."

룬드는 책을 주머니에 넣고서 바깥을 다시 바라보며 기다렸다.

"그럼 내가 왜 부자가 된다는 거죠?"

이지가 다시 묻자, 룬드가 대답했다.

"그 책이 있으니까요. 우리는 그 책을 팔 거고, 당신은 돈의 절반을 가져가게 될 겁니다."

"왜 내가 반을 가져가는데요?"

룬드는 눈을 깜빡였다. 이지가 보기에는 일부러 둔한 척하는 것처럼 보였다.

"이 책은 당신의 아파트에서 나왔습니다. 그리고 당신에게 쓰였던 것입니다. 이건 아자키가 찾던 책이 아닙니다. 나는 그저 그 시각에 그 자리에 우연히 갔다가 보게 된 것입니다. 그러니 당신이 돈의 반을 가져야만 공정합니다. 우리는 돈을 나눌 겁니다. 반은 내가 서적상에게 당신을 연결해 준 값입니다. 나머지 반은 당신 것이고요."

그러자 이지가 나직이 말했다.

"이게 아주 합리적인 것처럼 말하고 있네요. 그쪽이 그냥 책을 가져간 다음에 돈을 다 가질 수도 있잖아요? 그런다고 내가 당신을 막을 수 있는 것도 아닌데? 당신은 덩치가 집채만 한데요."

"난 당신을 돌봐주겠다고 말했습니다."

이 말이면 모든 설명이 된다는 듯 룬드가 말했다. 그는 이어서 물었다.

"어쨌든 아자키가 있었더라도 돈은 나누었을 겁니다. 내가 돈이 필요하대야 얼마나 필요하겠습니까? 고급 취향도 아닌데."

이지는 망설이며 말했다.

"지금 말하는 돈이…… 얼마를 말하는 건데요?"

"더는 일할 걱정이 없을 만큼의 돈입니다. 당신에게 방금 일어난 일에 대한 보상이라고 생각하세요."

룬드의 말에 이지는 믿을 수 없다는 듯 고개를 저었다.

"거기다 다른 책도 있습니다."

룬드는 다른 책을 꺼내 들었다. 검은색 표지에 금색 선이 복잡하게 문양을 이룬 책이었다.

"이건 아자키의 책이었습니다. 환상의 책이라고 합니다. 아자키는 이걸로 무에서 유를 창조했습니다."

이지는 눈살을 찌푸렸다.

"잠깐만요, 그럼 그 사람이 나한테 보여준 경찰 배지도 이걸로 만들었다는 건가요? 그거 가짜였죠?"

"맞아요. 아자키는 한 손으로 주머니 속에 있는 책을 잡고서 상상했습니다. 나는 며칠 전에도 아자키가 사막에서 대성당을 만들어 내는 걸 봤습니다. 아까 봤던 배지쯤은 전혀 어렵지 않게 만들어 낼 수 있습니다."

이지의 눈썹이 믿을 수 없다는 기색으로 확 치켜 올라갔지만, 그녀는 아무 말도 하지 않았다. 룬드는 휴대폰을 주머니에서 다시 꺼낸 다음 문자를 읽었다.

"이제 서적상을 만나서 부자가 될 때가 왔습니다. 그녀는 이 도시에 있다고 합니다."

드러먼드 폭스의 기억(2012)

"웬 안개가 이렇게 꼈지?"

다 같이 워싱턴 스퀘어 파크로 향하던 길에 드러먼드가 말했다. 그는 자신이 약간 취했다는 걸 알고 있었다. 하지만 기분은 좋았다. 집에서 멀리 떠나온 지 참 오랜만이었고, 또 뉴욕에 온 지도 오랜만이었으며, 친구들과 만난 것도 오랜만이었다.

"날씨 한번 이상하군."

바그너는 드러먼드의 옆에서 걸으며 말했다. 몇 걸음 뒤로 릴리와 야스민은 토론을 벌이고 있었다. 이집트 역사의 모호한 부분에 관한 이야기였는데, 드러먼드는 듣다가 무슨 소리인지 맥락을 놓쳐버린 지 오래였다.

길게 이어진 식사는 좋았고, 누구도 자리를 파하고 싶어 하지 않을 정도로 화려한 모임이었다. 그들이 모이는 적은 드물었기에 드러먼드는 생각해 보았다. 이런 모임을 더 자주 열어도 지금처럼 좋을까? 더 자주 만나면 그만큼 더 모두와 즐겁게 지낼 수 있지 않을까? 하지만 이런 생각은 자신처럼 내성적인 사람이 아무리 고민해 봤자 확신할 수 없다는 걸 알고서 생각은 그만두고 이 순간을 즐기기로 했다.

"신사분들, 내일은 뭐 할 예정이야?"

거리를 건너는 동안 야스민이 드러먼드와 바그너 사이로 끼어들어 팔짱을 꼈다.

그들은 내일도 온종일 함께 있을 계획이었다. 그러면서 뭐가 됐든 일을 좀 할 예정이었다. 예전에 그들은 모든 책을 한데 모아 폭스 도서관에 두고 통합 서가를 만들면 어떨까 논의한 적이 있었다. 어딘가에 새로운 부지를 마련할 수도 있고. 이건 그들이 가끔 가볍게 생각해보곤 하는 주제였지만, 드러먼드는 이 대화에 크게 말을 얹지 않았다. 자신이 그들의 책을 가져가려 한다는 인상을 친구들에게 주고 싶지 않았기 때문이다.

"우리 뭘 좀 더 먹어야 하지 않을까? 차이나타운에 좋은 데 다 알고 있거든. 내가 좋은 가격에 먹을 수 있게 해줄게."

릴리의 말에 드러먼드는 미소를 지었다. 그때의 기분대로였다면, 기꺼이 먹고 이야기하며 친구들과 즐겁게 놀았을 것이다. 책 사냥꾼들이 점점 더 폭력적이고 공격적으로 변해간다는 이야기와 온갖 걱정에서 벗어날 수 있다는 게 좋았다. 그는 미래와 친구들이 걱정되었고, 책들이 그릇된 자들의 손에 들어가 버리는 상황이 두려웠다. 때로는 그저 아무도 모르는 곳에 집을 지어 숨고서 문을 걸어 잠그고 세상을 잊고 싶기도 했다.

워싱턴 스퀘어 파크에 들어가자 바그너가 말했다.

"우리는 뭐든 일을 좀 해보자. 하지만 난 은퇴하면 레스토랑을 열까 생각 중이야. 그것도 역시 나에겐 일이겠지."

"아주 좋은 지적이야."

릴리가 진지하게 동의했다. 그러자 야스민이 투덜댔다.

"난 나이가 들어서 이렇게 많이는 못 먹어. 점점 살이 찌고 있다고."

릴리는 그 말에 혀를 찼다.

"무슨 소리야. 내 원피스에 야스민 세 명은 들어가겠어."

마치 어디선가 오고 있는 것처럼, 공원의 안개가 더 짙어진 것 같다고 드러먼드는 생각했다. 하지만 마음 한구석을 간지럽히던 처음의 불안감도 저녁 내내 마신 술기운에 이내 누그러지고 말았다. 게다가 릴리가 묻는 말에 드러먼드는 정신이 팔렸다.

"오스트레일리아 아웃백에서 발견된 책 소문 들었어?"

"아니? 어디라고? 무슨 책?"

드러먼드가 묻자, 릴리는 어깨를 으쓱이더니 갑자기 춥다는 듯 몸을 부르르 떨었다.

"이맘때 뉴욕은 더울 거라 생각했는데 아니네. 코트를 가져올 걸 그랬어."

"저 사람 누구야?"

야스민이 문득 물었다. 드러먼드가 앞을 보자 그들 앞으로 조금 떨어진 곳에 어떤 여자가 미동도 없이 서있었다. 드러먼드의 눈에 비친 여자는 아름다웠다. 젊고 날씬한 여자가 하얀색 여름용 원피스를 입고 안개 속에 서있는 모습이란 마치 밝은 빛 같아 보였다. 일행이 일제히 그쪽을 바라보자 그 여자는 미소를 지으면서 고개를 살짝 숙였다.

"뭡니까?"

바그너가 물었지만, 드러먼드는 간지럽던 불안감이 점점 더 강해지는 느낌이었다.

알고 있었으니까. 무언가 이상하다는 점을 이미 알고 있었으니까.

그 여자는 아무 말도 하지 않았지만, 드러먼드가 보기엔 안개가 주위로 점점 더 짙어지면서 그들을 집어삼켜 공원 바깥의 도시와 이곳을 분리하고 있는 듯했다.

"이거 저 여자가 하는 거야?"

야스민의 물음에 릴리가 되물었다.

"뭘?"

"이 안개 말이야. 저 여자가 안개를 만들어 내는 거야?"

"맞아."

드러먼드가 대답했다. 그는 그 여자의 얼굴을 보았기 때문이다.

야스민이 소리 내어 물었다.

"당신 누구야? 뭘 바라고 이러지?"

하얀 옷을 입은 여자는 미소를 지었다. 그러자 안개로 뒤덮여 캄캄해진 사방에 잠시 정적이 흘렀다. 드러먼드의 귓가에 자신의 심장 소리가 쿵쿵 울렸다.

그러다 갑자기 충격적인 행동이 벌어졌다.

그 여자는 흐릿하게 잔상을 남기나 싶더니 순식간에 드러먼드의 옆에 있던 릴리 곁으로 다가왔다. 릴리가 무어라 반응하기도 전에, 그 여자는 릴리의 손에 책을 꾹 쥐여주었다. 순간 릴리는 속이 뒤틀려 울부짖는 소리와 함께 바닥으로 무너져 내렸다.

"릴리!"

드러먼드는 릴리의 고통스러운 소리에 충격을 받아 숨을 헐떡였다.

흰옷 입은 여자는 이제 드러먼드를 바라보더니, 이윽고 옆에 있던 야스민과 바로 뒤에 있던 바그너를 보며 누구를 공격할까 골랐다. 여자의 입가가 뒤틀리듯 올라가는 모습이 꼭 즐거워하는 듯했다. 이윽고 여자는 고개를 살짝 숙이고는 눈을 치뜬 채 그들을 바라보았다. 여자 뒤의 바닥에서 릴리가 이리저리 구르면서 아스팔트 바닥 위에 머리를 격렬하게 찧어댔다.

"릴리!"

드러먼드가 다시 소리쳤다. 그의 아름다운 친구는 끔찍한 악몽 속에서 튀어나온 듯이 얼굴에 피를 줄줄 흘리면서 고통스럽게 새하얀 이를 드러냈다.

드러먼드는 릴리를 도와주려고 옆으로 한 걸음 옮겨 그 여자의 옆을 지나가려 했다. 바그너와 야스민이 서로 떨어져 서자 그 여자는 드러먼드의 행동을 무시했다.

"당신 누구야? 지금 무슨 짓을 하는지 알기나 해? 당신 우리가 누군지 알아?"

야스민이 소리쳐 물었지만 대답은 없었다. 릴리에게 급히 달려가던 드러먼드는 야스민이 고개를 끄덕하고는 눈을 감는 모습을 보았다. 이건 그녀가 빛의 책을 쓸 때 하는 행동이었다. 그러자 밝고 노란 빛이 나타나 윤곽선처럼 야스민을 감쌌다.

"눈을 멀게 해주마."

그녀의 말은 친구들에게 보내는 경고이자 여자에게 하는 약속이었다. 드러먼드가 돌아서자 그 뒤로 별이 폭발하듯 빛이 확 퍼졌다. 그는 릴리 옆에 웅크려 앉았다. 그녀의 얼굴은 이제 다 망가지고 부서졌고, 가슴에는 책을 꼭 껴안고 있었다.

"내가 도와줄게."

그는 책에 손을 뻗으며 말했다.

하지만 릴리는 눈을 커다랗게 뜬 채로 옆으로 굴렀다. 새빨간 얼굴 위로 보이는 눈이 마치 하얀 구멍 같았고, 동그랗게 벌린 입은 고통과 공포의 충격이 어려있었다. 그녀는 고통스러워하면서도 고개를 저었다.

"제발 책을 줘!"

드러먼드는 애원했다. 고통스러워하는 친구를 보며 겁에 질렸으면서도 어떻게든 필사적으로 돕고 싶었다.

하지만 릴리는 다시 고개를 저으며 단호한 의미를 전했다. '넌 날 도

와줄 수 없어! 이게 무슨 일인지 몰라도 너에게도 일어나게 될 거야.'

순간, 드러먼드는 갑자기 뒤편의 빛이 어두워지는 걸 느꼈다. 고개를 들어 보니 야스민이 서있던 곳은 이제 짙은 안개와 연기가 자욱했다. 마치 온갖 대기 현상이 갑자기 그녀 주위로 모여들어서 뜨겁고 하얀 빛을 담고 있는 듯했다.

"오, 맙소사."

드러먼드는 중얼거리며 허둥지둥 뒤로 물러섰다.

조금 떨어진 곳에서 바그너와 그 여자는 마치 무도회장에서 같이 춤을 추는 파트너가 시작 전 준비 과정을 하고 있는 것처럼 서로를 바라보며 빙빙 돌고 있었다. 드러먼드는 바그너가 얼마나 조심하고 있는지 볼 수 있었다. 그 여자가 너무나 빠르고도 쉽게 릴리와 야스민을 무력화시킨 광경을 보고 심하게 충격을 받아서였다. 그 여자는 입가에 수줍은 미소를 띠고서 뒷짐을 진 채 느긋한 모습을 보였다.

드러먼드는 온몸이 얼어붙고 말았다. 친구들을 돕고 싶었지만 방법을 몰랐다. 그들 중에는 싸우는 사람이 없었다. 그들은 학자이자 사서일 뿐이었다. 책을 가지고는 있었으나 필요시에 방어용으로 사용할 것만 갖고 다녔지, 공격용 책을 갖고 다니지는 않았다. 드러먼드는 그림자의 책만을 가지고 있었다. 그걸로는 몸을 숨겨 슬그머니 빠져나갈 수 있었으니까.

그는 다시 릴리를 바라보았다. 그녀의 비명은 이제 흐느낌이 되어 피 묻은 입 사이로 불분명하게 흘러나왔다. 계속해서 머리를 바닥에 찧는 바람에 얼굴은 완전히 엉망이었다. 릴리에게 책이 있을까? 하지만 그 책이 어디 있는지 드러먼드는 몰랐다. 야스민은 이제 몸을 둘러싼 폭풍에 가려져 모습이 보이지 않았고, 빛의 책은 어둠 속에서 사투를 벌였다. 그녀가 이쪽저쪽으로 걸으며 탈출하려는 움직임이 보였지만, 구름도 같이 움직이며 그녀 주위로 뱀처럼 똬리를 틀었다.

"어떻게 해야 하지. 뭘 해야 하지."

그는 하릴없이 겁에 질려 중얼거렸다. 마치 혼자 남겨진 방에 괴물이 찾아왔는데, 그 괴물을 쫓아줄 부모가 없는 어린아이 같았다.

순간, 바그너의 공포 어린 눈동자가 드러먼드와 마주쳤다. 거기에는 용감한 마음으로 전하는 말이 있었다. '책을 지켜야 해!' 그러더니 바그너는 그 여자 쪽으로 눈길을 돌렸다. 드러먼드는 그림자의 책에 손을 뻗어서 밤 속으로 사라질 준비를 했다. 그런데 그가 책을 잡기도 전에 허공에 신음이 흘렀다. 바그너가 한쪽 무릎을 꿇은 채로 가슴을 부여잡은 모습이 보였다. 그 여자는 순식간에 바그너 앞으로 다가와서 그의 어깨에 손을 얹었다. 바그너는 다시 신음을 흘리며 숨을 헐떡였고, 괴로움 가득한 얼굴이 되어 옆으로 쓰러지더니 발작을 하는 것처럼 몇 번 몸을 홱 움직였다.

그러나 곧 움직임도 멈추었다.

"안 돼!"

드러먼드는 속이 뒤집히는 가운데 외쳤다. 고개를 돌리고 구토를 하자 콘크리트 바닥에 저녁으로 먹은 아직 소화되지 못한 음식물이 쏟아졌다. 릴리의 가느다란 흐느낌이 여전히 귓가에 맴돌았다.

드러먼드가 다시 그 여자를 마주했을 때, 여자는 마지막 숨이 끊어지는 모습을 지켜보는 듯 여전히 바그너의 앞에 서있었다. 암흑이 구름처럼 드러먼드에게 내려앉으면서 절망과 공포가 그를 사로잡아 온몸을 마비시켰다.

그 여자는 공원을 쭉 둘러보았다. 릴리는 의식을 잃은 상태지만 여전히 몸을 떨고 있었고, 뭉게뭉게 피어오르는 구름은 야스민의 빛을 집어삼키는 중이었다. 드러먼드는 여자의 얼굴에 잠깐 스치는 표정을 보았다. 그것은 분노와 증오의 기색으로, 마치 번개가 번쩍였다가 사라지고 또다시 번쩍이는 것 같았다. 그걸 본 순간, 드러먼드의 피가 혈관에서 주춤거리며 심장이 잠깐 더듬대었다가 다시 뛰는 기분이 들었다. 방금 본 것은 악(惡)이었다. 절대적으로 비인간적인 악이 아름다운 여자의 거죽을 뒤집어쓰고 있었다.

그때였다. 야스민이 선 곳을 감쌌던 폭풍이 갑자기 확 무너지듯 사라졌다. 마치 폭발이 역으로 이루어져 한곳으로 수렴하는 것 같았다. 이어서 고통스러운 비명이 들리면서 도살업자가 도끼로 동물의 가슴을 내리쳐 자르는 것처럼 뼈가 부서지고 조직이 피범벅으로 찢어지는 무시무시한 소리가 났다가 갑자기 비명이 뚝 끊겼다. 안개가 걷히자 두들겨 맞은 야스민의 몸이 드러났다. 그녀는 마치 온몸의 뼈가 으스러져 가루가 되어버리고 피부 속에는 액체밖에 들지 않은 것처럼 바닥으로 쓰러졌다.

"안 돼!"

드러먼드는 하늘을 향해 외쳤다. 똑똑하고 재기 넘치던 친구의 이런 모습을 보자 어쩔 수가 없었다. 악의 화신인 이 여자가 야스민을 고깃덩이로 만들어 버리고 총명했던 정신을 빼앗아 버렸다. 드러먼드의 눈에 눈물이 가득 차면서 속이 뒤집혔고 창자가 공포로 부들부들 떨렸다. 그는 주먹을 입에 넣고 깨물면서 가슴속에 차오르는 비명을 애써 눌렀다.

그 여자는 야스민이었던 가죽과 잔해의 범벅으로 다가가 손을 뻗어 빛의 책을 꺼냈다. 그리고 잠시 책을 살펴보고는 고개를 돌려 드러먼드를 보았다.

"드러먼드 폭스."

여자의 목소리는 낮고 허스키했다. 마치 속삭임처럼, 누군가를 놀리는 것처럼 들렸다.

드러먼드는 비명을 지르고 싶었다. 도망치고 싶었다. 미동도 없이 가만히 있으면서 그 여자가 자신을 보지 못하기를 바랐다. 주머니 속 그림자의 책 페이지를 필사적으로 더듬는 손이 덜덜 떨렸다.

"폭스 도서관을 내놔."

그 여자는 릴리가 피를 흘리며 누운 자리로 아무렇지 않게 걸어가면서 말했다. 그리고 잠시 릴리를 바라보더니 펄쩍 뛰어올라 두 발로 릴리의 배 위에 쿵 착지했다. 릴리의 입에서 피와 공기가 뿜어져 나왔다.

"그만해! 이런 씨발!"

공포에 움찔한 드러먼드는 반사적으로 소리쳤다.

여자는 여전히 릴리의 배 위에 서서 그를 슬쩍 돌아보았다. 그리고 점점 인내심이 다해가는 듯한 어조로 다시 말했다.

"폭스 도서관을 내놔."

드러먼드는 고개를 저었다. 바그너의 쓰러진 시체로, 한때 야스민 이었던 잔해로, 엉망진창으로 피투성이가 된 릴리의 형체로 시선이 닿았다. 자신의 친구들, 사랑했던 이들이었다. 이들은 평생 누구도 해치지 않고 살았던 사람들이었다. 총명하고 재미있고 더없이 생기 넘치던 이들이었는데, 이제는 인생이라는 아름다운 시를 미처 다 쓰지 못하고 완전히 멈춰버렸다.

그는 친구들을 두고 가기가 너무나 싫었지만 물러서고 말았다. 친구들은 자기가 살아남아 이 여자에게서 책을 지켜주길 바랄 것이었다. 드디어 주머니 속 손가락이 그림자의 책을 찾아냈다. 그가 보는 앞에서 여자는 릴리의 시체에서 내려와 콘크리트 바닥에 신발을 문질러 닦았다. 그리고 돌아서서 그를 마주 보았다.

"네 책을 내놔!"

여자는 드러먼드에게 비명을 질렀다. 그 얼굴이 갑자기 일그러지며 분노의 가면을 만들어 냈다.

드러먼드는 책장의 모서리를 찢고서 그림자 속으로 사라졌다. 그 여자는 흐릿하게 움직여 조금 전까지 그가 서있던 곳으로 이동했다.

서둘러 공원을 빠져나와 거리로 가면서, 그는 주위를 둘러보며 자신을 찾는 여자를 보았다.

그렇게 그는 앞으로 영원히 자신을 따라다닐 광경으로부터 도망쳤다. 그리고 그림자 속에서 친구들과 그 여자가 저지른 무시무시한 일을 두고 울었다.

서적상 I

두 사람이 서적상을 만난 곳은 웨스트 29번가 바로 옆에 있는 에이스 호텔의 로비 바였다. 이지는 뉴욕에 처음 온 지 얼마 안 되었을 때이 바에서 더블데이트를 한 적이 있었는데, 바는 그때와 달라진 게 하나도 없었다. 내부는 한때는 은행이었던 것 같은 널찍한 공간을 굵고 하얀 기둥으로 나눠놓고 그 위에 높다란 지붕을 얹은 구조였다. 벽에 나무 패널을 붙인 바 안은 테이블 램프를 두고 높다란 천장에 전구를 달아두어 불을 밝혔다. 룬드와 이지가 들어섰을 때는 이른 오후라, 그곳에서 시간을 죽이며 이야기를 나누는 사람들의 목소리로 적당히 소란하고 편안한 분위기가 감돌았다. 룬드가 눈으로 바 안을 훑는 동안 이지는 그 옆에 섰고, 이윽고 둘은 멀찍한 구석에 앉은 사람 하나를 발견했다.

"여기서 기다리십시오."

"싫어요."

이지는 룬드의 말에 대뜸 대답했다. 룬드는 그녀를 찬찬히 바라보며 가늠했지만, 뭐라 더 반대 의견을 내지는 않았다. 그는 가죽 소파 끝에 혼자 앉은 여자 쪽으로 걸음을 옮겼다. 두 사람이 가까이 가자 여자는 고개를 들었다. 이지의 눈에 비친 그녀의 모습은 아름다웠다.

아프리카계 미국인다운 검은 피부에 커다란 눈과 날렵한 얼굴선을 지닌 여자였다. 머리카락은 다 밀었고, 귀에는 화려하고 커다란 귀걸이를 달았다. 그녀는 값비싼 회색 정장에 진홍색 블라우스 차림으로, 블라우스의 가슴 선이 깊게 파인 위로 체인이 달린 안경을 걸고 있었다. 여자의 꼰 다리 아래로 보이는 비싼 하이힐을 이지는 알아보았다. 구두는 블라우스와 똑같은 색이었다. 여자의 앞에는 칵테일이 올려져 있었다.

여자는 잠시 그들을 바라보다 물었다.

"무슨 일이시죠?"

"아자키가 죽었습니다."

룬드가 단답형으로 대답하자 여자는 잠시 그 정보를 따져보았다. 그녀는 입술을 살짝 오므렸다가 이내 물었다.

"그러는 당신들은 누구죠?"

"룬드라고 합니다. 난 아자키와 같이 다녔습니다."

그는 아자키의 휴대폰을 여자 옆자리에 놓았다. 그녀는 눈으로 휴대폰을 슬쩍 훑었다.

"경호원이로군요."

여자의 말에 룬드가 말했다.

"민머리 남자가 총을 쏴서 아자키를 죽였습니다."

"민머리 남자라고요."

로티가 말하자 룬드는 자기 옆머리에 난 상처를 가리키며 설명했다.

"나도 쏴서 죽이려고 했습니다. 하지만 빗맞혔어요. 내가 아자키보다 훨씬 더 크다는 점을 생각하면 있을 수 없는 일입니다."

"바버리 박사예요. 그 사람 이름이요. 휴고 바버리요."

이지가 말하자 여자는 한숨을 쉬었다. 그러더니 맞은편 자리를 가리키며 앉으라 손짓했다. 이지와 룬드는 자리에 앉았다.

"당신은 그럼 이지겠군요."

여자는 이렇게 말하고 룬드를 슬쩍 보았다. 룬드는 고개를 끄덕여 맞다고 했다. 이지는 머뭇거리며 대답했다.

"맞아요. 그런데 저를 어떻게 아시죠?"

하지만 서적상은 이지의 질문을 무시했다.

"당신은 아름다운 분이로군요. 언제나 그런 말을 듣고 살았겠지요."

"그렇게 자주 듣지는 않아요."

이지는 한 손을 저어 자신의 머리를 가리키며 서적상의 민머리를 바라보았다.

"민머리 예쁘시네요. 나는 절대로 그렇게는 머리를 못 밀어서요."

그러자 서적상은 빙긋 웃으며 대답했다.

"오, 당신이 마음에 드네요. 잘됐죠. 그렇잖아도 당신을 안전하게 지켜주겠다고 약속해 놨거든요."

"누구한테요? 누구한테 그런 약속을 하셨어요?"

이지가 묻자 여자가 대답했다.

"그건 중요한 게 아니죠. 지금은요. 머지않아 알게 될 거예요. 중요한 건 당신이 안전할 거란 점뿐이에요. 내가 아자키에게 요청한 것도 그거고요. 그래서 룬드 씨가 당신을 데려온 거겠죠."

이지는 이게 무슨 소리냐는 듯이 룬드를 바라보았다.

"우리가 만난 이유는 그것만이 아닙니다."

룬드가 서적상에게 말했다. 그는 주머니에서 고통의 책을 꺼내 탁자 위에 놓고 그녀 쪽으로 밀었다.

"으음."

서적상은 중얼거리더니 안경을 들어 썼다.

"이건 문의 책이 아니군요."

"고통의 책입니다."

룬드가 짧게 말하자 여자는 놀라서 눈길을 휙 올렸다.

"참 잘됐네요. 이 책과 휴고 바버리에 대한 소문을 들었어요."

룬드는 아무런 말이 없었다. 이지는 여자가 책을 손에 들고 펼쳐보는 모습을 지켜보다가 룬드에게 물었다.

"이걸 그럼 휴고 바버리한테서 뺏어 왔어요?"

"그게 문제가 됩니까?"

"보통은 그렇죠. 하지만 휴고 바버리를 괴롭힌다는 점에서는 예외로 쳐주고 싶네요."

"이걸 팔 수 있습니까?"

룬드가 묻자 서적상은 미소를 지었다.

"당연하죠. 언제나 팔 수 있죠. 세상이 엉망진창이 돼도 사람들은 언제나 특별한 책을 사고 싶어 하거든요. 당신은 책을 팔길 바라나요?"

"네, 당신이 우리에게 돈을 주고 사서 팔아주십시오."

"안 돼요."

서적상은 룬드의 말을 거절하고서 책을 탁자 위로 밀며 덧붙였다.

"일은 그런 식으로 이루어지지 않아요. 나는 책을 구매해서 소유하지 않거든요. 다만 당신의 대리인이 될 뿐이죠. 대신해서 팔아주는 거라고요. 당신은 돈이 지급되기를 기다려야 합니다."

룬드는 이지를 슬쩍 보다가 다시 서적상을 바라보았다. 서적상이 이어서 말했다.

"이지는 안전할 겁니다. 돈을 그토록 바라는 이유가 그거라면요."

"그럼 일이 어떤 식으로 이루어집니까?"

룬드의 질문에 서적상이 대답했다.

"경매를 열어야죠. 온 세상의 책 사냥꾼을 다 초대하는 경매를요. 대단한 자리가 될 거고요. 나는 이미 장소와 준비를 마쳐놓았어요. 원래는 문의 책을 경매에 부치고 싶었지만, 분명히 이것도 팔 수 있겠죠."

"언제입니까?"

"오늘 자정이요."

"그렇게 빨리?"

룬드의 물음에 서적상이 대답했다.

"사람들은 내 경매에 시간을 내죠. 흔히 있는 자리가 아니고, 그럴 가치가 상당히 있으니까요, 룬드 씨. 이곳으로 오기까지 열두 시간 이상 걸리는 사람은 아무도 없고, 직업상 올 수 없는 경우라면 대리인을 보낼 수도 있습니다. 그리고 빨리 책을 팔면 팔수록 당신도 그렇고 우리 모두에게 다 좋아요. 이런 책을 하나 가졌다는 것만으로도 관심이 끌리거든요."

"얼마입니까?"

룬드가 물었다.

"본론으로 바로 들어가는 경향이 있네요? 보자, 딱 봐도 내가 선수를 쳐서 말할 수는 없겠지만, 이런 책이라면……."

그녀는 고개를 앞뒤로 흔들다가 말했다.

"2천? 아니면 2천500도 어렵지 않게 나오겠네요."

"2천이 무슨 뜻인가요?"

이지가 묻자 서적상이 대답했다.

"2천만 달러요."

이지는 피가 발끝으로 빠져나가는 느낌이었다. 온 세상이 몇 초 휘청이는 바람에 몸을 지탱하려고 손을 뻗어 의자를 잡아야 했다.

"내 수수료는 40퍼센트예요. 보통은 30퍼센트를 받지만, 휴고 바버리 때문에 위험해져서 말이죠. 그래도 하겠어요?"

룬드는 어깨를 으쓱였다.

"상관없습니다."

이윽고 서적상은 일어서서 옷매무시를 정리하더니 룬드에게 말했다.

"아자키 일은 안됐어요. 난 아자키를 아주 좋아했거든요."

그녀는 칵테일을 들어서 단번에 비웠다. 룬드는 동의하는 기색으로 고개를 끄덕였다.

"하지만 세상은 계속 돌아가는 법이죠. 지금은 특히 격동의 시대고요. 그러니 적응하고 견뎌야 하지 않겠어요? 돈이 많으면 훨씬 더 쉽게 적응하기 마련이죠. 내 말을 믿어요."

"저도 그렇게 생각해요."

이지가 대답했다. 서적상은 그들에게 지시했다.

"자, 이제 두 사람 다 나랑 같이 가시죠."

"왜요?"

이지가 물었다.

"나랑 가서 나쁠 건 전혀 없어요. 다만 경매를 준비하는 데 상당한 비용을 들일 거라서, 상품이 안전하기를 바라거든요. 내가 책을 팔아 주길 바란다면, 앞으로 24시간 동안은 나와 함께 지내야 해요. 외부 접촉도 금지되고, 책을 사줄 만한 사람에게 비밀 전갈을 보내서도 안 돼요. 그 어떤 연락도 할 수 없어요. 당신들을 못 믿어서가 아니에요. 이해해 주길 바라요. 난 신중한 사람이라 그래요."

룬드는 어쩌겠냐는 눈빛으로 이지를 바라보았다.

"모르겠네요."

이지는 이렇게 말하고서 서적상을 바라보았다.

"하지만 난 이분이 좋아요. 그 민머리 남자보다는 훨씬 더 마음에 들거든요. 우리가 안전하게 지낼 수 있다면야 같이 가도 괜찮겠죠."

"다른 곳에 있는 것만큼은 안전할 거예요. 그럼 가죠."

그들은 다 함께 호텔에서 나와 대기하고 있던 차에 탔다.

좌초

캐시는 심한 공포로 숨을 헐떡이면서 의자에서 앞으로 넘어졌다. 브라이언트 파크의 바닥에 고꾸라진 그녀를 발견하고 지나가던 젊은 부부가 이쪽을 돌아보았지만, 드러먼드는 그들에게 안심하라는 미소를 지으며 둘러댔다.

"괜찮습니다. 잠깐 머리가 어지러워서 그럽니다."

부부는 가던 길을 계속 갔고, 그는 캐시를 다시 의자에 앉히고서 물었다.

"봤어요? 왜 우리가 책을 그 여자에게서 지켜야 하는지 알겠습니까?"

"그 불쌍한 사람은, 릴리는……. 그 여자가 릴리에게 무슨 짓을 했죠?"

"모르겠습니다. 하지만 추측을 해보자면, 아마도 절망의 책을 쓴 게 아닌가 싶죠."

드러먼드가 솔직하게 말하자, 캐시는 들은 말을 되풀이했다.

"절망의 책이라고요."

드러먼드는 고개를 끄덕이며 말했다.

"그건 러시아의 상트페테르부르크에 사는 집안 소유였습니다. 책은 다른 데도 아니고 교회에 안치되어 있었죠. 아마도 사람들이 절망에 빠졌을 때 가는 곳이 교회이기 때문이었겠죠. 하지만 그날 밤에 그 여자가 우리를 공격하기 전에 우리는 소유주 가족이 실종되었다는 이야기를 들었을 뿐이고, 아무도 그 책이 어떻게 되었는지는 몰랐습니다. 책이 사라졌다는 이야기나 발견되었다는 이야기는 언제나 있는 소문이라서, 나는 그 이야기를 듣고도 믿어야 할지 말지 몰랐었죠. 하지만 그 여자가 책을 가져갔고 그 가족을 죽인 겁니다. 확실히는 모르겠지만, 느낌이 그래요."

캐시는 고개를 저었다. 드러먼드가 설명을 이어갔다.

"릴리는 참 밝고 활기찬 사람이었어요. 미식가였고, 사람들에게 자신의 고향인 홍콩을 보여주기를 좋아했습니다. 웃을 때면 온몸으로 웃었죠."

그는 느릿하게 고개를 저으며 덧붙였다.

"그런 사람을 본인이 직접 목숨을 끊고 싶어 할 정도로 절망하게 만들었다니, 그것도 더할 나위 없이 끔찍한 방법으로……."

"릴리는 당신을 구해줬어요. 당신이 도우려고 했다가는 당신마저 절망의 책에 영향을 받으리라는 걸 알고 있었던 거예요."

캐시가 단호하게 말했지만 드러먼드는 확신 없이 망설였다. 하지만 그 역시 캐시의 말이 맞기를 바란다는 티가 났다. 드러먼드도 릴리가 그랬다고 기억하고 싶어 하는 것이다.

"난 그렇게 믿어요, 드러먼드. 릴리가 당신을 구해준 거라고요. 당신이 뭔가 더 하지 못했다는 데 얼마나 죄책감이 드는지 나도 느껴져요."

그는 시선을 바닥에 떨구었다. 기억 속의 속마음이 너무나 많이 드러난 게 부끄러운 기색이었다.

캐시는 그의 어깨에 손을 얹었다.

"죄책감 느낄 필요 없어요. 릴리는 당신이 자신처럼 죽기를 바라지 않았어요. 난 릴리를 모르지만, 그건 알 수 있었어요. 내가 봤어요."

드러먼드는 고개를 끄덕이며 그 말을 받아들였다. 그리고 눈을 마주치지 못한 채로 나직하게 말했다.

"고마워요."

그 순간 캐시의 머릿속으로 그때의 기억이 불쑥 밀어닥쳤다. 드러먼드가 보았던 그 여자의 얼굴 위로 스치는 사악한 기색과 잔인하게 뼈가 부서지는 소리에 이어서 차가운 바닥으로 무너져 내린 야스민의 핏빛 잔해들. 그러자 공포와 심한 두려움이라는 감정이 캐시를 휩쓸었다. 그녀는 무릎 사이로 고개를 파묻고서 중얼거렸다.

"너무 끔찍해요. 차라리 보지 말았더라면……."

"미안합니다. 난 그 기억을 지니고 다니거든요. 얼마나 끔찍한지 알아요. 거기 있었으니까요. 하지만 이젠 당신도 알게 됐죠. 왜 그 여자로부터 도서관을 지키고 싶어 하는지, 왜 문의 책을 그 여자가 가지면 안 되는지 말입니다."

드러먼드의 말에 캐시는 그를 올려다보면서 물었다.

"하지만 그렇다고 없애요? 정말 그 길밖에 없어요?"

그녀의 질문에 드러먼드가 괴로워하는 게 보였다. 마치 그의 마음속에도 캐시가 던진 질문이 똑같이 있었던 듯했다.

"그러면 그 여자가 폭스 도서관에 가서 책을 몽땅 가져가면 어떡할까요?"

캐시는 고개를 저으며 눈을 내리깔았다. 드러먼드는 계속 말했다.

"그 여자가 원하는 게 그겁니다. 그때도 그 여자는 도서관 책을 가져가길 바랐다고요. 지금은 더 강력해졌을 겁니다. 10년이 지났어요. 지금도 그 여자는 계속해서 책을 찾아다니며 모으고 있습니다."

캐시가 그를 말없이 바라보았다.

"난 이런저런 이야기를 들었어요. 아직도 책 관련자들과 이야기하거든요. 그 여자는 책 사냥꾼과 책 수집가들을 체계적으로 찾아다니면서 책을 빼앗고 있습니다. 그 여자를 만났다가 살아남은 사람들이 있죠. 많지는 않지만요. 그들은 항상 같은 이야기를 합니다. 내가 어디 있는지 물었다고 하더군요. 그리고 폭스 도서관에 대해서도요. 다들 그 여자가 모든 책을 갖기를 원한다는 걸 알고 있는데, 그 이유는 아무도 모릅니다. 그 여자가 누군지, 어디 출신인지 아는 사람도 없어요. 그 여자가 책을 전부 손에 넣으면 뭘 할지 아는 사람도 없습니다."

"그러면 왜 그 여자를 막지 않아요? 내 책을 없애버리려 하지 말고, 그 여자를 없애라고요! 당신이 가진 책을 숨기지 말고 그녀에게 맞서 싸우는 도구로 쓰면 안 돼요?"

캐시의 물음에 드러먼드는 무엇에 찔린 것처럼 움찔했다. 그리고 뭐라 대답하려는 것처럼 입을 열었다가 이내 다물더니, 결국 힘겹게 대답했다.

"난…… 싸움꾼이 아닙니다, 캐시. 조용한 건물에 앉아서 책을 연구하는 사람이라고요. 내가 그 여자에 비해 뭐란 말입니까? 당신도 봤잖아요. 그 여자를 만나면 죽는다고요."

캐시는 그의 평가에 동의하지 않는 기색으로 고개를 저었다.

"당신은 델리에서 바버리라는 사람에게 맞섰잖아요. 이지랑 나를 보호해 줬잖아요."

"난 할 일을 했을 뿐입니다. 도망치고, 당신과 이지랑 그 책을 바버리에게서 지키려고요."

"그게 뭐가 다른가요. 우리는 그 여자에게 맞서서 책을 안전하게 지켜야 해요."

드러먼드는 동의할 수 없다는 듯 웃음을 터뜨렸다.

"엄연히 다르죠. 휴고 바버리는 특별할 것 없는 남자인데도 날 무섭게 만들잖아요. 그 여자는…… 그보다 더 심하다고요. 당신도 봤으면서."

캐시는 이러지도 저러지도 못한 채로 고민했다. 드러먼드의 말이 옳다는 걸 알았지만, 그렇다고 문의 책을 없애게 둘 수도 없었다. 생각을 해야 했다. 이제 어떡할지 알아내야 했다. 그녀는 자리에서 일어섰다.

"일단 우리 시대로 돌아가야겠어요."

그녀의 말에 드러먼드는 실망스러운 눈초리로 그녀를 바라보았다.

"내 친구를 만나고 싶어요, 드러먼드. 머리도 좀 비워야겠고요. 난…… 당장은 이걸 해결할 수가 없어요. 일단 이지가 안전한지 확인하고 싶어요."

"알았어요. 그러죠."

캐시의 목소리가 누그러졌다.

"당신은 친구를 잃었죠. 그래서 참 안타까워요. 하지만 이지는 아직 살아있어요. 지금 이런 걸 봤으니, 이지가 어떤지 확인하고 싶어서 그래요."

드러먼드는 고개를 끄덕였다.

"알겠습니다. 그럼 이지가 무사한지 확인해 봐요."

그들은 조용히 브라이언트 파크를 나서서 42번가를 따라 동쪽으로 걸어갔다. 때는 점심시간이라 몰려든 인파 속에서 이리저리 부딪히고 밀쳐야 했다. 도시에선 뜨거운 금속과 콘크리트 냄새가 났고, 공기는 탁하고 지저분했다. 그러다 지하 주차장을 발견하고는 출입구를 찾아보려 경사로를 따라 아래로 들어갔다. 캐시는 이제 제대로 된 문을 점점 능숙하게 찾아내는 것 같았다. 아무도 들여다보거나 알아채지 않는 인적 드문 문들 말이다. 그런 곳이야말로 문의 책을 쓰기에 좋았다. 그녀는 내부 비상계단으로 통하는 입구를 찾아냈다.

"여기면 되겠네요."

"문을 살짝 열어봐요. 혹시 누가 있을 수도 있으니까. 우린 탈출구가 있어야 해요."

드러먼드의 말에 캐시는 고개를 끄덕이고는 문을 열었고, 곧 자신의 아파트 현관이 나타났다.

"저게 뭐죠? 피인가?"

캐시는 현관문 근처의 바닥을 가만히 들여다보며 말했다.

몇 걸음 다가가자 마룻바닥 위로 끈적하고 붉은 웅덩이가 보였다. 캐시의 가슴이 공포로 세차게 뛰었다.

"그래요. 피네요."

드러먼드는 고저 없는 목소리로 말했다.

"이지!"

캐시는 숨을 헐떡이고서는 드러먼드의 곁을 지나 거실로 뛰어갔다. 얼핏 보기에는 모든 게 이상할 게 없었지만, 주위를 좀 더 둘러보자 뭔가 잘못되었다는 게 느껴졌다. 무언가 엉망이었다. 쓰러진 TV장은 부서져 있었고, 공기 중에 오줌 냄새가 감돌았다.

"세상에!"

그녀는 중얼거리면서 두 손을 머리에 묻고는 선 곳에서 돌아섰다.

가구와 물건은 죄다 쓰러져 있었고, 소파 쿠션에 얼룩이 졌다. 그리고 문 뒤에 숨었다가 자신을 향해 돌진하는 남자가 보였다.

"쌍!"

캐시가 소리를 지르는 동시에 휴고 바버리가 그녀에게 달려들었다. 그의 얼굴에는 분노의 비웃음이 스쳤다.

"뭡니까?"

드러먼드가 현관에서 놀라 소리쳤다.

하지만 캐시는 대답하지 못했다. 휴고 바버리의 커다란 손이 그녀의 목을 졸라 숨을 앗아가고 이성적인 생각을 차단했기 때문이었다. 그녀는 하릴없이 그의 손을 때려댔지만 소용없었다. 캐시도 작은 키는 아니었으나 휴고 바버리보다는 작은 데다, 그의 팔은 나무줄기처럼 굵고 단단했다. 바버리가 그녀를 가까이 끌어당기자, 그의 얼굴 한쪽이 부어올라 붉어진 게 보였다.

"내가 가져가지."

그는 캐시의 귓가에 중얼거리며 다른 손으로 그녀의 주머니를 뒤져 문의 책을 꺼냈다.

캐시는 그의 팔을 더욱 세차게 쳤지만, 머릿속은 숨을 쉴 수가 없다고 아우성을 쳐댔기 때문에 책은 사실 중요한 게 아니었다.

"고맙군."

휴고가 말하는 순간 드러먼드가 문가에 나타났다.

"이게 무슨……. 아, 씨발."

그는 입을 열었다가 이런 말로 끝을 맺었다.

휴고는 문에서 한 발짝 옆으로 비키며 우쭐하게 말했다.

"폭스 씨, 다시 보니 어찌나 반가운지 모르겠군. 당신의 아가씨 친구와 책은 이제 내 손 안에 있어."

아직도 휴고의 손아귀에 잡힌 캐시는 숨을 쉬려고 발버둥 치는 중이라, 그의 말은 이제 꿈속에서 들리는 듯, 마치 다른 사람에게 전해 듣는 듯했다.

"이제 어쩔 건가, 사서 선생? 지난번처럼 다시 그림자 속으로 들어가 도망칠 건가?"

휴고가 묻자 드러먼드는 동요하며 캐시와 휴고를 번갈아 바라보았다. 그의 모습은 마치 우유부단함을 의인화한 것 같았다.

"겁쟁이."

휴고가 이렇게 내뱉은 순간, 캐시는 최대한 묵직하고도 세차게 그의 다리 사이를 쳤다. 속으로는 제발 이게 효과가 있기를 바랐다.

휴고는 숨을 헉 몰아쉬며 새된 비명을 지르고는 그녀를 놓아주었다. 그의 얼굴이 시뻘게진 가운데 캐시는 비틀거리며 그에게서 물러섰다.

드러먼드에게 돌아간 캐시는 방에서 나가 복도로 향했고, 몸을 추스른 휴고는 둘을 빤히 바라보며 애써 몸을 이끌고 투덜거렸다.

"오늘치 고통은 받을 만큼 받았어!"

"이리 와요."

드러먼드는 휴고가 뭘 할지 알고 있다는 듯 캐시를 재촉했다.

"이지에게 무슨 짓을 했지? 내 친구 어디 있어?"

캐시는 쉰 목소리로 나직하게 물었다.

그들은 캐시의 방으로 움직였다. 탈출구로 놔둔 과거로 통하는 문은 여전히 열려있었다. 그들에게 다가온 휴고는 문 사이로 무엇이 보이는지 알아보았다. 그러자 그의 눈이 환하게 빛났다.

"참 놀랍군."

휴고는 이렇게 말하더니 캐시를 보며 덧붙였다.

"아가씨 친구가 짜증 나게 굴어서 내가 죽였을지 누가 알겠어."

"아니야."

캐시는 그 말을 믿기 거부했다. 그의 말을 믿는다면 자신은 끝이라는 걸 알고 있었으니까. 바닥에 떨어진 유리처럼 산산이 깨져버릴 테니까.

"저건 거짓말입니다."

드러먼드의 말에 휴고가 반박했다.

"내가 거짓말을? 뭐 하러?"

"당신 자체가 거짓이니까."

드러먼드가 대답했다.

"그러든 말든, 이러는 거 짜증 나는데."

캐시가 노려보자 휴고가 문의 책을 자기 주머니에 넣고서 다른 책을 꺼내는 모습이 보였다.

"당신이야말로 이제 내가 볼일이 있는 쪽이지."

휴고는 드러먼드에게 이렇게 말하더니, 캐시를 바라보았다. 마침 그의 손에 든 책이 살아나며 보랏빛과 붉은 불꽃을 어두운 복도로 비추었다.

"그쪽과는 볼일이 끝났어."

캐시는 몸이 위아래로 흔들리더니, 방문 밖으로 굴러떨어져 과거로 들어갔다. 드러먼드가 "안 돼!" 하고 외치는 소리가 들리는 가운데 거친 콘크리트에 몸이 부딪히는 걸 느끼며 주차장 바닥을 굴렀다.

캐시는 다리가 꼬인 거북한 자세로 바닥에 떨어졌다. 이윽고 바버리가 문가로 다가오더니, 주위를 둘러보며 캐시가 이제 완전히 다른 곳에 있다는 걸 확인한 다음, 미소를 지어 보였다.

"그럼 안녕히."

그가 짧은 인사말을 던지는 동안 캐시는 비틀비틀 일어났다. 그 움직임은 너무나 느렸다.

바버리는 문을 닫았다. 쾅 소리가 천둥처럼 주차장에 메아리치고, 캐시는 이제 문의 책 없이 과거에 홀로 남게 되었다.

제·3·부

과거의 메아리

과거에 홀로 남아

캐시는 소음과 빛 가운데 홀로 섰다. 뉴욕의 관광객들과 교통 체증 가운데서 그녀는 고독한 존재가 되었다.

지금 앉은 곳은 타임스 스퀘어 한가운데, 브로드웨이 티켓 부스의 빨간 계단 꼭대기였다. 따스한 저녁이라 땀이 나서 외투는 접어 무릎에 올려놓고 모자와 스카프는 주머니에 넣었다. 사방으로 전등이 비명을 지르듯 위협적으로 빛나서 자꾸만 자신을 보호하듯 머릿속이 움츠러들고 어디론가 어둡고 고요한 곳으로 도망치고 싶었다. 하지만 어디로 가야 할지 생각나는 곳은 없었다. 돈도, 친구도, 집에 돌아갈 방법도 없는 과거에 갇혀버렸으니까. 그래도 타임스 스퀘어는 밤새도록 밝았고 언제나 관광객이 있는 곳이었으니 적어도 안전했다. 시끄럽고 환하고 귀에 거슬리는 소리가 났어도 안전하다는 건 중요했다.

"세상에 누가 타임스 스퀘어에 가고 싶어 한다고? 타임스 스퀘어 좋아하는 건 관광객이랑 테러리스트뿐이잖아."

세상이 미쳐버리기 전, 아주 오래전처럼 느껴지는 어느 때에 이지가 했던 말이 떠올라 그녀는 중얼거렸다.

다시금 눈물이 차올랐다. 고요하게 차오르는 패배의 눈물 때문에 시야에 들어온 뉴욕의 불빛이 흐릿했다.

"세상에."

캐시는 홀로 오열했다.

그녀는 이제껏 살면서 힘든 고비를 많이 겪었다. 할아버지가 병을 앓다가 돌아가셨던 그때. 그 후 몇 주는 정말로 암울했고, 난생처음 세상에 혼자가 된 시기였다. 하지만 그때도 지금처럼 외롭고 무력하지는 않았다.

"이제 어떡하지?"

그녀는 낡은 스웨터 소맷자락으로 눈물을 닦으며 혼잣말로 물었다.

방문이 쾅 닫힌 후, 캐시는 문이 다시 열리기를 기대하면서, 드러먼드가 자신을 찾아오기를 바라면서 얼마간 주차장에서 기다렸다. 하지만 몇 분이 지나 몇 시간이 되면서 희망은 점점 사라졌다. 드러먼드가 문의 책을 사용할 수 있을지조차 알 수 없었다. 어쩌면 자신 말고는 아무도 사용할 수 없는 건지도 몰랐다.

너무 무감각해진 나머지 당장은 겁이 나지도 않았다. 희망이 완전히 꺼진 그녀는 주차장에서 나와 더운 오후 동안 뉴욕을 헤매고 다녔다. 얼마간 정처 없이 걷는 그녀의 머릿속은 마치 일과를 모두 마친 것처럼 묘하게 고요했다. 거리를 힘겹게 걸으며 사람과 교통 체증에 시달리다가, 어느새 정신을 차려보니 센트럴 파크의 벤치에 앉아서 개를 산책시키는 사람들과 조깅하는 사람들을 멍하니 바라보고 있었다. 그녀는 이제 자신의 문제를 어떻게든 논리적으로 생각해 보려 했다. 조금만 논리적으로 헤아려 보면 당장 나올 해결책이 뭔가 있을 것만 같았다.

하지만 그런 해결책은 없었다. 자신은 돈도 없고, 혼자였으며, 신분증에는 미래의 날짜가 찍혀있었기 때문에 과거에서는 무용지물일 터였다.

순간, 순식간에 닥친 홍수처럼 공황이 부글부글 끓어오르면서 숨을 막아 죽일 듯이 위협했다. 캐시는 벤치 팔걸이를 잡고 애써 몸을 가누면서 과하게 호흡을 했다. 그동안 사방에 널린 뉴욕의 사람들은 죄다 그녀를 일부러 무시하고 지나쳤다.

캐시는 혼자였다. 그 어느 때보다도 혼자였다.

그리하여 몇 시간 후인 지금, 타임스 스퀘어의 불빛이 어둠을 막아주는 가운데, 캐시의 머릿속은 떨어져 있던 구멍에서 다시 나와 어떻게든 이 상황을 타개해 보려고 했다.

"긍정적으로 생각하자."

캐시가 혼잣말하는 동안 앞에 있던 일본인 커플이 사진을 찍으려고 포즈를 취했다. 그들은 캐시에게 사진을 찍어달라고 부탁할까 고민하다가 눈물에 젖은 캐시의 얼굴을 보고선 몇 걸음 옆에 있던 중년 남자에게 다가갔다.

"날은 따뜻하잖아. 여름이니까. 적어도 얼어 죽진 않을 거야."

그녀는 혼잣말을 하면서 고개를 끄덕였다. 그리고 무릎에 개켜둔 외투를 매만졌다. 필요하다면 계단에서 밤새 있을 수도 있었다. 안전할 거고, 춥지 않을 거다.

"당장 다가올 위험은 없잖아."

그녀는 다시 고개를 끄덕이면서 긍정적인 면을 애써 강조했다.

"얼마나 좋아. 당장 죽을 일은 없잖아."

하지만 그게 다였다. 그것 말고는 좋은 게 없었다.

캐시는 밤새 계단에 앉아있었다. 왜 그런지 움직이기가 무서웠다. 여기서 움직이기라도 하면 모든 게 현실이 될 것만 같이, 그래서 이 모든 걸 다 감당해야 할 것만 같이 느껴졌다. 이 도시는 잠드는 법이 없었고, 타임스 스퀘어는 특히 그랬다. 깜빡이는 불빛이 파르르 떠는 가운데 항상 택시가 줄지어 지나가고, 이른 새벽에는 수가 줄어들긴 했지만 그래도 관광객은 늘 존재했다. 이윽고 사방이 다시 활기를 띠기 시작했다. 교통 체증은 더 심해지고 소음은 더 커졌다. 그러다 캐시는 깨달았다. '나, 앉아서 졸았구나.' 갑자기 정신이 번쩍 들자 겁이 덜컥 났다. 그녀는 눈을 깜빡이며 왜 자신이 타임스 스퀘어에 혼자 있는 건지 애써 기억해 보았다.

그러다 10년 전의 영화 광고가 눈에 들어오면서 모든 기억이 한꺼번에 밀려들었다. 그것들은 공황과 공포였다. 그녀는 일어나서 움직여야 했다. 그렇지 않으면 다시금 절망이 자신을 집어삼킬 터라 그것만은 막아야 했다.

화장실에 가야 했고, 입도 텁텁했다. 그래서 7번가를 따라 펜 스테이션까지 출근하는 사람들 사이에 휩쓸려 걸어갔다. 역 안 화장실에 들어간 캐시는 귓가에 울려대는 고함과 공격적인 언사를 최대한 무시했고, 볼일을 보자마자 누군가 말을 걸기 전에 서둘러 화장실에서 나왔다. 그리고 식수대를 찾아 갈증이 해소될 때까지 물을 마시며 입에 감도는 도시의 공기 맛을 씻어냈다.

역사 안을 이리저리 걸어 다니자 빵과 핫도그 냄새가 났다. 아직 배가 고프지는 않지만 조만간 고파질 것이다. 살아남으려면 뭔가 해야 한다는 걸 알고는 있었다.

그러다 노숙자 여자를 보았다. 양손에 불룩한 비닐봉지를 들고서 몸에 옷을 몇 겹이고 껴입은 여자의 모습에서 캐시는 자신의 모습을 보았다. 이름 없이 잊힌 존재가 되어, 겉으로 보이는 뉴욕의 아래에 숨겨진 사람이 되어, 내가 사실은 미래에서 왔다는 헛소리를 말하고 다니는 외톨이로 살아가는 자신의 모습을.

갑자기 펜 스테이션에 있는 게 숨이 막혔다. 벗어날 수 없는 덫에 걸린 것만 같은 공포에 캐시는 다시 따스한 아침 공기가 있는 지상으로 올라왔다. 그렇게 다시 북쪽으로 걸어서 전날 드러먼드와 함께 왔던 브라이언트 파크로 돌아왔다. 젊은 드러먼드와 그의 친구들을 보려고 앉았던 곳이었다.

캐시는 테이블에 앉아 애써 긴장을 풀었다. 지금은 그저 침대에 누워 자고 싶었다. 자신의 아파트로, 이지에게로 돌아가고 싶었다.

"아, 안 돼. 이지."

캐시는 휴고 바버리가 자신을 문밖으로 밀어버리기 전에 했던 말을 떠올렸다. '아가씨 친구가 짜증 나게 굴어서 내가 죽였을지 누가 알겠어.'

그녀는 두 손에 얼굴을 묻었다.

그 말이 진짜면 어떡하지?

그자가 정말로 이지를 죽였으면 어떡하지?

캐시의 속은 지금 폭풍이 몰아치는 바다같이 격하게 요동쳤고, 온몸은 한 번도 겪어보지 못한 혼란으로 뒤덮였다. 눈물이 차오르자 주변 세상이 온통 흐릿해졌다. 애써 닦아내려 해도 눈물은 계속 솟을 뿐이었고, 닦으면 닦을수록 호흡이 가빠지면서 뺨만 쓰라릴 뿐이었다. 그런데도 눈물은 여전히 나왔다. 이 눈물엔 끝이 없었다.

모든 희망이 사라지고 그저 기진맥진한 채로 껍데기만 남아버린 캐시는 속으로 생각했다. '누가 날 도와줄 수 있을까. 혼자서는 살아갈 수 없는데.' 과거에 알고 지냈던 사람들을 떠올려 보았다.

할아버지는 미 대륙 저편에 있었다. 하지만 할아버지에게 간다고 한들 무슨 도움을 받을 수 있을까? 할아버지가 뭘 할 수 있다고? 그러잖아도 돌봐야 할 어린 캐시가 딸렸는데.

이지는 뉴욕 어딘가에 있을 것이다. 하지만 캐시는 그곳이 어딘지 몰랐다. 게다가 10년 전의 이지는 캐시를 모른다. 그러니 그녀를 왜 도와주겠는가?

그러다 생각이 닿은 사람은 드러먼드 폭스였다. 미래의 드러먼드 폭스가 돌아와서 자신을 구해주기를 바라기도 했었지만, 그랬다면 지금쯤 이미 와있어야 하는 것 아닌가? 그는 캐시가 어디 있는지 아는데. 캐시는 그에게 의지할 수가 없었다.

그렇다면 과거의 드러먼드 폭스는 어떨까? 10년 전의 드러먼드 폭스라면?

이건 좋은 생각인 것 같았다. 기회가 될 수도 있었다. 방문이 닫혀버린 이후 처음으로 앞길이 열린 느낌이었다.

캐시는 자리에서 일어나 발걸음이 가는 대로 브라이언트 파크를 걸었다. 하지만 시선은 풍경이 아니라 자신의 속을 향한 채로, 방금 든 생각이, 이 희망이 마치 연약한 식물인 양 조심스레 키워갔다.

드러먼드 폭스를 찾으면 문의 책 이야기를 하면서 앞으로 일어날 일들을 다 말해주는 거다. 그러면 분명히 그녀를 믿어줄 거라고 캐시는 확신했다.

과거의 드러먼드 폭스가 이 도시 어딘가에 있다는 걸 깨닫자 갑자기 아드레날린이 확 솟구쳤다. 캐시와 캐시가 아는 드러먼드가 바로 어제 브라이언트 파크에서 그를 보았으니까.

하지만 드러먼드 폭스가 사라졌다는 걸 깨달은 순간 희망은 곤두박질치고 말았다. 전날 밤 그는 친구들이 그 여자에게 살해당하는 걸 목격하지 않았던가. 캐시도 직접 보았다. 드러먼드의 기억 속 그 자리에 있었으니까. 드러먼드는 친구들이 학살당한 현장을 두고 그 여자를 피해 도망쳤다. 그 후로 드러먼드 폭스는 10년 동안 그림자 속에서 살며 도망치고 숨어 다녔다. 그러니 10년 후의 미래가 올 때까지, 자신과 이지가 그를 라이브러리 호텔의 루프톱 바에서 보는 그날까지는 어디 있는지 알 길이 없었다.

"아냐."

이 점이 사실로 명확해지자 캐시는 혼잣말로 부정했다. 그녀가 걸음을 멈추는 바람에 주변 사람들은 어쩔 수 없이 그녀를 비켜 갔다. 짜증을 내는 소리도 귓가에 닿지 않았고, 성가셔하는 시선도 눈에 들어오지 않았다. 그저 자신의 생각에 푹 빠져있었을 뿐이다.

드러먼드 폭스는 그녀를 도와줄 수 없었다.

캐시는 자신의 머릿속이 이 사실에 반응하고 또 다른 생각을 낼 때까지 가만히 기다렸다.

드러먼드 폭스를 찾을 수 없다면, 그리고 과거에 사는 이 중에 그녀를 도와줄 사람이 아무도 없다면, 이제는 스스로 뭔가를 해야 했다. 자신이 원래 있던 시간으로 돌아갈 방법은 단 하나뿐이었다.

"문의 책을 찾아야 해."

그녀는 혼잣말을 했다. 나직한 목소리로 내뱉은 사실은 사실 열두 시간 전에 이미 떠올렸어야 했다.

하지만 어디서부터 시작하지? 그런 책을 어디서 찾지?

답은 간단했다. 이걸 자신에게 준 사람부터 찾아야 했다.

바로 웨버 씨를 찾아야 했다.

캐시는 웨버 씨의 아파트 건물 밖에서 기다렸다. 웨버 씨가 마침내 나타났을 때는 늦은 오후였는데, 처음에 캐시는 그를 알아보지 못했다. 지금 본 웨버 씨는 머리카락이 더 검고 더 강인해 보였다.

웨버 씨가 모퉁이를 돌기 전, 캐시는 그를 따라잡았다.

"웨버 씨!"

그는 멈춰 서서 캐시를 보았다. 정중한 미소를 짓는 표정에서는 호기심과 조심스러움이 드러났다.

"웨버 씨, 만나서 정말 반가워요."

캐시는 인사말을 불쑥 내뱉었다. 감정이 갑자기 북받쳤다.

"이게 무슨 일인지 모르시겠죠. 부탁이에요, 웨버 씨가 절 도와주셔야 해요."

말이 급류처럼 흘러나왔다. 아는 얼굴을 보았다는 이유만으로 열두 시간 동안 그녀를 사로잡았던 공포와 불안과 공황이 마구 쏟아졌다. 심지어 지금의 얼굴은 모르는 사람이나 마찬가지인데도 어쩔 수가 없었다.

"정말 죄송해요. 저를 모르신다는 건 알아요. 하지만 절 도와주셔야 해요. 제가 아는 유일한 분이 웨버 씨라고요."

웨버 씨는 이마에 주름을 잡고서는 눈을 위아래로 움직이면서 그녀의 얼굴을 바라보았다. 마치 그녀가 누구인지 알아내려는 듯했다.

"저는 문의 책이 필요해요. 미래에서 저한테 주신 책 말이에요. 왜 저한테 주셨는지는 모르겠지만, 웨버 씨가 분명히 주셨거든요. 그런데 저는 지금 과거에 갇혀버렸어요. 그래서 집으로 돌아가야 하는데, 절 도와줄 사람이 달리 생각나지 않아서요. 아, 세상에……."

그녀는 손으로 머리를 짚었다. 머릿속에서 경고가 떠올랐다. 그녀는 횡설수설하고 있었다. 모르는 사람 눈에 어떻게 보일지 생각해야 했다. 캐시는 마음을 가라앉히려 억지로 숨을 쉬고서 덧붙였다.

"이게 말도 안 되는 소리라는 거 알아요. 제가 어떻게 보일지도 알고요."

"도와드릴까요?"

웨버 씨는 상냥하게 고개를 끄덕이면서 말했다.

"네! 맞아요! 도와주세요, 제발 부탁이에요. 문의 책이 있어야 해요. 저 딱 한 번만 쓸게요."

웨버 씨는 다시 느릿하게 고개를 끄덕였다. 그리고 곁눈질로 부산하고 시끄러운 2번가 쪽을 바라보았다.

"미안하지만 이게 다 무슨 일인지 모르겠군요. 하지만 보아하니 따뜻한 음식을 먹고 싶은 모양인데, 맞나요?"

캐시는 주저했다. 지금 이 대화가 어디로 흘러갈지 감을 잡을 수가 없었다.

웨버 씨가 주머니에서 지폐 몇 장을 꺼내 주는 모습을 그녀는 멍하니 바라보았다. 그는 캐시의 손에 지폐를 쥐여주었다.

"가서 뭘 좀 먹도록 해요. 미드타운에는 여성 전용 쉼터가 있을 겁니다. 거기 가면 도와줄 사람이 있을 테고요. 미안하지만, 난 더는 못 도와줍니다."

웨버 씨가 서둘러 자리를 뜨는 모습을 캐시는 바라보기만 했다. 그는 혹시 미친 여자가 자신을 따라오는 건 아닌지 걱정스러운 눈빛으로 슬쩍 뒤를 돌아보았다.

도시의 일상이 무심하게 주위를 흘러가는 가운데, 손에 지폐를 쥔 캐시는 그 자리에 몇 분 동안 멍하니 서있었다.

캐시 엔드루스의 대단히 놀라운 이야기

캐시는 지금 생각나는 유일한 행동을 실행에 옮겼다. 바로 어딘가 익숙한 곳, 어딘지 생각나는 곳으로 가는 것이었다. 바로 켈너북스였다. 후덥지근한 도시의 거리를 지나 서점 안으로 들어서자 안도감이 들었다. 책도 다르고 이곳 직원도 하나도 알아볼 수 없었지만, 그래도 서점은 그대로였다. 어쩐지 안전해 보이고 편안해 보이는 곳이라는 뜻이었다. 캐시는 서점 안쪽 구석에 있는 소파를 찾아서 앉았다. 그리고 독서를 하려는 듯 아무 책이나 손에 들고서 어지러운 머리를 진정시키려고 안간힘을 썼다.

잠시 그렇게 앉아있자 머릿속이 가라앉았지만 절망은 고집스레 남아 이제껏 실패한 걸 쭉 늘어놓았다.

어째서 아파트로 되돌아갔을까?

어째서 거실에 있는 휴고 바버리를 보지 못했을까? 바보인가? 앞이 안 보였나?

어째서 드러먼드와 떠날 때 이지를 두고 간 걸까?

"아, 안 돼."

캐시는 중얼거렸다. 바닥에 고여 있던 피를 생각하니 속이 뒤집어졌다. 이지는 어디 있을까?

그녀의 절망적인 목소리를 들은 근처 서가에 서있는 손님이 그녀 쪽을 돌아보았다. 캐시는 애써 미소를 지으며 주변의 걱정스러운 시선을 무마하려 했다. 여기에 평생 있을 순 없었다. 곧 날이 어두워지면 머물 곳이 없어질 것이다. 또 타임스 스퀘어에서 하룻밤을 보내야 한다고 생각하니 암울했다. 앞으로의 인생은 결국 이렇게 될까?

그녀는 웨버 씨가 말해준 쉼터를 떠올렸다. 거기 가야 할까? 적어도 잘 곳은 있을 것이다. 음식도.

그러자 웨버 씨가 손에 쥐여준 지폐도 떠올랐다. 갑자기 텅 빈 뱃속이 요동치는 게 느껴졌다. 마음을 침착하게 하려고 온종일 몇 킬로미터나 걸은 데다, 할아버지를 만났던 식당에서 드러먼드와 식사를 한 이후로 아무것도 먹지 않았으니 뭔가 먹어야 했다. 리옹에서 드러먼드가 자신에게 같은 말을 했던 게 떠오르자 힘없이 미소가 지어졌다. 그리고 드러먼드가 보고 싶었다. 비록 만난 지 하룻밤에 안 된 사람이지만, 캐시는 그가 보고 싶었다.

억지로 자리에서 일어선 캐시는 서가에 책을 다시 꽂아놓고 서점 매장을 지나 앞에 있는 커피 바로 갔다. 그리고 커다란 초콜릿 머핀과 라지 사이즈 커피를 산 다음 빈 자리에 앉았다. 문득 하룻밤을 뉴욕에서 노숙한 자신의 몸에서 냄새가 날지도 모른다는 생각이 들었다. 부디 다른 손님들이 눈치채지 못하길 바랐다.

그녀는 머핀을 먹었다. 최대한 오랫동안, 마치 이 머핀이 최후의 만찬인 것처럼 한 입 한 입 음미하며 먹었다. 배가 차고 커피가 혈관을 돌기 시작하자 다시금 이성적인 생각을 할 수 있을 듯한 기분이 들었고, 날뛰는 감정에 맞서 생각의 벽을 단단히 칠 수 있었다.

캐시는 가만히 앉아 서점 앞쪽을 바라보며 그 너머의 거리를 응시했다. 모든 문제를 해결하려고 하지 않고, 불가능한 일을 바로잡으려

하지 않고, 그녀는 그저 침착하고 말없이 앉아있기만 했다.

그러다 거리 쪽 출입구가 열리더니, 웨버 씨가 켈너북스로 들어왔다.

서점에 들어온 웨버 씨는 처음에 캐시를 알아보지 못했다. 그리고 캐시 역시 그의 관심을 끌지 않았다. 웨버 씨는 언제나처럼 계산대에 가서 음료를 주문했다. 캐시는 그가 옆구리에 책을 끼고 있다는 걸 눈치챘다. 아까 거리에서는 보이지 않았던 것이었다.

웨버 씨가 세 자리 건너 테이블에 앉은 모습을 지켜본 캐시는 깨달았다. 웨버 씨가 켈너북스에 나타난 건 마지막 기회였다. 그는 문의 책으로 통하는 길이었다. 그러니 웨버 씨에게 자신의 말을 믿게 해야 했다.

캐시는 그가 책을 읽으며 음료수를 마시는 모습을 몇 분간 지켜보면서, 그에게 어떤 방법으로 다가가야 가장 좋을지 떠올려 보려고 했다. 어떻게 하면 그녀를 믿게 만들 수 있을까. 그래야 최소한 대화라도 할 텐데.

이윽고 캐시는 일어서서 커피를 손에 들고서는 웨버 씨의 맞은편에 가서 앉았다. 책을 읽다 고개를 든 그의 얼굴로 여러 가지 표정이 감돌았다. 놀라움과 충격, 경계심이었다.

"돈을 주셔서 감사했습니다, 웨버 씨. 정말 저에게 큰 도움이 되었어요."

이 말에 그가 무장을 해제하는 게 보였다. 일단 경계심은 사라졌다.

"음료수랑 음식을 좀 먹었어요. 저한테 정말 필요했더라고요. 아까 대화했을 때는 제가 좀 흥분했었던 것 같아요. 걱정을 끼쳐드렸다면 죄송해요."

그녀는 미소를 지으며 말했다. 웨버 씨는 고개를 저으면서 캐시가 하려던 말을 꺼내기도 전에 정중하게 대화를 마무리하려고 했다.

"딱 하나만 말씀드릴게요. 그러고 나서도 웨버 씨가 저랑 말하고 싶지 않으시다면 저도 가겠습니다. 정말이에요. 딱 하나만 말씀드리게 해주세요."

캐시의 말에 웨버 씨는 잠깐 입을 오므리며 생각에 잠겼다.

"솔직히 말하자면, 아가씨가 어떻게 내 이름을 아는지 당황스럽군요."

"부탁이에요. 제가 딱 한 말씀만 드릴게요."

캐시는 어떻게든 차분함을 유지하려고 애를 쓰며 저도 모르게 눈을 감았다.

"알겠습니다. 무슨 말을 하고 싶습니까?"

그가 말하자 캐시는 고개를 끄덕였다. 이 한 문장에 희망과 절망의 세계가 순간 빙글 회전하여 바뀐 것만 같았다.

"웨버 씨가 지금보다 젊으셨을 적에, 로마에 가신 적이 있었어요. 그때 트레비 분수 근처에 있는 작은 호텔에 묵으셨지요. 거기서 호텔 주인아주머니가 웨버 씨 방에 커피를 주러 왔다가 알몸으로 서 있던 웨버 씨를 봤죠."

웨버 씨는 멍한 표정으로 그 이야기를 듣더니, 이맛살을 찌푸린 채 의자에 기대앉아 오랫동안 캐시를 응시했다.

"당신 누굽니까?"

그의 말에 캐시는 대답했다.

"저는 캐시라고 해요."

"난 그 이야기를 아무에게도 한 적이 없어요. 아무도 모르는 이야기인데. 그러니 아는 사람이 있을 리 없다고. 그런데 아가씨는 어떻게 아는 거죠?"

"웨버 씨가 직접 말씀해 주셨어요. 우린 친구거든요. 그래서 제가 성함을 아는 거예요. 어디 사시는지도 알고요. 아까 저는 웨버 씨를 기다리고 있었어요. 여기 정기적으로 오셔서 책을 읽고 가신다는 것도 알고 있고요. 《몬테크리스토 백작》을 무척 좋아하신다는 것도 알아요."

"그러니까 그걸 어떻게 아는 겁니까? 우린 만난 적도 없는데."

웨버 씨는 고개를 저으면서 물었고, 캐시는 고개를 끄덕였다.

"없죠. 그게 설명하기 어려운 부분이에요, 웨버 씨. 저는 미래에서 왔어요. 우리는 미래에서 만나서 친구가 돼요. 사실 제 말을 믿어주실 거라고는 기대하지 않아요. 왜냐면…… 음, 이게 참 말도 안 되잖아요?"

웨버 씨는 캐시를 바라보고 있었다. 그의 머릿속에서 상충하는 사실들이 사투를 벌이며 논쟁하고 있는 게 훤히 보였다.

"저는 위험한 사람이 아니에요, 웨버 씨. 다만 여기에 연고도 없고 돈도 없고 도와줄 친구도 없이 뚝 떨어져 버렸을 뿐이에요. 저를 도와주실 만한 분으로 생각나는 게 웨버 씨밖에 없어요."

웨버 씨는 커피를 한 모금 마시고서 말했다.

"당신을 믿어도 될지 모르겠군요. 지금 하는 말은…… 대단히 놀랍고 사실이라기엔 미친 소리 같단 말이죠."

캐시는 서글프게 고개를 끄덕이며 눈을 테이블로 내리깔았다. 물론 믿어줄 리 없었다. 대체 누가 이런 걸 믿겠는가?

하지만 웨버 씨는 캐시를 쫓아내지 않았다. 다시 고개를 들었을 때, 그는 여전히 그녀 쪽을 바라보고 있었다.

"그런데 어떻게 로마 이야기를 아는지 이해가 안 가는군. 아무한테도 말한 적이 없었는데. 어디 적어둔 적도 없고. 이게 무슨 사기극 같은 것이라 해도, 대체 아가씨가 그 사실을 어떻게 알 수 있었는지는 모르겠군요. 그리고 오늘 돈도 줬잖습니까? 그런데도 나와 이야기하려는 의도가 뭡니까?"

그는 혼잣말 같은 말을 이어가다가 불쑥 물었다. 캐시는 조용히 대답했다.

"이건 사기가 아니에요."

두 사람은 한동안 말없이 앉아있었다.

서점 안은 이제 조용했고, 서가를 둘러보는 사람도 얼마 없었다. 젊은 연인이 건너편 테이블에 앉아 머리를 맞대고 키득키득 웃고 있을 뿐이었다. 날은 어느새 저물어 초저녁 무렵으로 접어들었다. 이제 다시 익숙하고 편안한 서점에서 나와 외로운 밤거리에 머물러야 한다고 생각하니 캐시는 가슴이 덜컥 내려앉았다.

"휴대폰 있습니까?"

웨버 씨의 물음에 캐시는 상념에서 벗어났다.

"네?"

"폰이요. 휴대폰 말입니다. 요즘은 다들 가지고 다니잖습니까."

"있어요."

캐시는 별생각 없이 외투 주머니를 두드리며 말했다.

"그럼 폰 좀 보여주시죠."

웨버 씨는 손을 내밀며 요구했다.

"왜요?"

"아가씨를 믿어주길 바란다면 휴대폰을 보여주세요. 아니면 난 일어나서 당장 나가겠습니다."

캐시는 이 요구를 잠시 생각해 보다가 잃을 게 없다는 결론을 내렸다. 그래서 휴대폰을 꺼내 건네주었다.

"잠금 해제를 해주세요."

그는 다시 휴대폰을 돌려주며 말했다.

캐시는 비밀번호를 입력해서 휴대폰을 다시 건넸고, 웨버 씨가 폰을 검사하며 화면을 넘겨보고 눈길을 움직여 가며 내용을 읽는 모습을 잠시 바라보며 기다렸다. 이윽고 그는 휴대폰을 테이블에 내려놓고 위에 손을 얹더니 테이블을 말없이 응시했다.

"왜 그러시죠?"

캐시는 기다리다 더는 참지 못하고 물었다. 그러자 웨버 씨는 그녀를 슬쩍 올려다보며 대답했다.

"이건 미래의 휴대폰이로군요. 나는 신기술에 반대하는 척하며 살긴 하지만 실은 아닙니다. 나도 휴대폰이 있죠."

그는 주머니에서 본인의 아이폰을 꺼냈다. 캐시의 폰보다 훨씬 오래된 모델이었다.

"아가씨가 가진 폰은 척 봐도 훨씬 개량된 모델이에요."

"앞으로 5년간은 충전도 못 할 것 같네요."

캐시는 비참한 기분으로 대답했다. 웨버 씨는 느릿하게 고개를 저으며 말을 이어갔다.

"그리고 열려있는 웹페이지도 그렇고. 날짜가 몇 년 후였죠. 이건 불가능한 일이고요."

"그래요. 불가능하죠."

캐시가 맞장구치자, 웨버 씨는 한숨을 쉬었다. 무겁고 피곤한 기색이었다. 그러더니 다시 캐시에게 휴대폰을 돌려주었고, 그녀는 폰을 주머니에 넣었다.

웨버 씨는 커피를 조금 마시더니 의자에 몸을 기대고서 말했다.

"나는 평생을 혼자 살다시피 했습니다. 오랫동안 어머니와 나 단둘이 살았는데, 어머니가 돌아가시고 나니 혼자가 되었죠."

그는 무언가 힘겹게 이해하려는 듯 이맛살을 찌푸리며 말을 이었다.

"내가 왜 언제나 혼자였는지는 아직도 잘 모르겠습니다. 더 친구가 많았다면, 누군가 사랑할 사람이 있었다면 참 좋았을 텐데. 하지만 내 일 때문에 여기저기 많이 여행해야 했고, 게다가 일 자체도 사람과 어울려 하는 게 아니었죠. 그래서 누군가를 만나기가 힘들었어요. 솔직히 말하자면 몇 번 해보다가 결국에는 그냥 만나려는 시도 자체를 안 하는 편이 쉬워서 그랬다고 생각합니다."

캐시는 이 대화가 어디로 이어질지 궁금해하며 그의 말을 들었다.

"그래서 난 혼자 살았습니다. 그리고 혼자 있으면 주변 사람들을 아주 잘 관찰하게 되는 법이죠. 주의를 집중해서 말입니다. 정신을 흐트러뜨릴 대화 상대도 없고, 친구나 파트너에 대해 걱정할 필요도 없고, 어울려 밤새 술을 마셨다가 다음 날 숙취로 고생할 일도 없죠. 나는 사람들을 파악하는 걸 아주 잘하게 됐습니다. 그런데 지금 문제는 아가씨가 미친 것 같지 않단 말이죠. 하는 말마다 죄다 터무니없긴 한데, 나를 속이려는 의도는 아닌 것 같다는 겁니다. 이 상황을 어떻게 납득해야 할지 모르겠어요."

"심란하게 해드려서 죄송해요."

캐시가 말하자 웨버 씨는 사과를 받아들이겠다는 기색으로 고개를 끄덕였다.

"혹시 제가 겁나지 않으신다면, 제 이야기를 해드려도 될까요?"

캐시의 물음에 웨버 씨는 고개를 끄덕였다.

"좋아요. 아가씨 이야기를 해봐요."

그래서 캐시는 자신의 이야기를 했다. 물론 웨버 씨의 조용한 죽음에 대한 부분은 뺐다. 웨버 씨는 중간에 말을 얹는 일 없이 이야기를 들었다. 가끔 커피를 한 모금 마시거나 앉은 자리에서 뒤척였을 뿐이었다.

이윽고 그녀의 이야기가 끝났을 때도 웨버 씨는 한동안 말이 없었다. 기다란 손가락으로 빈 커피 잔을 톡톡 치면서 테이블 위로 눈을 내리깔고 있기만 했다.

"말도 안 되는 소리였죠. 알아요. 하지만 다 사실이에요."

지금껏 한 말이 믿지 못할 소리라는 건 캐시도 알고 있었기에, 웨버 씨를 안심시켜야 할 것 같았다. 이윽고 웨버 씨가 말했다.

"이게 진짜인지 아닌지는 모르겠군요. 하지만 아가씨 폰을 보아하니…… 그리고 나에 대해서 알고 있다는 점까지 보면, 그럴 수도 있을 거라 믿는 편이 쉽겠네요. 하지만 이게 정말 사실이라면……."

"사실이라면요?"

"한 가지 중요한 점이 빠졌다는 겁니다."

"무슨 점이요?"

"내가 아가씨에게 줬다는 그 마법의 책 말입니다."

"문의 책 말씀이세요?"

"나는 그 책이 없습니다. 그게 뭔지도 전혀 모르고요. 그래서 미래에 내가 어떻게 그 책을 줬는지 알 수가 없네요."

캐시는 고개를 저었다. 이 말을 믿기가 어려워서 그녀는 계속 우겼다.

"그 책은 반드시 웨버 씨에게 와요. 앞으로 10년 내 어느 시점에 반드시 온다고요. 그렇지 않다면 웨버 씨가 책을 주었을 리가 없고, 이런 일도 일어나지 않았을 거예요."

웨버 씨는 어깨를 으쓱이며 말했다.

"그럴지도요. 하지만 지금은 책이 없습니다. 그래서 아가씨가 미래로 돌아가도록 도와줄 수가 없군요."

캐시는 패배감에 젖어 정말로 몸이 쪼그라드는 기분이었다.

"그럼 전 어떡하죠? 이 시대에 갇혀 살 수는 없는데요."

그녀는 울음 섞인 목소리로 소리쳤다. 하지만 이 말은 웨버 씨가 아니라 스스로를 향한 것이었다. 눈물이 다시 솟았다. 끔찍하고 쓰라린 눈물이었다.

"음, 조금만 기다려야겠지요, 아가씨."

웨버 씨가 말했다. 그의 얼굴에 서린 걱정을 보면 마치 자신이 캐시를 울렸다고 생각하는 것 같았다.

"전 기다릴 수 없어요. 돌아가야 한다고요. 돈도 없고 집도 없어요. 여기 과거에 갇혀서 제가 뭘 하겠어요?"

공포가 부글대며 끓어오르는 가운데 캐시가 소리쳤다. 그러자 웨버 씨는 잠시 생각하다가 대답했다.

"그러면 일단 문제를 하나씩 해결하면 어떨까요? 잠잘 곳이 필요한 거네요. 푹 자고 나면 생각도 더 잘할 수 있게 될 겁니다."

"어디서 잘까요? 노숙자 쉼터에 가서요?"

캐시가 묻자, 웨버 씨는 한숨을 쉬며 고개를 저었다. 그리고 고개를 돌려 거리를 응시하더니, 다시 캐시를 바라보았다. 계속 고개를 돌려 다른 곳을 바라보는 모습으로 보아, 머릿속으로 또 논쟁을 벌이는 모양이었다. 이윽고 그는 고개를 끄덕였다. 결정을 내린 것이다.

"내 아파트가 여기서 멀지 않습니다."

그는 이렇게 말하고서 무언가 깨달은 듯 덧붙였다.

"아가씨도 거긴 이미 알고 있죠?"

캐시는 눈물을 흘리면서 고개를 끄덕였다.

"우리 집엔 남는 방이 있습니다. 거기서 상황이 어느 정도 파악될 때까지 지내도 좋아요. 오래 머물 수야 없겠지만, 앞으로 뭘 할지 결정할 때까지는 있어도 되겠지요. 하루나 이틀 정도겠지만요. 그러면 도움이 될까요?"

캐시는 눈을 깜빡이면서 눈물을 좀 닦아내며 물었다.

"진심이세요?"

웨버 씨는 솔직하게 말했다.

"나도 잘 모르겠습니다. 하지만 아가씨가 이토록 고통스러운데 그냥 내버려두는 건 안 될 말이겠죠. 나에게는 도와줄 수단이 있고요. 하지만 하룻밤이나 이틀 밤만입니다. 이건 임시방편이니까요. 알겠습니까?"

"그럴게요."

캐시는 대답했다. 하지만 이틀이 지난다고 해서 뭔가 좋은 수가 생길 것 같지는 않았다.

웨버 씨는 커피를 마저 마셨다. 그렇게 둘은 말없이 서점을 나섰다.

흘러가는 나날

처음 이틀간, 캐시는 웨버 씨의 아파트에 제대로 적응하지 못했다. 언제든 그가 자신을 쫓아낼 것 같았기 때문이었다. 그녀는 최대한 도움이 되려고 애를 썼다. 음료를 만들어 주겠다, 장을 봐 오겠다, 청소를 돕겠다며 나섰고, 웨버 씨는 캐시의 제안을 가끔 받아들였다. 하지만 웨버 씨가 불편해한다는 게 보였다. 어떻게든 도움이 되어 내쫓기지 않으려고 애쓰는 게 아닌가 하고 걱정하는 것 같았다. 그리고 그 이틀 동안 웨버 씨는 그녀에게 다시 이야기를 해보라고 요구하면서, 세세한 사항을 캐묻고 이해가 안 가는 사실을 질문했다. 그는 캐시가 말한 내용에 완전히 만족하는 기색이 전혀 아니었다. 하지만 그게 이야기를 믿지 못해서인지 아니면 이야기에서 허점을 찾아내지 못해서인지는 알 수 없었다.

켈너북스에서 서로를 만난 지 이틀째 되는 저녁, 낮잠을 자고서 방에서 나온 웨버 씨는 책장의 한쪽을 손가락으로 쭉 훑고 있는 캐시를 보았다.

"모으신 장서가 정말 마음에 들어요. 저도 언제나 이런 서재를 갖고 싶었어요. 혼자 앉아서 책을 읽을 곳 말이에요."

웨버 씨는 의자에 앉아서 자신의 책들을 편안히 둘러보았다.

"그래요. 나도 그랬어요. 그래서 이런 공간을 만들었죠."

그는 동류를 찾았다는 듯이 캐시를 향해 미소 지었다. 그날 저녁, 두 사람은 독서 토론을 하며 시간을 보냈다. 읽었던 책과 읽고 싶은 책, 좋아하는 책과 마음에 들지 않았던 책을 이야기하는 시간이었다. 캐시는 둘이 마실 차를 끓였고, 그다음엔 샌드위치도 하나씩 만들어 먹으며 계속 이야기를 나누었다. 웨버 씨는 책 이야기 하기를 좋아했다. 캐시도 몇 년 전 켈너북스에서 일하기 시작했을 때 책 이야기를 하면서 웨버 씨와 친해지게 되었으니까.

그렇게 사흘째가 되었을 때, 웨버 씨는 그녀에게 나가라고 하지 않았다. 여기 있어도 좋다고 말한 것도 아니었지만, 나가라는 요구도 없었다. 대신, 아침 식사 중에 이렇게 물었다.

"집에 가려면 내가 어떻게 도와줄 수 있을까요?"

캐시는 믿을 수 없다는 눈빛으로 그를 바라보았지만, 그는 손을 내저으며 말을 이었다.

"내가 믿는다는 건 아닙니다. 하지만 기꺼이 장단은 맞춰줄 수 있죠. 집에 가려면 내가 어떻게 도와줄 수 있을까요?"

그래서 캐시는 첫날에, 그러니까 뉴욕에서 홀로 비참한 밤을 보내며 했던 생각을 다시 말했다. 드러먼드 폭스의 위치를 알아내려 했지만, 그게 너무나 불가능한 일이라는 것까지 알려주었다.

"지금은 숨어있을 테니 그렇군요. 책을 갖고 싶어 하는 그 여자를 피해서요."

웨버 씨의 말에 캐시는 고개를 끄덕였다.

"맞아요. 그래서 제가 웨버 씨에게 온 거예요. 저한테 문의 책을 주셨으니까요."

"그런데 나에겐 그 책이 없죠."

"없죠."

그녀는 비참한 기분으로 아침 식사용 요구르트를 숟가락으로 찔렀다.

"음, 그렇다면 이렇게 합시다. 우리가 같이 그 문의 책을 찾아보자고요. 애초에 내가 그 책을 갖게 된 것도 이렇게 시작한 일이 아닐까요? 아가씨가 나더러 찾으라 해서 말이죠."

캐시는 이 점을 생각해 보았다. 희망이 차오르는 기분이었다. 그 생각에 마음이 따스해졌다.

"그래요, 웨버 씨 말이 맞을지도 몰라요! 그러니 말이 되네요!"

그녀는 식당에서 할아버지를 기다리는 동안 드러먼드가 말해준 시간 여행 이야기를 떠올렸다. 과거를 바꿀 수는 없고, 앞으로의 일만을 만들어 나갈 수 있다고 했었다.

"어쩌면 이렇게 해서 웨버 씨가 책을 갖게 된 것일지도요!"

캐시는 고개를 끄덕였다.

그리하여 두 사람은 같이 문의 책을 찾기 시작했다. 며칠이 지나 몇 주가 되고, 몇 주가 흘러 몇 달이 되었다.

웨버 씨와 함께 지낸 처음 몇 달 동안, 캐시는 문의 책을 찾으면서도 나머지 시간에는 편안한 일상생활을 반복했다. 아침에 먼저 일어나서 가볍게 아침을 먹고, 오전에는 도시를 산책하면서 단서를 찾고 뻐근한 다리를 스트레칭 했다. 체중이 줄고 건강이 좋아지면서 그 어느 때보다도 몸이 탄탄해졌다. 그런 다음 이맘때쯤 가장 더운 도시의 열기를 뒤로하고 집으로 돌아와 점심을 먹었다. 그녀와 웨버 씨는 책으로 둘러싸인 창가에 앉아서 커피와 페이스트리, 또는 샌드위치를 같이 먹었다. 두 사람은 책이 어디 있을지 찾아낼 전략을 논의하고 확인해야 할 희귀본 서점과 방문해 볼 도서관들에 관해 이야기했다. 캐시는 종종 자신이 찾아낸 사실을 그에게 알려주기도 했다. 웨버 씨는 오후만 되면 대개는 외출했다. "건강을 위해서지. 늙은 몸을 계속 움직여 주지 않으면 쓸모가 없어지니까"라고 그는 말했다. 그동안 캐시는 집을 청소하거나 텔레비전을 보았다. 가끔은 소파에 누워서 폭스 도서관을 머릿속으로 그려보았다. 참으로 멋있고 평화로웠던 그곳은 생각할 때마다 참 편안해지는 곳이었다. 그리고 드러먼드 폭스 생각도 했다. 웃을 때면 잘생겨 보이던 남자였다. 미래에서 그가 무얼 하고 있을지는 모르지만, 안전했으면 좋겠다고 생각했다. 그리고 다시 볼 수 있었으면 했다.

저녁이면 캐시와 웨버 씨는 함께 저녁 식사를 한 다음 기분 좋은 침묵 속에서 책을 읽거나 책을 두고 토론했다. 날씨가 좋으면 같이 산책하러 나가 근처 레스토랑이나 카페에 갔다. 가끔은 택시를 타고 센트럴 파크에 가서 황금빛 햇살을 받으며 저녁 시간을 보냈다. 그렇게 몇 달이 흘러 캐시는 어느덧 추수감사절과 크리스마스와 새해를 맞이하게 되었다. 웨버 씨와 캐시는 단둘로 이루어진 소박한 즉석 가족이 되었다.

이 시기 동안 웨버 씨는 대단히 좋은 친구가 되어주었다. 그는 캐시에게 동료애를 넘어서는 걸 요구하지 않았다. 캐시가 말하고 싶을 때면 언제든 들어주었고, 보통은 현명한 조언을 해주었으며, 캐시의 기분이 좋지 않을 때는 억지로 자신과 대화하기를 강요하지 않았다. 그녀는 웨버 씨에 대해서 모든 걸 알게 되었다. 고압적인 어머니 아래에서 컸던 외로운 어린 시절과 어릴 적부터 인정받은 음악적 재능에 대해서였다. 웨버 씨는 "난 신동이었죠. 알잖아요? 조숙했는지는 모르겠지만, 어딜 봐도 신동은 확실했어요!"라고 말했다. 그리고 콘서트

연주를 다니는 피아니스트이자 작곡가로 활동한 경력도 알게 되었다. 웨버 씨는 전 세계를 돌며 피아노를 연주해서 큰돈을 번 게 아니었다. 1990년대에 인기 있었던 TV 시리즈 몇 편의 주제곡을 작곡해서 부자가 된 것이었다.

어느 날 같이 소호를 산책하다가 웨버 씨가 말했다.

"어처구니없을 만큼 돈을 많이 벌었지. 특히 시리즈가 팔리니까 돈이 되더라. 그런데 그 주제곡이라는 것도 어처구니없게 단순한 곡이었어. 음표 네 개로 이루어진 곡이었거든. 벨소리같이 말이다. 귀에 딱 들어오긴 했단다. 단지 음표 네 개로 내가 작곡한 다른 곡들을 전부 합친 것보다 더 많은 돈을 벌었고, 덕분에 아파트와 책을 많이 살 수 있었어."

그렇게 몇 달이 흘러 몇 년이 되었다.

여름이 되면 도시는 견딜 수 없을 만큼 오염된 공기와 쓰레기가 푹푹 찌는 냄새로 가득해질 때가 있었다. 지하철은 오븐처럼 변해서 사람들은 땀에 젖어 시뻘게진 얼굴로 짜증을 냈다. 가을이 되면 공기가 선선해지면서 사람들은 목도리와 외투로 몸을 감싸고 앞으로 찾아올 매섭고 싸늘한 겨울날에 찬바람이 콘크리트 계곡을 따라 쌩하니 불어올 것을 예상했다. 그렇게 또 한 해가 차고 계절이 돌고 돌아 도시의 거리마다 따스한 온기가 스며들고 꽃과 나무가 만개하며 무채색 겨울이 화사한 봄빛으로 변해갔다. 이렇게 계절이 변하는 동안 온갖 방법으로 문의 책을 찾아온 캐시는 저도 모르게 낮은 수준의 분노와 떨쳐버릴 수 없는 만성적 조바심에 시달리고 있었다. 자신의 앞날이 어찌 될지 알고 있었기에 그때로 필사적으로 돌아가고 싶었다. 마치 아직 다 읽지 못한 책이 있는 심정, 미처 다 먹지 못한 음식을 남겨둔 심정이었다.

하지만 그렇게 2년째가 다 되어갈 무렵엔 다급했던 불길도 점차 사그라지면서, 편안하고 만족스러운 일상에 굴복해 버린 자신을 깨달았다.

어느 날 저녁, 그녀는 웨버 씨에게 털어놓았다.

"저 여기가 점점 편해지고 있어요. 여기가 마음에 들기 시작했어요. 지금은 문제를 피하고 있는 건지, 아니면 그 미래가 닥쳐오기를 그저 기다리고 있는 건지 모르겠어요. 정말로 문의 책을 찾고 싶지만, 솔직히 그러고 싶지 않은 마음도 있거든요. 온갖 위험이 있었던 그때로 돌아가고 싶지 않은 마음이라고요."

물론 캐시는 여전히 문의 책을 찾고 있었지만, 처음 몇 달 동안과 비교하면 확실히 열정은 사라졌다. 이제는 거의 취미나 다름없어져서, 마음이 내킬 때마다 하는 일이 되어버렸으니까. 온 힘을 다해 집착하기보다는 가끔 하는 활동이라고 봐야 했다.

"두 마음 다 있으면 안 되나?"

웨버 씨가 물었다. 그들은 지금 식탁에 앉아서 아이스크림을 먹는 중이었다. 웨버 씨는 숟가락을 핥은 다음 그릇에 놓고서 덧붙였다.

"아니면 두 마음 다 아니라도 괜찮지 않나? 왜 둘 중 무언가가 되어야 하는데?"

캐시는 그 말을 이해하지 못하고 그저 어깨를 으쓱였다. 웨버 씨는 계속 말했다.

"그냥 무언가를 생각하는 걸 하지 말란 뜻이야. 정신 나간 소리로 들리겠지. 안단다. 나는 이 세상 많은 사람이 지금보다 본인 두뇌를 더욱 자주 사용할 가능성이 있다고 굳게 믿는 편이긴 하지만 말이다. 그렇지만 들어봐라. 누군가 좀 생각을 덜 해도 되는 사람이 있다면, 그게 바로 너란다. 너는 온통 생각하고 걱정만 하고 있어. 네가 머리를 돌리면서 생기는 열로 이 아파트 난방을 할 수도 있을 정도라고. 넌 그냥 이 순간에 존재하며 살아가면 되는 거야. 문의 책을 찾을 수도 있지만, 못 찾을 수도 있겠지. 어느 쪽이든 너는 네가 왔던 곳으로 되돌아가게 될 거다. 지금부터 그때까지 삶의 모든 순간을 다 치열하게 채울 필요는 없어. 그냥 인생을 즐겨도 괜찮다는 말이다. 지금 이 시기를 고통으로 보고 있지만, 관점을 바꿔서 선물로 볼 수도 있어."

그녀는 그릇 바닥에 액체로 녹아버린 아이스크림으로 선을 그으며 웨버 씨의 말을 생각해 보다가 혼잣말했다.

"난 그 책을 찾아야 해요. 돌아가야 해요. 그러지 못한다면 어떻게 해야 할지 모르겠어요."

그러자 웨버 씨가 말했다.

"답은 내가 안단다. 너는 잘 견뎌낼 거다. 아직 젊잖니. 최악의 상황이래야 봤자 네가 왔던 미래까지 살아서 도달하는 것뿐이라고. 지금 여기서는 안전하니 걱정할 것 하나 없어. 최악의 상황이 닥친다 해도, 몇 년 후까지 시간이 흘러서 다시 과거로 돌아가 버릴 때를 대비해 계획을 세우면 해결이 되고. 그러면 최악의 운명은 아닐 거 아니야?"

캐시는 조사를 계속했지만, 찾는 것이라고는 유령 이야기와 회고록, 신화와 온갖 오해로 이루어진 것들뿐이었다. 인터넷에 나오는 단편 지식과 마법서에 대한 언급과 설명도 묘사도 없는 책 이름들, 그러니까 거울의 책, 결과의 책, 해답의 책 같은 단어들을 발견했지만 이게 진짜 있는 책인지 지어낸 이야기인지는 알 길이 전혀 없었다. 특별한 책에 대해 모든 걸 다 조사해 보았지만, 다들 신비하게 꼭꼭 숨겨져 있는 듯했다. 마치 밀물이 들어올 때에 맞춰 바닷가에 모래성을 쌓는 것처럼 노력이 무의미해 보였다.

어느 날 밤, 아무것도 찾지 못한 채로 자그마한 방에 홀로 누워있던 캐시의 눈에 낡은 옷장과 창턱에 놔둔 자그마한 책 더미가 들어왔다. 그 순간, 웨버 씨가 돌아가시고 난 다음 날 이 아파트에 처음 들어왔던 기억이 머릿속을 스쳤다.

지금 보고 있는 옷과 창턱에 놓인 문고본 책들이 기억 속에 떠올랐다. 그때는 이게 웨버 씨의 연인이나 친척 것이라고 생각했었다. 하지만 그건 그녀의 책이고 그녀의 옷이었던 것이다. 그때도, 지금도 언제나 그랬다.

그 기억이, 깨달음이 어찌나 충격적이던지 캐시는 침대에서 벌떡 일어나 앉아 입을 멍하니 벌리고 말았다.

그때 봤던 옷장에는 지금보다 옷이 더 많았다. 창턱에도 책이 더 많았다.

캐시는 고개를 저었다. 아직은 웨버 씨와 좀 더 지내야 한다는 걸 이제 알게 되었다.

"난 문의 책을 찾지 못할 거야."

그녀는 인정하고 말았다.

그 후로, 캐시는 책 찾기를 그만두었다.

며칠이 지나 몇 주가 되고, 몇 달이 흘러 몇 년이 되었다.

시간이 계속 흐르면서 캐시는 점차 현실을 받아들이게 되었다. 자신이 집으로 돌아갈 유일한 방법은 시시각각, 하루하루 그 시점을 향해 가는 것뿐이었다. 시간이 허락하는 것보다 더 빨리 돌아갈 수 없다는 걸 알게 된 그녀는 자신의 삶과 일상에 적응하면서 세월을 흘려보냈다.

또 다른 캐시

"오늘 널 봤단다."

웨버 씨가 소파에 몸을 누이며 아리송한 말을 했다. 캐시는 그가 힘들어하는 게 아니라면 정신이 산만한 채로 말하는 것이라 생각했다. 그러자 웨버 씨가 좀 더 설명했다.

"네가 아니라, 또 다른 널 봤다는 말이었어."

미래의 문에서 밀려 나온 캐시가 켈너북스에서 웨버 씨를 만난 지도 벌써 4년이 다 되어갔다. 그동안 네 번의 겨울과 네 번의 봄을 거쳐 또 새로운 여름을 맞이하게 된 때였다. 그동안 웨버 씨는 캐시의 이야기에 푹 빠져들긴 했지만, 그래도 전적으로 그걸 믿는 것 같지는 않아 보였다. 그런데 오늘은 발걸이에 발을 올려놓는 그의 표정을 보자 뭔가 달라졌다는 느낌을 받았다.

"절 봤다고요?"

캐시는 주방에 서서 행주를 손에 든 채로 물었다. 지금은 청소 중이었다. 자신이 살림에 기여하고 있다는 기분이 들도록 하는 여러 일 중 하나였다. 그녀는 지난 3년간 웨버 씨의 돈으로 생활해 왔고, 그래서 무척 괴로웠다. 이제껏 미래에서 온 난민 입장이지만 어떻게든 돈을 벌 방법을 찾아보려 안간힘을 쓰기도 했다.

"넌 더 어리더구나."

웨버 씨는 옆에 있는 창밖으로 시선을 두며 말했다. 지금은 늦여름이라 공기가 후덥지근했다. 웨버 씨는 여기까지 걸어오느라 빨개진 얼굴로 땀을 흘리고 있었다. 집 안의 탁한 공기를 조금이라도 환기하려는 마음으로 창문을 살짝 열어놓았지만, 거리의 소음으로 방이 시끄러워지고 말았다.

"지금도 어리지 않다는 건 아니야. 하지만 그쪽 캐시는 훨씬 어려 보였어."

캐시는 조리대에 몸을 기댄 채 자신의 인생이 그린 동선을 떠올렸다. 지난 몇 년 동안 그녀는 웨버 씨에게 켈너북스에서 젊은 자신을 보게 된다면 이제껏 한 말이 모두 사실이라는 걸 알게 될 거라는 농담을 주기적으로 했었다. 그녀의 첫 출근 일이 될 날은 이제 신성한 날로 여겨질 만큼 중요해졌다. 하지만 일을 시작하기 전부터 얼마간 뉴욕에 머물렀고, 그때 켈너북스에 자주 들렀다는 사실은 캐시도 잊고 있었다.

"서점에서 보셨어요?"

그녀의 물음에 웨버 씨는 고개를 끄덕였다. 웨버 씨는 종종 그랬듯 오후에 산책을 나가서 도시 몇 블록을 빙 돌다가 서점에서 뭘 한 잔 마시려고 들렀다. 더운 날에는 아이스커피를 마시곤 했었으니까. 그러다 서가를 둘러보기도 하고, 가지고 나온 책을 읽기도 했다. 캐시도 비슷한 일과를 보냈다. 문의 책을 찾아다녔을 때의 버릇이었다. 하지만 캐시는 주로 오전에 산책을 갔다. 그래서 두 사람은 아파트를 번갈아 나서는 모양새가 되었다. 그녀는 웨버 씨보다 훨씬 더 많이 걸어 다녔다. 가끔은 지하철을 타고 뉴욕의 저 멀리까지 가기도 하고, 브루클린으로 넘어가서 돌아올 때는 몇 시간씩 걸어오기도 했다. 머릿속에는 늘 같은 생각을 하면서, 희귀한 보석처럼 그 생각을 계속 검사하고 연마해 갔다. 어떻게 하면 집에 돌아갈 수 있을까? 얼마나 어리석었기에 과거에 이렇게 남겨진 걸까? 웨버 씨의 인생에서 언제쯤 문의 책이 나타날까? 이지는 어떻게 되었을까? 이지를 어떻게 보호할 수 있을까? 드러먼드는 지금 뭘 하고 있을까? 그 사람은 그녀를 걱정하고는 있을까?

캐시는 어렸던 시절의 자신을 떠올리며 대답했다.

"그렇겠죠. 이맘때쯤 뉴욕에 왔어요. 올해 초여름에요."

그녀는 창가에 가서 몸을 기대고는 창턱에 허리를 댄 채로 저 아래 거리를 바라보며 말했다.

"전 호스텔에서 살았어요."

첼시에 있는 6인용 도미토리 룸에 머물며 다른 관광객들과 공용 시설을 쓰던 나날이었다.

"내 공간이 없다는 게 싫었어요."

그녀는 웨버 씨를 바라보았다. 지금 그는 마치 처음 만난 사람을 본 것처럼 그녀를 세세히 관찰하고 있었다. 그는 웃음기 전혀 없는 어조로 말했다.

"난 심장 마비가 올 뻔했다. 서점에 네가 떡하니 있지 뭐냐. 하마터면 말을 걸 뻔했는데 네가 돌아선 걸 보니 머리 모양이 다르다는 게 눈에 들어왔지. 훨씬 짧았어."

캐시는 암담하게 웃었다.

"여행 다닐 때는 머리가 짧았어요. 긴 머리에 머릿니가 생긴다면 그보다 나쁜 일이 없으니까요."

"오늘 내 옆을 지나가면서 미소를 지어주더라. 기억나니, 나를 봤던 거?"

캐시는 뉴욕에 처음 도착했을 당시를 떠올려 보았다. 온갖 이미지와 냄새와 소리가 뒤섞여 생각나기만 했다. 흥분과 잠재력과 자신도 기회를 잡을 수 있다는 낙관적인 마음으로 가득한 나날이었다.

"아뇨. 하도 오래전의 일이라……."

"오늘이었어."

"그 정도로 우연히 일어난 순간을 기억하진 못해요."

"난 사실 널 진짜로 믿은 적은 없었단다."

웨버 씨는 눈을 살짝 가늘게 뜨고서 말했다. 한 손은 아직도 심장이 뛰고 있는지 확인하듯 가슴에 올린 모습이었다.

"우리가 거기에 대해 이야기도 나눴고, 난 그럴 때마다 널 멀쩡하고 이상적인 존재로 대했어. 하지만 난 언제나 머릿속으로는 네가 분명히 미쳤거나 뭔가 착각에 빠졌다고 생각해 왔단다. 그래서 나는 정곡을 찌르는 순간이나 속사정이 밝혀질 순간을 기다리고 있었어."

캐시는 그를 바라보며 아무 말도 하지 않았다. 실은 자신도 다 알고 있었다는 걸 솔직히 밝히지 않았다.

"그런데 진실이었구나. 모두 다 진실이었어."

"맞아요. 언제나 진실이었어요. 난 미래에서 왔지만, 웨버 씨가 문의 책을 주실 때까지 여기에 갇혀있죠."

"문의 책이라."

그는 혼자 중얼거리면서 시선을 슬그머니 옆으로 돌려 바깥세상을 바라보았다.

"차 좀 드시겠어요?"

캐시가 물었다. 산책에서 돌아온 웨버 씨는 언제나 차를 즐겼기 때문이다.

"그래. 그럼 좋겠구나."

웨버 씨는 미소를 지으며 더듬더듬 대답했다.

캐시는 조금 홀가분한 마음으로 주방에 갔다. 웨버 씨가 이젠 예의 바른 주인아저씨가 아니라 동료에 좀 더 가까워질 것 같은 기분이 들었다. 하지만 한편으로는 이 도시에 젊은 모습의 자신이 있다고 생각하니 마음이 무거웠다. 캐시는 차를 끓이면서 곰곰이 생각했다. '우리 둘이 만나면 어떻게 될까. 내가 보는 나의 모습은 어떨까. 젊은 시절의 나를 어딘가로 보러 갈 수는 있을까. 그래서 다른 사람이 캐시 앤드루스라는 사람을 보듯 나도 또 다른 나를 무심하게 볼 수 있을까.' 드러먼드 폭스가 브라이언트 파크에 있던 자신의 젊은 모습을 보았을 때 얼마나 큰 충격을 받았는지 캐시는 기억하고 있었다.

"그러면 이제 뭘 할래, 캐시?"

웨버 씨는 차를 가져오는 캐시에게 물었다.

"음, 일단은 같이 차를 마시려고요."

그녀가 다시 창턱에 앉자, 웨버 씨는 미소를 지었다.

"그러니까, 넓게 봐서 뭘 할 거냐 말이었어."

캐시는 어깨를 으쓱였다.

"지난 4년간 해왔던 대로 계속할 거예요. 살아가면서 기다려야죠. 한동안 여기 있으리라는 건 아니까요. 문의 책이 나타나든, 아니면 내가 떠나왔던 미래를 향해 쭉 살든 둘 중 하나겠죠."

"이젠 더는 적극적으로 책을 찾지 않지?"

웨버 씨가 묻자 캐시는 시선을 피했지만, 그건 인정이나 다름없었다.

"왜 안 찾니?"

그녀는 대답을 얼버무렸다.

"한동안은 여기 있게 되리라는 걸 방금 깨달아서요. 뭔가 이해되는 것도 좀 있고요."

웨버 씨는 알겠다는 듯 고개를 끄덕였지만, 이젠 캐시도 웨버 씨를 알 만큼 알았다. 지금 그는 캐시가 무언가를 숨기고 있다는 걸 눈치챘다.

"그 책을 못 찾으면 어떻게 될지 생각은 해봤니? 그 책이 나타나지 않으면 어떡할 거니?"

웨버 씨가 묻자 캐시는 중얼거렸다.

"달리 생각한 건 별로 없어요. 그 생각만 하면 밤에 잠이 안 와요."

웨버 씨는 한숨을 쉬더니, 찻잔을 바라보며 말했다.

"난 네가 여기 있어서 좋았단다, 캐시. 혼자가 아니라는 게 좋아. 이 낡은 아파트에 활기가 있다는 게 좋단 말이다. 너랑 같이 살기 시작한 처음 며칠 이후로는, 네가 미쳤든 착각에 빠졌든 난 상관없었거든."

"정말 친절도 하셔라."

캐시는 미소 지으며 대답했다.

"하지만 이젠 네 말이 사실이라는 걸 알게 되었어. 난 가만히 앉아서 이런 식으로 널 이용할 수는 없다."

그가 고개를 저으며 하는 말에 캐시는 웃었다.

"절 이용하시다니요. 그렇지 않아요. 웨버 씨가 나타나 주지 않았다면 내가 어떡했을지 지금도 모르겠거든요. 그때 난 집도 돈도 없는 상황이었다고요."

"그렇지만 이용은 이용이지. 이 상황에서 내가 무언가를 얻고 있잖니. 널 옆에 두고 동료로 이용하고 있으니까."

"그건 동료로 이용하는 게 아니라 우정이라고 봐야 맞는 것 같은데요."

캐시가 말했지만, 그는 별로 귀담아듣지 않고 있다는 듯 계속 말을 이었다.

"네가 여기에 계속 갇혀있게 둘 수는 없어. 그 책을 찾아야 한다고. 그 말도 안 되는 멋진 책을 말이야. 내가 할 수 있는 한 도와주마. 비용은 아낌없이 쓸 거고. 지금부터 시작하자. 우리가 뭘 어떻게 하면 되는지 말해보렴. 그러면 내가 할 수 있는 일을 하마."

그는 행복한 기색으로 환하게 웃었다. 훗날 캐시는 이 순간을 영원히 기억하게 될 것이었다. 도시의 소음이 들려오는 가운데 찻잔을 들고 창턱에 앉아, 책이 가득한 벽을 배경 삼아 의자에 앉은 웨버 씨를 바라보는 이 순간을. 캐시가 떠올리는 웨버 씨는 항상 이 모습이었다. 어린 소년 같은 열정으로 가득한 미소를 환하게 지으면서 기꺼이 돕고자 하는 모습 말이다.

"알았어요. 하지만 지금은 책을 찾는 게 별로 도움이 될 것 같지 않아요."

"음, 그러면 어떡하는 게 좋을까?"

그녀는 한숨을 쉬었다. 최근 머릿속으로는 다른 방향을 생각 중이었다.

"내가 왔던 순간으로 돌아가면 어떻게 할지 생각해야겠어요. 책을 찾든 못 찾든, 거기서 닥칠 일을 마주할 준비를 해야 해서요. 친구들을 도와야 하니까요."

웨버 씨는 진지하게 고개를 끄덕였다.

"그러면 뭐가 필요하지?"

바버리 박사의 모습이 기억에 거대하게 떠올랐다. 위협적이고 무시무시했던 그의 형상. 책과 힘을 가진 그런 남자에 맞서서 뭘 할 수 있을까? 게다가 드러먼드의 기억 속에서 본 그 여자, 그 공포스럽고도 아름다운 사람은? 만약 그 여자가 다시 나타난다면, 그녀는 준비되어 있어야 했다.

게다가 이지는? 어떻게 이지를 도와줄 수 있을까?

그리고 드러먼드도……. 그녀는 왜 계속 그 남자를 생각하는 걸까?

"모르겠어요. 하지만 생각해 보려고요."

캐시는 솔직하게 말했다.

드디어 캐시에게 대답이 떠올랐다. 사실, 그 대답은 뜬금없이 불쑥 튀어나온 것이었다. 게다가 확실한 것도 아니고, 그럴 수 있지 않을까 정도의 대답이었다. 웨버 씨와 대화를 나누고 몇 달이 지난 흐린 가을 날, 캐시는 평소처럼 산책을 하러 나갔다가 커피를 마시려고 브라이 언트 파크로 향했다. 그리고 앉아서 목을 축이며 드러먼드와 나누었 던 대화를 떠올렸다. 그의 친구들이 모였다가 죽은 그날의 광경을 보 았을 때였다. 벌써 몇 년이 흐르는 동안 잊어버렸던 세세한 사항이 기 억나면서 캐시는 아드레날린이 확 솟는 바람에 똑바로 앉다가 커피를 흘렸다.

그녀는 기억난 사실을 면밀히 따져보았고, 그러자 좋은 생각이 천 천히 피어올랐다. 그녀는 아이디어의 결점과 약점이 뭘지 찾아보았지 만 하나도 없었다. 오로지 가능성만이 보였다.

바버리 박사를 보다 동등한 위치에서 마주할 가능성이었다.

하지만 그건 별로 중요하지 않았다. 웨버 씨가 문의 책을 찾았다는 소식을 전했기 때문이다.

찾아낸 문의 책

"뭐라고요?"

캐시는 산책을 마치고 들어오는 참이었다. 때는 겨울이 가까운 가을이라 날은 금방 저물었고 바람이 매서웠다. 현관으로 들어와 코트를 벗는 와중에 웨버 씨가 눈빛을 빛내며 급하게 다가왔다.

"문의 책을 찾았다."

그는 흥분한 나머지 가만히 서있지도 못하고 껑충껑충 뛰다시피 했다.

"뭐라고요?"

캐시가 다시 물었다. 머릿속은 마치 벽에 충돌한 자동차처럼 생각이 죄다 멈춰버렸다.

"자, 앉아봐."

웨버 씨는 캐시를 재촉하며 소파로 끌고 와 설명을 시작했다.

"또 다른 널, 그러니까 젊은 너를 본 다음부터 나도 조사를 시작했지. 진짜로 믿기 시작했을 때부터 말이야."

"아하."

"그래서 내 지인들에게 이메일을 보냈어. 내 책 친구들 모두에게."

"책과 연관된 친구가 있으세요?"

캐시의 물음은 질문이 아니라 사실 확인이었다.

"희귀본 수집가들이야. 책 경매에 오는 사람들이지. 난 초판본을 좋아하거든."

그는 주변을 둘러싼 서가를 가리키며 말했다.

"아하."

캐시는 다시 중얼거렸다. 속으로는 최대한 감흥을 받지 않으려고 애를 쓰는 중이었다. 회의적인 태도를 유지하고 싶어서였다.

"오늘 아침에 모건스턴이라는 지인에게서 메일을 받았어. 토론토에 사는 책 수집가지."

"지인분들에게 뭐라고 하셨는데요? 이메일을 보냈을 때요."

캐시의 머릿속이 대화를 이해하기 시작하면서, 수많은 사람에게 이메일을 보내 마법의 책 이야기를 했다는 생각에 경종이 울렸다.

"오, 아무것도 알려준 건 없어. 네가 말해준 대로 책 설명을 했을 뿐이야. 그 책이 문의 책이라고 불린다고는 말했단다. 그리고 해독할 수 없는 낙서와 스케치가 있다고 했지."

"그렇군요. 그래서 토론토에 사신다는 모건스턴 씨가……."

캐시는 저도 모르게 무릎을 불안하게 떨고 있었다.

"그래! 그 사람이 책을 찾았다고 했어. 아니, 그 책으로 추정되는 걸 찾았다고 말해야겠지. 동유럽으로 휴가를 갔다고 하더라. 책 좋아하는 사람들은 으레 뭘 하겠니? 있는 대로 서점을 찾아다니고, 동네 시장을 꼼꼼히 보는 거지. 우린 항상 책을 찾아다니니까."

"그래서 찾았다고요?"

캐시가 믿을 수 없다는 목소리로 물었다.

"이거 보렴!"

그는 커피 테이블 위에 둔 노트북을 가져다가 캐시가 화면을 볼 수 있도록 돌렸다. 그리고 이메일 첨부파일을 열어 이미지를 띄웠다. 캐시의 심장이 순간 멈췄다.

"이거 맞니?"

웨버 씨의 물음에 캐시는 몸을 숙여 이미지를 보았다. 어떤 남자의 손에 들린 책 사진이었다. 하지만 표지와 책등만 보였다.

"이것도 있어."

웨버 씨는 두 번째 사진을 클릭했다. 그 사진은 책의 안쪽으로, 검은 잉크로 낙서가 된 페이지였다. 이미지 해상도가 높지 않아서 글씨가 자세히 보이진 않았지만, 캐시의 가슴이 두근두근 뛰면서 가슴속에서 승리의 질주를 하는 기분이 들었다.

"맞을지도 모르겠어요."

캐시는 애써 차분함을 유지하며 대답했다.

"이 책일 수도 있어! 그렇다면 지금이 내가 문의 책을 찾은 때인가 보구나. 넌 이제 집에 갈 수 있는 거다!"

웨버 씨가 외쳤다.

웨버 씨는 그날 저녁에 곧바로 친구가 맨해튼에 오도록 주선했다.

"비행시간이 얼마 안 걸리니까. 내가 좋은 호텔을 잡아줄 거고. 그러면 올 거다. 그 사람은 고급스러운 걸 누릴 기회를 참 좋아하거든."

캐시는 지금 제대로 듣고 있지도 않았다. 가만히 앉아있을 수가 없어서 방 안을 서성였다. 이 시간대에 발이 묶인 지가 벌써 4년이 넘었는데, 이제는 제대로 준비할 시간이 부족한 것만 같았다.

"난 이지를 찾아야 해. 그게 제일 중요해. 책을 구해서 일찍 돌아간다면, 휴고 바버리가 오기 전에 아파트에서 이지를 데리고 나올 수 있을지도 몰라."

그녀는 혼잣말하며 고개를 끄덕였다. 지금 혼자서 아무 말이나 막 해대고 있다는 걸 알고는 있었다. 잠시 후 걸음을 멈추고 웨버 씨를 보니, 그는 주방 조리대에 기대어 그녀 쪽을 보고 있었다. 그런데 얼굴이 심각했다.

"왜 그러세요?"

캐시가 묻자 그는 미소를 지었지만, 표정은 슬펐다.

"네가 돌아가게 되어 참 기쁘단다. 이게 문의 책이 맞아서 네가 집으로 돌아갈 수 있게 되기를 진심으로 바라고 있어."

"그렇지만 다른 마음도 있으시죠?"

웨버 씨는 한숨을 쉬었다. 지금 무슨 말을 하려는지는 몰라도, 인정하고 싶지 않다는 티가 났다.

"네가 보고 싶을 거다. 네가 집에 가면 여길 떠나는 거잖니."

캐시는 무어라 말해야 할지 알 수 없었다. 그래서 잠시 웨버 씨와 눈을 마주했다.

"아, 웨버 씨."

그녀는 중얼거리고는 주방으로 가서 그를 뒤에서 안아주었다.

"저도 보고 싶을 거예요. 하지만 우린 다시 만날 수 있어요."

그는 가슴에 얹힌 캐시의 손을 쓰다듬었고, 캐시는 그가 고개를 끄덕이는 걸 느꼈다.

"그럼 외출하기 전에 낮잠을 자야겠구나. 이따가 깨워주겠니?"

웨버 씨는 캐시의 품에서 벗어나 방으로 향했다. 본인이 얼마나 상심했는지 보여주기 부끄러워하는 것 같다고, 캐시는 생각했다.

"아, 웨버 씨."

그녀는 나직하게 다시금 중얼거렸다.

두 사람이 모건스턴을 만난 곳은 플라자 호텔의 샴페인 바였다. 모건스턴은 키가 큰 남자로 머리카락이 치렁치렁 길었으며 뿔테 안경을 썼다. 값비싼 정장에 넥타이 차림이었다.

"모기!"

웨버는 그의 애칭을 부르며 남자의 손을 덥석 잡고 악수했다.

"웨버!"

모건스턴은 웨버 씨에게 인사한 다음 캐시를 느릿하게 위아래로 훑어보았다.

"아, 이쪽은 내 연구를 돕는 앤드루스 씨라고 하네."

웨버 씨의 말에 모건스턴은 고개를 까닥이면서 캐시에게 슬쩍 미소를 지어 보였지만 악수를 청하지는 않았다. 그는 앉으라며 옆자리를 가리켰고, 그들은 모두 자리에 앉았다. 호텔의 샴페인 바는 은은한 피아노 소리를 배경으로 도란도란 이야기를 나누는 목소리가 가득했다.

"플라자 호텔에서 하룻밤 자게 되어 얼마나 기쁜지 모르겠네. 날 여기로 불러주어 참 고맙네."

모건스턴의 말에 웨버 씨가 대답했다.

"이런 건 얼마든지 해줄 수 있다네."

캐시의 눈길은 테이블에 놓인 꾸러미에 꽂혀있었다. 갈색 종이로 싼 꾸러미는 책 같아 보였다. 문의 책이 딱 저 정도 크기였다.

"으음. 이 책이 왜 그토록 중요한지 궁금하군. 자네가 비행 편으로 급히 날 여기까지 부르다니. 게다가 이토록 근사하고 아름다운 곳에 묵게 해주고."

모건스턴이 주변 공간을 가리키며 말하는 동안 마침 웨이터가 그의 옆으로 나타났다.

"내 친구들이 마실 샴페인 좀 주시오."

모건스턴의 주문에 웨이터는 급히 사라졌다.

"음, 우리는 이 책에 뭔가 특별한 게 있는지 없는지 모르잖은가? 그래서 자네를 부른 걸세. 이게 내가 찾는 게 맞는지 확인해 보려고 말일세."

웨버 씨의 말에 모건스턴이 물었다.

"그 특별한 게 뭔데 그러나?"

"이 책인가요?"

캐시는 테이블에 놓인 꾸러미를 가리키며 대화에 끼어들었다.

모건스턴은 짜증스럽게 한숨을 쉬었다. 캐시가 웨버 씨를 슬쩍 바라보자, 그는 나무라는 눈초리로 '내가 알아서 하마'라는 뜻을 전했다.

"이 여자는 뭔가?"

모건스턴이 묻자, 웨버 씨는 자세를 살짝 고쳐 앉으며 말했다.

"자, 모건스턴, 자네는 내가 돈을 써서 내 손님으로 앉아있는 걸세. 그러니 내 일행에게 무례하게 굴지 말자고. 책을 보여주면 이게 내가 찾는 건지 아닌지 알 수 있게 되겠지. 책이 맞다면, 자네는 아주 두둑한 보상을 받게 될 걸세. 내가 약속하지."

모건스턴은 이 말을 아주 요란하게 받아들이며 생각에 잠겼다. 그는 샴페인을 홀짝거리면서 입을 살짝 삐죽이더니 웨이터가 샴페인 잔두 개를 테이블에 더 놓고서 캐시와 웨버 씨에게 따라주는 동안 가만히 기다렸다.

캐시는 비명을 지르고 싶었다. 테이블 위를 싹 쓸어서 물건을 전부 깨버리고 싶었다. 책을 잡고 어서 종이를 뜯어보고 싶었다. 문의 책을 갖고 싶었다.

"그래, 알았네."

모건스턴은 불퉁하게 대답했다. 그리고 우아한 손가락을 하나 들어 책을 웨버 씨 쪽으로 밀었다.

"이 책이 어디서 났다고 했지?"

웨버 씨는 책을 들어 캐시에게 주면서 물었다.

"루마니아."

모건스턴은 책 꾸러미가 캐시에게 넘어가는 걸 지켜보며 대답했다. 그는 샴페인을 계속 마셨고, 캐시는 책 포장을 뜯으며 같이 앉은 사람들의 시선을 끌었다.

가죽 표지와 그 아래 종이가 보였다. 가슴이 펄떡이고 손이 덜덜 떨렸다. 이것이 문의 책처럼 보이자 사방의 모든 게 한낱 배경으로 치부되었다. 소리도, 사람도, 모건스턴의 수다와 캐시의 행동을 지켜보는 웨버 씨가 공손하게 고개를 끄덕이는 것까지 모두 다 상관없었다.

그녀가 계속 포장을 찢자 책등이 드러났다. 책은 여전히 문의 책 같아 보였다.

"이게 정말로……."

그녀는 혼잣말을 중얼거렸다.

종이를 더 찢어내자 포장지가 낙엽처럼 다리 사이 바닥으로 떨어졌다. 캐시가 손에 든 책은…… 그 책은…….

그녀는 떨리는 손으로 책 가장자리를 잡고서 급히 넘겼다. 그 스케치를, 휘갈겨 쓴 글을 너무나 보고 싶었다.

눈에 보이는 것은 까만 잉크로 쓴 마구잡이 글자였다.

"말도 안 되는 헛소리만 가득하다고."

모건스턴이 무시하는 어조로 말하는 소리가 들렸다. 순간 캐시는 정말이지 그 남자의 뺨을 힘껏 쳐주고 싶었다.

그러다 눈길이 책에 쓴 글자에 닿았다. 숨이 턱 막히면서 온 세상이 얼어붙은 것만 같았다.

무슨 소리인지 모를 글이었지만, 글자는 알아볼 수 있었다. 분명히 인간이 쓴 문장이었다. 루마니아어나 다른 유럽 국가의 언어일 터였다.

"어쩌면……."

그녀는 절망적으로 애원하듯 중얼거렸다.

페이지를 더 넘기면서 그림과 스케치를 찾아내며 문의 책 안에서 봤던 것들을 찾아보았다.

그러다 실망스러운 마음이 눈앞에 거대한 틈새처럼 쩍 벌어지면서 심장이 쿵 떨어지는 것만 같았다. 그녀는 문의 책이 아닌 책을 멍하니 응시했다. 온 세상의 모든 게, 모든 인간이 죄다 증오스러웠다.

"캐시."

순간, 웨버 씨의 목소리가 풍선을 찌르는 핀처럼 생각을 찔러 터뜨렸다.

캐시는 그를 바라보며 고개를 저었다. 눈에는 눈물이 맺힌 채였다.

며칠이 지나서야 캐시는 실망감을 떨쳐낼 수 있었다. 웨버 씨는 거듭 사과했지만, 그럴 때마다 캐시는 손사래를 쳤다. 그가 사과할 일이 아니었으니까.

"희망이 있었잖아요. 웨버 씨는 내게 몇 시간이나마 희망을 주신 거예요. 정말 좋았어요."

그래도 웨버 씨는 캐시가 저조한 기분이라서 힘들어하는 듯 보였다. 그러다 며칠이 지난 후, 아파트에서 저녁을 먹는 동안 둘은 이야기를 나누었다. 캐시는 그에게 상심하지 말라며 이유를 말해주었다.

"그 순간에는요, 정말 너무 충격이 크더라고요. 그런데 또 깨달았죠. 제가 정말로 집에 가고픈 마음이 크다는 걸요. 그리고 몇 주 전에 좋은 생각이 났어요. 드러먼드 폭스가 저한테 해준 말이 떠올랐거든요. 그래서 그걸 실행해 보고 싶어요."

"문의 책을 찾는 방법이니?"

웨버 씨의 물음에 그녀는 고개를 저었다.

"내가 있던 현재의 시간에 도달하게 되었을 때 준비를 갖추고 있기 위해서 뭔가 해둘 일이 떠올랐어요. 나를 기다리고 있을 위험에 대처할 준비를 해둬야죠."

웨버 씨는 천천히 고개를 끄덕였다.

"알겠다."

그 후 몇 달 동안 그녀는 책을 찾는 대신 사람을 찾아다니는 것으로 제 생각이 맞는지 천천히 조사하기 시작했다. 그렇게 필요한 연락을 취하는 데만 거의 여섯 달이 걸렸고, 또 두 사람이 논의하면서 서로를 조심스럽게 파악하는 과정을 거치는 데 또 몇 달이 이어졌다. 캐시는 웨버 씨와 자주 논의를 하면서 둘이 함께 자신의 생각과 아이디어를 시험해 보았다.

브라이언트 파크에서 무언가를 깨달은 지 1년 가까이 되던 때, 또 과거에서 이곳으로 온 지 거의 5년이 되어갈 무렵에 캐시는 혼자서 길게 여행을 떠났다. 그리고 누군가를 만나 논의를 한 다음 거래를 성사했다. 그 후에 캐시는 뉴욕으로 돌아와 자신의 집인 웨버 씨의 아파트에 왔다.

그녀가 오자, 웨버 씨가 물었다.

"어땠니?"

캐시는 고개를 끄덕였다.

"다 됐어요. 이젠 기다리면 돼요."

웨버 씨에게 건네는 마지막 작별 인사

웨버 씨와 같이 산 지 9년째가 되자, 캐시는 이제 피할 수 없도록 쏜살같이 달려오는 미래를 생각하게 되었다. 오랫동안 너무나 멀게만 느껴지던 그때, 기다리기엔 너무 오래였던 그때였건만, 지금은 준비할 시간이 부족한 것만 같았다. 영원히 흐르지 않을 것 같았던 시절이 지금 돌아보니 한순간이었다.

웨버 씨는 그 세월 동안 점점 힘이 빠지고 허약해졌다. 그 과정은 아주 느릿하고 은밀하게 진행되어서 캐시도 눈치채지 못했다. 그러던 어느 날, 웨버 씨가 의자에서 힘겹게 일어나려다가 약한 무릎 때문에 민망해하며 미소를 짓는 걸 보고서 캐시는 깨달았다. 웨버 씨는 이제 너무나 마르고, 목 주변 피부가 참 많이 늘어져 있었다. 얼굴은 여전히 매끈하고 젊어 보였고, 하얀 머리카락은 숱이 많았지만, 그의 손은 점점 힘이 없어지고 낮잠을 자는 시간이 길어져 갔다. 그리고 캐시는 그의 나날이 얼마 남지 않았음을 알고 있었다. 순간순간이 웨버 씨 인생의 마지막 때라는 것을, 이게 마지막 추수감사절이고 마지막 크리스마스며 마지막 새해, 마지막 봄이라는 걸 알았기에 캐시는 너무나도 슬펐다. 그녀는 웨버 씨가 알아서는 안 될 사실을 드러낼까 봐 잔뜩 겁먹은 채로 그의 곁에서 감정을 숨겨야 했다.

그러다 보면 다시금 할아버지가 떠올랐다. 할아버지와 햄버거 가게에서 나누었던 대화를 말이다. 그녀는 할아버지에게 건강 문제를 이야기하려 했지만, 할아버지는 듣기를 거부했었다. 말했다면 달라졌을까? 캐시는 웨버 씨를 보면서 어쩐지 그에게 앞으로 일어날 일을 바꿀 방법은 아무것도 없다는 걸 알게 되었다. 그는 이제껏 인생을 살아왔고 이제는 자연스러운 결론에 이를 때가 된 것이다.

어느 날 저녁, 웨버 씨는 실제로 슬픈 기색이 전혀 없이 말했다.

"아, 나의 빛은 꺼져가고 있지. 하지만 괜찮아. 그건 모든 인간에게 찾아오는 일이고, 난 모든 점을 고려했을 때 매력적인 인생을 살아왔거든."

"제발 그런 말씀 좀 하지 마세요. 아직 괜찮으시거든요. 아직 정정하시고 외출해서 산책도 하고 서점도 가시잖아요. 여전히 책도 읽으시지 않아요?"

캐시가 나무라는 말에 웨버 씨는 대답했다.

"난 그래서 싫다는 게 아니야, 캐시. 그냥 현실을 직시하자는 거야."

캐시는 그 주제를 놓고 계속 왈가왈부하기보다는 그냥 하지 않아도 되는 주방 일을 분주하게 했다.

이제껏 웨버 씨는 캐시에게 최고의 친구가 되어주었다. 필사적인 상황에 부닥친 캐시에게 안정된 삶과 안전함, 친절과 공감의 기반을 마련해 주기도 했다. 그런 웨버 씨가 더는 자기 삶에 있지 않게 되리라 생각하니 견딜 수가 없었다. 그저 알고 지내던 사이였을 때 이미 한 번 그분을 잃고 슬퍼한 적이 있는데, 이제는 친한 친구의 처지에서 또다시 슬퍼해야 한다는 사실이 너무나 두려웠다.

웨버 씨가 세상을 떠났던 그 여름날, 바로 또 다른 캐시가 문의 책을 받게 되는 그해, 캐시는 웨버 씨와 헤어져야 한다는 사실을 깨달았다. 앞으로 다가올 일을 준비해야 하니 그렇다고 스스로를 다독였지만, 사실은 자신이 웨버 씨와 함께 있다면 견딜 수 없으리라는 걸 알기 때문이었다.

그래서 어느 날 저녁, 도시가 고요하고 어두워졌을 무렵 주방의 라디오에서 바로크 음악이 들려오는 가운데, 거실에 함께 앉아있던 캐시는 웨버 씨에게 말했다.

"이제 전 가야 해요."

"그래, 알아. 너의 과거는 이제 현재를 거의 따라잡았지."

그는 본인이 말한 표현을 음미하며 미소를 지었다.

그녀는 고개를 끄덕였다.

"난 문의 책을 구하지 못했지? 하지만 구했다 하더라도 이젠 중요하지 않은 것 같구나. 몇 달을 앞당겨 봤자 크게 좋을 것도 없고 말이야."

"없죠."

캐시는 고개를 끄덕였다. 문의 책이 어째서 나타나지 않는 것인지는 아직도 알 수가 없었다. 애초에 웨버 씨는 어떻게 그 책을 자신에게 준 것일까?

그녀는 한숨을 쉬었다.

"왜 그러니?"

"시간이 너무 빨리 흘렀어요. 10년이라니. 눈 깜짝할 사이에 이렇게 되다니. 하지만 첫날 밤에 여기 왔을 때는 너무 길다고 생각했거든요. 영원히 오지 않을 것 같았죠."

웨버 씨는 살짝 서글픈 미소를 지었다.

"인생도 전반적으로 다를 게 없단다. 내가 조언 하나 해주마. 자기 생각에 갇혀서 인생을 낭비하면 안 돼. 주어진 시간을 최대한 활용하렴. 그렇지 않으면 정신을 차렸을 때 남은 시간이 하나도 없을 테니까."

"알아요."

"그리고 우리 둘 다 지금 감정적이 되었으니 말인데, 하나 더 말해주고 싶은 게 있다. 지난 10년간 나와 함께해 주어서 고맙구나."

웨버 씨는 캐시에게 손을 뻗었고, 캐시는 그 손을 잡았다.

"정말이지 내 인생 최고의 10년이었단다."

그는 미소를 지었지만, 캐시는 그의 눈에 차오르는 눈물을 보았다.

"네가 내 친구가 되어줘서 참 좋았어. 아주 소중한 시간이었어."

"저도 그래요."

캐시의 눈에도 역시 눈물이 고였다. 이윽고 웨버 씨는 잡은 손을 놓아주고는 똑바로 몸을 일으켜 앉았다.

"하지만 걱정하지 마라. 내가 켈너북스에서 널 계속 지켜볼 거야. 우리는 여전히 친구가 될 수 있어. 다만 네가 우리의 우정이 얼마나 깊은지 모르게 될 뿐이지. 때가 될 때까지는."

캐시는 미소를 지으며 고개를 끄덕였다. 하지만 속으로는 웨버 씨가 자신을 지켜볼 날이 그리 오래 남지 않았다는 걸 알고 있었다.

"그 이야기 있잖아요. 로마에 처음 가셨을 때 다 벗고 있는 상황에서 방에 들어온 할머니 이야기요."

"으음."

"그 이야기를 서점에서 만난 저에게 몇 년에 걸쳐서 여러 번 해주셨잖아요. 그때 난 웨버 씨가 건망증이 심하다고 생각했어요. 그런데 전혀 아니었네요. 내가 기억해 주기를 바라는 마음으로 여러 번 해주신 건가요? 내가 이 시간대로 떠밀려 온 첫날에 그 이야기를 했던 나를 믿어주셨기 때문에?"

웨버 씨는 미소를 지었다.

"그 할머니는 나의 모든 걸 봤다니까!"

캐시는 초겨울에 웨버 씨의 아파트에서 완전히 나왔다. 그가 준 돈이 든 은행 계좌와 몇 년 동안 모은 약간의 옷가지가 든 가방을 챙기고, 과거로 가져왔던 휴대폰은 맞는 충전기가 출시되자마자 새로 충전해 둔 참이었다. 또 다른 캐시가 가지고 있는 또 다른 휴대폰에 혼선을 줄지도 모른다는 생각에 아직 전원은 켜지 않았다. 자신을 현재의 위치로 이끈 사건들에 변화를 주고 싶지 않았기 때문이었다.

"음, 이제 갈게요."

그녀가 말했을 때, 웨버 씨는 주방 옆에 서 있었다. 두 사람은 갑자기 어색해진 채 고개를 끄덕였다. 이윽고 그녀는 웨버 씨에게 가까이 다가가 안아주었다.

"고마워요."

"아니다. 오히려 내가 고맙지."

그들은 잠시 후 서로를 놓아주었다.

"걱정하지 마라. 오늘 나는 조금 있다가 산책하러 나갈 거야. 그리고 켈너북스에 들러서 또 다른 너를 보겠지. 몇 달 후에 이 일이 다 끝나면, 나를 보러 다시 와줄 수 있겠니? 우리 우정이 끝날 이유는 없잖아? 그때라면 너의 현재를 같이 살아갈 수 있을 테니."

"맞아요. 끝날 이유 없죠."

캐시는 애써 미소를 지었다. 웨버 씨는 그녀를 문으로 데려다주며 말했다.

"너의 모험담을 전부 듣고 싶구나. 마법 책 이야기를 전부 다 듣고 싶어. 네가 다시 와줄 때까지 나도 바쁘게 지낼 거야. 읽을 책이 많거든."

"읽을 책이야 항상 있는 법이죠."

그녀는 복도로 나가며 맞장구쳤다. 웨버 씨는 계속 말했다.

"예전에 좋아했던 책을 다시 읽을까 생각 중이야. 《몬테크리스토 백작》을 한 번 더 읽을까 한다."

캐시는 그에게 미소를 지었다. 마음이 살짝 아렸다.

"정말 좋은 책이죠."

"그래. 정말 좋은 책이지."

그녀는 웨버 씨를 다시 안아주었다. 영원히 지속될 것만 같은 포옹, 그러나 해도 해도 충분하지 않은 포옹이었다.

"이제 가려무나. 가서 할 일을 전부 해. 곧 다시 만나자고."

캐시는 그의 뺨에 입을 맞추고는 뒤돌아보지 않고 나갔다. 웨버 씨에게 건네는 마지막 작별 인사였다.

아파트에서 나온 캐시는 도시의 거리를 지나 펜 스테이션으로 향했다. 며칠 후에 있을 만남을 위해 남부로 가는 기차표를 산 참이었다. 짧은 만남 후에 다시 뉴욕으로 돌아오게 되리라는 걸 그녀는 알고 있었다.

서적상 II

캐시가 서적상인 로티 무어를 만난 건 이번이 인생에서 두 번째였다. 몇 년 전 약속한 대로, 두 사람은 밤 열 시에 잭슨 스퀘어에 있는 카페 뒤 몽드에서 만났다. 캐시가 도착했을 때 로티는 이미 야외 테이블을 잡고 앉아있었다. 초록색과 하얀색 천막 아래 탁자에는 커피와 베녜(beignet, 밀가루 반죽을 튀겨 설탕을 뿌린 도넛으로, 루이지애나주의 명물임— 옮긴이)가 올라와 있었다. 밤공기는 진한 스튜처럼 후덥지근해서 땀이 줄줄 흘렀다. 카페에 들어선 캐시는 느릿느릿 공기를 휘저어 주는 선풍기에 고마움을 느꼈다.

"당신이 과연 나타날지 궁금했어요. 혹시 이게 전부 나의 상상은 아닌가 하는 생각이 들던 참이라."

서적상은 옆자리에 앉은 캐시에게 말했다.

"저도 당신이 여기 오실 줄은 몰랐어요."

캐시가 대답했다.

늦은 시각이었지만 테이블에는 사람이 제법 있었다. 젊은이들은 술을 마시며 파티를 즐기다가 잠시 쉬고 있었고, 관광객들은 커피와 베녜를 먹으며 밤을 마무리하는 중이었다.

디케이터가에서는 어떤 흑인 노인이 의자에 앉아 낡은 튜바를 연주하고 있었다. 쇳소리로 울리는 곡조가 탁한 밤공기 사이로 찌를 듯 울렸다. 노인은 가끔 튜바 연주를 멈추고는 비음이 섞인 갈라진 목소리로 노래를 몇 소절 불렀는데, 그 노랫소리가 주변 소음을 칼날처럼 뚫고 들려왔다.

주변을 둘러보는 캐시에게 로티가 말했다.

"이 시간대에 만나는 게 훨씬 좋아요. 낮에는 관광객이 득시글거리거든. 난 조용한 시간에 자리 잡고 앉는 게 좋더라고요. 다른 사람 눈치 보며 급하게 커피 마실 필요가 없으니까요. 난 이곳 없이는 못 살아요. 이 커피와 이 빵이 너무 좋거든. 이런 게 인생이죠."

중년의 중국계 여자가 비척비척 테이블로 다가와 캐시에게 말 대신 질문하듯 노려보는 눈빛으로 주문을 받았다. 캐시는 카페오레를 주문했다.

"이제 절 믿으시나요?"

종업원이 테이블에서 물러나자 캐시가 물었다. 로티는 고개를 끄덕였다.

"뭐, 당신이 말한 일들이 실제로 일어났거든요. 그러니 당신은 미래에서 왔거나 초능력자겠지요. 아니면 추측을 아주 잘하는 사람이든지. 어느 쪽이든 다시 이야기해 볼 가치가 있었어요. 게다가 난 5년 전에 당신을 처음 만났을 때도 마음에 들었거든요. 내 기분을 좋게 만드는 에너지를 갖고 있는 사람이라서."

"에너지가 있다는 말은 처음 들어보네요. 그렇다고 알아두겠어요."

이윽고 종업원이 테이블로 와서 캐시 앞에 커피를 내려놓았다.

서적상 로티는 베녜를 한 입 먹었다. 그녀는 입에 묻은 슈거파우더를 털어내면서 캐시에게 말했다.

"하나 들어요. 당신은 너무 말랐네요."

"그런 말도 처음 들어보긴 해요."

캐시는 달콤한 빵을 집어 들어 몇 입에 나누어 먹었다. 베녜는 맛있었다. 이걸 먹으니 리옹에서 드러먼드와 함께 먹었던 크루아상이 떠올랐다. 곧 그를 다시 만나게 될 거란 사실을 알고 있었지만, 새삼스레 속에서부터 이유 모를 흥분이 짜릿하게 일었다.

그녀는 빵을 계속 씹으며 옷을 거의 안 입은 거나 다름없는 젊은 여성들이 시끌벅적하게 거리를 지나며 거리 공연을 하는 노인에게 다가가는 모습을 보았다. 노인 가까이 간 여자들은 튜바 소리에 맞추어 길거리에서 춤을 추면서 환호성을 지르고 웃었고, 지나가던 차는 길을 비키라며 경적을 울려대었다.

"저를 도와준다고 하셨죠."

캐시는 손가락에 묻은 설탕을 핥으며 로티에게 말했다. 그러자 로티가 물었다.

"우리의 약속 기억하나요?"

"기억해요. 제 친구를 보호할 사람을 보내주신다고 하셨죠."

"이지라는 사람이었죠. 기억하고 있어요."

로티의 말에 캐시는 이 사람이 메모를 하거나 이름을 떠올리려는 시도 같은 걸 할 필요가 없다는 데 깊은 인상을 받았다.

"저한테 중요한 사람이에요. 이지가 안전한지 확인하고 싶어요."

"알았어요. 언제 어디로 가면 되는지 말해줘요."

캐시는 커피를 한 모금 마신 후 무릎에 떨어진 설탕을 털어내고 말했다.

"때가 가까워지면 자세한 사항을 이메일로 알려드릴게요. 메일 주소를 알려주세요."

서적상은 고개를 끄덕였다. 캐시는 다시 거리를 바라보며 말을 이었다.

"저는 침대에서 잠든 이지를 두고 왔어요. 누군가 이지를 지켜보면서 괜찮은지 확인해 주어야 해요. 그런 다음 아침에 이지가 일어나면 어딘가 안전한 곳으로 데려가 지켜줘야 하고요."

"알았어요."

"그리고 바버리 박사에게 맞설 때 도움이 될 만한 책이 있다면 뭐든 좋으니 빌리고 싶어요."

서적상은 잠시 침묵하면서 커피 잔을 바라보며 접시 위로 잔을 빙글빙글 돌렸다. 캐시는 튜바 소리와 근처 테이블에 앉은 관광객들의 수다를 들었다. 그들은 가든 디스트릭트와 공동묘지 이야기를 하며 검보(닭고기 또는 해산물에 아욱과의 식물인 오크라를 넣어 걸쭉하게 끓인 수프―옮긴이)가 얼마나 맛이 없었는지 떠들어 댔다.

이윽고 로티가 입을 열자 캐시는 다시 그녀를 바라보았다.

"당신이 요구하는 건 작은 일이 아니에요. 알고 있어요?"

캐시는 어깨를 으쓱였다.

"제가 드릴 것도 작은 게 아니죠."

"그게 진짜 존재한다면야."

"진짜 있다는 걸 아시잖아요. 믿지 않으셨다면 여기 나오실 일도 없었겠죠. 그 문제는 이미 우리 사이에서 이야기가 끝났어요. 저는 뉴욕으로 돌아가야 해요."

그러자 로티는 미소를 지었다.

"아가씨 태도가 정말 마음에 드네. 아주 자신만만하군요."

"그런 이야기는 정말로 처음 들어보네요."

캐시가 중얼거렸다. 튜바 소리와 카페에서 들리는 수다 소리 너머로 저 뒤쪽 어디선가 종소리가 울렸다. 아마도 드넓은 미시시피강을 지나는 배에서 나오는 소리 같았다. 캐시는 이토록 늦은 시간에도 배가 항해하는지 몰랐다. 저 어둠 속에서 강을 지난다니 외로울 것 같았다.

로티가 계속 말했다.

"그런데 묻고 싶은 게 있어요. 휴고 바버리에게서 책을 되찾게 된다면, 그냥 시간을 거슬러 올라가서 그자가 당신을 과거로 보낼 수 없도록 막아버리는 건 어때요? 아예 이 모든 일이 일어나지 않게 만드는 게 낫지 않아요?"

캐시는 미소를 지었다. 그녀와 웨버 씨는 시간 여행에 관해 토론했던 밤이 수도 없이 많았다.

"시간 여행은 그런 식으로 이루어지지 않는 것 같아요. 누가 저한테 그랬죠. 과거를 바꿀 수는 없고, 다만 살고 있는 현재를 만들어 갈수 있을 뿐이라고요."

"무슨 소리인지 이해가 안 가는데요."

"일단 시간 여행을 조금만 해보면 서서히 알게 돼요. 모든 일은 항상일어난 대로 흘러가죠. 일어난 일을 막을 수는 없는 것 같아요. 더욱중요한 건, 지금 와서 제가 그걸 바라지는 않는 것 같고요."

"그래요?"

서적상이 묻자, 캐시는 어깨를 으쓱였다. 과거에 갇혀서 보냈던 처음 몇 달은 힘들었다. 그런 절망을 경험하기는 처음이었다. 하지만 그후로는 몇 년에 걸쳐 웨버 씨와 보냈던 모든 시간이 행복했다. 웨버 씨와 우정을 쌓았고, 그 시기는 캐시의 삶에서 특별한 시간이었다. 지금은 그 기억을 바꾸고 싶지 않았다. 그 추억을 희생시키고 싶지 않았다.

"그건 중요한 게 아니에요. 그것 때문에 여기 온 게 아니니까요."

로티는 손을 들어 카페 저편에 앉아있는 남자에게 손짓했다. 그는 피부가 창백하고 키가 큰 백인이었다. 남자는 그들 쪽으로 와서 서류 가방을 로티에게 건네주었다.

"이 사람은 일라이어스예요. 나의 장부 관리자죠. 회계 장부를 본다는 게 아니고, 책을 안전하게 보관한다는 의미에서 장부 관리자인 거죠."

일라이어스는 무표정하게 캐시를 응시했다. 이 남자의 눈빛에는 무언가 강렬한 기운이 서려있다. 아무런 소개 없이 다른 곳에서 마주쳤다면 소름 끼쳤을 사람이었다.

로티는 컵과 접시를 옆으로 치운 다음 서류 가방을 테이블 위에 놓고서 목에 건 열쇠로 가방을 열었다.

"나는 절대로 팔지 않을 책을 한 권 갖고 있죠. 이 책은 3대째 우리 집안에 전해져 오는 책이랍니다. 이 책 덕분에 나는 지금과 같은 삶을 살아갈 수 있죠. 나를 책 사냥꾼을 비롯한 여러 사람으로부터 안전하게 지켜주는 책이거든요. 이 책이 없으면 나는 적에게 무방비한 상태가 되는 거죠. 가볍게 여길 만한 위험이 아니에요."

"문의 책을 입수하는 대로 돌려드릴게요."

캐시의 말에 로티가 대답했다.

"책은 두 권 모두 줘야죠."

캐시는 마지못해 고개를 끄덕였다.

"그게 거래 조건이었죠."

"당신이 책을 주지 않는다면, 무슨 수를 써서라도 당신을 찾아내서 죽일 겁니다. 알겠어요?"

"알고 있어요."

캐시의 대답에 서적상은 그녀에게 손가락을 흔들어 대며 나무라는 듯한 어조로 말했다.

"이런, 아무 생각 없이 덥석 말하지 말아요. 나는 휴고 바버리가 아니거든. 자존심만 센 멍청이가 아니란 말입니다. 난 전문가고, 날 짜증 나게 하는 사람은 그 즉시 세상에서 사라진다고요."

"알겠습니다."

캐시가 답하자 서적상은 잠시 그녀를 응시하면서 방금 한 말을 되새겨 주는 듯했다. 그러더니 탁자에 놓인 서류 가방을 바라보았다.

가방 속의 책은 문의 책과 똑같은 크기였다. 특별한 책들은 모두 그런가 보다고 캐시는 생각했다. 하지만 이 책의 표지는 고급 도자기나 보송보송한 면처럼 새하얬다.

"아름답네요. 이건 어떤 능력이 있죠?"

이 특별한 책들 때문에 캐시는 온갖 불행을 겪었지만, 그럼에도 참 멋있고 놀라운 책이라는 생각이 떠올랐다.

"가져가요."

서적상의 말에 캐시는 가방에서 책을 꺼내 두 손으로 잡았다. 책은 마치 구름을 잡은 것처럼 너무나 가벼웠다. 표면은 매끈하지 않지만 부드러운 붕대처럼 미세한 질감이 느껴졌다.

로티는 캐시가 손에 든 책을 빤히 바라보며 말했다.

"이건 안전의 책입니다. 이걸 갖고 있으면 아무도 당신을 해칠 수 없어요. 상처를 입지 않죠."

그녀는 어깨를 으쓱이며 덧붙였다.

"이 책은 당신을 안전하게 지켜줄 겁니다."

캐시는 숨을 들이마신 다음 책을 펼쳤다. 무언가를 발견했을 때의 짜릿함이, 책의 형상을 갖춘 마법의 짜릿함이 떠올랐다.

그리고 안전의 책에 적힌 내용을 훑어보며 미소를 지었다. 이것만 있으면 휴고 바버리는 전혀 문제가 아니었다.

거리에서 공연하던 노인은 튜바 연주를 멈추고는 탁하고 어두운 밤을 향해 노래를 불렀다.

웨버 씨의 조용한 죽음 II

　캐시는 외투 주머니에 안전의 책을 넣고서 뉴욕으로 돌아왔다. 그리고 며칠 동안 호텔에 머무르며 눈에 띄지 않게 혼자 지냈다.

　사흘째 되던 날, 날이 저물어 공기가 쌀쌀해지자 캐시는 묵고 있는 호텔에서 나와 도시를 가로질러 켈너북스에 다다랐다. 이윽고 눈이 내리리라는 걸 캐시는 공기 중으로 느끼고는 외투의 목깃을 올렸다. 그리고 서점 건너편에 있는 초밥집 옆의 통로에 서서 켈너북스 창문 너머로 자신의 젊은 모습을 바라보았다. 바로 인생이 바뀌어 버린 그날의 젊은 캐시를 말이다.

　길 건너편에서는 커피 바 자리가 잘 보이지 않았지만, 웨버 씨가 이미 와서 커피를 마시며《몬테크리스토 백작》을 읽고 있다는 건 알고 있었다.

　이윽고 그녀는 또 다른 캐시가 책을 한 아름 들고 가게 앞쪽 계산대에서 나오는 모습을 지켜보았다. 눈이 내리기 시작했으니 가게 어딘가에서 젊은 캐시는 웨버 씨와 함께 뒤마와 로마 이야기를 나누고 있을 터였다.

　캐시는 뺨 위로 무언가를 느꼈다. 처음에는 눈송이라고 생각했지만, 손가락을 대어보니 그건 눈물이었다.

또 다른 캐시가 가게 창문에 모습을 드러내더니, 눈 내리기 시작한 밤거리를 놀라운 기색으로 바라보고 있었다. 그리고 그 뒤로, 웨버 씨는 조용히 죽어가고 있었다.

이로써 두 번째로, 자신은 웨버 씨의 마지막 순간을 함께하게 되었다. 정확히 말하면 같은 공간은 아니라지만, 그래도 근처에서 말이다. 캐시는 지금 저분 곁에 머물면서 손을 잡아주고, 마지막 순간에 함께 있어줄 수 있다면 얼마나 좋을까 생각했다. 그녀는 할아버지가 돌아가셨을 때도 그렇게 하고 싶었지만, 며칠간 간병을 하다 지쳐서 잠들어 버린 사이 할아버지는 세상을 떠나고 말았다. 그 임종의 순간을 놓쳤다는 게 아직도 캐시의 가슴에 뜨거운 한이었다.

이윽고 켈너북스의 창가에 있던 젊은 캐시가 일어나더니 시야에서 빠르게 사라졌다.

캐시는 통로에서 나와 거리를 걸었다. 그리고 몸을 피할 또 다른 통로를 찾아 선 다음 먼저는 구급대원들이, 그리고 이어서 경찰이 오는 모습을 바라보았다. 그들은 몇 분 후 서점을 떠났고, 얼마 지나지 않아 젊은 캐시가 서점에서 나와 문을 잠그고는 커다란 외투와 암적색 목도리, 방울 털모자를 몸에 둘렀다. 젊은 캐시는 길을 걷다가 나이 든 캐시가 바라보고 선 통로 바로 앞에서 멈췄다. 젊은 캐시가 주머니에서 문의 책을 꺼내 잠깐 살펴보는 모습이 나이 든 캐시의 눈에 보였다. 잠시 후, 젊은 캐시는 고개를 절레절레 젓더니 책을 다시 주머니에 집어넣고 길을 걷기 시작했다. 자신의 인생과 모험을 향해서.

나이 든 캐시는 눈보라 속으로 사라지는 젊은 캐시를 바라보며 얼굴에 남은 마지막 눈물을 닦아내었다.

"이제 다시는 울지 말자."

그녀는 스스로에게 말했다.

그날 밤, 캐시는 처음으로 문의 책을 들고 여행했었다.

그리고 며칠 후, 캐시는 드러먼드 폭스와 함께 집으로 돌아와 바버리 박사를 맞닥뜨리게 되겠지. 그녀를 과거로 던져버리려고 기다리고 있는 그자를.

하지만 이번에는 자신이 기다릴 차례였다. 열 살이나 더 나이 든 모습으로 지금은 그를 맞이할 준비가 되었다.

제 · 4 · 부

잊힌 공간 안의 춤

폭스 도서관 모임(2011)
마법의 성질과 기원에 관하여

　이번 폭스 도서관 모임은 그들의 마지막 모임이 될 운명이었다. 그로부터 1년 후, 뉴욕에서 이 자리에 모인 이들 중 셋이 죽기 때문이었다. 이 모임에서 드러먼드 폭스와 친구들은 마법의 기원을 두고 토론을 벌였다.

　그날은 온갖 색채가 가득하게 어우러진 봄날이었다. 식당으로 비쳐든 햇살에 유리그릇과 식기가 온통 반짝여 댔다. 드러먼드와 친구들은 그가 모임을 축하하기 위해 마련한 호화로운 점심을 모두 즐기고 있었다.

　"그래서, 알게 된 걸 말해줄 거야?"

　드러먼드는 바그너를 보며 물었다. 이번 주말에 다 같이 모인 이유가 바로 이것이었다. 바그너는 실험, 그러니까 일전에 네 사람이 만났을 때 논의했던 연구에 실험 대상으로 쓴 책을 반납하러 여기 왔다. 그리고 릴리와 야스민은 바그너가 실험하고 발견한 내용을 자세히 듣기 위해서 이곳 스코틀랜드까지 왔다.

　"그래. 내가 알아낸 걸 모두 말해줄게. 한마디로 줄여 말할 수 있거든. 알아낸 건 '없어.'"

　바그너가 구운 양고기를 칼로 썰며 말하자, 식탁에 앉은 이들은 서로를 슬쩍 쳐다보았다. 이윽고 드러먼드가 물었다.

"없다고? 아무것도 없어?"

"없어."

바그너가 다시 말하자, 릴리가 다그쳐 물었다.

"없다는 게 말이 돼? 내가 홍콩에서 여기까지 날아왔는데 알아낸 게 없다고? 바그너, 홍콩에서 여기까지 비행기표 값이 얼마나 비싼지는 알아?"

바그너는 릴리의 말이 농담이라는 걸 알기에 미소를 지었다.

"모든 과학적인 잣대를 들이밀어 보아도, 그 책들은 다른 책과 차이가 전혀 없는 걸로 나타났어."

"책을 사용해 보긴 했어? 그러니까, 빛의 책이랑 다른 것들 다 말이야."

야스민은 마법을 부리려는 듯 손가락을 휘저으며 물었다. 바그너는 고개를 끄덕였다.

"해봤어. 빛은 감지되지 않더라고. 그 빛은 인간의 눈에만 보이는 것 같아. 내가 포착할 수 있는 입자도 없었고, 무게를 달거나 길이를 측정할 수 있는 것도 없었어. 마치 마법은 과학적 조사 대상이 아니라는 듯이. 이건 더없이 특이한 경우야."

바그너가 손가락을 하나 들면서 말하자, 야스민이 곰곰이 생각하며 질문을 던졌다.

"그러니까, 속된 말로 말짱 꽝이라는 거지?"

야스민이 묻자, 바그너가 대답했다.

"그래. 확실히 그렇지."

그들은 실망스러운 소식을 찬찬히 받아들이며 말없이 얼마간 식사를 했다.

그러다 릴리가 포크로 군고구마를 찔러 반으로 쪼갠 다음 그걸 감정하듯 자신의 눈앞에 들어 올리며 말했다.

"내가 보기엔 책에서 나오는 색색의 빛이 마법의 원천인 것 같아. 그 색이 마법인 거지. 마법이 벌어질 때는 그 책에서 빛이 나잖아. 책은 항상 변함없지만, 책이 마법을 일으킬 때만 빛이 보이니까."

바그너는 감자를 입에 넣은 릴리를 보며 고개를 끄덕였다.

"맞아. 우리는 알 수 없는 우주의 힘이 작용하는 것처럼."

"그래서 실험으로는 감지할 수 없었던 건가?"

드러먼드가 묻자, 바그너가 대답했다.

"맞아. 우리가 제대로 이해하기만 한다면, 그 힘은 그다지 신비한 게 아닐 수도 있지."

"그러면 그게 전기나 중력 같다는 소리야?"

야스민이 얼굴을 찌푸리면서 묻자, 바그너는 기분 좋게 어깨를 으쓱였다.

"그럴지도. 사람들은 그것들도 제대로 알기 전까지는 다 마법이라고 생각했으니까."

"전기에 대해서 아무것도 모르는 사람이 본다면 전기가 꽤 놀랍게 여겨지겠지."

드러먼드도 동의했다. 식당 끝에 있는 높다란 창문 너머로 보이는 잔디밭에는 분홍빛, 하얀빛 꽃이 바람에 흩날리고 있었다. 바그너는 계속 말했다.

"어쩌면 이 힘은 우주에서 온 것이 아닐 수도 있어. 다른 현실에서 스며든 것일 수 있다고. 이곳과는 다른 현실 말이야. 그래서 우리가 알 수 없는 거지. 아니면 우리 우주의 배후에서 존재하는 다른 우주 어딘가에서 온 것일 수도 있고. 모든 물질과 현실의 근원이 되는 기반인 곳에서."

그들은 점심으로 나온 음식을 씹으면서 이 커다란 개념도 같이 곱씹으며 생각에 잠겼다. 이런 점이야말로 드러먼드가 친구들과의 모임에서 가장 좋아하는 부분이었다. 답이 항상 나오는 건 아니지만, 질문을 던지고 함께 생각하며 이 시간을 즐기는 것이다. 여기서 나온 생각은 결코 조롱거리가 되거나 무시당하지 않았으며, 모든 생각은 나름 타당성을 지녔다. 드러먼드의 친구들은 다들 그보다 더 많은 것을 알고 여러 가지 것을 이해하는 사람들이었다. 때로는 서로 다른 관점을 지닌 사람들이 모두 함께해야 결론이 나는 것 같기도 했다.

잠시 후 릴리가 의아하여 물음을 던졌다.

"하필이면 왜 책이지? 왜 그 힘이 책에 있냔 말이야. 그리고 하필이면 왜 이런 책들이 그 힘을 전달하거나 간직할 수 있는 걸까?"

"좋은 지적이야. 나도 왜 그런지는 모르겠네."

바그너도 맞장구치더니, 양고기 한 덩이를 입에 넣고서 우물거리며 말했다.

"양고기 아주 맛있다, 드러먼드. 아주 좋아."

드러먼드는 고개를 끄덕이며 음식 칭찬을 기쁘게 받아들였다. 이어서 야스민이 말했다.

"책이란 건 특히 인간적인 도구잖아? 자연계에는 책 같은 게 없으니까. 개나 고양이는 책을 쓸 수 없지."

"개가 책을 쓴다면 기꺼이 읽어주겠어."

릴리의 말에 바그너는 씩 웃었다. 야스민은 계속 말했다.

"내 말은 말이야, 이 마법, 우리가 아직 이해할 수 없는 이 힘은 왜 그런지 몰라도 이 책들에 들어갈 수밖에 없었을 거란 뜻이야. 아니면 바그너의 생각대로 이게 다른 우주의 파편이라고 한다면, 대체 그 경계에 왜 균열이 생겼고, 이 파편들이 왜 하필이면 책에 담기게 되었을까?"

그러다 드러먼드가 솔직하게 말했다.

"난 항상 이게 사람 때문이라고 생각했어. 수 세기 전에 누군가가 이 마법의 책을 만들게 된 게 아닐까? 사람들이 무언가를 전달하거나, 아니면 찾아낸 거지. 그래서 수백 년에 걸쳐 이 책이 전 세계로 퍼져나가게 된 거야."

"그럼 한 사람이 이걸 다 했다고? 단 한 사람이 이 책들을 전부 만들었단 소리야?"

바그너가 눈살을 찌푸렸다.

"책을 사랑한 사람이었겠지."

드러먼드는 고개를 끄덕이며 말했다. 이게 어리석고도 낭만적인 생각이라는 것까지는 알았지만 큰 의미 없이 언급한 것이었다. 그러자 릴리도 고개를 끄덕였다.

"그래. 책을 사랑하는 사람만이 이런 특별한 책을 만들어 낼 수 있는 거야. 우연히 생겼다기엔 너무나 아름다운 책들이잖아."

"나도 그렇게 생각해. 책에 마법이 깃들었다는 건 우연이 아니야. 책을 만든 사람이 정말로 있었는지, 그 사람이 책을 사랑하는 사람이었는지는 모르겠지만, 마법이 책에 깃든 데는 뭔가 이유가 있을 거야."

야스민의 말에 바그너도 고개를 끄덕였다.

"그래. 이 책들은 마치 세트인 것처럼 비슷한 특징이 많지. 마치 같은 과정을 거쳐 만들어진 것 같잖아. 그러니 아마도 만든 사람이 같을 거야."

"아니면 사람이 아닌 존재가 만들었다거나?"

릴리가 던진 질문에 드러먼드는 씩 웃으며 대답했다.

"아니, 그럼 외계인이 만들었다는 거야?"

"신이 만든 건 아닐까? 역사에는 신이 많잖아. 인간의 이야기가 마법으로 가득한 것처럼 말이야. 한때는 정말로 신들이 있었을지도 몰라. 어쩌면 이 책들은 초자연적인 존재가 만든 유물이나 도구일지 누가 알겠어."

릴리의 말에 바그너는 어깨를 으쓱였다.

"전부 가설이잖아. 나도 몰라. 우리는 절대로 알 수 없을지도. 확실히 말해서, 책에 '과학적 연구'를 해본다는 건 소용이 없었어."

릴리는 바그너의 말에 미소를 지었다. 이전 모임에서 자신이 했던 말을 의도적으로 끄집어내고 있어서였다.

"내가 아는 건 하나 있지. 이제 집에서 만든 파이를 먹을 차례라는 거야. 그 역시 엄연히 초자연적인 경험이라고."

모인 이들은 웃으면서 계속 대화를 나누었다. 새로이 발견했다는 책에 대한 소문이나, 한동안 연락이 없었던 친구들 이야기, 그리고 책을 찾아 온 세상을 여행한다는 아름다운 여자 이야기 등이었다.

바버리의 새 책

"쌍년 같으니라고."

드러먼드가 바닥에서 몸을 일으키는 동안, 바버리는 스스럼없이 말을 던지며 씩 웃었다.

"언제든 남자들끼리 있는 편이 낫지 않나? 별 뜻 없는 농담을 던졌다고 화를 내는 사람도 없고 좋잖아."

"무슨 짓을 한 거지, 휴고? 저 문에 넣고 닫아버린 거야? 사람이 과거에 갇혀버렸잖아!"

드러먼드의 말에 바버리는 악마처럼 웃었다.

"그걸 내가 몰라서 그랬을까? 내가 남을 눈곱만큼도 신경 안 쓰는 사람인 줄 아나 본데, 그거 착각일세."

바버리가 손목을 휙 돌리자 드러먼드의 몸이 곧바로 공중에 확 솟구쳐 올랐다. 그는 지금 바닥에서 30센티미터 정도 둥둥 떠있었다. 바버리가 한쪽 손으로 들고 있는 통제의 책은 빛이 부글부글 뿜어져 나오듯 빛났다.

"내가 오늘 하루 얼마나 힘들었는지 알아야 해."

바버리는 이렇게 말하며 볼 쪽을 대충 손짓했다. 드러먼드는 그제야 바버리의 부은 얼굴을 알아보았다.

"눈의 핏줄도 터졌지. 빌어먹을 유인원 같은 놈이 날 제 마누라 패듯 때렸어. 게다가 또 무슨 짓을 했는지 알아?"

드러먼드는 꼼짝도 못 하고 그를 바라보았다. 온몸이 죄다 긴장한 가운데, 그는 머릿속을 팽팽 돌리며 어떻게 이 상황에서 탈출할지, 캐시는 앞으로 어떻게 될지, 그리고 바버리가 지금 무슨 짓을 할지 애써 알아내려 했다.

"그 새끼가 내 책을 훔쳐 갔어!"

바버리가 분노에 휩싸여 소리쳤다. 마구 뿜어져 나온 침이 드러먼드의 얼굴에 튀었다. 드러먼드는 바버리가 손에 든 문의 책 쪽으로 고갯짓하며 말했다.

"그러는 당신도 캐시의 책을 훔쳤잖아. 남에게 도덕적 잣대를 들이댈 처지가 아닐 텐데, 휴고."

바버리는 문의 책을 들고 살피다가, 이내 페이지를 훑으며 말했다.

"아, 그래. 문의 책이 있지. 이걸 쓰면 얼마나 재미있을까. 그런데 생긴 건 별로 특이할 게 없는데?"

그는 문의 책 표지를 가만히 살펴본 다음에 발치에 툭 던졌다.

"아주 평범하네. 하지만 어마어마한 수확이긴 하지."

순간, 드러먼드는 몸을 홱 움직여서 바버리의 팔이나 목덜미를 잡으려 했지만, 그는 이미 이런 행동을 예상하고 있었다. 바버리가 손을 홱 움직이자 드러먼드의 팔이 마치 벽처럼 단단한 저항을 받아 공중에서 굳어버렸다.

"소용없어. 난 네가 무슨 짓을 할지 이미 예상하고 있거든. 하지만 그걸 보니 이제야 생각이 나네. 너도 책을 갖고 있지?"

그의 어조는 동정심이 느껴지기까지 했다. 이윽고 바버리가 손을 두 번 움직이자 드러먼드의 두 팔이 확 벌어졌다. 마치 조롱하듯 그의 사지를 십자가 형태로 벌린 바버리는 드러먼드를 공중에서 밀어서 거실로 보낸 다음 창문가에 매달았다.

바버리는 뒤로 보이는 거실과 주방을 가리키며 말했다.

"정말 끔찍하군. 90년대에 나온 우울한 모더니즘 연극 무대 같아. 사람들이 정말 이런 데서 산단 말이야?"

이건 대답을 바라고 던진 질문은 아니었다. 바버리는 드러먼드의 안주머니에 커다란 손을 넣고 거미처럼 뒤적이면서 기억의 책을 찾아 꺼냈다. 그리고 책을 살펴보며 말했다.

"아주 좋아. 이게 기억의 책이겠군."

드러먼드는 대답하지 않았다. 바버리는 책 뒤표지를 잡고서 페이지를 펼쳐 안을 살펴보았다.

"아주 좋아."

그는 책을 바닥에 내려놓고는 다시 드러먼드의 주머니에 손을 넣어 행운의 책과 그림자의 책을 꺼냈다. 그리고 황금빛 표지의 행운의 책을 감탄하며 바라보았다.

"이건 무슨 책이지?"

드러먼드는 바버리의 머리 위를 멍하니 바라볼 뿐, 대답하지 않았다. 바버리는 어깨를 으쓱였다.

"대답하지 않아도 상관없어. 시간이 지나면 알게 되겠지."

그는 두 권의 책을 기억의 책과 문의 책이 있는 바닥에 내려놓았다. 그의 옆구리에서 통제의 책이 두근두근 뛰는 것처럼 색깔을 발했다.

"정말로 보물창고나 다름없군. 그 여자의 장서 모음에 맞먹을 만한 나만의 장서 모음을 만들면 어떨까? 어떻게 생각하나, 드러먼드? 네가 보기엔 어느 쪽 괴물이 더 마음에 들지? 나? 아니면 그 여자?"

"아, 당연히 네놈이지."

드러먼드의 대답에 바버리는 흥미롭다는 듯 고개를 갸웃거렸다.

"왜 나지?"

"그야 그 여자는 무시무시하지만, 네놈은 바보니까. 네놈 때문에 잠을 못 잔 적은 없어, 휴고."

바버리는 근사한 대답을 들었다는 듯 낄낄 웃었다.

"음, 그럼 우리가 뭘 할 수 있는지 한번 볼까?"

그는 정말로 어떤 고문을 가할지 정하려는 듯 드러먼드 쪽을 바라보았다.

"그 고릴라 녀석이 내 고통의 책을 훔쳐 가서 정말로 유감이야. 네 비밀을 죄다 털어놓게 고문했다면 참 좋았을 텐데."

그는 잠시 잇새로 숨을 들이쉬면서 여러 가지 선택지를 고민하다 말했다.

"책이 없어도 재미있게 놀 수 있긴 하지. 구닥다리 방식으로 입을 열게 만들면 어떨까. 어떻게 생각하나? 가벼운 고문을 받는 거 어때?"

그러다 주머니에서 벨소리가 울려 바버리는 생각을 멈췄다. 휴대폰을 꺼낸 그는 잠시 화면을 자세히 바라보았다.

"쌍년이."

그가 중얼거리는 말에 드러먼드가 물었다.

"뭐라고?"

"그 대머리 깜둥이 년이."

"서적상 말인가?"

드러먼드가 묻자 바버리가 대답했다.

"그년이 내 책을 판대. 그 일본 놈과 고릴라 놈이 그년 밑에서 일하나 보군."

바버리는 잠시 말없이 서더니, 두 손으로 허리를 짚고서 드러먼드의 옆쪽을 바라보았다. 무슨 계획을 세우거나 어떻게 대응해야 할지 생각하는 듯했다. 그러다가 자명한 결론을 내렸다는 듯 말했다.

"음, 그년을 죽여야겠지."

"서적상을?"

드러먼드는 회의적인 기색으로 눈썹을 치켜뜨며 다시 물었다.

"그년이랑 내 책을 차지하려는 다른 놈들도 다 죽일 거다. 난 아직 통제의 책이 있으니까. 어렵지 않겠지."

그는 허리춤에서 빛나는 책을 들어 보이며 말했다.

"서적상은 경매장에 책을 갖고 들어오지 못하게 하는데. 알면서."

드러먼드의 말에 바버리가 투덜댔다.

"아니. 그건 몰랐어. 그년 경매장에 가본 적이 없거든. 하지만 그러면 일이 더 쉽겠지. 책이 없다면 아무도 유리하지 못할 테니까. 그냥 가서 다 쏴버려야겠어."

그는 외투를 젖히고는 허리에 찬 총을 드러내었다.

"너부터 쏴야겠지. 입을 닫아버려야 하니까."

드러먼드는 허공에 매달린 채로 어깨를 으쓱이려 했다. 이제는 더 이상 아무것도 거리낄 게 없었다. 온몸이 기진맥진한 상황에서는 두려움도 거의 없어진다는 게 신기할 뿐이었다.

"그럼 어서 쏴. 제발 부탁이니까."

그때였다. 드러먼드의 귓가에 열쇠가 돌아가는 소리에 이어 현관문이 열리는 소리가 들렸다. 잠시 후, 바버리도 그 소리를 듣고 현관 쪽으로 고개를 돌리자 거실에 어떤 여자가 들어왔다.

그녀는 다름 아니라 바로 캐시였다.

달라진, 더 나이 든 캐시가 눈빛 가득 사명감을 띠고 있었다.

"안녕. 이 순간을 정말 오랫동안 기다려 왔어요."

안전의 책

방 안에 침묵이 흐르는 가운데 바버리는 그녀를 바라보았다. 그의 뒤로 공중에 붕 뜬 드러먼드가 창문으로 비쳐드는 역광을 받아 마치 십자가에 못 박힌 사람처럼 보였다. 캐시는 그를 보자마자 기쁨과 흥분으로 속이 울렁거렸다. 10년 만에 본 그는 후줄근하고 지쳐 보였다.

아니, 집중해야 했다!

바버리가 드러먼드를 높이 들어 올리고 있는 동안 그의 책이 옆구리에서 빛났다. 바버리는 눈을 가늘게 뜨고 캐시를 훑었다.

"너, 좀 달라 보이네."

"내 책 내놔."

캐시는 자신에게 일어난 일을 두고 대화할 마음은 없었다. 그러자 바버리가 웃었다.

"꺼져, 이년아. 난 지금 책을 수집하고 있다고. 네 책은 이미 가졌고, 이놈 책도 가졌지."

그는 뒤에 있는 드러먼드를 가리키더니 웅크려 앉아 발치에 있던 책을 집어 한 번에 하나씩 주머니에 넣었다.

앞으로 점점 다가오는 캐시를 보고 바버리는 놀라서 눈썹을 확 치켜떴다. 그의 얼굴에 즐거운 미소가 번지더니, 뒤를 슬쩍 돌아 드러먼드에게 말을 걸었다.

"폭스 씨, 당신의 젊은 아가씨께서 그새 좀 용감해지셨군그래. 자, 이제 어쩔 거지, 아가씨? 날 할퀴고 머리채라도 잡아당길 건가?"

"캐시."

드러먼드가 경고 조로 그녀를 불렀다.

"넌 나한테 아무 짓도 못 해."

"그래? 그럼 기쁘게 한번 해보겠어."

바버리가 그의 팔을 확 움직이자, 캐시는 그가 손을 뻗은 쪽으로 거세게 끌려갔다. 그의 손가락이 캐시의 목을 감더니 바닥에서 들어 자기 얼굴에 갖다 대었다.

독한 고기 양념과 땀 냄새로 범벅된 바버리의 체취가 나서 캐시는 숨을 틀어막고 싶었다.

"너도 알겠지만, 이 세상에 일어난 최악의 일이란 바로 너희 여자들이 우리 남자들과 동등하다고 생각하기 시작한 거야. 가끔은 자연의 질서가 여전히 존재하던 70년대로 돌아가면 얼마나 좋을까 생각한다고. 그땐 인생이 훨씬 단순했지. 여자 따귀를 때리고, 가서 식사나 차리라고 해도 찍소리도 못 하던 때가 좋았는데."

그는 캐시에게 씩 웃어 보이다가 갑자기 분노에 차서 얼굴을 찌푸리며 입을 다물었다.

"꼬마 아가씨, 옛날처럼 버릇을 좀 고쳐줘야겠어."

바버리의 뒤로 드러먼드가 바닥에 털썩 떨어졌다. 그는 드러먼드를 잊은 듯했다. 그와 동시에 바버리는 유도 동작을 하듯 허리를 뒤틀어 캐시를 패대기쳤다. 그녀의 몸이 쿵 소리를 내며 부딪쳤고 가슴으로 진동이 느껴졌지만, 고통은 없었다.

안전의 책이 그녀를 보호하고 있었기 때문이다. 책의 온기가 옷 너머로 느껴졌다. 그 어떤 것도 캐시를 해칠 수 없었다. 그 확실한 진실은 구름을 뚫고서 비치는 햇살처럼 그녀의 영혼을 비추었다.

"멍청한 년."

바버리는 중얼거리면서 그녀 위를 지나 현관 바깥 복도로 고개를 들이밀며 아무도 없는지 확인했다. 하지만 다시 돌아섰을 때, 캐시는 이미 일어선 채였다. 바버리는 놀라서 눈을 깜빡였다.

"그보다는 좀 더 잘해야 할걸."

캐시는 그에게 말하고는 총을 들었다. 아까 바버리에게 딱 붙어있었을 때 권총집에서 슬쩍한 권총이었다. 총을 쏴본 적은 없었고, 이 권총의 총구에는 소음기로 추정되는 길쭉한 튜브가 달려있었지만, 발사가 어려울 것 같지는 않았다. 바버리는 몸집이 큰 데다 거리도 아주 가까웠다. 방아쇠를 당기자 먹먹하게 텅 소리가 나면서 동시에 바버리가 어깨를 맞은 듯 현관 쪽으로 홱 떠밀렸다.

"책을 회수해요."

드러먼드가 캐시 뒤에서 팔꿈치로 몸을 지탱하며 일어서면서 중얼거렸다.

바버리가 한 손으로 어깨를 잡고 앉은 사이에 캐시는 현관으로 다가갔다.

"날 쏘다니!"

그는 분노가 역력한 기색으로 소리쳤다.

"내 책 내놔."

캐시의 명령에도 바버리는 거듭 말했다.

"꺼져."

그가 손을 휘두르자 캐시의 몸이 위쪽으로 확 솟구치며 현관 상단에 허리가 부딪혔지만, 고통은 없었다.

"넌 날 해칠 수가 없어. 하지만 난 널 해칠 수 있지."

그녀는 바버리에게 말하며 다시 총을 들고서 그의 머리를 겨누었다.

바버리가 손가락을 휘젓자, 캐시의 몸이 이번에는 주방으로 휙 던져지면서 스토브 위에 쾅 부딪혔다.

"널 해칠 수는 없을지 몰라도, 내 눈앞에서 치워버릴 수는 있겠지."

바버리는 다시 방 안으로 들어오면서 말했다.

캐시는 다시 총을 쏘았다. 총알은 바버리의 왼쪽 옆구리 부분으로 살짝 빗나갔다.

"하지만 총알도 치워버릴 수 있겠어? 내가 조만간 네 뱃속에 총알을 박아버릴 거란 생각은 안 해?"

캐시가 묻자 교착 상태에 빠진 걸 깨달은 바버리는 그녀를 죽일 듯이 응시했다. 그가 어떻게든 이 상황을 빠져나가려고 애를 쓰는 게 보였지만, 캐시는 그가 계획을 세울 시간을 주고 싶지 않았기에 얼른 쏘아붙였다.

"내 책 내놔. 당신 뇌가 있을 자리에 총알을 박아버리기 전에."

그는 움직이지 않았다. 캐시가 바라는 걸 너무나도 주고 싶지 않은 모습이 역력했다. 책을 내놓지 않을 수만 있다면 뭐든 하려는 기세가 맹렬했다.

그 순간, 갑자기 드러먼드가 놀라운 속도로 움직였다. 그는 바닥에서 벌떡 일어나 한쪽 발로 소파를 밀치면서 정신이 팔린 바버리의 옆을 들이받았다. 두 남자는 문 옆에서 벽에 부딪혔고, 분노에 차 사지를 마구 버둥대면서 소리를 지르고 신음을 흘렸다. 그 와중에 통제의 책이 바버리의 손에서 빠져나가 방으로 날아갔다. 둘은 잠깐 몸싸움을 하다 바닥으로 쓰러졌고, 바버리는 드러먼드 위에 올라타서 얼굴을 거듭 주먹으로 치며 중얼중얼 씨근대었다.

"그만."

캐시가 짧게 말했다. 그녀는 바버리 뒤로 다가가 차가운 총구를 그 투실투실한 목덜미에 대었다.

바버리는 주먹을 휘두르다 말고 얼어붙었다.

"일어나."

캐시는 바버리의 목에 총구를 들이민 채 말했다. 그가 엉거주춤 일어서자, 캐시는 그의 손이 닿지 않을 뒤쪽으로 물러나 드러먼드가 바닥에서 일어나기를 기다렸다. 드러먼드의 얼굴은 피범벅이었다. 그는 통제의 책이 떨어진 곳으로 가서 책을 집었다. 탁한 회색인 책 표지는 마치 연필로 직선을 교차하여 그린 듯한 질감이 느껴졌다.

"다른 책도 내놔. 전부 다."

드러먼드는 소맷자락으로 눈을 닦으며 말했다.

캐시는 총을 그의 대머리에 겨눈 채였다. 바버리는 입술에 비웃음을 단 채 내리깐 눈으로 그들을 응시했다.

"당신에겐 일진이 참 사나운 날이네. 책을 모두 잃어버렸으니까. 지금 당신 주머니에 있는 책 중 어떤 것으로도 통제의 책과 총을 막을 수는 없지. 그 책들을 돌려주면 살려주겠다."

바버리는 코로 숨을 식식대면서 주머니에서 행운의 책, 기억의 책, 그림자의 책, 그리고 마지막으로 문의 책까지 하나씩 꺼내 바닥에 던졌다.

"이제 날 죽이는 게 좋겠군. 내가 계속 살아있다면 너희를 찾으러 올 테니까. 계속 찾으러 올 거라고."

"난 정말로 아무도 죽이고 싶지 않아."

캐시는 문의 책을 주우며 말했다. 10년 만에 다시 문의 책을 집는 순간 심장이 노래하듯 뛰었다.

"하지만 앞으로 살면서 당신이 따라오나 불안해하며 살고 싶지도 않아."

그녀는 잠시 생각에 잠겼다. 그동안 드러먼드는 통제의 책을 펴고는 첫 페이지를 보며 음울한 미소를 지었다.

"통제."

그는 책을 돌려 캐시에게 보여주었다. 책장에는 진한 검은색 잉크로 쓰인 고딕체 대문자 '통제'라는 단어뿐, 나머지는 새하얀 종이였다.

"그다지 시적이진 않네요?"

드러먼드의 말에 캐시는 관심 없다는 듯 끙 소리를 내었고, 바버리는 그 모습을 분노에 차서 노려보았다.

드러먼드는 잠시 책을 쥐고서 집중하며 눈썹을 지그시 모았다. 그가 손에 잡은 책이 빛나기 시작하면서 잠시 후 소파가 벽에서 몇 센티미터 움직이며 바닥을 긁었다.

"나쁘지 않네."

드러먼드는 바버리에게 말했다. 그동안 책에서 나던 빛이 사라지며 주위가 다시금 투명해졌다. 이윽고 그는 캐시에게 말했다.

"이제 어떡하고 싶어요?"

"뭘 하고 싶은지 알아냈어요."

캐시는 복도로 가서 자신의 방문을 닫더니 말했다.

"내가 이 문을 열면 그자를 여기에 넣어요."

드러먼드는 말뜻을 알아듣고 고개를 끄덕했다. 이윽고 통제의 책이 다시 빛나기 시작했다. 캐시가 방문을 열자 변화한 뉴욕의 거리가 나타났다. 다만 다른 시대의 차량이 지나가고 다른 시대의 옷을 입은 행인들이 보였다. 드러먼드가 손을 움직이자 바버리가 앞으로 확 끌려가더니 문을 지나 어두운 바깥으로 굴러떨어졌다.

캐시는 문가에 서서 그가 몸을 일으키는 모습을 지켜보고는 비명을 지르듯 소리쳤다.

"70년대에서 얼마나 재밌게 사나 보자!"

10년간의 분노와 고통이 목소리에 실려있었다. 바버리가 주위를 둘러보며 서서히 현실을 깨닫는 동안 캐시는 문을 쾅 닫았다.

기진맥진한 드러먼드는 소파에 털썩 주저앉았다. 캐시는 그에게 휴지를 가져다준 다음, 그가 엉망이 된 얼굴에서 피를 닦아내는 동안 잠자코 기다렸다.

"당신 모습이 변했네요. 달라 보여요."

드러먼드가 마침내 말했다. 캐시가 보기에 그는 자신의 시선을 피하는 것 같았다. 그녀는 아무 말 없이 팔짱을 낀 채로 창문 앞에 섰다. 10년 만에 옛 아파트에 돌아온 기분이 참 묘했다.

"무슨 일이 있었던 겁니까?"

"10년 만에 온 거예요."

그녀의 목소리는 그저 차분했다. 화난 기색으로 소리치지 않았다. 이미 분노는 다 빠져버리고 없었다.

드러먼드는 충격을 받은 얼굴로 그녀를 응시했다.

"10년 만이라고요."

그가 확실히 들었는지 알 필요가 있다는 듯 캐시가 다시 말했다.

"어떻게……."

드러먼드는 입을 열었다가 이내 다물었다. 무슨 질문을 해도 소용없으리라는 걸 깨달은 모양이었다. 그가 마른침을 삼키고 생각을 정리하고 있다는 게 캐시의 눈에 다 보였다.

"10년을 기다렸다고요?"

"달리 방법이 없었어요."

그녀가 어깨를 으쓱이며 대답하자 그는 잠시 그 말을 곰곰이 생각하더니 다시 물었다.

"어디로 보낸 겁니까? 바버리 말이에요."

"그자가 나한테 했던 대로 똑같이 해줬어요. 과거로 보냈죠. 70년대에서 그토록 살고 싶어 해서 거기로 보냈어요. 얼마나 좋아하는지 보자고요."

"그자가 돌아오면 어떡하죠? 당신도 돌아왔잖아요."

드러먼드의 말에 캐시는 잠시 생각에 잠겼다.

"나는 10년을 살아야 했어요. 그것도 참 힘들었죠. 그자는 50년을 살아야 할 거예요. 그러면 몇 살이 될까요? 아흔?"

드러먼드는 어깨를 으쓱였다.

"그만큼 오래 살았다면, 우리에게 별 위협은 안 될 것 같네요."

캐시의 대답을 들은 드러먼드는 잠시 상처 난 얼굴을 닦다가 마침내 말했다.

"미안해요."

"당신 잘못이 아니에요."

캐시는 고개를 끄덕였고, 드러먼드는 그녀를 바라보았다.

"정말로 그렇게 생각해요?"

캐시는 한숨을 쉬었다.

"모르겠어요, 드러먼드. 그냥 이 시간이 다 흐르고 당신을 드디어 보게 되어 좋기만 해요."

잠시 후 드러먼드는 캐시의 말을 되새기며 고개를 끄덕였다. 그리고 잠깐 말없이 캐시를 바라보았다. 그녀의 얼굴을 천천히 훑는 그의 눈길은 캐시가 얼마나 변했는지 보고 있다는 기색이 역력했다.

"당신에게 10년이 흘렀다니 믿을 수가 없네요. 어떻게 살아왔어요? 어떻게 지금껏 버틸 수 있었죠?"

그가 조용히 묻는 말에 캐시가 솔직히 말했다.

"도와주는 분이 있었어요. 그 이야기는 나중에 할게요. 지금은 이지를 찾아야 해요. 10년간 못 봤기 때문에 정말로, 너무 이지가 보고 싶어요."

"난 이지가 어디 있는지 모릅니다. 무슨 일이 있는지도 모르고요. 미안합니다."

드러먼드가 시인하자 캐시가 대답했다.

"내가 알아요."

드러먼드는 무슨 소리냐는 눈빛으로 그녀를 바라보았다.

"내가 거래를 했거든요. 서적상이랑요. 그분이 나에게 안전의 책을 줬기 때문에 내가 바버리랑 맞설 수 있었던 거예요. 그리고 이지에게도 돌봐줄 사람을 보내겠다고 약속했죠."

"바버리가 어떤 일본 남자 이야기를 했어요. 아마도 아자키일 겁니다. 같이 다니는 사람은 누군지 모르겠지만요."

드러먼드의 말에 캐시는 어깨를 으쓱였다. 자세한 사항은 몰랐기 때문이었다.

"그럼 뭘로 거래했습니까? 어떤 거래를 한 거죠?"

드러먼드의 질문에 캐시는 문의 책을 들어 보였다.

"이걸 주기로 했어요. 미안해요, 드러먼드. 문의 책을 갖고 싶다면 먼저 서적상에서 사야 해요. 이지를 안전하게 지켜주는 대가로 이걸 주겠다고 약속했거든요."

잊힌 장소

　자정을 향해 느릿느릿 시간이 흐르는 밤, 웨스트 27번가의 잊힌 장소에서 이지는 서적상의 경매에 참여하기 위해 들어오는 책 사냥꾼들을 바라보았다.

　이곳은 옛 매킨토시 호텔 내 아르데코 양식 로비의 위층 플로어로, 한때는 바였던 공간이었다. 지금 있는 곳은 그 바의 메자닌(중이층이라고도 하며, 두 층 사이에 작게 지은 층 ─ 옮긴이)이었다. 로비 앞쪽으로 보이는 입구는 한때 웅장했으나, 지금은 합판으로 가려져서 바깥세상과 차단되었다. 그 합판에는 잘라 만든 문이 하나 있었는데, 문이 열리면서 백발 아래로 가죽 같은 피부를 한 초췌한 노인이 하나 들어왔다. 그의 눈빛은 비판적이고도 잔인해서, 눈에 보이는 것마다 자신의 예상대로 끔찍하다는 기색이었다. 말하자면 뭘 봐도 기꺼이 실망할 준비가 되어있는 사람이었다.

　"저 사람은 누구죠?"

　이지의 물음에 서적상이 대답했다.

　"멀린 질레트 목사예요. 자식 중에서 지독한 애들 둘을 데려왔군요. 물론 저 목사 자식들 중에는 지독하지 않은 애가 없습니다. 하나같이 죄다 지독하죠. 그런데 오늘은 둘만 데려왔네요."

그 노인의 뒤로 쌍둥이처럼 보이는 젊은 성인 남녀 둘이 들어왔다. 둘 다 키가 크고 말랐으며 윤기 나는 굽슬굽슬한 금발을 아름답게 드리우고 있었다.

"샴푸 광고 모델 같네요. 그것도 나치용 샴푸요."

이지가 말했다. 새로 도착한 세 사람 모두 회색 정장 차림이었다. 아버지와 아들은 넥타이를 맸고, 딸은 목에 십자가 목걸이를 걸고 있었다.

"어디 목사인가요?"

이지가 묻자 서적상이 대답했다.

"아, 사우스캐롤라이나 순복음 교회요. 정신 나간 단체지만 돈은 많은 데죠. 저들은 특별한 책이 악마가 만든 거라서 없애야 한다고 생각해요. 누구에게나 필요한 특별한 책은 성경뿐이어야 하니까."

서적상은 눈을 흘기며 말을 이었다.

"저들은 끔찍하긴 한데, 그래도 큰 틀에서 보자면 상당히 무해한 사람들이기도 해요. 오늘밤 여기에 올 다른 사람들에 비하면요."

그들은 목사와 자녀들이 몸수색을 거친 후 로비를 지나 메자닌 아래 보이지 않는 곳으로 향하는 걸 지켜보았다.

"저 사람들 어디로 가는 건가요?"

이지가 묻자 서적상이 대답했다.

"연회장이요. 거기서 경매를 진행할 거라서요. 공간이 꽤 크기 때문에 모든 사람이 옆 사람과 너무 가까이 서있을 필요가 없죠. 이런 일에는 보통 그게 최선이거든."

서적상은 정신이 없어 보였다. 좀 불안해 보이기까지 하는 모습이 꼭 직장 면접을 앞둔 상황에서 옆 사람과 억지로 대화를 하는 사람처럼 보였다.

지금은 이지가 서적상을 에이스 호텔 로비에서 처음 만난 지 몇 시간 후였다. 서적상은 이지와 룬드를 데리고 시내를 가로질러 웨스트 27번가로 갔다. 그곳은 붉은 벽돌로 지은 볼품없는 건물로, 버려진 것처럼 보였다. 거리에서 보기에는 보수 공사 중인 것처럼 그래피티 낙서가 가득한 임시 울타리를 쳐놓았다. 서적상은 방금 멀린 질레트가 들어온 것과 똑같은 자그마한 문으로 두 사람을 들이고 거대하고 우울한 로비로 안내했다. 빛바랜 금색과 로즈우드(단단하고 향이 좋은 암갈색 목재로 고급 가구 재료로 쓰임 — 옮긴이), 흑백의 카펫과 아르데코 양식의 글자가 달린 리셉션 데스크까지 어우러진 공간을 보고 이지는 감탄했다. 벽에 걸린 거대한 거울들은 금이 갔거나 아예 유리가 없었다. 이곳은 과거의 호텔이 어둠으로 무너져 내린 잊힌 장소였다.

　"여긴 뭐 하는 곳이에요?"

　이지는 거대한 로비를 천천히 한 바퀴 돌며 물었다. 서적상이 스위치를 달칵 켜자 약한 전깃불이 들어왔다.

　"여긴 한때 호텔이었죠. 이 호텔을 지은 가문은 전쟁이 끝나면서 돈을 몽땅 잃었어요. 그 후엔 수십 년 동안 빚을 갚으면서 언젠가 이 호텔을 다시 열 수 있을 거란 막연한 희망을 품고 여길 낡은 채로 방치했죠. 내가 20년 전에 이곳을 샀어요. 도시에 나만의 공간이 있으면 쓸모가 있거든요. 어딘가 기억 속에서 지워진 곳으로 말이죠."

　서적상은 이지와 룬드를 계단으로 데려가 2층의 커다란 방으로 안내했다. 원래는 두 개의 방이었던 자리를 하나로 합친 공간은 다른 곳에 비해서 현대적이었다. 여기엔 가죽 소파와 커다란 평면 스크린 TV, 주방, 값비싼 회색 석조 타일을 깔고 샤워 부스를 갖춘 욕실이 있었다.

　서적상이 말했다.

"여기서 기다려요. 주방에는 음식이랑 마실 게 있어요. 마음껏 돌아다녀도 좋아요. 여긴 비었지만 안전하니까. 난 신경 쓰지 않을게요. 하지만 건물 밖으로 나가진 말아요. 경매가 시작될 때까지는요."

이지는 몇 시간 잠을 자면서 꿈을 꿨다. 잊었던 기억과 공포가 룬드가 시청하고 있는 TV 프로그램의 소음과 뒤섞인 꿈이었다. 찬장에서 발견한 면 요리를 먹고 나자 조바심과 불안함이 점점 커졌다. 그래서 호텔 안을 한 바퀴 둘러보러 나가서 담배 연기와 향수 내음이 여전히 감도는 고인 공기를 헤치며 길고 어두운 복도를 이리저리 헤매 다녔다. 벽의 석고 장식은 여기저기 갈라지고 어둠 속 스테인드글라스 장식은 생기와 빛을 잃었다. 객실 문을 아무 데나 열어보자 다양한 종류의 부패와 잔해가 눈에 들어왔다. 방에는 먼지가 켜켜이 쌓인 낡은 구식 소파와 묵직한 커튼, 너무 오래되어 말라비틀어진 담배꽁초가 남은 유리 재떨이가 보였다. 어떤 방에는 침대가 있었지만, 없는 방도 있었다. 방 안 카펫과 커튼을 떼어버려서 그저 먼지만 쌓인 목조 공간인 곳부터 아예 시간이 멈춘 것처럼 아무도 건드리지 않은 방까지 다양했다.

얼마간 정처 없이 걷던 이지는 아까 서적상과 함께 올라갔던 커다란 계단을 마주하게 되었다. 아무도 없는 공간의 기둥으로 위쪽 채광창을 통해 빛이 쏟아져 들었다. 계단을 오르자 메자닌과 바가 나왔다. 그 널찍한 공간에는 너무 오래된 나머지 다시 유행할 것 같은 소파와 테이블이 있었고, 한쪽으로 기다란 원목 바와 뒤편으로 진열된 술병이 보였다. 바 한쪽 구석에는 유리 재떨이가 쌓여있었는데, 어느 날 밤에 모아두었다가 그 이후로 건드리지 않은 듯한 모습이었다. 재떨이가 쌓인 형태가 마치 몸값 비싼 건축가가 설계했을 듯한 미래지향적 건물의 축소판 같았다.

바 뒤에 모아놓은 병들을 이것저것 보고 있던 이지에게 기척도 없이 서적상이 다가왔다.

"뭐 해요?"

자신을 빤히 바라보는 서적상을 본 이지는 깜짝 놀랐다.

"지루해서요. 돌아다니고 있었어요. 여길 리모델링 하시는 건 어때요? 그러면 큰돈을 버실 텐데요."

"그러면 일이 너무 많아져요."

서적상은 이렇게 대답하고는 메자닌의 난간으로 다가가 아래층 로비를 내려다보았다.

"마법 책을 찾아다 파는 것보다 일이 많단 말인가요?"

이지는 믿지 못하겠다는 듯이 물었다.

서적상은 조용히 미소를 지었을 뿐 아무 말도 하지 않았다.

이지도 그녀의 옆에 서서 아래를 내려다보니, 검은 정장을 입고 권총집에 무기를 찬 남자 몇 명이 현관 옆 로비에 모이고 있었다. 희끄무레한 머리카락을 지닌 키 큰 남자가 서류 가방을 들고서 현관 바로 안쪽에 놓인 테이블에 앉자, 멀린 질레트와 그의 끔찍한 자녀들이 다가왔다.

목사가 시야에서 사라지자, 이지는 문 옆에서 서류 가방을 가지고 대기하는 희끄무레한 머리카락의 키 큰 남자를 가리키며 물었다.

"저 사람은 누군가요?"

"일라이어스에요. 내 책을 지키는 사람이죠. 이곳에 들어올 때 소지하고 있는 특별한 책을 모두 제출하게 되어있어요. 일라이어스는 그 책을 잘 간직했다가 나갈 때 돌려주죠. 그게 모두를 위해서 최선이에요. 자, 방에서 기다리지 않아도 괜찮겠어요? 난 지금 옆에 누굴 두고 싶은 마음이 아니라서."

"아뇨, 전 괜찮은데요."

"이건 부탁이 아니라 명령으로 하는 말이라고 생각해 줘요."

"알아요. 하지만 난 당신 아랫사람이 아니잖아요."

서적상은 짜증스레 한숨을 쉬더니 뒤편에 있는 바를 엄지로 휙 가리키며 물었다.

"저기 아직도 마실 게 있을까요?"

이지는 어깨를 으쓱였다.

"당신이 정 여기 있고 싶다면, 저기 있는 술 중에서 마셔도 안 죽을 것 같은 걸 가져와 봐요."

이지는 따지 않은 보드카 몇 병을 발견하고는 먼지가 앉은 잔을 블라우스로 닦았다. 그리고 병을 따서 검사하듯 냄새를 맡은 다음 잔 두 개에 몇 센티미터씩 따랐다.

"스트레이트 보드카예요."

이지는 그중 한 잔을 서적상에게 건넸다. 그리고 잔을 들어 올리자 서적상도 자신의 잔을 거기에 가볍게 대어 건배하고는, 함께 술을 마셨다.

"독하네요."

이자는 맛을 보며 얼굴을 찌푸렸다.

"좋은데요."

서적상은 술을 물처럼 삼켰다.

그들은 말없이 아래를 내려다보았다. 마치 공연을 앞둔 연기자가 관객을 가늠해 보듯, 서적상도 모인 사람들을 가늠하고 있다는 걸 이지는 알게 되었다. 이지 역시 도착한 사람들을 유심히 살펴보았다. 이들은 다들 돈을 가져온 입찰자들이었다. 자신을 불과 몇 시간 전에 고문했던 책을 손에 넣으려고 모두가 필사적이었다. 자신이 받았던 고통의 순간을, 무력했던 기분과 절망을 떠올리자 이지는 속이 뒤집어 졌다. 대체 낙찰자는 저 책을 가지고 뭘 하려는 걸지 궁금했다. 다른 사람에게 그녀가 겪었던 고통을 가하려는 건가? 그녀에게 사용했던 것처럼 다른 사람에게도 저 책을 사용할지 모르는 사람에게서 수백만 달러를 받아 챙길 수 있을까? 이지는 자신이 얼마나 갈등하고 있는지 깨닫고 놀라서 불안하게 손톱을 물어뜯었다.

"저 사람은 오코로예요. 아주 위험한 인물이죠. 용병이자 암살자예요. 서아프리카에서 마약 갱단을 운영하는 게 분명하고요."

서적상은 방금 문으로 들어온 덩치 큰 흑인을 가리키며 말했다. 그는 주머니에서 책 한 권을 꺼내 책 관리자에게 건넸고, 책은 이내 서류 가방 안으로 사라졌다.

"저건 무슨 책이에요?"

이지의 질문에 서적상이 대답했다.

"오코로는 물질의 책을 갖고 있어요."

"그 책은 어떤 능력이 있어요?"

"물질을 조종하게 해주죠. 고체를 액체로, 액체를 기체로 바꿀 수 있다고 알아두면 돼요. 오코로는 분명히 고통의 책을 소장하고 싶을 거예요. 고통의 책은 오코로 같은 사람에게 아주 쓸모가 많으니까."

이지는 잔에 남은 보드카를 마저 마시고는 한 잔 더 마실지 잠시 고민했다. 맑은 정신으로 있고 싶었지만, 지금 자신이 처한 이 기묘한 세상이 섬뜩하게 느껴지는 기분을 술로 누그러뜨리고 싶기도 했다.

"아, 벨라루스 대통령의 대리인단이 왔군요."

서적상은 지금 들어오는 두 명의 나이 든 백인 남자들을 향해 고갯짓하며 말했다. 그들은 힘든 하루를 마치고 피곤함에 지친 직장인처럼 보였다.

"저들이 고통의 책을 가지고 뭘 하려나."

서적상은 혀를 차며 고개를 저었다.

"누구에게 가든 상관없지 않으신가요?"

이지가 묻자 서적상이 대답했다.

"이건 경매니까요. 최고가 입찰자가 가져가게 되죠."

이지는 짜증을 내며 중얼거렸다.

"저도 경매가 뭔지는 알아요. 제가 그런 걸 물은 게 아니라는 거 아시잖아요."

"아가씨가 이토록 말이 많은 줄 알았더라면, 어디 가둬두고 방문을 잠갔을 거예요."

이지는 잠자코 그녀의 대답을 기다렸다. 잠시 후, 서적상은 결국 솔직히 말했다.

"책이 누구에게 가든 난 사실 상관없어요. 상관할 수도 없고. 경매를 정직하게 진행하고 싶다면 그럴 수 없죠. 누구만 편애할 수는 없다고요."

이지는 좀 더 이야기가 나오기를 기다렸다. 서적상의 대답이 아직 끝나지 않은 기분이었다.

"그래도 말하자면, 신경이 쓰이긴 해요. 이 책을 사용해 세상을 더 나쁜 곳으로 만들지는 않을 사람이 가졌으면 좋겠죠. 하지만 난 결국 사업가라고요. 돈을 벌려고 이 자리에 있는 거잖아요. 그리고 내가 그 책을 팔아서 버는 돈으로 세상을 더 좋게 만들 수 있다고 봐요. 그건 내가 통제 가능한 영역이니까."

"그럼 어떻게 좋게 만드실 건데요? 번 돈으로 어떻게 더 좋은 세상을 만드실 건가요?"

서적상은 이지를 다시 봤다는 것처럼 곁눈질하더니 대답하지 않은 채로 다시 현관을 바라보았다.

"음, 이럴 줄 알았어요."

이지가 중얼거렸다.

점점 더 많은 사람이 계속 모여들고 있었다. 대부분 누군가의 수하거나 부자들의 대리인이었고, 또 돈을 가진 사람들이 직접 오는 경우라도 대부분 책을 내놓지 않았다. 결국 일라이어스가 받은 책은 총 세권뿐이었다. 오로코가 제출한 물질의 책 말고도 잘 차려입은 중년 여성이 낸 건강의 책(서적상은 말했다. "저 사람은 엘리자베스 프레이저라고 해요. 잉글랜드인이죠. 그리고 지금 120세가 넘었어요. 저 책 덕분에 젊음을 유지하는 거예요. 그렇지만 젊어진다 해도 나쁜 년이 안 되진 않더라고요."), 그리고 회색 정장에 청록색 셔츠를 받쳐 입은 중년의 히스패닉 남자가 내놓은 얼굴의 책("저 사람은 디에고예요. 스페인인 아니면 포르투갈인인 것 같아요. 내가 알기로 저 사람 전문 분야는 산업 스파이지만, 대놓고 암살을 저지르는 것도 어렵지 않은 사람이죠. 지금은 영화배우처럼 캘리포니아에 살아요. 얼굴의 책이 있기 때문에 디에고는 어떤 모습으로든 변할 수 있죠. 남자든 여자든 상관없어요. 그쪽 분야 사람에겐 아주 쓸모 있는 책이죠.")이었다.

"그럼 여기에 모인 책은 단 세 권뿐이네요. 사람이 이렇게 모였는데 책이 딱 세 권밖에 없다고요?"

이지의 말에 서적상이 설명했다.

"그게 바로 특별한 책의 현실이죠. 이 책에 대해 알고 있는 사람들도 대부분 한 번도 책을 본 적이 없어요. 가질 수 있는 책은 적고, 원하는 사람은 많죠. 이건 희귀하고 소중한 상품 중에서도 궁극의 상품이에요. 경매에 내놓기에 완벽하죠."

서적상은 손목시계를 확인하더니 이지에게 말했다.

"이젠 가봐요. 가서 그 집채만 한 남자와 고통의 책을 가지고 연회장 계단으로 가있어요. 경매는 정확히 자정에 시작할 거예요. 내가 계속 지켜볼 수 있도록 당신 둘 다 연회장에 와있도록 해요."

"우리를 안전하게 지켜주신다는 거죠?"

이지의 물음에 서적상은 빈 잔을 바라보며 말했다.

"그래요. 바로 내 말이 그 말이에요."

이지가 오후에 있었던 방으로 돌아오자, 주방 조리대 위에 환상의 책을 펴놓고 서있는 룬드가 보였다. 그는 이지가 들어오자 깜짝 놀라 재빨리 손을 움직여 책을 가렸다.

"그거 숨기려고요?"

그녀가 묻자, 룬드는 어깨를 으쓱였다.

"이걸 가지고 있다는 걸 사람들이 모르는 편이 나을 것 같습니다."

이지는 고개를 끄덕였다.

"사람들이 많이 왔어요. 경매는 자정에 시작한대요."

그는 고개를 끄덕였다.

"그 책으로 뭘 하고 있었어요?"

그녀가 묻자, 룬드가 솔직하게 대답했다.

"사용법을 익혀보려고요. 그런데 안 되는 것 같습니다."

"캐시는 문의 책을 거의 받자마자 사용했던 것 같은데요. 그러니까, 별다른 시도를 해보지도 않았는데 쓰더라고요."

"흠."

룬드는 실망하는 기색이었다.

"왜 환상을 만들어 보고 싶어요?"

이지의 질문에 룬드는 잠시 생각해 보다가 대답했다.

"그러면 왜 안 됩니까?"

이지는 그게 좋은 대답이라고 생각했다.

"나도 한번 해봐도 돼요?"

룬드는 어깨를 으쓱였다.

"그럼 난 화장실에 다녀오겠습니다."

그가 자리를 뜨자, 이지는 책을 조심스럽게 들었다. 가죽의 질감과 부드럽고 얇은 금박이 느껴졌다. 이윽고 책을 처음 들었을 때보다 살짝 따스해지는 느낌이 들면서 마치 라디에이터에 앉은 듯한 기분이었다. 검은색과 금색이 화려하게 조합된 책은 아름다웠다. 마치 파베르제같이 정교한 세부 장식으로 유명한 고급 보석상의 작품 같았다. 이지가 책을 펼치자 검은색 잉크를 사용한 스케치와 낙서를 해둔 페이지가 보였다. 손에 든 책은 느낌이 묘했고, 예상보다 무거웠다. 그녀는 책을 덮은 다음 뒤집어서 왜 이렇게 무거운지 알아내 보려는 듯 표지를 살펴보았다. 그러는 도중 룬드가 화장실에서 돌아오더니 동시에 복도 쪽 문이 벌컥 열렸다.

이지는 환상의 책을 뒷주머니에 안 보이게 넣었다. 서적상의 보안 요원 하나가 두 사람을 심각한 얼굴로 쳐다보았다. 검은 옷을 입은 그는 덩치가 크고 단단해 보였다.

"서적상님께서 여러분과 함께하기를 요청하셨습니다. 물건을 가지고 계십니까?"

룬드는 고통의 책을 주머니에서 꺼냈다. 이지는 책에서 시선을 돌렸다.

보안 요원이 말했다.

"좋습니다. 가시죠. 경매가 곧 시작됩니다."

매킨토시 호텔 연회장

매킨토시 호텔 연회장은 로티가 가장 좋아하는 장소였다. 웅장한 정사각형 공간의 천장 한가운데에 달린 아르데코 양식의 거대한 샹들리에는 마치 유리로 만든 웨딩 케이크에 태양을 따다 걸어놓은 것 같았다. 높다란 직사각형 거울은 벽마다 쭉 붙어있었고, 그 사이로 화장실부터 주방, 뒤편 사무실로 통하는 문과 더불어 벽걸이형 램프가 달렸다. 연회장 가장자리를 따라 펴놓은 카펫은 흑백의 선들이 기하학적 무늬를 이루어 마치 배선도처럼 보였고, 연회장 한가운데에는 커다란 정사각 댄스 플로어가 있었다. 이제는 오랫동안 방치된 탓에 플로어의 원목 바닥이 흠집투성이에다 뒤틀려 있었지만 그래도 이곳은 여전히 인상적인 공간이었다. 로티는 이 호텔을 샀을 때부터 이곳을 좋아했다. 연회장을 보면 백 년 전 과거에 부유한 백인들이 저마다 뻣뻣한 정장과 우아한 드레스를 입고 담배 연기와 알코올 내음이 풍기는 댄스 플로어를 빙글빙글 도는 가운데, 한쪽에서 재즈 밴드가 연주하는 더블 베이스 음이 리듬감 있게 공기를 울리는 모습이 쉽게 연상되었다.

이제 연회장은 빛이 바랬고, 천장 한쪽은 금이 가고 누수로 망가졌다. 그래도 특유의 분위기는 여전했다. 정리가 안 된 상태인데도 여전히 웅장함과 우아함이 느껴졌으니까.

로티가 호텔 로비의 커다란 문을 열고 들어서자 고객들이 시선을 돌려 쳐다보았다. 혼자 오거나 단체로 온 고객들은 연회장 곳곳에 흩어져 있었다. 문득 로티는 첫 번째로 춤을 추러 온 연회장의 신부가 된 기분이었지만, 이내 유치한 환상을 접어두고 중요한 인사들을 알아보는 데 초점을 맞추었다. 그녀는 위험한 자와 부유한 자, 그리고 위험하기도 하고 부유하기도 한 자들에게 눈길을 슬쩍 보내거나 고개를 끄덕여 보였다. 평소의 로티는 경매에서 오늘보다는 자신감이 넘쳤다. 보통 그녀는 안전의 책을 소지하고 오기 때문이었다. 하지만 이번에는 책이 없어서 뻔뻔하게 행동해야 했다. 캐시가 올 때까지는 말이다.

'그것도 왔을 때의 이야기겠지만.' 로티는 속으로 말했다.

로티는 캐시가 친구를 저버리리라고 생각하진 않았지만, 항상 타인이 좋은 사람일 거라고 믿고 살았다면 지금 이 자리까지 오지 못했을 것이다.

연회장 한쪽 끝에는 단상이 설치되어 있었다. 원래는 결혼식 주빈들이 앉거나 밴드가 댄스곡 연주를 하는 자리였고, 지금은 강단이 설치되어 있었다. 그녀는 단상 위로 올라가 강단에 선 다음 모인 이들을 내려다보았다. 저마다 조급한 기색과 계산적인 표정, 노골적인 적대감을 드러냈지만 로티는 모두 무시했다.

"신사 숙녀 여러분, 경매에 오신 걸 환영합니다."

그러자 연회장 왼편에서 오코로가 소리쳤다.

"쇼는 이쯤 해. 당신네는 내 책을 뺏어 가는 것도 모자라서 쿡쿡 찌르고 이리저리 밀쳐댔어. 이런 모욕을 얼마나 더 참아야 한다는 거야?"

로티는 무표정하게 오코로를 응시했다. 그녀는 아무 말도 하지 않았다. 오코로가 무서웠지만, 이런 사람을 상대하는 건 개를 훈련시키는 것과 똑같다고 굳게 믿었다. 개가 내 머리를 물어뜯는 한이 있어도 누가 위인지는 확실하게 알려줘야 하는 법이다.

"오코로 씨, 나는 당신을 억지로 끌고 오지 않았습니다. 원하신다면 얼마든지 나가세요. 나가실 때까지 기다렸다 다시 시작하죠."

그녀는 한 손을 들어 연회장 뒤편의 문을 가리켰다.

이건 위험한 전략이었다. 그를 민망하게 만들어 굴복시키려는 것이었으니까. 하지만 로티는 아는 게 두 가지 있었다. 첫째, 오코로는 고통의 책을 정말 갖고 싶어 한다는 점이다. 로티는 그의 표정에 깃든 갈망을 알아보았다. 둘째, 매킨토시 호텔을 사들인 로티는 건물의 구조를 좀 변경했다. 로티의 뒤로 보이는 벽에 달린 거울은 대피소로 이어지는 문이었다. 이 문으로 들어가면 비밀 복도가 나와서 건물 뒤편의 출구로 나갈 수 있었다. 보안 요원들이 감당할 수 없는 일이 생긴다고 하더라도 로티는 그냥 세 걸음만 뒤로 물러나 거울 문으로 들어가면 안전했다. 그녀는 안전의 책을 소지하는 편을 선호했지만, 책이 없다 하더라도 자기 신변은 알아서 안전하게 지킬 수 있다고 믿었다. 오코로가 이쪽으로 오기 전에 그녀는 도망칠 수 있었다.

"안 가십니까?"

그녀는 오코로에게 물었다. 오코로는 팔짱을 끼고 로티를 노려보았다. 그녀는 이윽고 존중하는 기색을 보이며 말했다.

"우리와 함께해 주시면 더없이 좋겠습니다, 오코로 씨. 모인 분들이 더 많을수록 즐거운 법 아닙니까?"

"그럼 어서 하라고."

오코로가 중얼거렸다. 그러자 멀린 질레트 목사가 소리쳤다. 비음 섞인 그의 목소리는 비포장도로용 오토바이에서 나는 소리처럼 날카로웠다.

"그래, 어서 시작해. 빨리하란 말이야, 이 여자야!"

로티는 늙은 목사에게 경고의 눈빛을 던지며 쏘아붙였다.

"우리가 언제 시작할지는 내 마음입니다. 이젠 참가자의 발언으로 방해받는 일은 더 이상 없기를 바랍니다. 하실 말씀이 있으면 손을 들어주세요. 알겠습니까?"

참가자들은 말없이 그녀를 응시했다.

"신사 숙녀 여러분, 혹시 특별한 책을 소지하고 계신 분은 일라이어스에게 제출해 주시기 바랍니다."

서적상은 연회장 뒤편을 가리켰다. 거기엔 서류 가방을 들고서 문가에 선 일라이어스가 있었다.

"경매의 관례대로 책 보관자는 이제 호텔 안의 안전한 장소로 이동할 겁니다. 그리고 경매가 끝나면 돌아와서 떠나실 때 즉시 특별한 책을 돌려드리도록 하겠습니다."

일라이어스는 고개를 끄덕이더니 연회장을 나갔다. 로티는 얼마간 침묵을 지키며 모인 이들이 일라이어스의 떠나는 모습을 지켜보게 두었다. 동시에 이지와 룬드를 데려오라고 보냈던 보안 요원이 나타났다. 뒤에는 커다란 남자와 아가씨 하나가 따라오고 있었다. 요원은 그 둘을 연회장 끝으로 데려갔다.

"이제 본론으로 들어가겠습니다. 여기 오신 분들은 오늘 밤 고통의 책 소유권을 입찰하시게 됩니다."

그녀는 룬드에게 손짓했다. 커다란 남자는 연회장 앞으로 다가와 로티 옆에 위풍당당하게 섰다. 그는 로티에게 책을 건네주었고, 그녀는 마치 성경을 든 설교자처럼 책을 높이 들었다. 모든 이의 눈이 책에 쏠렸다. 룬드는 다시 단상에서 내려와 연회장 옆쪽으로 돌아가서 이지 옆에 섰다.

"이것이 고통의 책입니다. 표지는 보라색과 녹색입니다. 진품이고, 상태가 양호하다는 걸 확인했습니다."

그녀는 책의 아무 페이지나 편 다음 연회장 안의 모든 이들이 안을 볼 수 있도록 치켜들고서 말했다.

"고통의 책을 소유한 사람은 타인에게 상당히 큰 고통과 괴로움을 가할 수 있습니다."

"딱 보니 알겠군! 이건 악마가 만든 거야!"

발언하기 전에 손을 들라는 로티의 지시를 싹 무시한 채, 멀린 질레트가 쇳소리로 소리쳤다.

이 발언에 응답하듯 엘리자베스 프레이저가 손을 들었다. 바로 건강의 책을 가져온 사람이었다. 로티는 고개를 끄덕여 발언권을 주었다.

엘리자베스는 놀라우리만큼 기분 좋은 저음의 목소리로 말했다.

"고통의 책은 다른 이의 고통을 없애주기도 할 겁니다. 고통의 힘만큼이나 위안의 힘이 있지요. 이건 악마의 작품이 아닙니다. 그런 생각은 미신에 빠져서 정신이 미개해진 남자나 할 법한 말이지요."

몇 사람이 키득키득 웃었다. 멀린 질레트는 몇 미터 뒤에 서있던 엘리자베스 쪽으로 고개를 홱 돌리며 소리쳤다.

"진짜 미개한 정신이 뭔지 어디 한번 보여줄까, 이 마녀야!"

"벌써 보여주고 있잖은가, 젊은 양반."

엘리자베스가 온화하게 말했다.

질레트의 딸은 아버지를 제지하면서 그의 귓가에 무어라 속삭였다. 그러자 노인은 다시 고개를 돌려 앞을 보았다.

"그만!"

로티의 목소리는 엄하게 나왔어도 속마음은 달랐다. 입찰 전에 벌어지는 이런 식의 알력은 언제나 좋은 것이었다. 다툼으로 시작한 관계가 결국은 연애로 이어지는 것과 마찬가지랄까.

"다들 예의를 갖춰주시기를 바랍니다. 그렇지 않으면 퇴장시키겠습니다."

멀린 질레트는 로티에게 반항적인 눈빛을 보냈지만 입을 열지는 않았다.

"책을 한번 시험해 봅시다."

사람들 뒤에서 누군가 소리쳤다. 오코로는 그 말을 얼른 받았다.

"그래, 책이 진짜인지 누구한테 한번 시험해 보자고."

서적상은 단호한 어조로 대답했다.

"안 됩니다. 이 경매에서는 그 누구도 고통의 책을 사용하지 못합니다. 이것은 진품입니다. 날 믿지 못하시겠다면 입찰하실 필요가 없으므로 시작 전에 나가주시기 바랍니다."

그녀는 반응을 기다렸다. 아무도 나가는 이는 없었다. 연회장은 조용해졌다.

"좋습니다. 이제 경매를 시작할 수 있겠군요. 통화는 당연히 미국 달러입니다. 입찰하실 분은 손을 들어주시기 바랍니다. 별다른 말이 없는 한, 호가 단위는 50만 달러입니다. 낙찰자가 나올 때까지 입찰은 계속됩니다. 낙찰되면 곧바로 금액을 이체해 주셔야 하며, 저의 은행 계좌에 입금이 되면 고통의 책을 드리겠습니다."

참가자들은 흩어져서 준비를 마쳤다. 사람들은 주위를 슬쩍 둘러보며 상대방의 욕망과 재력을 가늠해 보려 했다. 연회장 가장자리를 빙 두른 거울에는 역시 참가자들의 모습이 그대로 비쳤다.

이윽고 로티가 말했다.

"1,500만 달러로 응찰을 시작할 분 계십니까?"

아무도 움직이지 않았고, 아무도 응찰하지 않았다. 모두가 기다려 온 행사가, 바로 그 순간이 시작된 것이다. 경계 태세를 갖춘 권투 선수들처럼, 아무도 먼저 첫 펀치를 날리고 싶어 하지 않았다.

"1,500만 달러!"

연회장 뒤편에서 어떤 여성이 날카롭고 새된 목소리로 응찰을 시작했다. 그녀는 상하이에서 온 쌍둥이 중 하나로, 그들은 골동품이나 미술품을 수집하는 이들이란 소문이 있었다. 또한 공산당 소속이라는 소문 역시 있었다.

"감사합니다, 리 씨. 경매가 시작되었습니다."

서적상이 말했다.

경매는 계속 이어졌다. 처음에는 응찰이 조심스럽고 느릿하게 이루어졌지만, 점차 분위기가 변하면서 참가자의 자신감과 결단력이 높아져 가며 고통의 책 가격도 점점 더 상승했다.

"2,200만 나왔습니다. 더 높이실 분 있습니까?"

로티는 이렇게 말하며 금액이 높아지기를 기다렸다. 진심으로 책을 사려는 이들은 아무도 응찰하지 않고 있었다. 그들은 아마추어들의 장난질이 끝나기를 기다리고 있었다.

"2,500만."

오코로가 찡그린 얼굴 아래로 팔짱을 낀 채 서서 말했다.

로티는 고개를 끄덕이며 응찰을 받은 다음 연회장에 있는 이들에게 응찰가를 반복하여 알렸다.

"2,600만."

어떤 남자가 억센 억양의 영어로 소리쳤다.

"벨라루스에서 오신 분이 2,600만 부르셨습니다. 더 높이실 분 있습니까?"

응찰이 잠시 멈추는 듯하면서 열기가 살짝 누그러들었다. 사람들은 숨을 고르며 자기 재산을 생각하고 책에 대한 열망과 저울질했다. 로티는 경매가 여기서 끝이 아니라는 걸 알고 있었다. 오코로는 벨라루스인을 노려보았다. 스페인인 디에고는 지루하다는 기색으로 옆쪽 벽에 기대서 있었지만, 로티의 눈에는 그가 마지막에 달려들 준비가 되어있는 게 다 보였다. 상하이에서 온 쌍둥이가 서로 속삭였고, 멀린 질레트의 자녀들도 아버지에게 속삭이고 있었다. 사람들은 지금 전술을 짜는 중이었다.

"2,600만에서 더 높이실 분 있습니까?"

그녀는 팔꿈치를 강단에 괴고서 물었다. 그 순간, 디에고가 갑자기 벽에서 몸을 확 떼어내며 말했다.

"너무 오래 걸릴 것 같군. 3,000만 달러에 끝내자고!"

"3,000만 달러 나왔습니다."

로티의 말에 사람들은 디에고를 죽일 듯이 노려보았다. 그런데 로티가 모인 이들의 표정을 살펴보기도 전에, 근처 방에서 폭음이 들리더니 천둥소리 같은 것이 벽을 뒤흔들었다.

다들 고개를 돌려 소리가 나는 쪽을 바라보았다. 로티는 곧바로 보안 요원을 보았다. 그는 한 손을 귀에 댄 채로, 예상했던 소리를 듣지 못한 듯이 얼굴을 찌푸렸다. 그러고는 로티를 슬쩍 쳐다보며 '모르겠습니다'라는 뜻으로 고개를 저었다.

"3,000만 달러 나왔습니다."

로티가 다시 목소리를 높여 말했다. 이제는 경매를 끝내기로 마음먹었다. 캐시가 문의 책을 갖고 오지 않더라도, 고통의 책을 팔면 한동안 이쪽 사업에서 물러나 있을 만큼의 수익을 낼 수 있었다.

다시금 폭음이 들렸다. 이번에는 더 가까운 곳에서 나는 소리였다. 폭음은 세 번째로 이어졌다. 사람들은 수군대면서 벽에서 물러서고는 다른 이들이 뭘 하는지 둘러보았다.

"부디 잠시만 기다려 주시기 바랍니다."

로티가 외치는 동안, 그녀가 선 곳과 반대편 벽에 있던 연회장 문에서 누군가가 들어왔다. 로티는 그를 응시했고, 다른 이들도 고개를 돌려서 그쪽을 바라보았다.

"거기! 당신 누굽니까?"

로티가 외쳤다. 그는 키가 큰 남자로 보였는데, 낡은 레인코트 위로 카우보이 스타일의 모자를 머리에 쓴 남루한 차림이었다. 연회장 안으로 천천히 들어오는 걸음걸이로 보자면 다리가 약한 것처럼 절뚝거렸다.

"당신 누굽니까?"

로티가 다시 물었다. 그녀의 목소리에는 적개심과 권위가 가득했다. 남자는 연회장 안으로 들어오자마자 멈춰 서고는 한 손을 들어 모자를 벗어 옆으로 던졌다. 세월의 흔적으로 주름지고 시든 얼굴이 드러났다. 초췌하게 푹 꺼진 뺨과 늘어난 턱살 때문에 원래 나이보다도 훨씬 더 나이 들어 보였지만, 로티는 그가 누군지 알아볼 수 있었다.

"내 이름은 휴고 바버리다."

남자는 높고 가느다란 소리로 외쳤다. 그는 팔을 뻗어 자동 권총을 로티에게 겨누었다. 총신의 구멍이 죽음의 무시무시한 가능성을 품고 있었다.

"이제 내 책을 내놔, 이년아!"

잊힌 연회장의 고통

"당신은 여기 들어올 자격이 없습니다. 참석한다고 언질을 주지 않았잖습니까."

로티의 목소리는 본인의 생각보다 차분하게 나왔다. 바버리의 외모를 보고 충격이 컸지만, 짜증스러운 기색으로 속마음을 감추었다.

"내가 이메일을 보낼 기분일 것 같냐? 너희가 내 책을 훔쳤잖아! 난 너한테 책을 사러 온 게 아니야. 이 순간을 50년이나 기다렸다고!"

"부끄러운 줄 아세요."

로티는 그의 말에 당황했지만 싹 무시하고서 대답했다. 연회장에 있는 다른 이들이 바버리를 쳐다보며, 또 자신 역시 쳐다보며 이 대치 상황이 어떻게 전개될지 예측 중임을 그녀는 알아차렸다.

"지금 당장 나가지 않으면 끌려 나가게 될 겁니다."

이 말에 바버리는 미소를 지었다. 부드럽고 주름진 피부가 펴지면서 얼룩덜룩한 치아가 드러났다. 그는 어린아이처럼 키득키득 웃으며 말했다.

"난 너무 오래 기다렸다고, 서적상. 숨어서 이날만을 기다렸단 말이야. 거울 뒤에 비밀 방을 설치한 것도 다 알고 있다고, 서적상."

로티는 보안 팀장에게 슬쩍 눈짓했다. 팀장은 기다리고 있다는 신호를 보냈다. 팀장과 더불어 룬드와 이지를 경호하고 있는 요원까지 모두 세 사람이 연회장 양편에서 휴고 바버리에게 달려들었다. 하지만 그 셋 중 누구도 빠르게 행동하지 못했다. 휴고는 휙 돌아서더니 총을 두 발 쏜 다음 다시 돌아서서 한 발을 쏘았다. 요원 세 사람은 달려오다가 이마에 총알을 맞고 구멍이 뚫린 채로 바닥에 쓰러졌다. 바버리는 로티에게 쉿소리를 질렀다.

"난 아직도 팔팔하다고! 이젠 총 든 사람은 없겠군."

로티는 옆에 선 이지가 숨을 몰아쉬며 뒤로 물러서는 걸 알아챘다. 그녀는 마치 도망치려는 듯했다. 바버리 역시 이지의 움직임을 알아차리고는 그쪽을 보았다. 룬드가 이지 앞을 막아서는 모습을 본 로티는 저 덩치 큰 남자가 마음에 들었다.

"네놈."

바버리가 침을 뱉듯 말했다. 그의 얼굴은 분노로 딱딱하게 굳고 증오로 잿빛이 되었다. 그는 비틀비틀 앞으로 다가와 룬드에게 총을 겨눴다.

"네놈이 내 책을 훔쳤지."

그때, 멀린 질레트가 외쳤다.

"누가 저 멍청이를 어떻게 좀 해줄 수 없소? 대체 무슨 쇼를 벌이고 있는 건가, 이 여자야!"

바버리는 총을 휙 돌려서 질레트의 이마를 정통으로 맞혔다. 마치 화산에서 분출되는 용암처럼 피와 뇌수가 확 튀어 목사의 뒤편 거울에 퍼졌다. 질레트의 두 자녀는 비명과 고함을 지르며 아버지의 시체 옆으로 쓰러졌다. 이 난장판에서 아무도 안전하지 못하다는 걸 깨달은 연회장의 사람들은 원을 그리며 바버리로부터 물러나기 시작했다. 그는 절뚝이며 연회장을 가로질러 다가왔다. 로티는 두어 사람이 연회장에서 빠져나가 로비로 향하는 모습을 보았다. 로티가 보기에는 자기 보호의 본능과 고통의 책을 손에 넣고 싶은 마음 사이에서 갈등하는 사람이 적지 않았다.

그동안 바버리는 룬드에게 다가가며 중얼거렸다.

"먼저 널 죽여버리겠다. 그래야 내 기분이 좋아질 테니까."

룬드는 바버리가 다가오는 모습을 무표정하게 응시했다. 서적상은 그가 왜 두려워하지 않는 건지 의아했다.

하지만 바버리가 방 이편으로 채 다가오기도 전에, 오코로가 고개를 숙이고서 바버리에게 달려들었다. 하지만 바버리는 거울을 보고 그의 움직임을 파악한 다음 어색하게 몸을 돌렸다.

오코로가 바버리를 붙잡았고, 두 남자는 사지를 얽어 한 덩이가 된 채로 분노하며 바닥에 쓰러졌다. 총이 한 번 발사되어서, 총알이 왼쪽 벽에 있는 거울을 정통으로 깨뜨려 유리 조각이 우수수 쏟아졌다. 로티는 룬드를 슬쩍 보며 말했다.

"가서 저자를 끌어내요."

룬드는 눈을 한 번 깜빡이고는 몸싸움하는 남자들을 보았다. 그리고 몇 걸음 다가가 오코로를 바버리에게서 떼어내었다.

"이거 놔, 이 바보야!"

바닥에서 일어난 오코로는 룬드에게 소리치며 입고 있던 값비싼 정장을 벗어 던졌다. 룬드는 이어서 바버리를 바라보고는 그의 손목을 움켜쥐고 손가락에 쥔 총을 빼내며 동시에 일으켜 세웠다.

서적상은 단상에서 내려와 그들 쪽으로 다가갔다. 바버리는 반항적으로 그녀를 올려다보았다. 주름진 얼굴 위로 회색 수염 자국이 뺨에 돋아있었다.

"어쩌다 이렇게 됐죠?"

그녀는 순전히 궁금한 마음으로 물었다.

"당신이 내 책을 갖고 있잖아. 저놈들이 훔쳤으니까."

바버리는 말을 뱉으며 턱짓으로 룬드를 가리키더니 이어서 물었다.

"이게 당신이 저지른 짓인가, 서적상? 내 책을 훔치고 팔아서 이윤을 내려는 건가?"

"대답할 가치도 없는 질문이군요."

로티는 이렇게 대답했지만, 여기 모인 고객들이 눈을 가늘게 뜨고 자신을 바라보며 이 질문을 곰곰이 생각하고 있다는 게 느껴졌다.

"그리고 솔직히 말해서, 여기 와서 이런 식으로 나의 경매를 방해할 수 있다고 생각했다니 미친 게 틀림없군요. 혈혈단신으로 총 한 자루 가지고 말이지."

그녀는 룬드에게서 총을 건네받고 이게 마치 장난이라는 듯 검사했다.

"겨우 이걸로? 내가 총 한 자루 든 노인 하나 감당하지 못할 거라 생각했나요?"

바버리는 고개를 숙인 채 그녀를 지그시 바라보며 웃었다. 로티는 그에게 물었다.

"뭐죠? 왜 웃는 거죠?"

"당신 말이 맞아. 나는 미쳐버릴 것 같았지. 하지만 난 이 순간을 아주 오랫동안 기다려 왔다고. 수십 년에 걸쳐서 준비했단 말이야, 서적상 양반. 할 일을 계획하며 수십 년을 보냈다고."

바버리는 잠시 뜸을 들였다. 앞으로 모두에게 제대로 말을 들려주려는 마음이었다.

"경매가 진행되는 동안 당신의 장부 관리자를 어디서 찾아야 할지 알아낼 시간이 있었어. 그자가 갖고 다니는 책을 전부 어디서 찾아낼

지 알 만한 시간이 있었다고."

로티는 순간 무도회장이 기울어지는 듯 아찔해졌다. 바버리는 치아를 드러내며 조소를 흘렸다.

"그랬다 이거야!"

갑자기 바버리는 다리에 힘이 풀린 듯 쓰러지려는 것 같았다. 로티는 룬드가 그를 놓아주는 모습을 지켜보았다. 하지만 바버리는 바닥에 주저앉지 않았다. 한 손을 댄스 플로어에 대고 다른 손을 코트의 커다란 주머니에 넣었다. 그 순간, 로티는 발밑이 부드러워지는 기분이 들었다. 놀라서 아래를 내려다보며 급히 몇 발짝 물러서면서 룬드를 보자, 그 역시 똑같이 행동하고 있었다. 로티의 눈앞으로 바버리 주변의 나무 바닥 플로어가 마치 수영장의 수면처럼 물결치고 있었다. 그리고 바버리는 마치 수면 아래로 박힌 기둥 위에 서있는 듯 단단한 원 위에 웅크린 모습이었다. 다른 사람들도 마찬가지로 뒤로 물러서면서 늙은 바버리의 주위로 커다랗게 원이 형성되었다.

"오코로 씨, 당신 책은 아주 재밌더군!"

바버리는 주머니에서 물질의 책을 꺼내며 소리쳤다. 펄떡이는 책 주위로 불꽃과 색채가 허공에 퍼졌다.

오코로가 무어라 대답하기도 전에, 다시금 그에게 달려들어 공격하기도 전에, 바버리가 먼저 손을 들어 빠르게 아래로 젓자 액체로 변한 바닥이 2미터나 솟아오르며 연회장 문을 향해 파도처럼 밀려들었다. 그곳에 서있는 모든 사람과 멀린 질레트의 시체가 전부 휙 솟구치며 천장으로 거칠게 던져졌다. 솟아오른 바닥이 순식간에 아래로 다시 내려앉아 단단해지자, 사람들과 석고 장식이 바닥으로 추락하면서 잔해가 무너지는 소음 사이로 신음이 섞여들었다.

그 난장판 가운데서 바버리는 앞으로 달려가 로티의 손에서 권총을 낚아챘다.

"내가 가져가겠다."

로티는 순순히 권총을 내주었다. 그녀의 머릿속은 충격과 놀라움 때문에 생각이 제대로 돌지 않았다.

"알겠지만, 난 아주, 아주 나이가 많아졌어. 문의 책을 가진 년이 고맙게도 과거로 휴가를 보내줬거든. 그래서 네놈들이 내 책을 훔쳤을 때보다 50살이 많아졌다고."

바버리의 말을 듣자 이지가 물었다.

"설마, 캐시?"

"닥쳐."

바버리는 이렇게 쏘아붙이고는 다시 로티를 바라보았다.

"난 이제 아흔네 살이지만, 예전의 나로 돌아간 것처럼 기력이 느껴지기 시작했지. 내가 네 부하에게서 뺏은 책 때문일 거야. 건강의 책 맞지? 아니면 정력과 활력의 책인가?"

그는 혼자서 기쁨과 승리의 웃음을 터트리며 말을 이었다.

"이 책이 아니었다면 난 네 부하들을 쏘지도 못했을 텐데. 몇 년 만에 느껴보는 기분인지!"

그는 별다른 노력도 없이 아무렇게나 총을 쏘았다. 총알은 벽을 맞고 튕겨 나갔다.

"좋아요. 이걸 갖고 싶어요?"

로티가 불쑥 말하자, 바버리의 얼굴에 놀라운 기색이 보였다.

그녀는 고통의 책을 보여주었다. 바버리의 눈길이 마치 갈고리에 걸린 천처럼 책에 걸려버린 모습이었다. 그의 표정이 사라지면서 남은 것은 오로지 순전한 갈망뿐이었다. 모든 울화도 분노도 사라진 모습을 로티는 바라보았다.

'모든 고통이 사라진 얼굴이네.' 로티는 잠시 생각했다가 이내 엘리자베스 프레이저가 몇 분 전에 했던 말을 떠올렸다.

"그럼 가져가요."

로티는 바버리를 향해 책을 든 손을 내밀었다. 책에는 분노의 글과 비명을 지르는 얼굴들, 날카로운 무기들을 휘갈겨 그린 그림이 빽빽했다.

늙은 바버리가 손을 뻗어 책을 덥석 집었지만, 로티는 책을 놓기 전에 말했다.

"내가 당신의 모든 고통을 가져가겠습니다."

바버리의 눈이 놀라서 휘둥그레졌다. 이윽고 책의 사방에서 빛이 쏟아져 나왔다. 잠시 후, 그는 무릎을 꿇고 털썩 바닥에 주저앉았다. 한 손은 여전히 책을 쥔 채였고, 로티도 책 끝을 여전히 잡고 있었다. 두 사람은 마치 사이에 불꽃을 잡은 것처럼, 책으로 연결된 것처럼 보였다. 로티는 책을 통해 바버리의 고통을 모두 느낄 수 있었다. 그의 신체가 지닌 외상 후 스트레스, 뼈와 왼 다리의 통증, 몸을 덮은 지 오래된 총상의 흔적들까지 모두 다. 하지만 그 고통 아래, 그 고통을 넘어선 휴고 바버리의 의식 저 깊은 곳에 존재한 '또 다른' 고통 역시 느껴졌다. 그 고통은 심연에서 헤엄치며 꿈틀거리다 이내 시야에서 사라졌다.

로티는 바버리에게서 그 고통을 떼어내려고 생각했다. 이어서 고통의 가닥이 느껴지자, 그걸 잡아당기기 시작했다. 질긴 섬유질로 이루어진 고통은 마치 욕실 배수구의 머리카락처럼 엉킨 채로 로티가 잡아당기는 힘에 저항했다. 그녀는 눈을 감고 집중하여 고통을 수면 위로 끌어당기고 한데 모아 뭉쳐서 제거하려 했다. 그렇게 그의 영혼을 이루던 상처를 씻어내려 했다.

바버리는 그녀 앞에 무릎을 꿇고서 비명을 질렀다. 갑자기 그의 모든 고통이 모여들자 심한 충격을 느꼈다.

로티는 계속해서 그 암흑과 괴로움의 가닥을, 쓰라린 분노의 가닥을 당기고 또 당겨 그자의 영혼에서 끌어내고 빛 가운데 드러내 소멸시키려고 했다. 이윽고 눈을 뜬 로티는 얼굴을 젖히고 자신을 바라보는 바버리의 눈동자를 보았다. 커다랗고 맑은 그 눈망울은 겁에 질린 어린아이의 눈과도 같았다. 그녀는 바버리의 눈빛을 마주하고 지그시 바라보며 계속 수면 위로 어둠을 비틀어 끌어올렸다.

"내가 당신을 고통에서 풀어줄게요."

그녀는 이를 갈면서 말했다.

이윽고 움직임이 느껴졌다. 무언가 그녀의 시야 바로 너머로 올라오고 있었다. 그런데 바버리의 영혼에서 고통을 떼어내는 수술을 채 마치기도 전에 그만 연결이 끊어지고 말았다. 바닥으로 내동댕이쳐진 바버리와 함께 오코로가 몸싸움을 벌이기 시작했던 것이다.

연결이 끊어진 로티는 숨을 헉 몰아쉬며 뒤로 넘어질 뻔했다. 하지만 완전히 쓰러지기 전에 그녀의 몸을 잡아주는 팔이 있었다. 목을 빼고 보자 뒤에서 그녀를 받쳐준 룬드가 시야에 들어왔다.

"오코로 씨!"

로티가 소리쳤다. 바버리가 만든 바닥의 파도에 휩쓸려 쓰러진 사람 중에서 그나마 젊고 건강했던 사람은 몸을 일으켰다. 하지만 죽거나 중상을 입은 사람들도 있었다. 건강의 책을 갖고 있지 못한 엘리자베스 프레이저가 그랬다. 오코로는 가장 먼저 일어난 사람이었다.

"오코로, 그만해!"

오코로와 바버리는 바닥에서 몸싸움을 벌였다. 오코로가 잔인하게 주먹을 날리자, 바버리는 방어 자세로 두 손을 올리고 있었지만 로티가 방금 한 행동에 아직도 정신이 멍한 기색이 역력했다.

"가져가! 네놈의 책 가져가라고!"

바버리가 말을 뱉으며 다시 주머니에서 책을 꺼내 던졌다.

물질의 책이 댄스 플로어 위를 쭉 미끄러지다가 낡은 카펫 위에서 멈췄다.

곧바로 오코로는 벌떡 일어나 바버리 따윈 잊었다는 듯 자신의 소중한 책을 좇아갔다. 바닥을 가로질러 가서 책을 집어 들고 먼지를 턴 오코로는 가슴 주머니에 슬그머니 책을 넣었다. 그리고 로티를 바라보았다.

"그럼 내가 그 책도 가져가겠다."

그는 이렇게 말하며 손을 내밀고 로티를 향해 걸어갔다.

룬드는 로티 앞을 막아서며 자신보다 30센티미터 작은 오코로를 내려다보았다. 그는 아무런 말이 없이, 그저 거기 움직이지 않고 서서 오코로를 응시했다. 로티는 왜 이 커다란 남자가 자신을 보호하려는 건지 알 수 없었지만, 어쨌든 지금 이 순간 오코로와 자기 사이에 이 남자가 있어주어 고마웠다.

"나랑 놀고 싶나? 전에도 덩치 큰 놈들을 죽여본 적 있긴 하지."

오코로는 당황하지 않고 말했다.

지금은 통제 불능 상황이라는 걸 로티는 알고 있었다. 그래도 자신에겐 고통의 책이 있으니 다행이었다. 이제 사람들의 눈길은 룬드와 오코로의 대결에 쏠려있는 듯했다. 바버리는 바닥에 누워 샹들리에를 멍하니 올려다보고 있었고, 이지는 로티 뒤에 서서 몸을 숙이며 최대한 눈에 안 띄도록 애쓰고 있었다. 로티는 이제 퇴장해야 할 때가 아닐지 생각했다. 경매는 다른 날을 잡아 또 열면 되니까.

그래서 뒤로 물러나 연단 뒤에 있는 거울 문 쪽으로 향하려 했다.

그 순간, 룬드와 오코로 뒤로 벽에 난 문이 열리더니 캐시와 드러먼드 폭스가 연회장으로 들어왔다. 그들 뒤로 보이는 문 속 광경은 완전히 다른 공간, 아예 다른 건물의 방이었다.

그들이 도착한 광경은 너무나 놀라웠다. 심지어 로티 역시 놀라고 말았다. 그녀는 입을 떡 벌리고 있다가 깨달았다. 이 연회장에 있는 모든 이들이, 심지어 오코로마저도 하던 일을 멈추고 그들을 바라보았다.

"사서가 왔다."

누군가 말했다.

캐시와 드러먼드는 가만히 서서 망가진 시체와 유혈이 낭자한 광경을 바라보았다. 그러다 캐시의 눈길이 이지에게 닿자, 이지가 캐시의 이름을 부르는 소리가 로티의 귀에 들렸다.

그 순간, 휴고 바버리가 바닥에서 일어섰다.

"휴고, 또 보네."

드러먼드가 그를 보며 낮은 목소리로 말했다.

로티는 날카로운 눈초리로 캐시를 쏘아보는 휴고를 보았다.

휴고는 총을 휙 돌려 로티 뒤에 선 이지를 조준했다.

"내 통제의 책을 내놔라, 사서. 그렇지 않으면 네 친구의 예쁜 얼굴에 총구멍을 내주겠다."

바버리는 이렇게 말한 다음 캐시를 바라보았다.

"그리고 그 김에 문의 책도 가져가야겠어."

너무 늦게 왔다

연회장 안의 모든 사람은 방금 들은 말을 파악하고는 일제히 캐시를 바라보았다. 오코로조차 룬드에게서 고개를 돌리고는 계산적인 표정으로 캐시를 바라보았다.

"내 말 못 들었나? 네년의 책을 내놓으라고."

그런데 이렇게 말한 순간, 바버리의 표정이 변했다. 왜 그런지 일그러진 얼굴이 된 그는 폭풍처럼 빌려드는 감정과 의심에 사로잡혀 속에서부터 무너지고 있었다. 그는 총을 쥐지 않은 손을 머리에 대더니 끙끙거렸다.

"나한테 무슨 짓을 한 거야?"

그는 괴로움에 시달리는 눈빛으로 로티를 노려보며 대뜸 물었다.

그러다 다시금 몸을 추스르고는 위협을 도로 느끼면서 총구를 겨누었다.

룬드가 바버리 쪽을 슬쩍 보다가 다시 앞에 선 오코로를 바라보는 게 로티의 눈에 띄었다. 지금 어느 쪽이 더 위험한지 알아내려는 것이었다. 아니면 로티와 이지 중에서 누구를 보호해야 할지 알아내려는 것일지도 몰랐다.

"내가 당신의 고통을 제거했습니다. 전부 다 떼내지는 못했지만요.

도중에 방해를 받았거든."

로티의 말에 바버리는 다시 투덜거렸지만, 연회장을 빙 둘러 이지를 향해 걸어가는 캐시를 눈을 가늘게 뜬 채 지켜보았다.

"죽여버리겠어!"

그는 소리쳤지만, 로티가 듣기에는 그저 스스로를 설득하려는 시도 같았다. 그리고 로티가 보기에 늙은 바버리의 눈에 눈물이 맺힌 것 같았다. 이자를 고치려다가 망가뜨린 건 아닐까, 하고 그녀는 생각했다.

"총을 내려놓으시죠."

로티는 달콤한 목소리로 말했다.

오코로는 한 발짝 옆으로 물러섰고, 룬드도 그에 맞춰 한 발짝 물러나며 오코로와 로티 사이를 계속 가렸다.

"나한테 무슨 짓을 한 거야? 왜 내가 이런 마음이……?"

바버리는 다시 물었지만, 이번에는 대답을 내놓으라는 명령이 아니라 마치 애원에 가까웠다. 그런데 바버리가 말을 채 끝맺기도 전에 일이 벌어졌다. 로티도 제때 알아차리지 못할 정도로, 뭔가가 휙 움직이더니 디에고가 그녀에게 돌진해 왔다. 로티가 정신이 팔린 틈을 타 고통의 책을 가로채려는 것이었다. 하지만 디에고는 로티에게 닿지 못했다. 그녀의 반경 2미터 안으로 접근하기도 전에 디에고가 갑자기 허공에 휙 들렸다. 누군가 값비싼 정장 재킷의 깃을 잡고 들어 올린 것처럼 디에고의 몸이 올라가더니 이내 연회장 문 옆쪽 벽에 거꾸로 던져졌다. 거울이 또 깨졌고, 로티는 드러먼드를 보았다. 드러먼드는 방금 자신이 저지른 짓에 충격을 받은 듯, 손을 떨구고 비틀비틀 뒤로 물러났다. 사람을 던져서 죽이는 게 얼마나 쉬운지 깨닫고 놀란 모양이었다.

로티는 바버리가 뭔가 반응을 보이리라 예상했지만, 그는 총을 든 팔을 힘없이 내려뜨린 채로 머릿속의 수수께끼에 갇혀버린 듯 멍하니 생각에 잠겼을 뿐이었다.

"캐시?"

로티의 뒤로 이지의 목소리가 들렸다. 확신이 없는 목소리였다.

로티는 주변을 바라보았다. 캐시의 시선은 연회장 한가운데, 즉 오코로와 룬드가 서로 대치하고 바버리가 무릎을 털썩 꿇은 지점으로 향했다. 드러먼드는 다른 이들을 바라보는 중이었다. 사람들은 여전히 연회장 가장자리를 슬금슬금 오가면서 앞으로 무슨 일이 벌어질지, 혹시 경매가 재개되지는 않을지 기다리는 중이었다.

로티는 가만히 생각에 잠겼다. 최악의 상황은 이제 끝났는지도 모른다. 어쩌면 책을 계속 팔 수 있지 않을까 싶었다. 이제는 문의 책도 여기 나타났으니, 책을 두 권 팔 수 있을지도 몰랐다.

"내가 누구지? 난 뭐지?"

바버리가 바닥에서 시선을 들면서 물었다.

그는 잠시 혼란스러운 기색으로 주위를 둘러보았지만, 이내 확신에 찬 눈빛이 되어 다시 총을 들었다.

"드러먼드!"

캐시가 소리치더니, 조금 전에 왔던 문으로 다시 달려가 문을 열었다. 드러먼드가 다시 손을 움직이자 바버리의 몸이 허공으로 들리면서 총이 바닥으로 떨어져 원목 플로어 위에서 통통 튀었다.

"과거로 돌아가, 이 개새끼야!"

캐시가 소리치자 드러먼드는 그를 연회장에서 쭉 날려 문으로 밀어 넣었다. 로티는 문 너머로 펼쳐진 다른 세상을 보았다. 햇살 가득한 거리였다. 이윽고 캐시가 문을 밀어젖히며 쾅 닫았다. 위협이 사라진 연회장이 마치 한숨을 쉬는 것 같았다.

"오코로 씨, 계속 그렇게 서계실 겁니까? 아니면 방해꾼을 처리했으니 다시 경매를 시작해도 될까요?"

로티가 크게 소리쳤다. 오코로는 아무런 반응이 없었다.

"다른 입찰자들은 대부분 입찰할 수 없는 상태입니다. 더 심각한 분들도 있고요."

로티의 말뜻을 이해한 오코로는 그녀를 슬쩍 바라보았다. '당신이 분명히 낙찰받을 겁니다'라는 뜻이었다.

오코로는 정말로 룬드와 싸우고 싶어 하는 것처럼 보였다. 뭔가 본 때를 보여주고 싶은 사람처럼 말이다.

'뭔가에 과몰입한 남자들은 참 유치해지는 법이지. 다는 아니라도 말이야.' 로티는 속으로 생각했다.

이윽고 오코로는 정장 재킷 소매 밖으로 셔츠 소매를 꺼내어 정돈하며 대답했다.

"좋아. 경매를 계속하시오."

로티가 다시 단상으로 올라가자, 참가자들은 연회장 주위로 다시 자리를 잡았다. 사람들은 서로를 초조한 눈빛으로 바라보았다. 드러먼드 폭스는 캐시와 함께 나온 문 쪽에 서있었고, 캐시는 연회장을 가로질러 이지에게 다가가 그녀를 안았다. 이윽고 두 여자는 다른 편 벽에 함께 서서 낮은 목소리로 무어라 이야기했다. 룬드는 로티가 선 단상 앞에서 조금 떨어진 곳에 섰는데, 그 모습이 마치 보안 요원 자리를 넘겨받은 것 같았다. 그녀가 보는 앞에서 룬드는 바버리가 쓰던 총을 발로 걷어차서 치워버렸다.

"그럼 다시 시작하죠. 마지막 응찰은 스페인 신사분께서 하셨지요."

로티는 디에고를 가리켰다. 그는 기절했는지 죽었는지 모를 상태로 연회장 구석에 있었다.

"하지만 지금은 응찰을 계속하실 수 없을 듯합니다. 그러니 그 전에 응찰하셨던 벨라루스분이 말씀하신 2,600만부터 시작하겠습니다."

응찰은 연속으로 빠르게 이루어졌다. 사람들은 이제 상황을 빨리 끝내고 싶어 하는 듯했다. 상하이에서 온 쌍둥이가 2,700만을 불렀고, 오코로는 그걸 3,000만으로 올렸다. 벨라루스인이 3,100만을 부르자, 오코로는 3,200만으로 맞불을 놓았다.

경매가 달아오르는 건 로티에게 좋은 일이었다. 응찰이 계속되는 동안 그녀는 과연 지금 문의 책을 경매에 올려도 괜찮을지 고민했다. 너무 늦기 전에 모든 걸 한 번에 끝내버리고 돈을 챙긴 다음 너무 늦기 전에 이 특별한 책 분야에서 벗어날 수 있지 않을까. 하지만 문의 책을 최고의 가격으로 받을 수 있는 조건이 지금 갖추어졌는지도 역시 따져보았다. 가장 돈이 많은 입찰자 중 상당수는 죽었거나 응찰 불능 상태였다. 한두 주 후에 새로운 경매를 열면 더 많은 관심과 인파를 모을 수 있을지도 모른다.

"3,400만!"

잉글랜드에서 온 인도계 영국인 남자가 말했다. 그는 이번이 첫 응찰이었다. 딱 봐도 경매가 절정에 도달할 때까지 기다렸다가 급습하는 전략이었다. 오코로는 이토록 늦게야 응찰할 자격은 없다는 듯이 짜증스러운 시선을 남자에게 던졌다.

"어디서 연기가 나는 거지?"

방의 맨 끝에 있던 상하이 쌍둥이 중 하나가 물었다. 로티는 그쪽을 바라보고는 저 멀리 있는 사람들이 아까보다 흐릿하게 보인다는 걸 알아챘다. 마치 공기가 짙어져 시야를 가린 것 같았다.

"이건 연기가 아니야. 안개입니다."

드러먼드가 경고 조로 말했다. 그는 서있던 옆쪽 벽에서 튀어나와 급히 캐시 쪽으로 다가갔다.

로티는 영문도 모른 채 눈살을 찌푸렸다. 드러먼드는 캐시에게 요구했다.

"책을 줘요! 어서!"

"이게 무슨 일이지?"

오코로가 대뜸 물었다.

연회장 저편 벽은 이제 회색 벽으로 보였고, 그곳에 있는 사람들은 안개 속을 둥둥 떠다니는 불분명한 형체로 보일 뿐이었다.

잠시 후 안개가 무대 커튼처럼 갈라지면서 어떤 여자가 나타났다. 까마귀 깃털처럼 새카만 색 천을 층층이 겹친 치마에 하얀색 뷔스티에를 입은 아름다운 여자였다. 칠흑같이 검고 매끈한 머리카락을 뒤로 넘겼고, 눈 주위로는 스모키 메이크업을 한 것 같았다. 그녀는 끈 달린 검은 손가방을 옆구리에 끼고 있었고, 한 손에는 회색빛으로 펄떡이는 책을 들고 있었다. 이윽고 여자는 고개를 들고서 자신의 등장을 지켜보는 얼굴을 훑었다.

"그 여자다."

누군가 말했다.

로티는 한숨을 쉬었다. 이젠 너무나 지쳐서 공포도 느껴지지 않을 지경이었다.

너무 늦기 전에 이 사업을 그만두려 했건만. 책을 마지막으로 한두 권만 더 팔고 끝낼 생각이었건만.

그러나 자신의 운이 그만큼 따라주지는 않은 것 같았다.

이제는 너무 늦은 것 같았다.

연회장에서의 죽음

조금 전, 로티가 경매를 진행하는 동안 캐시는 이지를 세차게 껴안았다. 그 몸짓은 망망대해에서 바위에 매달린 난파선 생존자 같았다.

"너무 보고 싶었어!"

캐시는 가슴이 벅차 눈물을 줄줄 흘리며 외쳤다. 그러다 포옹을 풀고 물러서니, 이지는 격한 감정에 충격을 받은 모습이었다. 잠시 후 그녀는 캐시의 얼굴을 빤히 바라보았다.

"이게…… 어떻게 된 거야? 너…… 변했구나."

캐시는 됐다는 듯 고개를 저었다.

"그건 중요한 게 아니야. 내가 다 말해줄게. 하지만 보고 싶었어. 난 네가 죽은 줄 알았어."

이지는 고개를 저었다.

"난……. 그게…… 많은 일이 있었지."

그녀는 방 한가운데 선 커다란 남자 쪽으로 고갯짓하며 말을 이었다.

"룬드가 날 도와줬어. 그러니까 휴고가 아파트에 왔는데, 저 남자, 룬드가 날 도와줬어."

캐시는 고개를 끄덕이고는 다시 이지를 껴안았다.

너무 벅찼다. 확신할 수 없는 상황에서 괴로움과 공허함을 느낀 지가 10년이었는데, 드디어 이지를 만난 것이다. 캐시는 이지의 비누 향기를 맡았다. 너무나 익숙한 그 향을 맡자 이 정신 나간 상황이 전부 닥치기 전에 조용하고 평범하게 아파트에서 살았던 시절로 돌아간 듯한 기분이었다. 그 순간 캐시는 그 소박한 생활이 너무나 그리운 나머지 존재의 중심에서 우러나는 고통을 느꼈다.

그녀는 이지의 귓가에 속삭였다.

"전부 다 미안해. 이런 일이 일어나서 내가 너무 미안해. 네 말을 들었어야 했어. 그 책을 절대로 사용하지 말았어야 했어."

그 순간, 드러먼드 폭스가 그들에게 달려오는 바람에 두 사람은 깜짝 놀라 움찔했다. 드러먼드는 겁에 질린 눈을 휘둥그레 뜨고서 캐시에게 말했다.

"책을 줘요! 어서!"

캐시는 그의 눈에 서린 공포를 보았다. 뒤편의 안개구름 속에서 나타난 그 여자는 마치 신처럼, 아니 악마처럼 보였다. 캐시는 드러먼드의 기억 속에서 이 여자를 본 적이 있었다. 그 기억을 경험한 것이 벌써 10년이 넘었건만, 아직도 그때가 생생했다.

연회장 안은 그 여자의 등장에 적응한 듯했다. 사람들은 각자 다른 자세를 잡고서 서로 속삭여 댔다. 이윽고 휴고와 싸웠던 흑인 남자가 연회장 한가운데에 있던 여자 쪽으로 한 발짝 나섰다.

"그러니까 다들 그토록 무서워하는 미친 백인 아가씨가 당신이로군? 그런데 내가 보기엔 별로 무서운 여자가 아닌데."

그는 침묵을 깨고서 그 여자를 무시하는 표정으로 말을 걸었다.

"오코로 씨."

서적상은 경고 조로 그를 불렀다.

"책을 줘요. 내가 그림자 속에 넣을게요."

드러먼드가 낮은 목소리로 캐시에게 말했지만, 캐시는 고개를 저었다.

"이건 서적상에게 주어야 해요."

그녀는 드러먼드에게 이렇게 말했지만, 속마음은 그렇지 않았다. 이 책을 포기하고 싶지 않았다. 10년 만에 겨우 되찾은 문의 책인데. 반드시 그래야 하는 경우가 아니라면 이토록 쉽사리 내어주고 싶지 않았다.

연회장 한가운데 있던 여자는 눈길을 돌려 사람들의 얼굴을 하나하나 살펴보았다. 그러다 캐시와 그녀의 곁에 서있는 드러먼드에게 그 눈길이 꽂힌 듯했다.

"저건 누구야?"

이지가 물었지만 캐시는 그 여자에게서 눈길을 떼지 않은 채 고개를 젓기만 했다.

"네 피를 돌로 바꾸면 어떨까?"

오코로는 그 여자를 비웃으며 물질의 책을 꺼내 옆구리에 끼고서 책을 보호하려고 여자에게서 몸을 돌리며 말을 이었다.

"그러면 넌 이 자리에서 죽겠지? 아니면 네 폐의 공기를 물로 바꿔서 익사시켜 줄까?"

캐시는 그 여자가 다시 오코로에게로 시선을 돌리는 모습을 지켜보았다. 여자의 표정은 마치 말썽꾸러기 아이를 바라보는 엄마 같았다. 그 여자가 오코로를 향해 고개를 한 번 젓자, 순식간에 연회장 안으로 안개가 다시금 빠르게 밀려 들어와 빈 곳을 채우고 각 사람 사이를 커튼으로 치듯 막았다.

"움직여요!"

드러먼드가 새된 소리로 캐시의 귓가에 아스라이 속삭였다. 캐시는 지금 이지와 손을 잡고 있었다. 굳게 잡은 손은 안개를 사이에 두고 두 사람을 연결해 주었고, 이지가 자신을 방 저편으로 잡아당기는 느낌이 났다.

"나한텐 안 통해!"

오코로가 저 뒤 어딘가에서 소리쳤다. 그의 목소리는 연회장 내의 다른 사람들이 겁먹고 수군대는 소리 너머로 쩌렁쩌렁 울렸다. 곧바로 안개가 사라지면서 잿빛 공기 사이로 어렴풋한 빛이 휘날리는 모습이 보이더니, 안개가 물로 변했다. 마치 수영장이 아래층 바닥으로 쏟아져 내려서 방 내부를 확 적신 듯했다.

저 위로 로티가 벌써 연단에서 물러나는 모습이 캐시의 눈에 보였다. 뒤편 거울이 열리더니 출입구가 나타났다. 두 사람은 허둥지둥 달렸고, 이지가 캐시를 돌아보며 탈출구를 가리키자 캐시는 알았다며 고개를 끄덕였다. 그리고 뒤를 돌아보자 드러먼드가 몇 발짝 뒤에서 따라오고 있었다. 얼굴과 몸이 방금 떨어진 물에 흠뻑 젖은 채였다. 그 뒤로는 물에 젖은 사람들이 연회장 바깥으로 나가면서도 뒤를 흘끔흘끔 돌아보며 댄스 플로어 한가운데에서 천천히 맴돌고 있는 오코로와 그 여자를 불안한 눈빛으로 바라보았다.

이지는 캐시를 반대 방향으로 끌어당겼다.

"캐시, 빨리 와!"

그녀는 서적상의 비밀 통로로 향하며 애원했다.

연회장 한가운데에서 오코로가 비명을 질렀다.

"죽을 때가 됐다, 마녀야!"

그 소리를 들은 캐시는 어쩔 수 없이 뒤를 돌아보고 말았다. 저 남자가 정말로 그 여자를 죽일 수 있는지 봐야 했다.

그 여자는 눈을 감았다. 순간 빛이 확 폭발하듯 퍼져서 벽의 거울과 웅덩이와 물방울에 반사되었고, 연회장 안 모든 사람은 움찔 놀랐다. 캐시도 뒤로 비틀거리면서 이지를 잡았던 손을 놓고 눈을 가렸다.

"빛의 책이에요!"

드러먼드가 소리쳤다. 캐시는 드러먼드의 기억에서 봤던 이집트 여성을 떠올렸다. 그 여자는 드러먼드의 친구 것이었던 책을 사용하고 있었다.

고개를 돌리고 손으로 눈을 가렸건만, 너무 밝은 빛에 앞이 보이지 않았다. 캐시가 한 손을 뻗자 축축한 벽면 석고와 차가운 거울이 느껴졌다.

"이지!"

그녀는 벽을 길잡이 삼아 앞으로 비틀비틀 다가가며 소리쳤다.

그 순간, 인간의 것이라고는 할 수 없는 비명이 들렸다. 마치 심한 압력을 받은 타이어에서 바람이 빠져나오듯 높은 음조의 비명이었다. 이윽고 빛이 잠시 더욱 강렬해지는 듯하다가, 이내 사그라지면서 언제 그랬냐는 듯 눈앞에서 사라졌다.

시야에서 왜곡을 떨쳐내려 눈을 깜빡이며 주위를 둘러보았다. 연회장 한가운데에는 값비싼 정장 안으로 피와 뼈가 웅덩이를 이루고 있었다. 그 여자는 바로 그 뒤에 서서 오코로였던 덩어리를 내려다보았다. 그리고 천천히 눈을 들어 캐시를 바라보았다. 그건 마치 방금 죽인 동물 앞에 선 고양이의 눈초리였다. '내가 한 걸 봐'라고 말하는 듯한.

캐시는 속이 뒤집혀 발아래 축축한 카펫에 토사물을 쏟았다. 다시 눈을 돌려 방 뒤편을 바라보자, 서적상의 비밀 통로에 다다른 이지 앞으로 거울이 쾅 닫히는 모습이 보였다.

"안 돼!"

이지는 고함을 지르며 주먹 쥔 손으로 거울 문을 쳐댔다. 캐시가 몸을 추스르자, 연단 앞에 서있던 커다란 남자, 바로 이지가 룬드라고 부르던 그 남자가 이지에게 다가갔다. 그는 이지를 보호하듯 옆에 선 채로 위험이 있을지 연회장 안을 살펴보았다.

'이지를 사랑하는구나.' 갑자기 어디서 이런 생각이 났는지는 모르겠지만, 캐시는 지금 든 생각을 확신했다. 그 생각에 조금이나마 기운이 났다.

"안 돼!"

이지는 다시 고함을 지르며 거울을 쳐댔다. 캐시는 커다란 남자가 이지의 손을 잡고 끌어 댄스 플로어 반대편 연회장 뒤로 데려가는 모습을 지켜보았다. 그러다 누군가 확 잡아당기는 느낌이 들면서 눈앞에 드러먼드가 불쑥 나타났다.

"문의 책을 줘요! 우리는 저 여자를 막을 수가 없어요!"

그는 분노보다 공포가 더 크게 자리한 목소리로 요구했다.

캐시는 드러먼드의 어깨 뒤편으로 연회장 가운데를 슬쩍 바라보았다. 그 여자는 허리를 굽혀 방금까지 오코로였던 시뻘건 잔해에 손을 뻗었다. 뭔가 질척하게 부서지는 소리가 들려오자 캐시의 속이 다시 뒤집혔다.

"세상에."

그녀는 중얼거렸다. 이건 악몽 같았다. 아파트에서 휴고 바버리와 맞서 싸우기까지 했건만, 이런 상황은 대비하지 못했다.

이런 절망적인 잔해 속에서도 생명이 여전히 이어지고 있다는 듯, 바닥의 붉은 난장판 속에서도 무언가 약하게 맥동했다. 그 여자가 잔해 속에서 손을 빼자, 거기엔 책이 한 권 들려있었다. 바로 물질의 책이었다. 여자의 아름다운 얼굴 위로 만족스러운 미소가 퍼졌다.

순간, 마른나무가 뚝 부러지듯 갈라지는 소리가 들렸다. 연회장 안에 아직도 남은 얼마 안 되는 사람들이 총소리에 놀라서 비명을 질렀다.

아까 드러먼드가 날려버렸던 스페인 남자가 그 여자의 등에 총을 겨누었다. 휴고 바버리가 떨어뜨린 총이었다.

"책을 전부 내놔!"

그가 명령하며 천장에 또 총을 쏘았다. 그 여자는 고개를 돌려 뒤편에 있는 남자를 바라보았다.

"책 줘요!"

드러먼드는 캐시의 팔을 잡고 다시 요구했다.

캐시는 고개를 저었다. 그럴 수는 없었다. 방 저편으로 아까 들어온 문이 보였다. 그리고 벽을 따라 룬드가 이지를 그쪽으로 데리고 가는 모습이 보였다. 캐시도 거기에 다다를 수 있다면, 모두 탈출할 수 있었다.

"가요! 어서"

그녀는 드러먼드를 거칠게 끌어당기며 문을 가리켰다.

다시금 연회장에 총성이 울렸다. 캐시는 반사적으로 몸을 움찔 피하고서 겁에 질려 이지 쪽을 슬쩍 바라보았다. 이지와 눈이 마주치자, 친구의 눈에도 역시 공포가 서려있는 게 보였다. 캐시는 문을 가리켰고, 이지는 고개를 끄덕였다. 그리고 룬드의 어깨를 두드려 내용을 전달했다.

연회장 한가운데 선 여자는 총을 든 남자를 마주 보았다. 그 여자는 짜증스레 윗입술을 말아 올리면서 옆에 든 물질의 책을 위로 올렸다. 캐시는 알 수 있었다. 그걸 이제 새로운 장난감으로 쓰리라는 걸. 갖고 놀 것이 새로 생긴 것이다.

총을 든 남자는 여자의 눈빛에서 무언가를 보았다. 책은 결국 중요한 게 아니라고 결론을 내린 듯한 모습이었다. 그는 몸을 방어하듯 총을 앞으로 겨눈 채로 뒤로 천천히 물러섰다. 여자는 그에게 다가갔다. 손에 쥔 물질의 책이 빛나기 시작했다.

"죽어라, 이년아!"

소리를 지른 남자는 뒤로 물러서며 다시 총을 쏘았다. 총알은 여자를 관통하는 듯했지만, 반대편 벽 거울을 깨뜨렸다. 룬드와 이지가 문으로 살금살금 다가가던 쪽과 가까운 거울이었다.

순간, 여자가 갑자기 바닥을 가로질러 남자 쪽으로 돌진했다. 어마어마한 속도에 움직임이 흐릿해 보였다.

다시금 발사된 총탄에 벽에 구멍이 났다. 그 여자가 덮쳐오자 스페인 남자는 비명을 지르기 시작했다. 마치 짐승이 으르렁거리는 듯한 소리였다. 이지와 룬드는 문에서 불과 몇 미터 떨어진 벽에 가까이 있었다. 바로 몇 발짝만 가면 탈출로가 되어줄 문이었다. 비명이 들리자 둘 다 본능적으로 고개를 돌렸다.

캐시가 이지에게 무어라 말하려는 순간, 그쪽으로 소리치려는 순간 총알이 룬드의 어깨를 뚫었다. 그는 신음을 흘리며 벽으로 쓰러졌다.

이윽고 두 번째로 발사된 총알은 이지의 머리를 뚫었다. 뇌의 일부가 뒤편 거울로 터져 나오면서 이지는 바닥으로 쓰러졌다.

캐시의 귀에 괴로운 비명이 들렸다. 절망의 새가 날아가며 지를 듯한 비명이었다. 잠시 후, 그 비명이 실은 자기 목에서 나왔다는 걸 그녀는 깨달았다.

캐시는 댄스 플로어에 무릎을 꿇고 엎어졌다. 이지는 벽에 피와 뇌수를 묻힌 채 쓰러졌다. 깜짝 놀란 얼굴 위로 입을 커다랗게 벌리고, 한쪽밖에 남지 않은 눈을 감지도 못했다.

"이지!"

캐시는 비명을 질렀다. 목구멍이 늘어나다 못해 찢어질 것만 같았다. 다시 비명을 지르며 두 손을 뺨에 올려 손톱으로 피부를 마구 긁어댔다. 입에서 나오는 소리는 아무런 말을 이루지 못하고 그저 고통스러운 비명이 되었다.

누군가의 손길이 느껴졌다. 자신을 잡아당겨 일으키려는 손길이었다. 하지만 상관없었다. 아무것도 중요하지 않았다. 친구를 다시 찾아내려고 그 긴 세월을 견뎌왔건만, 이지는 죽어버렸다. 아름다웠던 친구가, 따스하고 재치 있고 사랑 가득했던 친구가 순식간에 목숨을 잃었다. 방금까지도 캐시에게 너무나 중요했던 존재가 사라지고 이제는 광대하고 끝없는 공허함만이 남았다.

캐시는 또 비명을 질렀다. 자신을 가득 채우는 이 고통에서 완전히 벗어날 수가 없었다.

밝은 빛이 보였다. 연회장 안에서 태양이 폭발하듯 모든 것을 정화시키는 새하얀 빛이었다. 캐시의 귀에 방아쇠가 딸깍이는 소리가 들렸다. 남자는 총알을 다 쏴버린 후에도 계속해서 총을 쏘려 하고 있었다.

캐시는 이제 아무것도 신경 쓰지 않았다. 지금 자신은 인간의 형상을 한 괴로움과 상실감과 고통일 뿐이었다.

'이지가 죽었다. 나 때문에. 내가 한 선택 때문에.'

캐시도 죽고 싶었다. 이 끔찍한 세상에서 더는 있고 싶지 않았다.

어느새 그녀는 눈물을 흘리면서 벽에 난 문을 향해 도망치고 있었다. 언제나 괴로운 상황에서 도망쳤던 것처럼, 눈물을 줄줄 흘리면서 치명적인 빛이 자신을 쫓아오는 상황에서 도망치고 있었다.

그렇게 캐시는 문으로 들어가 사라졌다. 아무것도 되고 싶지 않았고, 아무 데도 가고 싶지 않았다.

제 · 5 · 부

아무데도없는,
아무것도아닌

그녀는 아무 데도 없고 아무것도 아니었다. 현실에서 벗어난 그녀는 침묵에 싸인 생각과 기억일 뿐이었다.

이곳은 아무것도 존재하지 않는 공간이었다. 이곳은 아무 데도 아니면서도 모든 곳이기도 했다. 그래서 아무것도 존재할 수가 없는 곳이었다. 그 무엇도 살아있지 않았으니, 인간일 수는 더더욱 없었다. 조금 전까지 캐시였던 생각과 의식 역시 당연히 존재할 수가 없었어야 했으나, 그녀가 안전의 책을 갖고 있었기 때문에 그렇게 되지는 않았다. 캐시였던 것의 본질이 일부 남아, 캐시가 아무것도 아니게 흩어지는 것을 막고 그녀를 존재로 묶어두었다.

그녀는 아무 데도 아니면서 모든 곳이기도 한 곳에 있었다. 그녀의 생각은 유유히 정체하면서 간신히 존재를 유지하는 수준이었다. 남은 것이라고는 단 하나의 생각, 끝없는 시간 동안 천천히 생성된 생각이었다. 하지만 한때 캐시였던 이 생각은 충격으로 무감각해져 창조 너머의 무(無) 위로 늘어져 있었다.

그러다 어떤 이미지가 떠올랐다. 여자의 이미지였다.

이지.

이지!

충격 받고 망가진, 공허한 이지의 얼굴.

아무 데도 없고 아무것도 아닌 것으로부터 수많은 색이 폭발하면서 무지개가 비명을 질렀다. 이어서 낮고 윙윙대는 저음이 울리면서 모든 의식을 뒤흔들었다. 비현실을 뚫고 굉음이 쩌렁쩌렁 울려대었다.

그 후 모든 것은 다시 조용해졌다. 이지의 이미지가 준 충격을 받고 의식은 겁먹은 생물처럼 어둠 속으로 숨어들었다. 의식은 숨으려 했고, 더는 존재하지 않으려 했다. 하지만 생각 없이 존재하기란 불가능했다. 생각하지 않으려는 욕망조차도 생각을 하는 것이었으니.

생각은 자유로이 형체가 되었다. 기억과 감정과 이미지들이 생겨났다. 모두 인간을 형성하는 것들이었다.

의식은 이런 것들을 외면했지만, 돌아설 곳은 아무 데도 없었고 스스로를 가릴 것이 아무것도 없었다. 오직 생각만이 존재했다.

의식을 괴롭히는 이 생각들은 처음에 아스라했다. 이를테면 저 먼 해변에 있는 것처럼, 분명히 있기는 하지만 뭔지 모를 불분명한 것들이었다. 의식은 처음에 이런 것들을 무시했지만, 곧 그들에게 끌리기 시작했다. 시간이 지날수록 두려움은 사라졌다. 의식은 결국 그것들에, 그 기억과 감정에 손을 뻗었다. 생각이 존재하려면 생각할 것들이 필요했으니.

처음에는 감각이 먼저였다. 의식은 감각을 기억해 냈다. 온갖 유형의 생각들이 있었다. 실체를 지닌 생각, 바로 외부 세계로 통하는 문이었다.

기름과 나무. 비 오는 날의 축축함.

이어서 소리가 있었다. 기계가 윙윙대는 소리, 사포를 문지르는 리드미컬한 소리.

다음으로는 이미지의 빛과 질감이, 기억이 있었다. 작업대에 앉아있는 남자의 모습이었다. 키가 크고 가슴이 떡 벌어진 남자는 작업에 열중하는 얼굴이었다.

그다음으로 의식은 촉감을 기억했다. 손가락 사이로 만져지는 책장의 느낌이었다. 젊은이의 근육과 강인한 팔다리의 더없이 유연한 느낌이었다.

벤치에 앉은 남자가 의식을, 바로 캐시였던 것을 바라보았다. 그러자 의식은 새로이 무언가를 느꼈다. 드넓은 꽃밭이 한꺼번에 활기찬 생명력으로 피어오르는 것처럼 갑자기 만개한 꽃송이들이었다. 무지개 비명처럼 화려하면서도 끔찍하거나 무시무시하지 않은 그 느낌은 아름답고도 위안이 되었다. 이것이 기쁨이구나. 의식은 그 기분 속에서 즐거워했다.

다음으로 의식은 생각 이상의 무언가를 느꼈다. 그것은 캐시였던 인격, 바로 욕망과 공포와 즐거움이었다. 이어서 의식은 기쁨의 꽃밭 같은 걸 더 많이 느끼고 싶었다.

이윽고 또 다른 이미지가 나타났다. 따스한 한낮, 얼굴에 비치는 햇살과 뺨을 간지럽히는 산들바람이었다. 눈은 모자로 가려 보이지 않았다. 바람결에 모자챙이 나부꼈다. 공기 중에 감도는 바다의 거친 소금기가 코로 느껴졌다. 그녀는 다시 젊은 여자가 되어 높다란 절벽 위에서 뒤편에 하얀 대성당을 두고 지중해를 마주했다. 어디선가 불어오는 산들바람, 하늘로 날아오르며 울어대는 갈매기, 그 소리가 절벽 위에 서있는 캐시에게 들려왔다. 그래, 캐시가 나의 이름이잖아.

색채가 다시 나타났다. 현실의 짜임새를 보여주는 색채였다. 꽃이 만발한 초원과 눈앞에 펼쳐진 하늘을 가로지르는 무지개가 보였다. 하지만 이번에 나타난 색의 굉음은 마구 외쳐대는 고통스러운 비명이 아니라 밝고 활기찬 장조 화음이었다.

캐시는 높은 절벽에서 느꼈던 순간을, 그때의 자유와 기회를 기억했다. 그러자 굉음은 다시 장조의 화음으로 울려 퍼졌다. 이것은 도망쳐야 할 것이 아니었다. 이것은 인간의 감정과 감각과 삶의 전율이었다.

그러다 즐거운 파티에 난데없이 들어온 불청객처럼, 머릿속에 어두운 기억이 떠올랐다. 할아버지였던 남자가 이제는 수척하고 쇠약해져서 서서히 희미해지며 고통스러워하는 모습이 보이는 우울한 방이었다. 그녀가 자라온 집, 유일한 고향으로 알고 지내던 집은 이제 더는 있고 싶지 않은 곳이 되어버렸다. 아늑하고 포근했던 집은 이제 숨 막혀 죽을 것 같아 어서 벗어나고 싶은 곳으로 변해버렸다. 벽과 이불에는 모두 땀과 피와 고통의 악취가 풍겼다. 그곳은 죽음의 집이었고, 그곳에서 캐시가 간병에 지쳐 의자에 잠들어 있던 동안 할아버지는 홀로 돌아가셨다.

아무 데도 아닌 곳에 머물던 캐시는 그때 변했던 집에서 느꼈던 고요한 공포를 기억해 냈다. 그러자 굉음이 다시 울렸다. 분노의 소리, 조화롭지 않고 잔인한 소리를 내면서 그녀의 의식이 파르르 떨었다. 무지개 비명도 다시금 반복되며 더욱 생생하고 끔찍하게, 그 기억의 고통을 새된 소리로 내질렀다. 캐시는, 의식은 허둥지둥 도망쳐 몸을 둥글게 만 채로 다 잊고 숨으려 했다.

그녀는 다시 의식 위로 떠올랐다. 그녀의 의식은 자신이 수면 위로 올라가는 걸 막을 수가 없었고, 기억과 감정은 더욱 빠르게 다가왔다. 점점 더 빠르게, 각각의 기억과 감정은 빛과 소리가 폭발하듯 움직였고, 모든 인간의 감정과 기억이 실재를 넘어서서 아무것도 아니고 아무 데도 아닌 곳까지 쭉 뻗어나갔다. 캐시는 기억하고 존재함으로써 창조가 이루어짐을 깨달았다. 모든 실재가 변하고 있었다. 캐시의 기억과 고통, 절망과 기쁨, 탈출하려는 마음과 공포는 비현실을 떨게 만들고 뒤흔들어 댔다. 이 모든 감정은, 이 모든 기억은, 인격과 인간성을 구성하는 덩어리들은 캐시의 의식이 감당하기에는 너무 벅찼다.

이곳, 아무것도 아니고 아무 데도 아닌 곳 안에서 생각으로 둥둥 떠다니는 캐시는 강력했다. 아무 데도 없으면서 또 모든 곳에 존재하는 캐시의 의식은 무지개 비명을 이용해서, 이 창조의 에너지를 이용해서 자신의 감정과 기억을 숨기고, 자신을 파괴하고 또 만들어 내고 거듭 파괴했던 삶의 파편을 숨겼다. 그건 캐시에게 너무 벅찼기에, 그녀는 감정과 기억을 다른 곳에 넣어두었다.

이 모든 것들을 달리 어디에 보관할 수 있을까? 책 말고 다른 곳이 있을까? 삶의 모든 기쁨과 즐거움을 찾을 수 있는 책 말고는 대체 이 모든 감정을 어디에 가둘 수 있단 말인가? 그래서 캐시는 이 책들을, 이 특별한 책들을 만들었다. 아무 데도 아니면서 또 모든 곳이기도 한 이곳에서 책이 탄생하였다. 책 하나하나마다 캐시의 기억과 감정으로, 현실의 파편으로 만들어졌다. 그녀는 이 책들을 세상으로 던져서 현실과 시간 속에 흩어놓았다. 책의 페이지마다 고대의 언어와 새로운 언어가, 알려진 것과 알려지지 않은 것이, 이미지와 단어가, 모든 곳의 언어가 가득했다.

그녀는 이 과정을 아주 오랫동안 했다. 아무 데도 아니면서 또 모든 곳이기도 한 이곳에서는 시간이란 의미가 없었다. 모든 고통과 기쁨을 다 소진하고 나서야, 모든 특별한 책을 현실에 던져버리고 나서야, 그래서 자신을 텅 비우고 나서야 비로소 캐시는 편안하게 쉬게 되었다.

캐시였던, 그리고 다시 캐시가 되어가고 있는 의식은 잠들었다. 아니, 비현실 속에서 잠에 가까운 상태에 빠졌다고 봐야 옳을 것이다. 그러다 다시 깨어났을 때, 아니, 아무 데도 아니면서 또 모든 곳이기도 한 곳에서 다시 깨어남과 비슷한 상태로 들어섰을 때, 그녀는 의식보다 더욱 캐시에 가까워진 존재가 되었다. 이제 아무 데도 아닌 곳에 존재하는 캐시는 겁먹지 않았다. 그저 자신이 다른 곳에, 아무 데도 아닌 곳에 있다는 것을 인식했을 뿐이다.

그녀는 자신이 열어젖힌 문을 통해 이곳에 온 것이었다. 현실에서, 자신이 저지른 끔찍함에서 도망치려고 말이다.

다시 그 공포를 기억해 냈을 땐, 그곳에는 비명을 지르는 무지개도, 꽃이 만발한 초원도, 굉음도 없었다. 오로지 기억만이 있었다.

그녀는 돌아가야 한다는 걸 알고 있었다. 이곳에선 그녀의 의식이 존재할 수 없었다.

안전의 책이었던 것의 정수가 조금 남아 아무런 생명도 존재할 수 없었던 곳에서 캐시를 살려준 것처럼, 문의 책이었던 것의 정수 역시 남아 있었다. 그래서 캐시가 돌아가려고 생각하자 문이 나타났다. 아무런 특징 없는 직사각형 모양의 그 문은 무언가의 특성을 갖추었다는 점에서 아무것도 아닌 것과는 달랐다.

그 문만이 유일한 것이었기에, 그 문은 캐시를 잡아당겼다. 캐시는 빛이라고 깨달은 그 무언가를 향해 끌려갔다.

그 빛은 캐시를 현실로 끌어내었고, 그렇게 그녀는 아무 데도 아니면서 또 모든 곳이기도 한 곳에서 나왔다.

제 · 6 · 부

다섯 부분의 계획

경매 후의 그 여자

　뉴욕에서 열렸던 경매가 끝난 후, 그 여자는 밤새도록 열세 시간을 운전해 집으로 돌아왔다. 처음에는 아무도 없는 어두운 도로였지만, 새벽빛이 나타나며 날이 꾸역꾸역 밝아 점심을 지나고 오후가 될수록 도로는 점점 붐비기 시작했다.

　여자는 좀처럼 느낀 적 없었던 만족감을 느꼈다. 오래는 아닐지라도 한동안은 만족스러웠다. 자신의 장서 모음에 추가할 다른 책, 바로 물질의 책을 얻었기 때문이었다. 다른 책들에 했던 것처럼 이 책을 가지고 즐겁게 실험을 해볼 작정이었다. 이걸로 무엇을 할 수 있을지, 또 다른 사람들에게 어떻게 사용할 수 있을지 말이다.

　운전하는 여자의 머릿속은 만족감을 만끽하며 경매장에서 경험했던 순간들을 돌려보느라 나름 고요했다. 고통과 아픔이야말로 여자가 가장 즐겁게 여기는 것이었다. 다른 사람의 얼굴에 나타난 고통을 보는 게 좋았고, 그 고통이 찰나에 그치지 않고 지속된다면 더 좋았다.

　드러먼드 폭스를 다시 보게 된 건 즐거웠지만, 이번에도 그는 여자에게서 벗어났다. 그래서 응당 분노해야 했겠으나 그러지는 않았다. 대신 기운이 솟아나는 느낌이었다. 이제 그 남자가 여전히 살아있으며, 앞으로 더 많은 책을 갖게 되리라는 증거를 받았으니까. 앞으로 몇 년 동안은 더 많은 책을 모을 수 있을 터였다. 앞으로 드러먼드 폭스에게는 시간이 얼마 남지 않았다는 걸 여자는 알고 있었다. 자신은 언젠가 다다르게 될 폭스 도서관에 서서히 접근하는 중이었다. 이젠 그 무엇도 여자를 막을 수 없었다. 오히려 여자는 이 경험이 길게 이어지리라는 사실을 알고서 즐거웠다. 드러먼드 폭스의 악몽에 자신이 나타나기를 바랐다.

자신의 통나무집으로 가는 길에 접어들었을 때, 실망스럽게도 자갈길 진입로에 주차된 낯선 차가 보였다. 커다란 유틸리티 트럭이었다. 부지를 마주한 채로 주차되어 있는 트럭에는 남자 둘이 있었다. 남자 하나는 보닛에 앉아있었고, 또 다른 남자는 그 앞에 서있었다. 트럭의 스테레오라디오에서 음악이 쿵쿵 울려대면서 조용한 오후의 숲에 끈질기게 소음을 퍼뜨렸다. 웃고 있던 남자들은 여자의 차가 다가가자 대화를 멈추고 그쪽을 바라보았다. 둘 다 손에 맥주를 들고 있었는데, 후드에 앉아있던 남자는 여자가 멈추는 것을 보고 맥주를 태연하게 한 모금 마셨다. 그는 키가 크고 말랐으며 금발 머리에 록 밴드 키스의 티셔츠를 입고 있었다. 그 티셔츠는 남자가 그리 많이 세탁한 것 같지 않은데도 수없이 빤 것처럼 닳아있었다. 다른 남자는 키가 작았고, 아침 식사로 도넛을 먹는 사람처럼 뚱뚱했다. 그리고 주유소에서 막 퇴근했거나 조금 있다가 출근할 사람 같은 옷차림이었다.

두 남자 모두 차에서 내리는 여자를 바라보았다. 여자는 이 남자들이 전에도 여기 왔을까 궁금했다. 여자는 집을 비울 때가 많았기 때문이다. 어쩌면 이곳은 그들이 심심할 때 술을 마시며 노는 곳이었을지도 모른다. 여자는 차 문을 닫고 남자들을 바라보았다. 오후의 시원하고 진한 공기와 저편 숲의 눅눅한 습기가 느껴졌다. 남자들은 그 여자를 빤히 바라보았다. 둘 다 여자의 몸을 위아래로 훑으며 시선을 교환했다. 그중 키가 크고 금발인 남자의 표정은 허기지고 비열했다. 여자가 전에도 본 적이 있던 부류의 남자였다. 온 세상의 소도시마다 그런 부류의 남자들이 많았다.

"안녕, 예쁜이."

남자가 말을 걸었지만 그 여자는 아무 말도 하지 않았다.

"여기 아가씨 집이야?"

그는 고갯짓으로 집을 가리키며 물었다. 그 여자는 무표정하게 고개를 끄덕였다.

"우린 나쁜 짓 안 했어. 그냥 맥주 몇 잔 마셨다고. 그렇지, 조지?"

"그래."

조지라는 남자도 고개를 끄덕이며 맞장구쳤지만, 별로 자신감 있는 기색은 아니었다. 조지는 그저 친구에게 장단을 맞춰줄 뿐이었다.

그 여자는 커다란 남자와 잠시 시선을 마주했지만, 여전히 말은 없었다.

"아가씨 원피스 예쁜데."

남자의 말에 여자는 대답 없이 집으로 걸어갔다. 그리고 현관을 열자 한낮의 새가 지저귀듯 경첩에서 소리가 났다. 여자는 슬쩍 뒤돌아 그들을 바라보고는 문을 열어둔 채로 집에 들어갔다. 그것은 초대였다.

그들은 곧장 트럭의 시동을 끄고서 여자의 뒤를 따라 집으로 들어갔다.

그들은 실수를 저질렀다. 그냥 떠났더라면, 여자는 그들을 쫓아가지 않으련만.

여자는 지하실 문 옆에 새침하게 서서 핸드백을 팔에 낀 채로 남자들이 들어오기를 기다렸다. 그들은 어색하게 문을 우당탕 넘어서서 먹이 시간이 다 된 개 같은 표정을 지으며 들어왔다. 여자는 지하실 문을 열어놓고는 그들보다 앞서 낡은 목조 계단을 내려갔다. 그 뒤를 따라 지하실에 다다른 남자들은 조심스럽게 주위를 둘러보았다. 그러다 키 큰 남자가 한쪽 구석에 놓인 매트리스를 보고서 팔꿈치로 다른 남자를 쿡 찔렀다. 여기엔 아무런 위험 따윈 없이, 오로지 기회만이 보였다.

여자는 경매장에서 흑인 남자에게 뺏어 온 책을 시험해 보기로 결정했다. 바로 물질의 책 말이다. 그 잠재력을 파악하려면 실험을 해야 했다. 저 두 남자가 자신의 품 안으로 굴러들어 와 얼마나 운이 좋은지.

여자는 키 큰 남자에게 방 안으로 들어오라 손짓했다. 그리고 바닥에 누우라고 손짓했다.

"뭐, 여기서? 바닥에서 하자고?"

그는 이렇게 물으면서 친구에게 미소를 지었다.

여자는 고개를 끄덕였고, 남자는 흔쾌히 승낙하면서 흔들리는 전구 아래 콘크리트 바닥으로 몸을 숙이고는 등을 대어 누웠다.

여자는 뒤돌아 다른 남자를 바라보고는 구석에 놓인 매트리스를 가리켰다. 그는 겁먹은 것도 같았지만, 순순히 고개를 끄덕이고는 터덜터덜 곁을 지나 그곳으로 갔다.

바닥에 누운 남자는 여자를 올려다보며 히죽 웃었다.

"마음의 준비를 하라고, 아가씨. 나 같은 남자는 처음일 테니까!"

여자가 빤히 내려다보자, 그는 두 팔을 벌리고는 어서 품에 안기라는 자세를 취했다. 여자는 웅크려 앉고서 한쪽 손은 시멘트 바닥에 대고 다른 쪽 손으로는 핸드백 속에 있는 물질의 책을 쥐었다. 그리고 바닥에 의지를 집중하여 남자가 누운 시멘트를 물렁물렁하게 바꾸어 액체로 만들었다. 이윽고 여자는 남자의 가슴을 손으로 눌렀다. 그는 처음에 이 상황이 뭔지 깨닫지 못했다. 그저 잠시 미소를 지으면서,

지금 여자가 뭘 하나 궁금해하며, 혹시 신발을 벗으려나 싶어 그녀의 발을 흘끔 내려다보았다. 그러다 마침내 자기 몸이 가라앉고 있다는 걸 깨달았다. 그의 표정이 변하면서 이게 무슨 일인지 이해하지 못하겠다는 기색이 드러나자, 여자는 그 얼굴이 무척 마음에 들었다.

"아니, 잠깐……!"

그는 질척한 콘크리트 속에서 허우적댔지만 아무런 소용이 없었다. 오히려 팔다리를 버둥거리는 바람에 더 빠르게 가라앉을 뿐이었다. 이제 콘크리트는 남자의 얼굴 둘레까지 닿았고 다리를 뒤덮었다. 겁먹은 채 빠져나오려고, 어떻게든 살려고 몸부림치는 것도 잠시, 그는 이내 조용해졌다. 여자가 지켜보는 가운데 남자는 콘크리트에 삼켜지면서 눈을 휘둥그레 뜨다 하얗게 까뒤집혔다.

이윽고 그의 눈이 잠기고 입술과 콧구멍, 한쪽 손가락만이 비죽 튀어나오게 되자, 여자는 다시 콘크리트를 굳혔다. 남자의 깡마른 몸 주위로 콘크리트가 굳으면서 우두둑 부서지는 소리가 났다. 남자의 입술이 푸르르 떨리며 격하게 뻐끔대는 모습을 여자는 몇 분간 흥미롭게 지켜보았다. 천장의 조명이 여전히 이리저리 흔들리며 그림자가 늘었다 줄기를 반복하는 가운데, 남자는 부서진 가슴으로 어떻게든 숨을 쉬어보려고 폐를 부풀려 댔다. 여자는 어둠 속에서 숨 막혀 죽어가는 남자가 무슨 생각을 할까 궁금했다.

이윽고 뻐끔대던 입술이 멈추고는 거친 숨소리가 잦아들었다. 눈에 보이는 남자의 신체 일부가 잠잠해졌다.

방 한쪽 구석 매트리스 위에 있던 다른 남자는 몸을 둥그렇게 웅크리고서 낑낑대며 울었다. 여자가 그쪽을 바라보자 그는 조용해졌다. 애써 숨으려는 것처럼 두 손으로 입을 막은 남자는 공포에 질린 눈을 휘둥그레 뜨고 있었다.

그는 눈물을 글썽이면서 애원했다.

"제발 부탁이에요. 저를 죽이지 마세요. 아무 짓도 안 할게요. 우리는 무슨 짓을 하려던 게 아니었어요."

하지만 여자는 남자의 말을 듣지도 않았다. 그저 물질의 책을 옆에 들고 그에게로 다가가면서, 흑인 남자가 했던 말을 떠올렸을 뿐이었다. 폐에 물을 채우겠다고 했었다. 피를 돌로 만들어 버리겠다고도 했고. 생명체를 변태시킨다고 생각하니 흥미가 일었다. 자기 신체를 구성하는 물질이 바뀔 때 인간은 어떤 공포를 느끼게 되려나 생각하니 재미있었다. 그래서 여자는 해보기로 했다. 남자의 세포를 액체로 만들기로.

여자는 다시 웅크려 앉아서 손을 뻗어 남자의 다리에 가만히 얹었다. 다른 손으로 집은 물질의 책이 무거워지며 어둠 속에서 빛나기 시작하자 지하실의 구석까지 온갖 색채로 밝아졌다. 여자는 매트리스에 앉은 남자에게 의지를 집중했고, 남자는 공포에 질려 여자를 지켜보았다. 그의 세포가 액체로 변하기를 원하자마자, 곧바로 그의 얼굴이 느슨해지는 게 보였다.

꺽꺽대는 소리가 들리면서 남자의 피부가 몸에서 시럽처럼 흘러내리기 시작했다. 그가 다시 무언가 꺽꺽대는 순간, 여자는 그가 무슨 말을 하려는 게 아니라면 공포에 사로잡혀 비명을 지르려는 것이었음을 깨달았다.

여자가 좀 더 의지를 가하자 남자의 장기는 물론이고 뼈까지 질척한 액체로 변하면서 마치 열에 녹은 초콜릿 조각상처럼 온몸이 저절로 무너져 내리기 시작했다.

조금 전까지 남자였던 존재는 이제 부글거리는 분홍색 곤죽이 되어 낡은 매트리스 위에 고였다가 가장자리로 퍼져 바닥으로 흘러내렸다. 여자는 손을 뻗어 매트리스에 남은 잔해를 닦아냈다. 이윽고 여자의 주변을 둘렀던 색이 세상에서 사라지면서 물질의 책은 다시금 작동을 멈추었다.

곤죽이 부르르 떨자 여자는 일어서서 방금 한 일을 점검해 보았다. 다시금 꺽꺽대는 소리가 들린 듯했다. 아마도 매트리스 위의 곤죽이 공포에 휩싸인 절망의 비명을 지른 모양이었다.

하지만 또 다른 소리가 난 것도 같았다. 아니면 공기 중에 뭔가 다른 게 있는 것이었을까. 여자의 머릿속이 순간 고요해졌다. 여자는 계단을 보았다가, 콘크리트에 삼켜져 버린 남자를 보면서 이 공기를 휘저은 것이 무엇이었을지 조사했다. 전에는 한 번도 느껴본 적 없었던 기묘한 순간이었다.

하지만 참 짧았던 그 순간은…… 결국 사라졌다.

여자는 허공을 응시하면서 집중하여 귀를 기울였다. 하지만 아무것도 없었다. 그저 죽은 남자들만이, 그들의 잔해만이 존재할 뿐이었다.

여자는 구석에 있는 금고로 다가가 문을 연 다음 핸드백에서 책을 꺼냈다. 그날 아침에 가져갔던 세 권의 책과 더불어 새로이 소장 도서 목록에 추가하게 된 물질의 책이었다. 다시 금고를 닫은 여자는 자리를 떴다. 그리고 줄을 잡아당겨 조명을 끈 다음 곧바로 방으로 올라가 도시의 냄새를 씻어버렸다.

다시, 현실

캐시는 무(無)의 빛에서 벗어나 현실로 돌아왔다. 도착한 곳은 존재하는 암흑이었다.

물론 완전한 암흑은 아니었다. 빛 같은 게 있기는 있었다. 고개를 들어 시력을 현실에 적응시키자, 오른편은 덜 어둡고 왼편은 더 어둡다는 게 보였다.

손과 무릎에 닿는 바닥이 부드러웠다. 부드럽고 눅눅하구나.

"카펫이네."

그녀는 말했다. 입에서 나온 단어는 마치 평이한 음향의 공간에 던져진 죽은 새가 바닥에 떨어지는 소리처럼 들렸다.

지금 있는 곳이 커다란 공간인 건가……. 오른편에서 빛이 더욱 식별 가능해졌다. 문이 하나 있었고, 그 문 뒤로는 무언가 흐릿한 게 보였다.

캐시는 후들거리는 다리로 일어서다가 뒤로 넘어져서 무언가 단단한 데 부딪혔다. 벽이었다. 손을 뻗자 손잡이가 느껴졌다. 문이었다. 매끄럽고 차가운 것은…… 거울이었다.

그러자 기억이 났다.

연회장, 그리고 거기서 벌어진 소동이 기억났다.

이지 역시도.

그 기억이 캐시의 몸을 훅 치는 바람에 숨을 몰아쉬었다. 그녀는 다시 무릎으로 털썩 주저앉으며 울부짖었다.

"이지."

그녀의 친구. 그녀의 아름다운 친구가 죽었다. 머그잔에 와인을 따라 마시고 추우면 캐시의 침대에서 자던 친구가 이제는 없다. 너무나 소중한 존재가 한순간에 사라져 버렸다.

캐시는 눅눅한 바닥에 누워서 속이 텅 비어버릴 때까지 울었다.

한참 후, 더는 흘릴 눈물도 없이 슬픔으로 무감각해진 캐시는 몸을 일으켜 문으로 다가갔다. 그러다 근처에서 들어오는 빛이 보였다. 저 위, 채광창이 있는 계단에서 내려오는 빛이었다. 덜덜 떨리는 손으로 스위치를 찾아 누르자, 연회장 뒤편에서 깜빡이며 불이 들어왔다.

이곳은 기억 그대로였다. 커다란 정사각형 공간의 바닥 곳곳마다 부서진 거울과 샹들리에 조각이 널려있었다. 습한 공기를 느끼자 안개가 물로 변했던 게 떠올랐다. 카펫 옆 벽의 아랫부분을 따라 쭉 이어진 검은 곰팡이 자국이 보였지만 시체는 없었다. 혹시 이지가 아직도 여기 있을지도 모른다는 생각에 불을 켜기가 너무 무서웠다. 충격받아 멍한 얼굴로 한쪽 눈을 뜨고 드러누운 이지의 시체가 있으면 어떡하나. 하지만 누군가 시체를 치웠다. 캐시는 지금 이지가 어디 묻혔을지 궁금했다. 다른 시체들과 함께 익명으로 묘지에 묻힌 걸까? 그렇게 영원히 홀로 영영 잊힌 걸까?

하지만 그럴 가능성을 차마 인정하지 못한 채로 잔인한 생각을 접어두었다.

캐시는 연회장 저편으로, 방금 비틀비틀 나왔던 문을 향해 걸어가면서 시간이 얼마나 흘렀을까 멀거니 생각했다. 걸음을 멈추고 문 옆 벽을 응시했다. 여기가 이지가 쓰러진 곳이라고 알고 있는데, 이곳 벽에는 핏자국이 없었다.

캐시는 연회장의 다른 부분을 쭉 훑어보았다. 군데군데 벽에 난 자국이 보였다. 다른 희생자들의 핏자국과 총알 자국이었다. 시체는 치웠어도 청소는 하지 않은 것이다. 카펫이 눅눅한 걸 보면 알 수 있었다. 이곳을 치우고 망가진 곳을 수리하려는 노력은 전혀 없었다.

그렇다면 어째서 이지의 핏자국만 닦아낸 걸까?

혹시 자신이 잘못 기억하는 건 아닐까 생각하며 캐시는 머리를 문질렀다. 메마른 가슴을 뚫고 희망이 가느다랗게 자라났지만, 캐시는 그걸 키우고 싶지 않았다. 본 게 있었으니까. 그런 치명상을 입고서 살아날 사람은 없었다.

곰팡이와 습기, 혼란스러운 기억을 뒤로하고 연회장에서 나온 캐시는 어느새 로비에 다다랐다. 한때는 웅장한 입구였던 곳을 지나 밖으로 나가려 했지만, 지금은 모든 문과 창문이 판자로 뒤덮여 있었다. 판자에 문이 하나 나있긴 했으나, 바깥에서 잠긴 듯했다. 아마도 두꺼운 빗장을 지르고 자물쇠를 달아놓은 듯했다. 캐시는 문을 흔들어 보았지만 꿈쩍도 하지 않았다.

캐시는 침묵에 휩싸인 채로 어쩔 줄 모르고 잠시 서있었다. 지금은 정신을 차리고 일관된 생각을 하는 것도 너무 힘이 들었다.

"생각을 해보라고, 이 아가씨야."

혼잣말로 중얼거리던 캐시는 이윽고 주머니를 만져보다가 아직도 책이 두 권 있다는 걸 알아냈다. 그간 소지하고 다녔던 것이나 몸에 걸친 것도 있었던 곳에서 그대로 같이 나온 모양이었다.

그녀는 걸음을 멈추고는 이맛살을 찌푸리며 그 공간을 곰곰이 생각했다. 거기서 돌아온 후로 제대로 생각을 해보기는 지금이 처음이었다.

그곳은 누구도 존재해서는 안 되는 공간, 아무 데도 아닌 곳이었다. 창조의 바깥 어딘가, 다른 우주 혹은 다른 현실인 곳이었다. 하지만 자신은 살아남았다.

"책 때문이야. 안전의 책이 있었으니까."

캐시는 다른 공간, 다른 현실에서 살아남아 돌아왔다. 바로 그곳에서 책이 탄생했다는 걸 그녀는 알고 있었다. 그곳은 마법이 시작된 공간이었다.

'그 모든 마법이 있었는데도, 이지는 여전히 죽은 채로구나.' 씁쓸한 생각이 들었다.

다음으로 캐시는 서적상을 기억해 냈다. 유혈 사태가 벌어지자 이지의 탈출로를 막고 거울 속으로 도망쳤던 그 여자를.

"겁쟁이."

그녀는 혼잣말로 투덜댔다.

다음으로 통제의 책을 사용하여 자신을 보호해 주었던 드러먼드가 기억났다. 그러자 쓰라린 가슴이 조금 따스해졌다. 그는 어떻게 되었을까 궁금했다. 어느새 자신은 드러먼드를 걱정하고 있었다.

이어서 그 여자가 기억났다. 책들을 이용하여 온갖 끔찍한 짓을 저질렀던 괴물 같은 아름다운 여자.

그것도 그녀가 만든 책으로.

이제 캐시는 그 책들이 자신의 것임을 알게 되었다. 아무것도 아니고 아무 데도 아닌 곳에서 자신이 만들어 낸 책이었다.

그 책들은 캐시의 것이었다. 이제 캐시는 그 여자가 계속 책을 사용하게 둘 수 없었다. 그런 짓을 용납할 수는 없었다.

캐시는 문의 책을 사용하여 연회장에 있던 문을 하나 열고서 이지와 함께 살던 아파트의 방으로 들어갔다. 침대 옆 창문 밖으로 맑고 화창한 낮의 풍경이 보였다.

이 방에 온 지도 벌써 10년이 넘었다. 어떻게 보자면 그녀가 아무것도 아닌 공간에서 있던 때보다 더 오랜 시간인 것 같았다.

이제 더는 아무것도 신경을 쓰지 않은 채로, 옷을 훌훌 벗은 캐시는 침대로 들어가 눈을 감고서 이불을 뒤집어쓰고 세상을 차단했다.

그리고 잠이 들었다.

잠에서 깨어났을 때는 한층 예전의 자신인 듯한 기분이었다. 예전의 자신이 어땠든 말이다. 그러다 이지가 죽었다는 사실이 떠오르자, 캐시의 내면은 끝도 없는 구덩이로 추락하고 말았다.

"아아, 이지."

그녀는 일어나 앉았다. 허리에 이불을 두르고 앉자 그 어느 때보다도 몸이 축 처지고 공허한 느낌이었다. 그녀는 오랫동안 그렇게 앉아 있으면서 이지의 빛과 생명이 더는 이 세상에 없다는 사실을 애써 받아들이려 해보았다. 그러다 멍하니 창밖을 내다보았다. 몇 시간은 지난 듯했다. 바깥은 아직 낮이었지만, 점차 날이 저물어 갔다. 혼잡한 교통과 자동차의 경적과 사람들의 고함 등 평범한 도시의 소음이 안심하라는 듯 들려왔다. 참으로 경이로운 일상의 소리였다.

눈길을 돌리다 닿은 곳은 침대 밑의 책장이었다. 웨버 씨가 준《몬테크리스토 백작》이 보였다. 그러자 지난 10년간의 행복한 세월이 떠올라 캐시는 슬프게 미소를 지었다.

'왜 나는 이토록 수많은 슬픔에 싸여 사는 걸까?'

억지로 몸을 일으켜 샤워한 다음 새 옷으로 갈아입은 캐시는 10년 동안 보지 못했던 옷장과 서랍을 즐거운 마음으로 뒤졌다. 이러니까 참 묘하게도 단순한 즐거움이 느껴졌다. 옷을 갈아입은 캐시는 주머니에 책 두 권을 넣었다. 이 책들은 언제나 확실히 지니고 다닐 마음이었다.

그녀는 방에서 나와 이제 이지의 방문에 다다랐다. 들어가기 전에 잠시 멈춰 선 캐시는 심호흡을 하면서 들끓는 감정을 진정시킨 다음 안으로 들어갔다. 친구의 방에서는 비누와 샴푸, 향수가 뒤섞인 향기가 났다. 그 향은 마치 기억처럼 공기 중에 감돌았다. 이지의 이 모든 흔적들도 시간이 흐르면 천천히 사라질 테지만.

방 안을 거닐자 다시금 감정이 복받쳐 올랐다. 벽에 붙은 사진과 엽서들에 눈길이 닿았다. 바로 이지와 캐시가 몇 년간에 걸쳐 찍은 사진들이었다. 켈너북스에서 찍은 사진과 플로리다로 떠났던 끔찍한 여행 중의 사진이었다. 이지의 부모님이 보낸 엽서도 있었다. 이지가 엽서를 붙여놓은 이유는 부모님이 쓴 글을 간직하고 싶어서라기보다는 사진 속 장소가 이지가 가고픈 곳이었기 때문이었다. 그리고 잡지에서 오려낸 사진과 이지가 특히 좋아하는 비싼 옷을 걸친 모델들의 사진이 있었다.

캐시는 이지의 서랍장 위쪽을 손으로 쭉 훑었다. 이지가 화장품과 세면도구를 놓아두는 곳이었다. 그런데 누군가 물건을 가져간 것처럼 그곳이 텅 비어있었다. 캐시는 눈살을 찌푸리면서 혹시 자신의 기억이 잘못되었는지 되새겨 보았다.

잠시 후, 이지의 서랍장과 붙박이 옷장을 열어보았다. 그런데 보면 볼수록 이지의 물건이 얼마간 사라졌다는 확신이 계속 들었다. 캐시가 두 해 전 크리스마스에 사준 모직 스웨터는 어디 갔을까? 이지가 가장 좋아하던 레깅스는? 까만 청바지는? 이지가 침대 머리맡 서랍에 넣어둔 작은 보석 상자는 어디 갔단 말인가? 도둑이 들었나?

캐시는 자신의 방으로 돌아가 아까 벗어둔 옷을 뒤졌다. 그리고 휴대폰을 찾아서 전원을 켰다.

휴대폰이 켜지기까지 몇 초간 초조하게 기다렸다. 드디어 기기가 작동하자, 캐시는 세 번 연달아 알게 된 사실에 숨을 헉 들이켰다.

첫째, 지금은 3월 초였다. 연회장에서 사건이 벌어진 후 몇 달이 흐른 시점이었다.

둘째, 이지가 죽었다고 생각한 날로부터 며칠 후, 이지의 휴대폰에서 전송된 음성 메시지가 왔다.

셋째, 지난 석 달간 누군가 캐시에게 문자 메시지를 보냈다. 메시지는 단 한 장의 문 사진이었다. 그리고 매번 문 사진이 달랐다.

밤의 해변에서 타오른 모닥불

때는 해가 질 무렵이었다. 미국 서해안의 한 해변에서 룬드는 모닥불을 피웠다. 마을의 철물점에서 장작과 불쏘시개, 그리고 불 피울 때그가 사용하곤 하는 구식 플라스틱 라이터를 사둔 참이었다.

"보여줘요."

이지가 한 손에 가방을 들고서 그에게 다가왔다. 룬드는 모닥불 너머로 그녀에게 라이터를 던져주었고, 이지는 모래밭에 앉은 채 라이터를 잡았다.

"나도 어릴 땐 이런 게 있었어요. 한동안 담배를 피워볼까 했거든요."

이지의 말은 더 긴 이야기로 이어질 것 같았지만, 더는 말이 없었다. 다만 눈길을 돌려 모닥불을 응시할 뿐이었다.

룬드의 앞으로 펼쳐진 태평양이 나직하게 파도 소리를 들려주었고, 바람은 어둑한 하늘을 응시하는 그의 뺨을 부드럽게 어루만졌다. 지금은 3월이었지만 따스한 밤공기에는 찬 기운이 거의 느껴지지 않았다.

그들은 지금 상당히 북쪽에 와있었다. 캘리포니아에서 벗어나 오리건주까지 왔는데도 날씨는 요 며칠간 괜찮았다. 현재 있는 곳은 퍼시픽 시티로, 황금빛 모래사장과 널찍한 만을 따라 이어진 서너 개의 거리에 휴가철 별장과 레저용 자동차 주차장이 모여있었다. 이곳은 관광지라서 현지인과 외국인이 다 있기 때문에 여행하는 커플도 쉽사리 섞여서 지내기 좋았다.

"감자칩과 콜라를 가져왔어요. 이거라도 괜찮았으면 좋겠네요."

이지는 이렇게 말하며 주머니에 라이터를 넣고선 룬드에게 과자 봉지를 건넸다.

"좋아요."

그가 대답했다. 이제 불꽃은 장작 위를 넘실대며 잘 타올랐다. 그는 불길을 응시하는 이지의 얼굴에 비친 불꽃을 바라보았다.

두 사람은 지금 시간을 죽이고 있었다. 연회장에서 벌어진 사건 이후 뉴욕을 떠난 그들은 숨어 지내는 걸 목적으로 계속 이동하면서 무슨 일이 일어날지 기다리며 시간을 보내왔다. 과연 무슨 일을 기다리고 있는 것인지는 알 수 없었지만, 룬드는 기꺼이 계속 기다릴 마음이었다. 그들은 먼저 남쪽과 서쪽으로 이동했다. 그레이하운드 버스를 타고 장거리 여행을 하면서 내릴 때마다 그때그때 다음 목적지를 정하는 식으로 움직이다 결국 캘리포니아 서부 해안에 다다랐다. 한 마을에 몇 주씩 머무르다가 갑자기 무언가 다가온다는 의심이 들면서 지평선 위로 그림자가 점점 가까워져서 둘 다 떠나야 할 필요를 느끼면 움직이는 식이었다. 마지막에는 태평양 해안 고속도로를 따라 서부 해안을 천천히 올라가면서 히치하이크하거나 술집에서 만난 이들의 차를 빌려 탔다.

룬드는 이지를 바라보았다. 그녀는 팔로 무릎을 감싼 채 태평양을 마주 보고 있었다. 뒤로 묶어 올린 머리카락이 산들바람에 살랑살랑 휘날렸다. 그녀는 아름다웠으나 막상 본인은 자각이 너무나 없었다.

룬드는 이지를 처음 본 순간부터 그녀가 좋았다. 자기 친구가 패션 감각이 전혀 없노라며 아자키에게 농담을 던졌을 때부터다. 그 이후로 이지와 함께 있고 싶었고, 이지 역시 자신을 기꺼이 곁에 두려 하는 것 같았다. 하지만 그 이상 진전은 없었고, 이지는 대개 자기만의 생각에 빠져있었기 때문에 뭘 더 제안하는 게 옳지 않아 보였다. 이지의 애정을 구하려고 나름 말을 걸어볼 생각이 있었던 것도 아니었다. 룬드는 그런 말을 할 줄 몰랐다. 하지만 그저 이지와 함께 있어서, 그녀의 신뢰를 받아서 기뻐웠다. 그는 이지가 무엇을 또 바라게 될지, 아니면 바라지 않게 될지 기꺼이 기다릴 마음이었다. 자신은 달리 갈 곳이 없었으니까.

모닥불이 알아서 잘 타고 있다는 데 만족한 룬드는 모래밭에 느긋하게 누워 다리를 쭉 뻗고 팔꿈치 한쪽으로 몸을 지탱했다. 얼굴에 불의 따스한 온기가 느껴졌다. 모닥불이 타닥타닥 타오르는 동안 바다에서 낮은 속삭임 같은 파도 소리가 들려왔고, 이지는 여전히 말이 없었다. 그들 뒤편으로 해변을 따라 높지 않은 콘도 건물이 쭉 늘어서 있었다. 콘도 발코니에 앉아 와인글라스를 들고 포근한 담요를 어깨에 두른 채로 밤바다를 바라보는 사람들의 대화 소리가 들려왔다.

룬드는 과자 봉지를 뜯었다. 그리고 한동안 감자칩을 먹으며 하늘에 흩뿌려진 별을 자세히 바라보았다.

"예쁘네요."

그는 머리 위를 대충 가리키며 말했다.

하지만 이지는 그의 말을 듣지 못한 것 같았다. 친구를 생각하고 있는 모양이었다. 뉴욕에서 도망친 후로 이지의 머릿속을 줄곧 차지한 건 친구 생각이었다. 그 친구는 연회장의 문을 열고 사라진 후로 더는 소식이 없었다. 룬드는 몇 번 이지에게 혹시 그 친구가 영영 사라진 건 아닐까 하는 의견을 넌지시 내보았지만, 이지는 그 생각을 받아들일 마음도 여력도 없었다. 그래서 룬드는 아무 말도 하지 않았다. 이제는 그저 기다릴 뿐. 이지는 자신이 모르고 있는 게 무엇인지, 또 친구가 어떻게 되었는지 알아서 받아들여야 했고, 그러려면 시간이 필요했다.

"먹어요."

그는 이지 쪽 모래밭 위로 감자칩 봉지를 던지며 말했다.

이지가 고개를 돌려 과자 봉지를 잠깐 내려다보는 동안, 룬드의 눈에 해변 저 아래에 있는 누군가의 모습이 들어왔다. 모래밭 위에는 다른 사람들도 많았다. 룬드처럼 모닥불을 피워두고 둘러앉은 이들, 손을 잡고 산책하는 연인과 부부들, 마구 뛰어다니며 소리를 지르는 어린애들 무리까지 다양했지만, 그 사람은 혼자서 아무런 움직임이 없었기에 소란한 배경 사이에서 눈에 띄었다. 그리고 그 사람은 이지와 룬드를 보고 있는 것 같았다.

이지는 감자칩을 한 움큼 쥐었다가 자신의 뒤편 어딘가를 바라보는 룬드의 시선을 알아챘다.

"왜 그래요?"

그녀는 질문을 던지며 그쪽으로 고개를 돌렸다.

그러자 해변에 선 그 사람이 움직였다. 몇 발자국 앞으로 다가온 그 사람의 얼굴이 옆쪽 모닥불 빛을 받아 환하게 빛났다.

"캐시?"

이지는 숨죽인 질문을 던졌다.

룬드는 모래밭에서 몸을 일으켜 똑바로 앉았다.

그 사람이 더 가까이 다가오자, 룬드는 이지의 말이 옳다는 걸 깨달았다.

"캐시!"

이지는 소리를 지르며 벌떡 일어나 감자칩을 옆으로 던졌다.

두 여자는 서로를 향해 달려가 힘껏 안았다.

룬드는 다시 모닥불 쪽을 바라보았다. 기다리던 일이 마침내 일어났다. 놀랍게도 그는 그렇다는 사실에 아쉬움을 느꼈다.

"네가 죽은 줄 알았어."

캐시가 말했다. 그녀는 모닥불을 사이에 두고 룬드의 맞은편에 앉았다. 불꽃이 그녀의 얼굴 위로 넘실넘실 비쳐 색을 입혔다. 캐시가 앉자 이지는 두 사람을 소개했다.

"이지를 돌봐주셔서 고마워요."

캐시는 룬드와 악수하며 말했다.

룬드는 어깨를 으쓱였을 뿐 아무 말이 없었다. 캐시도 모닥불을 사이에 두고 앉은 그를 향해 그저 짧게 고개를 끄덕였다. 두 여자는 몇 분간 대화를 나누었고, 둘 다 룬드가 옆에 있다는 걸 까맣게 잊어버린 듯했다. 이런 경험은 그에게 드물지 않았다. 룬드는 덩치가 컸지만, 사교성을 발휘해야 하는 상황에서는 거의 존재감이 없었다. 그는 배경으로 사라지는 인물, 언제나 타인과 약간 거리를 두고서 사는 사람이었다.

"알아. 그래서 너한테 메시지를 남긴 거야. 네가 나를 죽었다고 생각한다니 참을 수가 없었거든."

그녀는 손을 뻗어 친구의 팔을 잠시 잡고 있었다.

"어떻게 된 거야? 어떻게 해서 난 네가 죽는 걸 보게 됐을까?"

캐시의 질문에 이지는 어깨를 으쓱이더니 모닥불 너머로 룬드를 바라보았다. 룬드와 그녀는 그 이야기를 자주 했었다. 특히 처음 며칠간은 아주 많이 했다. 정확히 말하자면, 이지가 말하면 룬드가 들으면서 가끔 한두 마디 없는 식이었다.

"모르겠어. 솔직히 말하자면, 가장 최선의 설명은 환상의 책이 했다는 거야."

캐시는 눈살을 찌푸렸다.

"환상의 책?"

"환상을 만들어 내는 책이야. 사람들이 세상을 실제와 다르게 보게 하는 거지."

이지는 설명하다 말고 도와달라는 식으로 룬드를 쳐다보았다.

"이지는 주머니에 환상의 책을 갖고 있었습니다."

"그거 어디서 났어?"

캐시가 묻자, 룬드가 대답했다.

"내가 줬습니다. 그 책은 내 친구 겁니다. 난 경매 전에 호텔에서 그 책을 사용하려고 했습니다. 그러다 이지의 손에 들어갔죠. 상황이 엉망이 되면서 총알이 마구 날아다니자 이지는 겁이 났습니다. 우리가 보기엔, 내가 총에 맞은 다음 이지가 저도 모르게 환상의 책을 사용하여 본인을 보호한 것 같습니다. 그러니까, 자기가 죽은 걸로 보이게 해서 더는 아무도 무슨 짓을 못 하게 하려던 거였죠."

룬드는 아직도 어깨가 아팠다. 특히 추울 때 그랬다. 연회장에서 맞은 총알은 쇄골 바로 아래를 관통한 것 같았다. 며칠은 피가 났고, 또 몇 주간은 지독히도 아팠지만 두어 달이 지나자 진통제 없이도 하루를 보낼 수 있게 되었다. 특정 동작을 할 때면 팔심이 약해진 느낌이 긴 했어도 삶에 지장을 줄 정도는 아니었다.

"그래서, 그 책으로 상처를 입어 죽은 시체를 만들어 낸 거야?"

캐시가 묻자, 이지는 모닥불을 응시하며 대답했다.

"그땐 나도 총에 맞을 거라고 생각했어. 룬드를 본 다음이라 머리에 총알이 관통하는 상상을 했었어."

"나도 그 모습을 봤어."

"그 모습이 이지를 보호한 겁니다. 당신이 문으로 들어가 버린 다음, 그 여자는 당신과 같이 있던 남자 쪽을 바라보았습니다."

룬드의 말에 캐시가 대답했다.

"드러먼드 말이군요."

"그는 마치 연기처럼 사라졌습니다. 내가 보고 있었죠. 난 거기서 죽은 척하면서 그 여자가 날 시체 사이에서 알아보지 못하기를 바랐습니다. 그런데 그 남자, 드러먼드가 사라지니 내 쪽은 쳐다보지도 않았습니다. 이지에게도, 다른 사람에게도 관심이 없었습니다. 그 여자는 바로 나가버렸습니다."

룬드의 말을 들은 캐시는 이지에게 말했다.

"그 여자는 네가 환상의 책을 갖고 있는 걸 몰랐어. 알았다면 너한테서 책을 뺏어 갔겠지. 그리고 분명 죽였을 거야."

이지는 고개를 끄덕였다. 그리고 죄책감을 느끼는 듯 웃었다.

"내가 1분 있다가 일어나 앉았을 때 이 남자 얼굴을 봤어야 했는데."

룬드는 가만히 모닥불을 바라보며 이지가 그 순간 자기를 놀리도록 내버려 두었다.

"무슨 귀신이라도 본 얼굴이었다니까."

이지의 말에 룬드는 조용히 미소를 지었다. 그땐 이지가 살아있어서 그저 기뻤었다.

"내가 귀신이 아니라고, 나 살아있다고 완전히 이해시키기 전까지 막 헛소리를 하더라니까."

이지는 그 후 호텔에서 빠져나온 이야기를 해주었다. 그들은 달리 갈 곳이 없었기 때문에 캐시와 함께 살던 아파트로 돌아왔다고 했다.

그리고 최대한 룬드의 상처를 소독하고 처리한 다음, 이지는 물건 몇 가지를 챙겨서 집을 나와 버스 터미널로 가서 목적지가 어디든 가장 빨리 떠나는 버스를 탔다고 했다.

"그땐 어디로 가야 할지도 몰랐어. 그냥 거기 있고 싶지 않았어. 그 여자가 우리를 쫓아올까 봐 무서웠거든."

룬드는 이지의 말에 고개를 끄덕이는 캐시를 보았다. 이지는 계속 말했다.

"게다가 너는 어떻게 됐는지도 몰랐지. 하지만 네가 우리를 찾아낼 수 있게 하고 싶었어. 그래서 머무는 곳마다 문 사진을 보냈던 거야. 네가 올지 안 올지는 몰랐지만, 희망이 있었거든……."

"우리가 여기 있는 건 어떻게 알게 됐습니까? 해변에 있는 걸 어떻게요?"

룬드의 물음에 캐시가 대답했다.

"모텔에 물어봤어요. 두 분이 아직 숙박 중이라고 했죠. 그래서 모텔에서 나와서 뭔가 사람이 움직이고 소리가 나는 쪽으로 갔어요. 이런 마을에서 이 밤에 달리 갈 데가 어디 있겠어요?"

"네가 여기 와서 참 좋아."

이지는 불쑥 말을 뱉고서는 캐시에게 손을 뻗어 다시 포옹했다.

룬드는 콜라를 마시면서 친구들이 둘만의 시간을 갖게 두었다.

룬드가 옆에서 듣는 가운데 캐시는 이지에게 지난 10년간 살았던 이야기를 했다. 믿을 수 없는 이야기였지만, 그는 지금까지도 믿을 수 없는 것들을 참 많이 봤기 때문에 더는 의심하지 않았다.

"뭐야, 그럼 넌 지금 나보다 여덟 살이 많다는 거야?"

이지는 눈살을 찌푸렸다.

"맞아. 늙고 푹 처지고 머리카락도 셌단다. 난 미래의 네 모습이라고."

"어디로 갔었습니까? 연회장에서 말입니다. 그동안 어디에 있었습니까?"

룬드가 물었다. 어쩐지 행복한 두 친구를 갈라놓고 싶다는 생각이 들었다. 왜 이런 기분이 드는지는 알 수 없었다.

캐시는 곧바로 대답하지 못했다. 모닥불을 가만히 응시하는 눈망울이 멍해지더니, 이내 그녀는 눈살을 잠깐 찌푸렸다가 말했다.

"현실과 다른 곳에 갔었어요. 아무 데도 아닌 곳에 있었죠. 인간은 갈 수 없는 곳이었어요."

"그게 무슨 소리야?"

이지의 물음에 캐시는 어깨를 으쓱였다.

"설명하기 어려워. 그때 네가 죽은 줄 알고서 난 그냥 도망치고 싶었어. 아무 데도 가고 싶지 않았고, 아무것도 되고 싶지 않았어. 그래서 문을 열었더니 어딘가로 간 거야. 그러니까…… 아무것도 아닌 곳으로 간 거지."

그녀는 고개를 젓고서 말을 이었다.

"사실 기억도 잘 나지 않아. 꿈 같은 걸지도……. 꿈을 꿨다는 건 알지만, 일어나자마자 기억이 희미해져 가는 거랑 같아."

룬드는 그게 무슨 말인지 전혀 알아듣지 못했다. 그래서 모닥불 너머를 슬쩍 보자 캐시를 빤히 바라보는 이지가 보였다.

"그러다가 어느 순간에 깨달았어. 집에 가고 싶다는 걸. 그랬더니 문이 나타나서 거기로 들어갔어. 그렇게 여기까지 온 거야."

이지는 천천히 고개를 끄덕였다.

"음, 네가 어디에 있다 온 건지는 몰라도 어쨌든 돌아와서 다행이야."

"나중에 더 이야기해 줄 수 있겠지. 내가 나름 이해를 해본다면."

"그러면 이제 어떻게 할 거야?"

이지가 묻자, 캐시가 솔직하게 말했다.

"모르겠어. 하지만 그 여자를 피해서 평생 도망치며 살고 싶지는 않아."

이지는 룬드를 슬쩍 바라보았다. 사실 둘이 이제껏 해온 게 바로 도망치는 것이었으니까.

"그 여자는 누구야?"

"몰라."

캐시의 대답에 이지는 룬드를 바라보았고, 룬드는 그저 어깨를 으쓱였다.

"그 여자를 저지할 겁니까?"

룬드의 물음에 캐시는 그를 돌아보았다. 그리고 잠시 가만히 룬드를 바라본 다음 역시 어깨를 으쓱였다.

"모르겠어요. 아직 거기까진 생각해 보지 않았어요. 일단 여러분을 찾아내는 데 먼저 신경을 쓰고 있었으니까."

"우리가 돕겠습니다. 뭘 하든 도와드리죠."

룬드의 말에 이제는 두 여자가 모두 이쪽을 쳐다보았다.

"언제부터 나한테는 물어보지도 않고 대신 결정을 내리게 됐어요?"

이지가 물었지만, 그 질문에는 웃음기가 섞여 있었다. 룬드는 자신이 한 말에 이지가 만족스러워했다고 생각했다.

"미안합니다. 그러니까, 내가 돕겠다는 겁니다. 이지 대신 결정을 내릴 수는 없지요."

룬드의 사과에 캐시는 미소를 지었다.

"고마워요. 도와주신다니 좋네요."

"캐시, 넌 혼자가 아니야. 이젠 친구들이 있잖아."

이지는 다시금 손을 뻗으며 말했다.

룬드는 해변에서 조금 떨어져 있는 가게에서 마실 것과 감자칩을 더 사 왔다. 그는 가게에서 느긋하게 돌아오며 이지와 캐시가 둘만의 시간을 조금이나마 더 갖도록 해주었다. 자리로 돌아왔을 때는 해변이 이미 조용해지고, 바닷바람은 더 거세져 있었다. 그는 잠시 불을 지펴서 불길과 온기를 돋운 다음 이지와 캐시에게 맥주를 주었다.

"넌 어디서 잘 거야?"

이지의 물음에 캐시가 대답했다.

"모텔에 방을 잡으려고. 방이 없으면 다른 데 가야지. 문의 책이 있으니까."

그들은 잠시 말이 없었다. 파도치는 소리와 모닥불이 타닥타닥 타는 소리만이 들렸다.

"그 책은 어떻게 했어? 환상의 책 말이야."

캐시가 모닥불을 응시하며 물었다. 그러자 이지는 룬드를 바라보았다.

"우리는 그 책을 묻어났습니다."

룬드의 말에 이지가 덧붙였다.

"우리가 갖고 다니면 안전하지 않을 것 같아서."

"다시 사용해 봤어? 환상을 만드는 법을 알아냈어?"

캐시가 이지에게 묻자, 그녀는 고개를 저었다.

"아니. 난 확실하게 죽을 것 같은 상황에서만 마법을 쓸 수 있는 건가 봐. 리옹에 갔을 때 드러먼드가 했던 말 기억나? 사람 중에서는 책 사용법을 배울 수 있는 사람이 있다고 했잖아."

"응."

"나도 환상의 책 사용법을 배울 수 있는 사람인가 봐. 하지만 배우고 싶은 건지는 잘 모르겠어."

이지는 이렇게 대답하고는 모닥불을 바라보았다.

"우린 그 책이 필요해. 만약 그 여자가 네가 죽었다고 생각한다면, 그 환상이 그 여자에게 작용했다는 뜻이거든. 어쩌면 환상을 이용해서 그 여자를 이길 수 있을지도 몰라."

캐시의 말에 이지가 말했다.

"그럼 다시 환상의 책을 파낼까?"

"파묻은 곳이 여기서 멀어?"

캐시가 묻자, 룬드가 대답했다.

"네, 멉니다."

"얼마나 멀어요?"

"자가용이 없으면 며칠 걸립니다."

"차는 필요 없어요. 그냥 근처에 문 하나 있으면 돼요."

캐시의 말에 룬드는 맥주를 한 모금 마시고는 고개를 저었다.

"근처에 문이 없습니다. 당신의 책은 여기까지만 당신을 데려다줄 거였죠. 우리는 그 점도 생각해 뒀습니다. 혹시나 다른 사람이 문의 책을 갖고 있을지도 모르니까요."

룬드는 캐시가 고개를 끄덕이면서 두 사람이 얼마나 조심하며 이동했는지 가만히 생각하는 모습을 바라보았다. 이윽고 이지가 말했다.

"점점 추워지네. 다른 사람들도 다 떠났어. 우리도 이제 그만 갈까? 난 사람 없는 텅 빈 곳을 좋아하지 않아서."

"아주 뼛속부터 도시 아가씨네."

캐시가 중얼거렸다. 룬드는 벌떡 일어나서 발로 모래를 덮어 모닥불을 껐다.

"넌 안 가?"

이지는 자신을 일으켜 주는 룬드의 손을 잡고서 캐시에게 물었다.

"난 조금만 더 있다 갈게. 생각할 게 좀 있어."

이지는 망설였지만, 캐시가 말했다.

"또 사라지지는 않을 거야. 정말이야."

"사라지기만 해봐."

이지는 투덜거리더니 룬드에게 고개를 끄덕이고서 그를 데리고 해변을 떠났다.

룬드는 가던 중 뒤를 돌아 캐시가 혼자 앉아있는 모습을 보았다. 그녀는 검은 하늘 아래로 펼쳐진 바다를 응시하고 있었다.

해변의 그림자

"이제 나와도 돼요. 우리밖에 없어요."

캐시는 바람에 대고 말했다.

하지만 아무 일도 일어나지 않아서, 캐시는 혹시 자신이 잘못 생각했나 싶었다. 그러나 잠시 후, 캐시의 옆쪽에서 드러먼드 폭스가 어둠의 주머니에서 걸어 나오듯 실체를 갖추었다. 그의 모습은 전과 똑같았다. 같은 옷차림에 살짝 흐트러진 머리카락까지 그대로였다. 하지만 캐시가 느끼기엔 전보다 말라 보였고, 눈빛은 더 짙어졌다.

그는 주머니에 손을 넣은 채 캐시 쪽으로 다가왔다. 걸음마다 모래를 뿌리며 다가온 드러먼드는 그녀의 곁에 털썩 앉았다.

"안녕."

그는 캐시와 눈을 마주치며 인사했고, 캐시는 미소를 지었다.

"다시 보니 좋네요."

그는 이렇게 말하고 캐시에게 마주 미소를 지어 보인 다음 어두운 바다로 눈길을 돌리며 물었다.

"이번엔 얼마나 오래였죠?"

"이번엔 빠르게 지나간 느낌이에요. 아까 나눈 대화 들었어요?"

캐시의 물음에 드러먼드는 고개를 끄덕였다.

"설명할 수 없는 곳에 갔다 왔군요."

"이지에게 했던 것보다는 설명해 줄 게 더 있어요. 그곳은 마법이 생겨난 곳이었어요."

캐시가 솔직하게 말하자 드러먼드는 그녀를 바라보았다. 마치 어두운 방 안에서 성냥불을 붙인 것처럼 그의 눈이 흥미롭다는 듯 번뜩였다.

"정말요?"

그녀는 고개를 끄덕였다.

"확실히 그랬어요. 달리 설명이 없어도 알 수 있었죠. 거기서 실은 난 살아남을 수 없어야 했는데, 안전의 책이 날 보호해 줬어요. 그곳은요, 말하자면 이 현실 바깥의 공간이었어요. 하지만 가끔은 색도 있었죠. 책들이 저마다의 능력을 발휘할 때마다 보이는 빛깔처럼요."

드러먼드는 입술을 멍하니 씹으면서 캐시의 말을 곱씹어 생각했다.

"그 이야기를 모두 들어보고 싶네요. 기억나는 건 뭐든지요."

캐시는 고개를 끄덕였다.

"나도 말해주고 싶어요. 그곳에 대해서 모두 다…… 그리고…… 다른 것들도요."

캐시는 드러먼드에게 책에 대해서 말해주고 싶었다. 사실은 자신이 그 책을 다 만들었다는 것을. 하지만 지금 당장 그 이야기를 꺼내는 건 너무 크고도 벅찬 일이라 감당하기 어려울 것 같았다.

"때가 되면 나중에 말해줄 이야기도 있고요."

드러먼드는 무릎을 손으로 감싼 채 캐시를 잠시 바라보았다. 그녀가 무슨 말을 하는지 알아내려는 것 같았다.

"알았어요. 기꺼이 듣고 싶네요. 언제든지 말해요."

그의 말에 캐시는 고개를 끄덕였다. 그건 마치 약속처럼 느껴졌다.

"지금까지 저 둘을 따라다니고 있었나요?"

드러먼드는 고개를 끄덕였다.

"저 두 분은 숨는 데 별로 재능이 없더라고요."

그가 지난날을 떠올리며 말하자, 캐시도 대답했다.

"솔직히 말해서 룬드라는 분은 키가 3미터쯤 되어 보이니까요."

"게다가 이지는 딱히 조용한 사람도 아니고요. 당신 친구라는 건 알지만, 시끄러운 것도 사실이에요."

드러먼드는 얼굴에 장난기 어린 미소를 띠었다. 캐시도 기분 좋게 맞장구쳤다.

"그건 그래요."

이윽고 드러먼드는 캐시를 진지한 표정으로 바라보며 말했다.

"하지만 난 이지가 마음에 들어요. 똑똑하고 친절한 사람이죠. 그리고 이제껏 항상 당신에게 신의를 지켰어요. 난 이지가 아주 좋아요, 캐시."

드러먼드의 말을 듣자 캐시의 마음 깊은 곳에서부터 따스함이 느껴졌다. 그녀는 이 남자를 안아주고 싶었다. 하지만 드러먼드는 자신의 말이 캐시에게 어떤 영향을 주었는지 전혀 눈치채지 못한 채로 말을 이었다.

"룬드는 파악하기 어려운 사람이더라고요. 하지만 이지를 헌신적으로 보살피고 있는 것 같았습니다. 둘이 같이 있으니까 잘 어울리던데요."

"이지에게 누군가가 있어줘서 다행이에요. 혼자가 아니라서 다행이죠."

캐시는 이렇게 말하며 혹시 아직도 이지와 룬드가 저 멀리 보이는지 뒤를 슬쩍 돌아보았다.

"그래요. 다행이죠."

드러먼드도 고개를 끄덕였다. 캐시는 이제 궁금한 걸 물어보았다.

"당신은 어떻게 살아남았나요? 이제껏 혼자 있었을 거 아녜요."

"별로 어렵지는 않았습니다. 지난 10년간도 혼자 지냈는데요. 그림자의 책을 사용하면…… 실체가 없어지죠. 그래서 나는 어디든 갈 수 있습니다. 누군가의 차에 타거나 버스 뒷좌석에 앉아있어도 내가 있다는 걸 아무도 모르거든요. 그래서 저 두 사람이 어딘가에 묵으면, 나도 근처 빈방을 찾아서 거기서 잤죠."

"왜요?"

이 질문에 드러먼드는 그녀를 바라보았다. 캐시는 좀 더 자세히 물었다.

"왜 저 둘을 따라다녔어요?"

"당신이 돌아온다면 곧바로 이지에게 가리라는 걸 알고 있었으니까요. 이지는 당신이 과거의 삶으로 돌아오게 만드는 닻이라고나 할까요. 10년 동안 이지를 보지 못하고 살았잖아요? 게다가 그 연회장에서는 다시 만났어도 열 마디도 채 나누지 못했죠. 당신과 다시 만날 수 있을 가장 큰 가능성은 바로 이지에게 딱 달라붙어 있는 거였다고요."

드러먼드가 자신을 바라보자 캐시의 마음속에서 묘한 느낌이 들었다. 속이 꿈틀거리며 어쩐지 안절부절못하게 되는 기분이었다. 마치 처음으로 데이트하는 여학생 같다고나 할까. 그래서 어쩔 수 없이 그에게서 눈길을 돌렸다.

"당신이 두 사람과 같이 있어주어 다행이네요. 그리고 내가 다시 나타나기를 오래오래 기다려 주어서 다행이에요."

캐시는 안간힘을 써서 목소리를 많이 떨지 않을 수 있었다.

고요한 침묵이 흐르는 어둠 속에서 두 사람은 다정하게 앉아있었다. 머리 위 하늘에서는 별들이 회전하고 그 아래 바다에선 파도가 박자에 맞추어 부서졌다. 뒤편의 퍼시픽 시티 거리 어딘가에서 기쁨에 겨운 여자의 새된 목소리가 들리더니, 이어서 남자의 낮은 웃음이 흘러들었다. 평범한 삶을, 행복한 삶을 사는 사람들이었다.

"다른 사람들한테도 그럴 수 있어요? 다른 사람도 그림자처럼 따라다니는 거 가능해요?"

캐시가 묻자, 그가 대답했다.

"그럴 수 있죠. 왜 물어요?"

"그냥 궁금해서요."

"당신이 아까 말했었죠. 그 여자를 저지하겠다고."

드러먼드의 말에 캐시는 그를 바라보았다.

"그랬던 것 같아요."

"정확히 무슨 뜻이었어요? '저지한다'라는 게? 경찰에게 넘긴다는 겁니까? 아니면 책을 뺏을 거예요? 혹시 죽일 건가요?"

드러먼드의 질문에 캐시는 솔직하게 대답했다.

"모르겠어요. 그리고 정해진다 해도 어떻게 할 수 있을지도 모르겠어요. 하지만 누가 나한테 그런 말을 한 적 있거든요. 그 여자가 모든 책을 다 뺏어 가면 어떻게 될지 생각해 보라고요."

드러먼드는 못마땅한 소리를 냈다.

"당신이 언젠가 말했었죠. 그 여자가 당신 도서관에 접근하지 못하도록 문의 책을 없애버리고 싶다고요. 하지만 우리가 어떻게든 그 여자를 저지할 수만 있다면, 도서관을 그림자에서 다시 끄집어낼 수 있겠죠. 그러면 책들이 계속 좋은 데로 쓰일 수 있지 않을까요?"

캐시의 말에 드러먼드는 아무 말도 하지 않았다. 그저 무표정한 얼굴로 바다를 바라볼 뿐이었다. 캐시는 드러먼드의 팔에 손을 얹고서 말했다.

"나는 도서관에 돌아가고 싶어요. 그곳을 그림자에서 완전히 빼내고 싶다고요. 그러려면 당신이 도와주어야 해요. 당신 없이는 할 수 없어요."

드러먼드는 잠시 캐시의 말을 생각하더니, 이내 곁눈질하며 대답했다.

"솔직히 말해봐요. 당신 그냥 내 땅이 좋아서 그런 거죠?"

이 말을 들은 캐시는 웃었다. 고개를 젖히며 터진 즐거운 웃음소리가 바람결에 실렸다. 참 오랜만에 자유롭고 행복하게 웃는다는 느낌이었다.

캐시가 드러먼드를 데리고 방으로 오자, 이지와 룬드는 그를 냉랭하게 맞이했다.

"거리를 헤매고 있는 걸 내가 찾아냈어."

캐시의 말에 이지는 못 믿겠다는 기색으로 눈썹을 치켜떴다.

"정말이야?"

"행운의 책이 있잖아. 벤스 델리에서 우리가 우연히 만났던 거 기억나지?"

"안녕하세요, 이지. 마지막에 우리가 대화를 나눴을 때, 당신은 날 싫어한다고 했었죠."

"내가 그랬던가요?"

이지는 이렇게 물은 다음에 무언가 깨달은 듯 뾰족한 말투로 다시 물었다.

"내가 기억 못 하는 거 맞죠?"

드러먼드는 그녀에게 다가가며 말했다.

"맞아요. 그땐 미안했습니다. 하지만 이건 진심이고, 정말이지 난 당신을 보호하려고 그랬던 거예요."

"그런데 그게 잘 안 됐죠."

이지가 중얼거렸다.

"그래도 여기 잘 살아있잖습니까."

룬드가 말하자 이지는 그를 쩨려보았다. 대화에 끼어든 게 마음에 들지 않는 모양이었다.

그 긴장감도 캐시와 이지가 대화를 나누기 시작하자 풀어지는 듯했다. 룬드는 TV를 켜고 방에 있는 두 개의 더블 침대 중 하나에 누워 매트리스 가장자리로 다리를 내린 채 뉴스를 보았다. 화면에서는 잘생긴 아나운서가 국제 정세에 대해서 고래고래 떠들고 있었다. 드러먼드는 문 옆에 있는 소파에 털썩 앉아 스크린을 응시했다. 주위가 소란스러워서 다행이라고 생각하고 있다는 걸 캐시는 알 수 있었다.

조금 시간이 흐른 후, 캐시가 물었다.

"배고픈 사람 있어요? 난 배고파 죽을 것 같아요."

"피자를 주문할 수 있습니다. 테이블에 테이크아웃 메뉴판이 있어요."

룬드가 제안하자, 이지는 피자 가게에 전화를 걸었다. 이윽고 음료는 무얼 할지 묻자, 캐시가 말했다.

"혹시 거기 위스키도 판대?"

그 말을 들은 드러먼드는 놀라서 캐시를 바라보았다. 그녀는 참을 수가 없어 드러먼드를 향해 웃어 보였고, 그는 즐거운 마음으로 입가를 실룩이면서 눈초리를 거뒀다.

위스키는 없었지만 피자와 청량음료, 쿠키를 주문한 다음, 그들은 편안한 분위기에서 말없이 둘러앉아 음식이 오기를 기다렸다. 캐시와 이지는 두 번째 침대에 나란히 앉아 벽에 등을 기댔다. 잠시 후, 이지가 이야기를 시작했다. 캐시가 어떻게 그 여자를 찾을 것인지, 찾는다면 그 여자의 책을 어떻게 빼앗을지, 아니면 어떻게 이길 수 있을지 묻는 내용이었다. 캐시가 입을 열자, 드러먼드가 듣고 있다는 게 보였다. 이윽고 피자가 배달되었고, 모두는 피자를 먹고 음료를 받아 각자의 자리로 돌아갔다. 대화가 계속 이어지자 모두가 방해받지 않고 조용히 이야기할 수 있도록 룬드는 TV를 껐다. 그들은 그 여자와 본인들이 직접 본 능력을 이야기하며 그 여자가 가진 책이 무엇일지 목록을 만들어 보았다.

"그 여자는 뭘 바라는 거지?"

이지가 묻자 캐시가 대답했다.

"책을 갖고 싶어 해."

다음으로 드러먼드가 대답했다.

"그 여자는 폭스 도서관을 갖고 싶어 합니다. 나한테 말했어요. 처음 만난 자리에서요."

그는 자신의 피자 조각에서 페퍼로니를 집어다 옆에 있는 쓰레기통에 버렸다. 그러자 룬드가 투덜거렸다.

"먹을 걸 버리면 안 됩니다, 친구."

"폭스 도서관이 뭐예요?"

이지의 질문에 드러먼드는 설명을 시작했다. 그리고 자신이 도서관을 어떻게 숨겼는지도 이야기했다.

"책이 열일곱 권 있다고요?"

그는 피자를 씹으며 고개를 끄덕였다. 캐시는 어느새 오래전에 방문했던 도서관을 떠올렸다. 정신없고 아무것도 확신할 수 없었을 시기에 방문하긴 했어도, 그곳은 기억 속 특별한 장소이자 다시 가보고 싶은 곳으로 남아있었다. 어쩌면 거기서 머물고 싶었을지도 모르는 곳으로.

"그럼 폭스 도서관을 미끼로 쓸 수 있을까? 그 여자를 꾀어낼 수 있을까?"

이지의 물음에 드러먼드는 조심스럽게 대답했다.

"나는 그 여자를 곧바로 거기 끌어들이고 싶지 않습니다. 아무리 계획의 일환이라도 안 됩니다. 너무 위험해요."

"음, 그러면 가짜 도서관을 만들어요. 거기로 그 여자를 꾀어내어 덫에 넣는 건요?"

"꾀어내어 덫에 넣는다라. 모르겠군요. 하지만 생각은 해볼 수 있겠죠."

드러먼드는 이지의 말을 따라 했지만, 말끝마다 회의적인 기색이 묻어났다.

그때, 캐시가 말했다.

"그러면 환상을 이용하는 건 어때요? 우리는 환상의 책을 쓸 수 있잖아요? 우리가 폭스 도서관의 환상을 만들어서 그 여자가 믿게 할 수는 없을까요?"

"맞아. 그 여자는 내가 연회장에서 총에 맞은 것도 믿었잖아. 환상은 그 여자에게 통한다고."

이지가 맞장구치자, 캐시는 그녀를 바라보았다.

"너, 환상의 책으로 도서관을 만들 수 있어?"

이지는 코웃음을 쳤다.

"아니. 나는 연회장에서 내가 어떻게 했는지도 모르는걸. 하고 싶다고 해도 할 수 있을 것 같지 않아."

캐시는 드러먼드를 바라보며 물었다.

"당신은 모든 책을 다 사용할 수 있는 것 같던데요. 혹시 환상의 책도 그런 식으로 사용할 수 있어요? 그 여자가 폭스 도서관에 들어왔다고 믿게 만들 수 있을까요?"

"만들 수 있다 해도 그럼 뭘 어떡할 겁니까? 그 여자를 어딘가로 데려간다 해도 더 어려운 일이 남아있을 것 같은데요. 어디론가 데려갈 수야 있겠죠. 하지만 그 여자는 책을 갖고 있잖습니까. 그 책들에 어떻게 대응할지 생각해야 해요."

드러먼드의 말에 캐시가 대답했다.

"그게 시작이겠죠. 내가 언젠가 들은 말이 있거든요. 모든 문제를 한꺼번에 해결할 필요는 없다는 거였어요. 한 번에 하나씩 해보자고요. 그런 식의 환상을 만들어 낼 수 있어요?"

드러먼드는 한숨을 쉬고서 맥주를 한 모금 마시며 잠자코 생각했다.

"난 환상의 책을 사용한 적이 한 번도 없습니다. 사용할 수 있다 하더라도, 이런 상황에서 도박을 하고 싶을 것 같진 않고요. 게다가 그 여자를 마주하게 된다면, 여러분은 분명히 나에게 다른 일을 시키고 싶어질 겁니다."

캐시는 허탈한 기분이 되어 고개를 끄덕였다.

"아자키가 할 수 있었습니다."

문득 들려온 룬드의 말에 일제히 그를 바라보았다. 캐시가 이어서 물었다.

"뭐라고요?"

"아자키가 할 수 있었습니다. 사막에서 대성당을 만드는 걸 봤어요. 그러니 아자키는 분명히 도서관도 만들어 낼 수 있을 겁니다."

"아자키가 누군데요?"

캐시의 질문에 룬드가 말했다.

"이젠 상관없어졌어요. 죽었거든요."

"언제요? 무슨 일이 있었는데요?"

룬드는 아자키와 함께 다녔던 여행을 이야기해 주었다. 그리고 뉴욕에 가서 캐시의 아파트에 갔다가 휴고 바버리가 자신과 그를 둘 다 쏘았다는 이야기도 했다. 캐시는 드러먼드를 슬쩍 바라보며 눈으로 질문을 던졌다.

"난 그 일이 있고 난 직후에 아파트에 있었어요. 우리 둘 다요. 하지만 일본인 시체는 본 적이 없는데요."

"맞아요. 현관에서 핏자국은 봤지만, 시체는 없었어요."

드러먼드도 고개를 끄덕였다. 그러자 룬드는 멍한 얼굴로 잠시 생각에 잠겼고, 이지도 의견을 내었다.

"당신은 나도 죽었다고 생각했었잖아요. 어쩌면 아자키도 죽지 않았을지 몰라요. 그건 환상이었을 수도 있어요."

룬드는 눈살을 찌푸렸다. 캐시가 오늘 밤 본 것 중 가장 인상적인 표정이었다.

"아자키 씨 이야기를 전부 해보세요. 두 분이 같이 여행을 하면서 혹시 아자키 씨가 혼자 있었을 때가 한 번이라도 있었나요?"

"그건 왜요?"

룬드는 수상쩍다는 기색으로 되물었다.

피자와 맥주를 먹으며 아자키 이야기까지 하고 난 후였다. 밤이 늦어 잠을 자려고 자기 모텔 방으로 돌아온 캐시는 깨달았다. 이제 그녀와 이지의 관계는 영영 바뀌어 버렸다는 것을. 이지는 룬드와 같이 쓰던 방에서 자겠다고 말하고는, 함께 주차장을 지나서 캐시가 묵는 맞은편 객실까지 데려다주었다.

"너 그 남자랑 잘 지내나 보네."

캐시는 마음이 아팠지만, 애써 아무렇지 않다는 듯 가볍게 말을 건넸다.

"좋은 남자야. 사실 말하기가 어렵다는 건 알아. 그 사람은 너무, 뭐랄까…… 조용하잖아? 하지만 나한테 자기가 필요할 때마다 옆에 있어줬어. 그리고 거짓말도 안 하는 남자야. 보이는 그대로지. 같이 있는 게 좋아. 내가 보기엔 그 남자도 날 좋아하는 것 같아."

"당연하지. 안 좋아한다면 미친 거지."

캐시의 말에 이지는 미소를 지었다.

"우리 사이는 괜찮은 거지?"

그녀는 이렇게 물으며 캐시에게 손을 뻗었다. 캐시는 미소를 지으며 대답했다.

"당연하지. 상황이 어떻게 변하든 우리 사이는 언제나 괜찮을 거야."

"너만 해도, 10년이나 떨어져 있었잖아."

이지는 진지한 얼굴로 말했다.

"하지만 너는 나랑 10년 떨어져 있던 게 아니지. 너한테는 그저 몇 주밖에 되지 않았어."

"넌 어떻게 살아왔어?"

이지의 물음에 캐시는 대답했다.

"친구를 사귀었어. 난 괜찮았어. 좀 이상한 방식이었지만, 난 그 우정이 필요했어."

"너 진짜 달라 보인다. 뭔가 자기 확신이 더 있어 보인다고나 할까."

이지는 어둠 속에서 캐시의 얼굴을 면밀히 살펴보며 말했다.

"난 여전히 그대로야."

캐시가 말했다. 하지만 이지가 무슨 말을 하는 건지 알아차리고 덧붙였다.

"우리는 여전히 친구 맞아. 앞으로도 언제나 그럴 거야. 물론 난 네 인생을 이렇게…… 미친 짓거리로 망쳐버렸기 때문에 친구 자격이 없다는 거 알지만……."

"어휴, 그런 소리 좀 하지 마."

"하지만 너만 좋다면, 우리는 앞으로도 계속 친구일 거야."

"그럴 거야."

이지는 이렇게만 대답했다. 그리고 캐시에게 손을 뻗어 그녀를 안아주었다. 친구를 잠시 꼭 안고 있는 동안 캐시는 평온함을 느꼈다. 오랜 세월 동안 항상 느꼈던 응어리진 긴장감이 잠깐이나마 풀린 기분이었다.

"자, 이제 가서 잠을 좀 자고 아침 먹을 시간에 만나자. 알았지?"

"좋아."

"네가 좋다면야 그 못된 스코틀랜드인도 데려오든가."

그들은 이지의 방 의자에서 꾸벅꾸벅 졸고 있는 드러먼드를 내버려두고 온 참이었다.

"그렇게 나쁜 사람 아니야. 지난 몇 달 동안 너희 둘을 지켜보고 있었다고."

캐시의 말에 이지는 깜짝 놀랐다.

"정말이야?"

"응. 너희를 따라다니면서 괜찮은지 확인했었어."

"흐음."

이지는 마치 다시 봤다는 듯 자신의 방 쪽으로 고개를 돌리고는 덧붙였다.

"그러면 뭐 커피라도 한 잔 타주든가 해야겠다. 보답하는 마음으로 말이야."

"그래."

둘은 서로를 바라보며 미소를 지었다.

"사랑해, 캐시."

이지의 말은 민망하지도 어색하지도 않게 나왔다.

"나도 사랑해, 이지."

캐시의 대답에 이지는 고개를 끄덕이고는 주차장을 지나 방으로 돌아갔다.

이윽고 본인의 방에 들어간 캐시는 어느새 외로운 마음이 들었다. 지금 그녀에겐 같이 있어줄 사람이 필요했다. 그래서 다시 문을 열고서 이번에는 자신이 살던 옛집으로 들어갔다. 마지막으로 할아버지를 보기 위해서.

고향 (2013)

캐시는 고향으로 갔다. 보고 싶은 사람이 있는 그곳으로.

드러먼드와 함께 갔던 식당에서 할아버지를 만난 지도 근 1년이 되었으니, 지금은 오랜 세월이 지난 후였다. 그녀는 문으로 들어가 머틀크리크에 있는 옛집의 현관으로 나왔다. 때는 늦여름 밤이라 벌레 우는 소리가 들렸다. 공기는 습하고 시원했으며, 축축한 흙 내음을 맡아보니 비가 그친 지 얼마 안 됐다는 걸 알 수 있었다.

캐시는 현관 옆 포치를 따라 걷다가 구석에 놓인 낡은 나무 의자에 앉았다. 그곳에 앉으면 할아버지 작업장을 볼 수 있었다. 아직 불이 켜진 작업장의 창문은 마치 어두운 밤의 등불처럼 밝았다. 쾅쾅 치는 소리와 움직이는 소리가 들려왔다. 캐시가 자러 간 다음에 할아버지가 야간작업을 정리하는 소리였다. 캐시는 지금 자지 않고 있을지도 몰랐다. 방에 들어가 언제나 곧바로 잠들었던 건 아니었으니까. 할아버지가 잠든 다음에도 캐시는 늦게까지 깨어 책을 읽을 때가 종종 있었다. 하지만 캐시의 방은 집 반대편, 창문으로 숲이 보이는 곳에 있었다. 그리고 그 방에 있는 또 다른 어린 캐시는 무슨 책을 읽는지 몰라도 등장인물의 삶에 푹 빠져 다른 세상에 있는 거나 마찬가지일 것이었다.

몇 분이 지나자, 작업장의 불이 꺼지고 커다란 정문으로 할아버지가 나왔다. 작업장은 원래 차고였던 곳을 할아버지가 개조한 것이라, 아직도 차고였을 적 문이 그대로였다. 할아버지는 문을 잠근 다음 안뜰을 지나서 집으로 다가왔다. 고개를 숙이고 옆으로 늘어뜨린 팔을 휘적휘적 움직여 댔다. 숲속 어딘가에서 밤공기 사이로 새가 울었다. 외로이 들리는 새소리는 어쩐지 위안이 되었다. 할아버지가 현관으로 올라오며 숲 쪽을 바라보았다. 이윽고 다시 반대편으로 고개를 돌렸다가 앉아있는 캐시를 본 할아버지는 걸음을 멈추었다. 캐시가 할아버지를 마주 보자 둘의 눈이 마주쳤다.

지난번 봤을 때보다 더 말라 보였다. 그건 확실하게 알 수 있었다. 앞으로 1년 내에 암 진단을 받게 될 테니. 벌써 몸에 자리 잡은 암이 변화를 일으키고, 할아버지를 먹어치우는 중이었다. 할아버지는 이걸 느끼고 있는지, 아니 알고는 있는지 캐시는 궁금했다.

할아버지는 집을 두른 포치 위를 천천히 걸었다. 몸무게에 눌린 나무판자가 삐걱거렸다. 이윽고 그는 캐시의 옆에 있는 의자에 앉았다. 둘 사이에는 자그마한 탁자가 있었다. 여기서 가끔 함께 앉아 콜라를 마셨던 기억을 캐시는 떠올렸다. 특히 여름날, 덥고 환한 낮에 그랬었다. 하지만 지금은 어두운 밤이었고, 불빛이라고는 뒤쪽 주방 창문에서 새어 나오는 것밖에 없었다.

이윽고 할아버지가 입을 열었다.

"너일 거라 생각했는데. 그러니까, 또 다른 너 말이다. 네가 자다가 일어난 줄 알어."

"아니야. 또 다른 나는 여전히 여기 있어. 분명히 책을 읽고 있겠지."

캐시가 낮은 목소리로 대답하자, 할아버지는 고개를 끄덕이고는 다시 캐시를 유심히 관찰했다.

"그래. 혹시 불빛 때문에 그래 보이는지, 아니면 내 눈이 나빠져서 그런지 모르겠는데, 너 나이가 들었구나."

캐시는 솔직하게 말했다.

"맞아. 할아버지를 햄버거 가게에서 만나고 나서 나한테는 10년이 지났어."

"이야."

할아버지는 이렇게만 말하고서 의자에 몸을 기댔다. 무게에 눌린 의자가 삐거덕댔다. 그렇게 두 사람은 조금 떨어진 큰길로 이어지는 진입로를 바라보았다. 침묵이 흐르는 가운데 트럭 한 대가 머틀크리크 남쪽을 향해 지나갔다. 이윽고 할아버지가 다시 입을 열었다.

"난 그때 일이 전부 상상이었다고 생각했었다. 널 만난 거 말이야. 이건 분명히 꿈일 거라고, 아니면……."

"아니면 뭐라고 생각했어?"

"모르겠다. 뭔가 다른 거라고. 뭐라고 생각하든 이것보단 말이 되지 않니. 그런데 네가 여기 또 나타났구나."

"이건 꿈이 아니야."

"안다."

"그간 어떻게 지냈어? 지금 몸은 괜찮아?"

할아버지는 잠시 뜸을 들이다가 대답했다.

"몸은 문제없다. 언제나 똑같지."

어쩐지 경계심이 깃든 대답이었다.

그녀는 할아버지가 야위어 보인다고 말하고 싶었다. 병원에 가보라고 하고 싶었다. 하지만 할아버지가 앞날을 아는 걸 바라지 않는다는 것도 알았다. 자신이 과거를 바꿀 수 없다는 것도 알았다. 지금 아는 것과 이전에 알던 것이 너무나 많았고, 그것들은 모두 할아버지에게 일어날 일과 연결되어 있었다. 마치 끊을 수 없는 사슬처럼 말이다. 시간 여행이란 그런 식으로 이루어지지 않는다는 걸 캐시는 알고 있었다.

"여긴 왜 왔니?"

할아버지의 물음에 캐시는 솔직하게 대답했다.

"모르겠어. 그냥 다시 집에 있는 기분을 느끼고 싶었어. 여전히 내가 갈 고향이 있다는 느낌을 받고 싶었어."

할아버지는 아무 대답이 없었다. 그러더니 손을 뻗어 캐시의 손에 얹었다.

"난 힘들고 무서운 일을 하게 됐어. 난 말이지, 세상에 힘들고 무서운 일이 생기기 전에는, 내가 이 일을 하기 전에는 이 세상이 어땠는지 기억하고 싶었던 것도 같아."

"인생은 힘들고 무서운 일로 가득한 법이지. 가끔은 힘들고 무서운 일을 마주하게 된다는 걸 너도 알고 있잖니."

할아버지는 고개를 끄덕였다. 캐시는 그 말이 손녀에게만이 아니라 본인에게도 하는 말이라는 생각을 했다.

"하지만 이겨내야 해. 욕하고 우는 소리 해봤자 소용없다. 그냥 해버려야 해."

할아버지의 말에 그녀는 슬픈 미소를 지었다.

"아주 실용적인 태도네."

그러자 할아버지가 되물었다. 캐시에게, 또 이 세상에 짜증이 난 기색이었다.

"아니면 뭘 어떻게 할 수 있니? 그만둔다면 나쁜 일에 져버렸다는 걸 인정하는 것밖에 더 되니? 계속 나아가는 수밖에 없단다. 얻어터지더라도, 얻어터지기를 거부해야. 나쁜 일이 널 이기는 건, 네가 그렇게 놔두었기 때문이야. 난 얻어터지기를 거부한다고, 캐시. 난 싫다."

캐시는 문득 깨달았다. 할아버지의 이런 모습을 보는 건 처음이었다. 이건 할아버지가 언제나 그녀에게 숨겨왔던 또 다른 모습이었다. 인생이 할아버지에게 저지른 모든 짓 때문에 생긴 쓰라림과 분노였다.

할아버지는 캐시를 손가락으로 쿡 찔렀다.

"나는 거부할 거다. 그러니 너도 그래야지. 네가 해야 할 일이 뭐든, 얼른 해버리고 앞으로 나아가렴. 다 과거로 보내버리고 살아남으란 말이다."

"응. 좋은 생각이야."

캐시가 대답했다. 둘은 다시 침묵 가운데 앉았다. 어린 시절의 소리와 냄새에 둘러싸여 있자니 마음에 위안이 되었다. 이건 캐시에게 어머니의 품에 가장 가까운 위안이었다.

"잠깐만 있어라."

이윽고 할아버지가 말하더니 끙 소리를 내며 자리에서 일어나 문을 열고 집으로 들어갔다. 집 안으로 사라진 할아버지가 주방에서 움직이는 소리가 들렸다. 잠시 후, 할아버지는 콜라 두 병을 들고 나타났다. 그리고 캐시에게 콜라 한 병을 건네며 옆에 앉았고, 그녀는 병을 받았다.

"한잔 마시자."

할아버지가 열쇠고리에 달린 병따개로 뚜껑을 따자 조용한 밤공기 사이로 치익 소리가 두 번 울렸다. 두 사람은 병을 가볍게 부딪쳤고, 캐시는 콜라를 한 모금 들이켰다. 탄산과 설탕이 들어가자 정신이 맑아졌다.

"너를 보는 게 지금이 마지막이니?"

할아버지는 병을 들여다보며 물었다.

"아니기를 바라고 있어. 다시 볼 수 있으면 좋겠어."

캐시의 말에 할아버지는 고개를 끄덕이며 미소를 지었다.

"좋구나. 이런 식으로 널 보니까 좋아. 그러니까, 넌 나이가 많잖니. 아이가 아닌 어른이 된 손녀와 이야기하니까 좋다는 말이었다."

"나도 어른이 되어 할아버지와 이야기해서 좋아."

그녀도 고개를 끄덕였다. 이윽고 할아버지는 병을 들어 콜라를 한 모금 마시고는 말했다.

"그럼 이야기해 봐라. 콜라를 서둘러 마실 필요는 없지. 네가 시간 여행자라면 언제든 원할 때 돌아갈 수 있지 않니?"

"맞아."

그녀는 미소를 지으며 맞장구쳤다.

"그럼 느긋하게 마시면서 네 삶에 대해 좀 이야기해 다오. 미래는 어떤지 알고 싶구나."

캐시는 잠시 생각에 잠겼다. 그동안 앞에 난 도로에서 자동차 두 대가 더 지나갔다. 서로 다른 방향에서 상대를 향해 헤드라이트를 비추는 그들의 모습은 마치 중세의 마상 창 시합을 하는 기사 같았다.

"알았어."

그녀는 이윽고 입을 열었다. 그리고 콜라를 다 마실 때까지 할아버지에게 마법의 책 이야기를 해주었다. 할아버지는 침대에 누워 동화를 듣는 어린아이처럼 눈을 휘둥그레 뜨고서, 문을 열면 어디든 갈 수 있는 책 이야기를 귀 기울여 들었다.

다섯 부분으로 이루어진 계획

　다음 날 아침, 간밤에 피자와 술을 먹으며 이야기를 나눈 후 깨어난 드러먼드는 모텔 방 앞 바닥에 앉아서 주차장을 바라보며 자신이 어떤 인간인지 생각했다. 오랫동안 그는 도망치고 숨었던 사람이었다. 그렇게 해야 옳았기 때문이었다. 10년 전에도, 그리고 그 후 지금까지도 자신은 그 여자와 싸울 수 없다고 확신했기 때문이었다.

　혼자서는 절대로 싸울 수 없었다.

　그런데 이제는 다시 친구가 생긴 것만 같았다. 같은 뜻을 품는 사람들이 생긴 것이다. 겨우 하룻밤 이야기를 나누었을 뿐인데, 피자와 술을 먹고 마시며 나눈 이야기에 너무 큰 의미를 부여하는 것 아니냐고 생각도 해보았지만, 부디 제 생각이 틀렸기를 바랐다. 그는 친구를 갖고 싶었다. 그리고 도와줄 사람이 필요했다. 혼자서는 너무나 힘에 겨웠으니까.

　그날은 화창했다. 새파란 하늘 아래서 벌써 따스해진 기온을 느끼며 드러먼드는 얼굴에 와닿는 공기의 느낌을 마음껏 즐겼다. 사람들이 오가는 모습과 큰길에 생긴 교통 체증을 보는 게 그저 즐거웠다. 그러다 주차장 건너편 방에서 나오는 캐시를 보았다. 그녀는 드러먼드를 알아보고 미소를 지으며 다가왔다. 그는 그 모습도 즐거웠다.

"뭐 하는 거예요?"

그녀는 드러먼드 옆에 앉으며 물었다.

"그냥 고요한 평화를 즐기고 있어요. 앞으로 뭘 해야 하나 생각하면서요."

"그렇군요."

캐시는 고개를 끄덕이면서 주차장을 바라보며 눈을 가늘게 떴다. 그리고 금발을 손으로 빗겨 넘겨 머리끈으로 묶어서 포니테일을 만들었다.

"우리 모두 다 같이 아침을 먹으러 가면 어떨까요. 당신이랑 나랑, 이지랑 룬드까지. 어젯밤처럼 다 같이 앉아서 먹자고요."

드러먼드의 말에 캐시는 그를 바라보았다.

"왜요? 싫다는 건 아닌데요, 왜 그런 제안을 하는지 궁금해서 그래요."

"두 가시 이유가 있어요. 첫째로 내가 그러고 싶어서요. 난 사람들이랑 같이 있는 게 좋거든요. 여러분이 다 마음에 들어요. 그리고 다른 사람과 같이 즐겁게 지냈던 게 참 오랜만이라서요."

"그렇군요."

"그리고 두 번째로, 우리는 계획을 세워야 하니까요."

드러먼드는 그녀를 바라보며 덧붙였다.

"당신은 이미 계획을 생각 중이잖아요? 그래서 어젯밤에 그런 질문을 했었죠. 아자키에 관해서 물어본 거 말입니다."

그녀는 어깨를 으쓱였다. 아니라는 기색은 아니었다.

"과거에 살았을 적에 길게 두고 생각해야 하는 걸 아주 잘했거든요. 계획을 세우는 걸 잘하게 됐죠."

"난 살아남는 데 능숙하죠. 그리고 여러분보다 그 여자에 대해서 잘 알아요. 룬드와 이지도 이것저것 알고 있고요."

"그래요."

"당신이 계획을 세울 거라면, 아침을 먹으면서 다 같이 합시다."

캐시는 미소를 지었다. 그 모습이 드러먼드에게는 그녀가 어쩐지 안심한 듯이 보였다.

"좋아요. 마음에 드네요."

두 사람은 말없이 앉아서 따스한 아침의 기운을 만끽했다. 오늘은 화창한 봄날이 될 것이었다. 세상에 아무런 문제도 없을 것만 같은 그런 날, 의심과 두려움을 없애고 불가능한 일을 계획해 보기에 완벽한 날 말이다.

잠시 후, 방에서 나온 이지와 룬드는 바닥에 앉아있는 드러먼드와 캐시를 보았다.

"저기 의자 있잖아. 왜 이러고 있어?"

이지가 장난기 어린 목소리로 말했다. 먼저 일어난 쪽은 캐시였다.

"여기에 아침 먹기 좋은 데가 어디야? 아침 먹으면서 다음 계획을 같이 세워보자."

그녀가 묻는 동안 드러먼드도 엉거주춤 일어났다.

이지는 룬드를 슬쩍 바라보았다. 룬드는 고개를 끄덕이고선 말했다.

"팬케이크 먹읍시다."

"아주 좋습니다."

드러먼드가 대답했다.

이지는 그들을 데리고 조금 떨어진 곳에 있는 팬케이크 가게로 갔다. 그곳은 커다란 헛간 같은 공간으로, 태평양 해변이 내다보이는 커다란 창문이 있었다. 튼튼한 원목 테이블 위로 머그잔에 포크와 나이프가 꽂혀있었고, 관광객들은 가게 여기저기에 흩어져 앉았다. 그들은 베이컨을 곁들인 팬케이크와 커피를 주문했는데, 드러먼드가 이지의 말을 가로막더니 자기는 커피가 아닌 차를 마시겠다고 했다. 그렇게 다들 먹고 마시며 캐시와 이지가 이지의 사촌을 만나러 플로리다로 여행했던 이야기를 들었다.

"이틀 동안 그레이하운드 버스를 타다니. 내 인생 최악의 경험이었어!"

이지가 웃자, 캐시도 미소를 지으며 말했다.

"지난 10년간 별의별 일을 다 겪었는데도 그때 여행이 나한테는 여전히 최악이야."

대화의 분위기는 편하고 좋아서 드러먼드는 고향에 온 느낌이었다. 하지만 결정을 내려야 하는 일이 있는지라, 그가 모두에게 이제 본론으로 들어가자고 말했을 땐 마치 아이들에게 숙제하라고 시키는 어른이 된 기분이었다.

그들은 접시를 치우고 음료를 리필한 다음 계획을 짜기 시작했다. 캐시는 전날 저녁부터 생각한 몇 가지 아이디어가 있었다. 캐시가 아이디어를 제시하면 드러먼드가 거기에 덧붙여 말하면서 문제점과 위험을 자세히 알려주었다. 이지는 질문을 던졌고, 룬드는 묵묵히 들었다. 그러다 룬드가 질문을 하면, 그제야 모두는 그 계획이 통하지 않으리라는 걸 깨닫고는 다시 원점으로 돌아갔다.

그들은 한 시간 넘게 논의를 이어갔다. 그동안 관광객들이 드나들었고 드러먼드의 차는 식어갔다. 자리에서 일어난 그들은 다시 해변을 산책하면서 계획을 다듬고 수정했다. 계획은 다섯 부분으로 이루어진 복잡한 구조였으며, 서적상과 (죽었을지도 모르는) 아자키까지 포함한 것이었다. 그리고 이 계획이 다 성공한다면, 마지막으로 그 여자와 대면하는 절정의 순간에 다다를 예정이었다.

네 사람이 해변에 서서 햇살에 눈을 찌푸리고 있을 때 드러먼드가 주의를 주었다. 앞으로 보이는 바다에서는 파도가 일렁였고, 하늘 높이 새들이 울어대었다.

"이 계획이 다 성공하든 아니든 그 여자가 위험한 건 마찬가지입니다. 우리는 어쩌면 스스로 종말을 계획하는 건지도 모르죠."

이지는 그 말에 기분 좋은 기색이 아니었다. 룬드는 언제나처럼 알 수 없는 표정이었다. 하지만 캐시는 고개를 저었다.

"난 그렇게 생각하지 않아요. 우리는 그 여자를 이길 수 있다고 봐요."

"그럼 어떻게 할 거야? 그 여자를 죽일 거야?"

이지가 묻자 캐시는 주저하다가 솔직하게 말했다.

"거기까진 생각해 보지 않았어. 난 사람을 죽일 수 없어."

그러자 이지가 단호하게 말했다.

"그래. 넌 못 죽이겠지. 그렇다면 그 여자를 잡아서 어떡할 건데? 경찰에 데려갈 수는 없잖아."

드러먼드는 바다를 응시하고 있었다. 그는 질문의 답을 알고 있었다. 누구와 말을 하기도 전부터, 오늘 아침부터 뭘 해야 할지 정해놓았으니까.

"우리는 그 여자를 죽일 겁니다."

그의 말에 나머지 세 사람은 드러먼드를 일제히 바라보았다.

"그 여자는 악마입니다. 그냥 상대할 수가 없어요. 그 여자는 자기가 하는 짓을 멈추지 않을 겁니다."

그는 캐시를 바라보았다. 그녀의 동의를 얻어내야 한다는 걸 알고 있어서였다.

"당신은 그 여자가 내 친구들에게 한 짓을 봤죠. 내 기억에서 봤잖아요."

드러먼드는 자신의 목소리가 격한 감정으로 떨리고 있다는 걸 알아채고는 놀랐다. 그의 머릿속 어딘가에서 아스라이 이런 말이 들렸다. '와, 나 진짜 초조한가 보네.'

캐시는 고개를 끄덕였다.

"그리고 연회장에서도 그 여자가 한 짓을 봤고요. 어쩔 수 없어서 사람을 죽이는 게 아니었죠. 그냥 책을 가지고 간다고 해도 아무도 그 여자를 막을 수 없었을 겁니다. 그런데 죽이고 싶어서 죽인 거예요. 그것도 더없이 끔찍한 방법으로 죽였습니다. 그런 데 흥분을 느껴서요. 내가 틀렸다면 말해봐요."

캐시는 고개를 돌려 저 멀리 펼쳐진 수평선을 바라보았다. 조금 떨어진 해변에서는 아이 둘이 모래성이 시작되는 부분에서 새된 소리와 비명을 지르며 서로를 쫓아다니고 있었다. 참으로 평범하고도 행복해 보이는 광경이었다.

"우린 그 여자를 죽일 겁니다. 죽여야 해요. 그렇지 않을 거면 시작조차 하지 말아야 하고요. 의미가 없으니까요. 도중에 그만둘 수도 없어요. 할 거면 제대로 해야 우리가 자유로워질 수 있습니다. 그래야만 이 모든 게……."

드러먼드는 주위에 보이는 사람들 쪽을 손짓하며 말을 이었다.

"안전해지는 겁니다."

"난 찬성합니다. 그 여자를 죽입시다."

룬드가 말했다. 이지는 놀라서 룬드를 쳐다보았다. 그녀의 얼굴은 갈등하는 기색으로 찌푸려졌다가, 이내 눈길을 돌려 캐시를 보며 물었다.

"캐시?"

그러자 캐시는 고개를 끄덕였다. 여전히 눈길은 수평선을 향해 있었다.

"그래요. 할 거면 제대로 해요."

이지도 마지못해 고개를 끄덕였다.

"알았어요."

"좋습니다."

드러먼드는 이 결정이 모두의 마음에 내려앉을 때까지 잠시 기다렸다가 덧붙여 말했다.

"그럼, 시작할까요?"

계획의 첫째 부분
아자키의 이야기

몇 달 전, 안토파가스타

아자키는 기분이 엉망이었다. 물론 이게 태어나서 처음 겪는 일은 아니었다. 사막에 환상을 만들어 준 건 노부인이 경험하기에 벅찬 일이었겠지만 아자키에게도 마찬가지로 힘겨웠다. 노부인이 그토록 바라던 것, 필요한 것을 주긴 했어도 사실 그걸 정말로 줄 수는 없으리라는 걸 알기에 어쩐지 사기를 친 기분이었다. 특별한 책을 찾기 위해서 했던 일일 뿐인데, 이제는 그를 무겁게 짓누르기 시작했다.

"맥주 주세요."

그는 바에 가서 주문했다. 바텐더는 고개를 끄덕이고는 뒤편 냉장고에서 맥주 한 병을 꺼냈다. 아자키는 맥주 값을 방 번호에 달아놓고는 의자에 앉았다. 바에는 사람이 별로 없었다. 몇몇 사람들이 적당하게 떠드는 소리는 기분 좋게 들렸다.

"파체오 씨를 위하여."

그는 혼잣말로 건배하며 허공에 병을 부딪치는 시늉을 한 다음 맥주를 한 모금 마셨다.

얼마나 오래 이런 생활을 이어갈 수 있을지 알 수 없었지만, 그렇다고 멈출 수도 없었다. 무섭기 때문이라는 걸 그도 알고 있었다. 그 여자가 무서워서. 그녀는 아자키 같은 사람을 죽이면서 책을 빼앗아 갔다. 아는 사람이나 술집에서 만난 책 사냥꾼으로부터 전해 들은 이야기였다. 그들은 워싱턴 스퀘어 파크에서 있었던 대학살 이야기와 더불어 다른 책 소유자들이 사라졌다는 이야기를 해주었다. 대체 어떤 사람이기에 그런 무자비한 짓을 할 수 있나? 대체 어떤 사람이 모든 책을 다 소유하고 싶어 하나?

아자키는 그저 책을 한 권만 더 찾고 싶을 뿐이었다. 그래서 서적상을 통해 책을 팔아 수백만 달러를 챙겨서 어디론가 숨고 싶었다. 이 모든 것에서 벗어나고 싶었다.

그는 맥주를 계속 마시면서 바 뒤편 거울에 비친 자기 얼굴을 바라보았다.

물론 팔 책이 있긴 있었다. 바로 자신의 책이었다.

하지만 아자키는 거울에 비친 모습에게 고개를 저었다. 꿈도 꿀 수 없었다.

환상의 책은 그의 것이다. 팔지 않을 거다. 절대로.

그때, 누군가 어깨를 두드리는 손길에 거울을 보니 그의 뒤로 우뚝 솟은 룬드가 보였다.

"방으로 간 줄 알았는데."

아자키는 뒤를 돌아보지도 않고 말했다.

그는 룬드가 좋았다. 조용하고 크게 신경 쓸 게 없는 남자라 그야말로 완벽한 경호원이었다. 하지만 밤새도록 그의 경호를 받을 필요는 없었다.

그때, 어떤 여자의 목소리가 대답했다.

"이 사람은 다른 룬드예요."

뒤를 돌아보자 금발의 예쁜 여자가 룬드 옆에 서있었다. 그러고 보니 룬드도 달라 보였다. 옷이 달라졌고, 머리카락도 길어졌다.

"이게 무슨 일이야?"

아자키가 묻자, 여자가 대답했다.

"어디 조용한 데 가서 이야기하는 게 좋겠어요."

아자키가 룬드를 바라보자, 그는 고개를 끄덕였다.

세 사람은 바 구석에 있는 테이블에 앉았다. 사람과 멀리 떨어진 곳이었다.

"그래서, 이게 무슨 일입니까?"

아자키의 물음에 여자는 주머니에서 책을 꺼내 테이블에 올려놓았다. 아자키는 잠시 생각했다. 혹시 룬드가 책을 찾은 건가? 그러자 이 판을 뜰 수 있다는 가능성에 가슴이 뛰었다. 하지만 곧바로 제 생각이 틀렸음을 깨달았다.

"알았어요. 그게 뭡니까?"

"먼저 이 여자분의 말을 들어봐."

룬드가 말하자, 이어서 여자가 말했다.

"이건 문의 책이에요. 내 이름은 캐시고요. 우리는 당신의 목숨을 구하러 몇 달 뒤 미래에서 왔어요."

룬드는 고개를 끄덕이다가 말했다.

"방금 말했지만, 이 여자 말을 들어야 해. 몇 달 뒤에 아주 심각한 사태가 벌어지니까."

"뉴욕으로 가서야 해요. 어쨌든 서적상이 앞으로 며칠 내로 당신에게 전화를 걸어서 뉴욕으로 가라고 할 거랍니다."

여자의 말에 아자키가 물었다.

"왜죠?"

여자는 고개를 갸웃거렸다.

"설명하기가 좀 어려운데요. 내가 그렇게 시켰으니까요. 과거에서요. 지금은 그게 중요한 게 아니에요."

아자키는 이윽고 미소를 지었다. 이건 어처구니가 없는 상황이었다.

"웃지 마세요. 심각한 일이니까요. 난 여기서 당신 목숨을 구하려는 거예요."

여자의 말에 아자키가 물었다.

"왜죠? 왜 미래에서 내 목숨을 구해주길 바라는 거죠?"

"당신이 도와줘야 하니까요. 그 여자를 저지하는 걸요."

캐시의 말에 아자키는 미소를 거두었다. 이젠 어처구니가 없는 상황이 아닌 것 같았다. 그는 캐시가 전해주는 자신의 미래 이야기를 들었고, 그녀가 생각한 계획을 들었다.

"가능할까요?"

그녀의 질문을 아자키는 잠시 생각해 보다 대답했다.

"가능하죠. 어렵지만 가능해요. 연습할 시간이 있어야겠습니다."

며칠 후 뉴욕

아자키가 문을 열었을 때, 그는 주머니에 한 손을 넣고 환상의 책을 쥐고 있었다. 그래서 자신과 룬드가 실제 위치에서 15센티미터 정도 떨어진 오른쪽에 있는 환상을 만들어 냈다.

캐시와 또 다른 룬드가 말한 대로, 휴고 바버리는 그곳에 있었다. 하지만 아자키는 자신이 들은 이야기가 진짜라는 게 여전히 놀라웠다. 그는 바버리의 총구를 똑바로 응시하는 중이었다. 아니, 실은 15센티미터 오른쪽으로 가있었다면 똑바로 응시하고 있었을 것이다.

바버리는 아자키를 쏘았고, 그는 바닥으로 쓰러지면서도 계속 손을 주머니에 넣고서 머리가 피투성이가 된 채 엎어진 시체의 환상을 만들어 냈다. 바버리는 계속 총을 쐈고, 룬드는 아자키에게 들은 대로 쓰러졌다.

그는 계속 바닥에 쓰러져 있으면서 바버리가 다른 방에서 이지를 고문하는 소리를 들었다. 이지가 무사하다는 걸 알고 있지 않았더라면 그 상황을 막아주려고 끼어들었을지도 모른다. 아니면 조용히 일어서서 그곳을 떠났을지도 모른다. 아자키는 자신이 영웅이 될 만한 인물은 아니라고 생각했지만, 이런 식으로 제 가능성을 시험해 봐야 할 일도 이제껏 없었다. 자신이 어릴 적 아버지가 이런 말씀을 하신 적 있지 않았던가. '맞을 상황에서 가장 좋은 방어책은 그 자리에서 피하는 거다. 도망쳐라, 애야. 살아남는 건 부끄러운 게 아니야.'

몇 분 후, 룬드가 일어나는 소리가 들렸다. 그가 큰 덩치로 아자키에게 다가와 상태를 확인했지만, 아자키는 그저 바닥에 피를 흘리고 있는 시체로 보일 뿐이었다. 아자키가 죽어서 슬프다는 듯 룬드가 내쉬는 한숨 소리가 들렸다. 그러자 솔직히 조금 기분이 좋았다. 이윽고 룬드는 다시 일어서더니 놀랍게도 소리 없이 움직였고, 몇 분 후 거인의 주먹에 맞은 바버리가 바닥에 쿵 쓰러지는 소리가 들려와 아자키는 속으로 환호를 질렀다. 이어서 룬드의 말소리가 들리더니, 여자가 현관을 지나 방으로 들어가서는 옷가지를 챙겼다. 그동안 룬드는 아자키에게 돌아왔는데, 여기가 살짝 위험한 부분이었다. 쓰러진 아자키의 주머니에서 룬드가 환상의 책을 꺼냈을 때 아무것도 눈치채지 못했다는 걸 미래의 룬드가 말해주지 않았더라면 정말로 위험했을 터였다. 아자키는 책을 잡고 있던 손을 주머니에서 빼내 몸 아래에 넣었다. 주머니에서 책을 꺼내는 데 문제가 없도록 말이다. 룬드는 이미 아자키가 죽었다고 생각했기 때문에 급하게 행동했다. 그래서 아자키의 옆머리에 났던 상처가 기적처럼 싹 사라졌다는 걸 알아차리지 못했다.

이윽고 룬드와 여자가 아파트를 떠났다. 바버리가 정신을 차리기 전에 나가려는 것이었다.

아자키는 1, 2분을 더 기다렸다. 룬드가 자기들은 다시 돌아오지 않을 거라고 분명히 말했지만 그래도 확실하게 하기 위해서였다. 그런 다음 일어서서 옷을 털었다.

환상의 책이 주머니에 없다니 기분이 묘했다. 지난 20년이 넘도록 항상 갖고 다녔고, 자신의 가장 소중한 소유물이었다. 벌써 책을 되찾고 싶은 마음에 초조해졌다.

복도를 몇 걸음 지나 거실을 바라보자 바버리는 엉망이 된 채로 건너편 벽에 기대 누워있었다. 룬드가 그를 세차게 때린 모양이었다.

"맞아도 싸지. 넌 개새끼야."

아자키는 중얼거리고는 그대로 아파트를 나섰다. 캐시가 사서와 함께 도착하기 전에 떠나야 한다는 걸 알고 있었다. 일의 순서를 정확히 알고 있었다는 뜻이다.

이제는 기다릴 시간이었다.

오늘 밤에는 경매가 열릴 테고, 그 여자가 나타나서 대혼란을 일으킬 것이다.

룬드와 캐시의 친구는 환상의 책을 갖고 도망칠 것이다. 그들은 책을 가지고 남쪽으로 가면서 그걸 숨길 예정이었다.

아자키는 그들이 어디에 책을 숨겼는지 알고 있었다. 안토파가스타의 바에서 이야기를 들었으니까. 두 사람이 떠나는 대로 그는 거기

가서 책을 회수할 것이었다.

라스베이거스 남쪽 사막

아자키는 며칠간 시간을 보내려는 목적으로 라스베이거스의 리오 호텔 스위트룸을 잡았다. 뉴욕에서 라스베이거스까지는 비행기로 다섯 시간 만에 곧장 날아왔다. 그는 뉴욕에서 경매가 열리기도 전에 해리 리드 국제공항에 도착했다. 그래서 사람들이 고통의 책을 얻으려고 응찰하는 동안 호텔 방에 들어가서 속옷 차림으로 침대에 누워 비싼 룸서비스로 햄버거를 시켜 먹었다. 얼마 지나지 않아 룬드와 이지는 환상의 책을 가지고 그레이하운드 버스에 올라 남쪽으로 향했다. 아자키는 그들이 사흘은 있어야 시내에 도착한다는 걸 알고 있었다. 여기에 도착하면 두 사람은 중심가인 스트립에서 떨어진 서커스서커스에 있는 호텔 중 가장 싼 방을 구할 테고, 다음 날 아침 차를 빌려서 I-15번 도로를 따라 남쪽으로 30분간 달려 SR 161번 도로로 들어갈 터였다. 그 도로를 타고 또 서쪽으로 가다가 사막으로 이어지는 북쪽 비포장도로에 다다를 예정이었다. 그곳은 송전선과 평행하게 뻗은 도로였다. 룬드는 거기서 세 번째 송전탑에 멈춰서 사막을 향해 서쪽으로 열 걸음 걸은 다음 성한 팔을 사용하여 비닐봉지 안에 넣은 책을 묻게 될 것이었다. 다른 쪽 팔은 보호대를 차고 있었으니까.

"네 보폭은 나보다 크잖아."

칠레의 바에서 대화를 나누며 룬드가 책을 묻은 곳을 설명하자 아자키가 말했다. 그러자 룬드는 대답했다.

"그럼 열다섯 보 걸으면 돼. 관목은 분명히 보일 거야. 딱 한 그루 있거든. 세 번째 송전탑과 일직선상으로 나 있다고."

말처럼 쉬우면 참 좋으련만.

룬드가 책을 묻던 날, 아자키는 I-15번 도로 아래 입체 교차로에서 조금 떨어진 스타벅스에서 그들을 기다리고 있었다. 그는 일찍 도착해 창가에 앉았다. 그리고 룬드와 이지가 아침 열 시 조금 넘어서 차를 몰고 지나가는 모습을 지켜보았다. 그리고 30분 후, 그들이 다시 반대 방향으로 왔을 때는 벌써 렌터카에 앉아 초조하게 기다리면서, 두 사람이 고속도로를 따라 라스베이거스를 향해 북쪽으로 가는 모습을 바라보았다. 이제 둘은 거기서 며칠 더 묵으면서 사막에 책을 두고 온 게 과연 잘한 일인지 아닌지 논의할 것이다. 룬드는 이 사실을 아자키에게 말하면서 그의 소중한 물건을 버렸다는 데 죄책감을 느끼는 듯했다. 바로 그때 아자키는 고속도로를 따라 송전선과 나란히 난 길을 향해 달리면서 룬드를 기꺼이 용서하고 싶었다. 물론 책을 찾는다면 말이다.

이윽고 그는 송전선을 따라 난 길을 찾아냈다.

그리고 세 번째 송전탑에 멈춰 섰다. 같은 자리에 룬드의 차가 멈춘 흔적이 보였다.

심지어 룬드가 차에서 내려 모래에 남긴 발자국도 보였다. 발자국을 따라가자 룬드가 전에 말한 관목이 보였다. 그는 무릎을 꿇고서 뜨거운 햇살을 등에 받으며 두 손으로 땅을 팠고, 드디어 손끝에 비닐봉지가 닿았다.

봉지 너머로 느껴지는 책은 따스했다. 익숙한 감촉이 느껴져 마치 고향에 온 기분이었다.

그는 초콜릿 포장을 벗기는 아이처럼 열심히 봉지를 벗겼다. 그리고 검은 바탕의 금빛 책을 보자 미소를 지었다.

언제나처럼 책은 아름다웠다. 이제껏 없었다가 되찾은 책이라 더욱 그랬다.

그는 몸을 일으키고 잠시 서서 책을 느꼈다. 그리고 사막을 바라보며 눈이 부신 햇살에 눈을 가늘게 떴다. 바람결에 불어온 먼지와 모래가 뺨을 스쳤다.

그는 눈을 감고서 환상의 책을 들었다. 손가락 사이로 빛과 색채가 쏟아졌다. 아자키는 하늘에 그림을 그렸다. 마치 폭풍의 눈에 서있는 듯한 그의 주위로 회오리를 이루어 몰려드는 모래는 거대한 조각상 같았다. 이윽고 모래는 단단한 형체를 이루더니 뱀 같은 생명체가 되어 그의 주위를 선회하며 쉭쉭 소리쳤다. 그는 이 짐승들을 느끼고 울음소리를 들었다. 절대적인 환상이었다.

가끔 아자키는 순전히 본인의 즐거움만을 위해 능력을 마음껏 발휘하기를 좋아했다.

그는 뱀 같은 생명체들을 알록달록하게 칠했다. 빨갛게, 노랗게, 또 파랗게 칠한 뱀들은 구불구불 꿈틀대는 형상에서 변해 이제는 춤추는 빛이 되었다. 아자키가 가장 좋아하는 환상이었다. 사막 한가운데의 빛이자 비 없는 무지개 같은 환상은 모두 아자키가 만들어 낸 것이었다. 이건 마치 시즌을 끝낸 운동선수가 근육을 테스트하는 것과 다름없었다.

그의 선물, 환상의 책이 준 선물은 여전했다.

그는 하늘에서 빛이 사라지게 두었다. 그러자 책 주위에서 빛나던 색채도 희미해졌다. 이윽고 뜨겁고 메마른 태양 아래 아자키는 홀로 남았다.

그는 차로 돌아갔다.

이제는 북쪽으로 가야 한다는 걸 알고 있었다.

그가 필요한 이들이 있으니까. 그 여자와 맞서는 걸 도와야 하니까.

아자키는 자신이 돕겠노라고 그들에게 말했고 약속했다. 그들이 바버리에 대해 말해주어서 자신이 목숨을 건졌으니까.

하지만 머릿속에서 들리는 목소리도 있었다. 어쩌면 아버지의 목소리였을까. 도망가야 한다고 말하는 소리였다. 살아남는 건 부끄러운 게 아니라고. 그 말은 라스베이거스로 돌아가는 내내 아자키를 괴롭혔고, 공항으로 가는 길에서도 역시 마찬가지였다.

하지만 비행기에 오르자 목소리가 뚝 그쳤고, 아자키는 묘한 평화를 느꼈다.

계획의 둘째 부분
서적상

　캐시는 어느 늦은 밤, 뉴올리언스의 카페 뒤 몽드에서 서적상을 두 번째로 만났다. 하지만 이번은 서적상이 예상하지 못한 만남이었다.

　캐시는 사흘 연속으로 밤에 그 카페에 갔다. 미국 저편에 있는 호텔에서 문을 열고 카페 뒤 몽드로 들어서면 되었으니까. 첫날 밤은 따스하고 습했다. 캐시는 자정을 넘겨서까지 한 시간을 기다렸지만, 서적상은 나타나지 않았다. 둘째 날 밤은 따스하고 건조해서 캐시는 조금 더 오래 기다렸지만, 이번에도 서적상은 나타나지 않았다. 그렇게 뉴올리언스를 방문한 지 셋째 날 밤이 되었다. 물론 캐시에게는 다 똑같은 밤이긴 했다. 그런데 오늘 도착한 카페에는 서적상이 이미 와있었다. 그녀는 예전에 캐시와 만났던 테이블에 앉아 커피와 베녜를 앞에 두고 어딘가를 멍하니 바라보고 있었다. 그래서 캐시가 의자를 꺼내 맞은편에 앉았을 때야 비로소 상대방을 알아보았다.

　"안녕하세요."

　캐시가 인사를 건네자 서적상은 무표정한 눈길을 보냈다.

　"다시 만날 수는 있을지 궁금했어요."

　서적상의 말에는 화난 기색이 없었다.

　"어떻게 지내셨나요?"

캐시는 이렇게 묻긴 했어도 별 신경을 쓰지는 않았다. 서적상의 시간으로는 경매가 끝난 지 겨우 두 달이 넘었을 뿐이었다. 하지만 캐시는 시간을 거슬러 올라가지 않았던가.

"아주 잘 지냈죠. 내 경매에 살인자가 등장해서 그 자리가 대량 학살이라는 악몽의 현장으로 변한 것치고는 말이에요. 그 짐승 같은 바버리가 나의 유일한 진짜 친구를 죽였고, 난 고통의 책을 팔지도 못한 것치고는 잘 지냈죠. 대체로 보면 요 몇 달 잘 지냈어요."

캐시는 아무 말 없이 듣기만 했다.

"원하는 게 뭐죠?"

서적상이 묻자 캐시가 대답했다.

"음, 세 가지가 있어요. 첫째, 커피랑 베녜를 먹고 싶어요. 누가 맛있다고 그러더라고요. 그 말이 맞았고요. 둘째, 고통의 책을 갖고 싶어요. 그리고 셋째, 날 도와주셔야겠어요."

서적상은 믿을 수 없다는 기색으로 눈썹을 치켜떴지만, 웨이트리스가 와서 캐시의 주문을 받고 난 다음에야 말했다.

"내가 돕기를 원한다고요? 나한테 도와달라고 할 염치가 다 있네요?"

캐시는 이해할 수 없다는 듯이 눈을 깜빡이며 물었다.

"왜 염치를 운운하는 거죠? 정확하게 설명해 주시겠어요?"

"당신은 아직 내 안전의 책을 갖고 있잖아. 돌려주지도 않았지. 문의 책도 안 줬고."

"아, 그렇죠. 하지만 내가 안전의 책을 어떻게 돌려줄 수 있었겠어요? 받기도 전에 도망치셨으면서."

서적상은 짜증스레 입을 꾹 다물었다.

"그리고 난 문의 책도 주지 않을 거예요. 당신이 먼저 거래를 깼으니까요. 도망치시는 바람에 못 보셨겠지만, 이지는 머리에 총을 맞았어요. 그 여자랑 싸우려던 사람이 쏜 총에 맞았다고요."

서적상은 시선을 돌렸다. 그녀의 눈길은 마치 테니스 경기를 보는 사람처럼 이쪽저쪽으로 휙휙 움직였다. 이윽고 웨이트리스가 와서 캐시는 커피와 베녜 접시를 받았다.

"진정하세요. 그 애는 죽지 않았으니까요. 하지만 당신이 도망치셨으니 모르셨겠죠."

이윽고 서적상이 쏘아붙였다.

"알았어요. 당신 말에 일리가 있네요. 난 도망쳤죠. 하지만 살아남기 위해서 어쩔 수 없었어요. 내가 도망치지 않았더라면 그 여자는 책을 뺏어다가 소장했겠죠."

캐시는 베녜를 한 입 먹었다. 기억대로 맛있었다.

서적상은 이제 캐시가 아니라 자기에게 말하듯 입을 열었다.

"책이 더 필요한 것도 아닌데 말이야. 그 여자가 저지른 일을 보라고. 그 빠르기를. 그 잔인함을. 오코로에게 한 짓 봤죠? 그러니까, 그 남자는 인정사정 봐주지 않고 남의 하루를 기꺼이 망칠 인간이긴 하지만, 그렇다고 그런 식으로 죽어도 괜찮은 사람은 아무도 없다고요."

"오코로라는 사람만 죽은 게 아니었어요. 당신의 경매에서 더 많이 죽었죠."

캐시의 말에 서적상은 사납게 쏘아붙였다.

"내가 모를 거라 생각해요? 계속 그 생각뿐이었다고. 나는 이 판에서 손을 씻고 나오려고 했어요. 그런데 오히려 내 머릿속에 재앙만 불러들인 꼴이 됐죠. 글쎄, 더는 안 돼요. 나는 더 이상 그 망할 책과는 엮이고 싶지 않아요."

"종교를 믿게 되셨나요?"

캐시는 못 믿겠다는 듯 한쪽 눈썹을 치켜뜨며 물었다.

"아가씨 질문이 성립하려면 일단 내가 뭔가를 믿는 사람이어야 하겠죠. 가만히 앉아서 날 판단하려 들지 말아요, 아가씨. 당신은 나에 대해 아무것도 모른다고. 내 삶에 대해 대체 뭘 알죠? 난 이제껏 했던 행동에 대해 아무것도 사과하지 않을 거예요."

"난 여기에 사과를 받으러 온 게 아니에요."

캐시는 이렇게 말하고서 커피를 한 모금 마셨다. 쓰고 진한 커피는 달콤하고 버터 향 진한 베녜와 완벽한 조화를 이루며 입 안에서 노닐었다.

"그래, 아가씨가 말했지. 커피와 베녜와 나의 도움이라. 내가 무슨 도움을 줄 수 있다고 생각하는데요?"

"고통의 책은 어디 있어요?"

캐시의 물음에 서적상이 대답했다.

"안전한 곳에 뒀어요. 안전의 책을 돌려받으면 나도 책을 돌려줄게요."

캐시는 고개를 끄덕였다. 제안은 놀랍지 않았다. 그녀는 소란스러운 젊은이 한 무리가 응원가를 부르며 지나가는 동안 잠자코 기다렸다. 젊은이들은 캐시와 서적상을 잠깐 흘겨보고는 옆을 지났다.

"망할 놈의 관광객들. 이 동네를 망가뜨리고 있네. 안전의 책은 내 거예요. 당신은 그걸 가질 권리가 없어."

서적상이 투덜거렸다. 캐시는 혼자 미소를 지으며 커피를 다시 한 모금 마시면서 생각했다. '안전의 책은 어딜 봐도 서적상보다는 내 것이 맞지. 어딜 봐도 권리가 있다고.'

"그 책을 안 드릴 마음은 없어요. 하지만 책을 갖고 싶으시다면 날 도와주셔야겠어요."

"뭘 돕는데요?"

"그 여자를 저지하려고 해요."

서적상은 잠시 캐시를 응시하더니, 이내 믿을 수 없다는 웃음을 흘렸다. 그리고 팔짱을 끼고서 말했다.

"이 아가씨 배짱 좋네. 인정해 줄게요. 그 여자를 저지하고 싶다고요? 당신 혼자 그 문의 책을 갖고?"

"나한테는 문의 책만 있는 게 아니에요. 그리고 나만 있는 것도 아니고요. 하지만 내가 할 수 없지만 당신이 하실 수 있는 일이 있죠."

"그게 뭐죠?"

"다시 경매를 열어주세요. 그 여자의 관심을 끌어야 해요. 지난번 경매에 그 여자가 왔었잖아요. 어떻게 알고 왔는지 궁금한 적 없으세요?"

서적상은 어깨를 으쓱였다.

"경매가 비밀인 건 아니니까요. 난 모든 사람에게 공지를 보내요. 아는 사람이 많을수록 더 많은 사람이 오니까."

"그 여자한테는 친구가 많아 보이지 않던데요."

"으음. 뭐. 아마도 자기가 죽인 사람 중 몇 명의 휴대폰을 가지고 있겠죠. 그래서 우리가 공지를 하면 거기서 봤을 거예요."

"그렇다면 다른 경매가 열리면 또 공지를 받겠군요. 그 책들을 원한다면 더더욱."

"무슨 책이 있는데요?"

서적상은 이제 이 판을 떠난다고 아까 말했지만, 캐시는 그럼에도 그녀의 모습에서 여전히 번뜩이는 흥미를 알아챘다.

"폭스 도서관 소장본이요."

캐시의 말에 서적상은 깜짝 놀라 눈썹을 확 치켜떴다.

"그걸 찾았어요?"

"거기가 어딘지 알아요."

"그러면 도서관을 미끼로 쓸 건가요? 백인 아가씨, 자그마한 머리가 돌아버렸어요? 그 여자가 책을 더 늘릴 기회를 주겠다는 건가요?"

"그 여자가 반드시 올 거라는 확신이 필요해요. 도서관은 가장 큰 보물이겠죠."

캐시의 말에 서적상은 고개를 저었다.

"당신 때문에 베녜가 입에 들어가질 않네요."

"거기 계실 필요 없어요. 그냥 시간과 장소를 정한 다음 내가 말할 때 공지를 보내주세요. 나머지는 우리가 알아서 할게요."

"우리라고? 당신 패거리엔 누가 있죠? 당신 친구 이지? 문에다 대고 욕설을 퍼붓던 아가씨? 아니면 그 덩치 큰 남자? 그도 아니라면, 자신만의 상념에 빠져서 도망치곤 하는 드러먼드 폭스?"

서적상이 묻자, 캐시가 대답했다.

"사람의 최악인 면만을 보시나 보군요."

"이제껏 날 실망하게 한 사람을 참 많이 봐서요."

서적상의 말에 캐시는 한마디를 던졌다.

"지난번 대화했을 때보다 훨씬 더…… 불안정한 성격이 되셨네요."

"불안정이라니."

서적상은 이내 굳은 미소를 지으며 덧붙였다.

"그런 말 처음 들어보네."

"날 도와주시면 안전의 책을 돌려드릴게요. 약속드려요."

"아, 그래요. 약속만 해준다면야……."

캐시는 베녜를 두 개째 먹으면서 잠시 즐거운 마음으로 주변을 둘러보았다. 카페에는 관광객으로 보이는 중년 부부와 술에 취해서 커피와 설탕으로 숙취를 쫓으려는 듯 보이는 젊은 여자 몇 명이 있었다. 종업원들은 계산대에 서서 낮은 목소리로 대화를 나누었다.

"좋아요. 이 말도 안 되는 짓거리를 언제 할 마음인가요? 그리고 어디서 할 거죠?"

마침내 서적상이 말하자, 캐시가 솔직히 말했다.

"언제일지는 아직 몰라요. 하지만 장소는 정해졌어요. 지난번 경매와 똑같은 장소에서 하고 싶어요."

"내 호텔이요? 뉴욕에서?"

"안 될 거 없죠? 거긴 호텔이잖아요. 그리고 문이 아주 많고요."

계획의 다섯째 부분 I

뉴욕의 잊힌 장소에서 캐시는 그 여자를 기다렸다.

경매가 끝난 지 몇 달이 지났는데도, 캐시가 책을 만들었던 곳에서부터 현실로 돌아온 지도 몇 주가 지났는데도 연회장에서는 여전히 눅눅한 냄새가 났다. 바닥에는 깨진 거울과 유리가 널렸고 벽에는 핏자국이 보이는 등 아직도 엉망이었다. 머리 위로 달린 샹들리에는 예전 모습에서 일부만 남았고, 조도도 훨씬 줄어들어서 방구석까지 비추는 것도 힘들었다. 좀 더 환하게 공간을 유지하려고 촛불을 켜서 방 가장자리 군데군데 두었지만 불꽃은 가냘프게 일렁이며 힘겹게 깜빡이기만 했다. 연회장은 이제 춤과 웃음이 반짝이는 곳이 아니라 구석까지 빛이 들지도 않는 위협적인 어둠의 공간일 뿐이었다.

캐시는 연회장 끝 연단에 다리를 꼬고 앉았다. 서적상의 비밀 방과 탈출구로 통하는 거울이 있는 곳이었다. 기다리는 동안에는 웨버 씨와 함께 보낸 나날을 떠올렸다. 그 시기는 처음엔 시련 같았고 자신이 벌을 받는 것인지도 모르겠다 생각했었다. 하지만 지금은 그때를 기분 좋게 추억할 수 있었다. 안전하게 보호받고 있다고 느꼈던 그 시절, 소박한 것들을 누리며 즐거워할 수 있었던 시절을 그녀는 항상 소중한 기억으로 간직하리라. 그러다 이제는 궁금해졌다. 모든 경험은 언제나 나중에 돌이켜 보면 아름다운 추억이 되는지. 무언가를 그 순간에 진정으로 즐긴다는 것은 가능할까?

그녀는 이지가 겪었던 일을 전부 생각해 보았다. 친구가 그런 경험을 했다니 너무 죄책감이 느껴졌다. 몇 시간 전, 그 여자가 도착할 순간을 기다리면서 캐시는 호텔 바에 이지와 함께 앉았다. 그리고 며칠간 호텔 생활을 하며 생긴 빈 잔과 병에 둘러싸여 이야기를 나누었다.

"네가 여기서 떠났으면 좋겠어. 널 위험에 빠뜨릴 순 없다고."

캐시는 이지와 눈을 마주치지 않은 채로 말했었다.

"이젠 네가 나보다 나이가 많다는 건 아는데, 그렇다고 나한테 이래라저래라 할 수 있는 건 아니거든. 난 내가 있고 싶은 데 있을 거야. 여기 있고 싶어."

"이건 네가 해야 할 싸움이 아니야. 전부 나 때문에 휘말린 거라고. 나한테 책을 사용하지 말라고 했던 것도 너잖아."

캐시의 말에 이지는 어깨를 으쓱였다.

"네 말이 맞긴 해. 그래도 난 아무 데도 안 갈래. 네가 언제나 내 말을 들어줬기 때문에 너랑 친구하는 게 아니야. 난 이런 일이 생기든 안 생기든 계속 너랑 친구야."

"그럼 나 도와주는 마음으로 부탁 하나만 들어줄래?"

캐시가 묻자 이지는 의심스럽다는 표정으로 눈을 가늘게 떴다. 캐시는 주머니에서 책을 꺼내 그녀에게 주면서 말했다.

"무슨 일이 있어도 그 여자가 이 책을 갖지 못하게 해야 해. 이건 안전의 책이야. 그 여자가 이 책을 손에 넣으면 무슨 수를 써도 막을 수가 없어. 네가 어딘가로 가져다가 안전하게 보관해 줄래? 그러면 적어도 우리한테 무슨 일이 생긴다 해도 이 책을 그 여자가 갖는 일은 없을 테니까."

이지는 책을 받아 들어 표지를 쓸더니, 이어서 물었다.

"나한테 그냥 다른 책들도 주면 안 돼? 그 여자가 책을 못 가지게 하려면, 그냥 책을 나한테 다 줘."

"우린 책이 필요해."

"다는 필요 없잖아. 다 그 여자랑 싸워서 이기는 데 쓰이진 않잖아."

이지의 말에 캐시는 아무런 대답을 하지 않았다.

"아니면 너, 나 안전해지라고 이 책을 준 거야?"

이지의 물음에 캐시는 깨달았다. 이지는 그녀 곁에서 떠나지 않을 것이다.

"그냥 네가 갖고 있으면 안 될까? 제발 부탁이야. 날 위해서 그래 주지 않을래? 너한테 무슨 일이라도 생긴다면 나 자신을 용서할 수가 없을 거야. 응?"

캐시의 말에 이지는 마침내 고개를 끄덕였다.

"하지만 너한테도 무슨 일이 생겨서는 안 돼. 알았어? 우리는 같이 이걸 이겨낼 거야."

연회장에 앉아서 그 여자가 오기를 기다리며, 캐시는 이지의 말이 맞기를 바랐다.

그 순간, 들려오는 소리에 상념에 잠겼던 캐시는 정신을 바짝 차렸다. 눈을 들어 연회장 한쪽 끝을 똑바로 바라보았다. 이건 틀림없이 문이 열렸다 다시 닫히는 소리였다. 누군가 여기 도착했다.

캐시는 초조하게 숨을 들이켰다. 심장이 갑자기 거세게 뛰었다.

"누가 왔어요."

그녀는 연회장을 향해 말했다. 드러먼드와 이지, 룬드와 아자키까지 사실은 모두 캐시와 함께 있었다. 다만, 다들 아자키의 환영에 가려져서 보이지 않았을 뿐이다. 캐시는 혼자가 아니라는 게 위안이 되었다. 이런 상황에서도 혼자가 아니라는 게 도움이 되어야 할 텐데.

그녀는 고개를 숙여 손에 얼굴을 괴었다. 그리고 무릎에 팔꿈치를 얹고서 일부러 무표정한 얼굴을 했다. 하지만 속은 반대로 마구 뒤집히고 있었다.

얼마간은 기다려도 아무 일도 일어나지 않았다. 건물이 갑자기 아주 조용해진 게 벽조차 숨죽이고 있는 것만 같았다.

그러다 안개가 나타났다. 마치 뱀이 움직이듯 밀려든 안개는 덩굴손처럼 피어올라 연회장 안을 침범했다. 뱅글뱅글 도는 안개가 벽을 형성하여 연회장 입구를 막은 다음 이어서 커튼처럼 갈라졌다. 그 모습은 마치 지난번에 그 여자가 도착했을 때와 똑같았다. 이윽고 그때처럼 여자는 갈라진 안개 사이로 들어와 댄스 플로어에 섰다. 역시 검은 레이어드 스커트에 하얀색 뷔스티에 차림이었다. 치마는 여자의 발치에서 둥글게 원형을 이루어서 마치 그림자의 웅덩이에 서있는 사람처럼 보였다. 여자는 한쪽 손으로 끈 달린 작은 핸드백을 들고 있었는데, 가방이 다리 옆으로 대롱대롱 달린 모습이었다. 그리고 다른 쪽 손에는 안개의 책을 쥐고 있었다.

여자는 연회장 안을 훑어본 다음 캐시에게 시선을 두었다.

"이번에는 예전 방법이 안 통할걸."

캐시는 여자 뒤로 일렁이는 안개의 벽을 가리키며 말했다.

여자는 무표정한 얼굴로 캐시를 응시했다.

"다들 어디 있는지 궁금해?"

캐시는 이렇게 물으며 단상에서 벌떡 일어나 여자를 마주 보며 댄스 플로어 쪽으로 몇 발짝 걸었다.

"다른 사람은 없어. 너랑 나뿐이야. 다른 사람은 여기서 열리는 경매에 오지 않을 거야. 지난번에 그런 일이 있었으니까."

여자는 눈을 가늘게 뜨고 턱을 살짝 들어 올렸다.

"너를 부르려고 경매를 꾸며냈어."

캐시의 말에 여자는 방금 모르는 개를 본 고양이처럼 조심스럽고도 경계하는 표정이 되었다.

"말이 별로 없는 성격인가 보네?"

캐시는 이렇게 말하다가 깜짝 놀랐다. 이 여자가 너무 무서운 와중에도 그녀는 화를 내고 있었다.

"하지만 네가 말할 줄 안다는 건 알거든. 이건 다 겉치레잖아? 사람들이 널 무서워하게 만들려는 거잖아?"

여자의 입가가 뒤틀려 올라갔다. 미소는 아니었지만, 캐시의 분석을 인정하는 것도 같았다.

"너에 관한 모든 건 다 극적으로 보이도록 꾸며진 거잖아. 네가 연회장에 들어올 때 있던 안개까지도. 네가 무슨 드라큘라라도 되는 것처럼."

여자는 왼발에서 오른발로 무게중심을 옮기며 선 자세를 조정했다.

"너는 이 세상 나쁜 것을 다 모아놓은 존재야. 넌 온갖 마법을 손으로 쥐고 있는데, 그걸로 뭘 하는 거야? 그저 고통과 괴로움을 줄 뿐이지. 이 세상에서 할 수 있는 대단하고 놀라운 일이 얼마나 많은데, 네가 생각하는 것이라고는 그런 것뿐이잖아."

드러먼드가 캐시의 입을 막고 싶어 하는 마음이, 제발 닥치고 어서 계획대로 하라는 마음이 그녀에게까지 느껴졌다. 하지만 캐시는 참을 수가 없었다. 오랫동안 묵혀왔던 좌절과 절망을 터뜨려 댔다.

"네가 불쌍해. 정말 네가 안쓰러워."

캐시의 말에 여자의 표정이 누그러지는 듯했다. 모든 감정이 사라지고 그저 공허한 가면만 남았다.

"모든 걸 다 미워하다니 얼마나 외롭니."

캐시는 천천히 고개를 저으며 말했다. 여자의 표정이 굳어지더니, 입매가 일자가 되면서 턱에 힘이 들어갔다.

"이제 어떡할 거야? 날 으스러뜨릴 거야? 가죽을 벗길 거야? 아니면 네 빛으로 태울 거야?"

캐시의 말에 여자는 고개를 숙였다. 포식자가 튀어 나가기 전 준비 자세였다.

"어서 해봐. 최선을 다해서."

캐시의 심장이 아드레날린과 공포로 세차게 뛰었다.

계획의 셋째 부분
그림자 속의 드러먼드와 캐시

그들의 계획에서 가장 어려운 부분, 즉 드러먼드가 가장 두려워했던 부분은 바로 그 여자를 따라다니면서 그들에게 필요한 정보를 알아내는 것이었다(물론 가장 두려운 것은 마지막 단계였지만 말이다). 몇 시간 전, 그는 호텔 방을 쉼 없이 서성이면서 앞으로 할 일이 옳은 건지 아닌지 고민했다. 시시각각 그 순간이 다가오는 느낌이 들면서도 우유부단한 그의 성격 탓에 이걸 대체 하고 싶은 건지 확신도 하지 못한 일을 당면한 채 그저 가만히 있었다.

그를 먼저 찾아온 건 캐시였다. 호텔 바에서 만나기로 약속한 시간이 되기 몇 분 전에 그녀가 방문을 두드렸다. 드러먼드가 문을 열자, 캐시는 언제나 입고 다니던 낡은 오버코트 차림에 머리를 뒤로 넘기고서 홀로 서 있었다. 아름답고도 흐트러진 모습이었다.

"준비됐어요?"

그녀가 묻는 말에 드러먼드는 솔직하게 말했다.

"아뇨."

캐시는 고개를 끄덕이고는 옆으로 눈길을 내리깔았다.

"나도 안 됐어요."

어색한 침묵 가운데 얼마간 서 있다가, 이윽고 드러먼드가 입을 열었다.

"그러면 우리 둘 다 배짱이 없어지기 전에 시작하는 게 좋겠네요."

그는 지금보다 더 용감해지고 싶다는 마음이 들었다. 풋내기 남학생처럼 캐시에게 좋은 인상을 주고 싶었다. 자신이 휴고 바버리로부터 지켜주지 못해서, 몇 달 전 그 여자가 연회장에 왔을 때 지켜주지 못해서 캐시는 너무나 많은 일을 겪어야 했다.

"그래요."

그녀도 고개를 끄덕였다.

두 사람은 함께 호텔의 바를 향해 걸어갔다. 그곳에는 이지와 룬드, 아자키가 수다를 떨며 어울리고 있었다. 하지만 그들 역시 불안한 에너지를 풍기며 안절부절못했다.

"그럼 할 거지?"

이지는 일어서서 그들을 맞이하며 물었다. 캐시는 고개를 한 번 끄덕였다. 드러먼드는 두 여자가 시선을 마주하는 모습을 바라보았다.

이지는 캐시를 안아주며 말했다.

"조심해. 이제 네가 나이가 더 많다는 건 아는데, 그래도 내 말 들어. 안 그럼 두드려 패줄 거야."

캐시는 이지의 어깨 위로 씩 웃었다. 이윽고 두 친구가 떨어져 서자, 이지는 드러먼드를 바라보았다.

"애한테 무슨 일이라도 생기면 두드려 패줄 줄 알아요."

"알아요."

드러먼드는 애써 웃어 보였다.

"자, 그럼 시작하죠."

캐시는 불안한 기색을 애써 감추며 고개를 끄덕였다.

두 사람은 바에서 나와 복도에 난 첫 번째 방으로 걸어갔다. 캐시가 문의 책을 사용하여 문을 열자, 방 안으로 호텔의 다른 복도가 나타났다. 캐시가 드러먼드에게 말했다.

"경매가 시작되기 전에 여길 지나갔어요. 그 여자가 공격하기 직전에요. 여긴 연회장에서 멀리 떨어져 있어서 아무도 우리를 볼 수 없을 거예요."

"알았어요."

드러먼드는 그녀에게 손을 내밀었다. 캐시는 어리둥절한 표정으로 그의 손을 보았다.

"난 이제 당신과 같이 그림자로 들어갈 겁니다. 그러니 내 손을 잡아야 해요."

"뭐라고요? 지난번에는 손 안 잡았잖아요. 같이 당신의 도서관에 갔을 때는요."

"그때랑은 다릅니다. 도서관 자체가 그림자 속에 있었으니까요. 우리는 같이 갔었죠. 하지만 지금은 내가 그림자 속으로 들어가는 겁니다. 나랑 같이 가려면 손을 잡아야 해요. 아니면 당신은 못 갑니다. 알겠어요?"

"손을 놓으면 어떻게 되나요?"

캐시가 묻자 드러먼드가 대답했다.

"그러면 그림자에서 떨어져 나가게 됩니다. 현실 세계로 떨어져 버리는 거죠."

그는 진지하게 고개를 저으며 덧붙였다.

"절대로 내 손을 놓지 말아요. 특히 그 여자가 근처에 있을 때는요."

"손을 꼭 잡아, 캐시. 네가 좋아하는 책인 것처럼 꼭 잡으라고."

뒤에서 들려오는 이지의 말에 캐시가 투덜댔다.

"조용히 해줄래!"

드러먼드는 자신의 손을 이상하고 무섭기까지 하다는 듯 쳐다보며 주저하는 캐시를 지켜보았다. 이윽고 그녀는 손을 뻗었고, 둘은 손을 깍지 꼈다. 그녀의 손은 차갑고 매끄러웠다. 드러먼드는 손깍지에 예상치 못하게 몸이 떨렸다. 물론 기뻐서였다. 그들의 시선이 마주치자, 드러먼드는 캐시 역시 같은 마음이라는 생각이 들었다. 그녀는 약간 민망해하고 있었다. 드러먼드가 민망해하는 것과 마찬가지로.

"저 둘 다정한 것 좀 봐."

뒤에 섰던 이지가 장난스럽게 웃었다.

"조용하라고 했지!"

캐시가 버럭 화를 냈다.

"준비됐어요?"

드러먼드가 묻자, 캐시는 눈에 띄게 마른침을 삼키더니 고개를 끄덕였다.

"명심해요. 우리는 말을 해선 안 돼요. 당신 이야기는 나한테 안 들릴 겁니다. 무슨 일이 있어도 같이 있으면 돼요."

그녀는 이해하고서 고개를 끄덕였다.

두 사람은 문을 열고 과거로 들어선 다음 문을 닫았다. 드러먼드가 자신과 캐시를 그림자 안으로 끌어당기자, 순식간에 사방이 회색으로 변하며 꿈결처럼 느껴졌다. 비현실 속을 둥둥 떠가는 기분 좋은 느낌은 그에게 익숙하게 다가왔다.

그들은 호텔을 떠돌아다니며 실체가 없는 벽과 아무도 기억하지 않는 방을 통해 아래층으로 내려갔다. 이 비현실적인 세상에서 그곳에 있는 사람들은 둥글납작하고 시끄러운 형상이 되어 이리저리 움직였다. 자신은 그림자 안에서 보이는 사람들의 형상에 익숙했지만,

캐시는 그렇지 않다는 걸 드러먼드는 잠시 후 깨달았다. 옆을 바라보자 그녀는 놀라서 눈을 크게 뜨고 있었으니까. 드러먼드가 손을 슬쩍 잡아당기자 캐시가 그를 향해 고개를 돌렸다. 그는 턱짓으로 물었다. '괜찮아요?' 그녀는 고개를 한 번 끄덕이고는 다시 눈앞에 펼쳐진 광경을 바라보았다.

두 사람은 손을 잡은 채 연회장 한쪽에 서서 기억나는 사건을 지켜보았지만, 이번에는 마치 물속에 있는 듯, 무채색의 세상에서 먹먹하고 메아리치는 소리로 그곳을 인식했다. 비명을 지르며 죽는 사람들과 도망가는 서적상이 보였다. 그리고 그 여자가 오코로를 없애버린 다음 총을 든 디에고도 죽이는 모습을 보았다. 이지가 만든 환영이 보이면서 친구가 죽었다고 생각하고 충격과 공포에 휩싸여 비명을 지른 캐시가 이어서 보였다. 드러먼드는 이전의 자기 모습도 보았다. 겁쟁이였던 이전의 드러먼드가 공포에 질린 채로 여기저기 눈길을 던지다가 그림자 속으로 사라지는 모습이었다.

그때, 부드럽게 자신을 당기는 손길이 있었다. 캐시가 어딘가를 가리켜 눈을 돌려보니 그 여자가 보였다. 파괴의 천사 같은 모습으로 그 여자는 연회장을 나가고 있었다. 드러먼드는 서둘러 그 뒤를 쫓아갔고, 캐시는 그와 손을 잡은 채로 옆에서 같이 달렸다. 드러먼드는 그 여자의 어깨에 한 손을 얹어 붙잡은 다음 같이 로비를 나섰다. 그들은 더는 뛸 필요가 없었다. 드러먼드가 캐시를 바라보자 그녀도 무슨 뜻인지 이해했고, 둘은 바닥에서 다리를 띄웠다. 그렇게 두 사람은 그 여자와 함께 뉴욕의 밤거리로 나갔다. 그들의 모습은 마치 바람결에 흩날리는 망토처럼 여자의 뒤로 나부꼈다.

여자는 그들과 함께 차로 향했다. 여자가 밤거리를 몇 시간이고 운전하는 동안 드러먼드와 캐시는 마치 수줍은 연인처럼 뒷좌석에 앉아

있었다. 그러다 드러먼드가 문득 옆을 보자, 어느새 잠든 것처럼 눈을 감은 캐시가 보였다. 악몽에 나올까 무서운 괴물과 같이 차를 타고 가면서도 참 평화로워 보였다. 그림자 속에서 무슨 꿈을 꾸고 있을까 궁금했다. 그는 캐시가 자도록 내버려두고서 옆으로 스쳐 가는 세상을 바라보았다. 운전 길은 조용했다. 라디오도 음악도 없었다. 그저 엔진이 울리는 소리와 여자가 룸미러로 이따금 드러먼드 너머의 도로를 휙휙 바라보는 눈길만이 느껴질 뿐이었다.

마침내 차가 멈추자 캐시가 깨어났다. 그녀는 그림자 속에서 걱정스레 눈을 크게 뜬 채 드러먼드를 바라보았다. 사실은 자신도 너무나 무서워서 초조한 지경이었지만, 그는 애써 캐시의 손을 꽉 쥐고서 안심시켜 주었다.

드러먼드는 차에서 옆으로 녹아내리듯 내리며 캐시를 끌어당겼다. 내려보니 사방이 숲으로 둘러싸인 가운데 집이 한 채 있었는데 소음과 불빛도 함께였다. 다른 차가 있었다. 캐시와 드러먼드는 둥둥 뜬 채로 그 여자를 따라가면서, 여자가 두 남자를 집으로 들이는 모습을 조용히 지켜보았다. 캐시는 그 여자를 보고 있던 드러먼드의 팔을 끌어 자신을 보게 한 다음 급한 손짓으로 남자들을 가리켰다.

'어쩌죠?'

드러먼드는 어깨를 으쓱이고는 슬픈 기색으로 고개를 저었다.

'아무것도 하면 안 돼요.'

캐시가 긴장한 채로 얼굴에 두 손을 끌어올리는 바람에 드러먼드의 손까지 같이 딸려 왔다. 그는 결국 힘을 주어 저항했고, 캐시가 그를 째려보았지만 드러먼드는 고개를 끄덕일 수밖에 없었다. '당신 마음 알아요.'

그는 캐시를 데리고 집 벽을 통과하여 두 남자를 따라 지하실로 내려갔다.

드러먼드는 자세를 잡고서 캐시를 계단 옆에 둔 채 앞으로 벌어질 일을 기다렸다. 마치 과식한 것처럼 뱃속 가득 두려움이 차올랐다. 귓가 윙윙 울리면서 온몸의 피가 점점 빠르게 도는 느낌이었다.

그 여자는 남자 하나를 구석에 있는 매트리스로 보내고 다른 남자에게는 차가운 콘크리트 바닥에 누우라고 지시했다. 욕정에 가득한 남자의 눈빛이 드러먼드의 눈에 들어왔다. 저 욕정 때문에 다가올 위협을 보지 못하고 있었다. 저 남자는 자기가 주도권을 쥐고 있다고 생각했다. 이 작고 아름다운 여자가 위험일 리 없다고.

그러다 바닥이 그를 삼키자 욕정이 사라지고 불안함과 공포가 드러났다. 드러먼드는 억지로 그 광경을 보았다. 남자가 저항하며 몸부림치는 끔찍한 순간을 한순간도 놓치지 않고 억지로 지켜보았다. 그 여자가 자신이 만들어 낸 고통을 보며 눈망울 가득 기뻐하고 있는 광경을 보았다. 억지로 본 이유가 있었다. 이 광경은 앞으로 그들이 실행할 계획을 조금이라도 의심하지 않게 하는 방파제가 될 것이니. 지금 이 모습이 바로 이 여자의 참모습이었다. 그래서 그들은 이 여자를 막아야 한다.

캐시는 도망치려는 듯 그의 팔을 잡아당겼지만 드러먼드는 캐시를 붙잡고 바라보면서 단호하게 고개를 저었다. '우리는 알아야 해요. 우리가 할 일이 아직 끝나지 않았다고요!'

드러먼드 폭스는 무슨 대가를 치르더라도 해야 할 일을 하고 있었다.

캐시가 돌아서서 앞으로 벌어질 일을 외면하자, 드러먼드는 스스로가 미워졌다.

이윽고 바닥에 잠겨버린 남자는 아무것도 남아있지 않았다. 그저 입을 뻐끔거리며 콧구멍으로 산소를 들이마시려 안간힘을 쓰고 있을 뿐이었다. 남자가 콘크리트 무덤 속에서 죽어가며 입술이 움직임을 멈추는 장면을 드러먼드는 지켜보았다. 그리고 캐시를 끌어당겨 자기 가슴에 얼굴을 묻게 하고 꼭 안아주었다. 둘은 맞잡은 손을 사이에 둔 채로 어색하게 끌어안았다.

이제 여자는 매트리스로 다가갔다. 드러먼드는 몇 걸음 앞서가서 지켜보았다. 보고 싶어서가 아니었다. 봐야 했기 때문이었다.

캐시는 드러먼드의 가슴에서 눈길을 들어 그쪽을 바라보았다. 그 순간 매트리스 위의 남자가 몸을 떨더니 거품 이는 액체로 녹아내렸다. 그의 비명이 그림자를 마구 때렸다.

캐시는 고개를 저으며 한 손으로 드러먼드와 맞잡은 손을 떼어내려고 했다. 그녀는 그림자 속에 대고 말없이 소리치고 있었다. '안 돼! 안 돼! 안 돼!' 캐시가 얼마나 겁에 질리고 충격을 받았는지 보였다. 그녀의 눈길은 조금 전까지 남자였던 액체 덩어리를 여자가 살펴보고 있는 곳으로 향했다.

드러먼드는 캐시를 다시 끌어당기려고, 캐시의 시선을 돌리려고 애를 썼지만, 그녀는 겁에 질린 짐승처럼 두려움에 사로잡힌 채였다. 커다랗게 뜬 눈은 그저 사나웠다. 캐시는 주먹으로 드러먼드의 가슴을 때리면서 필사적으로 벗어나려고 했다.

그때였다. 여자가 일어섰다.

그리고 두 사람 쪽을 똑바로 바라보았다.

드러먼드의 심장이 멈췄다. 지금 할 수 있는 것이라고는 캐시가 도망치지 못하도록 손을 놓지 않는 것뿐이었다.

무언가를 느끼고는 드러먼드의 변화를 알아챈 캐시는 움직임을 멈추고 그의 시선을 따라 여자가 선 자리를 바라보았다. 그 순간, 캐시 역시 움직임을 멈추었다. 마치 포식자를 본 것처럼, 온 세상이 얼어붙은 것처럼, 앞으로 무슨 일이 벌어질지 가만히 기다릴 뿐이었다.

그 순간도 잠시, 여자는 결국 돌아섰다. 드러먼드가 다시 고개를 돌려 바라보니 캐시는 울고 있었다. 그림자 눈물이 주르르 흘렀지만, 이제 공황은 가라앉은 것 같았다. 그녀는 매트리스 쪽을 일부러 보지 않고 여자를 지켜보았다.

여자가 지하실 구석으로 걸음을 옮기자 드러먼드는 그쪽으로 몇 발짝 따라갔다. 그림자와 어둠이 어느 정도 걷혀서 여자가 뭘 하는지 보였다. 방 한구석에는 금고가 있었다. 여자가 금고를 열었을 때 두 사람은 안에 든 네 권의 책을 보았다. 여자는 가방에서 책을 몇 권 더 꺼내 이미 있는 책 옆에 나란히 두었다. 드러먼드는 어둠 속에서도 여자가 모은 책이 무엇인지 알아보려고 애를 썼다.

이윽고 여자가 금고를 닫고 일어서더니 그들 옆을 똑바로 지나갔다. 하이힐 소리를 내며 계단을 다시 올라간 여자는 거실로 들어갔다. 그 발소리가 꼭 느릿한 메트로놈 소리 같았다. 여자가 완전히 사라지고 지하실 문이 닫히기까지 영겁의 시간이 흐른 것만 같았다.

드러먼드는 캐시를 바라보았다. 그녀는 금고를 응시하고 있었다. 그녀의 손을 잡아당겼는데도 고개를 돌릴 때까지 시간이 좀 걸렸다. 캐시는 심한 충격을 받은 듯했다. 마치 뉴스에 등장한 끔찍한 사건의 목격자처럼 멍한 표정이었다.

드러먼드는 금고를 가리키며 턱짓했다. 묻는 바는 명백했다. '충분히 봤어요?'

그녀는 질문을 멍하니 생각하다가 이내 고개를 끄덕였다.

충분히, 아니 충분하고도 남을 만큼 보았으니까.

계획의 넷째 부분
아자키와 책들

"당신도 룬드의 문제가 뭔지 알잖아요."

아자키가 잔을 허공에서 흔들며 말하자, 이지가 대꾸했다.

"모르는데요. 말해줘요."

"룬드의 문제는 말이죠, 본인이 조용히 있으면 사람들이 항상 자기를 바보로 알 거라 생각한다는 거예요."

아자키는 테이블 맞은편에서 이쪽을 지켜보는 룬드를 빤히 쳐다보았다. 그는 눈썹을 살짝 내린 얼굴이었는데, 아자키가 이제껏 본 표정 중에서 찡그린 얼굴에 가장 가까웠다.

"그런데 룬드가 모르는 게 있어요. 멍청한 사람들은 보통 입을 다물고 있지를 않는다는 거죠. 멍청이들은 보통 모인 자리에서 가장 시끄러운 사람들이라고요."

"오, 세상에나. 나 들으라고 하는 소리인가요?"

이지가 투덜대자, 아자키는 잠시 그녀를 쳐다보다가 웃었다.

"만사엔 항상 예외라는 게 있기 마련이니까요. 당신은 어딜 봐도 멍청하진 않잖아요."

"맞아요. 난 그냥 시끄러울 뿐이죠."

이지는 기분 좋게 대답했다.

"확실히 시끄럽긴 해요."

아자키는 잔을 들어 올리며 건배하고서는 술을 마셨다.

그들이 있는 곳은 매킨토시 호텔의 메자닌 바였다. 아자키는 이 호텔이 소름 끼쳤다. 이곳이 싫었고, 특히 밤에 자려고 할 때 더욱 싫어졌다. 사람 없는 건물에 그저 우울함과 옛 기억이 들어찬 방만 가득하다니. 하지만 그 와중에도 메자닌의 바는 그나마 가장 편안했다. 며칠 전 룬드와 사람들을 만난 이후로부터, 그는 룬드와 이지랑 함께 바에 앉아있을 때 긴장이 가장 많이 풀렸다.

칠레에서 룬드와 캐시를 본 다음에 이렇게 다시 만나게 되어 아자키는 기분이 묘했다. 브라이언트 파크에서 그들이 다시 만났을 때, 사실 룬드와 캐시에겐 몇 시간이 지났을 뿐이었으니까. 그들은 문을 통과하여 오리건에서 과거의 칠레로 이동했고, 거기서 아자키에게 미래 이야기를 하며 설득한 다음 다시 현재로 돌아와 이지와 드러먼드 폭스를 데리고 뉴욕으로 와서 약속한 대로 아자키를 만났다.

모두는 미드타운의 그저 그런 관광호텔에서 첫날을 묵었다. 거기서 묵는 동안 캐시는 과거로 가서 서적상을 설득하여 그녀가 소유한 매킨토시 호텔을 사용해도 좋다는 대답을 받아냈다. 아자키는 처음에 호텔 이야기를 듣고 상당히 신났었지만, 번잡스러움을 뚫고 시내를 가로질러 도착한 곳이 낡은 건물인 걸 보고 실망하고 말았다.

하지만 이지를 알게 되어 요 며칠간은 기운이 났다. 그녀와 같이 시간을 보내는 게 즐거웠다. 룬드는 같이 있으면 편안한 사람이라 조용하고 평온한 방에 들어온 것처럼 옆에서 쉴 수 있었다. 반대로 이지는 누가 봐도 최고의 동료였다. 활기차고 재미있고 아름다웠으니까. 그래서 이지 옆에 있는 게 참 좋았다. 캐시는 걱정 많고 조용한 성품이었지만 그래도 나름의 친절한 면모가 있었다. 그리고 드러먼드 폭스는 아자키에게 마치 하늘에서 내려온 계시 같았다. 생각했던 것보다 훨씬 다정한 사람이었고, 그가 긴장을 풀 때면 드러나는 유머 감각도 좋았다.

매킨토시 호텔에서 보낸 첫날 밤, 아자키와 이지는 필요한 걸 사러 나갔다. 대부분 술이었지만 먹을 것도 좀 샀다. 그 이후로는 바에서 주로 시간을 보내며, 수다를 떨고 술을 마시는 걸로 긴장감과 두려움을 애써 잊으려 했다. 가끔 캐시도 그들과 함께 술을 마시곤 했지만, 종종 산만하고 멍해질 때가 있었다. 드러먼드는 와서 말없이 술을 마셨지만, 그들이 나누는 잡담을 듣는 게 틀림없었다. 마치 옆에 누군가 있어주길 바라지만 굳이 같이 어울릴 필요는 없다는 듯싶었고, 아자키는 그 마음을 이해했다.

"내가 얼마나 똑똑한지 알고 있을 줄은 몰랐는데."

이윽고 룬드가 말하자 아자키는 놀랍다는 듯 그를 빤히 쳐다보았다.

"네가 똑똑하다고 말하지는 않았어."

그의 말에 이지도 맞장구쳤다.

"맞아요. 당신이 똑똑하다고 말한 건 아니었다고."

"사람들이 생각하는 것만큼 네가 멍청하지는 않다고 말했을 뿐이야."

아자키의 말에 룬드는 잠시 생각하다가 대답했다.

"내가 그 차이를 이해할 만큼 똑똑했으면 좋았을 텐데. 그건 아니니까 멍청할지도."

"너 진짜 천연덕스럽네. 농담인지 진담인지 구분이 안 가."

아자키는 룬드를 지그시 바라보며 대답했다.

이윽고 캐시와 드러먼드가 나타났고, 세 사람은 모두 그 둘이 문을 통해 과거로 가는 모습을 지켜보았다. 그들이 사라지자 이지가 말했다.

"이제 시작이네요. 일이 진행되고 있군요."

"그렇죠."

아자키는 고개를 끄덕이다가, 저도 모르게 긴장하고 있다는 걸 깨달았다. 이제 다음 단계는 자신에게 달려있었다. 그는 술잔을 탁자에 내려놓았다.

캐시와 드러먼드는 거의 곧바로 되돌아왔다. 문이 다시 열리더니 두 사람이 안으로 굴러떨어지듯 들어왔고, 캐시가 문을 쾅 닫았다. 아자키는 캐시의 표정을 보고 깜짝 놀랐다. 그녀의 눈빛은 공허했고, 피부가 창백했다.

"어떻게 됐어요?"

아자키가 물었다. 그러다 저도 모르게 주머니 속에 넣은 손이 주먹을 쥐었다 폈다를 빠르게 반복하고 있다는 걸 깨달았다. 어렸을 때 늘 달고 다니던 신경과민 틱 증상이었다.

캐시는 그를 지나쳐 바에 있는 의자에 털썩 앉았다. 드러먼드가 말했다.

"한잔해야겠어요. 위스키 어딨죠?"

"바 뒤에요."

이지는 캐시를 바라보며 대답했다. 그리고 친구 옆 소파에 앉았다.

"나도 한 잔 줘요!"

아자키는 바에 다가가는 드러먼드에게 말했다. 드러먼드는 손을 들어 알았다는 신호를 보냈다.

캐시는 지금 생각을 정리하는 것 같았다.

"무슨 일이야?"

이지는 뭔가 잘못되었다는 걸 분명하게 느끼며 물었다.

아자키는 룬드를 바라보았고, 룬드는 눈썹을 들었다 내리며 시선을 교환했다.

"별거 아니야. 우리는 그 여자를 봤어. 그 여자 집까지 따라갔지. 그리고 같이 있었는데…… 우리가 보는 앞에서 그 여자가 남자 둘을 죽였어. 정말 끔찍했어, 이지."

캐시는 고개를 저으면서 말했다.

이지는 고통스러운 얼굴로 캐시의 손을 잡았다.

"그 여자가 무슨 짓을 했어요?"

아자키는 어쩔 수 없이 묻고 말았다. 겁이 났고, 그래서 최대한 많은 정보를 알고 싶었다.

캐시는 고개를 들어 아자키를 바라보았다. 그녀는 지금 정신이 저 멀리 동떨어진 곳에 가있는 듯했다.

"그 여자가 남자를 액체로 만들었어요. 내 생각엔…… 그 남자는 액체가 되면서 비명을 질렀던 것 같아요. 그런데 꿀렁대는 소리만 났어요. 액체가 되었으니까. 세상에……."

그녀는 두 손에 머리를 파묻었다. 아자키는 팔짱을 끼고서 불안하게 이쪽저쪽으로 걸음을 옮겼다.

"우리가 뭘 해야 하는지 이제 너무나 확실하게 알았어요. 그 여자는 악마예요."

캐시는 손 사이로 얼굴을 묻은 채 말했다. 그리고 고개를 들어 아자키를 보았다.

"우리는 그 여자가 책을 보관하는 곳을 찾아냈어요. 지하실에 금고가 있어요. 여기서 남쪽으로 내려가면 집이 있어요."

"그러면 책을 가져올 겁니까?"

아자키가 묻자, 캐시는 대답했다.

"그럴까 해요."

이윽고 그녀는 이지를 보았다.

"라이브러리 호텔에서 보냈던 첫 번째 밤 기억 나? 그때 금고 털이범 이야기를 했었잖아?"

"그래."

이지는 희미하게 미소를 지으며 대답했다.

드러먼드는 한 손에 위스키 병을 들고서 다른 팔로 가슴에 잔 다섯 개를 안고서 돌아왔다. 그는 모두에게 위스키를 따라주었고, 다들 말없이 건배한 다음 술을 마셨다. 심지어 캐시도 잔을 들었다.

"그럼 하죠. 책을 가져오자고요."

캐시는 드러먼드에게 말한 다음 아자키를 보았다.

"준비됐어요?"

아자키는 초조했지만 고개를 끄덕였다.

그때, 룬드가 입을 열었다. 그는 캐시와 드러먼드가 들어온 문을 가리키며 물었다.

"어떻게 하는 겁니까? 이 문은 금고 문보다 큰데."

"모르겠어요. 이제 알아봐야죠."

캐시가 대답했다.

이윽고 자리에서 일어선 캐시는 소매로 입을 닦고서 다시 문으로 다가갔다. 옆구리께 내려뜨린 손에서 문의 책이 파르르 떨며 빛을 내었다. 이윽고 그녀는 다른 손을 뻗어 문을 열었다. 그러자 복도가 아니라 단단하고 까만 벽이 나타났다. 그 안은 지면에서 30센티미터쯤 떠있는 금고의 내부 같았고, 넓이는 가로세로 60센티미터쯤 되어 보였다.

"이거야?"

이지가 묻자, 드러먼드가 대답했다.

"그래요. 그 여자 금고네요."

아자키는 캐시가 손을 뻗어 책을 꺼내는 모습을 지켜보았다. 그녀는 아자키에게 차례대로 책을 보여주었고, 아자키는 주의 깊게 책을 살펴보았다.

"이걸 똑같이 만들 수 있나요?"

아자키는 고개를 끄덕였다. 자신이 할 수 있다는 것도 알았고, 환상의 책이 가진 능력의 한계 또한 알고 있었다.

"그렇지만 환영은 영원히 지속되진 않아요. 몇 시간 정도는 갈 겁니다. 운이 좋다면 하루도 가능하고요. 그리고 그 시간 내내 내가 집중하고 있어야 하죠."

그는 속으로 후회했다. 몇 시간 동안 술을 이토록 많이 마시는 게 아니었는데.

"그럼 우리는 열두 시간 후에 경매를 열어야겠군요."

캐시가 결론을 내리자, 드러먼드가 말했다.

"그 여자가 차를 타고 이동하는 시간이 그쯤 됐거든요. 우리가 그 여자랑 같이 있었을 때 알아냈죠. 열두 시간에서 열세 시간 정도 운전을 했습니다. 서적상이 경매를 연다면, 그 여자는 곧바로 출발할 겁니다."

"그렇다면 그 여자가 책을 가지고 집을 떠나는 동안만 환상이 지속되면 되는 거군. 그 정도면 쉽지 않나?"

룬드가 아자키에게 묻자, 아자키는 음울하게 미소를 지었다. 물론 룬드가 자신을 북돋아 주려는 마음으로 이런 말을 했다는 걸 알고는 있었다.

"그래, 쉽지."

이윽고 캐시는 두 사람을 차례로 바라보며 말했다.

"그럼 준비됐어요? 내가 경매를 요청하면 다시는 돌이킬 수 없기든요."

"왜 그냥 책만 뺏어 오지 않고? 책을 훔친 다음에 여자는 두 번 다시 생각하지 않으면 되잖아."

이지의 물음에 캐시는 고개를 저었다.

"그 이야기도 이미 해봤어."

드러먼드도 위스키를 더 따르며 맞장구쳤다.

"세상에는 다른 책이 많이 있거든요. 그 여자가 영영 사라지는 편이 좋습니다."

아자키는 방 안에 감도는 긴장감을 느꼈다. 마치 팽팽하게 조인 기타 줄처럼 언제라도 탁 끊어질 것 같은 느낌이었다.

"좋아요. 아자키, 환상을 만들어 줘요. 그런 다음에 나는 서적상에게 연락할게요."

"안개의 책은 그냥 둬요."

드러먼드의 말에 캐시가 물었다.

"왜요?"

"그 여자는 거창하게 입장하는 걸 좋아했잖아요? 안개를 만들려고 했는데 안 되면, 우리가 그 여자를 처리할 기회를 얻기도 전에 그쪽에서 책이 사라졌다는 걸 알아버릴 테니까요. 그건 놔둬요. 여기 도착한 다음에 우리가 그 여자에게서 책을 뺏으면 되니까."

아자키는 고개를 끄덕였고, 캐시는 안개의 책을 금고 속에 돌려놓았다.

이윽고 아자키는 은은하게 반짝이는 환상의 책을 손에 들고서 작업에 들어갔다. 그는 책 모형을 한 권씩 만든 다음 금고에 넣었다. 책을 눈으로 봤을 때만 아니라 만졌을 때도 진짜처럼 느껴지도록 무게와 질감을 비롯한 실체까지도 환상으로 만들었다.

"됐어요."

그는 중얼거리면서 금고 속의 책들을 상상하는 데 집중했다. 그리고 한 발짝 물러나 소파에 앉아서 눈을 감고 집중의 상태를 유지했다. 여자의 금고 속에 만들어 둔 책의 환상이 실제로 느껴졌다. 손에는 계속 환상의 책을 쥐고 있었고, 책장의 가장자리에서는 부드러운 색깔이 계속 흘러나왔다.

캐시가 문을 다시 닫는 소리가 들렸다. 그렇게 여자의 금고가 닫혔다.

"해도 돼죠?"

캐시가 물었다. 다른 이들은 아마 고개를 저마다 끄덕인 듯했고, 말이 이어졌다.

"그러면 서적상에게 전화할게요."

아자키는 가만히 생각했다. 곧 끝나기를. 어떤 식으로든.

계획의 다섯째 부분 II

"어서 해봐. 최선을 다해서."

캐시의 말에 여자는 잠시 그녀를 바라보다가 이내 미소를 지어주었다.

"여기서 내 책을 사용하란 말인가? 그래서 책이 없어졌다는 걸 알아차리기를 바라나?"

여자는 고개를 살짝 갸웃하며 말했다.

계획이 갑자기 무산된 걸 깨닫자 캐시는 머리가 굳어버렸다. 그녀의 계획이 언덕에서 아래로 빠르게 내려가는 열차처럼 느껴지는 가운데, 여자는 차분하게 이쪽을 바라보았다.

캐시는 입술을 핥았다. 속으로는 공포가 부글부글 끓어올랐다. 그동안 여자는 팔꿈치 안쪽에 건 핸드백 속을 들여다보았다. 그리고 무표정한 얼굴로 책 한 권을 꺼냈다. 그러자마자 책이 실체를 잃어가면서 방금까지 있었다는 잔상만 허공에 남나 싶더니, 이내 완전히 사라지고 여자의 빈손만이 남았다.

여자의 눈길이 캐시에게 향했다.

"내가 모를 줄 알았어?"

여자는 다른 책들을 하나씩 꺼내면서 물었다. 꺼내는 책마다 모두 여자가 잡은 손안에서 사라졌다.

"난 이 책들을 다 알아. 어떤 느낌인지 잘 알지."

캐시는 그 자리에서 얼어붙었다. 그녀와 연회장 입구 사이에 여자가 선 채였다.

'저 여자는 지금 안개의 책밖에 없어!' 캐시의 머릿속이 소리쳤다. 하지만 캐시는 여자가 드러먼드의 친구인 야스민에게 무슨 짓을 했는지 기억하고 있었다.

여자는 캐시를 뚫어져라 바라보며 말했다.

"그런데 난 당신을 몰라. 당신이 누군지 모르겠어. 어떻게 내 책을 손에 넣었는지도 모르겠고. 하지만 당신이 사서와 있는 건 봤어. 지난번 이 자리에서 열린 경매에서."

여자는 몇 걸음 앞으로 다가왔다.

"당신이 누군지 말해봐."

"내가 누군지는 중요한 게 아니야."

캐시의 목소리가 갈라져 나왔다. 머릿속이 휙휙 돌면서 어떻게든 계획을 세우려 했다.

"아, 그건 중요해."

여자가 대답했다. 그리고 캐시를 위아래로 천천히 훑어보면서 덧붙였다.

"당신은 살려둘 거거든. 하지만 오히려 죽기를 바라게 되겠지. 당신의 고통이 나에게 노랫소리로 들리도록 만들 테니까. 괴로워하는 소리를 몇 주, 몇 달이건 들으면 난 즐거울 거야."

여자는 다시 한 발짝 앞으로 다가왔다.

"사서가 배후에 있지? 말해봐, 금발 머리. 사서는 어디에 있지? 무슨 계획이지? 내 책을 빼앗기만 하면 날 저지할 수 있다고 생각했어?"

캐시는 마른침을 삼켰다. 목구멍에 커다랗고 버석한 돌처럼 공포가 자리 잡았다. 움직일 수도, 생각할 수도 없었다.

이윽고 여자는 다시 가방에 손을 넣었지만, 이번에는 권총을 꺼냈다. 리볼버의 총신 끝은 캐시의 눈앞에 거대한 블랙홀처럼 다가왔다.

"나한테 굳이 책이 필요할 것 같아? 이건 내가 아버지를 죽일 때 쓴 총이야. 아버지가 죽기까진 며칠 걸렸지. 계속 살려두려고 몸뚱이 여기저기를 쏜 다음에 상처를 치료해 줬거든. 그땐 나에게 책이 없었지만, 그래도 아버지가 고통의 노래를 내게 불러줄 수는 있었어."

어느새 캐시는 자신을 바라보는 검은 눈동자 같은 총신의 최면에 걸리고 말았다.

"그만."

여자의 어깨 너머로 드러먼드가 불쑥 나타났다. 아자키가 펼친 투명 베일의 환상에서 대뜸 나온 것이었다. 이윽고 아자키와 룬드, 이지도 나타났다. 캐시의 온몸이 안도감에 휩싸였다.

"이만하면 됐어."

드러먼드가 말했다. 그는 눈길을 슬쩍 던져 캐시가 괜찮은지 확인하고는 다시 여자를 바라보았다.

"사서네. 그리고…… 다른 사람도 있고."

여자는 기쁘다는 듯 미소를 지었다.

그 순간, 룬드가 여자에게 달려들었다. 순식간에 움직인 룬드를 보며 다들 깜짝 놀랐다. 캐시는 심한 충격을 받고 움찔했지만, 여자는 너무나도 빠르게 움직였다. 몸을 돌린 여자가 총을 쏘자 룬드는 주먹에 맞은 듯 뒤로 나자빠져 바닥에 쿵 쓰러졌다.

그 순간, 캐시의 눈앞에 세 가지 장면이 펼쳐졌다.

이지가 룬드의 이름을 부르며 그에게로 돌진했다.

아자키가 몸을 휙 움직이더니 다시 사라졌다.

드러먼드가 여자를 향해 달려갔다. 룬드가 방금 그랬던 것처럼 결연하게 얼굴을 굳힌 채였다.

여자는 조금 전 룬드를 쐈던 것처럼 드러먼드를 겨누어 쏘았다.

캐시는 어쩔 줄 모른 채로 주저했지만, 이내 움직이기로 마음먹고 드러먼드의 반대편에서 여자를 향해 달려갔다. 하지만 이미 때는 늦었다. 안개가 벌써 캐시의 주위로 모여들고 있었다.

하지만 드러먼드는 멈추지 않았다. 총알이 그를 맞히지 못한 듯했다. 안개가 짙어지는 와중에도 캐시는 그 여자가 놀라서 눈을 가늘게 뜨는 모습을 보았다.

캐시는 어떻게든 움직이려 했지만, 점점 짙어지는 안개를 헤쳐 나가기가 처음에는 이불을 미는 것처럼, 나중에는 베개를 미는 것처럼 어려웠다.

"드러먼드!"

캐시가 소리치는 순간, 갑자기 안개가 사라지면서 공기가 맑고 깨끗해졌다. 캐시의 앞에서 갑자기 나타난 아자키는 여자의 손목을 잡고 책을 빼앗았다. 캐시가 그 광경을 바라보는 동안 드러먼드는 여자에게 다가가 두 손으로 총을 움켜쥐며 말했다.

"행운의 책을 갖고 있는 사람에게 총알을 맞히기란 쉽지 않지. 참으로 기쁘게도 말이야."

분노에 찬 여자가 비명을 지르자 입에서 침이 마구 튀었다. 아자키와 드러먼드는 몸싸움을 벌이며 그녀의 손에서 무기를 빼앗았다. 남자가 둘이라 마른 여자 하나쯤은 쉽게 제압할 수 있었다.

"책이 없는데 이제 어쩔 셈이지? 힘을 전부 잃어버린 너는 어떻지?"

드러먼드는 아자키와 함께 그녀에게서 몇 발짝 물러서며 말했다.

여자는 아무런 대답이 없었다.

연회장 뒤편에서 이지가 소리쳤다.

"캐시, 룬드가 다쳤어. 총에 맞았다고!"

"난 괜찮아요."

룬드는 힘없는 목소리로 신음을 흘렸다.

"결국 넌 특별할 게 없었던 거야."

드러먼드는 계속 여자를 노려보며 말했다. 아자키도 이어서 입을 열었다.

"생각보다 작네. 내가 너 같은 걸 그토록 오랫동안 무서워하며 살았다니 믿을 수가 없을 정도야."

아자키는 손에 든 안개의 책을 내려다보았다. 드러먼드는 진지한 얼굴로 말했다.

"넌 내 친구들을 죽였어. 난 너를 피해 10년을 도망쳐 다녔어. 내 도서관도……."

여자는 흥미롭다는 듯 고개를 갸웃거렸다.

"난 너한테서 도서관을 지켜내려고 너무나 오랫동안 도서관에 가지 못했어."

드러먼드는 총을 들어 여자의 이마를 겨누었다.

"너를 지금 쏴버리고 이 세상을 좋은 곳으로 만들면 어떨까?"

"안 돼요."

캐시가 나지막한 목소리로 말했다. 그녀는 드러먼드에게 다가가 팔에 손을 얹고서 억지로 총을 내리고는 자기를 보게 했다.

"총을 가져온 건 이 여자라고요."

드러먼드가 항의했지만, 캐시는 고개를 저었다.

"알아요. 하지만 당신은 살인자가 아니잖아요. 이러면 안 돼요."

세 사람은 말없이 여자를 바라보았다. 여자는 그들을 도전적으로 쏘아보았다. 저 멀리서 이지가 룬드를 안심시키는 소리가 캐시에게 들렸다. 이제 시간이 얼마 남지 않았다. 룬드가 얼마나 심하게 다쳤는지는 모르지만 어서 도와주어야 했다.

"이젠 네가 여행을 떠날 때가 됐어. 문의 책을 보여줄게."

캐시는 여자에게 말하며 주머니에서 책을 꺼냈다. 여자는 굶주린 사람이 먹을 것을 보듯 책을 보았다.

"어디에도 없고 아무것도 아닌 공간을 보여줄게. 이 책이 탄생한 곳을 보여줄게."

여자는 그 말에 눈썹을 치켜떴다.

캐시는 고개를 천천히 저으며 말했다.

"난 거기 갔었어. 넌 거기 가면 살아남지 못할 거야. 인간은 존재할 수 없는 곳이거든. 넌 갈가리 찢어질 거야."

드러먼드는 총을 주머니에 넣었다. 아자키는 안개의 책을 바닥에 던졌다. 이윽고 둘은 그 여자에게 다가가 각각 양팔을 잡고서 연회장 옆쪽 문으로 데려가려 했다. 캐시는 그 문을 열고 어디에도 없고 아무것도 아닌 공간을 열 계획이었다. 하지만 그들이 미처 팔을 잡기도 전에, 여자는 치마에 손을 얹고서 손바닥을 검은 깃털 위에 올렸다.

여자에게 먼저 다가간 건 아자키였다. 그가 여자의 팔을 잡자, 여자는 고개를 숙이고는 아래에서 위로 그를 지그시 올려다보며 미소를 지었다.

아자키의 입에서 신음이 흘러나왔다. 그는 입을 벌리고는 연회장을 향해 끔찍한 비명을 질렀다. 카펫 깔린 바닥에 자빠진 그는 두 손으로 얼굴을 때렸다. 이제 빛나고 있는 여자의 치마가 캐시의 눈에 들어왔다. 그 빛은 검게 펄떡여 댔다.

여자는 한쪽 팔을 홱 뻗어 드러먼드가 도망치기 전에 잡았다. 그러자 드러먼드가 새된 소리로 비명을 지르며 괴롭게 고함을 쳤다. 그도 눈을 까뒤집은 채 바닥에 쓰러졌다. 두 손을 얼굴에 댄 채였다.

캐시는 뒤로 물러섰다.

전에도 이 광경을 봤었다. 바로 드러먼드의 기억에서.

"절망의 책이야."

여자가 선 자리에서 맴도는 광경은 마치 무용수의 우아한 피루엣 동작 같았다. 머리를 뒤로 젖히고 천장을 바라보는 여자는 마치 캐시가 여기 없다는 듯이 행동했다.

캐시는 까마귀의 깃털 같은 여자의 치마를 다시 바라보다가, 그게 천이 아니라는 걸 깨달았다. 깃털이라고 생각했던 것은 바로 치맛자락에 꿰맨 절망의 책 책장이었다.

캐시가 무어라 반응하기도 전에, 여자는 앞으로 쏜살같이 달려왔다. 인간을 넘어선 빠르기는 아니었어도, 캐시의 예상보다는 잽싼 동작이었다. 여자는 양손으로 캐시를 덥석 잡았다. 그 얼굴은 분노의 비명으로 일그러져 있었고, 그렇게 캐시의 속에 절망이 가득 차오르고 말았다.

절망

캐시의 머릿속에서는 모든 게 사라졌다. 이젠 끝이었다.

희망은 없었다. 그들은 패배했다. 바닥에 쓰러진 캐시는 몸에서 모든 힘과 의지가 빠져나가는 것을 간신히 알아차릴 뿐이었다.

세상은 모든 색을 잃어버렸다. 삶은 단조로운 무채색이 되었다. 의식이 느껴졌지만 이내 죽음이 이어졌다. 피할 수 없는 죽음에 의식이 점점 무너져 갔다.

'죽는구나.'

할아버지가 떠올랐다. 피골이 상접한 채, 기침할 때마다 입가에 피를 묻히던 그 모습. 공기를 텁텁하게 메운 땀과 고통. 캐시는 문도 없는 방에 갇혀서 그저 영원히 고통과 죽음을 곁에 둔 채 울부짖었다. 이 절망의 세상은 그녀의 고통스러운 소리를 즐거이 만끽했다.

그러다 캐시는 미래를 보게 되었다. 그녀의 절망이 걷어낸 장막 너머로 지금의 이 실패가 어떤 의미였는지 드러났다. 온 세상이 텅 비었다. 도시들엔 침묵이 흐르고 들판은 황량했다. 농작물이 자라지 않는 진흙 벌판에는 동물의 사체가 널렸다. 지평선 위의 나무들은 공포에 질려 황폐하게 변해버린 세상으로 가지를 뻗었다.

이것은 여자가 만든 세상이었다. 지평선 위의 그림자로 보이는 여자는 비참한 세상을 거닐며 기뻐했다. 점점 다가오는 풍경 위 검은 얼룩과도 같은 모습으로, 두 팔을 활짝 벌리고 길을 따라 활보했다. 하지만 알고 보니 그건 길이 아니었다. 여자는 지금 발밑으로 깔린 인간 위를 걷고 있었다. 잿빛 세상을 향해 입을 쩍 벌리고 비명을 지르는 인간들이 여자에게 밟혔다. 이제 세상은 고요하지 않았다. 오히려 고통과 괴로움의 소음이 가득한 공간이었다.

이것이 인류의 미래, 인간의 미래였다. 다 그 여자 때문이었다.

다 캐시 때문이었다.

아무 데도 없는 아무것도 아닌 공간에서 캐시가 책을 만들었기 때문이었다.

캐시는 목 놓아 울었다. 연회장에서, 또 머릿속에 펼쳐진 죽어버린 세계에서 통곡했다.

그 소리에 여자가 이끌려 왔다. 굶주린 눈빛은 마치 서치라이트처럼 주변을 살피다가 움츠리고 앉은 캐시를 발견했다. 여자가 지었던 기쁨의 미소가 바뀌어 비웃음이 되었다.

캐시는 눈을 내리깔았다. 그 여자가 자신에게 다가온다는 걸 알아서였다. '저 여자는 나를 끌고 시체와 뼈로 이루어진 길로, 비명의 길로 이끌어 세상을 가로질러 데려가겠구나. 그리고 수백만 명의 인간들처럼 영원히, 난 그곳에 갇혀버리겠구나.'

머리 위로 펼쳐진 하늘은 밋밋한 회색이었다. 여자가 나아가자 새들이 사방에서 바닥으로 툭툭 떨어져 고통에 사로잡힌 채 푸드덕거리며 꽥꽥 울어댔다. 여자의 아래로 펼쳐진 진흙 속에서는 여자가 위를 지나갈 때마다 벌레들이 고통에 사로잡혀 몸부림치며 지면으로 불쑥불쑥 튀어나왔다.

이제 여자는 캐시를 향해 손을 뻗었다. 입이 벌어지며 순수한 증오의 비명이 흘렀다.

　고통과 괴로움 없는 삶이란 존재할 수가 없었다.

　캐시는 비명을 질렀다. 여자의 해골 같은 손이 가까이 다가왔다. 여자의 입이 크게 벌어지며 검게 변한 이빨로 캐시를 갈가리 찢으려 했다.

　존재하는 것은 절망뿐이었다.

　그런데 문득 불이 일렁였다. 갑자기 타오른 불은 격하고 성난 모습으로 아름다웠다. 그것은 아무것도 아닌 게 아닌, 존재하는 무언가였기 때문이다.

불

이지는 룬드 옆에 앉아서 신음하며 몸부림치는 남자의 팔을 잡았다. 총알이 그의 복부에 박혔고, 내장에 구멍이 뚫려 내출혈이 일어나고 있음을 알고서 이지는 겁에 질렸다.

"룬드! 말 좀 해봐요."

온몸의 근육이 바위처럼 딱딱하게 뭉친 룬드는 눈을 질끈 감고 있었다.

"난…… 괜찮아요."

그는 이를 악문 사이로 말했다.

이지는 룬드를 도와주어야 한다는 걸 알았다. 그를 옮겨야 했다. 그러다 여자는 어떻게 되었는지 보려고 슬쩍 눈길을 들자, 오히려 캐시와 드러먼드와 아자키가 모두 다 바닥에 쓰러져서 신음하는 모습이 보였다. 여자는 여전히 몇 미터 떨어진 곳에 서서 얼굴을 천장으로 젖힌 채였다. 자신을 둘러싸고 벌어지는 고통에 즐거워하는 듯했다.

"뭐야?"

이지는 놀라서 숨을 헐떡였다. 이게 무슨 상황인지 알 수가 없었다. 저 여자는 뭘 하는 거지? 그러다 여자의 치마가 빛나는 게 보였다.

그녀는 다시 룬드를 바라보았다. 그의 턱에 어찌나 힘이 들어갔는지 이러다 치아가 모두 부서질 것 같았다. 캐시는 연회장 저편으로 비명을 질러댔고, 드러먼드는 신음을 흘렸다. 아자키는 그저 계속해서 "안 돼, 안 돼, 안 돼"라고만 중얼거릴 뿐이었다. 이지의 눈앞에서 아자키는 사지를 뻗고 굴러다니며 차라리 기절하고 싶다는 듯 카펫 깔린 바닥에 머리를 찧어대었다.

이제 여자는 뒤돌아섰다가 이지를 보고 눈을 크게 떴다. 앞으로 다가오는 여자를 보며 이지는 꼼짝 못 하고 얼어붙었다. 괴물이 가까이 다가오고 있었으니까. 이윽고 여자는 이지의 뺨을 부드럽게 쓸었고, 이지는 반사적으로 움찔 몸을 젖혔다. 하지만 아무것도 느껴지는 것은 없었다. 여자가 돌아서서 마치 자기만 들을 수 있는 음악에 맞추어 춤을 추는 듯 피루엣을 도는데도 말이다.

이지는 자신이 안전하다는 걸 깨달았다. 캐시가 준 책이 그녀를 보호하고 있었다. 이윽고 주머니 속에서 따스하고 묵직한 책의 존재가 느껴졌다. 친구들이 받는 영향이 뭐든, 이 책이 그걸 막아주고 있었다.

이지는 몇 미터 떨어진 곳에서 춤을 추는 여자의 빛나는 치마를 다시 바라보았다. 자세히 보니 치마에 붙은 건 깃털이 아니었다. 그래서 치마가 빛나는 거였다. 깃털이 아니라 책이었으니까. 어떻게 한 건지 여자가 입은 치마 전체에 책장을 전부 이어 붙여놓았다.

여자는 일렁이는 촛불 빛을 받으며 눈을 위로 향한 채 계속 춤을 추었다.

'저 여자는 날 전혀 아랑곳하지 않아. 난 저 여자에게 아무것도 아니야.' 이지는 깨달았다.

이지는 저 여자가 싫었다. 저건 사람을 괴롭히는 이기적인 존재일 뿐이었다. 어릴 적 자신을 괴롭히던 학교 운동장의 애들보다 더하지도 덜하지도 않은 인간.

그녀는 룬드를 바라보았다. 이어서 캐시를, 드러먼드를, 아자키를 보았다. 그중 자신만 아무런 영향을 받지 않았다. 그러니 이지야말로 뭐라도 할 수 있는 사람이었다.

그녀는 다시 여자의 치마를 보았다. 깃털이 아니라 조악하고 마른 종잇조각과 그 너머로 일렁이는 불빛이 보였다. 그러자 몇 달 전, 리옹에서 아침을 먹으며 드러먼드가 해줬던 이야기가 떠올랐다. 그리고 오리건에서 룬드와 해변에 앉아있을 때가 떠올랐다.

이지는 벌떡 일어나 주머니에서 라이터를 꺼냈다. 해변에서 모닥불을 피웠을 때 룬드가 쓰던 라이터였다. 그 여자가 연회장 저편에 있는 캐시와 드러먼드를 노려보느라 이쪽을 보지 않고 있을 때, 이지는 라이터를 켜서 몇 발짝 빠르게 앞으로 나가 여자의 치맛자락에 불을 붙였다.

불꽃은 곧바로 두껍고 마른 절망의 책에 옮겨붙었다. 몇 초 만에 치마 전체에 불길이 타올랐다. 이제 여자는 불로 만든 치마를 입은 거나 마찬가지였다.

이지가 물러서서 다시 룬드를 바라보았을 때, 여자는 깜짝 놀라 몸을 틀며 비명을 질렀다. 이윽고 이지는 정신을 차린 캐시를 보았다. 드러먼드도 다시 일어나 앉았다. 아자키는 머리를 바닥에 찧던 걸 멈추었고, 룬드도 눈을 떠서 어떻게 된 일인지 주위를 바라보았다.

여자는 분노로 비명을 지르며 두 손으로 치마를 마구 두드렸다.

"드러먼드!"

캐시가 외쳤다. 이지는 연회장 뒤편의 거울로 달려가는 캐시를 보았다. 비밀 통로로 이어지는 거울이었다. 그 거울 역시 문이었다.

방 저편에서 드러먼드가 손에 든 책이 빛나고 있었다. 그가 한쪽 팔을 구부리자 여자가 지면에서 떠올랐다. 그 모습은 마치 공중에 뜬 분노의 화염구 같았다. 캐시가 거울 문을 열어젖히자 벽에 검은 구멍이 나타났다. 아무것도 없는 네모난 구멍이었다. 드러먼드는 팔을 그쪽으로 홱 뻗었다. 그러자 공중에 1미터쯤 뜬 여자가 연회장을 쏜살같이 가로질러 그쪽으로 끌려갔다. 뒷에 걸린 짐승이 지를 법한 비명과 함께 붉길이 선을 그으며 자취를 남겼다.

여자는 네모난 어둠 속으로 사라졌다. 고개를 돌려 머리를 뒤로 한 채 그들을 노려보는 여자의 모습을 보고 있자니 건물 옥상에서 아래로 추락해 곧 죽을 모습을 마주 보는 것 같았다. 여자는 끌려가면서도 문손잡이를 잡으려는 것처럼 그들을 향해 손을 뻗었다. 그러다 어둠 속으로 녹아내리는 듯, 그녀의 비명이 수천 가닥의 울부짖음으로 갈라지면서 이윽고 아무것도 남지 않았다.

캐시는 거울을 쾅 닫았다. 이제는 불길도 소음도 사라졌다.

이지 옆에서 룬드는 신음을 흘리며 다시 눈을 감았다.

이지는 안전의 책을 주머니에서 꺼내어 그의 손에 꼭 쥐어주었다.

"어서, 어서 효과를 내줘."

그녀는 눈물을 글썽이며 말했다.

캐시가 연회장 끝에서 달려왔다. 이지는 제발 너무 늦지 않기만을 바랐다. 룬드가 무사하기를 바랐다.

휴고 바버리의 마지막 소행(2002)

　과거의 어느 때, 6번가에 있는 라디오시티 뮤직홀 맞은편 거울연못가에 어떤 남자가 앉아있었다. 오랫동안 휴고 바버리 박사라는 이름으로 알려진 사람이었다. 도시의 밤거리는 따스하고 눅눅하며 분노에 차있었다. 그리고 휴고 바버리는 이곳에서 변칙적인 인간이었다.

　그는 다시 연회장 문을 통해 과거에 던져졌다. 캐시 때문에. 머릿속으로 몰아치는 폭풍에 휘둘리지 않게 되자 그래도 지금이 언제인지는 알 수 있었다. 오래전 과거였다. 한 20년 전이려나. 지난번처럼 먼 과거는 아니었지만, 과거는 분명했다.

　그는 몸을 부르르 떨면서 끙끙댔다. 머릿속에서 고통이 꿈틀거렸다.

　그 서적상 여자가 무슨 짓을 하긴 했다는 걸 알고는 있었다. 고통의 책을 써서 뭔가를 없앤 것이다. 그 후로 내내 몸이 좋지 않았다. 과거에 처음 도착했을 때는 정처 없이 걸었기 때문에, 자신이 맨해튼 거리에서 흔히 볼 수 있는 미친 사람처럼 보였으리라는 것도 알고 있었다. 그렇게 걷다가 어느새 6번가에 도착해서 거울연못에 멈춰 섰다. 어떻게든 마음을 차분하게 가라앉혀야 했으니.

　분노와 환희, 괴로움과 즐거움이 번갈아 느껴졌다. 그의 자아는 둘로 나뉘어 싸워댔다. 고통의 책은 그의 모든 혼란을, 그를 지금의 괴물 같은 모습으로 만들어 버린 어린 시절의 기억과 경험을 모두 풀어 주었다. 고통의 책은 그의 고통을 새로이 창조하여 생명력을 부여하고 스스로 의도를 갖도록 만들었다. 그리하여 그 고통은 그의 나머지 부분과 싸움을 벌였다.

휴고의 나머지 부분, 또 다른 휴고는 이제 고통스럽지 않았다. 그건 마치 수십 년간 잠들어 있던 부분 같았다. 모든 기억과 모든 경험을 지니고 있었지만 서적상이 고통의 책으로 그를 바꿔버리기 전에 저질렀던 모든 소행 때문에 겁에 질리고 두려움에 떠는 또 다른 휴고였다.

뉴욕의 밤은 소란스러웠다. 밝은 조명과 헤드라이트에 눈이 부셨던 바버리는 고개를 뒤로 젖히고는 끙끙 앓았다. 연못가에 앉아있던 관광객 두 명은 불안한 눈빛을 보내며 슬금슬금 물러났다.

고통은 살아서 휴고를 다시 장악하려 했지만, 그는 그러기를 바라지 않았다. 상처받기 전 순수했던 소년으로 존재하는 또 다른 휴고는 저항했다.

이를 악문 그는 양손으로 거울연못의 콘크리트 가장자리를 쥐고서 목에 핏대를 세우며 비명을 질렀다. 그의 비명은 혼잡한 도로의 경적과 6번가 아래를 지나는 지하철의 굉음에 묻혀 하늘로 아스라이 사라졌다.

그러다 이제 끝났다는 생각이 들면서 잠시 기분이 나아졌다고 생각한 휴고는 긴장을 풀기 시작했다. 하지만 고통은 다시 돌아왔다. 이번에는 신체의 고통이었는데, 휴고 바버리는 지금 건강의 책을 갖고 있었기 때문에 책의 힘이 작용하여 그 고통을 상처의 독처럼, 오랫동안 박혀있던 조각처럼 없애려 했다. 그러던 순간, 고통이 그에게서 확 떨어져 나왔다. 끈질긴 무형의 물체처럼 그의 입에서 튀어나온 고통은 공중을 유영하며 매캐하고 어두운 밤거리 사이로 모습을 감추었다.

그 순간, 순식간에 휴고는 고통에서 해방되었다. 정신이 맑아지면서 고통이 사라진 채로, 그는 경이로움 가득한 눈을 크게 뜨고 사방을 둘러보았다. 생전 처음으로 그는 주변 세상을 제대로 인식했다. 세상의 빛과 생기, 활동이 눈에 들어오자 모든 게 신기하기만 했다.

그는 불쑥 일어섰다. 갑자기 희망과 가능성이 왈칵 자신을 사로잡았다. 그는 노인이었지만 건강의 책과 얼굴의 책이 있었다. 앞으로 살아갈 세월이 많았고, 시간을 쓸 방법도 많았다. 그는 반짝이는 눈빛과 미소 띤 얼굴로 6번가를 걸어가면서 이제 더는 휴고 바버리 박사로 살지 않기로 했다. 그건 어떤 생각을 전달하기 위해 스스로 골랐던 이름, 실은 다른 사람의 이름이었다. 그건 자신의 진짜 이름인 적이 없었다. 평생을 휴고 바버리 박사로 살아온 그는 이제 다른 이름을 쓰기로 했다. 무슨 이름을 쓸지 정하지는 않았지만, 앞으로 정할 시간은 많았으니까.

무더운 뉴욕의 여름날, 휴고 바버리의 고통은 공중에 떠 있었다. 교통 체증과 사람들 위로 둥둥 뜬 고통은 눈에 보이지 않았다. 하지만 이 고통은 특별한 책이 만들어 낸 고통, 살았다고 볼 수는 없어도 나름의 의도와 의지를 지닌 고통이었다.

고통은 기다렸다. 무엇을 기다리는지 모르는 채로.

그러다 젊은 가족이 그 주변을 한가로이 지나갔다. 휴가를 맞아 처음으로 뉴욕에 와서 도시의 전경과 환한 불빛을 한껏 즐기던 벨로즈 가족이었다. 그들은 거울연못 옆에 앉아 방금 산 엠앤엠즈 초콜릿과 콜라를 나눠 먹었고, 어린 딸인 레이철은 어른이나 알아듣는 지루한 이야기를 하는 엄마와 아빠를 놔두고 연못 난간을 걸었다. 아이는 혹시라도 연못에 떨어지면 옷이 젖을 위험을 무릅쓰고 아슬아슬한 기분을 느끼면서 균형을 잡았다.

아이는 6번가와 49번가의 모퉁이에 서서 록펠러 센터와 주변을 두른 마천루를 바라보았다. 레이철은 가족의 낡은 통나무집이 있는 지방에서 벗어나 도시에 와서 무척 들떠있었다. 그래서 호텔로 돌아가도 잠을 자지 못할 것 같았다. 대신 밤새 깨어 아래로 지나다니는 사람들과 자동차를 볼 생각이었다. 집에 있는 방에서는 창밖을 내다봐도 나무와 어둠 외에는 아무것도 보이지 않았으니까. 그곳 풍경은 너무 재미없었다.

이윽고 레이철은 부모님을 바라보았다. 두 사람은 일어서서 혹시 두고 가는 물건이 없는지 확인하고 있었다.

"가자, 레이철!"

아버지가 미소를 지으며 딸을 불렀다.

아이는 마지막으로 주위를 둘러본 다음 연못 가장자리에서 뛰어내렸다. 그런데 그 순간, 휴고 바버리의 고통에 사로잡히고 말았다. 고통은 아이를 집어삼켰다. 아니, 아이가 고통을 집어삼켰다고 해야 할까. 레이철은 인도에 손과 무릎을 대고서 착지했다.

그리고 잠시 움직임이 없었다. 손가락 사이로 보이는 콘크리트 바닥만을 응시했을 뿐.

갑자기 속이 가득 찼다. 불쾌할 정도로 배부른 느낌에 머릿속에선 묘한 느낌이 들었다.

뭔가…… 달라진 기분이었다.

"딸! 레이철!"

'아버지가 부르는구나.' 그런데 아버지의 목소리를 듣자마자 전엔 한 번도 느낀 적 없는 짜증이 벌컥 났다.

자리에서 일어난 레이철의 눈에 부모님이 보였다. 자신이 마치 혼자서는 아무것도 할 수 없다는 것처럼 두 사람은 이쪽을 바라보고 있었다.

부모님에게 다가가자 두 사람의 얼굴에 안도감이 보였다. 레이철은 그런 감정을 드러낸 부모님을 경멸했다.

그러자 레이철의 또 다른 부분, 조금 전 난간에서 뛰어내리기 전까지 레이철이었던 부분이 스스로에게 물었다. '왜 나는 이런 생각을 할까?'

레이철이었던 부분은 이상한 감정을 털어버리고는 급히 부모님을 따라갔다.

하지만 뉴욕에서 집으로 돌아온 후 시간이 지나면서 레이철이었던 부분은 점점 조용해져만 갔고, 일어나는 일에 점점 실망하기만 했다. 시간이 흐를수록 본래의 레이철은 계속 사라지더니 급기야는 마음속 어딘가에 갇혀버리고 말았다.

고통이 레이철을 사로잡았다. 그 고통은 레이철의 몸속에서 살았다.

그리고 그 고통은 책을 기억해 냈다. 바로 자신을 만든 책들을. 고통은 그 책들을 탐냈다.

제 · 7 · 부

시
작
과
끝

폭스 도서관

폭스 도서관 안에서는 모든 게 어둡고 실체가 없는 데다 색채도 없었기에 캐시는 절망 가운데 본 광경을 떠올리게 되었다. 그들이 어두운 공간에 무리 지은 그림자처럼 말없이 서있는 동안, 드러먼드인 형상은 다시금 그림자의 책 한 장을 환한 낮으로 던졌다. 그러자 지난번에 캐시가 도서관을 방문했을 때와 마찬가지로 색채가 물밀듯이 밀려들었다. 폭스 도서관은 이제 그림자 속 집이 아니라 실제로 존재하는 단단한 건물로 스코틀랜드 하일랜드 북서쪽 언덕 기슭에 자리 잡게 되었다.

"우아!"

이지가 숨을 몰아쉬며 감탄했다.

모두는 드러먼드를 따라 도서관 앞뜰로 나갔다. 발밑으로 자갈이 자박자박 밟혔다. 캐시가 폭스 도서관을 이전에 방문했을 때와는 달리, 머리 위로 청명한 하늘이 펼쳐진 가운데 찬바람에도 금빛 햇살이 비쳐들어 따스했다.

"맑은 공기를 마시니 정말 좋네. 낡은 가구 냄새가 안 나는 공기가 좋아."

아자키는 눈을 가늘게 뜨고 밝은 낮의 광경을 바라보며 중얼거렸다.

"여기가 어디야?"

이지가 묻는 말에 드러먼드가 대답해 주었다.

그들은 잠시 건물 앞에 서서 맑은 공기와 고요한 한때를 만끽했다. 룬드는 안전의 책을 손에 들고서 한쪽으로 떨어져 서있었다. 캐시는 이지를 슬쩍 찌르며 룬드 쪽으로 고갯짓했다. 이지는 그에게 다가가 팔에 손을 얹었다.

"좀 어때요?"

"아직 괜찮은 것 같아요."

그는 이지의 말에 대답했다.

안전의 책을 들고 있어서 총에 맞아 생긴 부상의 진행은 멈춰진 것 같았지만, 이게 완전히 치료가 된 건지는 아무도 알 수가 없었다. 아까 연회장에서 드러먼드는 "제대로 도움이 될 만한 게 있어요. 도서관 에요"라고 말했었다.

그래서 캐시는 문을 열었고, 모두는 함께 그림자 속으로 들어왔다.

이제는 햇살이 내리쬐는 가운데 집 앞에 선 캐시는 잔디밭 저편을 바라보다가 사슴을 발견했다. 사슴은 지난번과 마찬가지로 캐시를 바라보고 있었다. 혹시 저번에 봤던 것과 같은 사슴일까 궁금했다. 그러자 또 다른 사슴이 옆에 나타나더니, 일행을 관찰하며 유유자적 풀을 씹었다.

"저기 봐."

캐시는 이지에게 사슴 쪽을 손짓해 보였다. 사슴을 본 이지의 얼굴이 환해졌다.

"밤비다!"

그때, 드러먼드가 말했다.

"한잔하는 거 어때요? 어디 편안한 데 가서?"

"아, 좋죠. 뭔가 센 걸 마시고 싶네요."

아자키가 대답했다.

그들은 다시 저택 안으로 들어가 복도를 걸었다. 벽마다 줄지어 놓인 책꽂이를 보자 아자키는 즐겁게 무어라 중얼거렸다. 드러먼드는 높다란 스테인드글라스 창문을 지나 계단을 오른 일행을 도서관의 주실로 데려갔다.

캐시가 보기에 이곳은 예전에 방문했을 때보다 훨씬 웅장하게 느껴졌다. 돌출창으로 비쳐드는 부드러운 황금빛 햇살 때문일까. 방은 더 넓어 보였고, 편안한 소파들도 더욱 정답게 앉으라 손짓하는 것 같았다.

"다시 집에 왔네요."

드러먼드의 말은 만족스러운 한숨같이 들렸다.

그는 잠시 어색하게 선 채로 다른 이들이 저마다 자리를 잡고 앉거나 창턱에 기대앉는 모습을 바라보았다.

"이 집 정말 멋지네! 여기가 다 당신 거예요?"

이지는 룬드가 털썩 앉은 소파의 팔걸이에 앉으며 말했다.

"여기 일대 산지가 이 사람 거야."

캐시는 창가에 기대앉아 저택의 서쪽으로 보이는 호수를 응시하며 말했다.

"이 책들도 전부 갖고 있는 거겠고요."

아자키가 덧붙였다. 그는 룬드의 맞은편 의자에 앉아서 나직한 탁자 위의 책 더미에서 책을 뽑았다. 그러자 이지가 말했다.

"여긴 네가 꿈에 그리던 집 같네, 캐시. 이 책들 좀 봐. 게다가 널 괴롭힐 룸메이트도 없고 말이야."

그녀는 캐시를 놀리듯 바라보았고, 캐시는 친구에게 인상을 썼다. 그러다 드러먼드와 눈이 마주치자, 두 사람 모두 동시에 고개를 돌리고 말았다.

"여기 참 아름답네요."

아자키는 앉은 자리에서 목을 길게 빼고는 창밖의 풍경을 한껏 감상했다. 그러다 벌떡 일어나 캐시 옆으로 다가가 서서 낮의 정경을 응시했다. 이 빛을 보니 어쩐지 캐시는 수금(水金)이 떠올랐다. 눈앞에 펼쳐진 언덕과 산, 호수까지 모두 금빛 물감을 흠뻑 칠한 것만 같았다.

드러먼드는 미소를 짓고서 주머니에 슬그머니 손을 넣었다.

"그건 날씨가 좋아서 그렇습니다. 사실 이런 날씨는 아주 드물거든요. 조금만 기다려 봐요. 다시 흐리고 안개가 끼고 습기가 찰 거예요. 그러면 풍경이 훨씬 더 아름다워집니다. 나는 가서 음료를 좀 가져올게요. 다들 커피와 차 괜찮죠?"

드러먼드는 주문을 받은 다음 도서관에서 나갔다. 캐시와 아자키는 책장에 있는 책을 이것저것 꺼내보았고, 그동안 이지는 창가를 혼자 차지하고서 경치를 감상하다가 또 사슴을 보았다고 모두에게 소리쳤다. 룬드는 자리에 앉아서 머리를 젖히고 눈을 감았다. 그는 꼭 숙취에 시달리는 기색으로 배 위에 안전의 책을 대고 꼭 잡고 있었다.

이윽고 드러먼드가 머그잔이 담긴 쟁반을 들고 왔다. 그들은 탁자에 모여 둘러앉았다. 저마다 의자에 앉지 않으면 바닥에 책상다리를 한 채로, 드러먼드가 나눠주는 잔을 받았다.

그는 테이블에 비스킷 접시를 놓으며 말했다.

"쇼트브레드도 가져왔습니다. 다들 먹어요. 룬드, 당신도 먹어야 해요. 우리는 모두 에너지가 필요하니까. 먹으면 한결 나을 겁니다."

그들은 각자 비스킷을 들고서 잠시 침묵을 지키며 먹었다.

이윽고 이지가 커피 잔을 두 손으로 감싸 쥐고서 캐시에게 물었다.

"이제 어쩌지?"

"몰라. 일상으로 돌아가야 하지 않을까?"

캐시의 대답에 모두는 잠잠한 채로 가만히 생각에 잠겼다. 집 안 어딘가에서 시곗바늘이 똑딱똑딱 움직이는 소리가 들렸다. 침묵 가운데 들리는 괘종시계의 박자였다.

그때, 드러먼드가 바닥으로 눈길을 내리깔며 말했다.

"꼭 일상으로 돌아갈 필요는 없어요. 세상에는 특별한 책들이 아직 있죠. 그리고 그걸 이용하고 남용하는 사람들도 있을 테고요."

"서적상은 아직도 고통의 책을 갖고 있죠."

이지가 말하자, 아자키가 드러먼드에게 물었다.

"그래서 무슨 말을 하고 싶은 겁니까?"

"음, 그러니까요."

드러먼드는 이렇게 말하더니 목을 가다듬었다. 캐시가 보기에 그는 긴장한 것 같았다.

"폭스 도서관은 예전에 친구들이 들러 책 이야기를 하던 곳이었습니다. 난 그때의 분위기를 다시 살리고 싶어요. 하지만 책 이야기를 하는 것 이상의 뭔가를 해야 하지 않을까요?"

그는 아자키를 바라보며 말했다.

"당신은 책 사냥꾼이었죠. 그리고 룬드가 당신을 얼마간 도와줬고요."

"그래서, 우리더러 계속 책 사냥을 하란 말입니까?"

아자키가 묻자 드러먼드는 고개를 끄덕였다.

"안 될 거 없죠? 하지만 돈 때문에 책을 찾아다니지는 말아요. 도서관을 위해 해요. 책을 지키고 보존하기 위해서 사냥꾼이 되란 말입니다."

아자키는 잔을 빙글빙글 돌리며 생각에 잠겼다. 그러자 이지가 아자키에게 말했다.

"이 일을 해줘요. 난 이 책들이 싫다고요. 세상에 돌아다니는 것보다 모아다가 여기에 넣고 잠가버리는 편이 훨씬 좋아요."

"당신들도 도와줄 수 있습니다. 두 분 다요."

드러먼드는 처음에는 이지를, 다음으로 룬드를 바라보며 말했다.

"뭐라고요? 난 못 도와줘요. 뉴욕에 직업이 있다고요. 아니, 그것도 옛날이야기가 됐지만요. 아니지, 지금 돌아가면 도로 일할 수 있을지 누가 알겠어요? 게다가 아파트도 있는데. 난 먹고살려면 일해야 해요."

이지의 말에 드러먼드가 대답했다.

"내가 돈을 주겠습니다. 당신을 고용하겠다는 말이에요. 폭스 도서관은 재산이 상당히 많습니다. 그리고 우리는 그 여자나 휴고 바버리 같은 인간들이 책을 가지게 둘 수는 없잖습니까. 우리는 그걸 막을 의무가 있어요. 폭스 도서관은 예전부터 직원을 고용해 왔습니다. 그러니 다시 고용하지 말란 법이 없죠. 여러분 셋은 조사자로 고용하겠습니다. 책 사냥꾼이든 도서관 직원이든, 이름은 마음대로 고르시죠. 난 올바른 의도를 가진 사람이 필요하거든요. 내가 믿을 수 있는 사람이요."

"그게 우리라는 거예요?"

이지가 미심쩍다는 듯 물었다. 드러먼드는 그녀와 눈을 마주하며 대답했다.

"그래요. 난 그렇게 생각해요. 난 여러분 모두를 믿고 싶어요."

드러먼드의 말에 이지는 놀란 표정이 되었다. 분에 넘치는 말을 들었다는 얼굴이었다.

"네가 해야 해."

캐시가 이지에게 말하자, 이지가 물었다.

"너는?"

"캐시도 해야죠. 여러분 모두."

드러먼드는 캐시와 시선을 맞추었다. 이번에는 눈길을 돌리지 않았다.

그때, 아자키가 접시에서 쇼트브레드를 하나 더 집으며 말했다.

"좋아요. 난 할게요. 변화를 위해 뭔가 긍정적인 일을 하면 좋을 것 같군요. 내 인생에서 달리 뭘 할 수 있을 것 같지는 않으니까."

"보수는 어떻게 되죠?"

이지가 묻자 드러먼드는 웃었다.

"지금 받는 게 얼마든 맞춰줄게요."

"그게 다예요?"

이지가 되물었지만 캐시가 대신 대답했다.

"얘는 할 거예요. 우리 둘 다 할게요."

"룬드, 당신은요?"

이지가 묻자, 그는 고개를 끄덕이고는 엄지를 치켜올리며 말했다.

"좋긴 한데, 이제는 배에 총알을 맞는 일이 없기를 진심으로 바랍니다."

"아……. 그래요. 당연하죠. 내가 도움이 될 만한 걸 갖고 있습니다."

드러먼드는 이렇게 말하고 일어서서는 아자키와 이지에게 고개를 끄덕여 보였다.

"두 분은 불을 피워주세요. 그런 다음 다 같이 새로운 폭스 도서관에 관해 이야기하죠."

"난 불 피워본 적 없는데요."

이지의 말에 드러먼드가 대답했다.

"룬드, 여기서 가만히 있어요. 금방 돌아올 테니까."

그는 이어서 캐시를 바라보더니 방 옆쪽으로 고갯짓하면서 물었다.

"나 좀 도와줄래요?"

드러먼드는 도서관 맞은편에 있는 책장을 밀어 비밀 계단을 연 다음, 캐시와 함께 탑 꼭대기 방으로 올라갔다. 햇살이 창으로 한가득 쏟아지고, 수납장과 서류가 있는 곳이었다. 드러먼드는 주머니에서 똑같은 열쇠고리를 꺼낸 다음 벽으로 가서 8번 수납장을 열었다.

"이게 치유의 책이에요. 이걸로 룬드를 고칠 수 있을 겁니다."

그는 안에서 책을 꺼내며 캐시에게 말했다.

"정말 대단해요."

캐시의 말을 들은 드러먼드는 이어서 설명했다.

"보여주고 싶은 게 또 있어요."

그는 6번 수납장으로 가서 문을 열었다. 그리고 안에 있는 책을 꺼내 탁자 위에 놓았다. 캐시는 그 책을 보자 놀라서 숨을 헉 들이쉬었다.

"문의 책이잖아요."

그녀는 주머니에 든 자신의 책과 똑같은 책을 바라보며 말했다.

"그래요. 거의 백 년이 다 되도록 도서관에서 보관한 책인데, 이게 무슨 책인지 몰랐어요. 아무도 쓸 수가 없었죠. 봐요."

그가 책을 넘겨 첫 페이지를 펴자 캐시는 문의 책에 대한 설명이 하나도 없다는 걸 보았다. 그녀가 가지고 있는 책과는 달랐다.

"하지만 같은 책인 건 맞죠. 그래서 당신이 리옹에서 책을 보여준

날 내가 무척 놀랐던 겁니다. 여기에 문의 책이 이미 있었는데 우리가 몰랐을 뿐이었죠. 그래서 난 누가 당신에게 이 책을 줬는지 참 궁금했습니다."

"이게 어디서 났어요?"

"이집트요."

드러먼드의 대답에 캐시는 천천히 고개를 젓고서는 그에게서 책을 받아 들었다. 이윽고 손에 쥔 책이 따스해지면서 익숙한 모습으로 빛나기 시작했다. 이윽고 첫 페이지가 바뀌면서 문장이 스멀스멀 나타나나 싶더니, 이내 또렷해지면서 캐시가 가진 책에서 익숙하게 봤던 글귀가 드러났다.

"어느 문이든 모든 문이 된다."

그녀는 소리 내어 문장을 읽었다. 드러먼드는 미소를 짓더니 이어서 웃었다.

"이제껏 오랫동안 온갖 일을 다 겪었는데도 또 새로이 놀랄 일이 있다니."

그는 혼잣말을 하면서 책장을 가만히 내려다보았다.

"하지만 같은 책이 두 권 있는 거잖아요. 어떻게 이럴 수가 있죠?"

캐시는 책장을 넘기면서 말했다. 드러먼드가 자신에게 준 책은 지금 주머니에 든 책과 똑같았다.

"시간 여행 때문이죠. 같은 책은 맞지만, 각자의 시간 선에 따라 서로 다른 두 위치에 있는 겁니다. 과거로 갔을 때 당신이 두 명 있었던 것과 마찬가지죠. 캐시라는 사람은 하나뿐이지만, 젊은 캐시와 나이 든 캐시인 당신이 둘 다 한동안 같은 시점에 존재했잖아요."

캐시는 양미간을 찌푸리며 생각에 잠겼다.

"그래서 처음에 당신더러 도서관에 데려다 달라고 했을 때, 나는 이 책을 다시 보고 싶었습니다. 이게 정말로 문의 책이 맞는지 직접 확인해 보고 싶었죠. 그래서 당신이 잠들 때까지 기다렸다가 여기 와서 확인해 봤어요."

캐시는 멍하니 고개를 끄덕였다.

"난 이 책을 없앨까 생각했었죠."

드러먼드가 중얼거리는 말에 캐시는 그를 바라보았다. 그의 눈은 책을 끈질기게 바라보고 있었다.

"하지만 그럴 수가 없었어요. 그냥 그렇게 할 수가 없더라고요. 그리고 난 당신에게 있는 문의 책은 시간 선 후반부에 있는 책이라는 걸 알고 있었어요. 그래서 필요하다면 없앨 수 있다고 봤고요. 그리고 예전부터 있었던 문의 책은 이곳 도서관에 안전하게 보관했으니까 그 여자의 손에 들어가지 않을 거라 생각했죠."

"지금은 무슨 책이든 없애버릴 필요가 없잖아요. 문의 책은 당연히 그럴 필요가 없고요."

캐시의 말에 드러먼드는 고개를 끄덕였다.

"없죠. 난 당신이 문의 책을 가지고 있기를 바랍니다. 어쩐지 문의 책은 언제나 당신 것이었다는 생각이 들거든요."

그녀는 드러먼드의 행동에 감동하여 미소를 지었다. 문득 그에게 전부 털어놓고 싶었다. 이 책들은 모두 나의 것이라고 말해주고 싶었다. 하지만 그 사실은 여전히 벅찼고, 어쩌면 지금 말해준다 해도 도무지 믿을 수 없는 이야기일지도 몰랐다. 아니, 스스로가 그 사실을 믿고는 있나? 아무 데도 없고 아무것도 아닌 곳에 대한 기억은 점점 흐릿해지기만 하는데.

"받아줘요."

드러먼드는 캐시가 책 받기를 주저한다고 생각하는지 재촉했다.

캐시는 고개를 끄덕이고는 드러먼드가 지닌 문의 책을 받아 엄지로 책 표지를 쓸었다.

"이건 내가 이 모든 일이 시작됐던 몇 달 전 뉴욕에서 받았던 책이네요."

그녀는 머릿속으로 사건의 순서를 따져보았다.

"당신이 지금 이걸 나한테 줬으니까……."

이윽고 캐시는 미소를 지었다. 지금 무엇을 해야 할지 깨달아서였다.

"난 이걸 웨버 씨에게 줘야 해요. 그래야 나한테 줄 수 있을 테니까요."

"그렇다면야."

드러먼드의 말에 캐시는 가만히 고개를 끄덕였다.

"그럼 내려가서 류드를 고쳐주죠. 그런 다음 미래를 어찌할지 이야기하면 어떨까요. 다 같이요."

캐시는 미소를 지었다.

"좋아요. 그리고 난 여기에 기꺼이 있고 싶어요. 이곳은 나한테 고향 같은 기분이 들거든요. 하지만 그 전에 할 일이 좀 있어요."

그녀는 방을 둘러보면서 번호가 적힌 수납장을 바라보았다.

"책을 한 권 빌릴 수 있을까요?"

마지막 기쁨

방은 어둠에 잠겼다. 땀과 피와 죽음의 냄새가 짙게 드리운 곳이었다.

이곳은 캐시의 집, 이제는 낯선 곳이 되어버린 장소였다. 그녀는 드러먼드가 준 문의 책을 이용하여 여기에 온 참이었다. 그 책 역시 능력이 있다는 것을, 자신이 가진 것과 똑같은 책이라는 것을 직접 확인해야 했기 때문이었다.

할아버지는 해골처럼 앙상한 몸으로 침대에 누워 조용히 신음을 흘렸다. 또 다른 캐시, 그러니까 젊은 자신은 기진맥진한 채로 구석 안락의자에 쓰러지듯 앉아있었다. 커튼 너머로 날이 밝아와 또 하루를 알리는 빛이 스멀스멀 스며들었다.

캐시는 창가로 가서 커튼 한쪽을 밀어젖혔다. 바깥 작업장과 그 옆을 따라 자란 기다란 수풀이 보였다. 그 사이로 자란 봄꽃들이 아침 햇살을 받아 생생한 빛깔을 드러내었다.

"캐시."

할아버지가 내뱉은 자신의 이름은 고통스럽게 갈라져 나왔다. 창가에 선 캐시가 고개를 돌리자 할아버지가 그녀를 보며 미소 짓고 있었다. 움푹 팬 뺨으로 지은 그 미소는 마치 시체에 난 구멍처럼 보였다.

그녀는 침대로 다가가 앉아 할아버지의 손을 잡았다.

"널 다시 보기를 바랐다."

할아버지의 말에 그녀는 고개를 끄덕이고는 미소를 지었다.

"여기 있고 싶었어. 그때는 잠들어 있었잖아."

그녀는 슬쩍 고개를 돌려 어린 캐시를 바라보았다. 할아버지 역시 그 애를 보고 있었다.

"넌 지쳤잖니. 난 괜찮아."

"할아버지는 괜찮겠지. 하지만 내가 안 괜찮아."

할아버지는 이윽고 얼굴을 찡그리더니, 이내 눈을 까뒤집었다. 임종 때는 모르핀조차도 도움이 되지 않았다는 걸 캐시는 기억하고 있었다.

"여기 있고 싶었어. 그리고 할아버지에게 뭔가 주고 싶었어."

지금 할아버지가 자기 말을 듣고 있는지 아닌지 알 수조차 없었지만, 캐시는 기쁨의 책을 꺼냈다. 책 표지 위로 수많은 행복의 색채들이 화사하게 콜라주를 이룬 모습은 마치 만개한 봄꽃 같았다. 그녀는 책을 할아버지의 손에 쥐여주었다. 할아버지의 손아귀가 격하게 책을 꽉 쥐는 힘이 느껴졌다.

"할아버지에게 기쁨을 주고 싶어."

책을 손에 쥐자마자 노인의 표정이 바뀌었다. 괴로움이 사라지면서 얼굴이 편안해졌고, 이제는 캐시를 맑은 눈으로 바라보게 되었다. 기쁨의 책이 찬란하게 빛나는 광경은 마치 어두운 하늘에 쏘아올린 불꽃 같았다.

"캐시."

할아버지는 미소를 지으면서 베개에 얹은 머리를 옆으로 굴렸다. 그리고 잠시 창밖을 바라보았다.

"내 작업장. 추억이 참 많은데. 내가 일하는 동안 네가 저기 앉아있던 게 참 좋았단다."

옛 시절을 회상하는 할아버지를 바라보자 캐시는 눈물이 고였다. 노인의 얼굴에는 더없이 아름다운 일출처럼 기쁨이 피어올랐다.

"저 꽃들을 좀 보렴. 저 색을 봐라. 참…… 밝고 화사하구나. 정말 아름다워! 바람결에 나부끼는 꽃들을 보려무나."

할아버지는 기쁨에 겨워 탄성을 지르다시피 했다.

이 아름답고 놀라운 세상에 아침 빛이 드리워지는 동안, 캐시는 몇 분 더 할아버지 옆에 앉아있었다. 할아버지는 고통이 아니라 기쁨을 남기며 천천히 이 세상을 떠났다.

그렇게 할아버지가 돌아가시자, 기쁨의 책에 서렸던 색채도 함께 스러졌다.

캐시는 일어나서 기쁨의 책을 들었다. 그리고 침대를 돌아 문으로 다가갔다. 다른 캐시는 여전히 의자에 앉아 잠든 채였다. 곧 깨어나 할아버지가 돌아가신 걸 발견하고는 앞으로 몇 년 동안 그 순간을 떠올리며 괴로워하리라.

'하지만 이젠 아니야.'

이건 끝이었지만, 캐시에게는 새로운 시작이기도 했다.

그녀는 문을 열고, 마침내 영영 집을 떠났다. 친구들이 있는, 또 자신의 미래가 있는 폭스 도서관으로 돌아가기 전에, 갈 곳이 하나 더 남았기 때문이었다.

웨버 씨의 조용한 죽음 III

　웨버 씨는 뉴욕 어퍼 이스트사이드에 있는 켈너북스에 홀로 앉아 방금 젊은 캐시와 나눈 대화를 생각하고 있었다. 이제 그가 문의 책을 캐시에게 줄 때가 다 되었다는 걸 알고 있었지만, 대체 어떤 식으로 그 책이 자신의 인생에 들어올지는 알 수가 없었다.

　그러다 테이블에서 고개를 들자 매장 뒤편 직원실의 문을 열고 나오는 캐시가 보였다. 그녀는 이전과는 다른 캐시, 바로 나이 든 '자신의' 캐시였다. 그녀는 웨버 씨에게 미소를 지으며 손가락을 입술에 대고는 그의 뒤편, 서점의 앞 유리창에 앉아있는 젊은 캐시를 가리켰다.

　그는 고개를 끄덕이고는 캐시에게 미소를 지어주었다. 그녀를 다시 보게 되어 기뻤다. 예전보다 밝아 보이는 것도 같았다.

　그녀는 손을 내밀어 웨버 씨에게 책을 한 권 주었다. 가죽으로 제본한 자그마한 책이었다. 그는 표정으로 캐시에게 이 책이냐고 물었고, 그녀는 고개를 끄덕였다.

　웨버 씨는 책을 받아 들고 찬찬히 살펴보았다. 심장이 비정상적으로 빠르게 뛰는 것 같았지만 아랑곳하지 않았다.

　그가 캐시에게 다시 눈을 돌렸을 때, 그녀는 다시 고개를 끄덕이고는 어린 시절의 자신을 슬쩍 바라보았다. 그 모습은 마치 '이걸 나에게 주세요'라고 말하는 것 같았다.

웨버 씨는 그 뜻을 알아듣고는 가만히 고개를 끄덕였다. 그리고 주머니에 손을 넣어 펜을 꺼냈다. 첫 페이지를 열고서 거기 쓰여있는 문장 아래에 그는 캐시에게 보내는 메모를 조심스럽게 적었다. 글을 쓰는 자신을 지켜보는 캐시의 눈길이 느껴졌다. 이윽고 그는 책을 덮은 다음 펜을 주머니에 넣었다.

그때, 그녀는 자신의 뒤편으로 보이는 젊은 시절 본인을 응시하고 있었다. 이윽고 고개를 돌린 캐시는 웨버 씨를 바라보았는데, 그 얼굴이 어쩐지 슬펐다.

그때, 웨버 씨에게 고통이 엄습했다. 눈앞이 캄캄해지는 고통에 그는 소리 없이 숨을 몰아쉬었다.

가슴을 부여잡은 그는 옆에 선 캐시를 어렴풋이 인식했다. 괴로운 중에도 그녀를 바라보자 이제야 왜 그녀가 슬픈 표정을 지었는지 알게 되었다. 캐시는 그를 꼭 안아주었다. 그리고 점점 몸에서 의식이 사라지며 이제는 어둠의 품에 안기리라는 걸 느낀 순간, 캐시는 웨버 씨의 이마에 짧게 입을 맞추었다. 축복과 감사의 입맞춤이었다.

작가의 말이라니요? 제가 이런 글을 쓰게 될 줄 대체 누가 알았을까요.

나는《북 오브 도어즈》가 출간되기 근 1년 전부터 작가의 말을 쓰고 있었습니다. 이 글을 읽고 계신 분이 누구신지는 모르지만, 어쨌든 저는 과거에서 여러분에게 말을 걸고 있는 것이죠. 안녕하세요! 2024년은 어떠셨나요? 이 책을 사주시고 작가의 말까지 읽어주셔서 고맙습니다.

그러면 이제 누구에게 고마워해야 하려나요?

음, 먼저 나의 담당자인 해리 일링워스에게 감사드리고 싶습니다. 시간 여행의 발명이라는 복잡하고 미친 소설로 나와 계약해 준 분이죠. 그런데 그 책은 출간이 연기되었고, 그래서 내가 다음 작품을 쓸 여러 가지 아이디어를 제시했을 때 해리는 바로 이 책,《북 오브 도어즈》를 써야 한다고 조언했습니다. 그리고 그 말이 맞았죠. 초안을 보며 해리가 발휘한 편집자적인 통찰력(더 신기하게 써봐요! 더 신기한 일을 넣으라고요! 신기한 느낌은 어디 갔어요?)도 끝내주게 좋았어요. 고맙습니다, 해리. 그리고 내가 책에 대해 늘어놓은 헛소리를 처리하느라 당신의 휴가를 망치게 되어 미안합니다.

헬렌 에드워즈에게 감사합니다. 다른 지역에 책을 판매해 주고 거주 증명서와 세금 서류 작성을 처리하도록 알선해 주었어요. 우리 참 재밌었죠.

나의 편집자인 영국 트랜스월드사의 사이먼 테일러(내가 만난 사람 가운데서 가장 매력적이라 할 수 있죠)와 미국 윌리엄모로사의 데이비드 포메리코에게 감사합니다. 두 분 다 열정적으로 《북 오브 도어즈》를 작업해 주었고, 내가 초짜 같은 질문을 던질 때마다 친절하고 인내심 있게 받아준 것 정말 고마워요. 두 분 덕분에 저의 첫 출판 경험은 그야말로 즐거웠습니다. 두 출판사의 모든 부서 분들은 참으로 놀랍게도 이 보잘것없는 이야기를 아주 멋진 소설로 만들어 주었죠. 모두가 보내주신 관심과 건설적인 피드백 덕분입니다.

지난 세월 동안 내가 쓴 글을 읽어준 분들이 많습니다. 모두 감사 드립니다. 특히 크리스 클루스, 패멀라 나이번, 앨리슨 커를 언급하고 싶습니다. 이분들이 상세하고 건설적이라는 말로는 부족할 정도로 멋진 피드백을 준 게 한두 번이 아니었거든요.

밥스 트레인세트 프로덕션에 다니는 내 친구 그레임 오하라에게도 감사드립니다. 몇 년 전 나는 그레임에게 짧은 영화 대본을 써준 적이 있었습니다. 시간 여행의 발명에 관한 이야기였는데요, 그때 그레임이 이런 말을 했습니다. "이건 소설로 써도 괜찮겠는데." 그 말이 맞더군요. 그걸로 소설을 써서 소속사에 들어갈 수 있었거든요. 그 말이 없었다면, 나는 지금 이 작가의 말을 쓰고 있지 못했을 겁니다. 그레임, 고마우니까 햄버거랑 맥주 살게. 근데 이 말은 꼭 해야겠어. 〈미이라〉는 객관적으로 봐도 대단한 명작이라는 걸 넌 인정할 필요가 있어. 그리고 이 글에서 멀린 질레트가 귀환하게 되었다는 걸 의심의 여지 없이 기뻐하게 될 거라고.

레드 펜 비질란테의 클렘 플래너건에게 특별히 감사의 마음을 전합니다. 나의 시간 여행 소설에 편집자의 훌륭한 의견을 주었고, 이 소설을 투고해 볼 가치가 있다는 믿음을 주었죠. 다시 한번 말씀드리지만, 클렘이 아니었다면 난 이 자리에 있을 수 없었을 겁니다. 'TDWITT'를 좋아해 주었던 만큼 《북 오브 도어즈》도 좋아해 주었으면 합니다.

약 25년 전에 나는 영국 공무원으로 취직했습니다. 글을 쓰면서도 먹고살려고 말이죠. 그 후로 참 멋있고 재미있는 분들을 많이 만나 같이 일하면서 즐거웠습니다. (이제껏 만난 정치인도 대부분 포함해서) 다들 더 나은 세상을 만들어 가기 위해 헌신하는 분들이었죠. 한 분씩 언급하기에는 너무 많기에, 이 세월 동안 같이 일해온 모든 분에게 감사하다고 말씀드리고 싶습니다. 덕분에 제 직장 생활이 예상보다 훨씬 즐거웠습니다. 직업자격성취도 부서의 라드 앤드 리크 클럽 분들, 버스 오픈데이터 서비스(사상 최고의 팀이죠) 분들, 코로나 기간 이후로 상호 협력해 주신 익스클루시브 피자 클럽(에린, 셰릴, 필리시티, 앨릭스, 편) 분들에게 특별히 감사드립니다. 그리고 《북 오브 도어즈》를 아주 좋아하고 책으로 출판한다는 헛소리를 지원해 준 태스민 소머필드에게도 감사드립니다.

나에게 더할 나위 없는 최고의 인생 출발점을 주신 부모님께 감사드립니다. 특히 두 분은 내가 작가가 될 여건을 마련해 주셨죠. 그리고 톨킨의 소설이 구닥다리 쓰레기 작품이라고 생각했었던 나에게 톨킨을 소개해 준 형에게 고맙습니다.

말레이시아에 있는 나의 처가와 친지와 친구들에게 고마움을 전합니다. 다들 여기까지 관심과 지원을 보여주었죠.

마지막으로 끊임없이 사랑과 지지를 보내준 나의 아내 메이에게 고맙습니다. 아내는 본인이 한 일이 별로 없다고 주장하지만, 나의 글을 교정하고 더 좋게 만들어 주었고, 또 작품 속의 특별한 책이 어떤 모습일지, 그 여자가 특별한 책의 책장을 어떤 식으로 자기 몸에 몰래 붙일 수 있을지 많이 논의해 주었습니다. 게다가 본인이 알게 모르게 아주 많은 일을 해주었죠. 아내는 책 속 등장인물과 대사에 영감을 주는 원천이자 자료 조사 여행에 열정적으로 함께해 주는 동반자였습니다. 내 모든 글에 영향을 준 경험과 추억을 나의 인생에 더해주었고요. 메이가 없었다면 이 책은 아예 쓸 수 없었을지도 모릅니다. 이 책을 아내에게 바치는 이유는 참 많겠지만, 가장 큰 이유가 있다면 내가 플롯을 짜는 동안 나만의 생각에 푹 빠져서 사는 걸 참고 견뎌야 하기 때문일 겁니다. (자기가 갖고 싶어 하던 걸로 방을 한가득 채워줄게!)

　매일 날 웃게 해준 두걸과 플로라에게도 고마움을 전합니다. 얘들은 개라서 이 글을 읽을 수는 없겠지만, 그래도 다 알 거예요. 걔들은 언제나 마음을 알아주는 법이니까요.

옮긴이 **심연희**

연세대학교와 같은 학교 대학원에서 영문학을 공부하고 독일 뮌헨 대학교(LMU)에서 언어학과 미국학을 공부했다. 영어와 독일어 전문 번역가로 활동 중이다. 옮긴 책 중 대표적인 것으로 소설 《새벽의 셰에라자드》, 《또 다른 세상의 완벽한 남자》, 《레슨 인 케미스트리》, 《미드나잇 선》, 그래픽 노블 《인어 소녀》, 《티 드래곤 클럽》, 시리즈물 《이사도라 문》, 《마녀 요정 미라벨》 등과, 배우 톰 펠턴 에세이 《마법 지팡이 너머의 세계》가 있다.

북 오브 도어즈

초판 1쇄 인쇄 2025년 10월 17일
초판 1쇄 발행 2025년 10월 31일

지은이 | 개러스 브라운
옮긴이 | 심연희
발행인 | 강봉자, 김은경

펴낸곳 | (주)문학수첩
주소 | 경기도 파주시 회동길 503-1(문발동 633-4) 출판문화단지
전화 | 031-955-9088(마케팅부) 031-955-9530(편집부)
팩스 | 031-955-9066
등록 | 1991년 11월 27일 제16-482호

홈페이지 | www.moonhak.co.kr
블로그 | blog.naver.com/moonhak91
이메일 | moonhak@moonhak.co.kr

ISBN 979-11-7383-019-8 03840